KB260245

DONGSUH MYSTERY BOOKS 132

POIROT INVESTIGATES

에르퀼 포아로의 모험

애거서 크리스티/천두병 옮김

동서문화사

옮긴이 천두병(千杜昺)
경남 마산 출생. 서울대 문리대 영문과 졸업. 동대학원 수료. 서울대학교·
성균관대학교·국민대학교 교수 역임

DONGSUH MYSTERY BOOKS 132

에르퀼 포아로의 모험

애거서 크리스티 지음/천두병 옮김
초판 발행/1980년 12월 1일
중판 발행/2003년 12월 1일
발행인 고정일/발행처 동서문화사
창업 1956. 12. 12. 등록 16-345(윤)
서울강남구신사동 540-22 ☎ 546-0331~6 (FAX) 545-0331
www.epascal.co.kr

＊

편찬·필름·제작 일체「동판」자본으로 이루어짐에 따라
출판권 소유권자「동판」에서 제조출판판매 세무일체를 전담합니다.
사업자등록번호 211-90-02201
ISBN 89-497-0228-2 04800
ISBN 89-497-0081-6 (세트)

에르쿨 포아로의 모험
차례

전승무도회 사건

전 벨기에 경찰대 대장이었던 나의 친구 에르큘 포아로는 뜻하지 않은 일로 스타일즈 저택의 괴사건을 맡게 된다. 그 사건에서 성공을 거두자 단번에 그의 명성은 널리 퍼지게 되고 그는 범죄사건을 해결하는 데 온 힘을 다하기로 굳게 다짐한다. 한편 나는 솜므 전투에서 부상을 당하고 육군을 제대하자 마침내 런던에서 포아로와 함께 생활하게 되었다. 그리하여 포아로가 다룬 대부분의 사건을 가까이에서 보고 듣게 되었으며, 그 가운데 가장 재미있는 몇몇 사건을 골라서 기록해 보면 어떻겠느냐고 권고하는 말을 들었다.

나는 그 무렵 세상 사람들의 관심을 가장 크게 불러일으켰던 놀라운 괴사건부터 다루는 것이 좋겠다고 생각했다. 그것은 즉 전승무도회 사건을 이르는 것이다.

이 사건에서는 좀더 어려운 다른 사건에서만큼 포아로 나름의 독특한 방법이 충분히 잘 나타나 있지 않을지도 모른다. 그러나 사건이 불러온 센세이셔널한 면에서나 유명인이 관계되어 있다는 점, 여러 신문이 대대적으로 보도한 것 등으로 보아 대사건이 될 자격은 충분하다고 생각된다. 그리고 전부터 나는 포아로가 이 사건을 어떻게 해결했는지 그 이야기를 발표하는 것이 참으로 필요하다고 느끼고 있었다.

화창한 봄날 아침이었다. 우리는 포아로의 방에 앉아 있었다. 여느 때와 마찬가지로 말쑥하게 옷차림을 갖춘 몸집 작은 이 친구는 달걀 모양의 머리를 조금 갸웃이 하고 새로운 포마드를 정성들여 콧수염에 바르고 있었다. 이처럼 순진한 허영심은 포아로의 특징이라고 할 만한 것으로, 이것은 질서와 방법에 대한 그의 일반적인 기호와도 맞는 것이다. 내가 읽고 있던 〈데일리 뉴스멍거〉지가 마룻바닥에 떨어졌다. 깊은 생각에 잠겨 있던 나는 포아로의 목소리에 깜짝 놀라 문득 정신이 들었다. "대체 뭘 그렇게 골똘히 생각하고 있나, 헤이스팅스?"

"전승무도회 밤에 일어난 그 수수께끼 같은 사건으로 골치를 앓고 있는 참이네. 신문은 온통 그 기사로 넘쳐날 지경이네."

"호오?"

나는 손가락으로 신문을 두들겨 보이며 열을 올려 말했다.

"읽으면 읽을수록 사건 전체가 수수께끼에 싸여버리거든! 누가 클론쇼 경을 살해했는가? 코코 코넷이 같은 날 밤 죽은 것은 단순한 우연의 일치일까? 뜻하지 않은 죽음이었을까? 아니면 그녀가 일부러 치사량의 코카인을 먹었을까?" 나는 잠시 말을 끊었다가 좀 과장된 목소리로 덧붙였다. "이런 의문을 자문자답하고 있었네."

그러나 어찌된 일인지 포아로는 전혀 이 이야기에 끌려 들어오지 않았다. "이 새 포마드는 콧수염에 아주 좋군!" 그는 거울을 들여다보며 이렇게 중얼거렸을 뿐이다. 그리고 나와 시선이 마주치자 그는 얼른 덧붙여 말했다.

"아주 좋아. 그래서 자네는 그 의문에 대해 어떻게 대답했나?"

그러나 내가 대답하기도 전에 문이 열리며 하숙집 여주인이 재프 경감이 찾아왔음을 알려주었다. 이 경시청 경찰관과는 이미 전부터 잘 아는 사이였으므로 우리는 기꺼이 그를 맞아들였다.

"어서 오십시오, 재프 경감님. 오늘은 무슨 바람이 불어서 여기까지 오셨소?" 포아로가 큰소리로 반겼다.

"안녕하십니까, 포아로 씨." 경감은 자리에 앉자 나에게 가볍게 고개를 숙여 인사했다. "실은 당신이 마음에 들어 할 듯싶은 사건이 있어 이렇게 가지고 왔습니다. 당신이 그 과자에 손을 내밀 생각이 있는지 어떤지 알아보고 싶어서요."

포아로는 재프 경감을 방법이 좀 모자라지만 능력은 상당한 사나이라고 높이 평가하고 있었다. 그러나 나더러 말하라면 재프 경감의 가장 훌륭한 점은 상대에게 호의를 베푸는 척하며 실은 상대에게서 호의를 끌어내는 그 교묘한 기술에 있다고 생각한다.

"그 전승무도회 사건 말입니다." 재프 경감은 덮어씌우듯이 말했다. "어떻습니까, 한번 다루어 보고 싶지 않습니까?"

포아로는 미소 띤 얼굴을 나에게로 돌렸다. "헤이스팅스라면 어떻든 해보고 싶어할 겁니다. 지금도 바로 그 이야기를 꺼낸 참이었으니까요. 헤이스팅스, 그렇지 않나?"

그러자 재프 경감이 점잖게 말했다.

"그렇다면 포아로 씨께서도 그런 기분이었으면 합니다. 이런 종류의 사건은 그 내막을 알면 이야깃거리가 되지요. 그럼, 승낙한 것으로 믿겠습니다. 포아로 씨, 사건의 줄거리는 대강 아시겠지요?"

"신문에 난 정도는 알고 있습니다. 그러나 신문기자의 억측이 독자를 잘못 끌고 가는 수도 있지요. 자초지종을 다시 한 번 이야기해 주시겠습니까?"

경감은 천천히 다리를 포개고 앉아 이야기하기 시작했다.

"지금은 누구나 다 아는 이야기입니다만, 지난주 화요일에 전승 축하무도회가 열렸습니다. 요즘에는 값싼 파티도 '무도회'라고 부르고 있습니다만, 그것은 진짜 무도회였습니다. 클로더스 홀에서 베풀어졌지요. 런던에 있는 명사들이 한자리에 모였습니다. 그 가운데는 젊은 클론쇼 경 일행도 있었습니다."

"그의 경력을 이야기해 주실까요?" 포아로가 말을 가로막았다.

"그의 파이오스코프——아니, 뭐라더라——파이오그라프(둘 다 잘못된 것임. 파이오그라피가 맞음)인가?"

"클론쇼 자작은 집안의 5대째 주인으로, 나이는 25살, 돈 많은 독신자로 연극을 아주 좋아하지요. 소문에 의하면 그는 앨버니 극장의 코넷 양과 약혼 중이라고 하더군요. 그녀는 친구들 사이에서는 보통 '코코'라고 불리는데 누가 보든지 기막힌 미인입니다."

"그 다음을 계속해 주십시오!"

"클론쇼 경 일행은 여섯 사람이었습니다. 클론쇼 경과 큰아버지 유스테드 베르텐 각하, 아름다운 미국인 미망인 맬러비 부인, 젊은 배우 클리스 데이비드슨과 그 아내, 그리고 코코 코넷 양입니다. 아시다시피 가면무도회였으므로 클론쇼 경 일행도 옛날 이탈리아 희극의 분장을 하고 있었습니다."

"코메디아 델라르테 $\binom{\text{16세기 이탈리}}{\text{아의 즉흥극}}$ 로군" 하고 포아로가 중얼거렸다.

"아무튼 그 의상은 유스테드 베르텐 씨의 수집품 중 도자기 인형 세트를 흉내 낸 것이었습니다. 클론쇼 경은 아를르캉으로, 그의 큰아버지는 판티네로로, 맬러비 부인은 그 상대역인 파르티넬라로, 데이비드슨 부부는 피에로와 피에레토로, 그리고 코넷 양은 물론 아를르캉의 상대역인 콜롱비네로 분장했습니다. 그런데 그날 밤에는 초저녁부터 어쩐지 분위기가 좀 이상했던 모양입니다. 클론쇼 경은 화난 듯 말이 없었고 다른 때와 달랐답니다. 클론쇼 경이 예약해 둔 작은 방에 모두 모였을 때 그들은 경과 코넷 양이 전혀 말을 하지 않는 것을 깨달았습니다. 분명 그녀는 그때까지 울고 있었던 듯 히스테리를 일으키기 직전 상태여서 식사는 싱겁고 따분하게 끝났지요. 그리고 모두들 그 방에서 나오자 코넷 양은 일부러 모두에게 들으라는 듯이 데이비드슨을 보며 '춤에 싫증이 났으니' 집까지 바래다달라고 말했답니다. 젊은 배우는 클론쇼 경을 보며 잠시 머뭇거렸습니다. 그러다 그는 마침내 두 사람을 데리고 방으로 다시 돌아갔습니다.

그러나 두 사람을 화해시키려는 그의 노력은 헛일이 되고 말았습니다. 결국 데이비드슨은 택시를 불러 울고 있는 코넷 양을 아파트로 바래다주었습니다. 그녀는 이성을 잃긴 했으나 그래도 데이비드슨에게 일의 자초지종을 털어놓지 않고 다만 '두고 보라지, 클론치에게 깨닫게 해줄 테야!'라고 그 말만 되풀이했을 뿐이랍니다.

우리가 코넷 양의 죽음을 단순한 우연으로 추정하지 않는 유일한 이유는 이것입니다. 그렇다고 해서 살인으로 추정하기에는 근거가 너무 빈약합니다. 데이비드슨은 간신히 그녀를 달래 진정시켰습니다. 그러나 클로더스 홀로 돌아가기에는 시간이 너무 늦었으므로 그는 곧장 첼시 거리의 자기 집으로 돌아갔는데, 그 뒤 곧 아내가 돌아와서 그가 떠난 뒤 일어난 끔찍한 비극에 대해 이야기해 준 것입니다. 클론쇼 경은 무도회가 진행됨에 따라 점점 더 기분이 나빠졌던 모양입니다. 그는 자주 동료들에게서 떨어져 있었으므로 저녁 식사가 끝난 뒤 그를 본 사람은 거의 없었습니다. 새벽 1시 30분쯤 모두들 가면을 벗는 카드리유 (네 사람이 한 조가 되어 추는 춤)가 시작되기 직전 경의 친구 디그비 대위가 특별석에 선 채 그 자리의 광경을 가만히 지켜보고 있는 경의 모습을 보았답니다.

'여어 클론치!' 대위가 크게 소리쳤습니다. '이리 내려와서 함께

춤을 추세나! 그런데서 왜 혼자 못마땅한 얼굴을 하고 있지? 자,
와서 한바탕 떠들어보세!'

그러자 클론쇼 경은 이렇게 대답했답니다.

'잠깐만 기다리게. 내가 사람들 틈에 섞이면 자네가 알 수 없게 될
테니까.'

그는 말을 마치자 발길을 돌려 특별석에서 떠났답니다. 디그비 대
위는 데이비드슨 부인과 함께 경이 오기를 기다렸습니다. 그런데 몇
분이 지나도 나타나지 않았습니다. 마침내 대위는 기다리다 지쳐버리
고 말았습니다.

'우리가 여기서 밤새도록이라도 기다릴 줄 아는 모양이군.'

그때 맬러비 부인이 끼어들었기 때문에 두 사람은 사정을 설명했습
니다.

'어머나, 저런!' 아름다운 미망인은 들뜬 목소리로 소리쳤습니다.
'그분은 오늘 저녁 내내 마치 어린아이처럼 보였어요. 우리 모두 흩어
져서 찾아보기로 해요.'

모두들 나서서 찾아 보았으나 경의 모습은 도무지 보이지 않았습니
다. 그때 문득 맬러비 부인의 머릿속에 어쩌면 1시간 전에 함께 식사
한 그 작은 방에 있지 않을까 하는 생각이 떠올랐습니다. 그래서 모
두들 가보니 무슨 광경이 벌어져 있었는지 아시겠습니까! 거기에는
분명 아를르캉이 있었습니다. 그러나 그는 테이블나이프로 심장을 찔
려 바닥에 쓰러져 있었습니다!"

재프 경감은 말을 끊었다. 포아로는 고개를 끄덕이고 탐정다운 흥
미를 노골적으로 드러내 보이며 말했다. "재미있는 사건이로군요!
그래, 가해자에 관한 단서는 없었습니까? 물론 있을 리가 없겠지
요!"

"그 뒤는 당신도 아실 겁니다, 포아로 씨. 그런데 비극은 겹쳐서

일어났습니다. 이튿날 모든 신문들은 대문짝만한 표제를 달아 인기 여배우 코넷 양이 잠자리에서 시체로 발견되었다는 것, 죽은 원인은 코카인 복용이라고 보도했습니다. 그런데 이것은 과실일까요? 아니면 자살일까요? 증인으로 소환되어 신문을 받은 코넷 양의 하녀는 여주인이 마약 상습자였다는 사실을 인정했습니다. 그래서 과실사로 평결이 난 것입니다. 그러나 자살의 가능성을 전적으로 무시할 수가 없습니다. 특히 형편이 좋지 않은 것은, 그녀가 전날 밤 클론쇼 경과 사이가 좋지 않았던 이유가 어디에 있었는지 아무 단서도 남기지 않고 죽은 일입니다. 그런데 작은 에나멜 상자가 경의 시체에서 발견되었습니다. '코코'라는 이름이 다이아몬드로 상감되어 있고, 속에 코카인이 절반쯤 들어 있었습니다. 코넷 양의 하녀는 그 상자가 여주인의 소지품이며, 요즘에는 반드시 그것을 몸에 지니고 있었다고 증언했습니다. 그녀는 도저히 끊을 수 없어 코카인을 그 속에 담아가지고 다녔던 모양입니다."

"클론쇼 경도 평소에 코카인을 쓰고 있었습니까?"

"전혀 그런 일이 없습니다. 그는 마약에 대해 아주 강경한 의견을 갖고 있었습니다."

포아로는 깊이 생각에 잠긴 듯이 고개를 끄덕였다. "그러나 그 상자가 클론쇼 경의 손에 있었던 것으로 미루어보아서 그도 코넷 양이 마약 중독자라는 것을 알고 있었던 같습니다. 매우 암시적인데……그렇지 않습니까, 재프 경감님?"

"그야 뭐." 경감은 조금 애매하게 대답했다.

나는 빙그레 미소 지었다.

"이것이 사건의 대강입니다. 어떻게 생각하십니까, 포아로 씨?"

"아직 공표되지 않은 단서로서 뭔가 발견된 것은 없습니까?"

"네, 이런 것이 있었습니다." 경감은 주머니에서 작은 물건을 꺼내어 포아로에게 건네주었다. 에메랄드빛 비단실로 만든 작은 구슬장식인데, 거칠게 잡아뜯었는지 들쑥날쑥 길이가 다른 실이 늘어져 있었다. "죽은 클론쇼 경의 손에 이것이 단단히 움켜쥐어져 있었습니다."

포아로는 말없이 그것을 경감에게 돌려주면서 물었다. "클론쇼 경에게는 적이 있었습니까?"

"아무도 마음에 짚이는 사람은 없습니다. 경은 매우 평판이 좋은 젊은이였던 모양입니다."

"그의 죽음으로 이익을 얻는 사람은 없습니까?"

"큰아버지 유스테드 베르텐 씨가 작위와 재산을 물려받게 됩니다. 이 인물에게는 의심스러운 점이 한두 가지 있습니다. 몇 사람이 그 작은 방에서 심하게 다투는 소리를 들었는데 그 논쟁의 한쪽 상대는 베르텐 씨였다고 증언했습니다. 격분한 나머지 식탁 위에서 테이블나이프를 집어 찔렀다면 이야기가 맞아 들어갑니다만……."

"베르텐 씨는 말다툼에 대해 뭐라고 했습니까?"

"종업원 하나가 술에 취해 있기에 나무랐다고 주장하고 있습니다. 그리고 시간도 1시 30분이 아니라 1시에 가까웠다는 겁니다. 아시다시피 디그비 대위의 증언은 꽤 정확하게 시간을 결정해 줍니다. 대위가 클론쇼 경에게 말을 건 뒤 그의 시체가 발견되기까지는 겨우 10분 정도가 지났을 뿐입니다."

"어찌되었든 판티네로로 분장한 베르텐 씨는 등이 동그랗게 부풀도록 주름장식을 단 옷을 입었었지요?"

"옷의 자세한 특징까지는 잘 모릅니다" 하고 말하며 재프 경감은 이상한 듯이 포아로의 얼굴을 바라보았다. "그러나 그것이 이 사건과 무슨 관계가 있습니까? 도무지 알 수가 없군요."

"알 수가 없다고요?" 포아로는 싱긋 웃었다. 그 표정에는 약간 경멸의 빛이 담겨 있었다. 이윽고 그는 침착하게 이야기를 이어나갔는데, 두 눈이 녹색으로 반짝였다. 이것은 포아로가 흥분할 때는 언제나 나타나는 것으로, 익히 보아온 터였다.

"그 작은 식당에는 커튼이 쳐 있었겠지요?"

"네, 그런데……"

"그 뒤에는 한 사람쯤 숨을 만한 주름이 있었겠지요?"

"네, 우묵하게 들어간 작은 곳이 있었습니다만…… 그런데 그것을 어떻게 아셨습니까? 그곳에 가신 일이 없을 텐데……안 그렇습니까, 포아로 씨?"

"물론 그렇습니다. 커튼이 있을 거라는 생각은 나의 추리지요. 그것이 없으면 이 드라마는 합리적이 못 되거든요. 사람은 언제나 합리적이어야만 합니다. 그런데 의사를 부르지는 않았습니까?"

"물론, 곧 불렀습니다. 그러나 조치가 필요하지는 않았습니다. 그는 즉사했으니까요."

포아로는 안타까운 듯이 고개를 끄덕였다. "물론 그럴 테지요. 그 의사는 검시심문에서 증언했겠지요?"

"네."

"뭔가 이상한 징후가 있었다는 말은 없었습니까? 다시 말해서 시체를 진찰해 보고 의사가 놀란 일이나, 뭔가 보통이 아닌 일이라거나……"

재프 경감은 작은 사나이를 뚫어지게 바라보았다.

"당신의 의도가 무엇인지는 모르겠습니다만, 의사는 시체의 팔다리에 약간의 긴장과 경직이 있었다고 말했습니다. 정말 설명하기가 곤란하다고 했지요."

"흐음, 그랬겠지! 경감님, 그건 아주 의미심장한 일입니다. 안 그렇습니까?"

그러나 재프 경감으로서는 전혀 의미심장하지 않은 모양이었다.

"당신은 지금 독약에 대한 생각을 하고 계신 것 같군요. 그러나 사람을 먼저 독살해 놓고 다시 나이프로 찌르는 사람이 어디 있겠습니까?"

"정말 기묘한 일입니다."

"그 밖에 뭔가 보고 싶으신 곳은 없습니까? 만일 시체가 발견되었던 방을 조사하시겠다면……."

포아로는 손을 내저었다. "그럴 마음은 전혀 없습니다. 당신 이야기 가운데 내 흥미를 끈 유일한 말은, 클론쇼 경의 마약 문제에 대한 견해입니다."

"그럼, 보고 싶으신 것이 없다는 말씀입니까?"

"꼭 한 가지."

"뭡니까?"

"가장무도회 의상의 본보기가 된 도자기 인형의 세트를 보고 싶습니다."

경감은 눈을 동그랗게 떴다. "당신은 정말 좀 괴짜로군요, 포아로 씨!"

"보게 해줄 수 있겠습니까?"

"바라신다면 지금 곧 버클리 스퀘어로 가시지요. 베르텐 씨도—아니, 이제는 '경'이라고 불러야겠군——반대하지 않을 것입니다."

우리는 곧 택시를 잡아타고 떠났다. 새 클론쇼 경은 집에 없었다. 그러나 재프 경감의 부탁으로 뛰어난 컬렉션들이 진열되어 있는 '도자기실'로 모두들 안내되었다. 경감은 불안한 듯이 주위를 둘러보았다.

"대체 어떻게 목적한 물건을 찾아낼 것인지, 나로서는 짐작도 가지 않는군요, 포아로 씨.”

그러나 포아로는 맨틀피스 앞에 의자를 하나 끌어당겨놓고 날렵한 새처럼 그 위에 훌쩍 올라앉았다. 거울 위에는 일부러 만든 작은 선반이 한 단 붙어 있고, 거기에는 6개의 도자기 인형이 놓여 있었다. 그것을 자세히 살펴보며 포아로는 두세 가지 점에 대해서 이야기했다.

“이탈리아의 고대 희극이로군. 세 쌍이 있소! 아를르캉과 콜롱비네, 피에로와 피에레토……이것은 흰색과 초록색으로 꽤 꼼꼼하게 디자인한 옷을 입고 있구면. 그리고 보라색과 노란색의 판티네로와 파르티넬라. 판티네로의 의상은 퍽 정교하군요. 주름을 잡아 가장자리를 꾸미고 등의 혹에 실크해트…… 내가 생각했던 대로 정말 꽤 공이 든 옷입니다.” 포아로는 인형을 다시 있던 자리에 가져다놓고는 의자에서 풀쩍 뛰어내렸다.

재프 경감은 불만스러운 표정이었다. 그러나 포아로는 아무 설명도 하고 싶지 않은 것이 분명했으므로, 경감은 그 일에 대해서는 묵살하는 듯한 태도를 취했다. 우리가 돌아갈 준비를 하고 있는데 저택의 주인이 방으로 들어왔다. 그리하여 재프 경감은 나와 포아로를 그에게 소개했다. 6대 클론쇼 자작은 50살쯤 된 사나이로, 싹싹하니 사람 대하는 태도가 좋고 잘생겼으며 얼마쯤 방종해 보이는 인물이었다. 귀찮아하는 듯 거드름피우는 그의 태도에서 ‘불량스러운 노인’이라는 느낌을 받았다. 내가 언뜻 보기에 그의 인상은 그리 좋지 않았다. 그는 정중하게 인사하고 명탐정 포아로의 이름은 전부터 익히 들었다면서 자기로서도 무슨 일이든 도움이 되어주고 싶다고 말했다.

포아로는 날카롭게 그를 지켜보았다.

“조카에게 혹시 적은 없었습니까?”

“전혀 없었습니다. 그 점은 확실합니다.” 클론쇼 자작은 잠시 말을 끊었다가 다시 이었다. "그 밖에 뭔가 묻고 싶은 일이 있으시면……."

"꼭 한 가지 있습니다." 포아로의 목소리는 진지했다. "여러분의 옷 말인데, 그것은 도자기 인형을 그대로 본뜬 것입니까?"

"예, 아주 세세한 점까지 똑같습니다."

"고맙습니다, 내가 확인하고 싶었던 것은 그뿐입니다. 그럼, 실례하겠습니다."

서둘러 한길로 나오자 재프 경감이 물었다. "그래, 이제 어떻게 하시겠습니까? 나는 경시청에 보고하러 가야겠는데."

"좋습니다, 억지로 말리지는 않겠습니다. 나는 한 가지 더 조사할 것이 있는데, 그것이 끝나면……."

"끝나면 어떻게 됩니까?"

"사건이 매듭지어지겠지요."

"뭐라고요? 설마! 그럼, 당신은 누가 클론쇼 경을 살해했는지 안다는 말입니까?"

"물론 알고 있지요."

"그게 누굽니까? 유스테드 베르텐입니까?"

"경감님, 당신은 내 간단한 취미를 알고 있을 텐데요. 나는 언제나 마지막 순간까지 사건의 맥을 이 두 손에 쥐고 있습니다. 그러나 걱정할 건 없습니다. 때가 되면 모든 것을 밝힐 테니까요. 나는 명성을 필요로 하지 않습니다. 그것은 당신에게 주겠소. 그 대신 내 나름대로의 방법으로 사건을 해결하도록 너그럽게 보아주시기 바랍니다."

"고맙습니다. 만일 그것으로 사건이 해결된다면…… 하지만 다른 말씀은 하지 않으시겠지요?"

재프 경감의 말에 포아로는 빙그레 웃었다. "그럼, 나는 이만 실례하고 경시청으로 가보겠습니다. ”

재프 경감은 성큼성큼 걸어갔다. 포아로는 지나가는 택시를 잡아 세웠다.

“이제부터 어디로 갈건가 ? ”

나는 호기심이 일어 물었다.

“첼시 거리로 가서 데이비드슨 부부를 만나야지. ” 포아로는 운전기사에게 목적지를 말했다.

“자네는 새 클론쇼 경을 어떻게 생각하나 ? ” 내가 물었다.

“그럼, 자네는 어떻게 생각하는데, 헤이스팅스 ? ”

“나는 본능적으로 신용하지 않네. ”

“소설에 흔히 나오는 ‘뱃속 검은 큰아버지’로 생각하는 모양이군 ? ”

“자네도 그렇게 생각하지 않나 ? ”

“나 ? 나는 클론쇼 경이 아주 상냥하고 좋다고 생각하네. ” 포아로는 무슨 뜻인지 알 수 없는 대답을 했다.

“그야 그럴 만한 이유가 있기 때문이겠지 ! ”

포아로는 내 얼굴을 보고 우울한 듯이 고개를 내저었다. 그는 뭐라고 중얼거렸는데 ‘조직적이 아니야’라는 말이 내 귀에 들렸다.

데이비드슨 부부는 고급 아파트 4층에 살고 있었다. 데이비드슨은 외출 중이었지만 부인은 집에 있었다. 포아로와 나는 칙칙한 색깔의 동양식 커튼이 걸린 길쭉하고 천장이 낮은 방으로 안내되었다. 방 안의 공기는 환기가 좋지 않아 답답한 느낌이었다. 강렬한 선향 냄새가 코를 찔렀다. 데이비드슨 부인은 곧 나타났다. 몸집이 자그마한 미인이었다. 만일 밝고 파란 눈 속에 빈틈없고 타산적인 빛이 보이지 않았다면, 그 맑고 아름다운 모습은 보는 이에게 감동을 주었을지도 모른다.

포아로가 사건과 우리의 관계를 설명하자 그녀는 슬픈 듯이 머리를 가로저었다. "가엾은 클론치…… 그리고 코코! 남편도 나도 코코를 아주 좋아했지요. 그래서 코코가 죽었다는 말을 듣자 가슴이 죄어드는 것 같았어요. 그런데 묻고 싶은 것이 무엇이지요? 그 끔찍한 밤에 일어난 일을 다시 되풀이해서 이야기해야 하나요?"

"아닙니다, 부인. 부인의 마음을 휘저어놓을 생각은 전혀 없습니다. 필요한 이야기는 모두 재프 경감에게서 들었습니다. 나는 다만 그날 밤 부인이 입었던 의상을 좀 보았으면 할 뿐입니다."

부인은 허를 찔린 듯 당황해 했다. 그러나 포아로는 거침없이 다음 말을 계속했다. "이해해 주시리라고 생각합니다만, 부인, 나는 항상 내 나라——벨기에——식으로 일을 진행시키고 있습니다. 벨기에 경찰에서는 언제나 범죄를 다시 '재현'하지요. 그래서 나도 실제로 '실연'해 보일 수 있지 않을까 생각합니다. 그렇게 되면 말할 것도 없이 당시에 입었던 의상들이 필요하거든요."

부인은 아직도 믿어지지 않는 모양이었다. "나도 '범죄의 재현'이라는 말은 들었어요. 하지만 당신이 그토록 세세한 점까지 열심인 줄은 몰랐어요. 지금 곧 그 의상을 가져오겠어요."

부인은 방에서 나갔다. 그리고 얼마 지나지 않아 하얀색과 초록색 새틴으로 만든 우아한 드레스를 가지고 나타났다. 포아로는 드레스를 받아들어 잘 살펴본 다음 가볍게 고맙다는 인사를 하며 부인에게 돌려주었다.

"고맙습니다, 부인. 그런데 초록색 방울 술을 하나 잃어버리신 것 같군요, 이 어깨 위에 달았던……"

"네, 그래요. 무도회 때 떨어졌어요. 그래서 나는 그것을 주워서 클론쇼 경에게 맡아달라고 부탁했답니다."

“그건 저녁 식사를 하신 다음이었습니까?”

“네.”

“그럼, 사건이 일어나기 바로 전이었겠군요?”

데이비드슨 부인의 파란 눈에 희미한 경계의 빛이 떠올랐다. 그러나 그녀는 재빨리 대답했다. “아니, 그렇지 않아요. 상당히 오래 전이었어요. 그렇지, 분명 저녁 식사가 끝난 뒤였어요.”

“그렇습니까? 물어보고 싶었던 것은 그것뿐입니다. 더 이상 폐를 끼치지 않겠습니다. 안녕히 계십시오, 부인!” 아파트에서 나오면서 나는 말했다.

“이것으로 초록색 술 장식에 대한 수수께끼가 풀렸나?”

“글쎄, 어떨는지…….”

“그게 무슨 뜻인가?”

“내가 옷을 살펴보는 것을 자네도 보았겠지, 헤이스팅스?”

“물론 보았지. 그런데 그것이 어쨌다는 건가?”

“그 옷의 잃어버린 술 장식은 부인의 말과 같이 떨어진 것이 아니었네. 떨어지기는커녕 잘라낸 거였네…… 가위로 잘라낸 거였네. 실의 길이가 가지런하더군.”

“아니!” 나는 괴상하고 얼빠진 소리를 질렀다. “드디어 사건이 착잡하게 얽히기 시작하는군.”

그러나 포아로는 아무렇지도 않게 대답했다.

“그와 반대로 드디어 단순해졌다네.”

“포아로!” 나는 좀 화가 나서 목소리를 높였다. “나는 머지않아 자네를 죽일지도 모르네! 무슨 일이고 모두 분명히 해버리는 자네의 버릇은 도저히 화가 나서 견딜 수가 없거든.”

“그러나 내가 설명하면 반드시 아주 단순하게 되잖나?”

“물론 그렇지. 그러니까 화가 난단 말이네! 자네의 설명을 듣고 나면 나 자신도 그것을 알아차릴 수 있었을 텐데 하는 생각이 드니 말일세.”

“자네도 할 수 있을 거야, 헤이스팅스. 자신의 생각을 정리하는 수고만 한다면! 방법을 써야지.”

“아아, 그렇겠군.”

포아로가 말을 꺼내면 곧 기다랗게 장광설이 이어지는 것을 나는 잘 알고 있으므로 급히 그의 말을 가로막았다. “그럼, 다음에는 무엇을 할 생각인가? 자네는 정말 범죄를 재구성해 볼 작정인가?”

“아니, 그렇지 않네. 이제 연극은 끝났네. 아를르캉이 나올 막을 덧붙이는 일만 빼고 말일세.”

아마 독자 여러분께서는 여기서 일단 숨을 내쉬고, 이 사건을 자신이 해결해 보고 싶다고 생각할 것이다. 그리고 자신의 방법이 작가와 얼마나 가까운지 비교해보는 것도 재미있을 것이다.

포아로는 이튿날인 화요일에 그 이상한 실연을 해보이기로 했다. 그 준비는 내 호기심을 극도로 자극했다. 양쪽에 묵직한 커튼으로 칸막이한 방 한쪽에 흰 스크린이 장치되고, 다음에는 조명 도구를 든 사나이가 도착했으며, 마지막으로 전문가인 배우가 한 무리 몰려와서 서둘러 분장실로 꾸민 포아로의 침실로 사라졌다. 8시 조금 전에 재프 경감이 도착했는데, 그다지 기분이 좋아 보이지 않았다. 나는 경감이 포아로의 계획에 찬성하지 않는 모양이라고 생각했다.

“그야말로 포아로 씨의 아이디어답군. 역시 좀 멜로드라마 같지 않습니까? 그러나 그렇다고 해서 손해볼 것도 아니고, 그분의 말대로 우리의 수고를 크게 더는 결과가 될지도 모르지요. 포아로 씨는 이 사건에 대해 처음부터 아주 느낌이 좋더군요. 나도 물론 단서를 잡긴 했지만……."

나는 직감적으로 재프 경감이 조금 과장된 말을 하고 있다는 것을 느꼈다.

"그러나 좋을 대로 하라고 약속했으니까. 아, 모두 왔군요!"

맨 처음으로 새 클론쇼 경이 맬러비 부인을 부축하고 들어왔는데, 나는 이때 그녀를 처음 보았다. 부인은 머리가 검은 미인으로, 얼른 보기에 신경질적인 듯한 여자였다. 데이비드슨 부부가 그 다음에 들어왔다. 크리스토퍼 데이비드슨도 역시 이때 처음 보았다. 키가 크고 거무스름한 살빛에 약간 거만해 보이는 미남자로 배우다운 가벼운 매력을 갖추고 있었다.

포아로는 스크린 정면에 모두를 위한 자리를 만들었다. 스크린에 휘황한 조명이 비추어졌다. 포아로는 스크린 이외의 다른 부분은 어둡게 하기 위해 스위치를 껐다. 그의 목소리가 캄캄한 어둠 속에서 울렸다. "신사숙녀 여러분, 먼저 설명드리겠습니다. 6명의 인물이 지금부터 이 스크린 앞을 지나가겠습니다. 모두 잘 알고 있는 사람들입니다. 다시 말해서 피에로와 피에레토, 어릿광대인 판티네로와 우아한 파르티넬라, 경쾌하게 춤추는 콜롱비네와 사람 눈에는 보이지 않는 요정 아를르캉!"

이러한 설명을 겸한 인사말이 끝나자 쇼가 시작되었다. 포아로가 말한 인물들이 차례차례 스크린에 나타났다가 잠깐 머문 다음 사라졌다. 그리고 불이 켜졌다. 안도하는 듯한 한숨이 여기저기서 새어나왔다. 모두 뭐가 뭔지 알 수 없어 조마조마해 하고 있었다.

나는 이 자리의 상황이 몹시 어이없게 생각되었다. 만일 포아로가 이 가운데 범인이 있어 그것을 목격하고 당장 그 자리에서 정체를 잡아내리라 생각했다면, 그것은 보기 좋게 실패했다고 보아야 할 것이다. 이미 뻔히 앞이 내다보이고 있으니까. 그러나 포아로는 조금도 동요하는 빛이 없었다. 그는 빙그레 미소 지으며 앞으로 걸어 나왔다. "자, 신사숙녀 여러분, 참으로 미안합니다만, 한 분씩 지금 보신 것이 무엇인지 말씀해 주시기 바랍니다. 새 클론쇼 경부터 시작하실까요?"

새 클론쇼 경은 어찌할 바를 모르는 것 같았다.

"도무지 이야기의 참뜻을 잘 모르겠소."

"지금 보신 것을 이야기하면 됩니다."

"……저, 그러니까 6명의 인물이 방금 스크린 앞을 지나갔는데, 그들은 이탈리아 희극의 분장을 하고 있었던 것 같군요. 아니면, 저……그날 밤의 우리와 같은 분장을 하고 있었다고 해도 좋습니다."

"그날 밤 일은 걱정하실 필요 없습니다." 포아로가 말을 가로막았다. "지금 보신 것을 물어보고 싶었습니다. 부인, 당신도 클론쇼 경과 같은 생각입니까?" 포아로는 맬러비 부인 쪽을 쳐다보았다.

"네……네, 그래요."

"이탈리아 희극의 분장을 한 여섯 사람을 보신 것에 동의하는 겁니까?"

"그렇습니다."

"데이비드슨 씨는? 당신도 같은 생각입니까?"

"네."

"부인은?"

"네."

"헤이스팅스, 재프 경감님, 모두 같은 생각입니까?"

그는 모두를 둘러보았다. 그의 얼굴은 조금 창백했으며 두 눈이 고양이처럼 파랗게 빛났다.

"그러나 여러분, 여러분은 모두 잘못 보셨습니다! 자신의 눈에 속은 것입니다. 전승무도회가 열렸던 날 밤에 속은 것과 마찬가지로.

우리는 '자기의 눈으로 본다'는 말을 곧잘 합니다만, 그러나 반드시 진실을 보는 것은 아닙니다. 마음의 눈으로 보아야 합니다. 작은 회색 뇌세포를 써야 하는 것입니다! 그렇게 하면 오늘 밤에도, 무도회가 있었던 날 밤에도 여러분이 본 것은 6명이 아니라 5명이었다는 사실을 알 수 있을 것입니다! 자, 보십시오!"

불이 다시 꺼졌다. 한 사람이 스크린 정면으로 뛰어나왔다. 피에로였다.

"이건 누구일까요? 피에로일까요?"

포아로가 물었다.

"그렇습니다!" 모두 소리쳤다.

"다시 한 번 보십시오!"

피에로는 재빠른 동작으로 헐렁한 옷을 벗어버렸다. 그러자 무대조명을 받으며 그곳에 서 있는 것은 화려한 아를르캉이었다! 그와 동시에 누군지 외마디 소리를 질렀다. 의자가 하나 뒤집혔다.

"빌어먹을!" 데이비드슨이 신음하는 소리가 들렸다. "빌어먹을! 어떻게 그것을 알았지?"

'찰칵' 하고 수갑 채우는 소리가 나더니 재프 경감의 냉정하고 사무적인 목소리가 들렸다. "크리스토퍼 데이비드슨, 클론쇼 자작 살해용의자로 당신을 체포하겠소. 이제부터 당신이 하는 말은 기록되어 증거로서 쓰여질지도 모르오."

그로부터 15분 뒤 훌륭하게 차려진 야식이 나왔다. 포아로는 얼굴 가득 웃음을 띠고 애교를 부리며 묻는 질문에 열심히 대답해 주었다.

"아주 간단한 일이었습니다. 초록빛 술 장식이 발견된 상황으로 그것이 범인의 옷에서 떨어졌다는 것은 곧 알 수 있었습니다. 그래서 피에레토는 용의자 리스트에서 빼버리고——테이블나이프로 급소를 찌르려면 상당한 힘이 필요하기 때문입니다——범인은 피에로라고 짐작했습니다. 그러나 피에로는 살인이 행해지기 약 2시간쯤 전에 무도회장을 떠났습니다. 그러므로 피에로는 나중에 다시 돌아와서 클론쇼 경을 살해했든지, 아니면 떠나기 전에 살해했든지 둘 중 하나임에 틀림없습니다! 그날 밤 저녁 식사가 끝난 뒤 경을 본 것은 누구입니까? 데이비드슨 부인 단 한 사람뿐입니다. 그녀의 진술은 잃어버린 술 장식을 설명하기 위해 신중히 꾸며낸 이야기가 아닐까 나는 의심했습니다. 물론 그것은 남편의 옷에서 떨어진 술 장식을 메우기 위해 그녀가 일부러 자기 옷에서 잘라낸 겁니다. 그렇다면 1시 30분쯤 특별석에 나타난 아를르캉은 누군가가 변장한 것이 틀림없겠지요. 처음에 나는 베르텐 씨가 공범이 아닐까 잠깐 생각해 보았습니다. 그러나 베르텐 씨의 꼼꼼하게 차려입은 의상으로는 판티네로와 아를르캉의 1인 2역을 해낼 수 없습니다. 그러나 살해된 클론쇼 경과 키도 같고 직업배우인 데이비드슨이라면 그런 것쯤 아주 쉬운 일이었지요.

그러나 골치 아픈 일이 한 가지 있었습니다. 의사라는 사람이 2시간 전에 죽은 시체와 1분 전에 죽은 시체를 구별하지 못할 리가 없습니다. 역시 의사는 그 점을 알아보았습니다. 그러나 의사는 검시심문에 불려왔을 때 '이 사람은 몇 시간 전에 죽었느냐?'는 질문을 받지 않고, '이 사람이 10분 전까지도 살아 있는 것을 보았다'는 말을 들었습니다. 그래서 의사는 검시법정에서 팔다리에 기묘한 이상경직 현상이 보인다고 증언하는 데 그쳤던 것입니다! 그리하여 나의 이론대로 모든 일이 막힘없이 진행되었습니다. 데이비드슨은 저녁 식사가 끝난 뒤, 다시 말해서 여러분도 기억하겠지만 그가 식당으로 경을 데리고 들어갔을 때 살해한 것입니다. 그런 다음 코넷 양을 데리고 무도회장을 나와 아파트 문 앞에서 그녀와 헤어져——

—안으로 들어가 그녀를 위로하려고 했다는 것은 거짓말입니다—
—서둘러 클로더스 홀로 돌아왔습니다. 그러나 이번에는 피에로가
아니라 아를르캉으로 가장했습니다. 겉옷을 벗으면 문제없이 아를
르캉으로 꾸밀 수 있으니까요.”
죽은 클론쇼 경의 큰아버지는 의아한 눈길로 몸을 앞으로 내밀었
다. “그렇다면 데이비드슨은 처음부터 희생자를 살해하려는 준비를
하고 무도회에 온 것이군요. 그 동기가 무엇이오? 나로서는 도무지
짐작이 가지 않습니다만……. ”
“아아, 거기에 제2의 비극…… 코넷 양의 죽음이 관련되는 것입니
다. 누구나 미처 보지 못한 간단한 점이 하나 있습니다. 코넷 양은
코카인 중독으로 죽었습니다. 그러나 그녀의 코카인은 클론쇼 경의
시체에서 발견된 에나멜 상자에 들어 있었습니다. 그럼, 그녀는 코
카인을 어디서 구했을까요? 그것을 그녀에게 줄 수 있었던 사람은
오직 하나…… 데이비드슨뿐입니다. 그럼, 모든 일이 분명해지지
요. 그녀가 데이비드슨과 사이가 좋았던 까닭도 그에게 집까지 데
려다달라고 부탁한 까닭도 모두 설명이 됩니다. 마약 상용에 대해
이상할 정도로 반대해 온 클론쇼 경은, 그녀가 코카인에 깊이 빠져
있는 것을 알아차리고 데이비드슨이 그것을 그녀에게 대주고 있는
게 아닐까 의심했습니다. 물론 데이비드슨은 부정했겠지요. 그러나
클론쇼 경은 무도회 때 코넷 양으로부터 직접 진상을 알아내려고
마음먹었습니다. 그는 이 가엾은 여자를 용서할 수는 있어도 마약
을 팔아 생활하는 사나이는 절대로 용서하지 않았을 것입니다. 데
이비드슨은 나쁜 일이 탄로나게 되어 파멸에 이르겠지요. 그래서
무슨 일이 있어도 클론쇼 경의 입을 막기로 결심하고 무도회에 나
왔던 겁니다.”
“그럼, 코코의 죽음은 과실사였습니까?”

"데이비드슨이 교묘하게 꾸민 사고가 아니었을까 생각합니다. 그녀는 클론쇼 경에 대해 화를 내고 있었습니다. 첫째는 그에게 꾸중 들었기 때문이고, 둘째는 코카인을 빼앗겼기 때문입니다. 그리하여 데이비드슨은 그녀에게 더욱 많은 약을 주어 '구식인 클론치'에 대해 빈정거리는 뜻으로 약의 복용량을 늘리라고 은근히 권했겠지요."

"한 가지만 묻고 싶은데……" 하고 내가 끼어들었다. "커튼 뒤의 우묵하게 들어간 장소를 어떻게 알아냈나?"

"그런 건 너무나 쉬운 일이었네. 종업원들이 그 작은 방에 들락날락했을 텐데 시체가 발견되었을 때 모습 그대로 줄곧 바닥에 뒹굴었을 리가 없잖겠나? 방 어디엔가 시체를 감추어둔 장소가 있었을 게 틀림없지. 그래서 나는 커튼 뒤에 우묵하게 들어간 장소가 있으리라고 추리한 거지. 데이비드슨은 그곳에 시체를 끌어넣었다가 나중에 특별석에서 모든 사람의 주의를 집중시켜 놓고 홀을 떠나기 전에 다시 시체를 꺼내놓은 거지. 교묘하기 이를 데 없는 조치야. 그는 머리가 비상한 사나이니까."

그러나 나는 포아로의 녹색 눈에서 다음 말을 분명히 읽었다.

"아무리 그래도 이 에르큘 포아로 만큼은 비상하지 못하지!"

머스든 저택의 비극

나는 볼일이 있어 런던을 2, 3일 정도 떠나 있었는데, 돌아와 보니
포아로가 작은 여행가방을 꾸리고 있었다.

"마침 잘 왔네, 헤이스팅스, 너무 늦기에 함께 갈 수 없나 보다고
걱정했는데."

"아니, 무슨 사건이 또 일어났나?"

"그렇네. 하지만 이번 사건은 얼른 보기에 해결될 가망이 있을 것
같지가 않군. 바로 2, 3일 전 상당한 액수인 5만 파운드의 생명보
험에 가입한 맬트레이버스라는 사람이 죽었는데, 노덤 유니언 보험
회사에서 그 주변 사정을 조사해 달라고 나에게 의뢰가 왔다네."

"그래서?" 나는 크게 흥미를 느끼며 물었다.

"물론 보험증서에는 자살에 관한 조항도 기재되어 있지. 다시 말해
서 계약한 뒤 2년 안에 본인이 자살하는 경우에는 보험금을 받을
수 없다는 거야. 맬트레이버스 씨는 보험회사 전속의사에게 진찰을
받았는데, 그 의사에 의하면 혈기왕성한 나이는 지났지만 아주 건
강한 상태라고 하여 합격했거든. 그런데 수요일…… 그러니까 그

저께 웨섹스에 있는 그의 저택인 머스든 저택 정원에서 시체로 발견되었다네. 죽은 원인은 어떤 종류의 내출혈이라고 기록되어 있었네. 이것 자체는 이상할 것도 없지만, 맬트레이버스 씨의 재산 상태에 대해 최근 아주 좋지 못한 소문이 나 있었던 모양이야. 그래서 보험회사가 조사하여 고인이 파산 직전에 있었다는 사실을 알아냈다네. 자, 이렇게 되자 이야기는 완전히 달라졌거든. 특히 맬트레이버스 씨에게는 젊고 아름다운 아내가 있는데 그가 이 아내를 위하여 있는 돈, 없는 돈을 다 긁어모아서 보험료를 지불한 뒤 자살했다고 생각할 수도 있거든. 그다지 이상한 일도 아니지. 아무튼 노덤 유니언 보험회사의 이사인 내 친구 앨프레드 라이트가 그 사건의 진상을 조사해 달라는 부탁을 해온 거야. 그러나 나는 성공할 가망성은 별로 없다고 그에게 말해 두었네. 죽은 원인이 심장마비라면 그래도 마음이 편하겠는데……'심장마비'란 환자의 죽은 원인이 분명치 않을 경우 무능한 시골의사가 곧잘 쓰는 말이니까. 그러나 '내출혈'이라면 상당히 다르지. 아무튼 좀더 조사해볼 수밖에 없네. 자네도 5분 안에 여행 준비를 끝내게, 헤이스팅스. 그리고 리버풀 거리까지 택시를 타기로 할까."

1시간 뒤 우리는 그레이트 이스턴 선 머스든 리의 작은 역에 도착해 기차에서 내렸다. 역에서 물으니 머스든 저택은 거기서부터 약 1.5킬로미터쯤 된다는 것이었다. 포아로의 제의로 우리는 큰길을 걸어서 가기로 했다.

"그런데 어떤 작전인가, 포아로?" 내가 물었다.

"우선 의사를 방문하세. 머스든 리에는 의사가 한 사람밖에 없다는 것을 확인해 두었으니까……랠프 버너드 박사. 자, 여기가 바로 그의 집이야."

그 집은 고급 별장풍의 건물로, 길에서 조금 들어간 곳에 세워져 있었다. 문기둥에 걸린 놋쇠 표찰에 의사의 이름이 씌어져 있었다. 우리는 길을 건너가 초인종을 눌렀다. 마침 좋은 시각에 방문했음을 알았다. 진찰시간이었으나 기다리고 있는 환자가 한 사람도 없었기 때문이다. 버너드 의사는 나이가 지긋하고 떡벌어진 어깨가 구부정한 사나이로 붙임성이 있어 보였다. 포아로는 자기소개를 한 다음 방문 목적을 설명하고, 이런 종류의 사건에 대해서는 보험회사로서도 충분히 조사해야 한다는 사정을 덧붙여 말했다.

"물론이지요, 그렇고말고요." 버너드 의사는 애매한 대답을 했다. "맬트레이버스 씨는 그처럼 부자였으니까 많은 금액의 생명보험에도 들어 있었군요."

"부자라고 생각하십니까?"

의사는 이 질문에 놀란 것 같았다. "그렇지 않습니까? 그는 자동차를 두 대나 가지고 있었지요. 게다가 아주 싸게 먹힌다 하더라도 저 아름답고 넓은 머스든 저택을 유지해 가는 것은 이만저만 어려운 일이 아닐 겁니다."

"그런데 최근에 상당한 손실을 입었다는 말을 들었습니다만……." 포아로는 의사를 찬찬히 들여다보면서 말했다.

그러나 의사는 슬픈 듯이 머리를 내저었을 뿐이었다. "그렇습니까? 하긴 그럴지도 모르지요. 그렇다면 생명보험에 가입한 것은 부인에게 있어 참으로 다행한 일이었군요. 부인은 아주 젊고 아름다우며 매력적인데, 이 비참한 일을 당해서 넋을 잃고 있답니다. 가엾게도 신경이 견디어내지 못한 것이지요. 나도 할 수 있는 데까지는 위로했지만, 워낙 충격이 컸기 때문에……."

"최근 맬트레이버스 씨를 진찰하신 일이 있습니까?"

"아니오, 전혀 없습니다."

"뭐라고요?"

“맬트레이버스 씨는 크리스천 사이언티스트 ^(미국에 있는 그리스도교의 일파로 질병에 대하여 정신치료를 함) 라던가요? 아무튼 그 비슷한 것을 믿는다고 들었습니다.”

“검시는 하셨겠지요?”

“물론입니다. 정원사가 부르러 왔었지요.”

“죽은 원인은 분명했습니까?”

“절대로 확실합니다. 입술에 피가 묻어 있었는데, 출혈은 대부분 내출혈이었던 것이 틀림없습니다.”

“시체는 발견된 자리에 그대로 누워 있었습니까?”

“그렇습니다. 아무도 손을 대지 않았습니다. 시체는 나무가 조금 듬성한 곳 끄트머리에 누워 있었습니다. 까마귀를 쏘려던 참이었는지 누워 있는 곁에 까마귀를 쏘는 작은 라이플이 떨어져 있었습니다. 내출혈은 갑작스럽게 일어났음에 틀림없습니다. 아무리 보아도 위궤양인 듯싶습니다.”

“총에 맞은 듯한 의심은 가지 않았습니까?”

“당치도 않습니다.”

포아로는 겸손하게 사과했다. “실례했습니다. 그러나 내 기억에 잘못이 없다면 최근 어떤 살인사건에서 의사가 처음에는 심장마비라고 진단했는데, 그 뒤 경찰이 머리에서 관통된 총상을 발견했기 때문에 앞서 말한 진단을 뒤엎은 일이 있었지요.”

버너드 의사는 퉁명스럽게 말했다. “누가 보든 맬트레이버스 씨의 시체에서 총상이나 탄환 자국을 찾아낼 수는 없을 겁니다! 자, 그럼, 다른 볼일이 없으시다면……”

우리는 얼른 그 말뜻을 알아차렸다. “여러 가지로 대답해 주셔서 정말 고맙습니다. 시체를 해부할 필요는 없을 테지요?”

“물론 없습니다.” 의사는 금방이라도 졸도할 것 같았다. “죽은 원인은 확실합니다. 따라서 나는 직업상 고인의 가족들을 새삼스럽게 부당히 괴롭힐 필요는 없다고 생각합니다.” 말을 끝내자 의사는 등을 돌리고 우리가 보는 앞에서 문을 쾅 닫아버렸다.

머스든 저택 쪽으로 걸어가면서 포아로가 물었다. “버너드 의사라는 사람을 어떻게 생각하나, 헤이스팅스?”

“늙다리 영감이군.”

“그렇네, 자네의 성격판단은 언제나 신중하거든.”

나는 안절부절못하며 포아로를 흘끗 쳐다보았으나 그는 정색한 표정이었다. 그는 눈을 깜박이며 장난스럽게 덧붙였다. “바꾸어 말하자면 아름다운 여성이 아닌 경우에는 그렇단 말일세.”

나는 싸늘하게 포아로를 마주 보았다.

우리가 저택에 이르자 중년의 하녀가 문을 열어주었다. 포아로는 자신의 명함과 보험회사가 맬트레이버스 부인에게 보낸 편지를 건네주었다. 하녀는 작은 거실로 우리를 안내하고 부인에게 알리러 갔다. 10분쯤 지나자 문이 열리고 상복을 입은 늘씬한 모습의 부인이 머뭇거리면서 나타났다.

“포아로 씨이십니까?”

포아로는 공손한 태도로 일어나 그녀에게로 가까이 다가갔다. “한창 번거로우실 텐데 갑작스럽게 폐를 끼치게 되어서 정말 죄송합니다. 그러나 일은 아무래도 진행시켜야 하기 때문에……”

맬트레이버스 부인은 포아로의 부축을 받으며 의자에 앉았다. 그녀의 눈은 울어서 퉁퉁 부어 빨갰다. 일시적인 슬픔으로 이성을 잃기는 했으나 그 뛰어난 아름다움은 다치지 않았다. 나이는 27, 8살, 푸르고 동그란 눈과 조금 뾰족한 듯싶은 귀여운 입매를 가진 기막힌 미인이었다.

“남편의 보험에 대해 무슨 일이 있었군요? 하지만 지금 그 말을 들어야 할까요…… 이렇게 빨리?”

“부인, 기운을 내십시오. 세상을 떠나신 주인께서는 상당히 많은 금액의 생명보험에 들어 있었습니다. 이런 경우 보험회사로서는 언제나 납득이 갈 때까지 두서너 가지 자세한 점을 조사합니다. 회사에서 그 조사를 나에게 부탁했습니다. 나는 내 힘이 미치는 한 이 사건에서 부인이 불쾌히 여기지 않도록 하겠습니다. 그 점은 안심하십시오. 자, 수요일의 그 참혹한 사건을 간단히 이야기해 주시겠습니까?”

“마침 차 마실 시간이 되어서 옷을 갈아입는데 하녀가 들어왔어요. 그때 정원사 한 사람이 막 저택으로 달려와서 주인이…….”

부인의 목소리는 점점 희미해져갔다. 포아로는 그녀의 심정을 헤아리듯 그 손을 꼭 쥐어주었다. “압니다, 잘 압니다. 그래, 점심때가 조금 지난 뒤 남편을 보셨습니까?”

“아니오, 점심 식사 뒤에는 보지 못했어요. 나는 우표를 사러 마을에 갔었거든요. 주인은 틀림없이 정원 안을 이리저리 왔다갔다하고 있었을 거라고 생각해요.”

“까마귀를 쏘려고 말입니까?”

“네, 남편은 언제나 까마귀를 잡는 작은 라이플을 갖고 다녔거든요. 그때도 멀리서 총소리가 한두 발 울린 것을 들었어요.”

“그 총은 지금 어디에 있습니까?”

“홀에 있을 거예요.”

부인은 우리를 홀로 안내했다. 그녀는 총을 발견하자 포아로에게 총을 건네주었다. 그는 그것을 대강 조사했다.

“두 발 쏘았군요.” 부인에게 총을 돌려주면서 포아로는 말했다. “그런데 부인, 만일 큰 지장이 없다면…….” 그는 말하기 거북한 듯 입을 다물었다.

“하녀에게 안내해 드리도록 하지요.” 부인은 얼굴을 돌리며 중얼거리듯 말했다.

하녀가 불려 와서 포아로를 2층으로 안내했다.

나는 이 아름답고 불행한 여자와 단둘이 홀에 남게 되었다. 뭐든 말을 해야 하는지, 아니면 입을 다문 채 가만히 있어야 하는지 판단이 서지 않았다. 그래서 두서너 마디 별 지장을 주지 않을 무난한 이야기를 꺼내보았지만 그녀는 건성으로 대답할 뿐이었다. 2, 3분 지나자 포아로가 되돌아왔다.

"여러 가지로 친절하게 해주서서 고맙습니다, 부인. 이 일에 대해서는 더 이상 괴로움을 더하는 일이 없으리라고 생각합니다. 그런데 바깥분의 재정상태에 대해 뭔가 아는 일은 있으십니까?"

그녀는 고개를 저었다. "전혀 몰라요. 그 방면에는 아주 거리가 멀기 때문에……."

"그러시겠지요. 그런데 바깥분께서 어째서 그처럼 갑자기 생명보험에 들으셨는지 마음에 짚이는 일이 없습니까? 전에는 확실히 보험에 가입하지 않았을 텐데 말입니다."

"네, 우리는 결혼한 지 아직 1년이 채 안 되었어요. 그러나 그분이 생명보험에 가입한 것은 자신의 목숨이 오래 남아 있지 않았다고 생각했기 때문일 거예요. 그분은 자신의 죽음에 대해 강한 예감을 가지고 있었지요. 전에도 한 번 출혈한 적이 있기 때문에 두 번째 출혈이 일어나면 목숨을 잃게 된다는 것을 자각하고 있었던 것 같아요. 나도 이런 비관적인 공포는 어떻게든 버리도록 하려고 노력했지만 결국 그분의 예감대로 되고 말았어요!"

눈에 눈물을 글썽이며 그녀는 기품 있는 작별인사를 했다. 통로를 내려갈 때 포아로는 그 특유의 몸짓을 하며 말했다. "그럼, 이것으로 되었군! 헤이스팅스, 런던으로 돌아가세. 아무래도 이 쥐구멍에는 쥐가 없는 것 같네. 그런데……."

"그런데 뭔가?"

"조금 모순된 데가 있는 것 같네. 아니, 그뿐이네! 자네도 눈치 챘나? 못 알아차렸다고? 하기야 인생 그 자체가 모순된 일로 가득 차 있지. 확실히 그 사나이는 자살할 리가 없었지. 입 속이 피로 가득찰 만한 독약은 없으니까. 아니, 모든 것은 명백하고 공명정대하다는 사실을 인정해야겠지…… 한데 저 사람은 누굴까?"

키가 후리후리한 젊은이가 우리 쪽을 향해 드라이브 길을 성큼성큼 걸어오고 있었다. 그는 말없이 우리와 엇갈려 지나갔다. 그러나 나는 그 젊은이가 열대지방에서 생활했음을 말해 주는 구릿빛 얼굴에 여위었으나 매우 건강해 보이는 사나이라는 것을 알 수 있었다. 낙엽을 쓸어 모으던 정원사 한 사람이 일손을 멈추고 있었으므로 포아로는 서둘러 그 옆으로 다가갔다.

"저 신사가 누군지 좀 가르쳐주겠소? 당신이 아는 사람이오?"

"이름은 생각나지 않습니다만, 뵌 적은 있습니다. 지난 주일에 하룻밤 여기서 머무르셨지요. 틀림없이 화요일이었습니다."

"헤이스팅스, 지금 곧 뒤를 밟아 보기로 하세."

우리는 멀어져가는 젊은이의 모습을 뒤쫓아 드라이브 길을 서둘러 걸었다. 집 옆으로 난 테라스에 상복 입은 사람의 모습이 언뜻 보인 것 같았다. 쫓던 사나이의 모습이 시야에서 벗어났으므로 우리는 더욱 재빨리 뒤를 쫓았다. 이리하여 우리는 그 두 사람이 만나는 것을 보게 되었다. 맬트레이버스 부인은 서 있는 곳에서 약간 비틀거리는 듯했다. 얼굴이 몹시 창백해져 있었다.

그녀가 숨가쁘게 말했다. "당신은 동아프리카로 가는 배에 있으리라 생각했는데, 어떻게 다시 오셨지요?"

젊은이가 말했다. "변호사로부터 연락이 왔기 때문에 출발하지 않았습니다. 스코틀랜드에 계시는 큰아버님이 갑자기 세상을 떠나셔서 내게도 조금 유산을 남겨주었다는군요, 그래서 여행은 보류하는 편이 좋으리라고 생각한 겁니다. 게다가 신문에서 이 댁 불행을 보고 뭔가 도울 수 있는 일이 없을까 하여 이렇게 찾아온 것입니다. 틀림없이 뒤처리를 할 일손이 필요할 것 같아서요.”

그때 두 사람은 우리가 있는 것을 알아차렸다. 포아로는 앞으로 걸어 나가 실은 홀에 스틱을 두고 왔노라며 사과 겸 변명을 했다. 맬트레이버스 부인은 그다지 마음 내키지 않는 태도로——내 눈에는 그렇게 비쳤다——젊은이를 우리에게 소개했다. “포아로 씨예요, 이쪽은 블랙 대위.”

몇 분 동안 줄거리도 없는 이야기를 주고받는 사이에 포아로는 블랙 대위가 앵커 인에 머물고 있다는 사실을 알아냈다. 잊고 왔다는 스틱은 물론 보이지 않았다. 그러나 놀랄 것은 없었다. 포아로는 적당히 둘러대어 해명했다. 그러고 나서 우리 두 사람은 물러나왔다.

우리는 서둘러 마을로 되돌아와서 앵커 인으로 직행했다.

“그럼, 여기서 대위가 돌아올 때까지 기다리기로 하세.” 그리고 나서 포아로는 자기 생각을 설명했다. “조금 전에 나는 다음 열차로 런던에 돌아가겠다고 말했는데, 그 이유는 자네도 알아차렸겠지? 아마 내가 말하려고 한 뜻을 알았을 거야. 어찌되었든 맬트레이버스 부인이 블랙 청년을 쳐다보았을 때의 얼굴빛을 보았겠지? 분명 그녀는 이성을 잃은 것 같았고, 그는…… 그렇지, 그야말로 헌신적인 표정이었네. 그렇게 생각되지 않나? 그런데 그는 화요일 밤…… 다시 말해서 맬트레이버스 씨가 죽기 전날 밤 그 집에 머물렀네. 헤이스팅스, 우리는 블랙 대위의 행동도 좀 조사해야 되겠네.”

30분쯤 지났을 때 우리는 기다리던 상대가 그곳으로 가까이 오는 것을 보았다. 포아로는 밖으로 나가 그에게 말을 걸고 곧 예약해 두었던 방으로 데리고 왔다.

포아로가 설명했다. "우리가 여기까지 찾아온 목적에 대해 블랙 대위님은 이해해 주시리라고 생각합니다. 나는 맬트레이버스 씨가 사망하기 직전의 정신상태를 파악하고 싶었습니다. 그러나 괴로운 질문을 퍼부어 맬트레이버스 부인을 괴롭혀드리고 싶지 않았습니다. 그런데 당신이 사건이 일어나기 전날 밤 맬트레이버스 씨 댁에 계셨다고 하기에 참고될 만한 이야기라도 들을 수 있지 않을까 생각합니다."

"물론 도움이 되었으면 합니다. 그러나 특별히 다른 말은 들려 드릴 수가 없군요. 맬트레이버스 씨는 우리 가족들과 오래전부터 잘 알고 지내는 사이였지만, 나 개인적으로는 그다지 잘 알지 못하니까요."

"언제 이리로 오셨습니까?"

"화요일 오후였습니다. 내가 탈 배가 12시쯤 틸베리를 출항하기 때문에 수요일 아침 일찍 런던으로 갔습니다. 그런데 어떤 소식을 듣고 예정을 바꾸었습니다. 아마 내가 맬트레이버스 부인에게 설명하는 것을 들으셨으리라고 생각합니다만……."

"동아프리카로 돌아가시는 참이었다고요?"

"그렇습니다, 세계대전이 끝난 뒤 내내 가보지 못했거든요……넓은 땅이지요."

"그렇겠지요. 그런데 화요일 저녁 식사 때는 어떤 이야기를 했습니까?"

"기억이 잘 나지 않는군요. 흔해빠진 세상이야기였습니다. 맬트레이버스 씨가 우리 가족들의 안부를 묻고, 그런 다음 독일의 배상문제에 대해 이야기했습니다. 그리고 부인이 동아프리카에 대해서 여러 가지로 물었기 때문에 한바탕 연설을 했지요. 그 정도였어요."

"고맙습니다."

포아로는 잠깐 입을 다물었다가 조금 뒤 다시 부드럽게 말했다.

"큰 지장이 없다면 간단한 실험을 해보고 싶습니다. 지금 당신은 자신의 의식으로 아는 사실을 모두 말씀하셨는데, 이번에는 당신의 잠재의식에 질문하게 해주시겠습니까?"

블랙 대위는 놀라운 빛을 보였다. "정신분석이라는 것입니까?"

포아로는 안심시키려는 듯이 말했다.

"아니, 아닙니다. 이런 겁니다. 내가 당신에게 한 가지 낱말을 말하면 당신은 다른 낱말로 대답하시는 겁니다. 어떤 낱말이나 좋으니 맨 처음 머리에 떠오른 걸 말해 주십시오. 자, 시작해볼까요?"

"좋습니다." 블랙 대위는 불안해 보이는 표정으로 천천히 대답했다.

"낱말을 기록해 주겠소, 헤이스팅스?" 포아로는 주머니에서 큼직한 시계를 꺼내 옆 테이블 위에 놓았다.

"시작합니다…… 낮."

순간 사이를 두었다가 블랙 대위가 대답했다.

"밤."

문답이 진행되어 가자 대위의 대답이 차츰 빨라졌다.

"이름."

"장소."

"버너드."

"쇼."

"화요일."

"저녁 식사."

"여행."

"배."

"지방."

"우간다."

"이야기."

"라이온."

"까마귀 잡는 라이플."

"농장."

"사격."

"자살."

"코끼리."

"상아(象牙)."

"돈."

"변호사."

"참으로 고맙습니다, 블랙 대위. 그럼, 30분 안에 또 잠깐 시간을 내주실 수 있을까요?"

"좋습니다."

젊은 장교는 의아한 얼굴로 포아로를 바라보았다. 그는 일어나면서 이마를 닦았다.

"헤이스팅스……." 등 뒤에서 문이 닫히자 포아로는 미소 띤 얼굴을 내게로 돌렸다. "알겠나, 아니면 모르겠나?"

"자네의 말뜻을 모르겠군."

"이 낱말 리스트에서 얻는 바가 없단 말이지?"

나는 그것을 차근차근 검토해 보았으나 머리를 젓지 않을 수 없었다.

"그럼, 도와주어야겠군. 우선 첫째, 블랙 대위는 정상적인 시간 안에 막히지 않고 척척 대답했네. 따라서 그는 감추어야 할 꺼림칙한 일이 없었다는 것을 알 수 있지. '낮'에 대해 '밤', '이름'에 대해 '장소'…… 이런 것들은 자연스러운 연상이라고 할 수 있네. 그런데 다음 질문 '버너드'로 나는 반응을 시험해 보았네. 만일 그가 한 번이라도 버너드 의사를 만났다면, 그 시골의사를 연상했을지도 모르지. 그러나 분명히 그는 만나지 않았네. 그 다음 '화요일'이라는 물음에 대해서 '저녁 식사'라고 대답했는데, 그러나 '여행'과 '지방'이라는 말에는 '배'와 '우간다'로 대답했네. 이것은 분명 해외여행이야말로 그에게 있어 중요한 일이며, 이곳에 온 것은 별 의미가 없다는 것을 나타내 보여주는 자료이네. '이야기'라는 말은 그가 화요일 저녁 식사 때 나눈 '라이온 이야기'를 연상케 했네. 그리고 '까마귀잡는 라이플'이라고 계속하자 뜻밖에도 '농장'이라는 말로 대답했으며, '사격'에 대해서는 즉석에서 '자살'이라고 대답했어. 이것으로 미루어 보아 이야기는 명백해졌네. 결국 그가 아는 어떤 사나이가 농장 어디에선지 까마귀 잡는 라이플로 자살했다는 것이 아니겠나. 그리고 그의 의식에는 아직 그 저녁 식사 때 나눈 이야기가 남아 있다는 것도 기억해 주었으면 하네. 이제 다시 블랙 대위를 만나 그 화요일 밤 저녁 식사 식탁에서 나눈 이야기를 한 번 되풀이해 달라고 부탁하면 내가 한 말이 진상에서 그다지 동떨어져 있지 않다는 것을 자네도 알게 될 걸세."

블랙 대위는 이 점에 대해서 퍽 순종적이었다.

"네, 지금 그 말씀을 들으니 생각나는군요. 그때 그런 이야기를 두 분에게 들려주었습니다. 아프리카에서 어떤 사나이가 농장 안에서 자살을 했지요. 라이플을 자기 입에 집어넣고 쏘았기 때문에 총알이 뇌수 속에 박혀 있었답니다. 의사들은 진단에 아주 애를 먹었지요. 왜냐하면 입술 위에 피가 조금 묻어 있을 뿐이었으니까요. 그런데 그 이야기가 뭐……?"

"맬트레이버스 씨와 무슨 관계가 있느냐고 묻고 싶은 거지요? 아무래도 당신은 맬트레이버스 씨의 시체 곁에 까마귀 잡는 라이플이 있었다는 것을 모르시는 모양이군요."

"그럼, 내 이야기가 그에게 암시를 주었다는 말씀입니까? 오, 그런 끔찍스러운 일이!"

"걱정하실 건 없습니다. 한마디로 그렇다고 단정할 수는 없습니다. 그럼, 나는 런던에 전화를 걸어야겠는데……."

포아로는 전화기에 대고 오래 이야기한 다음 골똘히 생각에 잠긴 얼굴로 되돌아왔다. 오후가 되자 포아로는 혼자 외출했다. 그리고 7시가 되어서야 겨우 더 이상 꾸물거릴 수 없다, 지금까지 들은 일들을 저 젊은 미망인에게 알려줄 필요가 있다고 말을 꺼냈다. 이미 나는 미망인에 대해 말할 수 없는 동정을 느끼고 있었다. 무일푼으로 혼자 남겨지고, 더욱이 남편이 자기의 앞날을 보장하기 위해 자살했다는 걸 알게 되면 어떤 여자라도 견딜 수 없는 무거운 짐으로 느껴질 것이다. 그러나 나는 이 슬픔이 지나면 저 블랙 대위가 부인을 위로하는 좋은 상대가 될지도 모른다는 남모르는 희망을 가져보기도 했다. 그는 확실히 부인을 몹시 찬미하고 있는 듯했다. 부인을 만나는 것은 가슴 아픈 일이었다. 그녀는 포아로가 말한 여러 가지 사실을 고집스럽게 믿지 않았다. 그러나 마침내 설득되자 소리내어 울음을 터뜨리고 말았다. 시체를 해부한 결과 우리의 의혹이 사실로 나타났던 것이다. 포아로도 이 가엾은 미망인에게는 퍽 깊이 동정하고 있었다. 그러나 그는 보험회사에 고용된 몸이니 어쩔 수 없지 않은가? 작별할 준비를 하면서 그는 다정한 목소리로 부인에게 말했다.

"부인, 다른 사람은 제쳐두고서라도, 당신이야말로 이 세상에 죽은 사람이 없다는 것을 깨달아야만 합니다."

"그게 무슨 뜻이지요?" 부인은 눈을 커다랗게 뜨고 말을 더듬었다.

"이제까지 강령술 모임에 참석한 일이 없습니까? 당신에게는 영매의 소질이 있을 것입니다."

“남들이 그런 말하는 걸 들은 적은 있어요. 하지만 설마 당신은 강령술을 믿지 않으시겠지요?”

“부인, 나는 이상한 것을 본 일도 있습니다. 이 집에서 유령이 나온다고 마을에 소문이 퍼져 있는 것을 아십니까?”

그녀는 고개를 끄덕였다. 그때 하녀가 식사준비가 되었음을 알리러 왔다. “잠깐 기다렸다가 뭘 좀 드시고 가시지요.”

우리는 그녀의 제의를 기꺼이 받아들였다. 우리가 자리를 함께 하면 틀림없이 부인의 슬픔도 조금이나마 다른 일과 뒤섞일 수 있으리라고 생각했던 것이다.

마침 수프가 끝났을 때 문 밖에서 비명이 들리고 사기그릇 깨지는 소리가 났다. 우리는 깜짝 놀라 일어났다. 하녀가 가슴을 움켜쥐고 나타났다.

“남자분이…… 복도에 서 계십니다.”

포아로가 얼른 뛰어나갔다가 곧 되돌아왔다.

“아무도 없는데요.”

“그래요? 하지만 나는 기겁을 했어요.” 하녀는 힘없이 중얼거렸다.

“어떻게 된 거지요?” 포아로가 물었다.

하녀는 목소리를 낮추어 중얼거리듯 대답했다. “나, 나는 주인어른이라고 생각했어요. 그렇게 보였습니다.”

맬트레이버스 부인이 깜짝 놀라는 것을 나는 알 수 있었다. 자살한 사람은 옳게 저승으로 가지 못한다는 옛날부터 전해오는 미신이 문득 내 머릿속에 떠올랐다. 부인도 틀림없이 그것을 생각해 낸 모양이었다. 왜냐하면 갑자기 그녀는 비명을 지르며 포아로의 팔에 매달렸기 때문이다.

“들리지 않나요, 저 창문을 세 번 두드리는 소리가? 남편은 집 주위를 돌아다닐 때 언제나 저렇게 창문을 두드렸답니다.”

“담쟁이덩굴입니다. 유리창에 담쟁이덩굴이 닿은 것입니다, 부인!” 하고 나는 소리쳤다.

그러나 공포의 그림자가 차츰 모두에게 다가왔다. 하녀는 완전히 이성을 잃어버렸다. 식사가 끝났을 때 맬트레이버스 부인은 포아로를 향해, 제발 이대로 돌아가지 말아달라고 애원하였다. 그녀는 분명 혼자 남게 되는 것을 두려워하고 있었다. 우리는 작은 거실에 앉았다. 바람이 심해져 집 둘레에서 이상한 소리를 내며 윙윙거리고 있었다. 방문 고리가 두 번씩이나 벗겨져 문이 소리도 없이 열렸다. 그때마다 부인은 공포에 질려 나에게 매달렸다.

“아, 이 문까지도 마법에 걸린 모양이군.” 마침내 포아로도 성이 났다. 그는 벌떡 일어나 다시 그 문을 닫고 잠가버렸다. “이렇게 잠가야지.”

그러자 부인이 숨가쁜 소리로 말했다. “잠그지 마세요. 만일 그것이 지금 열리기라도 하면……”

그녀가 막 이 말을 마쳤을 때 불가사의한 일이 일어났다. 잠가버린 문이 천천히 열린 것이다. 내가 앉아 있는 곳에서는 복도가 내다보이지 않았다. 그러나 부인과 포아로는 복도와 마주 앉아 있었다. 그녀는 기다란 쇳소리를 지르며 포아로에게로 몸을 틀었다. 그리고 소리쳤다. “그이를 보셨나요?…… 복도 저기에!”

포아로는 난처한 얼굴로 그녀를 뚫어지게 내려다보더니 천천히 고개를 저었다.

“나는 보았어요. 그이를…… 당신도 보셨을 거예요.”

“부인, 나는 아무것도 보지 않았습니다. 부인께서 좀 어떻게 되신 모양입니다. 정신이 혼돈되어서……”

“아니에요. 나는 아주 말짱해요…… 아, 하느님!”

그때 갑자기 아무 예고도 없이 불빛이 흔들리더니 꺼져버렸다. 암흑 속에서 창문을 두드리는 큰소리가 세 번 울렸다. 맬트레이버스 부인은 신음 소리를 냈다.

그리고 나도 보았다.

2층 침실에서 본 그 사나이가 희미하게 유령 같은 빛을 뿜으면서 우리 앞에 서 있는 것이 아닌가! 입술에는 피가 묻어 있었다. 사나이는 오른손을 들었다. 그러자 문득 강한 빛이 손끝에서 나오는 것 같았다. 그 빛은 포아로와 내 위를 그냥 지나쳐 맬트레이버스 부인 위에 멈추었다. 공포로 일그러진 그녀의 창백한 얼굴과 또 '어떤' 것이 내 눈에 띄었다.

"큰일 났네, 포아로, 부인의 손을, 오른손을, 오른손을 보게, 새빨 갛군!"

부인의 눈길이 자기 오른손에 떨어지자 힘없이 마루 바닥에 주저앉아 버렸다.

"피에요!" 그녀는 히스테리컬하게 소리쳤다. "그래요, 피! 내가 죽였어요! 내가 한 짓이에요. 남편이 그런 모습을 취해 보이기에 내가 방아쇠를 잡아당겼어요. 저 사람에게서 구해주세요! 살려주세요! 유령이 되어서 찾아왔어요!"

그녀의 목소리는 점점 작아지더니 목구멍에서 가래 끓는 듯한 소리로 바뀌었다.

"불을 켜게!"

포아로가 힘차게 말했다.

그러자 마법처럼 불이 켜졌다.

"진상은 이렇다네. 듣겠나, 헤이스팅스? 그리고 에벌레트 씨도? 아 참, 그렇군, 이쪽은 에벌레트 씨야. 극단의 일류 배우지. 오늘 오후 나는 이 사람에게 전화를 했네. 자, 분장 솜씨가 대단하지 않나? 맬트레이버스 씨와 똑같이 분장을 하고, 작은 손전등과 인광을 이용해 적절한 인상을 준 거야. 그리고 헤이스팅스, 내가 자네라면 그녀의 오른손은 만지지 않았을 걸세. 빨간 페인트로 그렇게 한 것이니까. 불이 꺼졌을 때 내가 그녀의 오른손을 꼭 움켜쥔 것은 자네도 알아차렸겠지? 그건 그렇고, 기차 시간에 늦어지면 안 되지. 재프 경감이 창문 밖에 와 있네. 참, 운이 나쁜 밤이었군…… 하지만 마침 알맞게 창문을 두드렸기 때문에 경감은 저렇게 시간을 벌 수 있었던 거야.”

우리 두 사람은 비바람 속을 뚫고 용감하게 걸어갔다. 포아로가 다시 이야기를 시작했다.

“조금 실수한 데가 있었네. 의사는 고인이 크리스천 사이언티스트였다고 생각하고 있었는데, 그런 인상을 의사에게 줄 수 있었던 사람은 맬트레이버스 부인 이외에 또 누가 있겠나? 그런데 그녀는 우리에게 남편이 자신의 건강상태에 대해 크게 걱정할 만한 예감을 가지고 있었던 것처럼 설명했네. 게다가 그 블랙 대위가 다시 모습을 보였을 때, 어째서 그녀는 그처럼 놀랐을까? 마지막 또 한 가지 남편의 상복을 입을 경우 아내는 거기에 알맞은 옷차림을 해야 한다는 세상의 관습을 나도 알고 있지만, 눈두덩을 그토록 시뻘겋게 칠하는 것은 그다지 좋지 않더군! 자네는 몰랐나, 헤이스팅스? 알아차리지 못했다고? 언제나 그렇지만 자네는 눈뜬장님이네! 그렇게 되면 두 가지 가능성을 생각해볼 수 있지. 다시 말해 블랙 대위의 이야기가 맬트레이버스 씨에게 교묘한 자살방법을 암시했든가, 아니면 이야기를 함께 들은 또 한 사람, 즉 부인이 교묘한 살인수단을 생각해냈든가. 나는 후자의 의견으로 기울었지. 그런 방법으로 자기를 쏘려면 맬트레이버스 씨는 아마 발가락으로 방아쇠를 당겨야만 했을 거야. 적어도 나는 그렇게 생각하네. 만일

맬트레이버스 씨의 시체가 한쪽 신발을 벗은 채 발견되었다면 우리
는 틀림없이 그 사실을 누구에게서든 들었을 걸세. 그런 기묘한 점
은 잊혀질 리가 없으니까. 그래서 아까도 말했듯이 나는 이 사건은
살인이지 자살이 아니라는 견해 쪽으로 기울었지. 그런데 이 견해
를 증명할 만한 증거가 전혀 없다는 것을 깨달았네. 그래서 세세한
점까지 마음을 써서 꾸민 희극을 오늘 밤 연출해 보여주었다네. ”
“그래도 나로서는 아직 이 범죄의 전모가 잘 납득되지 않네. ”
“맨 처음부터 생각해 보게. 여기 빈틈없고 교활한 여자가 있네. 그
녀는 남편이 파산 직전에 놓여 있다는 것을 알고 단순히 재산만 보
고 결혼한 나이 많은 남편에게서 정이 떨어져버렸지. 그리하여 그
녀는 남편을 많은 금액의 생명보험에 들게 한 다음 자기 목적을 달
성시키기 위한 방법을 찾았지. 그런데 뜻밖에도 그 방법이 발견되
었네…… 젊은 장교의 재미있는 이야기가 바로 그거야.

　이튿날 오후 젊은이는 이미 배를 타고 항해 중일 거라고 생각한
그녀는 남편과 함께 정원을 산책했네. ‘어젯밤 이야기는 아주 기묘
해요 !’ 이렇게 남편에게 말을 걸었네. ‘그런 방법으로 자기를 쏠
수 있을까요 ? 될지 어떨지 포즈만이라도 좀 취해 보시겠어요 ?’
무던한 맬트레이버스 씨는 실제로 그 포즈를 취해보였네. 총 끝을
입에 물고, 그녀는 몸을 굽혀 방아쇠 위에 손가락을 대고 미소 지
으며 남편을 올려다보았을 걸세. 그러고는 뻔뻔스럽게 말을 걸었
지. ‘여보, 만일 내가 방아쇠를 당긴다면 ?’ 그렇게 말하고…… 그
렇게 말하고 헤이스팅스, 그녀는 정말로 방아쇠를 당긴 것이라
네 !”

백만 달러 공채

"요즘에는 왜 이렇게 공채 도난사건이 많을까!"

어느 날 아침 신문지를 한 옆으로 내던지면서 나는 탄식했다.

"포아로, 우리 탐정일은 깨끗이 그만두고 도둑질로 바꾸는 게 어떻겠나?"

"그래 자네는 저…… 뭐라더라? 아 참, 그렇지, '일확천금'을 노리겠다는 것인가?"

"이번 도난 기사를 좀 보시게. 런던 스코티슈 은행에서 뉴욕으로 보낸 백만 달러 상당의 공채가 여객선 올림피아 호 안에서 아주 멋지게 없어져버렸다고 하지 않나."

포아로는 황홀한 듯 말했다. "뱃멀미를 하지 않거나 해협을 넘기 위해 여러 시간 동안 뱃멀미를 막는 라벨기에의 우수한 호흡법을 실행하는 어려움만 없다면 나도 기꺼이 그런 대형 정기선을 타보고 싶네."

"정말인가? 정기선 중에는 완벽한 궁전처럼 호화스러운 배가 있다네. 실내 풀장, 사교실, 레스토랑…… 정말 이런 궁전이 바다에 떠

있다니, 믿어지지 않을 정도지.”

포아로는 우울하게 말했다. “나도 배를 타보았으니까 그 정도는 알고 있네. 자네가 지금 죽 늘어놓은 그런 하찮은 것에는 볼일이 없네. 하지만 헤이스팅스, 범죄에 있어서는 천재라고 할 수 있는 이들이 정체를 감추고서 여행하고 있다는 것을 좀 생각해 보게! 자네가 말한 이 ‘떠 있는 궁전’에 타면 범죄세계에서도 특별히 뽑힐 대귀족을 만나게 될 것이 틀림없네!”

나는 그만 웃음을 터뜨리고 말았다. “이거 참, 결국 눈독을 들이는 것은 그쪽이었군. 당신은 공채를 몰래 훔친 자와 한번 싸워보고 싶은 거지?”

이때 하숙집 여주인이 들어왔다. “젊은 여자 분이 포아로 씨를 만나고 싶어하십니다. 여기 명함이 있어요.”

명함에는 ‘에스메 파커 양’이라고 인쇄되어 있었다. 포아로는 테이블 밑으로 기어들어가 빵 부스러기를 집어서 주의 깊게 휴지통에 넣은 다음 하숙집 주인에게 그 여자를 안내하도록 눈짓했다. 이윽고 내가 지금까지 만난 여자들 가운데서도 특히 뛰어나게 아름다운 여자가 방에 나타났다. 나이는 25살, 동그란 갈색 눈으로 생김새도 훌륭했다. 고급 옷을 입은데다 태도 역시 나무랄 데가 없었다.

“앉으시지요, 아가씨. 이 사람은 내 친구 헤이스팅스 대위인데, 내 작은 문제를 잘 해결해 주는 협력자랍니다.”

“내가 오늘 가지고 온 것도 큰 문제는 아니리라고 생각해요, 포아로 씨.” 자리에 앉으면서 그녀는 나에게 상냥하게 고개를 숙여 인사하며 말했다. “아마 신문에서 읽으셨으리라고 생각합니다만, 올림피아 호의 공채 도난사건에 관한 거예요.”

포아로의 얼굴에 몹시 놀란 빛이 떠오른 것 같았다. 그녀는 곧 다음 말을 이었다. “당신들은 틀림없이 런던 스코티슈 은행같이 큰 회사와 내가 어떤 관계가 있는지 이상하게 생각하시겠지요. 보기에 따라서는 아무 관계도 없어요. 하지만 다른 방향에서 보면 하나에서 열까지 다 관련되어 있다고 말할 수 있지요. 포아로 씨, 나는 필립 리지웨이 씨의 약혼자랍니다."

"네, 그러십니까? 그래, 그 필립 리지웨이 씨라는 분은……."

"공채를 도둑맞았을 때의 책임자예요. 물론 그를 비난할 수는 없어요. 아무튼 그의 실수는 아니니까요. 말은 이렇게 하지만 그는 이 사건으로 거의 미친 사람같이 되었답니다. 그는 자기 숙부께서 그가 공채를 갖고 있다는 사실을 부주의하게 떠벌렸기 때문일 거라고 주장하고 있어요. 그에게 있어 이번 일은 출세길에 치명적인 방해가 되거든요."

"숙부란 누굽니까?"

"런던 스코티슈 은행의 공동지배인인 보버서 씨에요."

"파커 양, 사건의 경위를 자세히 말씀해 주시겠습니까?"

"좋아요. 아시다시피 스코티슈 은행에서는 미국의 신용을 확보하기 위해 백만 달러의 전시 공채를 보내기로 결정했답니다. 보버서 씨는 이 임무를 위해 출장갈 인물로서 자신의 조카를 골랐던 거예요. 그는 오랫동안 은행 내부에서 책임 있는 지위에 있었고, 뉴욕에서의 은행 업무를 자세한 부분까지 아주 잘 알고 있었기 때문이지요.

올림피아 호는 23일 리버풀을 출항했습니다. 공채는 그날 아침 은행의 두 공동지배인 보버서 씨와 쇼 씨로부터 필립의 손에 전해졌지요. 두 지배인은 그가 보는 앞에서 공채를 세어 포장했습니다. 그런 다음 필립은 그 자리에서 그것을 여행가방에 집어넣고 잠갔습니다."

"여느 자물쇠 장식이 되어 있는 여행가방입니까?"

"아니오, 쇼 씨가 집요하게 주장하셨기 때문에 거기에 맞는 특수

자물쇠를 허브스 상회에 주문하여 새로 만들게 해서 달았답니다. 필립은 지금 말씀드렸듯이 그 꾸러미를 가방 깊숙이 집어넣었어요. 그런데 뉴욕에 닿기 2, 3시간 전에 도둑맞고 만 거예요. 배 안을 샅샅이 뒤져보았지만 도무지 단서가 될 만한 것이 없었다는군요. 공채는 조금도 과장하지 않고 말씀드려서 홀연히 공중으로 사라지고 만 거지요.”

포아로는 얼굴을 찡그리며 말했다.

“그러나 절대로 없어진 건 아니지요. 공채 꾸러미는 올림피아 호가 도크에 들어가고 나서 반 시간도 안 되어 작은 다발로 나뉘어져 주식시장에 나왔다고 들었으니까요! 이렇게 되면 내가 다음으로 할 일은 아무래도 리지웨이 씨를 만나 뵙는 일인 것 같군요.”

“‘체시어 케즈’에서 점심식사를 대접해 드리겠다고 말씀드리려던 참이었어요. 필립도 올 거예요. 나와 만나기로 약속했지만, 이 사건에 대해 당신께 의논드리러 온 것은 아직 모르고 있어요.”

우리는 이 제안에 곧 동의하고 택시를 몰았다. 필립 리지웨이는 우리보다 먼저 와 있었다. 자신의 약혼녀가 전혀 모르는 두 남자와 함께 들어서는 것을 보자 조금 어이가 없는 모양이었다. 그는 키가 후리후리하고 잘생긴 호남자인데, 갓 서른을 넘은 듯한데도 이마 주위에 희끗희끗 흰 머리가 섞여 있었다. 파커는 그에게로 다가가서 그의 팔에 손을 얹었다. “당신에게 의논도 드리지 않고 이런 짓을 해서 미안해요, 필립. 에르큘 포아로 씨를 소개드리겠어요. 이분에 대한 소문은 당신도 많이 들었을 거예요. 그리고 이쪽에 계신 분은 포아로 씨의 친구이신 헤이스팅스 대위님이에요.”

리지웨이는 몹시 놀란 듯했다. “물론 성함은 벌써부터 듣고 있었습니다, 포아로 씨.” 그는 악수를 하면서 말했다. “그렇지만 에스메가 나의…… 우리의 어려운 문제를 당신에게 의논드리러 갈 줄은 전혀 몰랐습니다.”

그러자 파커가 얌전히 끼어들었다. “미리 의논하면 당신이 반대하지 않을까 생각했기 때문이에요, 필립.”

젊은이가 미소를 지었다. “그래서 당신이 큰일을 했군. 나는 포아로 씨가 이 갈피 잡을 수 없는 수수께끼에 광명을 비춰주시기를 바라오. 왜냐하면——솔직히 말하지만——나는 마음이 불안해서 견딜 수가 없기 때문이오.”

사실 그의 얼굴은 일그러져서 초췌했으며 참고 견디어내고 있는 긴장된 빛이 너무나도 뚜렷이 나타나 있었다. 이윽고 포아로가 말했다.

“자, 그건 그렇고, 먼저 식사부터 합시다. 식사하면서 여러 사람의 지혜를 모아 어떻게 손을 쓸 수 있는지 생각해 봅시다. 리지웨이 씨 자신으로부터 직접 이야기를 들어보고 싶군요.”

모두들 맛있는 스테이크와 푸딩을 먹고 있는 동안 필립 리지웨이는 공채가 없어졌을 때까지의 상황을 이야기했다. 그의 진술은 모두 파커의 이야기와 들어맞았다. 그가 이야기를 끝내자 포아로가 물었다.

“정확하게 말해서 어떤 일로 해서 공채를 도둑맞았다는 사실을 발견했습니까, 리지웨이 씨?”

그는 좀 괴로운 듯이 씁쓸하게 미소 지었다. “여행가방은 바로 눈앞에 있었습니다, 포아로 씨. 그러니 보지 못했을 리가 없지요. 여행가방은 침대 밑에서 절반쯤 끌어내어져 자물쇠를 억지로 비틀어 열려고 한 것처럼 주위가 온통 흠집투성이였습니다.”

“그러나 여행가방은 열쇠로 열렸다는 말을 들었습니다만……”

“네, 그들은 억지로 비틀어 열려고 했으나 안 되자 결국 어떻게 열쇠로 연 모양입니다.”

포아로의 눈에 낯익은 초록빛이 반짝이기 시작했다. “기묘하군. 참으로 기묘하오! 그러니까 여행가방을 억지로 비틀어 열려고 잔뜩 시간을 허비한 뒤에…… 제기랄! 열쇠가 그동안 내내 자기들 가까이에 있었다는 것을 알았다는 건가? 허브스 상회에서는 한 개의 자물쇠에 한 개의 열쇠밖에 만들지 않는다고 들었소만?"

"그러니까 범인들이 열쇠를 손에 넣었을 리가 없습니다. 나는 밤낮으로 열쇠를 꼭 몸에 지니고 있었으니까요."

"확실합니까?"

"맹세해도 좋습니다. 만일 그들이 열쇠를 가지고 있었다면, 무엇 때문에 비틀어도 열릴 것 같지 않은 자물쇠를 주무르면서 헛된 시간을 허비했겠습니까?"

"아, 그것이 바로 우리가 직면한 문제요! 나는 감히 예언하겠는데, 사건의 해결은——앞으로 해결되리라 보고 하는 말입니다만——이 기묘한 사실에 달려 있다고 여겨집니다. 그럼, 한 가지만 더 물어보겠습니다. 부디 화내지 말고 대답해 주십시오. '당신은 열쇠를 잠그지 않고 가방을 그대로 두지는 않았다고 확신할 수 있습니까?'"

필립 리지웨이는 멍하니 포아로를 뚫어지게 쳐다볼 뿐이었다. 포아로는 사과하는 듯한 몸짓을 해보였다. "아니, 미안하오. 그러나 이런 것은 흔히 있는 일이지요. 나는 보증하겠습니다. 공채는 여행가방에서 도둑맞았소. 그런데 범인은 그것을 어떻게 했는가? 어떤 방법으로 공채를 가지고 상륙할 수 있었는가?"

이때 리지웨이가 소리쳤다. "정말 그렇군요. 어떻게 그럴 수 있었을까요? 그 일을 세관당국에 연락했기 때문에 배에서 상륙한 사람들은 모두 아주 철저하게 조사받았습니다!"

"공채는 분량이 상당히 많은 꾸러미였겠지요?"

"그렇습니다, 부피가 컸지요. 따라서 그 꾸러미가 배 안에 감추어져 있었으리라고 생각할 수는 없습니다. 어찌되었든 배 안에는 없었습니다. 왜냐하면 올림피아 호가 닿은 지 반 시간도 안 되어 공채를 팔려고 내놓았으니까요. 그것은 내가 전보를 쳐서 공채의 번호를 통지하기 훨씬 전이었어요. 어떤 브로커는 도둑맞은 공채 몇 장을 올림피아 호가 입항하기 전에 샀다고 단언하고 있습니다. 그러나 누구든 공채를 전보로 보낼 수는 없지 않겠습니까."

"전보로는 안 되겠지요. 그런데 혹시 배가 독에 닿기 전에 예인선이 뱃전에 다가오지는 않았습니까?"

"항만 당국의 배가 한 척 왔을 뿐입니다. 그것도 경보가 나가고 모든 사람이 경계를 시작한 뒤의 일이었지요. 나도 그 예인선에 혹시 공채가 넘겨지지 않을까 하고 감시했었습니다. 아무튼 포아로 씨, 이 수수께끼를 생각하면 나는 정신이 돌아버릴 것만 같습니다! 세상에서는 내가 직접 훔친 게 아니냐는 말이 나돌기 시작한 모양입니다."

포아로가 다정하게 물었다. "그러나 당신도 상륙할 때는 신체검사를 받았겠지요? 그렇지 않습니까?"

젊은이는 의아한 표정으로 포아로를 지켜보았다. 포아로는 알 듯 모를 듯한 미소를 지었다. "내 말의 뜻을 잘 모르는 모양이군요. 그럼, 이제부터 은행에 가서 몇 가지 물어보고 싶은데……."

리지웨이는 명함을 꺼내 간단히 몇 자 휘갈겨 썼다. "이것을 내밀면 숙부님께서 곧 만나주시리라고 생각합니다."

포아로는 그에게 고맙다는 인사를 하고 그의 약혼녀에게 작별인사를 한 뒤 슬레드니들 거리에 있는 런던 스코티슈 은행 본점을 향해 떠났다. 필립 리지웨이의 명함을 내놓자, 카운터와 데스크가 혼잡하게 늘어선 사이를 지나 입금계와 출납계 옆으로 해서 2층에 있는 작은 사무실로 안내되었다. 그곳이 공동지배인의 방이었다. 지배인은 은행 근무 연한을 거쳐 머리가 허옇게 센 듬직한 두 신사로, 보버서 씨는 짧은 콧수염을 기르고 있었으며, 쇼 씨는 깨끗이 면도를 하고 있었다.

보버서 씨가 먼저 입을 열었다.

"당신은 단순히 개인적인 조사기관이겠지요? 물론 그러시겠지요, 우리 은행은 스코틀랜드야드에 사건을 위임하고 있으니까요. 맥닐 경감이 이 사건을 담당하고 있답니다. 아주 솜씨가 좋은 경찰관인 것 같더군요."

포아로는 공손히 대답했다. "그렇습니다, 그런데 조카님 일로 몇 가지 물어보고 싶습니다. 바로 그 여행가방 자물쇠에 대한 것입니다만, 어느 분이 허브스 상회에 주문하셨습니까?"

"내가 직접 주문했소."

쇼 씨가 대답했다. "이 일에 대해서 나는 어느 직원도 믿지 않았지요. 열쇠는 리지웨이 군이 한 개 갖고, 다른 두 개는 보버서와 내가 각각 하나씩 보관하고 있소."

"그럼, 열쇠에 손을 댄 직원은 아무도 없겠군요?"

쇼 씨는 무언가 묻고 싶은 듯한 얼굴로 보버서 씨를 돌아보았다.

보버서 씨가 말했다. "열쇠는 23일부터 우리가 보관한 곳에 안전하게 있소. 아마 틀림없을 거요. 그런데 나와 함께 일하는 동료인 쇼 씨는 불행하게도 2주일 전부터 몸이 불편해서 앓다가——마침 필립이 출발한 그날부터였지요——이제 겨우 회복되었습니다."

"나 같은 나이의 사람에게 무거운 증상의 기관지염은 좀 곤란하지요." 쇼 씨는 유감스러운 표정으로 말했다. "내가 자리를 비워 보버서 씨의 일이 그만큼 힘들지 않았을까 걱정이오. 특히 이 뜻밖의 돌발사고 때문에 말이오."

포아로는 몇 가지 더 물었다. 내가 생각하기에 포아로는 숙부와 조카 사이가 어느 정도 친밀한지 그 점을 정확하게 알고 싶은 모양이었다. 보버서 씨의 대답은 무뚝뚝하고 딱딱했다. 조카는 신뢰할 만한 은행직원으로, 숙부가 알기에는 빚도 없고 재정적인 어려움도 없다는 것이었다. 지난날에도 똑같은 임무를 맡긴 적이 있었다고 그는 덧붙였다. 마침내 우리는 정중하게 인사를 하고 그곳을 물러나왔다. 거리로 나오자 포아로가 말했다. "실망인걸."

"좀더 얻는 바가 있을 줄 알았나? 그러나 상대가 저런 거북한 노인들이니 도무지……."

"내가 실망한 것은 노인들의 거북스러움이나 고집 때문이 아니네, 헤이스팅스. 나는 자네가 좋아하는 소설에서처럼 '독수리 같은 눈에 솜씨가 뛰어난 금융가'를 만나리라 기대하고 지배인을 만난 것은 아니었다네. 나는 이 사건에 실망한 것이라네. 너무나도 어이가 없어서 말이야!"

"어이가 없다고?"

"그렇다네. 이건 마치 아이들 장난처럼 간단한 사건임을 자네는 모르겠는가, 헤이스팅스?"

"그럼, 자네는 공채를 훔친 것이 누구인지 알고 있다는 말인가?"

"알고말고!"

"그렇다면…… 우리는 대체……."

"그리 허둥대지 말고 좀 진정하게, 헤이스팅스. 지금 곧 어떻게 하려는 건 아니니까."

"어째서…… 자네는 무엇을 기다리는 것인가?"

"올림피아 호를 기다린다네. 화요일에는 뉴욕에서 돌아올 테니까."

"공채를 훔친 범인을 알고 있다면 어째서 전혀 손을 쓰지 않고 보고만 있는 건가? 도망칠지도 모르잖나?"

"도망친 범인을 데려올 조약이 없는 남양 섬으로 말인가? 아니, 도망쳐 보아야 이 범인은 성미에 맞지 않는 생활을 할 수밖에 없지

않겠나. 내가 어째서 기다리느냐 하면 결국 에르큘 포아로의 머리
로는 사건이 명명백백하지만 그다지 타고난 재주가 없는 사람——
이를테면 맥닐 경감 같은 사람——으로서는 범인을 확인하기 위해
몇 가지 조사가 필요하리라고 생각되었기 때문이라네. 천재는 언제
나 평범한 사람에 대한 것을 염두에 두어야 한다네.”

“포아로, 나는 자네가 바빠서 쩔쩔매는 꼴을 볼 수 있다면 돈을 아
무리 많이 내도 아깝지 않겠네…… 꼭 한 번이라도 좋으이. 정말
자네는 기막힐 정도로 우쭐대는군!”

“그렇게 화내지 말게, 헤이스팅스. 나도 자네가 나를 혐오할 때가
가끔 있다는 걸 알고 있다네! 아, 천재가 받는 이 괴로움이라
니!”

조그마한 사나이가 가슴을 쑥 내밀고 우스꽝스럽게 한숨을 쉬었으
므로 나는 자신도 모르게 웃음이 터져나왔다.

화요일에 나와 포아로는 북서부 철도 일등차를 타고 서둘러 리버풀
로 갔다. 포아로는 자기가 품고 있는 혐의나 확신을 속시원하게 털어
놓지 않았다. 그리고 내가 그 자신과 같이 사태의 진상에 이르지 못
한 것을 아주 놀라워하는 것이었다. 나는 포아로와 말다툼하기를 좋
아하지 않았으므로 일부러 무관심의 성벽을 쌓고 그 뒤에 호기심을
지그시 억눌러버렸다. 거대한 대서양 항로의 정기선이 정박하는 부두
에 닿자, 포아로는 재빠르게 행동을 개시했다. 일거리란 올림피아 호
의 네 명의 종업원을 만나, 23일 뉴욕으로 건너간 포아로의 친구에
대해 묻는 것이었다.

“중년신사로 안경을 쓰고 있었소. 아주 몸이 약하기 때문에 선실에
서 거의 밖으로 나가지 않은 손님인데…….”

그 인상과 모습은 필립 리지웨이의 선실 옆인 C24호 손님 벤트너
씨와 들어맞는 모양이었다. 포아로가 어떻게 해서 벤트너 씨의 존재

와 그 풍모를 추측했는지는 짐작할 수 없었지만, 나는 가슴이 두근거리는 흥분을 느꼈다.

"그 신사는 배가 뉴욕에 닿았을 때, 맨 처음 상륙한 이들 가운데 섞여 있었소?" 하고 나는 참견했다.

"아닙니다, 그렇지 않습니다. 맨 나중에 배에서 내리셨지요."

맥이 풀려서 나는 물러났다. 포아로가 싱긋 웃으며 나를 쳐다보았다. 나는 그 종업원에게 고맙다는 인사를 하고 지폐를 한 장 쥐어주었다. 그리고 우리 둘은 그곳을 나왔다.

"모든 일이 아주 잘된 것 같나?"

나는 열을 담아 말했다. "그러나 종업원의 마지막 대답이 자네의 귀중한 가설을 뒤엎은 듯하더군. 싱긋이 웃는 건 자유겠지만 말이야!"

"여전히 자네는 아무것도 모르고 있네, 헤이스팅스. 그 맨 마지막 대답은 반대로 내 이론의 가장 중요한 요점이라네."

나는 몹시 약이 올라 두 팔을 마구 휘둘렀다. "멋대로 생각하게!"

런던을 향해 달리는 기차에 오른 뒤 포아로는 얼마 동안 부지런히 뭔가를 쓰고 있더니 그것을 봉투에 넣고 봉했다.

"이건 맥닐 경감에게 보내는 거요. 지나는 길에 경시청에 두고 가세. 그러고 나서 랑데부 레스토랑으로 가도록 하지. 에스메 파커 양을 저녁 식사에 초대해 두었으니까."

"리지웨이는?"

"리지웨이?" 포아로는 눈을 깜박거리며 되물었다.

"자네는 설마……아니, 그럴 리가 없지!"

"아무래도 자네는 지리멸렬하게 생각하는 버릇이 점점 더 심해지는 듯싶은데. 실제 문제에서 나는 그런 식으로 생각지 않네. 만일 리지웨이가 범인이라면——이것도 물론 있을 수 있는 일이지만——
사건은 아주 재미있게 되었을 테지. 조직적으로 머리를 써야 했겠
지만. ”

“그러나 파커 양으로서는 재미있다고 할 수 없겠지 않겠나 ? ”

“하긴 자네 말이 맞네. 그러니까 무슨 일이든 하늘이 알맞게 배합
해 주었다는 거야. 자, 그럼, 헤이스팅스, 둘이서 사건을 다시 검
토해 보도록 하세. 그렇게 하고 싶어서 좀이 쑤시는 모양이니까.
밀봉된 공채 꾸러미는 여행가방에서 빠져나와 파커 양의 표현을 빌
리면 공중으로 사라져버렸다고 했지. 그러나 우리는 ‘공중 소실설
(消失說)’을 채택할 수는 없네. 과학이 진보된 지금 그런 일은 생
각할 수 없으니까. 그렇다면 어떤 방법을 쓰면 그렇게 보이게 할
수 있을 것인지, 그 점을 생각해 보세. 공채가 남몰래 육지로 끌어
올려졌다고 믿을 수는 없겠지. 왜냐하면 많은 사람이 보는 앞에서
……”

“그렇다네. 그러나 우리가 알다시피……. ”

“자네는 알고 있을지도 모르지만 헤이스팅스, 나는 모르겠네. 나는
아무리 보아도 그런 일은 있을 수 없으므로 믿지 않겠다는 견해를
취한 것이네. 그 경우 두 가지 가능성을 생각할 수 있겠지. 공채는
배 안에 숨겨져 있든지——이것도 역시 상당히 어려운 일이지만
——아니면 물속에 던져졌든지. ”

“구명대를 달아서 말인가 ? ”

“그런 것도 없이……. ”

나는 눈을 동그랗게 떴다. “만일 공채가 물속에 던져졌다면 뉴욕에
서 팔려고 내놓을 수 없었을 것 아닌가 ! ”

“자네의 이론적인 두뇌는 훌륭하단 말씀이야, 헤이스팅스 ! 공채는
뉴욕에서 팔렸다, 그러므로 물속에 던져진 것은 아니다…… 이렇

게 되면 그것이 무엇을 뜻하는지 자네는 알겠는가?”

“다시 출발점으로 되돌아와야 하지 않겠나?”

“절대로 그런 일은 없네! 꾸러미가 물속에 던져졌는데도 공채가 뉴욕에서 팔렸다면, 이것은 다시 말해서 꾸러미 속에 공채가 들어 있지 않았다는 말이 아닌가. 꾸러미 속에 든 것이 진짜 공채였다는 증거가 있었던가? 리지웨이 씨는 런던에서 그의 손에 꾸러미가 맡겨졌을 때부터 한 번도 열어보지 않았네.”

“그렇군. 하지만……. ”

포아로는 답답하다는 듯이 손을 내저었다.

“글쎄, 내 말을 들어보게. 공채를 맨 마지막으로 본 것은 23일 아침 런던 스코티슈 은행 사무실 안에서였네. 그런데 공채는 올림피아 호가 입항한 지 반 시간도 안 되어 뉴욕에 나타났네. 게다가 어떤 사나이는——하긴 아무도 진지하게 생각지는 않았지만——실제로 공채가 뉴욕에 나돈 건 올림피아 호가 입항하기 전인 듯하다고 말했네. 그렇다면 공채는 처음부터 올림피아 호 안에 없었던 게 아니겠나? 이렇게 생각하지 않고는 공채가 뉴욕에 도착할 수 있었던 사실을 증명할 수가 없네. 대서양 항로의 기록을 가지고 있는 자이건틱 호가 올림피아 호와 같은 날 사우댐턴을 출항했다네. 자이건틱 호로 실어 나른 공채는 올림피아 호보다 하루 빨리 뉴욕에 도착했을 것이네. 그렇게 생각하면 모든 것이 분명하고 뚜렷해져서 사건의 수수께끼는 저절로 풀리지 않겠나. 봉인된 꾸러미는 단순한 위장품에 지나지 않았네. 슬쩍 바꿔치기 된 것은 은행 사무실 안에서였을 거네. 그 자리에 있던 세 사람이라면 누구든 진짜 꾸러미와 바꿔칠 가짜 꾸러미를 준비해 두는 것쯤 식은 죽 먹기였겠지. 이렇게 해서 공채는 올림피아 호가 입항하는 대로 팔아치우라는 지시와 함께 뉴욕의 공모자에게 보내진 거라네. 그러나 공채가 배 안에서

도둑맞은 듯한 흔적을 남기기 위해서는 누군가가 올림피아 호에 탈
필요가 있었겠지. ”
“그건 또 왜 그렇지 ? ”
“만일 리지웨이 씨가 꾸러미를 열어보고 그것이 가짜임을 알아차린
다면 혐의는 곧 런던으로 돌아갈 테니까. 올림피아 호에서 바로 리
지웨이 씨 옆방에 든 사나이는 그 일을 버젓이 해냈던 걸세. 도난
으로 주의가 돌려지도록 일부러 자물쇠를 비틀어 연 흔적을 남긴
다음 곁쇠로 가방을 열어 꾸러미를 꺼내 바다 속에 던지고 마지막
손님들에 섞여 배에서 내린 것이라네. 물론 그 사나이는 눈을 감추
기 위해 안경을 썼고 리지웨이 씨를 만나게 될 위험을 피하기 위해
환자처럼 가장하고 있었지. 그리고 뉴욕에 닿자 곧 다음 배편으로
되돌아온 것이라네. ”
“누가, 그들 가운데 누구란 말인가 ? ”
“곁쇠를 가진 사나이, 특제 자물쇠를 주문한 사나이, 교외에 있는
자기 집에서 중한 기관지염에 걸려 있지 ‘않았던’ 사나이…… 지나
치리만큼 딱딱한 노인, 쇼 씨 ! 사회적으로 지위가 높은 범죄자도
이따금 있는 법이라네. 아, 파커 양, 여기입니다. 드디어 성공했
소 ! 아시겠어요 ? ”
그리고 포아로는 빙그레 웃으면서 까닭을 몰라 어리둥절해 있는 여
자의 두 볼에 가볍게 키스했다 !

클럽의 킹

　"'사실이 소설보다 더 희한하다'로군." 〈데일리 뉴스멍거〉 지를 옆에 놓으며 나는 말했다.

　아마도 이 말이 독창적인 대사가 아니었기 때문에 나의 벗 포아로의 신경을 건드린 모양이다. 그는 달걀 모양의 머리를 갸웃하고 정성 들여 줄을 세운 바지에서 눈에 보이지 않는 먼지를 조심스럽게 털어내며 말했다. "오오, 너무나 심오한 말이로군! 나의 벗 헤이스팅스는 사색가야!"

　나는 이 부당한 놀림에 대해서는 불만의 뜻을 나타내지 않고 옆에 놓은 신문지를 손으로 두드렸다. "자네도 아침신문을 읽었겠지?"

　"읽었네, 읽고 나서 전과 다름없이 반듯하게 접어놓았지. 나는 자네처럼 바닥에 집어던지거나 하지는 않네. 자네에게 질서와 방법이 결여되어 있는 것은 참으로 유감스러운 일이지."

　이것은 그의 나쁜 버릇이다. '질서와 방법'은 포아로의 신조로서, 자기의 성공도 그 덕분이라고 말할 정도이다.

　"그럼, 흥행사 헨리 리드번이 살해된 기사도 읽었겠군? 내가 지금 그 말을 중얼거린 것은 사실 그 사건 때문이라네. 소설보다도 더 희한할 뿐만 아니라 그보다 더 극적이거든. 저 영국의 견실한 중산계급인 오글랜더 집안의 일을 생각해 보게. 아버지와 어머니, 아들과 딸, 이 나라 어디서든 흔히 볼 수 있는 전형적인 가정이 아닌가. 남자들은 날마다 런던에 출근하고 여자들은 집안일을 돌보고 …… 그들의 생활은 더없이 평화로우며 단조롭겠지. 그런데 어젯밤 스틀레텀의 데이지미드에 있는 아담한 교외 주택 거실에서 브리지게임을 즐기고 있는데, 별안간 아무 예고도 없이 프랑스 식 창문이 확 열리더니 한 여자가 비틀거리며 들어왔다네. 그녀가 입은 회색 새틴 코트에는 흥건히 피가 묻어 있었네. 그녀는 '살인!'이라고 한 마디 내뱉고는 그대로 바닥에 쓰러져 정신을 잃었지. 그녀가 최근 온 런던을 그 매력으로 사로잡은 유명한 댄서 발레리 생클레르라는 것은 사진을 자주 보았기 때문에 누구든 곧 알 수 있었다네.”

“그건 자네의 말솜씨로 만든 건가? 아니면 〈데일리 뉴스멍거〉가 그렇게 썼나?”

“〈데일리 뉴스멍거〉는 마감시간에 쫓겨 단순한 사실을 늘어놓았을 뿐이었네. 그러나 나는 곧 이야기의 극적인 양상에 마음이 끌렸네.”

포아로는 무게 있게 고개를 끄덕였다. “사람 있는 곳에는 언제나 드라마가 있지만 반드시 자네가 생각하는 그런 곳에 있다고 할 수는 없지. 그 점을 잊지 말아야 하네. 아무튼 나도 이 사건에 대해서는 흥미를 갖고 있네. 어쩐지 내가 한 역할을 맡게 될 것 같아서 말이야.”

“정말인가?”

“그렇다네. 오늘 아침 모라니아의 폴 황태자 대리라는 신사에게서 전화가 걸려와 만날 약속을 했거든.”

"그런데 그것이 이 사건과 무슨 관계가 있다는 건가?"

"가십 신문을 읽지 않은 모양이군, 헤이스팅스. 재미있고 우스운 이야기가 실려 있는 신문이지. '생쥐가 들은 바에 의하면'이라든가 '참새는 그것을 알고 싶어한다'라는 기사들 말일세. 자, 보게."

나는 그의 짧고 뭉툭한 손가락이 가리키는 기사로 눈을 돌렸다.

——과연 외국 황태자와 유명한 댄서의 사이는? 만일 새 다이아몬드 반지가 그녀의 마음에 든다면?

"자, 그럼, 당신의 드라마틱한 이야기로 돌아가도록 하세. 생클레르 양이 데이지미드의 거실 카펫에 쓰러져 정신을 잃은 데까지 이야기했지……."

나는 어깨를 흠칫 움츠리면서 이야기했다. "그녀가 다시 정신을 차리고 맨 처음 쏟아놓은 말을 듣고서 오글랜더 집안의 두 사나이는 문밖으로 뛰쳐나갔네. 한 사람은 그녀를 치료할 의사를 부르러 갔고, 또 한 사람은 경찰서로 달려가…… 거기서 처음부터 자세히 이야기한 다음 경찰관과 함께 리드번 씨의 호화스럽고 큰 별장 몬 데지르로 향했네. 그곳은 데이지미드에서 그다지 멀지 않은 곳에 있다네. 그곳에 가보니 주인인 대흥행사——말이 나온 김에 말하지만 이 사나이는 좀 평판이 좋지 않지——가 달걀껍질처럼 뒤통수가 깨져 서재 안에 쓰러져 있었다네."

"나는 자네의 화술이 그 정도인 줄은 미처 몰랐었네. 사과해야겠는걸……저런, 황태자 전하께서 납시었군!"

귀한 손님은 퀘오도르 백작이라고 이름을 밝힌 낯선 풍채의 키가 후리후리한 젊은이였다. 갸름한 틱, 유명한 모랑벨 집안 특유의 입매, 광신자같이 검고 반짝이는 눈.

“포아로 씨지요?”

나의 벗은 가볍게 고개 숙여 인사했다.

“포아로 씨, 나는 지금 뭐라고 말할 수 없을 만큼 난처한 입장에 빠져 있습니다.”

포아로는 손을 흔들었다. “무엇 때문에 걱정하시는지 잘 알고 있습니다. 생클레르 양은 전하의 친한 친구입니다. 그렇지요?”

“나는 그녀를 아내로 맞을 생각입니다.” 황태자는 단도직입적으로 대답했다.

포아로는 자세를 바로하고 눈을 동그랗게 떴다. 황태자는 이야기를 계속했다. “우리 집안에서 귀천결혼(貴賤結婚——지체 높은 자가 비천한 여자와 결혼하는 것)을 하는 사람은 내가 처음은 아닙니다. 형 알렉산더도 왕위에 오르기를 거부했지요. 우리는 지금 문명이 훨씬 진보된 시대, 옛날 폐습에 얽매이지 않는 시대에 살고 있습니다. 게다가 생클레르 양은 사실 나와 똑같은 계급 출신이지요. 당신도 그녀의 경력에 대한 소문을 들으셨겠지요?”

“그녀의 출신에 대해서 여러 가지 로맨틱한 이야기가 많습니다만, 유명한 댄서에게는 흔히 있는 일이지요. 아일랜드 인 날품팔이 일꾼의 딸이라는 소문이 있는가 하면, 또 어머니가 러시아 대공 부인이었다는 말도 있더군요.”

“처음의 소문은 터무니없는 거짓말이고, 두 번째 이야기가 사실입니다. 그녀도 내놓고 공공연히 말할 수는 없지만 그렇게 이해할 수 있을 만한 이야기를 에둘러 들려주었지요. 그러나 그런 모든 것을 제쳐두고도 그녀는 무의식중에 행동과 태도에서 좋은 혈통임을 보여주고 있습니다. 나는 유전이라는 것을 믿습니다, 포아로 씨.”

“나도 믿습니다.” 포아로는 생각 깊은 태도로 대답했다. “나는 유전에 관한 몇 가지 기묘한 경험도 있습니다. 나로서는……아니, 용건으로 돌아가시지요, 전하. 그래, 나에게 무엇을 바라십니까? 전하는 무엇을 두려워하고 있습니까? 단도직입적으로 말씀드려도 괜찮겠지요? 생클레르 양이 이 범죄와 어떤 관계가 있는 것이 아닙니까? 그녀는 물론 흥행사 리드번과 아는 사이겠지요?"

"그렇습니다. 리드번은 그녀에게 몹시 반해 있다고 고백했었지요."

"생클레르 양은?"

"그녀로서는 뭐라고 대답한 일이 없을 것이오."

포아로는 황태자를 날카롭게 쏘아보았다.

"그녀에게 리드번을 두려워할 어떤 이유라도 있었습니까?"

황태자는 조금 망설였다. "실은 조그마한 일이 있었습니다. 당신은 점술사인 자라를 아십니까?"

"모릅니다."

"놀라운 여자지요. 당신도 언제 한번 찾아보는 게 좋을 겁니다. 발레리와 나는 지난 주일 자라를 만나러 갔었습니다. 그녀는 트럼프 점을 쳐주었는데, 발레리에게 흉조가…… 검은 구름이 끼었다고 말했습니다. 그리고 마지막 카드, 막장이라는 것을 뒤집자 클럽의 킹이었지요. 그러자 자라가 발레리에게 '조심해야겠군요. 당신을 지배하고 있는 사나이가 있어요. 당신은 그 사나이를 두려워하고 있는데…… 그 사나이 때문에 당신은 굉장한 위험에 직면해 있어요. 그 사나이가 누군지 마음에 짚일 거예요'라고 말했습니다. 발레리는 입술까지 하얘져서 고개를 끄덕이며 '네, 있어요'하고 대답하더군요. 그리고 다시 조금 뒤 우리는 자라의 집을 나왔는데, 그 점술사가 발레리에게 던진 마지막 말은 이런 것이었습니다. '클럽의 킹을 조심해야 해. 위험이 닥쳐와 있으니까!' 나는 발레리에게 다그쳐물었으나 그녀는 아무 말도 하지 않고 다만 괜찮다는 것이었습니다. 그러나 어젯밤의 사건이 일어나자 나는 똑똑히 알았습니다. 클럽의 킹이란 리드번을 말하는 것이고, 발레리는 그 사나이를 두려워했던 겁니다."

황태자는 갑자기 입을 다물었다. 잠시 뒤 그는 다시 말을 이었다.

"그러니까 오늘 아침신문을 펴들었을 때의 내 불안한 마음을 이해할 수 있겠지요? 만일 발레리가 발끈 화가 나서…… 아니, 그럴 리가 없습니다!"

포아로는 의자에서 일어나 황태자의 어깨를 다정하게 두드렸다. "그렇게 걱정하지 마십시오. 나에게 맡겨주십시오."

"스틀레텀에 가주시겠습니까? 아직 그녀는 데이지미드에 있을 겁니다. 충격을 받고 초췌해서……."

"지금 곧 가겠습니다."

"손을 써두었습니다…… 대사관을 통해서. 당신은 어디에 가든 자유롭게 출입할 수 있을 겁니다."

"그럼, 지금 떠나겠습니다. 헤이스팅스, 같이 가겠나? 실례합니다, 전하."

몬 데지르는 철저하게 현대적이며 쾌적하고 뛰어나게 아름다운 별장이었다. 짧은 드라이브 길이 큰길에서부터 저택으로 이어지고, 아름다운 정원이 몇 에이커에 걸쳐 저택 뒤로 펼쳐져 있었다.

폴 황태자의 이름을 말하자 현관에 나온 집사는 곧 우리를 사건현장으로 안내해 주었다. 서재는 호화스럽게 꾸며진 방이었다. 건물 앞쪽에서 뒤까지 이르는 넓이로, 창문이 두 개 있었다. 하나는 앞쪽 드라이브 길 쪽으로, 또 하나는 뒤쪽 정원으로 나 있었다. 시체가 쓰러져 있던 곳은 이 정원으로 나 있는 창문 구석이었다. 경찰이 수사를 끝내고 시체를 실어간 지 그리 오래되지 않은 듯했다.

"이거 곤란하게 됐군." 나는 포아로에게 낮은 목소리로 말했다. "그들이 모처럼의 단서를 짓밟아 버렸을지도 모르겠는데?"

작은 사나이는 미소 지었다. "허참! …… '단서는 내부로부터 나온다'는 것을 몇 번이나 말해야 알겠나? 이 회색 뇌세포 속에는 온갖 수수께끼를 푸는 실마리가 있거든." 포아로는 집사를 돌아보았다. "시체를 옮긴 것 말고는 모든 게 원래 그대로겠지요?"

"그렇습니다. 어젯밤 경찰에서 왔을 때 그대로입니다."

"이 커튼은 창문이 쑥 내밀어진 곳에 걸리도록 되어 있군요. 저쪽 창문도 마찬가지고. 어젯밤 커튼을 쳐두었소?"

"네, 밤마다 내가 칩니다."

"그럼, 리드번 씨 자신이 연 모양이군요?"

"그렇게 생각합니다."

"어젯밤 손님이 온다는 것을 당신은 알았소?"

"나리께서는 아무 말씀도 없으셨습니다. 하지만 저녁 식사가 끝난 뒤 자신을 방해하지 않도록 하라는 말씀이 있었습니다. 아시리라고 생각합니다만, 이 서재에는 저택의 옆 테라스로 통하는 문이 있습니다. 나리께서 생각만 있다면 누구든 그리로 해서 서재에 불러들일 수가 있습니다."

"리드번 씨는 그렇게 하는 습관이 있었소?"

집사는 조심스럽게 헛기침을 했다. "그렇다고 생각합니다."

포아로는 성큼성큼 문제의 문으로 걸어갔다. 잠겨 있지는 않았다. 그는 문을 열고 테라스로 나갔다. 테라스 오른쪽은 드라이브 길이었다. 그리고 더 나가자 빨간 벽돌로 된 담이 있었다.

"저기는 과수원입니다. 저 앞에 안으로 들어가는 문이 있습니다만, 언제나 6시가 되면 닫아버립니다."

포아로는 고개를 끄덕이며 다시 서재로 돌아왔다. 집사도 그 뒤를 따라왔다. "어젯밤 사건에서 뭔가 들은 일이 있소?"

"네, 서재에서 말소리가 들렸습니다. 9시 조금 전이었습니다. 그러나 특별히 신기한 일은 아니었습니다, 특히 부인손님인 경우에는. 그러나 우리는 고용인실로 물러갔기 때문에——그 방은 마침 이곳과 반대쪽에 있으므로——아무것도 들리지 않았습니다. 그 뒤 11시쯤 경찰이 왔습니다."

"몇 사람의 목소리였지요?"

"그건 잘 모르겠습니다. 부인 목소리를 알 수 있었을 뿐입니다."

"흠!"

"실례입니다만, 라이언 박사께서 아직 저택에 계시니 만나보시는 게 어떻겠습니까?"

우리는 이 제안을 받아들였다. 그리하여 조금 뒤 명랑한 중년의 의사와 마주 앉았다. 그는 포아로가 요구하는 정보를 다 이야기해 주었다. 리드번의 시체는 창문 가까이에 누워 있었는데, 머리가 대리석 창턱 옆에 있었다고 한다. 상처는 두 군데로서 하나는 두 눈 사이, 그리고 또 하나의 치명상은 뒤통수에 있었다는 것이었다.

"시체는 반듯이 쓰러져 있었습니까?"

"네, 여기에 그 자국이 있습니다." 의사는 바닥에 나 있는 작고 거무스름한 얼룩을 가리켰다.

"그 뒤통수 상처는 바닥에 넘어질 때 생겼다고 생각할 수 있습니까?"

"그건 불가능합니다. 흉기가 무엇인지는 모르겠으나, 두개골에 상당히 깊이 파고들어가 있었으니까요."

포아로는 깊이 생각에 잠긴 듯이 앞을 바라보았다. 두 개 창의 문턱은 대리석을 파서 만든 의자처럼 되어 있었는데, 그 양쪽 팔걸이에 사자머리 모양이 조각되어 있었다. 포아로의 눈이 번쩍 빛났다.

"만일 그가 이 쑥 튀어나온 사자머리 모양의 대리석 조각에 쓰러졌다가 그대로 바닥으로 미끄러져 떨어졌다면 어떻겠습니까? 그 경우 당신이 말하는 것과 같은 상처가 생길 수 있지 않겠습니까?"

"네, 그렇겠지요. 그러나 그가 쓰러져 있던 각도로 보아 그렇게 해서 생긴 상처는 아닌 것 같습니다. 게다가 그 경우에는 반드시 대리석에 핏자국이 묻어 있었을 것입니다."

"닦아내지 않았다면 그렇겠지요."

의사는 어깨를 으쓱했다. "아무튼 그렇게 생각할 수는 없을 것 같습니다. 뜻하지 않은 사고를 타살인 것처럼 꾸민다고 누구에게 이익이 되지도 않을 테고……."

"그렇겠군요." 포아로가 긍정했다. "혹시 그 상처가 여자의 손에 의하여 생겼다고 생각할 수는 없습니까?"

"아니, 그렇지 않을 겁니다. 생클레르 양의 일을 생각하시는 거지요?"

포아로는 조용히 말했다. "확신을 갖기 전까지 나는 특별히 어떤 사람을 생각하지 않습니다."

그는 열려 있는 프랑스 식 창문으로 주의를 돌렸다. 그러자 의사가 다시 이야기를 계속했다.

"생클레르 양은 그 창문으로 달아났습니다. 나무 사이로 데이지미드가 언뜻언뜻 보이지요? 물론 저택 정면의 큰길가에는 좀더 가까운 곳에 집이 많습니다. 그러나 그녀가 거리가 먼 데이지미드로 달려간 것은 이쪽에서 보이는 단 한 채의 집이었기 때문입니다."

"참으로 고맙습니다. 자, 헤이스팅스, 생클레르 양의 발자취를 더듬어보세."

포아로는 앞장서서 정원을 지나고 철문을 빠져나가 짧은 녹색 들판을 걸어서 데이지미드의 정원으로 들어섰다. 그것은 반 에이커 정도의 땅에 지어진 그다지 꾸밈이 없는 작은 저택이었다. 작은 층계가 프랑스 식 창문으로 통해 있었다. 포아로는 그 방향으로 턱짓을 해보였다. "생클레르 양은 이리로 올라간 모양이군. 우리는 그녀처럼 서두를 필요가 없으니 정면 현관으로 돌아가는 게 좋겠네. "

하녀가 우리를 맞아 거실로 안내한 다음 오글랜더 부인을 찾으러 갔다. 거실이 어젯밤 상태 그대로 있다는 것은 얼른 보아도 분명했다. 난로에는 아직 재가 남아 있었으며, 브리지테이블이 방 한가운데에 놓여 있었다. 한 장 젖혀진 채로 카드 패가 내던져져 있었다. 방 안에는 실속 없이 겉보기에 번드르르한 장식품이 지나칠 정도로 많았다. 게다가 많은 가족사진이 더덕더덕 벽에 걸려 있었다. 포아로에게는 그것이 나만큼 신경에 거슬리지 않는 듯 물끄러미 바라보더니 조금 삐뚜름히 기울어진 것을 한두 장 바로 고쳐놓았다.

"가족…… 가족의 결속이란 아주 강한 것이겠지. 감상이 아름다움으로 바뀌니까. "

나도 같은 생각으로 사진을 바라보았다. 그것은 가족사진으로, 구레나룻을 기른 신사와 머리를 높게 빗어 올린 부인, 살이 통통하게 찐 소년, 그리고 리본을 많이 매단 두 소녀가 찍혀 있었다. 나는 그들이 꽤 오래전 오글랜더 집안사람일 거라고 생각하며 흥미롭게 바라보았다. 문이 열리고 젊은 여자가 들어왔다. 까만 머리를 단정하게 빗고, 연한 갈색 스포츠 코트에 트위드 스커트를 입고 있었다. 그녀는 의아한 표정으로 우리를 보았다. 포아로가 한 걸음 앞으로 나섰다.

"오글랜더 양입니까? 실례를 용서하십시오. 특히 그런 혼란을 겪으신 뒤여서 더욱 죄송합니다. 이번 일로 정말 난처하셨겠습니다. "

"정신없었어요. " 그녀는 조심스럽게 대답했다.

나는 드라마의 요소가 오글랜더 양의 등장으로 맥이 빠져가는 것을 느꼈다. 상상력이 없는 그녀의 성격이 어떤 비극보다도 훨씬 우월했던 것이다. 더욱이 그녀가 입 밖에 낸 말이 나의 이 생각을 한층 더 강하게 해주었다.

"방이 이런 상태여서 사과드려야겠군요. 고용인들이 바보같이 흥분해 있었기 때문에……"

"어젯밤 당신도 이 방에 있었습니까, 아니면?"

"네, 저녁 식사를 끝낸 뒤 브리지를 하고 있었어요. 그런데……"

"실례입니다만, 브리지는 얼마 동안 하셨습니까?"

"글쎄요……" 오글랜더 양은 골똘히 생각했다. "분명하게 말씀드릴 수가 없군요. 래버(³회전)를 대여섯 번 했으니 10시쯤 되었던 것 같아요."

"그럼, 당신도 여기 있었군요. 어디에 앉았습니까?"

"창문 정면이에요. 어머니와 한편이 되어 노트라(브리지의 한 방법)를 하고 있었어요. 그때 별안간 아무 예고도 없이 창문이 홱 열리더니 생클레르 양이 비틀거리면서 방 안으로 뛰어 들어왔어요."

"생클레르 양이라는 걸 알 수 있었습니까?"

"어디서 본 적이 있다고 생각했어요."

"그래, 그녀는 아직도 댁에 있겠지요?"

"네, 하지만 아무도 만나고 싶지 않답니다. 그때의 충격으로 아직 기진맥진해 있어요."

"그러나 내가 왔다고 하면 만나줄 겁니다. 생클레르 양에게 모라니아의 폴 전하로부터 급한 용건을 가지고 찾아왔다고 전해주시겠습니까?"

무쇠처럼 냉정한 오글랜더 양도 황태자의 이름을 듣자 조금 놀란 모양이었다. 그러나 그녀는 더 이상 아무 말도 하지 않고 부탁을 전하러 방을 나갔다. 그리고 곧 되돌아와서 생클레르 양이 자기 방에서 만나겠다고 한 말을 전했다. 우리는 그녀의 뒤를 따라 층계를 올라가 넓고 환한 침실로 들어갔다. 창문가에 놓인 침대에 한 여자가 누워 있었는데, 우리가 들어가자 머리를 돌렸다. 이 두 여자의 대조적인 면에 나는 감탄하고 말았다. 실제의 생김새나 머리카락 빛깔이 전혀 닮지 않아서 그런 느낌을 주는 것이 아닌 만큼 오히려 대조가 강조되는 것이었다. 그러나 그렇다 하더라도 어쩌면 이렇게 다를 수 있을까! 발레리 생클레르 양의 표정이며 몸놀림은 모두 드라마틱하지 않은가. 마치 온몸에서 로맨틱한 분위기를 뿜어내고 있는 것 같았다. 초록색 플란넬 화장옷이 발치에 걸려 있었다. 아무리 보아도 흔해빠진 옷이었다. 그러나 그녀의 개성적인 매력이 거기에 이국적인 운치를 주어 타는 듯한 빛깔의 동양식 가운처럼 생각되었다.

"폴에게서 부탁을 받고 오셨다고요?" 그녀의 목소리도 겉모습에 어울리게 부드럽고 나른했다.

"그렇습니다, 마드무아젤. 전하와 함께 당신의 도움이 되어드리려고 왔습니다."

"무엇을 알고 싶으시지요?"

"어젯밤에 일어난 일을 모두 알고 싶습니다. 크든 작든 빠짐없이 모두!"

그녀는 안타까운 듯 미소 지었다. "거짓말할 것 같이 생각되나요? 나도 바보가 아니에요. 감추어봐야 소용없다는 것쯤은 알고 있어요. 리드번은 내 비밀을 쥐고 있었어요. 그 죽은 사나이 말이에요. 그는 나를 협박했어요. 폴을 위해 나는 흥정에 응하려고 했어요. 폴을 잃게 될까봐 두려웠지요……하지만 그 사나이가 죽었으니 나는 이제 안전해요. 그렇지만 내가 죽인 건 아니에요."

포아로는 빙그레 미소 지으며 머리를 저었다. "그런 말씀을 하실 필요는 없습니다, 마드무아젤. 그럼, 어젯밤 일을 이야기해 주십시오."

"내가 돈을 내겠다고 하자 그는 솔깃해서 어젯밤 9시에 만나자고 약속했어요. 나보고 몬 데지르 별장으로 오라는 거였어요. 그곳은 알고 있었어요. 전에도 가보았으니까요. 그래서 옆문을 지나 서재로 들어갔지요. 그렇게 하면 고용인들에게 들키지 않을 수 있으니까요."

"잠깐만, 당신은 밤에 혼자 그곳으로 가는 것이 무섭지 않았습니까?"

대답하기 전에 한순간 사이가 너무 길었다고 느낀 것은 내 기분 탓이었을까? "물론 무서웠어요. 하지만 함께 가달라고 부탁할 만한 사람이 아무도 없었어요. 게다가 나 자신도 필사적이었어요. 리드번은 나를 서재로 들어오게 했어요. 그는 나를 마치 고양이가 쥐를 다루듯 갖고 놀았어요. 나를 노리갯감으로 생각했던 거예요. 나는 무릎을 꿇고 그에게 애원했어요. 하지만 모든 게 헛일이었어요! 그런 다음 그가 자기의 조건을 꺼냈어요. 그것이 무엇인지 짐작할 수 있을 거예요. 나는 거절했어요. 그리고 내가 그를 어떻게 생각하는지 모두 털어놓았어요. 그는 태연하게 히죽히죽 웃고 있었어요. 그리고 마침 내가 입을 다물자 무슨 소리가 들렸어요. 창문의 커튼 뒤에서요. 리드번도 그 소리를 들었나 봐요. 그는 커튼 쪽으로 성큼성큼 걸어가더니 홱 젖히더군요. 한 사나이가 숨어 있었어요…… 무서운 얼굴의 부랑자 같은 사나이가. 그 사나이는 리드번을 힘껏 때렸어요. 리드번이 쓰러졌어요. 부랑자가 피투성이 손으로 나를 붙잡았기 때문에 나는 몸을 비틀어 뿌리치고는 창문으로 뛰어나가 정신없이 뛰었어요. 마침 이 집의 불빛이 보이기에 이리로 뛰어든 거예요. 덧문이 열려 있어서 집안사람들이 브리지를 하고 있는 것이 보였어요. 나는 구르다시피 하여 거실로 들어왔어요. '살인!'이라고 헐떡이는 것이 고작이었지요. 그 뒤는 전혀 아무것도 몰라요."

“고맙습니다. 당신의 처지로서는 굉장한 충격이었을 겁니다. 그런데 그 부랑자는 어떤 인상이었습니까? 어떤 차림이었는지 기억하십니까?”

“아니오, 전혀. 눈 깜짝할 사이에 일어난 일인걸요. 하지만 다시 만나면 알 수 있을 것 같아요. 인상이 내 머릿속에 깊이 박혀 있으니까요.”

“한 가지 더 묻겠습니다. 몬 데지르 별장 서재의 다른 한쪽 창문 커튼에 대한 것인데, 드라이브 길 쪽으로 난 창문의 커튼은 닫혀 있었습니까?”

이때 처음으로 댄서의 얼굴에 곤혹스런 표정이 잠깐 떠올랐다. 그녀는 열심히 생각해 내려고 애썼다.

“어땠습니까?”

“그러고 보니…… 그래요…… 틀림없이 커튼은 닫혀 있지 않았어요!”

“그렇다면 묘하군요. 다른 한쪽 커튼은 닫혀 있었는데……아무래도 좋습니다. 그다지 중대한 일이 아닐지도 모르니까요. 당신은 여기에 좀더 머무르실 겁니까?”

“의사선생님이 내일쯤 런던으로 돌아갈 수 있을 거라고 말씀하셨어요.”

문득 그녀는 방 안을 둘러보았다. 오글랜더 양은 이미 방에 없었다.

“이댁 분들은 모두 친절하지만, 나와 세계가 다르기 때문에 맞지 않아요. 나는 중산계급은 좋아하지 않아요!” 그 말 뒤에는 씁쓸한 울림이 희미하게 깃들여 있었다.

포아로는 고개를 끄덕였다.

“잘 알겠습니다. 여러 가지를 물어 피곤했는지 모르겠습니다만…

…."

"그런 일은 없어요. 그러나 폴에게 모두 알려질 것을 생각하면 몹시 마음에 걸려요."

"그럼, 몸조심하십시오."

포아로는 방에서 나가려다가 갑자기 걸음을 멈추더니 한 켤레의 에나멜 가죽구두에 빨려들 듯이 주의를 쏟았다. "당신의 것입니까, 생클레르 양?"

"네, 닦아달라고 부탁했더니 지금 막 가져왔군요."

함께 충계를 내려가면서 포아로가 말했다. "흠! 아무래도 하인들은 구두를 닦아놓지 않을 만큼 게으름을 피우고 있는 건 아닌 모양이군. 하기야 난로 청소는 잊어버렸지만. 그건 그렇고, 헤이스팅스, 처음에는 한두 가지 재미있는 점이 있을 것 같더니, 유감스럽지만 이 사건도 끝장이 난 모양이야. 완전히 다 드러나고 말았으니까."

"그럼, 범인은?"

나의 벗은 크게 뽐내며 말했다. "에르퀼 포아로쯤 되는 사람이 부랑아 따위를 쫓지는 않네."

홀에서 우리는 오글랜더 양을 만났다. "거실에서 잠깐 기다려주시겠어요? 어머니가 말씀을 나누고 싶으시답니다."

거실은 여전히 손대지 않은 채였다. 포아로는 주의를 기울이지 않고 무의식적으로 카드를 모아 자그마하면서도 귀엽게 생긴 잘 다듬어진 두 손으로 그것을 섞었다.

"내가 생각하는 것을 알겠나, 헤이스팅스?"

"아니, 전혀!" 나는 힘차게 대답했다.

"오글랜더 양이 브리지로 노트라를 한 것은 잘못이었다고 생각되네. 그녀는 드리 스페이드로 나갔어야만 했어."

"포아로, 장난도 적당히 해두게!"

"이거 참 나라고 일년 내내 피비린내 나는 이야기만 할 수는 없잖은가!"

이때 갑자기 포아로가 몸을 굽혔다. "헤이스팅스…… 헤이스팅스, 클럽의 킹이 카드 속에 없구먼!"

"자라의 예언인가!" 나는 소리쳤다.

"뭐라고?" 포아로는 내가 한 말을 알아듣지 못한 모양이었다. 그는 기계적으로 카드를 가지런히 하여 케이스에 넣었다. 그 얼굴은 매우 무게가 있었다. 그는 가까스로 말을 꺼냈다.

"헤이스팅스, 이 에르큘 포아로가 엄청난 실수를 저지를 뻔했네…… 터무니없는 실수를."

그의 얼굴을 보고 농담이 아닌 건 알았지만 무슨 이야기인지 전혀 짐작할 수가 없었다. "처음부터 다시 해야겠네, 헤이스팅스. 그래, 처음부터 다시 해야만 해. 이번에는 실수하지 않겠네!"

그때 아름다운 중년부인이 방으로 들어왔으므로 포아로의 말이 중단되었다. 부인은 한 손에 가계부를 여러 권 들고 있었다. 포아로는 고개 숙여 인사했다. "저, 우리는 생클레르 양 친구의 심부름으로 왔습니다만, 부인."

"어머나, 그러세요? 난 또……."

갑자기 포아로가 힘차게 창문 쪽을 손짓해 가리켰다. "저 덧문은 어젯밤 닫혀 있지 않았습니까?"

"네, 그래서 생클레르 양이 불빛을 똑똑히 볼 수 있었던가 봐요."

"어젯밤에는 달이 밝았습니다. 저 창문과 마주 보고 앉은 부인의 자리에서 생클레르 양의 모습이 보이지 않았다는 게 이상하군요."

"게임에 열중했기 때문이라고 생각해요. 아무튼 우리는 이런 경험은 난생 처음이에요."

"네, 그러실 겁니다, 부인. 그러나 이제는 안심하셔도 될 겁니다.
생클레르 양은 내일 떠날 모양이니까요."

"그래요!"

부인의 얼굴이 밝아졌다.

우리는 현관으로 발걸음을 돌렸다. 하녀가 층계를 청소하고 있었
다.

"2층 생클레르 양의 구두를 닦은 것은 당신이었소?"

"아니오, 나는 닦지 않았어요." 하녀는 고개를 가로저으며 말했다.

길을 걸으면서 나는 포아로에게 물었다. "그럼, 누가 닦았을까?"

"아무도 닦지 않았네, 닦을 필요가 없었으니까."

"그야 달밤에 국도나 작은 길을 걸어왔다면 흙이 묻지 않았겠지.
그러나 정원 안을 걸었으니 흙투성이가 되었을 텐데."

"그렇지, 그런 경우라면 더러워졌겠지." 포아로의 얼굴에 기묘한
미소가 떠올랐다.

"그러나……."

"앞으로 30분만 참아주게, 헤이스팅스. 이제부터 몬 데지르 별장으
로 되돌아가는 거네."

집사는 우리가 다시 나타난 것을 보고 깜짝 놀란 모양이었으나 서
재로 들어가는 데 대해 아무 말도 하지 않았다.

"아니, 그쪽 창문이 아니야, 포아로."

"나는 그렇게 생각하지 않아. 여기를 좀 보게!" 포아로는 대리석
사자머리를 손가락질했다. 희미하게 퇴색된 얼룩이 묻어 있었다. 그
는 손가락을 옮겨 닦아놓은 마루 위의 똑같은 얼룩을 가리켰다. "누
군가가 리드번의 미간을 때린 거야. 리드번은 뒤로 벌렁 넘어지면서
이 쑥 내밀어진 대리석에 부딪친 다음 바닥으로 쓰러졌네. 그 뒤 바

닥 위로 질질 끌고 가서 저쪽 창문까지 옮겨 거기에 눕혀놓은 걸세.
그러나 의사가 말한 각도는 아니었지."
  "하지만 어째서 그처럼 전혀 필요도 없는 일을 했을까?"
  "글쎄, 그게 가장 중요한 점이지. 그리고 범인을 알아내는 단서가
되기도 하고…… 말이 나온 김에 말해 두겠는데, 범인은 리드번을
죽일 생각은 없었네. 그러므로 그를 가리켜 살인범이라 부르는 것
은 잘못이지. 아무튼 무섭게 힘이 센 사나이임에 틀림없어!"
  "죽은 사람을 끌고 갔기 때문인가?"
  "그뿐만이 아니네. 아무튼 흥미진진한 사건이야. 하마터면 어리석
은 실수를 저지를 뻔했지만."
  "그럼, 이 사건은 해결되어 결국 모든 것을 다 알았다는 건가?"
  "그렇다네, 헤이스팅스."
  이때 문득 어떤 일이 생각나서 나는 정신이 번쩍 들었다. "아니,
자네가 알지 못하는 일이 한 가지 있네!"
  "그게 뭔가?"
  "없어진 클럽의 킹이 어디 있는지 모르잖아?"
  "참으로 우스운 일도 다 있군! 정말 우스워!"
  "어째서지?"
  "어째서라니, 그건 내 주머니에 있으니까 말일세!"
  포아로는 일부러 화려한 손놀림으로 그것을 꺼내보였다. 나는 맥이
빠졌다.
  "오! 어디서 찾아냈나? 여기서?"
  "그다지 놀랄 건 없네. 다른 카드를 꺼낼 때 케이스에서 함께 꺼내
지 않았던 것뿐이니까. 이것은 케이스 속에 남아 있었네."
  "흠! 그래도 뭔가 얻은 바가 있었겠지?"
  "물론이지. 나는 국왕폐하(킹)께 경의를 표한다네."

"그리고 점술사 자라에게도!"

"아 참, 그렇군. 그 할머니에게도."

"그럼, 이제부터 무얼 할 건가?"

"런던으로 돌아가세. 그러나 그전에 데이지미드의 오글랜더 부인과 잠깐 이야기를 나누어야겠네."

아까 문을 열어주었던 하녀가 이번에도 문을 열어주었다.

"여러분은 지금 식사중이십니다. 그리고 생클레르 양은 지금 주무시고 계십니다만……."

"오글랜더 부인에게 2, 3분만 뵈었으면 한다고 전해주겠소?"

우리는 거실로 안내되어 기다렸다. 지나가는데 식당에 있는 가족들의 모습이 흘끗 보였다. 몸집이 늠름한 두 사나이가 끼어 있었다. 한 사람은 콧수염을 길렀고, 또 한 사람은 턱수염을 기르고 있었다.

2, 3분 뒤 오글랜더 부인이 방으로 들어와 살피듯이 포아로를 바라보았다. 포아로는 가볍게 인사하며 말했다.

"부인, 나의 모국 벨기에에서는 어머니에 대해 깊은 동정과 크나큰 경의를 표하고 있답니다. 한 집안의 어머니란 그 무엇과도 바꿀 수 없는 존재입니다!"

오글랜더 부인은 포아로의 첫말을 듣자 조금 어이가 없는 듯했다.

"내가 이렇게 주제넘은 말씀을 드리는 것도 그런 이유에서입니다…… 어머니의 괴로움을 위로하고 진정시켜드리기 위해서입니다. 리드번 씨를 살해한 범인은 발견되지 않을 것입니다. 걱정하실 것 없습니다. 이 에르큘 포아로가 그렇게 말씀드리는 겁니다. 어떻습니까, 틀리지 않았지요? 아니면 내가 안심시켜 드릴 부인은 어머니가 아니라 아내일까요?"

잠시 침묵이 흘렀다. 오글랜더 부인은 자신의 눈으로 포아로의 의도를 미루어 짐작하고 있는 것 같았다. 이윽고 그녀는 조용히 말했다. "당신이 어떻게 아셨는지 모르겠군요. 하지만 그래요, 당신 말씀이 옳아요."

포아로는 위엄 있게 천천히 고개를 끄덕였다. "이것으로 볼일은 끝났습니다. 그러나 안심하십시오, 부인. 영국의 경찰관은 에르큘 포아로만큼 밝은 눈을 갖고 있지 않답니다."

포아로는 벽에 걸린 가족사진을 가볍게 손끝으로 두드렸다. "옛날에는 따님이 한 분 더 있었습니다. 세상을 떠났나 보지요, 부인?"

부인은 다시 살피듯 포아로를 뚫어지게 쳐다보았다. 잠시 침묵이 흘렀다. 이윽고 부인이 대답했다. "네, 딸아이는 죽었습니다."

"아아, 그랬었군요!" 포아로는 활발한 목소리로 말했다. "그럼, 우리는 그만 런던으로 돌아가야겠습니다. 클럽의 킹을 다시 카드 속에 돌려놓기로 할까요? 이것이 부인의 단 한 가지 실수였습니다. 1시간도 넘게 51장밖에 안되는 카드로 브리지를 했다니…… 적어도 게임을 아는 사람이라면 도저히 믿을 수 없는 일이지요! 그럼, 이만 안녕히!"

역을 향해 걸으면서 포아로가 말했다. "이제 모든 것을 다 알았겠지, 헤이스팅스?"

"아무것도 모르겠는데, 누가 리드번을 죽였나?"

"아들인 존 오글랜더. 처음에는 아버지인지 아들인지 알쏭달쏭했지만, 아들 쪽이 힘도 셀 것 같고 나이도 젊으니까 그에게로 눈길을 돌린 거네. 두 사람 가운데 어느 한 사람임에 틀림없거든. 아무튼 창문 문제가 있으니까."

"좀더 자세히 설명해 주겠나?"

"몬 데지르 별장의 서재에는 출입구가 네 군데 있네…… 문이 둘,

창문이 둘. 그러나 범행에 이용된 것은 분명 하나였네. 세 출입구는 직접 또는 간접으로 정면 현관으로 통해 있지. 그러나 발레리 생클레르 양이 우연히 데이지미드에 뛰어들었다고 보이기 위해서는 비극이 뒤쪽 창문에서 일어난 것처럼 해야 했던 거지. 말할 나위도 없는 일이지만, 그녀는 정신을 잃어 존 오글랜더가 어깨에 둘러메고 데려온 걸세. 범인이 힘센 남자라고 말한 이유는 바로 그 때문이었네.”

“그럼, 둘이서 함께 갔었군?”

“그렇지. 자네도 기억하겠지만, 내가 밤에 혼자 가는 것이 무섭지 않더냐고 묻자 그녀는 잠깐 머뭇거리지 않았나? 존 오글랜더가 그녀와 함께 갔던 거야. 그러나 리드번이 심술을 부렸겠지. 그들은 말다툼을 했고, 아마도 리드번이 그녀에게 함부로 모욕적인 말을 했을 걸세. 그것이 원인이 되어 오글랜더가 때렸겠지. 그 뒤 일은 자네도 알잖은가.”

“그렇다면 무엇 때문에 브리지를 했다고 말했을까?”

“브리지란 넷이서 하도록 되어 있네. 이런 단순한 일은 오히려 의문을 불러일으키지 않는 법이지. 그날 밤 줄곧 거실에 세 사람밖에 없었다고 생각하는 사람은 없을 테니까.”

나는 아직도 석연치 않았다. “이해가 안되는 일이 또 하나 있는데…… 댄서인 발레리 생클레르 양과 오글랜더 집안은 어떤 관계인가?”

“저런, 아직 그걸 모르다니 참으로 어이가 없군. 더욱이 자네는 벽에 걸린 사진을 충분히 바라보지 않았나?……나보다 더 오랫동안. 오글랜더 부인의 또 한 명의 딸은 가족들에게는 죽은 거나 마찬가지일지 모르지만, 세상에서는 발레리 생클레르라는 이름으로 알려져 있다네.”

“뭐라고?”

“두 자매를 보았을 때 닮았다는 것을 알아차리지 못했나?”

나는 솔직히 고백했다. “아니, 나는 아주 대조적이라고 생각했네.”

“그것은 자네의 마음이 외면적인 로맨틱한 인상에만 현혹되어 있었기 때문이네. 생김새가 마치 호박을 따다놓은 듯 똑같고, 머리카락 빛깔도 같았네. 그러나 재미있게도 생클레르 양은 자기 가족들을 부끄럽게 생각하고 있었고, 가족들도 그녀를 부끄럽게 생각하고 있었다네. 그러나 그런 형편이긴 하지만 일단 위급한 경우가 되자 그녀는 오빠에게 도움을 청했고, 그처럼 사태가 악화되자 가족들은 눈부신 단결력을 보였지. 핏줄이란 놀라운 것이라네. 그 가족들은 모두 연극을 했던 걸세. 생클레르 양이 연기적 재능을 타고난 것도 바로 그 덕분이지.

　나도 폴 전하와 마찬가지로 유전이라는 것을 믿네! 그들은 나를 보기 좋게 감쪽같이 속였으니까! 저 행운인 우연과, 넘겨짚은 나의 질문에 대한 오글랜더 부인의 대답과, 모두들의 좌석배치에 대한 딸의 설명이 모순되어 있음을 확인하지 않았다면, 오글랜더 가족은 에르퀼 포아로를 크게 패배시켜 다시는 일어설 수 없도록 했을 거네.”

“황태자에게는 뭐라고 보고할 생각인가?”

“생클레르 양이 죄를 저지르다니 도저히 있을 수 없는 일이며, 그 부랑자도 잡힐지 어떨지 의심스럽다고 보고하겠네. 그리고 점술사 자라에게도 인사말을 전해야지. 정말 그것은 이상하게 들어맞은 우연의 일치였거든. 나는 이 작은 사건에 ‘클럽의 킹 모험’이라는 제목을 붙이고 싶은데, 자네 생각은 어떤가, 헤이스팅스?”

이집트 왕 무덤의 모험

　에르퀼 포아로와 함께 겪은 많은 모험 가운데서도 가장 파란만장하고 극적인 사건은 멘하라 왕의 무덤을 발견한 것과 그것을 발굴한 뒤에 일어난 일련의 기괴한 사망사건을 조사한 일일 것이다.

　캐너본 경이 투탕카멘 왕의 무덤을 발견한 직후의 일이다. 카이로에서 그리 멀지 않은 기자(이집트 북동부에 있는 옛 도시)의 피라미드 부근에서 발굴 작업을 계속하던 존 윌러드 경과 뉴욕의 블래이브너 씨는 뜻하지 않게 일련의 매장실을 파냈던 것이다. 그들의 발견은 아주 큰 반향을 불러일으켰다. 무덤은 이집트 왕국에 몰락의 조짐이 나타난 제8왕조의 세력이 약했던 국왕 가운데 한 사람인 멘하라 왕의 것인 듯했다. 이 시대에 대해서는 자료가 적었기 때문에 발굴된 물건들이 신문에 자세히 보도되었다. 그리고 얼마 뒤 사람의 마음을 충동질할 만한 괴이한 일이 일어났다. 존 윌러드 경이 심장병으로 갑자기 세상을 떠난 것이다. 선정적인 여러 신문들은 곧 불길한 기운을 가져다준다는 이집트의 어떤 보물에 얽힌 아득한 옛날부터 전해 내려오는 미신이야기를 기회를 놓칠세라 마구 써댔다. 대영박물관의 불행한 미라, 저 고색창

연한 갈색 물체가 새롭고 흥미로운 눈으로 모든 사람이 둘러보는 대상이 되었다. 물론 박물관 측에서는 그런 이야기를 부정했으나, 그래도 미라는 여전히 인기를 모았던 것이다. 그로부터 1주일쯤 지나자 블래이브너 씨가 급성패혈증으로 세상을 떠났고 2, 3일 뒤에는 뉴욕에 있는 그의 조카가 권총자살을 하고 말았다. '멘하라 왕의 저주'는 세상 사람들의 화제가 되었으며, 죽은 자의 나라 이집트의 마력이 맹목적인 숭배의 대상이 될 정도로 다루어지는 형편이었다. 마침 그 무렵 포아로는 세상을 떠난 고고학자의 미망인 월러드 부인으로부터 짤막한 편지를 받았다. 수고스럽지만 켄징턴 스퀘어에 있는 부인의 저택까지 와줄 수 없겠느냐는 내용이었다. 나는 포아로와 함께 갔다.

월러드 부인은 키가 크고 여위었으며, 검은 상복을 입고 있었다. 그녀의 초췌한 얼굴이 불행을 겪은 지 얼마 지나지 않은 슬픔을 무엇보다도 잘 말해 주고 있었다.

"이렇게 빨리 와주셔서 정말 고마워요, 포아로 씨."

"무슨 일이든 도움이 되어드리고 싶습니다, 월러드 부인. 무언가 의논하실 일이라도 있습니까?"

"당신은 사립탐정이시지만, 내가 의논드리고 싶은 것은 단순히 당신이 탐정이기 때문만은 아닙니다. 당신은 뛰어난 생각을 가진 분이며, 감정과 인생경험이 풍부하다고 들었습니다. 그래서 포아로 씨, '초자연'적이라는 것에 대해 어떻게 생각하시는지 한번 물어보고 싶군요."

포아로는 대답하기 전에 잠시 망설이고 있었다. 그는 갈피를 잡지 못해 이리저리 궁리하다가 이윽고 입을 열었다. "부인, 서로 오해가 없도록 분명히 해야겠습니다. 부인께서 물으시는 것은 일반적인 질문이 아니라, 특정한 개인적인 경우를 가리키는 것이 아닙니까? 세상을 떠난 월러드 경의 경우를 말씀하시는 거지요?"

“네, 바로 아셨어요.” 부인은 인정했다.

“월러드 경이 죽음에 이른 상황을 조사해 달라는 부탁입니까?”

“신문기사가 대체 얼마나 옳은 것인지, 세상에 떠도는 소문이 어느 정도 근거가 있는 것인지, 그것을 확인하고 싶어요. 세 사람이 죽었어요, 포아로 씨. 저마다 그만한 이유가 있었다 하더라도 세 가지를 함께 생각하면 우연의 일치라고 믿어지지 않아요. 더욱이 그 가운데 두 사람의 죽음은 무덤을 발굴한 지 한 달도 지나기 전에 일어났어요! 단순한 미신일지도 모르지요. 아니면 현대과학으로는 생각지도 못할 방법으로 행해진 지난날의 끔찍한 저주인지도 몰라요. 하지만 사실은 사실이에요…… 세 사람이 죽었어요! 포아로 씨, 나는 무서워요, 견딜 수 없이 무서워요! 이 끔찍한 일이 더 계속될지도 모르니까요.”

“누구의 일을 걱정하십니까, 월러드 부인?”

“아들이에요. 남편이 세상을 떠났다는 소식이 전해졌을 때 나는 앓아누워 있었어요. 그래서 옥스퍼드 대학을 갓 졸업한 아들이 그곳으로 갔어요. 그 아이는 일단 아버지의 유해를 모시고 돌아왔습니다만, 지금 다시 그곳에 가 있답니다. 내가 그토록 말렸지만 듣지 않았어요. 그 아이는 발굴하는 데 정신이 팔려, 돌아가신 아버지의 뒤를 이을 생각으로 일을 계속하고 있어요. 포아로 씨, 분별없고 어리석은 여자라고 생각하실지도 모르지만, 나는 정말 무서워요. 어쩌면 죽은 이집트 왕의 영혼이 아직도 방황하고 있는 게 아닐까요? 당신은 어리석은 말을 하는 여자라고…….”

“천만에요, 그렇지 않습니다, 부인.” 포아로는 재빨리 대답했다. “나도 초자연적인 힘이라는 것을 믿고 있습니다. 이 세상에 있는 위대한 힘의 하나이지요.”

나는 놀라서 포아로를 쳐다보았다. 그가 미신을 믿는 줄은 전혀 몰랐었다. 그러나 이 작은 사나이는 아무리 보아도 지나치리만큼 진지한 태도였다.

"결국 나에게 아드님을 보호해 달라는 말씀이시지요? 좋습니다, 아드님에게 재액이 미치지 않도록 온 힘을 다하겠습니다."

"보통 의미라면 그것으로 좋겠지요. 하지만 상대가 마력이고 보면……."

"월러드 부인, 중세기의 책을 보면 흑마술에 대항하는 방법이 여러 가지 실려 있습니다. 아마 중세 사람들은 현대인이 자랑하는 과학보다 더 심오한 지식을 가졌었나봅니다. 그럼, 참고로 사정을 이야기해 주시겠습니까? 월러드 경은 굉장히 열성적인 이집트 학자였지요?"

"네, 젊었을 때부터 줄곧 그 길을 걸어왔어요. 그는 학계에서도 최고의 권위를 지닌 사람이었지요."

"그러나 블래이브너 씨는 아마추어였지요."

"네, 바로 말씀하셨어요. 그는 굉장한 부자여서 문득 마음이 내키면 자기 마음대로 좋아하는 일에 손을 내밀었지요. 남편은 그분으로 하여금 이집트학에 흥미를 갖도록 만들었답니다. 이번 발굴단의 자금을 마련할 때도 그분의 도움을 크게 받았지요."

"조카 분은 어떤 취미를 가지고 있었지요? 처음부터 발굴단과 동행했었습니까?"

"그렇지 않았을 거예요. 실은 신문에서 그분의 사망기사를 읽기 전까지 그런 분이 있는지조차도 몰랐어요. 조카분과 블래이브너 씨의 사이가 친밀했다고 생각되지는 않아요. 친척이 있다는 말을 한 번도 하지 않았으니까요."

"발굴단 말고 같이 동행한 사람은 어떤 분들이지요?"

"대영박물관에 관계하고 있는 관리인 토스월 박사, 뉴욕 메트로폴리탄 박물관의 슈나이더 씨, 젊은 미국인 비서, 의사로서 함께 가신 에임스 박사, 그리고 남편의 충실한 하인으로 그 지방 사람인 핫산이에요.”

“그 미국인 비서의 이름을 기억하십니까?”

“허퍼 씨라든가……그러나 확실치는 않아요. 자세히는 모르지만 블래이브너 씨가 고용한 지 아직 얼마 되지 않았다고 하더군요. 아주 인상이 좋은 젊은이였어요.”

“고맙습니다, 부인.”

“그 밖에 또 뭐든지…….”

“지금으로서는 되었습니다. 이제 모든 일은 내게 맡기시고 큰 배를 타신 마음으로 계십시오. 사람의 힘이 미치는 한 아드님을 보호하도록 온 힘을 다해 노력할 테니까요.”

엄밀히 말하자면 이것은 그리 마음 든든한 말이 못 되었다. 월러드 부인이 이 말을 듣고 머쓱해 하는 것을 나도 알 수 있었다. 그러나 아무튼 포아로가 그녀의 공포를 코웃음치지 않은 것은 부인에게 있어 구원이었다고 할 수 있으리라. 나는 포아로가 이토록 미신적인 성질을 타고난 사나이라고 생각해 본 적이 없다. 돌아오는 길에 그 점을 포아로에게 물어보았다. 그의 태도는 엄숙할 정도로 무게 있고 진지했다.

“나는 그런 것을 믿고 있네, 헤이스팅스. 초자연적인 힘을 얕보아서는 안 된다고.”

“이제부터 어떻게 할 생각인가?”

“언제나 실제적이군, 자네는! 그럼, 우선 뉴욕에 전보를 쳐서 블래이브너 씨의 조카가 죽었을 때의 상황을 자세히 알려달라고 해야겠네.”

포아로는 곧 전보를 쳤다. 회답은 자세하고도 적절한 것이었다. 루

퍼트 블래이브너 청년은 몇 년 동안 돈사정이 나빠 어려운 생활을 해왔다. 그는 백인 건달로서 남양의 여러 섬을 여기저기 떠돌아다닌 끝에 2년 전쯤 뉴욕으로 돌아왔는데, 그 뒤 급격히 가난한 밑바닥 생활로 전락해 갔다. 가장 뜻이 있을 듯한 일은 그가 최근 이집트로 가는 데 필요한 돈을 이리저리 변통하여 마련했다는 사실이었다. 이집트에 가면 돈을 빌릴 수 있는 친구가 있다고 그는 당당하게 말했다는 것이다. 그러나 그 계획은 성공하지 못한 채 끝났다. 그는 인색한 숙부를 저주하면서 뉴욕으로 되돌아왔다. 숙부에게는 혈육보다도 죽은 이집트 왕들의 미라가 더 소중했던 것이다.

그가 이집트에 머무는 동안 존 월러드 경이 세상을 떠났다. 그는 다시 뉴욕의 방탕생활로 되돌아갔고, 그러다 갑자기 기묘한 문장의 편지 한 통을 남기고 자살해 버렸다. 유서는 발작적인 회한에서 씌어진 듯, 자신을 일러 정신 빠진 문둥병자라고 비웃고, 나 같은 사람은 죽는 편이 낫다는 말로 유서를 끝맺었다. 막연한 추리가 내 머릿속에 떠올랐다. 나는 아득한 옛날에 죽은 이집트 왕의 복수라고는 생각되지 않았다. 지금 이 회답 전보를 읽자 좀더 현대적인 범죄가 내 눈앞에 떠올랐다. 이 젊은이가 숙부를 없애려고 했다면, 그것도 되도록이면 독약을 써서 살해하려고 마음먹었다고 가정해 보면──그런데 잘못해서 존 월러드 경이 치명적인 그 독약을 먹고 말았다. 젊은이는 무서운 죄의식에 몸부림치며 뉴욕으로 돌아왔는데, 그때 숙부가 세상을 떠났다는 소식이 전해졌다. 그는 자신의 범행이 무익했음을 깨닫고 양심의 가책을 이기지 못해 스스로 목숨을 끊었다……. 내가 해석한 대강 줄거리를 포아로에게 말했더니 그는 흥미를 나타내보였다.

"자네의 착상은 훌륭하네, 확실히 대단히 훌륭해. 그것이 진상일지도 모르지. 그러나 자네는 옛 무덤이 갖고 있는 치명적인 '마력'을 계산에 넣지 않았네."

나는 어깨를 으쓱했다. "자네는 아직도 그런 것이 이 사건에 관계되어 있다고 생각하나, 포아로?"

"물론이지. 그러니까 내일 이집트를 향해 출발할 생각이야."

"뭐라고?" 나는 깜짝 놀라며 소리쳤다.

"'출발한다'고 말했네." 영웅적인 자각을 의식한 표정이 포아로의 얼굴에 퍼졌다. 그리고 나서 그는 신음 소리를 내며 중얼거렸다. "그러나 그 바다…… 그 지긋지긋한 바다가 있군!"

그로부터 1주일 뒤 우리는 황금빛 사막에 서 있었다. 뜨거운 태양이 머리 위를 내리쬐었다. 포아로는 비참하기 이를 데 없는 처량한 모습으로 내 옆에서 축 늘어져 있었다. 이 작은 사나이는 여행이 질색인 것이다. 마르세유로부터 나흘 동안의 배 여행은 그에게 있어 죽음과도 같은 괴로움이었다. 알렉산드리아에 이르렀을 때는 살아 있는 '주검'과 마찬가지여서 여느 때의 깔끔한 몸차림도 어디론지 사라지고 없었다. 우리 두 사람은 카이로에 닿자, 곧 피라미드 가까이에 있는 미나하우스 호텔로 자동차를 몰았다. 나는 이집트의 매력에 정신을 빼앗겼다. 그러나 포아로는 그렇지 않았다. 런던에 있을 때와 마찬가지로 말쑥하게 몸차림을 갖추고, 작은 옷솔을 주머니에 넣고 다니며 검정 옷 위에 쌓이는 먼지와 끊임없는 전투를 벌이고 있었다.

"이 구두 꼴 좀 보게!" 그는 울음 섞인 목소리로 투덜거렸다. "이것 좀 보게, 헤이스팅스. 그처럼 깨끗하게 반짝이던 파텐트 레더(옻칠을 해서 특별히 무두질한 가죽)가 이 모양이군. 안쪽에는 모래가 들어와서 아프고, 바깥쪽은 보기만 해도 견딜 수 없는 꼴이라니. 게다가 또 왜 이렇게 덥담! 내 수염까지 축 늘어지겠구먼."

"저 스핑크스를 좀 보게!" 나는 포아로를 격려하듯이 말했다. "나는 저것에서 발산되는 신비스러움에 야릇한 매력을 느끼고 있네."

포아로는 성난 얼굴을 돌렸다. "행복해 보이지는 않아. 저런 못생긴 모습으로 모래에 반쯤 파묻혀 있으니. 아아, 이 저주스러운 모래!"

나는 안내책자에 'les dunes impeccables(나무랄 데 없이 훌륭한 모래 언덕)'라고 씌어 있던 모래땅 한복판인 녹 슈르 메르에서 휴가로 하루를 보냈을 때의 일을 떠올리며 대꾸했다. "벨기에도 모래는 얼마든지 있잖나?"

"브뤼셀은 다르다네!" 하고 포아로가 반박했다. 그는 유심히 피라미드를 살펴보며 중얼거렸다. "피라미드가 단단한 기하학적인 형체를 갖추고 있다는 것은 정말 틀림없군. 그러나 표면은 눈을 돌리고 싶어질 정도로 울퉁불퉁한데. 그리고 종려나무도 나는 좋아하지 않는다네. 하다못해 가지런히 심기라도 했으면 괜찮을 텐데!"

나는 포아로의 불평을 가로막으며 발굴단의 캠프를 향해 출발하는 게 어떻겠느냐고 제안했다. 그곳으로 가려면 낙타를 타야만 했다. 말 잘하는 안내인을 맨 앞에 세우고 방금 그림에서 빠져나온 듯한 대여섯 명의 소년에게 고삐를 잡힌 낙타가 참을성 있게 무릎을 꿇어 앉아 우리가 오기를 기다리고 있었다. 낙타에 올라탄 포아로의 용감한 모습을 그리는 것은 그만두기로 하겠다. 처음에는 신음 소리를 내기도 하고 투덜거리기도 했으나, 이윽고 비명을 지르고 몸짓까지 섞어가며 성모 마리아를 비롯하여 달력에 있는 모든 성인에게 기도하는 형편이었다. 마침내 더 이상 견디지 못하여 낙타에서 내려 조그마한 당나귀로 바꿔 타고 여행을 하게 되었다. 물론 타는 것에 익숙지 못한 사람에게는 종종걸음으로 달리는 낙타가 탈것으로서 기분 좋은 것이 못된다는 건 사실이다. 나도 그 뒤 며칠 동안 온 몸의 뼈마디가 굳어졌을 정도였으니까.

가까스로 발굴현장에 이르렀다. 허연 턱수염을 기르고 햇볕에 그을린 사나이가 우리를 마중 나왔다. 흰옷에 헬멧을 쓴 차림새였다.

"포아로 씨와 헤이스팅스 씨지요? 전보를 받았습니다. 카이로까지 아무도 마중 나가지 못해서 죄송합니다. 사실은 갑자기 예측하지 못한 일이 일어나 우리의 계획이 완전히 틀어지고 말았기 때문입니다."

포아로의 얼굴이 새파래졌다. 주머니 속의 옷솔을 찾던 손이 그대로 움직이지 않았다. 그는 숨을 삼키며 물었다. "설마 누군가가 또 세상을 떠난 것은 아니겠지요?"

"바로 그렇습니다."

"게이 윌러드 경입니까?" 나는 큰소리를 질렀다.

"아닙니다, 헤이스팅스 씨. 돌아가신 분은 미국인 동료 슈나이더 씨입니다."

"원인이 뭐지요?" 포아로가 물었다.

"파상풍입니다."

나는 얼굴빛이 달라졌다. 이렇다할 이유도 없이 주위에 사악한 공기가 위협하듯 자욱이 끼어 있는 느낌이었다. 무시무시한 생각이 내 머릿속을 스쳤다. 만일 다음에는 내 차례라고 한다면?

"이게 무슨 일이람!" 포아로가 나직한 목소리로 혀를 차며 말했다. "도무지 이해할 수가 없군. 끔찍스러운 일이야. 파상풍이라는 점에는 의심할 여지가 없습니까?"

"그렇게 생각합니다. 하지만 에임스 박사라면 자세히 말씀해 드릴 수가 있을 겁니다."

"그렇겠지요. 그럼, 당신은 에임스 박사가 아니십니까?"

"나는 토스윌이라고 합니다."

윌러드 부인이 대영박물관에 관계하고 있는 관리라고 말한 영국의 전문가였다. 듬직하고 견실한 그 인품에 나는 호감을 가졌다. 토스윌 박사가 다시 말을 이었다. "이리 오십시오, 게이 윌러드 경이 계신 곳으로 안내하겠습니다. 그는 당신들이 도착하기를 기다리고 있습니다."

우리는 캠프를 빠져나와 커다란 텐트로 갔다. 박사가 입구에 늘어뜨린 막을 들어올리자 우리는 안으로 들어갔다. 안에는 세 사나이가 앉아 있었다. 토스월 박사가 말했다. "포아로 씨와 헤이스팅스 대위께서 도착하셨소, 윌러드 경."

세 사나이 가운데 가장 나이어린 젊은이가 벌떡 일어나서 인사하려고 다가왔다. 그 태도에는 어딘지 충동적인 데가 있어 그의 어머니를 생각나게 했다. 다른 사람들만큼 햇볕에 그을지는 않았지만, 두 뺨과 눈 가장자리가 여윈 것이 그를 22살이라는 나이보다 더 들어 보이게 했다. 그는 엄격하고 정신적인 긴장을 이겨내려고 애쓰고 있는 듯했다.

젊은이는 함께 있던 사나이를 소개했다. 에임스 박사는 관자놀이에 희끗희끗 흰 머리가 섞인 30살 정도의 수완 있어 보이는 인물이었다. 비서인 허퍼 씨는 명랑하고 여윈 젊은이로 미국인 취향의 뿔테안경을 쓰고 있었다.

몇 분 동안 하찮은 잡담을 주고받은 다음 비서인 허퍼 씨가 자리를 떴다. 토스월 박사가 그 뒤를 따랐다. 남은 것은 포아로와 나, 그리고 윌러드 경과 에임스 박사 네 사람이었다.

"부디 무엇이든 물어보십시오, 포아로 씨" 하고 윌러드 경이 말했다. "우리들도 연속적으로 일어나는 정체를 알 수 없는 재액을 당하고 정말 어이가 없습니다. 하지만 이것은 어디까지나 단순한 사고일 거라고 생각합니다."

그러나 그 침착하지 못한 태도가 그의 말이 거짓임을 말해 주고 있었다. 포아로는 그를 날카롭게 관찰하였다.

"윌러드 경, 당신은 정말로 이 일에 열중하고 있습니까?"

"말할 나위도 없습니다. 어떤 어려움이 있더라도 나는 이 일을 계속할 것입니다. 그렇게 알아주십시오. ”

포아로는 눈길을 옮겼다.

“당신은 어떻게 생각하십니까, 에임스 박사님 ? ”

“물론 나도 손을 떼지 않겠습니다. ” 에임스 박사가 천천히 대답했다.

포아로는 언제나처럼 의미 있는 듯 얼굴을 찡그렸다.

“그렇다면 현재의 상황을 명백하게 밝혀둘 필요가 있겠군요. 슈나이더 씨는 언제 돌아가셨습니까 ? ”

“사흘 전입니다. ”

“파상풍임이 확실합니까 ? ”

“절대로 틀림없습니다. ”

“스트리크닌 중독은 아니겠지요 ? 이를테면 말입니다만……. ”

“포아로 씨, 당신이 말하려는 뜻은 알겠습니다만, 파상풍 증상이 뚜렷했습니다. ”

“혈청을 주사하지 않았습니까 ? ”

“물론 주사했지요. ”

에임스 박사가 퉁명스럽게 대꾸했다. “할 수 있는 데까지 치료를 다했습니다만……. ”

“혈청을 가지고 계셨습니까 ? ”

“아닙니다, 카이로에서 가까스로 구해왔습니다. ”

“캠프 안에서 지금까지 파상풍에 걸린 예가 있었습니까 ? ”

“한 사람도 없었습니다. ”

“앞서 돌아가신 블래이브너 씨의 사망원인은 파상풍이 아니라는 것이 틀림없겠지요 ? ”

“절대로 잘못 알았을 리가 없습니다. 블래이브너 씨의 경우는 다친 엄지손가락이 곪아서 패혈증이 된 것입니다. 전문가가 아닌 사람에게는 상당히 비슷하게 들릴지도 모릅니다만, 두 개의 병상은 전혀 다릅니다."

"그럼, 네 사람의 죽음이 전혀 다른 셈이군요. 한 사람은 심장병, 한 사람은 패혈증, 한 사람은 자살, 또 한 사람은 파상풍."

"그렇습니다, 포아로 씨."

"네 사람의 죽음에 공통되는 점은 아무것도 없다고 생각하십니까?"

"말씀하시는 뜻을 잘 모르겠군요."

"터놓고 말씀드리지요. 이 네 사람은 멘하라 왕의 영혼을 더럽히는 일을 하지 않았습니까?"

"포아로 씨, 그런 어이없는 말씀은 그만두십시오. 설마 당신까지 그 어이없는 이야기에 속아 넘어간 것은 아니겠지요?"

"기가 차군!" 윌러드 경이 성난 듯 중얼거렸다.

포아로는 고양이 같은 초록빛 눈을 깜박거리면서 시치미를 떼고 말했다.

"그럼, 당신은 믿지 않습니까, 에임스 박사님?"

에임스 박사는 한 마디 한 마디 힘주어 대답했다.

"물론 믿지 않습니다. 나는 과학자니까 과학이 가르치는 것밖에는 믿지 않습니다."

"그렇다면 고대 이집트에는 과학이 없었습니까?"

포아로가 조용히 물었다.

에임스 박사는 순간 말을 잇지 못했다.

"아니, 꼭 대답하실 필요는 없습니다. 그러나 이 점을 물어두어야 겠습니다. 이 지방 사람들은 어떻게 생각하고 있습니까?"

"아무튼 백인들조차 냉정을 잃을 정도니까 머리가 덜 발달된 이 지방 사람들이야 말할 나위도 없지요. 그들이 겁을 먹고 있는 것만은 확실합니다. 그러나 그것은 모두 밑도 끝도 없는 일입니다."

"그럴까요 ? " 포아로는 애매모호한 대답을 했다.

윌러드 경이 몸을 앞으로 내밀었다. 그는 수상쩍은 듯이 물었다.

"설마 당신이 이런 어이없는 소문을 믿고 있는 건 아니겠지요 ? 고대 이집트에 대해 아무것도 모르기 때문에 그리 생각하는 겁니다. "

대답 대신 포아로는 주머니에서 작은 책을 꺼냈다. 너덜너덜해진 낡은 책이었다. 그가 집어들자 《이집트인과 카르데아인의 마술》이라는 제목이 보였다. 포아로는 몸을 돌려 성큼성큼 텐트 밖으로 나갔다. 에임스 박사가 나를 돌아보았다.

"대체 저 사람은 무슨 생각을 하고 있는 걸까요 ? "

포아로가 걸핏하면 잘 뇌까리는 말이 다른 사람 입에서 나왔으므로 나도 모르게 입가에 미소가 떠올랐다. 나는 솔직하게 대답했다.

"나로서도 잘 모르겠습니다만, 악마를 물리치는 묘안이라도 생각난 게 아닐까요 ? "

포아로를 찾으러 나가보니 그는 죽은 블래이브너 씨의 비서였던 젊은이와 이야기를 나누고 있었다.

"아닙니다, 나는 이 발굴단에 참가한 지 아직 6개월도 안 되었습니다. 그렇지만 블래이브너 씨에 대해서는 상당히 잘 알고 있습니다. "

"블래이브너 씨의 조카에 대해서 뭔가 들려주시겠소 ? "

"그분은 어느 날 불쑥 이곳에 찾아왔지요, 생김새는 괜찮았습니다. 나는 그때까지 한 번도 본 일이 없었지만, 다른 사람들…… 에임스 박사나 슈나이더 씨와는 만난 일이 있는 것 같았습니다. 블래이브너 씨는 조카를 만났는데도 전혀 기뻐하지 않았습니다. 얼굴을 대한 순간 벌써 떠들썩하게 싸우는 것이었습니다. '1센트도 못 주겠다'고 노인이 고함을 치더군요. '내가 죽더라도 너에게는 1센트도 주지 않아! 내 생애의 과업을 위해 모든 재산을 고스란히 남길 작

정이니까. 오늘도 슈나이더 씨와 그 일로 여러 차례 의논을 했다.'
이런 내용의 이야기가 얼마쯤 계속되었습니다. 그러자 블래이브너
청년은 뒤도 돌아보지 않고 카이로로 가버렸습니다."
"그때는 완전히 건강한 상태였지요?"
"블래이브너 씨 말입니까?"
"아니, 그의 조카 말입니다."
"자세히는 모르지만, 건강 상태가 좋지 않다는 말은 들었습니다.
그러나 그렇게 심하지는 않았을 것입니다. 그랬다면 내가 기억했을
테니까요."
"한 가지만 더 묻겠습니다. 블래이브너 씨는 유서를 남기셨습니
까?"
"내가 아는 한 유서는 없었습니다."
"당신은 발굴단과 함께 이곳에 남을 생각입니까, 허퍼 씨?"
"아니오, 이곳 일이 정리되는 대로 뉴욕으로 떠날 것입니다. 다른
사람들이 나를 보고 비웃을지 모르지만 저 말라빠진 멘하라 왕의 다
음 희생자가 되기는 싫으니까요. 여기에 남으면 나도 역시 멘하라 왕
의 제물이 될 겁니다." 허퍼는 이마의 땀을 닦았다.
포아로는 발길을 돌려 그 자리를 떠나려다가 어깨너머로 묘한 미소
를 떠올리면서 젊은이에게 말했다. "멘하라 왕은 뉴욕에서도 희생자
를 잡았지요. 그 점을 잊지 마시오."
"빌어먹을!" 허퍼는 내뱉듯이 말했다.
포아로는 생각에 잠긴 듯이 중얼거렸다. "저 젊은이는 신경질적이
군. 차분하지 못해. 아주 흥분하고 있어."
나는 뭔가 묻고 싶은 듯한 눈길을 포아로에게 던졌으나 그 수수께
끼 같은 미소에서 아무것도 알아낼 수가 없었다. 게이 월러드 경과
토스월 박사의 안내로 우리는 발굴한 물건을 돌아보았다. 중요한 발

굴품은 카이로로 운반되었지만, 무덤 안의 살림살이에 흥미를 끄는 것이 많이 있었다. 젊은 귀족 게이 월러드 경은 옆에서도 뚜렷이 느낄 정도로 열광하였다. 그러나 나는 그의 거동에서 조마조마해하는 불안감을 읽은 듯한 느낌이었다. 마치 대기 속에 감도는 위협적인 분위기에서 도저히 빠져나갈 수 없는 것 같은 들뜬 태도였다.

저녁식탁에 앉기 전 얼굴과 손을 씻기 위해 우리에게 제공된 텐트로 들어가자 흰옷 입은 키 크고 가무잡잡한 사나이가 옆에 서 있다가 공손히 마중하며 아랍 어로 인사했다. 포아로는 걸음을 멈추었다.

"자네가 돌아가신 월러드 경의 하인 핫산인가?"

"전에는 그분을 모셨습니다만, 지금은 아드님을 모시고 있습니다."

그는 우리 쪽으로 한 걸음 가까이 다가서며 목소리를 낮추었다.

"당신은 악마를 다루는 비법을 익히신 현자라는 말씀을 들었습니다. 게이 월러드 경을 이 땅에서 떼어 놓아주십시오. 대기 속에 악령이 가득 차 있습니다."

그는 말을 마치자 재빨리 꾸벅 절을 하고는 대답도 기다리지 않고 서둘러 가버렸다.

"대기 속의 악령이라……옳은 말이야. 나도 그것을 느꼈지." 포아로가 중얼거렸다.

저녁 식사는 아무리 좋게 말하려 해도 즐거웠다고 할 수는 없었다. 식당은 토스윌 박사의 독무대가 되어, 그는 이집트 고대문화에 대해 길게 연설을 늘어놓았다. 모두 슬슬 자리에서 물러나 쉬어야겠다고 준비하는데 마침 월러드 경이 포아로의 팔을 움켜쥐며 손가락질했다. 여러 개의 텐트 한복판에 희미한 그림자가 움직이고 있었다. 사람 그림자는 아니었다. 나는 분명 머리가 개처럼 보이는 동물이라고 알아보았다. 옛 무덤의 벽에 조각된 그 모습을 본 일이 있었다.

그 광경을 보자 나는 몸이 얼어붙고 말았다. 포아로는 힘차게 성호를 그으며 중얼거렸다. "이리 머리의 아누비스, 영혼을 다스리는 죽음의 신이오."

그러나 토스월 박사가 분연히 일어났다. "누군가가 장난을 하는 것이오!"

"당신의 텐트로 갔소, 허퍼." 게이 월러드 경이 숨을 죽이고 말했는데, 그 얼굴이 죽은 사람처럼 창백했다.

포아로가 고개를 옆으로 저었다. "아니, 에임스 박사의 텐트로 갔소."

에임스 박사는 의심스러운 눈초리로 포아로를 쏘아보았다. 그리고 나서 토스월 박사의 말을 되풀이해서 소리쳤다. "누군가가 장난을 하고 있는 거요! 좋아, 모두 덤벼들어 잡읍시다!"

에임스 박사는 그림자 같은 괴물을 향해 곧장 달려갔다. 나도 곧 그 뒤를 따랐다. 그러나 뒤쫓으려고 해도 생물이 지나간 흔적을 찾을 수가 없었다. 어쩐지 가슴이 두근거리는 불안감을 안고 되돌아와 보니 포아로는 몸의 안전을 지키기 위해 그 나름의 방법으로 대책을 강구하고 있는 중이었다. 그는 바쁘게 돌아다니며 텐트 주위 모래 위에 도형과 글씨를 써놓고 있었다. 별 모양의 그림이며 5각형의 도형이 몇 개나 되풀이해서 그려져 있었다. 포아로는 그렇게 하면서도 언제나처럼 마법과 마술, 참된 마술에 대한 거짓 마술에 대하여, 《영혼》이나 《사자(死者)의 서(書)》에서 인용한 것을 비롯하여 몇 가지 이야기를 들려주었다.

그런데 이러한 포아로의 행동이 토스월 박사에게 격렬한 경멸심을 불러일으킨 모양이었다. 토스월 박사는 너무나 분개하여 콧방귀 뀌고는 나를 한쪽으로 끌어냈다. 그는 성이 나는 대로 크게 소리쳤다. "참, 기가 막히는군! 정말 말도 안 되오. 저 사람은 사기꾼이오. 중세의 미신과 고대 이집트의 신앙조차 구별하지 못하지 않소. 저토록

무지하게 미신을 믿는 사람을 나는 처음 보았소.”

분격하는 박사를 간신히 달래놓고 텐트로 돌아와 보니 포아로가 기분 좋게 미소 짓고 있었다. 그는 즐거운 듯이 말했다. “이제는 마음 놓고 잠을 잘 수 있겠지. 어떻게든 좀 자야 하네. 골치가 몹시 아프군. 아, 잘 듣는 탕약이라도 있었으면 좋겠는데!” 그 말에 응하듯 늘어진 텐트 자락이 올라가더니 김이 무럭무럭 나는 컵을 손에 든 핫산이 나타났다. 그는 포아로에게 컵을 내밀었다. 카모마일 차^(카밀레를
끓인 차)였다. 포아로가 아주 좋아하는 것이었다. 핫산은 나에게도 카모마일 차를 권했으나 나는 고맙다고 말하며 거절하였다. 이윽고 다시 둘만 있게 되었다. 잠옷을 입은 채 나는 텐트 입구에 서서 얼마 동안 사막을 바라보았다. 갑자기 나는 크게 소리쳤다.

“참으로 놀라운 곳이오! 정말 놀라운 문화요. 매혹되는 것 같소…… 땅속에 파묻힌 문명의 핵심을 찾는 발굴, 사막에서의 생활. 포아로, 자네도 매력적이라고 생각하지 않나?”

대답이 없어 나는 맥 빠진 기분으로 뒤돌아보았다. 한데 나의 당혹한 마음은 곧 걱정으로 바뀌었다. 포아로는 볼품없는 침대에 번듯이 누워 있었는데, 그 얼굴은 경련으로 무섭게 일그러져 있었다. 한 옆에는 빈 컵이 놓여 있었다. 나는 그 곁으로 달려갔으나 다음 순간 밖으로 뛰어나가 캠프를 가로질러서 에임스 박사의 텐트로 뛰어들었다.

“에임스 박사님, 빨리 와주십시오!”

“무슨 일입니까?” 파자마 차림의 박사가 나오며 말했다.

“친구가 병이 났습니다. 죽어가고 있습니다. 카모마일 차입니다. 핫산을 캠프에서 달아나지 못하도록 해주십시오.”

박사는 쏜살같이 우리의 텐트로 달려왔다. 포아로는 조금 전과 마찬가지로 누워 있었다. 의사는 허둥지둥 소리쳤다. “아니, 이건 보통 일이 아니오. 뇌일혈 같은 증상인데…… 아까 뭔가 마셨다고 하셨지요 ? ”

의사는 빈 컵을 집어 들었다.

“그렇지만 나는 마시지 않았소. ” 침착한 목소리가 들렸다.

박사와 나는 깜짝 놀라 뒤돌아보았다. 어느새 포아로가 침대 위에 일어나 앉아 있었다. 빙그레 미소까지 띠고.

“나는 마시지 않았소. 내 친구 헤이스팅스가 밤경치를 구경하며 찬미하고 있는 동안, 나는 그 차를 목으로 넘긴 게 아니라 작은 병에 담았지요. 그 병은 화학자에게 보내어 분석할 것이오. ”

이때 갑자기 의사가 몸을 움직였다. 포아로는 다시 말을 이었다.

“당신같이 분별 있는 분이라면 허둥대봐야 어쩔 수 없다는 것쯤 아실 거요. 헤이스팅스가 당신을 부르러 간 사이 병을 안전한 곳에 감춰버렸소. 헤이스팅스, 얼른 저 사나이를 붙잡아야 겠네 ! ”

나는 착각하고 말았다. 친구를 구하기 위해 포아로 앞으로 달려갔으나 의사의 재빠른 동작은 다른 것을 뜻하고 있었다. 박사는 한 손을 입으로 가져갔다. 강한 감복숭아 냄새가 공중에 가득 찼다. 그리고 에임스 박사는 비틀거리더니 털썩 쓰러졌다.

“새 희생자로군 ! ” 포아로가 엄숙하게 말했다. “그러나 이것이 마지막이 될걸세. 이렇게 하는 것이 그에게는 가장 좋은 방법인지도 모르지. 세 사람의 죽음에 대한 책임은 전적으로 이 사나이에게 있으니까. ”

나는 깜짝 놀랐다.

“에임스 박사가 ? 그러나 자네는 초자연적인 힘을 믿지 않았나 ? ”

“그건 오해일세, 헤이스팅스. 내가 말하려는 것은, 미신의 가공할 효과를 우습게 생각해선 안 된다는 것이었네. 잇달아 일어나는 사망사건이 초자연적인 힘에 의한 것이라는 생각이 깊이 뿌리를 내리면 자네가 대낮에 공공연히 다른 사람을 찔러 죽여도 그것 역시 저주 탓이라고 생각하게 된다네. 그만큼 사람의 가슴속에 뿌리박힌 초자연에 대한 본능적인 두려움이란 강렬하지. 나는 처음부터 이 인간에게 공통된 본능을 이용한 범죄가 아닐까 생각했다네. 아마도 이 아이디어는 존 윌러드 경이 세상을 떠났을 때 범인의 머릿속에 떠오른 것 같으이. 미신은 눈 깜짝할 사이에 퍼져갔네. 내가 보기에 윌러드 경의 죽음으로 이익을 얻을 사람은 아무도 없지. 그러나 블래이브너 씨의 경우라면 이야기가 달라지지 않겠나. 그는 굉장한 부자였으니까. 뉴욕에서 보내준 정보에는 아주 훌륭한 참고가 될 자료가 몇 가지 있었네. 블래이브너 청년이 이집트에 가면 돈을 빌려쓸 수 있는 친절한 친구가 있다고 떠벌리고 다녔다는 말이었네. 그 친구란 숙부를 가리킨 말이리라고 은연중에 풀이되었는데, 과연 그럴까? 만일 숙부였다면 그는 좀더 솔직하게 〈숙부〉라는 말을 썼겠지. 그런데 그는 〈친구〉라고 했네. 따라서 이것은 아주 호기로운 짝패를 가리켰다고 볼 수 있지. 그 다음 그는 이집트로 오는 여비를 가까스로 여기저기서 긁어모았는데, 숙부는 그에게 단 1페니도 주지 않겠다고 노골적으로 거절했네. 그런데도 그는 뉴욕으로 돌아갈 여비를 마련할 수 있었네. 다시 말해서 누군가가 그에게 돈을 빌려주었다는 말이 되지.”

“그것만으로는 근거가 희박한 것 같군” 하고 나는 그의 말을 중단시켰다.

“아니, 또 있네, 헤이스팅스. 비유적인 뜻으로 쓰인 말이 글자의 뜻과 같은 의미로 해석되는 경우가 흔히 있는데, 이번 경우는 글자의 뜻과 똑같은 의미의 말이 비유적인 의미로 쓰여졌네. 블래이브너 청년은 분명 자신이 문둥병 환자라고 썼네. 그러나 그가 정말 끔찍스러운 문둥병에 걸려 총으로 자살했다고 생각한 사람은 아무도 없었네.”

“뭐라고 ? ” 나는 소리를 질렀다. “악마 같은 마음을 가진 사람이 짜낸 교묘한 트릭이었다네. 물론 블래이브너 청년은 가벼운 피부병을 앓고 있었지. 그는 남양제도에서 살아왔는데, 그곳에서는 피부병이 아주 흔하거든. 아무튼 옛 친구인데다 더욱이 유명한 의사였으므로 에임스 박사의 진단에 대해 그는 조금도 의혹을 갖지 않았네. 이곳에 도착하였을 때 나는 비서 허퍼 씨와 에임스 박사에게 똑같은 혐의를 두었지만, 그러나 곧 이번 범행을 저지르고 끝까지 감출 수 있는 것은 의사뿐이라는 확신을 가졌지. 게다가 비서에게서 의사는 분명 블래이브너 청년과 잘 아는 사이였다는 말을 들었네. 틀림없이 그 젊은 이는 어느 시기에 에임스 박사를 수취인으로 한 유언장을 만들었거나 또는 생명보험에 들었을 게 틀림없네. 의사는 돈을 손에 넣을 더없이 좋은 기회를 잡은 거네. 블래이브너 씨에게 치명적인 병균을 주입하 는 것은 그로서 문제없는 일이었거든. 그리고 조카는 친구로부터 죽 을병에 걸렸다는 선고를 받고 너무나 절망하여 자살하고 말았지. 블 래이브너 씨는 어쩐 일인지 유언장을 남기지 않았네. 따라서 그 유산 은 조카에게로 갈 것이고, 조카에게서 다시 의사에게로 건너가게 되 어 있지. ”

“그렇다면 슈나이더 씨는 왜 죽었을까 ? ”

“그것을 도무지 분명하게 말할 수가 없네. 슈나이더도 블래이브너 청년을 알고 있었으니까 뭔가 이상하다는 것을 느꼈을지도 모르겠 네. 아니면 동기와 목적이 없는 살인을 덧붙이면 미신소동이 좀더 강해질 거라고 생각해서 한 짓인지도 모르겠고.

헤이스팅스, 재미있는 심리학적 사실을 하나 가르쳐줄까. 살인범 은 언제나 한 번 성공한 범죄를 되풀이하고 싶어하는 강한 욕구를 갖는다네. 그 욕구는 점점 더 커져가지. 그리하여 나는 젊은 윌러 드 경의 일이 크게 걱정스러웠다네. 오늘 밤 자네가 본 괴물의 정체는 핫산이었네. 내가 부탁해서 그런 분장을 했던 거야. 나는 의사에게 무서움을 줄 수 있을지 어떨지 확인해 보고 싶었거든. 그러나 도깨비나 귀신 같은 것에는 전혀 끄떡도 하지 않더군. 내가 마술을 믿는 척해도 그는 쉽사리 속지 않았네. 뻔히 알 수 있는 엉터리연극을 꾸며보여도 그는 속지 않았단 말이야. 나는 곧 그가 이번에는 나를 제물로 바치고 싶어할 거라고 생각했지. 그러나 헤이스팅스, 저주받은 바다와 지옥 같은 더위와 귀찮은 모래에 시달리면서도 조그마한 회색 뇌세포는 여전히 움직여주었다네 ! ”

포아로의 설명이 완전히 옳다는 게 증명되었다. 블래이브너 청년은 몇 해 전 술에 취해 소란을 떨다 장난삼아 유언장을 만들었던 것이다.

그대가 극도로 감탄하는 나의 담배 케이스와 내가 죽을 때 가진 모든 재산——주로 빚이겠지만——을 일찍이 내가 익사 직전에 놓였을 때 구해준 생명의 은인 로버트 에임스에게 주노라.

이 사건은 세심하게 손을 써서 어둠 속에 묻히고 말았다. 그리하여 지금 세상 사람들은 멘하라 왕의 무덤에 얽힌 일련의 놀라운 사망사건은 죽은 왕이 발굴자들에게 복수한 뚜렷한 증거라고 믿고 있다. 이러한 생각은 이집트의 신앙과 사상에 전혀 반대되는 것이라고 포아로가 그렇게 지적했는데도.

그랜드 메트로폴리탄 보석 도난 사건

"포아로, 기분전환을 해도 좋을 것 같군." 내가 말했다.
"그렇게 생각하나?"
"그렇다네."
그러자 나의 벗은 미소 빙긋 웃으면서 말했다.
"그럼, 준비는 되어 있나?"
"가보겠나?" 내가 되물었다.
"대체 어디로 끌고 갈 생각인가?"
"브라이턴(런던 남쪽의 해변). 런던의 내 친구가 아주 좋은 일을 은밀히 가르쳐주었거든. 게다가 지금은 돈이——흔히 말하듯——썩을 만큼 있고, 그랜드 메트로폴리탄에서 주말을 보낸다면 정말 기막히게 좋은 기분을 맛볼 수 있으리라고 생각되네."
"그거 참, 과분하군. 고맙게 받겠네. 자네는 나이 많은 사람에 대해 따뜻한 마음을 갖고 있군. 따뜻한 마음이란 결국 작은 회색 뇌세포 전부에 값할 정도로 가치 있는 것이지. 아니, 나 자신도 이따금 이 일을 잊어버리곤 한다네."

나는 포아로의 함축성 있는 그 말을 있는 그대로 받아들이지는 않았다. 그는 아무래도 이따금 나의 정신능력을 과소평가하는 경향이 있는 듯하다. 그러나 포아로가 정말 기뻐하였으므로 얼마쯤의 불만은 겉으로 드러내지 않기로 했다.

"그런 것은 문제될 것 없네." 나는 재빨리 말했다.

토요일 저녁 우리는 그랜드 메트로폴리탄에서 떠들썩한 손님들 속에 섞여 저녁 식사를 하고 있었다. 온 세계의 신사숙녀가 브라이턴의 한 방에 모인 듯한 느낌이었다. 부인들의 옷차림은 화려했으며, 보석류——취미라기보다는 단순히 장식으로 다는 것도 가끔 보였지만——는 눈이 휘둥그레질 정도였다.

포아로가 중얼거리듯 말했다. "정말 이건 장관이로군! 마치 벼락부자의 집에 온 것 같군. 그렇게 생각되지 않나, 헤이스팅스?"

"정말 그렇군. 그러나 설마 모두 다 벼락부자는 아니겠지."

포아로는 주위를 천천히 둘러보았다. "이렇게 숱한 보석을 보니 탐정 대신 범죄자로 직업을 바꿨더라면 좋았을걸 하는 생각이 드는군. 솜씨 있는 도둑이라면 더없이 좋은 기회일 텐데! 헤이스팅스, 저 기둥 옆에 덩치 큰 부인을 좀 보게. 마치 보석전시회에 나온 것 같지 않나."

나는 포아로의 눈길을 좇았다. 나는 소리쳤다. "난 또 누구라고, 오팔젠 부인 아닌가?"

"아는 사람인가?"

"조금. 저 부인의 남편은 최근 석유 붐으로 한밑천 잡은 부자 주주라네."

저녁 식사를 마친 뒤 우리는 휴게실에서 오팔젠 부부와 마주쳤다. 나는 포아로를 소개했다. 그리고 잠시 이야기를 나누다가 함께 커피를 마시게 되었다. 포아로가 부인의 풍만한 가슴을 장식하고 있는 두

서너 개의 비싼 보석에 대해 찬사를 보내자, 그녀는 곧 얼굴을 빛냈다.

"난 보석에는 도무지 안목이 없답니다, 포아로 씨. 그런데도 보석에는 정말 마음이 끌려요. 남편은 내 약점을 잘 알고 있어서 장사가 잘될 때는 언제나 새로운 보석을 사주시지요. 포아로 씨, 당신도 보석에 흥미가 있으세요?"

"나는 여러 번 보석사건에 관계한 일이 있습니다. 직업상 세계적으로 유명한 보석을 직접 다룬 경험도 있구요."

포아로는 조심스럽게 어떤 왕실에 전해진 보석과 거기에 얽힌 역사적인 이야기를 들려주었다. 오팔젠 부인은 침을 삼키며 귀를 기울이고 있었다.

포아로의 이야기가 끝나자 부인은 소리쳤다. "마치 연극 속에 나오는 것 같은 이야기로군요. 나에게도 내력 있는 진주가 하나 있어요. 어디에 내놓아도 부끄럽지 않은 훌륭한 목걸이지요…… 진주알이며 색깔이 정말 훌륭하답니다. 잠깐 가서 가져와볼까요?"

"아닙니다, 부인. 그렇게까지 하지 않아도 괜찮습니다!" 포아로가 붙잡았다.

"하지만 나는 보여드리고 싶어요." 건강미 넘치는 부인은 잰걸음으로 엘리베이터 쪽으로 걸어갔다. 나와 이야기하던 남편이 포아로 쪽으로 뭔가 묻고 싶은 듯한 눈길을 돌렸다.

"부인께서 무슨 일이 있어도 나에게 진주목걸이를 보여주고 싶다고 하시기에 한사코 말렸습니다만 듣지 않으시는군요" 하고 포아로가 알아듣기 쉽도록 설명했다.

"아, 네, 진주목걸이 말씀입니까?" 오팔젠 씨는 만족스러운 듯이 빙그레 웃었다.

"그것이라면 한 번쯤 보실 가치가 있습니다. 값도 상당하지요! 그리고 그만한 가치도 충분히 있습니다. 언제 판다 해도 비싼값으로, 아니, 어쩌면 그 이상의 값으로 팔릴 겁니다. 지금 같은 상태가 계속된다면 앞으로 팔게 될지도 모릅니다. 런던에서는 돈이 융통되지 않는답니다. 이게 모두 저 괘씸한 EPD $\binom{초과}{이득세}$가 원인이지요. "

그는 길게 이야기를 늘어놓았는데, 이야기가 너무 전문적이었으므로 나로서는 잘 알 수가 없었다. 이때 몸집이 작은 종업원이 가까이 와서 오팔젠 씨의 귀에 대고 뭐라고 소곤거렸기 때문에 이야기가 중단되고 말았다.

"뭐라고? 곧 가겠네. 아내가 정신을 잃지는 않았겠지? 잠깐 실례하겠습니다." 그는 허둥지둥 일어나서 달려갔다. 포아로는 의자등받이에 기대어 가늘게 만 러시아 담배에 불을 붙였다. 그리고 빈 커피 잔을 신중한 솜씨로 나란히 늘어놓은 다음 기분 좋은 듯이 싱긋 웃었다.

얼마쯤 시간이 지났으나, 오팔젠 부부는 좀처럼 돌아오지 않았다.

"이상하군." 나는 기다리다 지쳐서 말했다. "왜 아직 안 올까?"

포아로는 피어오르는 연기의 동그라미를 지켜보면서 의미 있게 대답했다. "돌아오지 않을 거네."

"어째서인가?"

"사건이 일어났기 때문이지."

"어떤 사건인데? 자네는 어떻게 그걸 아는가?" 나는 이상하게 생각하며 물었다.

포아로는 빙긋이 미소 지었다. "바로 지금 지배인이 사무실에서 허둥지둥 나오더니 2층으로 뛰어올라갔네. 몹시 당황하고 있었지. 또 엘리베이터 보이가 프런트 종업원 한 사람과 쑤군쑤군 이야기하더군. 엘리베이터 벨이 세 번이나 울렸는데도 보이는 알아차리지 못한 것 같아. 게다가 다른 종업원들까지도 넋 나간 상태가 아닌가. 종업원들이 저처럼 정신을 못 차리는 것을 보니……" 포아로는 단정적인 말투로 말을 맺으며 머리를 내저었다. "매우 중대한 사건이 일어났음에 틀림없네. 아, 역시 생각했던 대로군! 경찰이 왔네."

그때 두 사나이가 호텔로 들어왔다. 한 사람은 제복을 입은 경찰관이었고, 또 한 사람은 사복차림이었다. 두 사람은 종업원에게 뭐라고 말을 걸더니 2층으로 안내되어 갔다. 그러고 나서 얼마 지나지 않아 곧 그 종업원이 내려와 우리에게로 가까이 왔다.

"오팔젠 씨께서 지금 와 주실 수 없겠느냐고 말씀하십니다."

포아로는 벌떡 일어났다. 마치 부르기를 기다리고 있었다는 듯이. 나도 벌떡 일어나 재빨리 그 뒤를 따랐다.

오팔젠 부부가 사용하는 방은 2층이었다. 종업원이 문을 노크하고 뒤로 물러섰다. 들어오라는 목소리를 듣고 우리는 서둘러 안으로 들어갔다. 방 안에는 기묘한 광경이 벌어져 있었다. 그 방은 오팔젠 부인의 침실인데, 방 한가운데의 안락의자에 바로 이 방의 여주인이 얼굴을 파묻은 채 흐느껴 울고 있었다. 너무나 놀랍고 슬픈 장면이었다. 덕지덕지 두껍게 바른 분 위로 눈물이 굵은 줄이 되어 흘러내렸다. 오팔젠 씨는 치미는 노여움을 누를 수가 없는 듯 방 안을 성큼성큼 왔다갔다하고 있었다. 두 경찰관은 방 가운데쯤에 서서 노트를 펴들고 있었다. 호텔 객실담당 하녀가 겁먹은 표정으로 난로 옆에 서 있고, 방 맞은쪽에는 오팔젠 씨의 잔심부름하는 하녀인 듯한 프랑스 여자가 두 손을 비틀면서 여주인에게 질세라 크게 소리내어 울고 있었다. 이러한 번잡스러운 혼란 속으로 포아로가 얼굴에 미소를 띤 모습으로 태연히 들어선 것이다. 그러자 그 뚱뚱한 몸으로서는 놀라울 정도로 가볍게 오팔젠 부인이 의자에서 벌떡 일어나 포아로에게로 달려왔다.

"포아로 씨, 나는 운명이라는 것을 믿어요. 이렇게 오늘 밤 당신을 만나 뵙게 된 것은 결코 우연이 아닐 거예요. 만일 당신이 내 진주를 다시 찾아주시지 않는다면 누구에게 부탁해도 그것은 영원히 내 손에 돌아오지 않을 거예요."

포아로는 위로하듯 부인의 손을 쓰다듬었다. "진정하십시오, 부인, 마음 놓으십시오. 아마 잘될 겁니다. 에르퀼 포아로가 마침 여기 있으니까요!"

오팔젠 씨는 경감 쪽을 돌아보았다. "이분을 탐정으로 모셔도 괜찮겠지요?"

"좋습니다."

경감은 점잖게 대답했으나 포아로를 완전히 무시하는 듯한 태도였다. "부인의 기분이 좀 나아지셨다면, 어서 사정을 이야기해 주시겠습니까?"

오팔젠 부인은 포아로에게로 공허한 눈길을 돌렸다. 포아로는 의자가 놓여 있는 데까지 그녀를 부축해 갔다. "앉으십시오, 부인. 흥분하지 말고 모든 일을 차근차근 이야기해 주십시오."

이렇게 요구받자 오팔젠 부인은 얌전하게 앉아 눈물을 닦고 이야기를 하기 시작했다. "나는 저녁 식사를 끝내고 여기 계시는 포아로 씨에게 목걸이를 보여드리려고 이리로 올라왔어요. 하녀와 셀레스틴이 여느 때와 마찬가지로 함께 있었는데……."

"부인, '여느 때와 마찬가지로'라는 말은 무슨 뜻입니까?"

"나는 잔심부름하는 셀레스틴이 이 방에 없을 때는 아무도 들어와선 안 된다고 말했어요. 하녀는 아침마다 셀레스틴이 있는 데서 청소하지요. 그리고 저녁 식사가 끝난 뒤에도 역시 셀레스틴이 있는 데서 잠자리를 준비한답니다. 그 밖에는 누구든 절대로 방에 들어오지 않아요. 그런데 지금 말씀드린 대로 나는 방으로 올라왔어요. 그리고 이 서랍으로 와서……."

그녀는 양쪽에 서랍이 달린 화장대 오른쪽 맨 아랫서랍을 손가락으로 가리켰다. 그런 다음 말을 이었다.

“보석 상자를 꺼내 자물쇠를 열었어요. 상자에는 별 이상이 없었어요. 그런데 목걸이가 보이지 않는 거예요!”

경감은 부지런히 기록하고 있었다.

“그 목걸이를 마지막으로 본 것이 언제였지요?”

“저녁 식사를 하러 아래로 내려가기 전이었어요.”

“틀림없습니까?”

“네, 절대로 확실해요. 그 목걸이를 하고 갈까 어쩔까 망설이다가 결국 에메랄드로 하기로 마음먹고 진주는 다시 상자에 넣어두었으니까요.”

“보석 상자를 잠근 것은 누굽니까?”

“내가 직접 잠갔어요. 열쇠는 사슬에 달아 목에 걸고 있어요.”

부인은 목에 걸린 열쇠를 꺼내 보였다. 경감은 상자를 살펴보고 어깨를 으쓱했다.

“범인은 곁쇠를 갖고 있었음에 틀림없습니다. 그다지 어려운 일도 아니지요. 이 열쇠는 아주 단순한 것이니까. 그런데 상자를 잠근 다음 어떻게 하셨습니까?”

“언제나 두는 장소인 저 맨 아랫서랍에 넣어두었어요.”

“서랍은 잠그지 않으셨군요?”

“네, 언제나 잠그지 않아요. 내가 돌아올 때까지는 셀레스틴이 방에 있으니까 잠글 필요가 없지요.”

경감의 얼굴이 엄숙해졌다. “그러니까 결국 부인께서 저녁 식사를 하러 갈 때까지는 목걸이가 상자 속에 있었으며, 그리고 그 뒤 셀레스틴이 방에서 한 발자국도 나가지 않았다는 말이로군요?”

이 말을 듣자 비로소 자신이 얼마나 무서운 입장에 놓여 있는지 알고 더럭 겁이 났는지 셀레스틴이 별안간 날카로운 비명 소리를 지르

며 포아로에게로 달려가 잘 알아들을 수 없는 프랑스 말로 울부짖기
시작했다. "이런 누명은 너무 지독해요! 내가 부인의 물건을 훔쳤다
는 의심을 받다니……경찰이 말할 수 없을 정도로 머리가 나쁘다는
건 누구나 다 아는 일이에요. 하지만 당신은 프랑스 사람이니까…
…."

"벨기에 사람입니다." 포아로가 말을 가로막았으나 셀레스틴은 그
런 것에 귀도 기울이지 않았다.

"저 뻔뻔스러운 하녀가 태연한 얼굴을 하고 있는데 나만 억울한 죄
를 쓰다니, 그런 일은 당신께서도 찬성하지 않을 거예요. 저런 괘씸
한 여자는 정말 처음 봤어요. 뻔뻔스럽고 태연한 타고난 도둑이에
요! 나는 처음부터 저 여자는 마음 놓을 수가 없다고 부인에게 말씀
드렸었지요. 그래서 부인의 방을 청소할 때는 언제나 저 여자로부터
눈길을 떼지 않았지요. 바보 같은 경찰관 나리, 저 하녀의 몸수색이
라도 해보세요! 그래도 부인의 진주가 나오지 않는다면 정말 어이없
는 일이에요!" 그녀는 가시 돋친 빠른 말투로 지껄였다. 그런데 셀
레스틴은 말 사이사이에 몸짓을 충분히 섞어 넣었기 때문에 호텔 하
녀도 어렴풋하게나마 그 뜻을 알아차린 모양이었다. 하녀는 화가 나
서 얼굴이 빨개졌다. 그녀는 흥분하여 소리쳤다.

"이 외국 여자가 진주를 훔친 것이 나라고 말한다면, 터무니없는
거짓말이에요! 그런 것은 본 적도 없어요."

"하녀를 조사해 주세요!" 프랑스 여자가 쇳소리를 질렀다.

그러자 하녀가 셀레스틴 앞에 버티고 서며 말했다.

"이 거짓말쟁이…… 정말 뻔뻔스럽군! 자기가 훔쳐놓고 내 탓으
로 돌리려 하다니, 내가 방에 들어온 것은 부인께서 오시기 겨우 3
분 전이었어요. 이 여자야말로 언제나 마치 쥐를 노리는 고양이처
럼 줄곧 여기에 앉아 있었어요."

경감은 곁눈질로 셀레스틴에게 깊이 살피는 듯한 눈길을 돌렸다.

"정말이오? 당신은 이 방에서 한 발자국도 나가지 않았소?"

"예, 나는 저 여자가 혼자 있게 하지는 않았어요."

셀레스틴은 마지못해 그 사실을 인정했다. "하지만 나는 이 문을 지나 두 번 내 방에 갔었어요. 한 번은 실패를 가지러 갔고, 두 번째는 가위를 가지러 갔어요. 틀림없이 그 사이에 훔쳤을 거예요."

하녀가 화가 나서 대꾸했다. "하지만 그 시간은 길지 않았어! 갔다가 금방 돌아왔잖아. 몸을 수색하겠다면 얼마든지 좋아. 나도 그래주길 바라니까. 이래 봬도 마음이 꺼림칙한 일은 절대로 없어."

이때 문을 노크하는 소리가 들렸다. 경감이 문 쪽으로 걸어갔다. 찾아온 사람을 보더니 그의 얼굴이 밝아졌다.

"마침 잘됐군. 여경관을 한 사람 데리러 보냈는데, 마침 와주었군요. 괜찮다면 잠깐 옆방으로 가주겠소?"

경감이 하녀를 향해 눈짓했다. 하녀는 거만하게 머리를 뒤로 젖히고 문턱을 넘었다. 여경관이 그 뒤를 따랐다. 프랑스 여자는 흐느껴 울면서 의자에 허물어지듯 앉았다. 포아로는 방 안을 둘러보았다. 이 방의 약도는 위의 그림과 같다.

포아로가 창문 옆의 문을 턱으로 가리키면서 물었다. "저 문은 어디로 통해 있지요?"

"옆방이겠지요. 아무튼 이 방 쪽에서 볼트 못이 박혀 있군요." 경감이 말했다.

포아로는 그 문이 있는 곳으로 가서 밀어보았다. 그런 다음 볼트 못을 빼고 또 밀었다. "저쪽에서도 볼트 못이 박혀 있군. 흐음, 그렇다면 이것은 문제 밖이로군."

포아로는 창가로 걸어가 차례로 하나씩 조사해 나갔다. "여기에서도 얻을 바가 없군. 발코니도 붙어 있지 않고……."

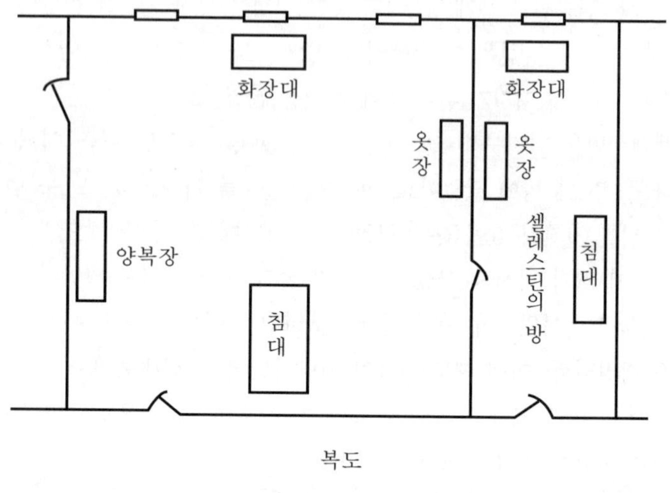

그러자 경감이 답답한 듯이 말했다. "비록 붙어 있다 하더라도 수사에 도움이 되지는 않을 겁니다. 셀레스틴이 한 발자국도 방에서 나가지 않았다니까요."

"그렇겠지요" 하고 포아로는 대답했으나 아랑곳하지 않는 표정이었다. "그 아가씨가 절대로 방에서 나가지 않았다고 단언한다면 말이오."

하녀와 여경관이 옆방에서 나타났으므로 포아로의 이야기가 중단되었다.

"아무것도 없었습니다." 여경관이 간결하게 보고했다.

하녀가 얌전하게 말했다. "없어서 다행이에요. 저 수다쟁이 프랑스 여자는 좀 부끄러운 줄을 알아야 해요. 죄 없는 사람을 도둑으로 몰다니!"

"자, 이제 알았소." 경감이 문을 열면서 말했다. "아무도 아가씨를 의심하지 않소. 이젠 되었으니 하던 일이나 계속 하시오."

하녀는 투덜투덜하면서 나가다가 멈춰 서서 셀레스틴을 손가락질했다.

"이 여자도 조사하겠지요?"

"물론 하고말고!"

경감은 하녀가 보는 앞에서 문을 닫고 잠가버렸다.

이번에는 셀레스틴이 여경관을 따라 옆방으로 들어갈 차례였다. 몇 분 지난 뒤 두 사람이 다시 나왔다. 역시 아무것도 발견되지 않았다. 경감의 얼굴이 심각해졌다. "보석이 나오지는 않았지만 당신은 경찰서까지 함께 가줘야 할 것 같소."

경감은 오팔젠 부인 쪽으로 돌아섰다. "미안하지만 부인, 여러 가지 사정으로 미루어보아 이 방을 조사하지 않을 수 없습니다. 이 여자가 몸에 지니고 있지 않다면 이 방 어딘가에 감춰져 있을 것입니다."

셀레스틴이 날카로운 비명을 지르며 포아로의 팔에 매달렸다. 포아로는 윗몸을 굽혀 그녀의 귀에 대고 무슨 말인지 소곤거렸다. 그녀는 의심스러운 듯 포아로의 얼굴을 올려다보았다.

"괜찮소, 아가씨. 떠들어대지 않는 것이 몸을 위하는 일이오." 포아로는 경감 쪽을 쳐다보았다. "간단한 실험을 해보고 싶은데, 괜찮겠습니까? 단순히 나 혼자만의 간단한 생각입니다만……."

"그 내용에 달렸겠지요." 경감은 애매한 대답을 했다.

포아로는 다시 셀레스틴에게 말을 걸었다.

"당신은 자기 방으로 실패를 가지러 갔다고 했지요? 그건 어디에 있소?"

"옷장 위에요."

"그리고 가위는?"

"그것도 같은 곳에 있었어요."

"별로 귀찮지 않거든 그 두 번의 동작을 다시 한 번 해줄 수 있겠
소? 당신은 여기에 앉아서 일을 했겠지요?"

셀레스틴은 자리에 앉았다. 그런 다음 포아로의 눈짓으로 일어나
옆방으로 가서 물건을 꺼내가지고 돌아왔다.

포아로는 그녀의 동작과 손바닥 위에 놓인 몸시계를 가만히 지켜보
고 있었다.

"다시 한 번 더 해주시오, 아가씨." 두 번째의 실험이 끝나자 포아
로는 수첩에 무언가 적어 넣고 시계를 주머니에 넣었다. 그는 새삼
경감에게 가볍게 인사하며 말했다.

"경감님, 기다리게 해드려서 미안합니다. 그리고 아가씨, 고마웠
소." 경감은 이런 정중한 인사를 받자 기분이 풀어진 모양이었다. 셀
레스틴은 눈물을 뚝뚝 떨어뜨리면서 여경관과 사복경관에게 끌려 나
갔다. 그런 다음 경감은 오팔젠 부인의 허락을 얻어 방 안을 휘젓기
시작했다. 서랍을 열고, 벽장을 열어젖히고, 침대를 마구 흩뜨리고,
마룻바닥을 두드리고……오팔젠 씨는 의심스러운 눈초리로 그 행동
을 지켜보고 있었다.

"정말 발견되리라고 생각하십니까?"

"그렇습니다, 근거가 있습니다. 셀레스틴은 방 밖으로 들고 나갈
시간이 없었으니까요. 부인이 너무 빨리 도둑맞은 사실을 발견했기
때문에 그녀의 계획이 어긋나고 만 것입니다. 틀림없이 이 방 안에
있을 겁니다. 두 사람 가운데 어느 한쪽인가가 감추었을 겁니다.
그러나 하녀가 했다고는 절대로 생각할 수 없습니다."

"생각할 수 없는 게 아니라 불가능합니다." 포아로가 조용히 말했
다.

"네?" 경감이 눈을 휘둥그레 뜨며 말했다.

포아로는 조용히 미소 지었다. "한 가지 실험을 해보겠네, 헤이스

팅스, 내 시계를 손에 들고 있어주게, 조심해서…… 우리집 가보니까. 조금 전 아가씨의 동작을 재어보았더니 방을 비운 첫 번째 시간은 12초, 두 번째는 15초였네. 그럼, 내 동작에 주목하게. 그리고 부인, 참으로 죄송합니다만, 보석상자의 열쇠를 빌려주셨으면 합니다. 고맙습니다. 자, 헤이스팅스, '시작!' 하고 신호를 해주게!"

"시작!" 하고 내가 말했다.

포아로는 믿어지지 않을 정도로 민첩하게 화장대 서랍을 열고 보석상자를 꺼내 열쇠를 집어넣어 뚜껑을 연 다음 보석을 하나 꺼냈다. 그리고 다시 뚜껑을 닫고 열쇠를 잠가 서랍 속에 넣고 전과 다름없이 서랍을 닫았다. 그야말로 번개 같은 솜씨였다.

"어떤가 헤이스팅스?" 그는 숨을 헐떡이면서 나에게 물었다.

"46초군." 내가 대답했다.

"어떻습니까?" 포아로는 모두를 둘러보았다. "하녀가 목걸이를 감추기는커녕 그것을 훔칠 시간도 없었다는 것이 명백하지요."

"그럼, 범인은 결국 셀레스틴이로군요."

경감은 만족한 듯이 다시 수사를 계속했다.

그는 옆에 있는 셀레스틴의 침실로 들어갔다.

포아로는 깊이 생각에 잠긴 듯 이마를 찌푸리고 있었는데, 별안간 오팔젠 씨에게 질문의 화살을 던졌다.

"그 목걸이는 물론 보험에 들었겠지요?"

오팔젠 씨는 그 질문을 받자 조금 놀란 모양이었다. 그는 머뭇거리면서 대답했다. "네, 그렇습니다만……."

"하지만 그게 무슨 소용이 있겠어요?" 오팔젠 부인이 울음 섞인 목소리로 말했다. "내게 필요한 것은 목걸이에요. 그건 둘도 없는 물건이에요. 돈으로 되돌아온다 해도 소용없어요."

포아로는 위로하듯 말했다. "알겠습니다, 부인. 그 심정은 잘 알겠습니다. 부인으로서는 정서가 문제겠지요, 그렇지 않습니까? 그러나 오팔젠 씨는 그다지 섬세한 감수성을 갖지 않으신 것 같으니 물론 보험에 들어둔 것에 조금이나마 위로를 느낄 겁니다.”

“물론입니다, 물론 그렇지요,” 오팔젠 씨는 조금 애매하게 대답했다. “하지만…….”

이때 경감의 승리에 찬 외침 소리가 들려와 오팔젠 씨의 말은 중단되고 말았다. 경감은 손끝에 뭔가를 늘어뜨리고 나왔다.

부인이 비명을 지르며 의자에서 벌떡 일어났다. 마치 다른 사람같이 여겨졌다.

“아, 내 목걸이!” 그녀는 목걸이를 두 손으로 잡아 가슴에 끌어안았다.

“어디에 있었습니까?” 오팔젠 씨가 물었다.

“셀레스틴의 침대입니다. 와이어 매트리스의 스프링 속에 있더군요. 아마 그녀가 훔쳐 하녀가 오기 전에 거기에 감춘 모양입니다.”

이때 포아로가 상냥하게 말했다.

“좀 보여주시겠습니까, 부인?”

포아로는 부인의 손에서 목걸이를 받아들고 자세히 살펴본 다음 고개를 숙여 보이며 돌려주었다. 경감이 말했다.

“죄송합니다만 부인, 이것은 당분간 우리가 맡아두어야겠습니다. 범인을 고발하기 위해 필요합니다. 그러나 될 수 있는 한 빨리 돌려드리도록 하겠습니다.”

오팔젠 씨의 얼굴이 흐려졌다.

“꼭 필요한 일입니까?”

“그렇습니다. 이것은 수사상의 일로서…….”

“에드, 내주세요! 그렇게 하는 것이 마음 편하겠어요, 또 누구에게 도둑맞으면 어쩌나 생각하면 밤에도 제대로 잠을 이루지 못할 거예요. 어쩌면 그렇게 나쁜 여자일까 ! 하지만 셀레스틴이 훔쳤으리라고는 도저히 믿어지지 않아요. ”

“이젠 됐소. 당신은 너무 흥분하지 말구려. ”

누군가가 가만히 내 팔을 붙잡았다. 포아로였다. “이만 물러가기로 하세. 우리가 도울 필요는 없어진 것 같네. ”

그러나 밖에 나와서도 포아로는 우물쭈물하고 있었다. 그러더니 놀랍게도 다음과 같이 말하는 것이었다.

“옆방을 보고 갔으면 좋겠네. ”

문이 잠겨 있지 않았으므로 우리는 곧 안으로 들어갔다. 그것은 두 칸이 이어진 방으로 비어 있었다. 눈에 거슬릴 정도로 먼지가 쌓여 있었다. 신경질적인 나의 친구는 창가 테이블 위에 나 있는 네모진 자국 주위를 손가락으로 문지르면서 그 특유의 찡그린 표정을 지었다. 그는 화난 목소리로 말했다.

“아직 내 할 일이 끝나지 않은 모양이로군. ”

그는 창 밖으로 눈길을 고정시키고 뭔가 열심히 생각하고 있었다.

“어째서 이 방에 왔지, 포아로 ? ” 나는 더 이상 참을 수가 없어 물었다.

포아로는 문득 정신을 차렸다. “이거 정말 실례했네. 나는 문이 정말로 이쪽에서도 볼트가 박혀 있는지 어떤지 조사하고 싶었네. ”

“그랬었군. ” 나는 조금 전 우리가 있던 방과의 경계인 문을 흘끗 바라보았다.

“볼트가 박혀 있는데. ” 포아로는 고개를 끄덕였다. 그러나 그는 여전히 깊이 생각에 잠긴 표정을 짓고 있었다.

“그러나 이것이 사건과 무슨 관계가 있다는 건가 ? 사건은 이미 해결되었네. 자네의 재능을 발휘할 수 있는 기회가 주어졌더라면 좋았을 텐데…… 그러나 이번 사건은 저 경감 같은 멍청이라도 실수할 리가 없지 않겠나 ? ”

포아로는 머리를 크게 내저었다. “사건은 해결되지 않았네. 누가 진주를 훔쳤는지 그것을 알아낼 때까지 사건은 결코 끝난 것이 아니야. ”

“그것은 셀레스틴이 훔쳤잖나 ! ”

“어째서 그렇게 말하지 ? ”

“어째서라니 ! ” 나는 입 속으로 우물거렸다. “목걸이가 그녀의 매트리스 속에서 발견되었으니까. ”

포아로는 답답하다는 듯이 말했다. “발견된 것은 진주가 아니네. ”

“뭐라고 ? ”

“모조품이었네. ”

나는 숨이 막힐 정도로 놀랐다. 포아로는 조용히 빙긋 웃어 보였다.

“경감은 아무래도 보석에 대해 모르는 모양이야. 그렇게 법석을 떨다니 ! ”

나는 그의 팔을 움켜잡았다. “자, 가세 ! ”

“어디로 ? ”

“지금 곧 오팔젠 부부에게 알려줘야 하지 않겠나 ? ”

“나는 그렇게 생각하지 않네. ”

“하지만 그 가엾은 부인은……. ”

“그 가엾은 부인은 진주가 안전한 곳에 보관되어 있다고 생각하면 오늘 밤 편안히 잘 수 있을 거야. ”

“하지만 사실은 알아야 하지 않겠나. ”

“언제나 그렇지만 자네는 잘 생각해 보지도 않고 곧 말을 해버리는 버릇이 있군. 오팔젠 부인이 오늘 세심한 주의를 기울여 보석 상자에 넣고 잠근 진주가 가짜가 아니라고 단언할 수 있겠나 ? 어쩌면 진짜는 훨씬 이전에 도둑맞았을지도 모르네."

나는 점점 머리가 혼란스러웠다. 포아로는 빙그레 웃었다.

"그게 사실인가? 우리는 처음부터 다시 시작해야 한단 말인가?"

포아로는 방에서 나오자 깊은 생각에 잠긴 듯 한숨을 내쉬었다. 그는 복도 끝으로 가서 하녀와 종업원들이 모여 있는 작은 대기실 밖에서 걸음을 멈추었다. 아까 그 하녀가 그곳에 작은 법정을 열고 궁금증 많은 이들에게 자신의 생생한 경험을 자세히 보고하고 있었다. 포아로를 보자 그녀는 이야기하다 말고 도중에서 말을 끊었다. 포아로는 언제나 그렇듯이 너무 정중해서 오히려 무례하게 들리는 인사를 했다.

"방해해서 미안하오. 수고스럽지만 오팔젠 씨의 방을 잠깐 열어줄 수 있겠소?"

하녀는 서슴지 않고 일어섰다. 나와 포아로는 하녀와 함께 다시 복도를 되돌아왔다. 오팔젠 씨의 방은 복도 반대쪽, 즉 부인의 방 맞은쪽에 있었다. 하녀가 곁쇠로 문을 열었으므로 우리는 안으로 들어갔다. 하녀가 돌아가려고 하자 포아로가 불러 세웠다.

"잠깐만, 아가씨는 오팔젠 씨의 짐 속에 이런 카드가 있는 걸 보지 못했소?"

그는 하얀색의 반들거리는 낯선 카드를 꺼냈다. 하녀는 그 카드를 받아들고 한참 동안 찬찬히 들여다보았다.

"아니오, 본 일이 없어요. 그리고 남자손님들의 방은 대개 남자 종업원들이 시중 들기 때문에……."

"하긴 그렇겠군. 정말 미안하오."

포아로는 카드를 돌려받았다. 하녀는 방에서 나갔다. 그는 뭔가 골똘히 생각하고 있었다.

"미안하네만, 헤이스팅스, 벨을 세 번 눌러 종업원을 불러주지 않겠나."

나는 호기심에 쫓겨 시키는 대로 했다. 그동안 포아로는 휴지통에 있는 것을 마룻바닥에 쏟아놓고 재빨리 그것들을 살펴보았다.

곧 급사가 달려왔다. 포아로는 그에게도 똑같은 질문을 하고 조사해 보라면서 카드를 건네주었다. 그러나 대답은 마찬가지였다. 급사는 오팔젠 씨의 소지품 속에서 이런 종류의 카드를 본 적이 없었다고 대답했다. 포아로는 고맙다고 인사했다. 급사는 뒤엎어놓은 휴지통과 마룻바닥에 흩어진 휴지를 깊이 살피는 듯한 눈길로 더듬어보고는——그렇게 생각해서 그런지——마음에 걸리는 듯한 태도로 물러갔다. 휴지들을 다시 휴지통에 주워 담으면서 포아로가 중얼거린 말은 급사의 귀에도 들어갔을 것이다.

"그 목걸이에는 많은 보험이 걸려 있지……."

"포아로, 그건——" 하고 내가 소리쳤다. "자네는 모를 거야, 헤이스팅스!" 포아로가 날카로운 목소리로 얼른 내 말을 가로막았다. "언제나 그렇지만 자네는 아무것도 모를 걸! 믿어지지 않겠지만, 확실히 그렇잖은가. 그럼, 우리의 잠자리로 돌아가기로 할까?"

우리는 말없이 방으로 돌아왔다. 그런데 놀랍게도 포아로는 재빨리 옷을 갈아입었다. 그리고 나서 그는 설명했다. "오늘 밤 나는 런던으로 가야겠네. ……아무래도 그래야 할 것 같아."

"뭐라고?"

"기어코 가야 하네. 실제적인 두뇌의 일——아, 작은 회색 뇌세포여!——이 끝났으니까 그것을 증명하러 가는 거네. 그리하여 반드시 찾아내고 말겠네! 에르큘 포아로를 속이려고 해도 잘 안 될 걸!"

나는 그의 자만심이 참을 수 없이 역겨워져서 퉁명스레 말해 주었다.

"그러다 거만한 코가 납작해질 걸세."

"그렇게 화내지 말게, 헤이스팅스. 나는 자네의 도움을, 자네의 우정을 믿고 있네."

"물론 협력이야 하지."

나는 자신의 우유부단함을 부끄럽게 여기며 솔직히 말했다.

"그래, 무슨 일을 도울까?"

"지금 내가 벗어놓은 웃옷소매…… 그것을 솔로 털어주겠나? 흰 가루가 묻어 있지? 아무리 멍청한 자네라도 아까 내가 화장대 서랍 주위를 손끝으로 문지르는 것을 알아차렸겠지?"

"아니, 몰랐는데."

"자네는 좀더 내 행동에 주의를 기울여야 했네. 손가락에 가루가 묻어 있었는데, 조금 흥분했기 때문에 소매에 묻혀버렸다네. 슬프도다, 이성 없는 행동이여! 내 신조에 어긋나는 짓이었네."

"그런데 그 가루는 뭔가?"

"보르지아 집안 (르네상스 시대 이탈리아의 정치
가, 정적을 차례로 독살했음) 의 독약은 아니라네." 포아로는 조금도 망설이지 않고 대꾸했다. "자네가 마음대로 상상하고 있는 것도 무리는 아니지. 프렌치 초크라네."

"프렌치 초크?"

"그렇다네, 가구상들이 서랍이 잘 열리도록 하기 위해 쓰는 거지."

나는 웃음을 터뜨리고 말았다.

"자네는 너무 교활해서 다루기가 힘든 사람일세, 포아로! 나는 또 무슨 중대한 일인 줄 알았네."

"그럼, 실례하겠네. 이제야 살았군. 시간을 절약하기 위해 비행기로 가겠네!" 포아로의 등 뒤로 문이 닫혔다. 나는 빈정거림인지 애정인지 분간할 수 없는 미소를 띠고 그의 웃옷을 집어 들어 솔질하려고 손을 뻗쳤다.

이튿날 아침, 포아로에게서 연락이 없기에 나는 산책하러 나갔다가 우연히 옛 친구들을 만나 그들의 호텔에서 점심 식사를 함께 했다. 그런 다음 오후에는 그들과 드라이브를 나갔다 타이어가 펑크 나서 돌아오는 시간이 늦어졌다. 그랜드 메트로폴리탄에 돌아와보니 이미 8시가 지나 있었다. 맨 처음 포아로의 모습이 눈에 띄었다. 완전히 만족하여 싱글벙글 웃고 있는 오팔젠 부부 사이에 끼어 앉은 포아로 는 여느 때보다 더 작아보였다.

"여어, 헤이스팅스!" 그는 환성을 지르며 나를 맞으러 뛰어나왔 다. "나를 좀 안아주게, 모든 일이 아주 잘되었다네!"

다행히 포옹은 간단히 형식적인 것으로도 충분했다. 이것은 상대가 포아로인 이상 말 그대로 받아들이지 않아도 좋을 것이다.

"그렇다면……." 내가 입을 열었다.

"정말 훌륭했어요!" 살찐 얼굴에 가득 미소를 띠면서 오팔젠 부 인이 말했다. "안 그래요, 에드? 포아로 씨가 그 진주를 찾아주지 못한다면 이제 그것은 영원히 찾을 수 없을 거라고 말한 대로지 뭐예 요!"

"그렇군, 정말 당신 말이 옳소."

나는 의아한 얼굴로 포아로를 쳐다보았다. 그는 고개를 끄덕였다.

"나의 친구 헤이스팅스는 영국식으로 말하자면 아직 오리무중이랍 니다. 자, 앉구려, 이토록 기분 좋게 해결된 사건의 경과를 이야기 해 줄 테니."

"해결되었다고?"

"그렇다네, 그들은 모두 체포되었네."

"누구?"

"하녀와 그 종업원. 자네는 그들을 의심하지 않았나? 런던으로 가기 전에 프렌치 초크의 힌트를 주었는데도 ? ”

“가구상에서 쓰는 것이라고 이야기했는데……. ”

“분명히 그 말이 맞네. 서랍이 잘 열리도록 하기 위해서 쓰는 거지. 즉 누군가 소리나지 않게 서랍을 열었다닫았다하고 싶은 사람이 있었던 거야. 그렇다면 누가 거기에 해당되겠나 ? 보나마나 호텔 하녀뿐이지. 너무나 교묘한 계획이었기 때문에 금방 눈에 드러나지 않았을 뿐이지——이 에르큘 포아로의 눈에도.

그런데 잘 들어보게. 이런 수법이었네. 종업원이 옆의 빈방에서 대기하고 있었네. 프랑스 인 여자가 방에서 떠나자 하녀는 번개같이 재빨리 서랍을 열고 보석 상자를 꺼내 볼트를 뽑고 문 저쪽 옆방에 있는 종업원에게 건네주었다네. 종업원은 미리 준비해 둔 곁쇠로 유유히 상자를 열고 목걸이를 꺼낸 다음 다시 기회를 기다렸지. 셀레스틴이 두 번째로 또 방을 떠났네. 자, 이때 상자는 다시 하녀의 손으로 넘어가 먼저 있던 서랍 속에 거뜬히 넣어진 것이지. 부인이 와서 도둑맞았음이 드러났네. 하녀는 크게 분개해 보이며 몸수색을 요구했지. 그리고 아무 의심도 받지 않고 죄없는 몸이 되어 당당히 물러나왔네. 그전부터 미리 준비해 두었던 모조품 목걸이는 그날 아침 하녀가 프랑스 인 여자의 침대 밑에 감추어두었던 것이고, 마지막 끝손질로 말이네 ! ”

“그런데 런던에는 뭣하러 갔었나 ? ”

“카드에 대한 걸 기억하고 있겠지 ? ”

“물론이지. 그러나 그 까닭을 알 수 없었고, 지금까지도 모르고 있네. 그건……. ”

나는 오팔젠 씨 쪽을 흘끗 쳐다보며 머뭇거렸다. 포아로는 유쾌하게 웃었다.

“속임수였다네 ! 보기 좋게 그 종업원을 속여 넘긴 거야. 그 카드

는 표면에 특수가공이 되어 있지…… 지문 채취용으로 말이야. 나
는 경시청으로 가서 친애하는 재프 경감을 만나 사건을 털어놓았다
네. 내가 예상했던 대로 지문은 얼마 전부터 지명 수배되어 있던
유명한 두 보석 도둑의 것임이 밝혀졌네. 경감은 나와 함께 와서
두 사람을 체포했지. 목걸이는 종업원의 짐 속에서 발견되었다네.
빈틈없는 2인조 도둑이었는데, 유감스럽게도 방법이 좀 안 좋았어.
지금까지 적어도 36번쯤은 자네에게 이야기했을 거네. 방법이 안
좋으면…….”

“아니 3만 6000번은 말했을 걸세!” 나는 그의 말을 가로막았다.
“그런데 그들의 방법은 어디에 결점이 있었다는 건가?”

“헤이스팅스, 호텔 하녀와 종업원으로 둔갑한 것은 좋은 착상임에
틀림없네…… 그러나 일단 하려면 실수를 하지 말아야지. 그들은
비어 있는 옆방을 먼지투성이로 내버려두었네. 그렇기 때문에 종업
원이 문 옆 작은 테이블에 보석 상자를 놓았을 때 네모난 자국이
나고 말았던 걸세.”

“아, 그랬었군!” 하고 내가 소리쳤다.

“그때까지는 나도 전혀 몰랐네. 그러나 바로 그때 알아차린 것이
야!”

순간 침묵이 흘렀다. 오팔젠 부인이 마치 고대 그리스 극의 코러스
같은 목소리로 말했다.

“그렇게 해서 진주는 내게로 돌아왔어요.”

“네, 그랬군요. 그건 그렇고, 나는 저녁 식사를 하고 싶소.”

포아로가 함께 따라왔다.

“이건 자네 공일세, 포아로!”

“천만에! 당치도 않은 말이야! 재프 경감과 이 지방경찰의 경감
이 공을 나누어갖겠지. 그러나……” 포아로는 아무렇지도 않은 듯

한 표정으로 주머니를 툭툭 쳐보였다. "오팔젠 씨로부터 수표를 받았네. 자, 이번 주말은 예정대로 되지 않았으니 다음주에 다시 여기 오기로 하세. 그때는 내가 그럴듯하게 한턱 내겠네."

저주받은 상속권

　나는 지금까지 포아로와 함께 많은 괴사건을 다루었으나, 그 가운데서도 지난 몇 년 동안 우리의 관심을 지속시키고, 마침내는 포아로가 그 마지막 수수께끼를 풀기에 이른 저 놀라운 일련의 사건에 필적할 만한 것은 없으리라고 생각한다. 우리가 림줄리어 집안의 역사에 관심을 갖게 된 것은 전쟁 중인 어느 날 밤의 일이었다. 포아로와 나는 그 무렵 다시 만나 그 옛날 벨기에 시절의 정을 새롭게 했던 것이다. 그는 육군성의 의뢰로 조그마한 사건을 다루었는데——육군성이 완전히 만족하도록 일을 처리하고 난 다음이었다. 우리는 캘튼 클럽에서 고급장교 한 사람과 함께 저녁 식사를 하고 있었다. 장교는 식사하는 동안 포아로를 향해 열심히 찬사를 보내고 있었다. 그런데 장교는 어떤 사람과 약속이 있어 서둘러 가야만 했다. 그리하여 나와 포아로는 자리를 뜨기 전에 한가로이 커피를 마셨다.

　우리가 식당에서 나오려는데 귀에 익은 목소리가 나를 불렀다. 뒤돌아보니 프랑스에서 서로 알게 된 청년 빈센트 림줄리어 대위였다. 대위는 자기보다 나이가 많은 사나이와 함께 있었는데 얼굴이 닮은 점으로 보아 혈연 관계가 있는 사람이라는 것을 한눈에 알 수 있었다. 역시 그러했다. 그 사람은 젊은 대위의 숙부인 휴고 림줄리어 씨라고 우리에게 소개했다.

나는 림줄리어 대위와 그다지 친하지 않았다. 그러나 그는 대하기 좋은 젊은이로, 그 태도에 어딘지 꿈꾸는 듯한 데가 있었다. 잘은 모르지만 대위는 16세기 종교개혁 이전부터 끊이지 않고 이어져 내려온 유서 깊고 유복한 명문집안 출신이라는 말을 들은 적이 있었다. 포아로와 나는 특별히 서두를 일도 없었으므로 그의 초대에 응해 새로 온 두 친구의 테이블에 앉았다. 숙부 휴고는 40살쯤 된 그야말로 학자다운 사나이로 어깨가 구부정했다. 그는 정부의 의뢰로 어떤 화학 분야의 일을 연구하고 있는 모양이었다. 우리의 대화는 키가 크고 가무잡잡한 젊은이가 성큼성큼 테이블로 걸어왔기 때문에 끊어지고 말았다. 그 청년은 분명 뭔가 정신적인 동요로 괴로워하고 있는 듯했다.

젊은이가 큰소리로 말했다.

"잘되었군! 두 분 다 여기에 있었습니까?"

"왜 그러나, 로저?" 림줄리어 대위가 물었다.

"자네 아버님께서 말에서 떨어지셨다네, 빈센트! 어린 말을 타다가……."

그 젊은이가 두 사람을 한쪽 구석으로 데려갔기 때문에 그 뒷말은 들을 수가 없었다. 몇 분 뒤 대위와 그 숙부는 허둥지둥 우리에게 작별인사를 했다. 빈센트 림줄리어의 아버지가 어린 말을 타고 시험하다가 치명적인 사고를 당해 내일 아침까지 목숨이 붙어 있을지 모르겠다는 이야기였다. 빈센트는 이 소식을 듣자 넋이 나간 듯 얼굴이 창백해졌다. 어떤 의미에서 그것은 나한테는 놀라운 일이었다. 왜냐하면 프랑스에 있을 때 대위가 아버지에 관해 이야기한 말로 미루어

그와 아버지 사이는 그다지 좋지 못한 모양이라고 생각해왔기 때문이
다. 그렇기 때문에 지금 그가 아버지를 걱정하는 감정을 보이자 조금
뜻밖으로 여겨졌던 것이다.

사고를 알려온 살빛이 푸르스름하니 검은 그 젊은이는 대위의 사촌
형 로저 림줄리어였다. 그는 그 자리에 남았으므로 우리 세 사람은
함께 밖으로 나왔다.

"이것은 좀 묘한 일입니다" 하고 로저 청년이 말했다. "틀림없이
포아로 씨의 흥미를 끌 거라고 생각합니다. 당신에 대해서는 히긴슨
씨로부터 많이 들었습니다——히긴슨이란 조금 전의 그 고급장교이
다——그는 당신이 심리학에 대해 정통하다고 말했지요."

"그렇소, 나는 심리학을 공부하고 있소." 포아로가 빈틈없는 대답
을 했다.

"내 사촌동생의 얼굴을 보셨습니까? 그는 아주 충격을 받았습니
다. 그 까닭을 아십니까? 거기에는 옛날부터 전해 내려오는 유래
가 있답니다. 들어보시겠습니까?"

"기꺼이 듣겠소."

로저 림줄리어는 자기의 시계를 보았다.

"시간은 충분합니다. 나는 빈센트와 킹스 크로스 역에서 만나기로
했습니다. 그건 그렇고, 포아로 씨, 우리 집안은 역사가 오랜 집안
입니다. 중세시대로까지 거슬러 올라가지요. 그 무렵 림줄리어 집
안의 주인은 자기 아내의 정조에 의심을 품었던 겁니다. 아내는 자
신의 결백을 맹세했지만, 남편은 곧이들으려고 하지 않았습니다.
그들 사이에 아이가 하나 있었는데, 남편은 그 아이가 자신의 아이
가 아니니까 절대로 자기 뒤를 잇게 할 수 없다고 주장했습니다.
그런 다음 그가 어떻게 했는지는 잊었습니다만——아마 어머니와
아이를 생매장했다던가——아무튼 중세 사람들이 생각함직한 짓

을 했겠지요, 그는 이 두 사람을 죽이고 말았습니다. 아내는 끝까지 자신의 결백을 주장하고 억울함을 호소하다가 림줄리어 집안을 영원히 저주하면서 죽어갔습니다. 림줄리어 집안의 정실 아내가 낳은 아들은 절대로 집안을 이어받지 못할 것이라고 말입니다.

날이 가고 달이 감에 따라 그 부인이 결백했다는 사실이 맑은 하늘의 밝은 해처럼 밝혀졌습니다. 그리고 그 남편은 자기의 잘못을 뉘우치고 수도자의 옷을 입고 죽을 때까지 캄캄한 수도원의 한 방에 틀어박혀 오직 기도로 여생을 보냈다고 들었습니다. 그런데 묘하게도 그 뒤부터 오늘날까지 림줄리어 집안의 장남으로 아무 탈 없이 집안을 이어받은 사람이 하나도 없는 것입니다. 상속은 언제나 숙부나 조카, 아니면 둘째 아들에게로 옮겨졌으며, 맏아들이 이어받아본 예는 한 번도 없었습니다. 빈센트의 아버지는 다섯 형제의 둘째아들이었는데, 맏형은 어렸을 때 죽었습니다. 빈센트는 전쟁 중 줄곧——다른 삶은 모르지만——스스로 저주받은 별 아래 태어난 자라고 생각했었습니다. 그러나 이상하게도 두 동생은 전사했으나 그 자신은 무사히 돌아왔습니다. ”

“정말 흥미 있는 이야기군요, ” 포아로가 사려 깊은 태도로 말했다. “그러나 지금으로서는 대위의 아버님께서 빈사상태이니 빈센트가 맏아들로서 상속하겠군요 ? ”

“그렇습니다. 저주도 이제는 옛 이야기가 되어버렸습니다. 이처럼 생활이 복잡한 현대에서는 그런 것이 적용되지 않나 봅니다. ”

포아로는 머리를 세게 내저었다. 젊은이의 장난스러운 말투에 찬성할 수 없다는 듯한 태도였다. 로저는 또다시 시계를 들여다보고 이제 그만 가봐야겠다고 말했다.

이튿날 빈센트 림줄리어 대위가 비참하게 죽었다는 소식이 우리에게 들려와 이야기는 더욱 꼬리를 물게 되었다. 대위는 스코치 우편차를 타고 북쪽으로 가다 밤중에 객실 문을 열고 선로로 뛰어내린 것이었다. 전쟁에서 얻은 신경쇠약에다 아버지의 사고로 충격을 받아 일시적인 정신착란을 일으켰다는 것이었다. 대위의 아버지 형제인 새 상속인 도널드 림줄리어와 이 집안에 붙어 다니는 기묘한 미신이야기가 사람들 입에 오르게 되었다. 도널드의 외아들은 솜므 전투에서 전사했던 것이다. 나는 빈센트 대위와 그 생애의 마지막 밤에 우연히 재회한 것이 인연이 되어 림줄리어 집안에 관한 것이라면 무슨 일에나 관심을 갖게 되었다. 왜냐하면 2년 뒤 그로부터 도널드 림줄리어가 죽었을 때, 우리는 약간의 흥미를 가지고 거기에 주목했기 때문이다. 도널드는 본가의 유산을 물려받았을 무렵 이미 완치될 수 없는 불치의 병을 앓고 있었다. 그리고 도널드의 뒤를 이은 동생 존은 늙었어도 기력이 정정했으며, 이튼 학교에 다니는 아들이 하나 있었다.

비명에 죽은 숙명이 림줄리어 집안에 어두운 그림자를 드리우고 있는 것은 확실했다. 아버지가 유산을 물려받은 바로 그 다음 휴일에 그 소년은 총이 폭발하여 치명상을 입었다. 이어서 그 아버지도 말벌에 쐬어 갑자기 세상을 떠나자 한 집안의 재산은 모두 다섯 살 아래인 막냇동생 휴고에게 넘어가게 되었다. 그는 잊을 수 없는 그 운명의 날 밤 캘튼 클럽에서 빈센트와 함께 만났던 바로 그 사람이었다.

그러나 우리의 개인적인 관심은 림줄리어 집안을 덮친 일련의 놀라운 재난에 대한 소문을 이야기하는 정도로 끝났었다. 그런데 우리가 좀더 적극적으로 사건에 개입하게 될 때가 다가와 있었던 것이다.

어느 날 아침 하숙집 여주인이 '림줄리어 부인'이 찾아왔다고 알렸다. 부인은 30살쯤 되어보였으며 늘씬한 키에 발랄한 여자로, 그 태도는 결단력과 건전한 상식을 아울러 갖추고 있음을 나타내 보여주었다. 그녀의 말씨에는 희미하게 미국 사투리가 섞여 있었다.

"포아로 씨인가요? 처음 뵙겠습니다. 남편인 휴고 림줄리어가 몇 년 전에 한 번 뵌 일이 있다고 들었습니다만, 그 일은 이미 잊으셨겠지요?"

"아니오, 똑똑히 기억하고 있습니다, 부인. 캘튼 클럽에서 뵈었었지요."

"어머나, 기억력이 아주 좋으시군요. 그런데 포아로 씨, 나는 지금 고민이 생겼어요."

"무슨 일입니까, 부인?"

"맏아들에 대한 일입니다만…… 우리에게는 아들이 둘 있답니다. 맏이인 로널드는 8살이고, 동생 제럴드는 6살이에요."

"그 다음을 말씀하시지요, 부인. 어째서 로널드의 일로 고민하시는 거지요?"

"포아로 씨, 로널드는 이 반 년 동안 세 번이나 죽을 뻔했었어요. 한 번은 물에 빠져서…… 올여름에 우리 집안 모두가 해수욕 갔을 때였어요. 두 번째는 어린이방 창문에서 떨어졌어요. 그리고 세 번째는 식중독으로 죽을 뻔했지요."

아마도 포아로의 얼굴에 그의 마음속 생각이 너무나 뚜렷이 나타나 있었던 모양이다. 왜냐하면 림줄리어 부인이 거의 숨도 쉬지 않고 단숨에 변명하듯 덧붙였기 때문이다.

"물론 과장하여 생각하는 호들갑스럽고 어리석은 여자라고 생각하시겠지만……"

"천만에요, 당치도 않습니다. 어떤 어머니라도 그런 사고가 잇달아 일어나면 정신이 없어지게 마련이지요. 그러나 내가 어떻게 하면 부인을 도와드릴 수 있는지 잘 모르겠군요. 나도 전능한 신은 아니니까 바다에 이는 물결을 가라앉힐 수는 없습니다. 어린이방 창문에는 철망이라도 사서 다시는 게 좋을 겁니다. 그리고 식사에 대해서는, 결국 부모님이 어떻게 주의하느냐 하는 것이 문제가 아닐까요?"

"하지만 어째서 이런 사고가 동생 제럴드는 괜찮은데 로널드에게만 일어나는 걸까요?"

"우연히 그렇게 된 거겠지요, 부인…… 우연히!"

"그렇게 생각하세요?"

"그럼, 당신과 주인어른께서는 어떻게 생각합니까?"

림줄리어 부인의 얼굴이 희미하게 흐려졌다.

"남편에게 호소해도 헛일이에요, 귀 기울여 들으려고 하지 않아요. 아마 들으셨으리라고 생각합니다만, 림줄리어 집안에는 저주가…… 맏아들은 절대로 상속할 수 없다는 저주가 걸려 있답니다. 휴고는 그 저주를 믿고 있어요. 림줄리어 집안 역사에 사로잡혀 아주 엉뚱한 미신에서 헤어나지 못하고 있어요. 이 불안한 마음을 이야기하자 그는 저주 탓이니 우리로서도 빠져나갈 수 없다는 거예요.

하지만 포아로 씨, 나는 미국에서 태어났어요. 미국에서는 저주 같은 게 있다고 생각하지 않아요. 저주란 유서 깊은 집안에 으레 따라다니는 것쯤으로만 생각하지요…… 결국 그 집안의 레테르 같은 게 아닐까요? 나는 전에 뮤지컬 코미디의 단역 배우였는데, 그 무렵 휴고와 알게 됐답니다. 그리고 집안에 전해 내려오는 저주 따위는 단순히 멋진 말장난에 지나지 않는다고 생각했어요. 겨울 밤 난롯가에 앉아 주고받기에 어울리는 옛날이야기 같은 거라고요. 하지만 그것이 막상 아들에게 덮쳐오자…… 포아로 씨, 나는 아이들이 사랑스럽습니다. 하지만 나로서는 어떻게 할 수가 없어요."

"그래서 당신도 집안 대대로 이어져 내려오는 전설을 믿게 됐다는 말씀이군요?"

"담쟁이 덩굴 같은 전설의 줄기를 칼로 자를 수 있을까요?"

"뭐라고 하셨지요, 부인?" 하고 포아로가 큰소리로 되물었다. 그의 얼굴에 놀라운 빛이 떠올라 있었다.

"담쟁이 덩굴 같이 이어져온 전설——아니면 망령이라고 불러도 좋아요——의 줄기를 칼로 자를 수 있겠느냐고 물었어요. 해수욕 갔을 때의 일을 말씀드리는 게 아니에요. 로널드는 4살 때부터 헤엄칠 수 있었어요. 하기야 남자아이들이란 어이없는 짓을 하다가 엉뚱한 사고를 당하는 수가 흔히 있지요. 우리 아이들은 둘 다 굉장한 개구쟁이에요. 로널드가 창문에서 떨어진 사건만 해도 그래요. 창문 밖으로 담쟁이 덩굴이 길게 늘어져 있는데 두 아이는 그 담쟁이 덩굴을 잡고 기어올라갔다 내려왔다 할 수 있는 것을 발견한 모양이에요. 그래서 늘 그렇게 놀았답니다. 그런데 어느 날——동생 제럴드는 집에 없었는데——로널드가 창문에서 담쟁이 덩굴을 잡고 올라갔다 내려왔다 하며 놀다가 줄기가 끊어져 떨어진 거랍니다. 다행히도 다친 데는 없었어요. 하지만 나는 직접 가서 담쟁이덩굴을 조사해 보았어요. 그랬더니 줄기가 칼로 베어져 있는 거예요. 포아로 씨, 누군가 일부러 칼로 잘라놓았던 거예요!"

"그 이야기는 아주 중대합니다, 부인. 동생은 그때 집 가까이에 있지 않았다고 말씀하셨지요?"

"네."

"식중독 때는 어땠습니까? 역시 집에 없었습니까?"

"아니오, 둘 다 있었어요."

"이상하군." 포아로가 중얼거리듯 말했다. "그런데 집에 함께 살고 있는 사람은 누구누구지요?"

"보모인 손더스 양과 남편의 비서 존 가디너 씨……." 부인은 조금 당황해하며 갑자기 말을 끊었다.

“그리고 그 밖에는?”

“로저 림줄리어 소령——당신도 그날 밤 이분을 만나셨을 줄로 생각합니다만——이 가끔 와서 주무신답니다.”

“네, 그분은 사촌동생이지요?”

“아니에요, 촌수가 먼 동생이에요. 림줄리어 집안에서 분가한 사람은 아니지만, 그러나 이제는 그분이 남편의 가장 가까운 친척이라고 생각해요. 아주 훌륭한 분으로, 집안 식구들이 모두 그를 좋아한답니다. 아이들도 더없이 그를 따르고요.”

“아이들에게 담쟁이 덩굴 기어오르기를 가르친 것은 혹시 로저 씨가 아니었습니까?”

“그분일지도 몰라요. 위태로운 장난을 가르쳐준 게 한두 번이 아니니까요.”

“부인, 나는 조금 전에 실례되는 말씀을 드렸는데, 부디 용서하십시오. 확실히 위험은 바로 눈앞에 닥쳐와 있습니다. 나는 부인을 도와드릴 수 있으리라고 생각합니다. 그래서 부탁드립니다만, 우리 두 사람을 댁으로 초대하여 잠시 머물게 해주십시오. 주인께서 반대하시지는 않겠지요?”

“그렇지는 않을 거예요. 하지만 쓸데없는 일이라고 생각할 거예요. 나는 그이가 눈앞에 뻔히 보이는 데도 아이들을 그냥 죽게 내버려두는 태도가 못 견디게 화가 나요!”

“진정하십시오, 부인. 예방만 잘 한다면 어떠한 비극적인 상황도 피해갈 수 있을 것입니다.”

우리는 곧 여행 준비를 했다. 그리고 이튿날에는 기차를 타고 북부로 달려갔다. 포아로는 깊은 생각에 잠겨 있더니 문득 정신을 차리며 느닷없이 말했다. “빈센트 대위가 추락한 것은 바로 이와 똑같은 열차였었지?”

그는 '추락'이라는 말을 조금 강조했다.

"설마 사고가 아니었다고 말하려는 것은 아니겠지? " 내가 물었다.

"헤이스팅스, 만일 림줄리어 집안사람들이 죽은 원인에 대해 어떤 음모의 냄새가 난다면 놀라겠나? 이를테면 빈센트 대위의 경우 아니, 이튼 학교에 다니던 소년의 경우가 그것인데…… 총이 폭발했다는 것은 조금 애매모호하거든. 만일 로널드 소년이 어린이방 창문으로 떨어져 죽었다면, 이 역시 자연스럽게 미심쩍은 마음이 들지 말라는 법은 없을 테지. 하지만 어째서 한쪽 아이에게만 사고가 일어나는 것일까? 헤이스팅스, 맏아들이 죽음으로써 이익을 얻는 것은 누구겠나? 그건 동생…… 이제 7살 난 아이지! 어이없는 일이 아닌가. "

"그들은 나중에 작은 아이마저 죽이려고 생각하는지도 모르지. "

그러나 나로서는 '그들'이 누구를 가리키는가, 하는 아주 막연한 생각밖에 갖고 있지 않았다.

포아로는 불만스러운 표정으로 고개를 가로저었다. "식중독 말야. 아트로핀을 쓰면 식중독과 아주 비슷한 증상이 나타나지. 흠, 아무래도 우리가 현장에 갈 필요가 있겠네. "

림줄리어 부인은 몹시 기뻐하며 우리를 맞아주었다. 그녀는 남편의 서재로 안내한 다음 남편과 우리를 남겨두고 나갔다. 휴고 림줄리어 씨는 몇 년 전에 만났을 때와 전혀 다른 모습이었다. 구부정한 등이 더욱 굽었고, 얼굴은 묘하게 뿌연 회색을 띠고 있었다. 포아로가 이 집에 온 까닭을 설명하는 동안 그는 가만히 귀를 기울이고 있었다.

그가 말했다. "참으로 실제적인 상식을 지닌 아내가 생각해 봄직한 일이군요, 부디 머물러 주십시오, 포아로 씨. 여기까지 찾아와 주셔서 정말 고맙습니다. 그러나 이제 새삼스럽게 어떻게 할 수도 없는 일입니다. 운명에 맞서는 자의 운명은 가혹합니다. 우리 림줄리어 집안 사람은 누구나 그 운명에서 벗어날 수가 없다는 것을 알고 있습니다.”

포아로는 칼로 자른 담쟁이덩굴에 대한 이야기를 했다. 그러나 휴고는 별로 마음에 두지 않는 모양이었다.

“아마 정원사의 부주의였겠지요. 정말 칼이나 톱으로 잘려졌을지도 모릅니다. 그러나 그 배후에 감추어진 뜻은 분명합니다. 말씀드려 두겠습니다만, 포아로 씨, 그 뜻이 이제 머지않은 날에 나타날 것입니다.”

포아로는 찬찬히 그를 지켜보았다. “어째서 그런 말씀을 하십니까?”

“왜냐하면 나 자신의 운명이 정해져 있기 때문입니다. 나는 지난해 의사의 진찰을 받았는데, 나을 수 없는 병에 걸렸음을 알았습니다. 이제 죽을 날도 얼마 남지 않았습니다. 그러나 내가 죽기 전에 로널드는 죽겠지요. 그리고 제럴드가 뒤를 이을 겁니다.”

“그럼, 둘째아드님에게 혹시 무슨 일이라도 일어나면?”

“제럴드에게는 아무 일도 일어나지 않을 겁니다. 그 아이에게는 죽음의 조짐이 전혀 없습니다.”

“그러나 만일 일어난다면?” 포아로는 끈질기게 물고늘어졌다.

“그럼, 로저가 다음 상속인이 될 겁니다.”

우리의 대화는 여기서 끊어졌다. 갈색 곱슬머리에 키가 늘씬하고 풍채 좋은 사나이가 서류를 들고 방으로 들어왔던 것이다.

“그 일은 뒤로 미루기로 하지, 가디너.” 휴고는 우리에게 사나이를 소개했다. “내 비서 가디너입니다.”

비서는 가볍게 머리를 숙이며 상냥하게 몇 마디 말을 하고 물러갔다. 잘생긴 얼굴인데도 어딘지 비위에 맞지 않는 점이 있었다. 잠시 뒤 나는 포아로와 함께 아름다운 정원을 산책할 때 그 말을 했다. 그런데 놀랍게도 포아로 역시 나와 같은 느낌을 받았다고 했다.

"그랬어, 헤이스팅스, 자네 말이 옳아. 나도 그 사나이에게 호감이 가지 않았네. 너무 미남이야. 그런 사나이는 언제나 편한 일을 하도록 되어 있지. 저기 아이들이 있구면."

그때 두 아이를 데리고 림줄리어 부인이 우리 쪽으로 다가왔다. 둘 다 사랑스러운 아이들로, 동생은 어머니를 꼭 닮아 까만 머리였으며 큰아이는 갈색 곱슬머리였다. 두 아이는 예절 바르고 얌전하게 우리와 악수했다. 그리고 금방 포아로와 친해지고 말았다. 다음에 보모 손더스 양에게 소개되었다. 그러나 그녀에 대해서는 뭐라고 말할 것이 없었다. 이 사람들이 그 집 식구의 모두였다.

며칠 동안 우리는 즐겁게 지냈다. 마음을 놓지 않았으나 아무런 일도 일어나지 않았다. 두 아이는 행복한 나날을 보냈고, 이상한 일이 있을 것 같지도 않았다. 우리가 머문 지 나흘째 되는 날 로저 림줄리어 소령이 그곳에 왔다. 그는 좀 달라지기는 했으나 그래도 여전히 태평하고 명랑한 성품으로 무슨 일이든 가볍게 다루는 버릇은 여전했다. 확실히 아이들은 그를 아주 좋아했다. 아이들은 그가 왔음을 알자 환성을 지르며 달려나가 당장 정원에서 인디언 놀이를 하자고 끌어내었다. 나는 포아로가 주제넘게 참견하며 그 뒤를 따라가는 것을 보았다. 이튿날 두 아이를 포함하여 온 가족이 이웃집인 클레게이트 부인네 집의 차모임에 초대되었다. 림줄리어 부인은 우리에게도 함께 가자고 권했다. 그러나 포아로가 그 부탁을 거절하고 집에 남아 있는 편이 좋다고 말하자 부인은 오히려 다행스러운 표정을 지었다.

모두들 떠나자 포아로는 일에 착수했다. 그의 일하는 모습을 보고 나는 머리 좋은 테리어 개를 연상했다. 나는 포아로가 저택 안은 한 군데도 조사하지 않았다고 생각했었다. 그러나 아주 조용하고 조직적인 방법으로 조사하여 그의 활동이 전혀 눈에 띄지 않았을 뿐이다. 그러나 결국 만족스럽지 못하게 끝났음이 분명했다. 우리는 테라스에서 차모임에 가지 않은 손더스 양과 함께 차를 마셨다. 그녀는 그녀 특유의 작은 목소리로 말했다.

"아이들은 더 놀겠다면서 도무지 말을 듣지 않는답니다. 하지만 얌전하게 놀아야 한다고, 꽃밭을 마구 짓밟거나 꿀벌통 옆에 가서는 안 된다고……."

차를 마시던 포아로가 그대로 꼼짝도 하지 않았다. 마치 유령을 본 사람과 같은 표정이었다. 그는 덤벼들 듯이 물었다.

"꿀벌?"

"네, 포아로 씨. 꿀벌이에요. 벌통이 셋 있답니다. 클레게이트 부인은 그게 아주 자랑거리여서……."

"꿀벌?" 포아로가 또 큰소리를 질렀다.

이윽고 그는 테이블을 떠나더니 두 손으로 머리를 감싸안고 테라스를 왔다갔다하기 시작했다. 나로서는 포아로가 어째서 단순히 꿀벌이야기가 나온 것만으로 그처럼 흥분하는지 도무지 까닭을 알 수 없었다. 마침 그때 자동차 소리가 들렸다.

모두들 차에서 내렸다. 포아로는 현관 돌층계에 서 있었다.

"로널드가 벌에 쏘였어요!" 제럴드가 흥분하여 큰소리를 질렀다.

"아무것도 아니에요. 부어오르지도 않았어요. 암모니아를 발라주었지요" 하고 림줄리어 부인이 말했다.

"좀 보여주십시오. 로널드, 어디를 쏘였지?" 포아로가 물었다.

"여기, 목 옆 여기예요" 하고 로널드는 자못 중대한 일처럼 말했다. "하지만 상처는 없어요. 아빠가 '가만 있거라, 벌이 붙었구나' 라고 말씀하셔서 나는 가만히 있었어요. 아빠가 벌을 떼어주셨는데, 떼기 전에 쏘인 거예요. 하지만 대단치는 않아요. 그냥 바늘로 따끔하게 찔린 것 같아요. 난 울지 않았어요. 왜냐하면 나도 이제는 다 컸으니 까요. 내년에는 학교에 가요.”

포아로는 소년의 목을 살펴보고 뒤로 물러섰다. 그는 내 팔을 잡고 나직이 말했다. “오늘 밤일세, 헤이스팅스, 오늘 밤에 일을 좀 해야 겠네! 이건 비밀이야. 아무에게도 말하지 말게.”

그는 더 이상 이야기해 주지 않았다. 그리하여 나는 밤까지 줄곧 호기심에 사로잡혀 안절부절못했다. 포아로가 일찌감치 방으로 물러 갔기 때문에 나도 그 뒤를 따랐다. 층계를 올라갈 때 그는 내 팔을 잡고 지시했다.

“잠자리에 들 때 옷을 벗지 말게. 충분히 시간을 둔 다음 불을 끄 고 난 뒤 여기서 나와 만나는 걸세.”

나는 하라는 대로 했다. 시간을 잠깐 두었다가 밖으로 나가보니 포 아로가 이미 와서 기다리고 있었다. 그는 말하지 말라는 몸짓을 해보 였다. 우리는 발소리를 죽여 어린이방으로 갔다. 로널드는 그의 작은 방에서 잠들어 있었다. 우리는 그 방으로 몰래 들어가 가장 어두운 구석에 자리잡았다. 아이는 쌔근쌔근 숨소리를 내며 자고 있었다.

“확실히 깊이 잠이 들었군” 하고 나는 소곤거렸다.

포아로는 고개를 끄덕였다. “약 기운 때문일세.”

“약 기운?”

“그때 큰소리를 내지 말도록…….”

“그때라니?” 포아로의 말이 끊어졌기 때문에 나는 얼른 물었다.

“피하주사를 놓을 때. 쉿! 입을 다물도록 하세. 물론 이제부터 무 슨 일이 일어나리라는 확신이 있는 건 아니지만.”

그러나 이 점에서는 포아로의 말이 틀렸다. 10분도 채 안 되어 살그머니 문이 열리고 누군가가 방 안으로 들어왔다. 가쁜 듯한 거친 숨소리가 들렸다. 발소리는 침대 쪽으로 다가갔다. 그런 다음 갑자기 '찰칵' 하는 소리가 들렸다. 작은 각등 불빛이 자고 있는 아이를 비추었다. 그러나 그 각등을 들고 있는 사람은 불빛을 감싸안은 듯 허리를 구부리고 있었기 때문에 누구인지 알 수 없었다. 그 사람은 각등을 내렸다. 그리고 오른손에 주사기를 들고 왼손을 아이의 목에 댔다. 그와 동시에 포아로와 나는 덤벼들었다. 우리는 캄캄한 어둠 속에서 침입자와 맞붙어 싸웠다. 상대는 힘이 놀라웠으나 마침내 눌리고 말았다.

"불을, 헤이스팅스! 이 사나이의 얼굴을 비추게! 누구의 얼굴인지, 이미 잘 알고 있겠지만."

각등을 손으로 더듬으면서 나도 그가 누군지 알 수 있을 것 같았다. 어쩐지 묘하게 비위에 맞지 않는 것으로 미루어 그 비서가 아닐까 생각했으나, 곧 나는 두 아이가 죽음으로써 이익을 얻게 되는 사나이야말로 우리가 찾고 있던 괴물임에 틀림없다고 생각했다. 내 한쪽 다리에 각등이 부딪쳤으므로 그 등을 집어 들어 스위치를 눌렀다. 불빛에 비추어진 얼굴은 뜻밖에도 휴고 림줄리어, 다름 아닌 아이의 아버지가 아닌가! 하마터면 나는 손에서 각등을 떨어뜨릴 뻔했다.

"아니, 이럴 수가!" 나는 쉰 목소리로 말했다. "이런 어이없는 일이!"

휴고는 의식을 차리지 못했다. 포아로와 나는 그를 부축하여 그의 방까지 데리고 가서 침대에 눕혔다. 포아로가 몸을 굽혀 살그머니 그의 오른손에서 무언가를 빼내어 나에게 보여주었다. 주사기였다. 나는 자신도 모르게 부르르 몸을 떨었다.

"속에 든 건 무엇일까? 독약인가?"

"포름산이라고 생각되네."

“포름산?”

“그렇네. 아마 개미에게서 채취했을 거야. 휴고가 화학자였다는 사실을 자네도 기억하겠지? 이것으로 성공하면 아이가 죽은 원인이 벌에 쐰 상처 때문이라고 할 테지.”

“어쩌면 자기 아들을! 자네는 알고 있었나?”

포아로는 무겁게 고개를 끄덕였다. “그렇다네. 물론 이 사나이는 제정신이 아니지. 아무래도 이 사람은 림줄리어 집안의 전설에 사로잡혀버린 게 아닐까 생각하네. 어떻게 해서든 재산을 물려받고 싶다는 강렬한 욕망이 그를 몰아 일련의 범죄를 저지르게 한 것이지. 아마 그런 생각이 처음으로 그의 머리에 떠오른 것은 그날 밤 빈센트 대위와 함께 북부로 가는 기차 안에서였을 거네. 그는 자신의 기대가 어긋나는 예상에 견딜 수 없었겠지. 하지만 도널드의 아들은 이미 죽었고, 도널드 자신은 죽어가고 있는 병자였거든. 둘 다 허약한 체질이었지. 그 다음 그는 총의 폭발이라는 충분한 준비를 하고, 포름산을 목에 주사하는 방법으로——이것은 실로 지금까지 의심하지 않았지만——형 존을 감쪽같이 죽인 거라네. 이리하여 그의 야망은 실현되었지. 그는 림줄리어 집안의 주인공 자리에 들어앉았네. 그러나 그의 승리도 그리 긴 것은 못 되었네. 왜냐하면 자신이 불치의 병에 걸렸음을 알았기 때문이지. 그래서 그는 미치광이의 고정관념…… 맏아들은 림줄리어 집안의 상속인이 될 수 없다는 생각을 갖게 되었던 것이네. 해수욕할 때의 사고도 그가 꾸민 게 아닌가 싶네. 한껏 먼 곳까지 헤엄쳐 보라고 아이를 부추겼을 거야. 그것이 실패했기 때문에 이번에는 담쟁이 덩굴을 자르고, 그 다음에는 음식에 독을 넣은 거였지.”

“참으로 악마 같은 짓이로군.” 나는 몸서리치며 중얼거렸다. “빈틈없이 계획을 세웠어!”

“그렇다네, 미치광이의 엉뚱한 생각만큼 놀라운 것은 없지! 멀쩡한 사람의 엉뚱한 미친 짓을 빼놓으면 말일세! 나는 그의 머리가 완전히 이상하게 된 것은 아주 최근의 일로, 돌긴 했어도 아직 조직적인 데가 있었다고 생각하네.”

“그럼, 내가 로저를, 저 훌륭한 젊은이를 의심한 것은……”

“그건 당연한 가정(假定)이 아닌가, 헤이스팅스. 그도 또한 그날 밤 빈센트와 함께 기차를 탔었고, 게다가 휴고와 휴고의 아이들이 없어지면 그 다음 상속인이 되니까. 그러나 이 가정에는 사실이라는 보증이 없지. 담쟁이 덩굴은 로널드가 혼자 집에 있을 때 칼로 잘렸어…… 그리고 독을 넣은 것도 로널드의 음식만이었고, 그런데 오늘 그들이 집에 돌아왔을 때 로널드가 벌에 쐬었다고 말했는데, 그것을 증언하는 것은 다만 아버지의 말뿐이었잖나. 나는 말벌에 쐬어 죽은 존 림줄리어의 일이 생각나서…… 그래서 똑똑히 깨달았다네.”

휴고 림줄리어는 사립 정신 병원으로 옮겨져서 몇 달 뒤 거기서 세상을 떠났다. 미망인은 1년 뒤 갈색 머리의 비서 존 가디너 씨와 재혼했다. 로널드는 넓고 큰 아버지의 부동산을 이어받아 그 뒤 지금까지 건재하다. 나는 포아로에게 말했다.

“허 참, 이것으로 또 한 가지 뒤숭숭한 일이 없어졌네. 자네는 아주 멋지게 림줄리어 집안의 저주를 처리한 셈이지.”

“그럴까?” 포아로는 생각 깊은 표정으로 말했다. “잘했는지 어떤지 아무래도 좀 의심스럽네.”

“그게 무슨 뜻이지?”

“헤이스팅스, 내 대답은 의미심장한 한 마디…… 레드(赤)야!”

“‘피’를 말하는 건가?” 나는 너무나 두려운 생각에 목소리를 죽였다.

"여전히 자네는 멜로드라마적 상상력을 발동시키는구먼, 헤이스팅스! 나는 좀더 산문적인 것…… 로널드 소년의 머리카락 색깔에 대한 것을 말한 것뿐인데!"

요리사를 찾아라

그 무렵 나는 나의 벗 에르쿨 포아로와 함께 살고 있었으므로 아침 신문인 〈데일리 블레어〉의 표제를 그에게 소리내어 읽어주는 것이 습관처럼 되어 있었다. 〈데일리 블레어〉지는 선정적인 기사를 실을 기회만 있으면 그것을 최대한으로 이용하는 신문이다. 살인 및 강도 사건이 지면 안쪽에 얌전히 실리는 일이 없었다. 제1면에 대문짝만하게 큰 표제를 달아 독자의 눈을 끄는 것이다.

5만 파운드의 유가증권을 가진 은행원 실종되다.
불행한 가정생활, 남편이 가스 오븐에 머리를 박고 자살.
21살의 아름다운 타이피스트 행방불명.
도나 필드는 어디에?

나는 계속 읽어나갔다. "자, 포아로, 마음대로 골라잡아 보게. 실종된 은행원, 수수께끼에 싸인 자살, 행방을 알 수 없는 타이피스트 …… 이 가운데 어떤 것을 택하겠나?"

포아로는 태연하게 조용히 머리를 가로저었다. "어느 것이나 그다지 매력을 느끼지 않네. 오늘은 어쩐지 한가하게 지내고 싶구먼. 어지간히 흥미로운 문제가 아닌 한 나를 일어나게 할 수는 없을 걸세. 나는 이제부터 나에게 있어 중요한 일을 해야겠네."

"어떤 일인데?"

"우선 옷가지를 손질해야겠네. 내가 잘못 기억하고 있는 것이 아니라면 확실히 새 회색 양복에 기름얼룩이 묻었을 걸세. 꼭 한 군데지만, 그래도 내 골칫거리가 되기에는 충분하거든. 그리고 겨울 코트에도 좀약을 넣어두어야지. 게다가 수염손질을 할 때도 된 것 같고, 그 다음에는 포마드로 매만질 필요가 있고……."

"그런 어마어마한 일들이 잘될지 의문이네. 초인종이 울렸네. 손님이 오신 모양이야." 나는 천천히 창가로 걸어가며 말했다.

"한 나라의 안보에 관계될 만한 사건이 아닌 한 나는 손대지 않겠네." 포아로는 거드름피우며 말했다. 곧 듬직한 몸집에 얼굴이 빨간 부인이 방으로 들어왔다. 그녀는 층계를 급히 올라왔기 때문에 가쁘게 숨을 몰아쉬고 있었다.

"당신이 포아로 씨인가요?" 그녀는 의자에 앉으면서 물었다. "그렇습니다. 내가 에르퀼 포아로입니다, 부인."

"내가 상상했던 분과는 전혀 다르군요." 부인은 도무지 마음에 안 든다는 듯 포아로를 쳐다보았다. "신문에는 당신이 아주 머리 좋은 탐정이라고 씌어 있었는데, 당신이 돈을 좀 집어주고 그렇게 쓰게 했나요? 아니면 신문이 멋대로 쓴 건가요?"

"부인!" 포아로는 소리치면서 벌떡 일어났다.

"어머나, 미안해요, 그런 뜻으로 말한 것은 아니었어요. 하지만 요즈음 신문은 도무지 믿을 수가 없어서…… 이를테면 '아직 결혼하지 않은 친구에게 보내는 말'이라는 재미있어 뵈는 표제가 있어서 들여다보면 별게 아니거든요. 모두 다 약국에서는 무엇을 사십시오, 머리 샴푸에는 이것이 좋습니다, 등 온통 거짓 선전뿐이에요. 그러니까 나쁘게 생각하시면 안 돼요. 내가 부탁하고 싶은 용건을 말씀드리겠어요. 실은 우리집 요리사를 찾아주셔야겠어요."

포아로의 눈이 동그래졌다. 과연 말솜씨 좋기로 이름난 포아로도 어이가 없는 모양이었다. 나는 터져 나오려는 웃음을 참느라고 얼굴을 돌리고 말았다.

"그 쓸데없는 실업수당이니 뭐니 하는 게 고용인들의 머릿속에 필요 이상의 지혜를 불어넣어주고 있어요. 그래서 타이피스트가 되고 싶다, 뭐가 되고 싶다 하는 생각을 갖게 하는 거지요. 내가 말하고 싶은 것은 실업수당 같은 제도는 없애야 한다는 거예요. 고용인들이 대체 뭐가 불만인지 좀 말해 주었으면 좋겠어요. 1주일에 한 번씩 오후부터 밤까지 휴가를 주고, 일요일은 번갈아가며 쉬고, 빨랫감은 밖으로 내보내고, 음식은 가족과 똑같은 것을 먹여주고……우리집에서는 마가린 따위는 조금도 쓰지 않는답니다. 특별히 좋은 순수한 버터만 쓰지요."

그녀는 말을 끊고 숨을 한 번 내쉬었다. 그러자 포아로가 재빨리 벌떡 일어나서 거드름을 피우며 말했다. "부인은 뭔가 잘못 생각하신 것 같군요. 고용인들의 근무상태를 조사하는 것은 내가 할 일이 아닙니다. 나는 사립탐정입니다."

"알고 있어요. 그러니까 내 요리사를 찾아달라고 하잖아요. 수요일에 온다간다 한 마디 말도 없이 집을 나간 뒤 돌아오지 않아요."

"그거 안됐군요. 그러나 그런 종류의 일은 다루지 않습니다. 그럼, 이만 실례……." 방문객은 화가 치밀어 코웃음쳤다.

"어머나, 그러세요? 아주 대단하시군요. 국가기밀이나 백작부인의 보석 같은 사건만 다룬다는 거지요? 하지만 나 같은 입장의 여자에게는 고용인이란 그야말로 보물과 같이 귀중해요. 우리가 모두 다이아몬드나 진주를 몸에 지니고 자동차로 외출하는 귀부인이 될 수는 없어요. 하지만 솜씨 좋은 요리사란 무엇과도 바꿀 수 없어요. 그런 요리사를 잃는 것은 귀부인이 진주를 잃는 것만큼 큰 사건이에요."

한순간 포아로의 자존심과 유머 감각이 엇갈렸다. 이윽고 그는 소리내어 웃으며 다시 자리에 앉았다.

"부인, 당신 말씀에도 일리가 있습니다. 내가 잘못 알았군요. 당신 말씀이 옳습니다. 아주 핵심을 찌르시는군요. 이 사건은 나에게 있어 신기한 것이 되겠습니다. 이제까지 한 번도 요리사의 실종을 다룬 적은 없었으니까요. 실은 부인께서 오시기 전에 나는 국가적인 중대한 문제가 아닌 이상 손대지 않겠다고 말했답니다. 알겠습니다! 당신의 귀중한 요리사가 수요일에 외출한 채 돌아오지 않았다는 거지요? 그럼, 그저께 일이군요."

"네, 그녀의 외출 날이에요."

"혹시 요리사가 무슨 사고를 당한 게 아닐까요? 마음에 짚이는 병원 같은 데에 문의해 보셨습니까?"

"나도 어제는 그렇게 생각했습니다. 그런데 오늘 아침에 그 요리사가 짐을 가지러 사람을 보냈습니다. 그것도 내게는 한마디 말도 없이. 내가 집에 있었으면 짐을 내주지 않았을 거예요. 그처럼 사람을 우습게 보는 짓을 하다니! 그런데 마침 그 시간에 나는 공교롭게도 정육점에 가 있었기 때문에……."

"어떤 여자입니까?"

"몸집이 아주 좋고, 머리는 검지만 흰 머리가 섞인…… 퍽 인품이 좋은 중년여자지요. 우리집에 오기 전에 있었던 곳에서는 10년이나 일했답니다. 그녀의 이름은 엘리자 댄이에요."

"수요일에 혹시 부인께서 요리사와 말다툼 같은 건 하지 않았습니까?"

"그런 일은 전혀 없었어요. 그래서 더 이해가 가지 않지요."

"댁에서는 고용인을 몇 사람이나 두고 있습니까?"

"둘이에요. 잔심부름을 하는 애니는 아주 좋은 아이에요. 좀 잊어버리기를 잘하고 머릿속이 젊은 남자들로 가득 차 있지만, 일을 시키면 아주 잘해요."

"그 아이와 요리사는 사이가 좋습니까?"

"물론 한 번도 다툰 일이 없을 수는 없겠지요. 하지만 대체로 사이가 좋았어요."

"애니에게도 뭔가 짚이는 일이 없답니까?"

"네, 전혀 없대요. 하지만 당신도 아시다시피 고용인이란 한 구멍 속에 있는 다 같은 너구리니까요."

"그렇습니다. 이 점은 좀더 조사할 필요가 있겠습니다. 어디에 사시지요, 부인?"

"클래팜이에요, 프린스앨버트 거리 88번지."

"알겠습니다. 우선 맡기로 하지요. 오늘 안에 댁으로 찾아뵙겠습니다."

그리하여 토드 부인——이것이 그녀의 이름이었다——은 돌아갔다. 포아로는 조금 후회되는 듯한 얼굴로 나를 쳐다보았다.

"헤이스팅스, 우리가 맡은 일은 괴상망측한 일임에 틀림없겠지. 클래팜의 요리사가 실종되다!……아니, 우리 친구 재프 경감이 들어선 안 되겠지."

그런 다음 포아로는 전기다리미에 스위치를 넣고 압지를 대어 회색 양복의 얼룩빼기를 끝냈다. 유감이지만 수염 손질은 다음으로 미루고 우리는 클래팜으로 떠났다. 프린스앨버트 거리는 똑같이 생긴 아담한 집들이 나란히 늘어선 곳으로, 어느 집 창문에나 깨끗한 레이스 커튼이 쳐지고, 반짝반짝하게 닦인 놋쇠 노커가 문에 달려 있었다. 88번지의 초인종을 누르자 깨끗하고 귀엽게 생긴 소녀가 문을 열어 주었다. 토드 부인이 홀까지 나와 우리를 맞이했다. "물러가지 않아도 괜찮아, 애니" 하고 부인이 말했다. "여기 계신 분은 탐정이신데, 너에게 몇 가지 물어보실 게 있단다." 애니의 얼굴에 불안과 즐거운 흥분이 뒤섞인 묘한 표정이 떠올랐다.

"죄송합니다, 부인" 하고 포아로가 가볍게 머리를 숙였다. "이 소녀에게 몇 가지 물어봐야겠는데, 지장이 없으시다면 단둘이 마주 앉아 이야기했으면 좋겠군요."

우리는 작은 응접실로 안내되었다. 토드 부인이 못마땅한 듯한 표정으로 방을 나가자 포아로는 심문을 하기 시작했다. "애니, 이제부터 애니가 이야기하는 것은 아주 중요한 일이야. 이 사건을 푸는 실마리를 만들어줄 사람은 애니 하나뿐이니까. 애니의 도움이 없으면 아무것도 할 수 없어."

불안한 빛이 애니의 얼굴에서 사라지고 즐거운 듯한 흥분의 빛이 한층 더 짙어졌다. "잘 알겠어요. 대답할 수 있는 일이면 뭐든지 말씀드리겠어요."

"고맙군." 포아로는 칭찬하듯 미소 띤 얼굴을 돌렸다. "그럼, 우선 묻겠는데, 애니는 이 일을 어떻게 생각하지? 애니의 머리가 좋다는 것은 한 번만 보아도 알 수 있어. 요리사가 없어진 것을 어떻게 생각하지?" 이렇게 추어올려주자 애니는 흥분된 말투로 단숨에 지껄여대기 시작했다.

"백인 노예상인의 짓이에요. 나는 처음부터 그렇게 말했어요! 엘리자는 언제나 그 사람들에 대해 나에게 경고해 주었어요. '향수나 과자를 준다고 해서 마음을 놓아선 안 돼…… 상대가 아무리 신사

같은 사나이일지라도' 하고요. 그것이 엘리자의 입버릇이었어요. 그런데도 엘리자는 붙잡혀간 거예요. 틀림없이 그럴 거예요. 아마 터키나 어느 동양으로 가는 배에 실렸을 거예요. 잘은 모르지만, 듣자니 그쪽에서는 뚱뚱한 여자를 좋아한다니까요."

포아로는 기특하게도 위엄을 흩뜨리지 않았다. "그러나 그렇다면 …… 흠, 그것도 한 가지 방법이긴 하지. 그럼, 짐을 가지러 사람을 보낸다는 게 좀 이상하지않아?"

"그건 나도 잘 모르겠어요. 하지만 외국에 가더라도 자기 소지품은 필요하겠지요."

"누가 트렁크를 가지러 왔었지? 남자였나?"

"카터 패터슨이었어요."

"애니가 짐을 꾸려주었나?"

"아니오, 미리 짐을 꾸려서 밧줄로 매어놓았던걸요."

"그거 참, 재미있군! 그렇다면 요리사는 수요일에 집을 나갈 때 이미 돌아오지 않을 결심을 했었던 모양이군."

"어머나, 정말 그렇군요!" 애니는 조금 놀란 모양이었으나 곧 당황한 태도로 덧붙였다. "거기까지는 미처 생각하지 못했어요. 하지만 역시 백인 노예상인의 짓이 아닐까요?"

포아로가 무게 있게 말했다. "물론 그렇지! 그런데 애니와 요리사는 한 침실에서 자나?"

"아니에요, 각자 자기 방에서 자요."

"혹시 요리사가 지금의 신분에 대해 불평한 적은 없었나? 그래, 이 집은 살기에 편했나?"

"엘리자가 여기서 나갈 것 같은 말을 한 적은 한 번도 없었어요. 이 댁은 나무랄 데 없이 좋고……." 애니는 입 속으로 우물우물하며 말을 맺지 못했다.

“감추지 말고 이야기해요. 부인에게는 아무 말도 하지 않을 테니까.” 포아로가 다정하게 말하자 애니는 다시 말을 계속했다.

“네, 저, 마님은 잔소리가 좀 심한 편이에요. 하지만 먹을 것도 고급이고 뭐든지 푸짐하며 인색하지 않았어요. 저녁 식사에도 따뜻한 것을 먹을 수 있고, 휴가도 받을 수 있고, 고기튀김도 배불리 먹을 수 있었어요. 그러니까 만일 엘리자가 그만두려고 생각했다 하더라도 그런 방법으로 나갈 리가 없어요. 적어도 이 달이 끝날 때까지는 머물러 있었을 거예요. 왜냐하면 이렇게 행동하면 마님은 한 달치 월급을 주시지 않거든요!”

“하는 일은 힘들지 않았나?”

“네, 하지만 마님은 잔소리가 많아 1년 내내 구석구석 남의 결점을 찾았어요. 게다가 하숙인——이 집에서는 ‘돈 내는 손님’이라고 부르지요——이 한 사람 있는데 그분은 주인어른처럼 아침과 저녁에만 식사를 하세요. 두 분 다 낮에는 런던에 가시지요.”

“애니는 주인어른을 좋아하나?”

“아주 조용하고 좋은 분이에요. 조금 인색하시긴 하지만.”

“요리사가 집을 나가기 전에 뭐라고 했는지, 그 말을 기억할 수 있나?”

“네, 기억하고 있어요. ‘만일 안에서 복숭아 찐 것이 남거든 우리 저녁 식사 때 그걸 먹기로 하자. 그리고 베이컨과 감자튀김도’ 하고 말했어요. 엘리자는 복숭아 찐 걸 아주 좋아했어요. 나쁜 사람이 그것으로 엘리자를 꾀어갔다 해도 이상하지 않을 정도예요.”

“수요일은 요리사의 정기휴일이지?”

“네, 엘리자는 수요일이고, 나는 목요일에요.”

포아로는 또 몇 가지 질문을 한 다음 이제는 나가 봐도 좋다고 말했다. 애니가 나가자 곧 토드 부인이 호기심에 찬 얼굴로 들어왔다.

부인은 우리가 애니에게 질문하는 동안 방에서 나가 있도록 한 것이
아주 불쾌했던 모양이었다. 우리는 그것을 직감적으로 느낄 수 있었
다. 포아로는 빈틈없이 부인의 감정을 달래주었다.

  "당신처럼 지성적인 부인에게는 우리 탐정들이 하는 소극적인 방법
이 견딜 수 없을 만큼 답답할 겁니다. 어리석은 일을 참고 본다는
것은 머리가 뛰어난 사람으로서 아주 어려운 일이지요."

  이런 식으로 토드 부인의 불만을 없애준 다음 포아로는 화제를 그
녀의 남편에게로 옮겨가서 그가 런던에 있는 회사에 근무한다는 것,
날마다 저녁 6시 이후에 집으로 돌아온다는 것을 알아냈다.

  "물론 주인께서도 이번 일로 크게 걱정하셨겠지요, 어떻습니까?"

  "전혀 그렇지 않아요. '그래? 그렇다면 다른 요리사를 두지.' 겨우
이 말 한 마디뿐이었어요! 너무 태평하기 때문에 이따금 내가 오
히려 이상한 게 아닌가 할 정도니까요. 은혜를 모르는 요리사가 없
어져서 오히려 다행이라는 거예요."

  "그 밖에 집에 있는 분은 어떻습니까, 부인?"

  "하숙인 심프슨 씨 말씀이군요. 그는 아침과 저녁 식사만 제대로
할 수 있으면 그 밖의 일은 아무래도 괜찮답니다."

  "직업이 무엇인가요?"

  "은행원이에요."

  부인은 그 은행의 이름을 말했다. 나는 오늘 아침에 읽은 〈데일리
블레어〉 지가 생각나서 깜짝 놀랐다.

  "젊은 사람입니까?"

  "28살쯤 되었을 거예요. 침착하고 좋은 젊은이지요."

  "될 수 있으면 그분과, 그리고 주인어른과도 잠깐 이야기를 나누고
싶군요. 오늘 저녁에 그 일로 한 번 더 찾아뵙겠습니다. 부인께선
좀 쉬는 편이 좋겠군요. 피로해 보이십니다."

"그럴 거예요. 처음에는 엘리자 때문에 복잡한 일이 생기고, 어제는 또 하루 종일 바겐세일에 갔다왔으니까요. 바겐세일이라는 게 어떤 곳인지 포아로 씨도 아실 거예요. 게다가 이것저것 집안일도 산더미 같지 뭐예요. 말할 필요도 없겠지만 애니 혼자서는 다 해내지 못한답니다. 그래서 정말 불안해요. 저 아이가 또 언제 그만두겠다고 말할지도 모르고…… 이래저래 녹초가 되었어요!"

포아로는 동정하는 말을 조그맣게 속삭이고 나서 그 집을 나왔다.

이윽고 내가 말을 꺼냈다. "묘한 우연의 일치로군. 맡겨놓은 유가 증권을 가지고 도망친 은행원 데이비드가 심프슨 씨와 같은 은행에 근무하고 있다니 말이야. 무슨 관계가 없을까?"

포아로가 빙그레 웃었다. "한쪽은 유가 증권을 횡령한 은행원, 한쪽은 실종된 요리사란 말인가? 이 둘 사이에 어떤 관계가 있으리라고는 생각되지 않네. 데이비드가 심프슨 씨를 방문했을 때 요리사와 눈이 맞아 사랑하는 사이가 되어 멀리 도망칠 때 함께 가자고 그녀를 꾀지 않은 한!"

나는 웃음을 터뜨렸다. 포아로는 정색을 하고 나무라듯 말했다.

"아니, 좀더 나쁜 짓을 했을지도 모르네. 만일 무인도에 가게 된다면 얼굴이 반반한 여자보다 요리 솜씨가 좋은 여자가 훨씬 더 쓸모 있을 테니까!" 그리고 포아로는 잠깐 숨을 돌리고 나서 이야기를 계속했다. "묘한 사건이야. 모든 것이 다 모순투성이고, 재미있군…… 아주 재미있어……."

그날 밤 우리는 프린스앨버트 거리 88번지를 다시 찾아가서 주인과 심프슨 씨 두 사람을 만나보았다. 토드 씨는 뺨이 홀쭉하고 턱이 긴 40살쯤 된 음울한 사나이였다.

"아, 네, 그러십니까?" 그는 애매하게 말했다. "엘리자 말이지

요? 좋은 요리사였습니다. 게다가 경제적이었지요. 나는 경제에 중
점을 두는 편이어서……. ”

“요리사가 갑자기 행방을 감춘 데 대해 무언가 마음에 짚이는 일이
없습니까? ”

“글쎄요. ” 토드 씨는 다시 애매하게 말했다. “고용인들은 모두 다
그렇지요. 아내는 신경을 너무 지나치게 쓴답니다. 잔걱정으로 신경
을 쓰느라 정신 차릴 수 없이 바쁘지요. 이것도 사실 별것 아닌 단순
한 일입니다. ‘새 사람을 구하구려, 새 사람을’ 하고 나는 말해 주었
답니다. 그러면 되는 일이니까요. 지나간 일을 깨끗하게 털어버리고
마음 쓰지 말라…… 나는 그렇게 생각합니다. ”

심프슨 씨도 역시 도움이 되지 못했다. 그는 안경을 낀 조용한 젊
은이였다. “그 여자는 분명 본 일이 있습니다. 나이가 많은 여자지
요? 물론 내가 늘 만나게 되는 사람은 애니입니다. 좋은 아가씨에
요, 아주 친절하고. ”

“그 두 사람은 사이가 좋았습니까? ”

심프슨 씨는 잘 모르지만 아마 그랬을 거라고 대답했다.

우리는 돌아오는 길에 토드 부인에게 붙잡혀서 오늘 아침에 들었던
기다란 불평을 다시 되풀이해서 듣느라고 물러나오는 시간이 늦어졌
다. 문을 나서며 포아로가 말했다. “그다지 흥미를 끌 만한 자료는
없군. ”

“실망했나? 무언가 실마리가 잡힐 줄 생각했던 모양이구먼. ”

포아로는 고개를 저었다. “물론 가능성은 있었지만 이렇게 될 거라
고는 기대하지 않았다네. ”

이튿날 아침 포아로에게 한 통의 편지가 배달되었다. 그는 편지를
읽어 내려감에 따라 화가 난 나머지 얼굴이 빨개졌다. 이윽고 편지를
나에게 건네주었다.

형편에 따라 토드 부인은 포아로 씨에게 의뢰한 일을 취소하게 되었습니다. 부인은 남편과 이 문제에 대해 의논한 결과, 가정 안의 사소한 문제로 사립탐정을 괴롭히는 것은 어리석기 이를 데 없는 일이라고 생각한 것입니다. 수수료로 1기니를 동봉합니다.

"빌어먹을!" 포아로는 너무나 화가 나 고래고래 소리를 질렀다. "흠, 이런 수법으로 귀찮은 에르큘 포아로를 쫓아버릴 속셈이로군! 특별히 생각해서 이 포아로가 그런 하찮고 쓸모없는 사건을 조사해 주겠다고 나섰는데, 이렇게 나를 쫓아버리려고 하다니! 이것은 틀림없이 토드 씨가 뒤에서 조종한 거야. 그러나 나는 승낙하지 않아! 절대로! 필요하다면 내 돈을 써서라도 이 사건의 진상을 알아내고 말 테야!"

"그건 좋지만, 어떻게 하겠다는 건가?"

포아로는 조금 마음을 가라앉혔다. "우선 신문에 광고를 내야지, 알겠나? 다음과 같은 내용으로…… '엘리자 댄, 아래의 주소로 연락해 주시오. 당신에게 이익되는 일이 있습니다'. 헤이스팅스, 이것을 모든 신문에 내주게. 나는 좀더 조사를 하겠네. 자, 빨리…… 일이 아주 급하게 되었네."

내가 포아로와 얼굴을 마주 대한 것은 저녁때였다. 그는 거드름피우지 않고 조사한 일을 차근차근 이야기해 주었다.

"토드 씨의 회사에 가서 조사해 보았네. 수요일에 결근하지 않았고, 인품도 좋다고 하더군. 그에 대해서는 이것뿐이었다네. 그리고 심프슨 씨는 목요일에 몸이 아프다고 은행에 결근했지만, 수요일에는 출근했다네. 그 데이비드와는 친밀한 사이는 아니었던 모양이야. 이상한 점은 없었네. 더 이상 실마리가 잡힐 것 같지도 않아.

자, 이제 의지할 것은 오직 광고뿐이네. ”

광고는 주요 신문에 모두 실렸다. 포아로의 간청으로 1주일 내내 계속 싣기로 하였다. 실종된 요리사라는 쓸모없고 하찮은 사건에 쏟는 포아로의 열의는 보통이 아니었다. 수사를 계속하여 궁극적인 성공을 거두는 데 자신의 명예를 걸고 있는 듯싶었다. 그동안 아주 재미있을 듯한 사건이 몇 가지 들어왔으나 그는 모두 거절해 버렸다. 그리고 아침마다 편지가 배달되기를 기다렸다가는 열심히 살펴보고, 그런 다음에 한숨과 함께 내던지는 것이었다. 그러나 우리의 참을성은 보람이 있었다. 토드 부인을 방문한 다음 주 수요일에 하숙집 여주인이 엘리자 댄이라는 손님이 찾아왔다고 알려온 것이다.

“그래요! 안내해 주십시오, 지금 당장! ”

포아로가 크게 외치자 그녀는 허둥지둥 나가 기다릴 사이도 없이 방문객을 데리고 왔다. 우리가 찾던 사람은 토드 부인을 통해서 들은 것보다 훨씬 좋은 인상의 부인이었다. 키가 크고 몸집이 좋았으며 아주 존경할 만한 인물이었다.

“광고를 보고 찾아왔어요. 틀림없이 뭔가 복잡한 일이 일어났나 보지요? 모르시는 것 같은데, 나는 벌써 유산상속을 끝냈답니다. ”

포아로는 주의 깊게 그녀를 살펴보고 있었다. 그는 아주 정중하게 의자를 권했다. “실은 당신이 전에 일하던 댁의 토드 부인께서 당신의 일로 몹시 걱정하고 있습니다. 무슨 사고라도 난 게 아닐까 크게 걱정하고 있습니다. ”

엘리자 댄은 몹시 놀란 표정을 지었다. “어머나, 내 편지를 보지 못하신 모양이지요? ”

“아무 편지도 받지 못했습니다. ” 포아로는 잠깐 말을 끊었다가 설득하는 말투로 다시 이었다. “어떻게 된 일인지 처음부터 이야기해 주실 수 있겠습니까? ”

그녀에게 부탁할 필요도 없었다. 그녀는 곧 일의 자초지종을 설명하기 시작했다. "수요일 밤 그 댁으로 돌아가는 길에 한 신사가 나를 불러 세웠어요. 키가 큰 사람인데, 턱수염을 기르고 테가 넓은 모자를 썼더군요…… '엘리자 댄 씨지요?' 하고 그 사람이 말했지요. 내가 그렇다고 대답하자 그는 말했습니다.

'88번지로 당신을 찾아온 참이었습니다. 이 길에 있으면 당신을 만날 수 있을 거라고 일러주더군요. 나는 오스트레일리아에서 일부러 당신을 찾으러 온 사람입니다. 당신은 외할머니의 결혼 전 이름을 기억하십니까?'

'제인 에모트일 거예요.'

'맞습니다. 당신은 이런 사실을 모르시겠지만, 외할머니에게는 엘리자 리치라는 친구가 있었습니다. 이 친구 분은 오스트레일리아에 가서 그곳에 이주해온 어떤 부유한 분과 결혼했습니다. 그분은 두 아이를 어렸을 때 모두 잃었기 때문에 남편의 재산을 모두 그녀가 물려받았습니다. 그런데 그분이 몇 달 전 세상을 떠났지요. 그래서 유언장에 있는 그녀의 집과 막대한 금액의 재산을 당신이 이어받게 된 것입니다.'

나는 이 말을 듣고 너무도 놀라 하마터면 주저앉을 뻔했어요. 그 순간 정말로 믿어지지 않았어요. 그러자 사나이는 내 마음을 알아차렸는지 웃으면서 말했지요. '경계하는 것도 당연합니다. 이것이 내 신용장입니다.'

그러면서 멜버른의 허스트 앤드 클로체트 법률사무소에서 보낸 편지와 명함을 보여주더군요. 그 신사가 클로체트 씨였어요.

'그런데 조건이 몇 가지 있습니다. 우리의 의뢰인은 좀 색다른 데가 있어서 당신이 내일 12시까지 컴벌랜드에 있는 그녀의 저택에 살고 있어야 한다는 조건이 붙어 있습니다. 또 한 가지는 대단한 게 아닙니다. 다만 당신이 남의 집 고용인 신분이어서는 안 된다는 조건입니다.' 나는 파랗게 질렸어요.

'어머나, 클로체트 씨, 나는 요리사예요. 저 댁에서 그렇게 말하지 않던가요?'

'이거 참, 실례했습니다. 나는 전혀 몰랐습니다. 가정부나 가정교사쯤 되는 줄 알았지요. 정말 뜻밖인데요…… 야단났군.'

'그럼, 유산을 단념해야 하나요?' 나는 불안해하며 물었지요.

그분은 조금 생각하더니 설명해 주었어요. '법률이라는 것은 말입니다. 반드시 빠져나갈 구멍이 있기 마련입니다. 우리들 변호사는 그 점을 잘 알고 있지요. 이 경우 빠져나갈 길은 당신이 오늘 오후부터라도 일자리를 떠나는 것입니다.'

'하지만 어떻게 그처럼 급하게……'

그 신사는 빙긋 웃음 지었어요.

'1개월분 급료만 단념하면 당신은 언제라도 그만둘 수 있습니다. 부인도 사정이 이러니만큼 알아주실 겁니다. 문제는 '시간'입니다. 당신은 무슨 일이 있어도 킹스 크로스 발 11시 5분 북부행 열차를 타야만 합니다. 우선 여비로서 10파운드 정도 미리 드리겠습니다. 역에서 지금 있는 집에 간단한 편지를 쓸 수 있을 테니까, 내가 그것을 부인에게 전하고 잘 설명해 드리지요.'

이렇게 되어 나는 그 제안을 승낙했어요. 1시간 뒤에는 기차를 타고 있었는데, 너무나 뜻밖의 일이라 전혀 정신이 없었어요. 칼라일^(컴벌랜드 주의 도시)에 도착했을 때에는 너무 일이 잘되어나가서 혹시 흔히 듣던 속임수가 아닐까 의심스러운 생각이 들었지요. 그러나 그 신사가 일러준 주소로 찾아가보니…… 그곳은 법률사무소였으며, 모든 일이 지장 없이 잘되었어요. 내가 갖게 될 집은 아담하고 멋있었으며, 연수입이 300 파운드 정도였어요. 그곳 변호사들은 자세한 내용을 잘 모르는 것 같더군요. 다만 런던의 한 신사로부터 그 집과 처음 6개월 치 수입으로서 150파운드를 나에게 주라는 편지를 받았을 뿐이래요. 클로체트 씨는 내 짐을 보내주었는데, 부인으로부터는 아무 소식도 없었어요. 아마 부인은 너무 화가 난데다 내가 얻은 조그마한 행운을 시샘하고 계시는 모양이라고 생각했어요. 부인은 내 가방을 주지 않고 옷가지만 소포로 보내주었어요. 하지만 내 편지를 받지 못하셨다면 나를 뻔뻔스러운 여자라고 생각한다 해도 무리가 아니지요. ”

포아로는 주의 깊게 이 긴 이야기에 귀를 기울이고 있었다. 이윽고 그는 만족한 듯이 크게 고개를 끄덕이며 말했다. “참으로 고맙습니다. 실은 당신 말대로 조금 복잡한 일이 있었지요. 얼마 되지 않지만 고마운 마음을 전하는 뜻으로 받아두십시오. ”

포아로는 봉투를 내밀었다. 그는 말을 이었다. “이제 다시 컴벌랜드로 돌아가시겠지요? 한 말씀 해두겠는데, 요리하는 기술을 잊어서는 안 됩니다. 뜻하지 않은 경우에 대비해서 한 가지 기술을 몸에 익혀두는 것은 언제나 유익한 일이지요. ”

방문자가 돌아가자 포아로는 중얼거리듯 말했다. “경솔하군. 그러나 저런 사람들은 다 그렇겠지. ”

그의 표정은 위엄 있고 무게가 있었다.

“자, 헤이스팅스, 한시도 지체할 수 없네. 나는 재프 경감에게 전할 메모를 쓸 테니까 자네는 택시를 잡아주게. ”

내가 택시를 잡아오자 포아로는 현관 윗층계에서 기다리고 있었다.

“어디로 가는 건가, 포아로? ” 나는 걱정이 되어 물었다.

“우선 이 편지를 지금 곧 전해야 하네. ”

그 일을 끝내자 포아로는 운전기사에게 목적지를 일러주었다. “프린스앨버트 거리 88번지, 클레팜이오. ”

“아니, 거기에 가는 길인가? ”

“그렇다네, 그런데 아무래도 늦지 않았을까 생각되네. 우리의 새는 이미 달아났을 거야, 헤이스팅스.”

“누가 새란 말인가?”

포아로는 싱긋 웃었다. “그 희미한 심프슨 씨 말이네!”

“아니!” 나는 괴상한 소리를 질렀다.

“저런, 헤이스팅스! 설마 아직도 사건의 윤곽을 잡지 못한 건 아니겠지?”

“요리사가 거추장스러워 쫓아버렸다는 것은 알겠군.” 나는 좀 자존심이 상해서 말했다. “그러나 왜 그랬을까? 어째서 그는 요리사를 집에서 쫓아내야 했을까? 그녀가 그의 비밀을 쥐고 있었단 말인가?”

“아니, 전혀!”

“그렇다면 어째서…….”

“그는 요리사가 가지고 있던 물건이 필요했던 걸세.”

“돈? 그 오스트레일리아의 유산인가?”

“아니, 그런 게 아니네. 전혀 다른 거야.” 포아로는 잠깐 말을 끊었다가 무게 있게 덧붙였다. “양철로 만들어진 다 헐어빠진 트렁크라네…….”

나는 곁눈질로 포아로를 보았다. 너무나도 엉뚱한 말이어서 나는 그가 농담을 하는 게 아닌가 했지만, 그는 아주 진지한 표정이었다.

“트렁크 하나쯤 마음만 먹으면 살 수도 있었을 텐데” 하고 나는 크게 소리 질렀다.

“새 트렁크는 필요 없었네. 낡은 트렁크가 필요했지. 출처가 분명한 트렁크 말이야.”

“그런 엉터리 말이 어디 있나! 나를 골탕 먹이려는 거지?” 나는 그를 쏘아보았다.

"헤이스팅스, 자네는 머리가 나쁜데다 심프슨 씨만한 상상력도 갖고 있지 못하군. 수요일 밤 심프슨 씨는 요리사를 꾀어냈네. 명함과 서류만 인쇄하면 준비는 다 된 거지. 계획을 성공시키기 위해서라면 150파운드의 돈과 1년 치 집세를 내는 것쯤 문제가 아니지. 요리사는 그 사나이가 누군지 알아차리지 못했네. 턱수염과 테가 넓은 모자와 희미한 식민지 사투리에 감쪽같이 속아 넘어간 거지. 이것이 수요일에 있었던 사건의 전모라네…… 물론 그가 5만 파운드 상당의 유가증권을 횡령했다는 사소한 사건은 제쳐두고."

"심프슨 씨가? 그러나 데이비드가……."

"자, 내 이야기를 좀 들어보게, 헤이스팅스! 심프슨 씨는 도난당한 사실이 목요일 오후에 발각될 것을 알고 있었네. 그래서 목요일에는 은행에 나가지 않고 데이비드가 점심 식사하러 나오기를 기다리고 있었네. 그는 자신이 범인이라는 사실을 고백하고 데이비드에게 증권을 돌려주겠다든지 뭐라고 말하여…… 감쪽같이 속여 클레팜까지 데리고 갔을 것이네. 그날은 애니의 외출 날이었고 토드 부인은 바겐세일에 갔으므로 집에 아무도 없었네. 도난 사실이 발견되고 데이비드가 없어졌다면 그 뜻은 불을 보는 것처럼 분명하지. '데이비드가 범인이다'라고 말이야. 심프슨 씨는 완전히 혐의에서 벗어나 이튿날부터 다시 그전과 같이 부지런한 은행원으로서 출근했던 걸세."

"그럼, 데이비드는?"

포아로는 의미심장한 몸짓을 하면서 천천히 고개를 가로저었다.

"생각만 해도 솜털이 곤두설 이야기지만, 그 밖에는 달리 설명할 방법이 없겠지. 헤이스팅스, 살인자로서 가장 어려운 일 가운데 하나가 시체처리라네. 그래서 심프슨 씨는 미리 계획을 세밀하게 짜두었던 거야. 엘리자 댄이 그날 집으로 돌아올 생각으로 외출한 것이 분명한

데도──복숭아 찐 것에 대해 한 말이 그 증거지──운송점에서 짐을 가지러 왔을 때 그녀의 트렁크가 이미 꾸려져 있었다는 사실이 곧 나의 주의를 끌었네. 금요일에 짐을 가지러 와달라고 운송점에 부탁한 것도 심프슨 씨이고 목요일 오후에 짐을 꾸려놓은 것도 그 사람이지. 이렇게 한 이상 어떤 의혹도 일어날 리가 없거든. 고용인이 그만두고 자기 짐을 가져가는 것이니까. 그 트렁크에는 그녀의 이름이 씌어진 이름표가 붙어 있고, 주소는 아마도 런던 근교의 역 이름이 씌어져 있었겠지. 토요일 오후에 오스테리일리아 사람으로 변장한 심프슨 씨가 그것을 받아 이름표를 새로 바꾸어달고 다시 '역유치(驛留置)'를 위해 어딘지 다른 곳으로 보냈을 거야. 만일 어떤 이유로 철도회사에서 의심을 갖고 트렁크를 열어보았다 하더라도 기껏해야 턱수염을 기른 식민지에서 온 듯한 사나이가 런던 근교의 연락역에서 보낸 것이라는 정도밖에 모르지 않겠나. 그 트렁크와 프린스앨버트 거리 88번지를 결부시킬 만한 것은 전혀 없으니까. 아, 다 왔군."

포아로의 예언은 적중했다. 심프슨 씨는 이틀 전에 다른 곳으로 옮겨가고 없었다. 그러나 자신이 저지른 범행의 결과로부터 달아날 수는 없었다. 무전(無電)에 의해 미국으로 가는 배, 올림피아 호에 타고 있음이 밝혀진 것이다. 헨리 윈터글리 씨에게로 보내진 양철 트렁크는 글래스고 역 직원의 주의를 끌어 열어보았더니 가엾은 데이비드의 시체가 들어 있었다고 한다. 토드 부인이 보낸 1기니짜리 수표는 결국 현금화되지 못했다. 포아로는 그것을 액자에 넣어 거실 벽에 걸었던 것이다.

"이것은 나에게 좋은 교훈이야, 헤이스팅스. 사소한 일, 품위 없는 일도 우습게 보지 말라는 교훈! 한쪽에는 실종된 요리사, 다른 한쪽에는 냉혹한 살인마. 이것은 아주 재미있는 사건 가운데 하나였네."

웨스턴 스타

나는 포아로의 방 창가에 서서 멍하니 아랫거리를 내려다보고 있었다.

"이건 좀 이상한데!" 나는 갑자기 숨을 죽이고 소리쳤다.

"왜 그러나, 헤이스팅스?" 의자에 깊숙이 앉아 있던 포아로가 조용히 물었다.

"포아로, 내가 지금 말하는 사실에서 뭔가를 추리해 보게. 유행모자에 멋진 모피로 호화로운 옷차림을 한 젊은 여자가 저기 있네. 그녀는 길가의 집들을 올려다보면서 천천히 걸어오고 있지. 그러나 세 사나이와 중년여자 한 사람이 자기 뒤를 밟고 있다는 것을 모르는 모양이야. 대체 지금 어떤 드라마가 진행되고 있는 걸까? 저 젊은 여자는 나쁜 사람이고, 미행하는 이들은 그녀를 체포하려는 탐정일까? 아니면 나쁜 불량배들이 선량한 시민을 덮치려는 것일까? 위대한 탐정이라면 이런 때 어떤 방법을 쓰겠나?"

"위대한 탐정은 가장 단순한 방법을 쓰지. 자기 눈으로 직접 보기 위해 스스로 일어나는 거야."

포아로는 창가로 다가와서 내 옆에 섰다. 순간 그는 즐거운 듯 빙그레 웃음을 떠올렸다. "언제나 하는 말이지만, 자네는 너무 로맨티시즘에 물들어 있네. 저 여자는 영화배우 메리 마벨이잖나? 그녀를 알아본 팬들이 뒤따라가고 있는 거군. 그리고 말이 나온 김에 말해 두는데, 그녀는 벌써부터 그것을 알고 있네, 헤이스팅스."

나는 웃음을 터뜨리고 말았다. "그로써 설명이 되는군. 하지만 포아로, 그것만으로는 그다지 자랑거리가 못 되겠는데. 단순히 자네는 저 여배우를 알고 있었다는 것뿐이니까."

"그야 물론이지! 그러나 자네도 스크린에서 몇 번이나 그녀를 보았겠지?"

나는 곰곰이 생각해 보았다. "글쎄……열 두 번쯤 보았을까?"

"그러나 나는 꼭 한 번 보았다네! 그런데도 나는 메리 마벨이라는 것을 알아보았는데 자네는 그렇지 못했잖나."

"전혀 다른 사람 같은데." 나는 조금 힘없이 대답했다.

"아, 한심하구먼!" 포아로가 크게 소리쳤다. "자네는 그녀가 카우보이모자를 쓰거나, 맨발이 되거나, 아니면 아일랜드 소녀처럼 머리를 땋아 늘어뜨리고 런던 거리를 걸어 다닐 거라고 생각했나? 늘 그렇지만 자네의 관찰은 피상적이야! 댄서 발레리 생클레르 사건을 생각해 보게."

나는 좀 어쩔 줄 몰라 하며 어깨를 으쓱해 보였다. 포아로가 달래듯 말했다. "하지만 헤이스팅스, 그렇게 마음 쓸 건 없네. 누구나 에르퀼 포아로처럼 될 수는 없지 않겠나! 나는 그것을 잘 알고 있네."

나는 장난스러움과 난처한 마음이 섞인 말투로 대답했다. "자네는 내가 아는 사람 가운데서 가장 자신만만한 사람이네."

"자네는 어떻고? 독창적인 사람이란 그것을 스스로 자각하는 법이라네! 그리고 세상 사람들도 거기에 동감하지. 내가 잘못 판단한 게 아니라면 메리 마벨 양도 역시 동감할 거네. ”

“뭐라고 했나 ? ”

“틀림없네. 그녀는 이리 올 거네. ”

“어떻게 그것을 알지 ? ”

“아주 간단하지. 이 거리는 멋쟁이들이 지나다니는 거리가 아니야! 일류 의사도 없고 치과의사도 없지. 하물며 일류 부인모자가게 같은 것이 있을 리 없잖나 ! 하지만 일류 탐정이라면 있네. 그렇지, 정말로 나는 유행의 물결을 타고 있다네. 최신 유행…… 세상에서는 이렇게들 말하고 있지. ‘뭐라고 ? 금으로 된 연필꽂이를 잃어버렸다고 ? 그럼, 저 벨기에 인 탐정에게로 가보게. 그는 놀라운 탐정이지 ! 모두들 그에게로 간다네. 어서 가봐 ! ’ 이리하여 모두들 이리로 오게 된다네, 떼를 지어서. 어리석기 짝이 없는 고민거리를 안고 말이야 ! ”

바로 이때 아래에서 초인종이 울렸다.

“내 말이 맞지 ? 마벨이 온 거야. ”

언제나 그랬지만, 포아로가 옳았다. 잠시 뒤 미국 영화배우가 안내되어 왔다. 우리는 자리에서 일어났다.

메리 마벨은 의심할 나위 없이 가장 인기 있는 영화배우 중 한 사람이었다. 그녀는 역시 영화배우인 남편 그레고리 B. 롤프와 함께 얼마 전 영국으로 왔다. 두 사람은 1년 전쯤 미국에서 결혼하여, 영국 방문은 이번이 처음이었다. 두 사람은 굉장한 환영을 받았다. 누구나 다 메리 마벨에게, 그녀의 눈부신 옷차림에, 모피에, 보석류에, 그리고 그중에서도 특히 그 주인에게 어울리게 ‘웨스턴 스타^(서양의 별)’라는 별명으로 불리는 큼직한 다이아몬드에 기꺼이 열중했던 것이다. 이 유명한 보석에 대해서는 없는 이야기까지 덧붙여댔는데, 그 다이아몬드는 5만 파운드라는 엄청난 금액의 보험에 들어 있다는 것이었다.

포아로와 함께 아름다운 방문자에게 인사를 하는 동안 이러한 일들이 내 머릿속을 쏜살같이 스쳐 지나갔다. 메리 마벨은 몸집이 작고 날씬한 소녀 같은 생김새의 미인으로, 어린아이같이 순진하고 동그란 눈을 가지고 있었다. 포아로는 그녀를 위해 의자를 권했다. 그녀는 말하기 시작했다.

"포아로 씨, 어리석은 여자라고 생각하실지 모릅니다만, 어젯밤 클론쇼 경이 그분 조카의 죽음에 대한 수수께끼를 당신이 얼마나 명쾌하게 해결하셨는지 이야기해 주셨답니다. 그래서 나도 당신의 도움을 얻어야겠다고 생각했지요. 사실은 아무것도 아닌 어이없는 장난일지도 모르지만——그레고리도 그렇게 말하더군요——나는 몹시 마음이 쓰입니다." 그녀는 한숨을 쉬었다. 포아로는 기운을 북돋아주듯 빙긋 웃었다.

"부디 말씀을 계속하십시오. 나로서는 아직 이야기의 요점이 무엇인지 모르겠습니다."

"이 편지예요."

마벨은 핸드백을 열어 세 통의 봉투를 꺼내 포아로에게 건네주었다. 포아로는 그 편지를 꼼꼼히 살펴보았다.

"품질이 좋지 못한 종이에 이름과 주소가 매우 뚜렷하게 인쇄되어 있군요. 그럼, 속에 든 것을 보겠습니다." 포아로는 봉투 속에 든 것을 꺼냈다. 나는 포아로의 어깨너머로 들여다보았다. 문장은 한 줄뿐이었으며, 겉봉과 마찬가지로 뚜렷하게 인쇄되어 있었다. 그 내용은 다음과 같았다.

신의 왼쪽 눈——그 큰 다이아몬드는 본디 있던 자리에 돌려주어야 한다.

두 번째 편지도 똑같은 내용이었다. 그러나 세 번째 편지에는 좀더 분명하게 씌어 있었다.

그대는 경고를 받았다. 그러나 그 경고에 따르지 않았다. 그러므로 다이아몬드를 그대에게서 빼앗아가리라. 보름달이 뜬 밤 신의 두 눈인 다이아몬드는 본디 있던 자리로 되돌아가게 될 것이다. 이와 같이 통고한다.

마벨이 설명했다. "처음 편지는 장난으로 생각하고 마음에도 두지 않았어요. 그러나 두 번째 받았을 때는 이상한 생각이 들기 시작했어요. 세 번째 편지는 어제 배달되었는데, 아무래도 이 일은 생각보다 중대한 것일는지 모른다고 여겨지더군요."
"이 편지는 모두 우편으로 온 게 아닌 모양이군요."
"네, 중국인이 가져온 거예요. 그래서 어쩐지 더 기분이 나빠요."
"어째서지요?"
"왜냐하면 내 남편 그레고리가 그 보석을 3년 전 샌프란시스코의 중국인에게 샀기 때문이에요."
"그 다이아몬드라는 것이 이른바?"
마벨이 얼른 대답했다. "'웨스턴 스타'를 가리키는 것이라고 생각해요. 그때 들은 바로는 다이아몬드에 얽힌 전설이 있다고 했어요. 하지만 그 중국인은 전혀 아무 이야기도 하지 않았다고 그레고리가 말했지요. 다만 그 사나이는 몹시 겁을 먹고 있었으며, 무척 서둘러서 다이아몬드를 팔아넘기려는 듯했대요. 보석의 가치보다 10분의 1 정도밖에 값을 요구하지 않았답니다. 그것은 그레고리가 나에게 준 결혼선물이었지요."
포아로는 깊이 생각에 잠겨 고개를 끄덕였다.

"마치 지어낸 이야기같이 들리는군요. 그러나 진상은 신만이 아십니다. 헤이스팅스, 내 작은 달력을 가져다 주겠나?"

나는 달력을 가져다 주었다. 포아로는 달력을 넘기면서 말했다. "보름달이 뜨는 밤이 언제지요? 이번 금요일이로군. 앞으로 사흘째 되는 날입니다. 좋습니다, 부인. 당신은 나의 도움말을 바라고 계십니다…… 그렇다면 말해 드리지요. 이 당치도 않은 이야기는 장난일지도 모르고 또 그렇지 않을지도 모릅니다. 따라서 금요일이 지날 때까지 다이아몬드를 내 손 가까이 보관해 두는 편이 좋을 겁니다. 그렇게 하면 우리는 얼마든지 알맞은 조치를 취할 수 있을 테니까요."

여배우의 얼굴에 난처한 표정이 희미하게 떠올랐다. 그녀는 말하기 거북한 듯이 입을 열었다. "그건 도저히 불가능할 것 같아요."

"다이아몬드를 지금 갖고 계시겠지요?" 포아로는 찬찬히 여배우를 살펴보고 있었다.

마벨은 조금 망설이더니 웃옷 속으로 손을 넣어 가늘고 긴 사슬을 꺼냈다. 그녀는 손바닥을 벌린 채 몸을 앞으로 내밀었다. 손바닥 위에서는 백금에 정교하게 박힌 새하얗게 빛나는 보석이 엄숙하게 반짝이고 있었다. 포아로는 휘파람 소리를 냈다.

"기막히군요! 구경해도 괜찮겠습니까?" 그는 손으로 보석을 집어 들어 자세히 살펴보았다. 그런 다음 가볍게 고개를 숙여 보이며 그녀에게 돌려주었다. "아주 기막힌 보석입니다. 나무랄 데가 없군요. 놀라운데요! 더욱이 당신이 이것을 몸에 지니고 다니실 줄은 정말 몰랐습니다!"

"아니에요. 난 무척 마음을 쓰고 있어요, 포아로 씨. 여느 때는 반드시 보석 상자에 넣고 잠근 다음 호텔 창고에 맡겨둔답니다. 아시겠지만 우리는 매그니피센트 호텔에 묵고 있어요. 오늘은 당신에게 보여드리려고 일부러 가지고 온 거예요."

"그럼, 그 보석을 나에게 맡기시지요? 이 에르큘 포아로의 충고를 들으시겠지요?"

"포아로 씨, 사실은 우리는 금요일에 야들리 경 부부와 함께 그들의 사냥터로 가서 2, 3일 정도 머물 예정이에요."

그 말을 듣자 내 마음속에서 희미한 기억이 떠올랐다. 어떤 가십이 있었는데——무엇이었더라? 그렇다, 몇 년 전 야들리 부부가 미국에 갔을 때 분명치는 않지만 야들리 경이 여자친구와 함께 매우 난잡한 행동을 했다는 소문이 떠돈 적이 있었다——아니, 그 이상의 가십이 있었다. 캘리포니아에서 야들리 부인의 상대가 되었던 영화배우의 이름——그렇다, 번개처럼 내 머릿속에 번쩍였다——그것은 다름 아닌 그레고리 B. 롤프였다.

"포아로 씨, 비밀이야기를 조금 털어놓겠어요. 우리는 야들리 경과 흥정을 하고 있답니다. 잘되면 그분의 조상 대대로 전해 내려온 저택에서 영화를 찍을 수 있을지도 몰라요."

나는 흥미를 느끼며 참견했다. "야들리 사냥터에서 말입니까? 그래요? 그곳은 영국에서도 손꼽히는 관광지 가운데 하나지요."

마벨이 고개를 끄덕였다. "나도 그곳이야말로 진짜 봉건시대의 건물이라고 생각해요. 하지만 야들리 경은 상당히 비싼 값을 요구하고 있어요. 아직 그 흥정이 잘될지 어떨지는 모르지만, 그레고리와 나는 언제나 일과 오락을 함께 하는 것을 좋아한답니다."

"그러나——실례되는 말인지도 모릅니다만——다이아몬드를 지니지 않아도 야들리 사냥터를 방문할 수 있지 않겠습니까?"

마벨의 눈이 어린아이 같은 표정과는 전혀 닮지 않은 빛을 보였다. 마치 그녀는 별안간 몹시 늙어버린 것 같은 느낌이었다.

"나는 거기에 가서 이것을 달고 싶어요."

"네, 그러시겠지요." 내가 불쑥 말참견을 했다. "야들리 집안의 컬

렉션 가운데 몇 가지 유명한 보석이 있는데, 그 가운데 아주 유명한 다이아몬드가 하나 있지요?"

"네, 그래요." 마벨이 무뚝뚝하게 말했다.

포아로가 입 속으로 중얼거리는 소리가 내 귀에 들렸다.

"흠, 그랬었군!" 그는 목소리를 높여 언제나와 마찬가지로 정확하게 알아맞히는 아주 굉장한 행운으로——그 자신은 그것을 '심리학'이라고 거드름피우며 말하지만——말했다. "그럼, 당신은 야들리 부인과 이미 아는 사이로군요. 아니면 바깥분께서?"

"그레고리는 부인이 3년 전쯤 미국 서부에 오셨을 때 서로 친해졌답니다." 마벨은 조금 망설이고 있었다. "당신들 가운데 어느 분이든 소사이어티 가십 주간지를 보시나요?"

부끄러운 이야기지만 둘 다 부정할 수가 없었다.

"실은 이번 주일호에 유명한 보석기사가 실렸으므로 물어본 거예요. 그것이 아무리 보아도 묘해서……." 그녀는 말을 끊었다.

포아로는 일어나 방 반대쪽에 있는 테이블로 가서 그 주간지를 들고 돌아왔다. 마벨은 그것을 받아들고 기사를 찾아 소리 내어 읽기 시작했다.

그 밖의 이름난 보석으로는 야들리 집안의 다이아몬드 '이스턴 스타(동양의
별)'가 있다. 그 보석은 지금의 주인 야들리 경의 선조가 중국에서 가져온 것으로, 거기에 얽힌 로맨틱한 이야기가 전해지고 있다. 그 이야기에 따르면, 이 다이아몬드는 일찍이 어떤 사원에 있는 신령의 초상에 박힌 오른쪽 눈이었다고 한다. 그리고 왼쪽 눈에 박혀 있던 모양과 크기가 똑같은 또 하나의 다이아몬드도 역시 세월이 흐르는 동안 도둑맞았다. '한 개의 눈은 서쪽으로, 또 한 개의 눈은 동쪽으로 갔으나, 이 두 개의 눈은 언제고 다시 만날 운명에 놓여 있다. 그때 두 개의 눈은 승리 가운데 신에게로 돌아갈 것이다.' 지금 이 다이아몬드의 형상과 똑같은 '웨스턴 스타' 또는 '서양의 별'이라 불리는 다이아몬드가 존재하는 것은 이상한 우연의 일치일까?

'웨스턴 스타'는 유명한 영화배우 메리 마벨이 가지고 있는데, 이 두 개의 보석을 비교해 보는 건 참으로 재미있는 일일 것이다.

나는 숨을 삼켰다. 포아로가 중얼거리듯 말했다. "놀랍군! 아무리 보아도 일급 로맨스요!"

그는 메리 마벨을 돌아보았다. "그래서 당신은 그다지 마음 쓰고 있지 않는 거로군요? 미신에서 오는 공포는 느끼지 않는단 말이지요? 이 두 개의 쌍둥이를 서로 맞대어 견주어본 순간, 중국인이 나타나 눈 깜짝할 사이에 다이아몬드를 빼앗아가버릴지도 모른다는 공포를 전혀 느끼지 않으시는군요?"

포아로의 말투에는 놀려대는 듯한 느낌이 깃들어 있었으나, 그 밑바닥에는 진지한 마음이 숨어 있는 것 같았다.

마벨이 말했다. "야들리 부인의 다이아몬드가 내 것만큼 훌륭하리라고는 믿어지지 않아요. 하지만 아무튼 직접 보러 갈 생각이에요."

포아로가 그 뒤 무슨 말을 할 생각이었는지는 나로서도 알 수 없다. 바로 그때 문이 열리고 훌륭한 옷차림을 한 사나이가 성큼성큼 방으로 들어왔기 때문이다. 곱슬곱슬한 까만 머리카락에서부터 고급 장화에 이르기까지 로맨스의 주인공으로서는 안성맞춤인 사나이였다.

"약속한 대로 마중 왔소, 메리." 그레고리 롤프가 말했다. "그런데 우리의 작은 문제에 대해 포아로 씨가 뭐라고 했소? 내가 말한 대로 나쁜 장난질이라고 하지 않았소?"

포아로는 미소를 띠며 그를 올려다보았다. 두 사람은 기묘한 대조를 이루었다. 포아로는 무뚝뚝하게 대답했다. "장난질이든 어쨌든, 나는 부인에게 금요일 야들리 경의 사냥터에 가실 때 보석을 가져가지 말도록 권했습니다, 롤프 씨."

"나도 찬성입니다. 이미 메리에게 그렇게 말했지요. 그런데 안 듣는군요! 여자는 어디까지나 여자라서…… 다른 여자가 자기보다 더 훌륭한 보석으로 꾸미고 있다는 사실이 참을 수 없는 모양입니다."

메리 마벨이 야무지게 말했다. "싱거운 말은 그만두세요, 그레고리!"

그녀의 얼굴은 노여움으로 발갛게 달아올라 있었다.

포아로는 어깨를 으쓱했다. "부인, 내가 드릴 충고는 이미 말했습니다. 더 이상은 나로서도 어쩔 수가 없습니다. 이것으로 끝입니다."

포아로는 문 앞에서 두 사람을 향해 가볍게 머리 숙여 보였다.

이윽고 다시 자리로 돌아오며 포아로는 투덜거리듯 혼잣말을 했다. "허, 여자란…… 그 남편이 하는 말은 아주 핵심을 찌르고 있어. 하지만 도무지 생각을 못한단 말이야! 아무리 보아도 틀렸어."

나는 어렴풋이 기억하고 있는 것을 이야기했다. 포아로는 힘있게 고개를 끄덕였다. "나도 그렇게 생각했네. 역시 이 이야기의 배후에는 뭔가 묘한 것이 숨겨져 있는 듯해. 잠깐 나가서 바깥바람을 좀 쐬고 오겠네. 돌아올 때까지 기다려주게. 오래 걸리지는 않을 테니까."

내가 의자에 앉아 꾸벅꾸벅 졸고 있노라니 하숙집 여주인이 문을 노크하고 얼굴을 들이밀었다. "어떤 부인 한 분이 포아로 씨를 만나보고 싶다는군요, 외출하고 안 계신다고 말씀드렸는데도…… 자세히는 모르지만 시골에서 오신 모양으로 기다리겠다고 합니다."

"아, 매치슨 부인, 이리로 안내하구려. 나라도 뭔가 도움이 될는지 모르니까. ”

곧 그 부인이 들어왔다. 그녀를 본 순간 나는 깜짝 놀랐다. 야들리 부인의 사진은 곧잘 신문 사교란에 실리고 있으므로 모르고 지낼 수는 없었던 것이다.

나는 의자를 권하며 말했다. “앉으십시오, 야들리 부인. 포아로 씨는 외출 중입니다만, 곧 돌아올 겁니다. ”

부인은 가볍게 고개를 숙여 보이고 앉았다. 메리 마벨과는 전혀 다른 타입의 여자였다. 키가 후리후리하게 크고 머리는 검었으며 눈이 생기 있게 빛나고 창백하니 기품 있는 생김새였는데, 입매에 뭔가 고민하는 빛이 떠올라 있었다. 나는 내 솜씨를 발휘하고 싶은 욕망을 느꼈다. 그렇게 해서 안 될 까닭은 없지 않은가? 포아로 앞에서는 언제나 나의 능력을 충분히 발휘할 수 없었지만, 나도 상당한 탐정능력을 가지고 있는 것만은 틀림없다. 나는 갑자기 충동을 느끼며 몸을 앞으로 내밀었다.

“야들리 부인, 당신이 여기에 오신 까닭을 알 만합니다. 다이아몬드에 관한 협박장을 받으신 거지요? ”

이 말은 분명 제대로 들어맞은 듯했다. 부인은 멍하니 입을 벌리고 나를 쳐다보았다. 볼에서 핏기가 사라졌다.

“벌써 아시는군요. 그런데 어떻게 그것을? ” 부인은 가쁘게 숨을 몰아쉬었다.

나는 빙그레 미소 지었다. “완전히 논리적인 추리지요. 여배우 메리 마벨이 경고장을 받은 이상……”

“메리 마벨이라고요? 그녀가 여기에 왔었나요? ”

“바로 조금 전에 막 돌아갔습니다. 한 쌍의 다이아몬드 가운데 한 쪽을 갖고 있는 메리 마벨이 세 통의 협박장을 받았으니까. 또 한 쪽 다이아몬드를 가지고 있는 부인에게도 역시 똑같은 편지가 전해졌을 겁니다. 이렇게 말씀드리면 매우 간단하다는 것을 아시겠지요? 내 추리가 옳다면 당신도 기묘한 통고를 받았을 겁니다.”

한순간 부인은 나를 믿을 것인지 어떤지 망설이듯 머뭇거렸다. 이윽고 그녀는 희미한 미소를 떠올리며 동의하는 뜻으로 고개를 끄덕여 보였다.

“네, 맞아요.”

“똑같은 방법으로 전해져왔습니까? ……중국 사람이?”

“아니요, 우편으로 왔어요. 그런데 메리 마벨이 나와 똑같은 일을 당했다는 게 정말인가요?”

나는 오늘 아침에 있었던 일을 이야기해 주었다. 부인은 주의 깊게 귀를 기울였다.

“모두 똑같아요. 내가 받은 편지와 똑같은 문장이에요. 우편으로 온 것은 틀림없지만 그 편지에는 묘한 냄새가 배어 있었어요. 어떤 향 같은 냄새였지요. 그래서 나는 곧 동양을 연상했어요. 이것이 대체 어떻게 된 일일까요?”

나는 고개를 저었다. “그 점을 알아내야 합니다. 편지는 가지고 오셨습니까? 소인(消印)에서 뭔가 단서를 잡을 수 있을지도 모르겠습니다만…….”

“유감스럽게도 찢어버렸어요. 처음 그 편지를 받고는 어이없는 장난질이라고 생각했거든요. 중국인 갱이 다이아몬드를 되찾으려고 하다니, 정말일까요? 너무나도 어이없는 이야기예요.”

나는 부인과 함께 그 일을 다시 한 번 검토해 보았다. 그러나 수수께끼의 해명은 더 이상 한 걸음도 진전되지 않았다. 마침내 야들리 부인은 일어났다.

“포아로 씨를 기다릴 필요는 없을 것 같군요. 내 이야기를 전해주실 수 있겠지요? 여러 가지로 고마웠어요. 그런데 저, 성함이?” 부인은 손을 내밀면서 말을 더듬었다.

"헤이스팅스 대위입니다."

"그러세요! 나는 정말 생각이 없군요. 당신은 캐번디시 집안의 친구 분이시지요? 메리 캐번디시가 권해서 나도 포아로 씨를 찾아온 거랍니다."

친구가 돌아오자 나는 그가 집을 비운 사이에 일어난 이야기를 으스대며 들려주었다. 포아로는 나와 부인이 주고받은 대화를 날카롭게 꼬치꼬치 캐물었다. 그 말 끝 하나하나에서 그가 집을 비웠던 일을 매우 유감스럽게 생각하는 것을 알 수가 있었다. 이 친애하는 벗이 얼마쯤 질투를 하고 있는 게 아닐까 하고 나는 생각했다. 내 능력을 언제나 대수롭지 않게 보는 것이 포아로의 평소 태도였는데, 트집잡을 여지가 없으니까 속상해 하고 있는 거라고. 나는 마음속으로 유쾌해서 견딜 수 없었다. 그러나 그를 자극하게 되는 것이 염려스러워 겉으로는 드러나지 않도록 애썼다. 그의 색다르고 기이한 성격에도 불구하고 나는 이 괴짜 친구가 굉장히 좋았던 것이다.

"좋아!" 드디어 포아로는 야릇한 표정을 얼굴에 띠며 말했다. "줄거리가 진전되었군. 헤이스팅스, 그 윗선반에 있는 귀족 명감을 좀 집어주겠나?"

그는 책장을 넘겼다. "아, 여기 있군! '야들리——제10대 자작, 남아프리카 전쟁에 종군'……이런 것은 중요하지 않지. '결혼—— 1907년 코데릴 남작의 넷째딸 모드 스트패턴'…… 흠. '가족——딸 둘. 1908년 및 1910년 출생……클럽……저택'…… 이런 것도 그다지 참고가 되지 않아. 그러나 내일 아침에는 자작 각하를 만나게 되겠지!"

"뭐라고 했나?"

"자작에게 전보를 보냈네."

“나는 자네가 이 사건에서 손을 뗐다고 생각했는데?”

“내 충고에 따르기를 거절했으니까 메리 마벨을 위해 일하고 있는 건 아니네. 내가 조사하는 것은 나의 만족을 위해서지. 에르퀼 포아로의 만족을 위해서! 나는 이 일에 손대겠네.”

“그래서 자네는 자신을 위해 야들리 경을 여기까지 끌어내려고 거침없이 전보를 쳤군. 아마도 그는 좋아하지 않을걸.”

“그 반대일세. 내가 야들리 집안의 다이아몬드를 지켜주면 고마워하는 건 물론이고 아마 감격할 게 틀림없을 것이네.”

나는 정색하며 물었다. “그럼, 자네는 정말 다이아몬드가 도난당할 수도 있다고 생각하나?”

포아로는 태연히 대답했다. “우선 확실하다고 해도 좋을 걸세. 모든 점이 그 방향을 가리키고 있으니까.”

“하지만 어째서…….”

포아로는 가볍게 손을 저어 나의 질문을 가로막았다. “지금은 말할 수 없네. 서로 머리를 혼란시키지 않도록 하세. 저 귀족 명감을 보게 …… 얼마나 가지런히 놓여 있나! 가장 키가 큰 책이 맨 위쪽, 다음으로 큰 것이 그 아래, 이런 순서로 되어 있지. 이처럼 우리는 질서와 방법을 지니고 있다네. 그것은 내가 입이 닳도록 자네에게 말했을 텐데, 헤이스팅스…….”

“그렇지.” 나는 얼른 귀족 명감을 정해진 위치로 돌려놓았다.

야들리 경은 얼굴이 좀 불그레하고 쾌활하며 목소리가 큰 스포츠맨이었다. 너그럽고 친밀감 있는 태도가 매력적이어서, 그것이 정신적인 결핍을 메워주고 있었다.

“놀라운 일이군요, 포아로 씨. 뭐가 뭔지 도무지 짐작도 할 수 없습니다. 아내가 이상한 편지를 받은 모양인데, 메리 마벨에게도 똑같은 편지가 전해졌단 말이지요? 대체 이게 어찌된 일입니까?”
포아로는 소사이어티 가십 지를 보여주었다.
“먼저 이런 경위가 사실인지 어떤지 물어보고 싶습니다.”
야들리 경은 신문을 집어 들었다. 읽어감에 따라 그의 얼굴이 노여
움으로 거무튀튀해졌다.
“정말 실없는 이야기입니다!” 그는 내뱉듯이 말했다. “그 다이아
몬드에 얽힌 유래 같은 게 있을 리 없소. 그것은 본디 인도에서 온
거요. 중국 신의 눈이었다는 이야기는 전혀 듣지 못했소.”
“그렇지만 당신의 보석은 ‘동양의 별’로서 알려져 있지 않습니
까?”
“그래서 어쨌다는 거지요?” 야들리 경은 몹시 언짢아했다.
포아로는 조금 미소를 떠올리며, 그 물음에는 직접 대답하지 않았
다. “야들리 경, 내가 부탁드리고 싶은 것은 이 일을 나에게 맡겨달
라는 겁니다. 무조건 맡겨주시면 파국을 피할 희망이 있을 것입니
다.”
“그럼, 당신은 이 터무니없는 이야기 속에 조금이라도 진실이 있다
고 생각하시오?”
“부탁드린 대로 해주시겠습니까?”
“물론 시키는 대로 하겠지만, 그러나……”
“좋습니다! 그럼, 두서너 가지 물어보겠습니다. 야들리 경의 사냥
터 일은 당신과 롤프 씨 사이에서 모든 의논이 끝났겠지요?”
“오, 그가 그 이야기를 하던가요? 아니, 아직 아무것도 정해지지
않았습니다.”
그의 벽돌빛 얼굴이 한층 더 빨개졌다.
“사실대로 솔직하게 이야기를 털어놓는 게 좋을 것 같군요, 포아로
씨. 나는 여러 가지 면에서 바보 같은 짓을 했답니다. 그래서 빚이

많아 꼼짝도 할 수 없는 형편이지요. 그러나 어떻게든 결말을 지으려고 생각하고 있습니다. 나도 아이들이 소중하고 사랑스러우므로 빚을 갚고 오랫동안 정든 땅에서 계속 살 수 있도록 하고 싶습니다. 그레고리 롤프는 막대한 돈을 제의해 왔습니다. 내가 다시 한 번 일어나기에 충분한 금액이지요. 하지만 나는 그것을 받고 싶지 않소. 내 사냥터에 광대들이 떼지어 온다는 것은 생각만 해도 질색이오. 그러나 나는 그렇게 해야 할지도 모르겠소. 만일……."

그는 말을 멈췄다.

포아로가 그에게 날카로운 눈길을 퍼부었다. "그렇다면 돈을 마련할 무슨 다른 방법이라도 있습니까? 실례입니다만, 이런 생각이 아닙니까? 다시 말해서 '동양의 별'을 파시겠다는……."

야들리 경은 고개를 끄덕였다. "그렇습니다. 그것은 우리 집안에 대대로 전해져내려온 것이지만, 한정(限定) 상속 물건은 아니오. 그러나 그 보석을 살 사람을 발견하는 게 쉬운 일은 아니군요. 해튼 가든의 홉베르그라는 사나이가 보석을 살 만한 사람을 찾고 있는데, 지금 곧 찾아내지 않으면 그것도 헛수고가 되고 말 겁니다."

"또 한 가지 물어보겠습니다만, 부인은 당신의 생각에 찬성하십니까?"

"아내는 보석을 팔겠다는 내 생각에 정면으로 반대하고 있소. 여자가 어떤 존재인지 당신도 아실 겁니다. 아내는 영화촬영에 찬성하고 있지요."

"알겠습니다."

포아로는 잠시 생각에 잠겨 있더니 조금 뒤 벌떡 일어났다. "곧 댁으로 돌아가시겠습니까? 좋습니다! 그럼, 아무에게도 말하지 말기를 부탁드립니다, 야들리 경…… 누구에게도. 오늘 밤 우리가 댁으로 찾아가 뵙겠습니다. 5시 조금 지나면 가 닿을 겁니다."

“알겠습니다. 그러나 나로서는 도무지……. ”
“그건 아무래도 좋습니다. 문제는 내가 다이아몬드를 지킬 수만 있
으면 되는 것이 아닙니까? 안 그렇습니까? ”
“그야 그렇지만……. ”
“그렇다면 말씀드린 대로 해주시기를 부탁합니다. ”
몹시 당혹한 표정으로 야들리 경은 방에서 나갔다.

우리는 5시 30분에 야들리 저택에 닿았다. 퉁명스러워보이는 집사
의 안내로 벽을 거울로 둘러친 홀로 들어갔다. 장작불이 벌겋게 타고
있는 그림 같은 광경이 우리의 눈에 들어왔다. 거기에는 야들리 부인
과 두 아이가 있었다. 어머니의 자랑스러운 검은 머리가 두 개의 금
발 위로 숙여져 있었다. 야들리 경은 그 곁에 서서 빙그레 웃는 얼굴
로 세 사람을 내려다보고 있었다. 집사가 목소리를 높여 손님이 왔음
을 알렸다. “포아로 씨와 헤이스팅스 대위께서 오셨습니다. ”
야들리 부인은 놀란 빛을 떠올리며 얼굴을 들었다. 야들리 경은 포
아로의 지시를 바라는 듯한 눈초리로 앞으로 걸어 나왔다. 조그마한
벨기에 인은 그 자리에서도 전혀 동요하는 빛이 없었다.
“갑자기 폐를 끼치게 되어서 죄송합니다. 나는 지금 메리 마벨의
문제를 조사하고 있습니다. 그녀는 금요일에 이리로 오게 되어 있
다지요? 그전에 미리 모든 일이 이상이 없는지 확인해 보기 위해
이렇게 왔습니다. 그리고 이 댁 부인께 받으신 편지의 소인에 대해
생각나는 일이 있는지 물어보아야겠다고 여겨져서……. ”
야들리 부인은 유감스러운 듯이 고개를 가로저었다. “대단히 송구
스럽지만 나는 거기에 대해서 아무것도 생각나지 않아요. 난 그런 편
지를 중요한 거라고 생각해 본 적이 없었으니까요. ”
야들리 경이 말했다.

"당신들은 오늘 밤 여기서 머무르시겠지요?"

"아닙니다, 폐를 끼쳐드리고 싶지 않아 여관에 짐을 두고 왔습니다."

"괜찮습니다." 야들리 경이 말했다. "짐을 가지러 보내겠습니다. 아니, 걱정하실 것 없습니다."

포아로는 미안해하면서 그의 제안을 받아들였다. 그는 야들리 부인 옆에 앉아서 아이들과 놀기 시작했다. 포아로와 두 아이는 곧 친해져서 나까지도 게임에 끌려들어가는 형편이었다.

조금 뒤 아이들이 엄격한 유모에게 억지로 끌려 나가자 포아로는 우아하게 허리를 굽혀 보이며 말했다. "당신은 좋은 어머니시군요, 부인."

야들리 부인은 흩어진 머리를 쓰다듬었다. "아이들은 내 생명이에요."

그 목소리에는 무언지 모르게 사람의 마음을 끄는 것이 있었다.

"그러니까 아이들이 따르는 것도 당연하겠지요!"

포아로는 또다시 허리를 굽혔다.

식사 전에 옷을 갈아입는 시간을 알리는 종이 울렸다. 우리는 일어나서 방으로 물러나오려고 했다. 그때 집사가 쟁반에 전보를 담아가지고 들어와 야들리 경에게 건네주었다. 경은 짤막하게 양해를 구하고 전보를 폈다. 읽어 내려감에 따라 그의 몸이 긴장되는 것을 곁에서 보아도 알 수 있었다.

그는 자신도 모르게 소리를 지르며 그 전보를 아내에게 건네주더니 포아로 쪽으로 눈을 돌렸다. "잠깐만, 포아로 씨, 이것은 당신에게 알려드리는 편이 좋을 것 같군요. 전보는 홉베르그에게서 온 겁니다. 살 사람이 나선 모양입니다. 내일 자기 나라로 돌아가는 미국인이랍니다. 보석을 살펴보기 위해서 오늘 밤 사람을 보내겠다는군요. 이 흥정만 잘되면…….”

문득 말이 끊어졌다.

야들리 부인이 등을 돌렸다. 아직 전보를 손에 들고 있었다.

“꼭 파셔야겠어요, 조지?” 부인이 나지막한 목소리로 물었다. “대대로 집안에 전해 내려오는 거잖아요.”

대답을 기대하는 듯 그녀는 숨을 죽였으나, 아무 말이 없자 얼굴이 굳어졌다.

“옷을 갈아입고 오겠어요. 그 ‘물건’을 보여드리는 것이 좋겠군요.” 부인은 희미하게 얼굴을 찡그리며 포아로 쪽을 보았다. “정말 볼품없는 디자인의 목걸이랍니다. 조지는 전부터 보석을 다른 데 박아주겠다고 말하면서도 해주지 않았어요.”

부인은 방에서 나갔다. 30분 뒤, 세 사나이는 넓은 객실에 모여앉아 부인을 기다리고 있었다. 이미 저녁 식사 시간이 몇 분이나 지나 있었다.

문득 희미한 비단 옷자락 스치는 소리가 나고 야들리 부인이 문가에 나타났다. 길고 화려한 흰색 드레스를 입은 아름다운 모습은 눈부실 정도였다. 그 목 언저리에 환하게 불꽃 고리가 둘러져 있었다. 부인은 걸음을 멈추고 한 손을 목걸이에 갖다대며 들뜬 목소리로 말했다. “이 제물(祭物)을 보세요.”

조금 전의 언짢았던 기분은 모두 사라져버린 모양이었다. “환하게 불을 켤 테니 잠깐만 기다려주세요. 영국에서 가장 보기 싫은 목걸이를 보여드리겠어요.”

스위치는 마침 문 바깥쪽에 있었다. 부인이 스위치에 손을 뻗쳤을 때 믿을 수 없는 일이 일어났다. 갑자기 방 안의 불이 모두 꺼져버린 것이었다. 곧이어 문이 쾅 닫히고 밖에서 여자의 비명 소리가 들렸다. 야들리 경이 소리쳤다. “아니, 이게 어떻게 된 일이지! 저건 아내의 목소리요! 여보, 무슨 일이오?" 우리는 캄캄한 어둠 속에서 서로 몸을 부딪치며 문을 향해 달려갔다. 그리하여 무슨 일이 일어났는지 알게 될 때까지 몇 분이 걸렸다.

참으로 뜻밖의 광경이 눈앞에 벌어져 있었다. 야들리 부인은 정신을 잃고 대리석 바닥에 쓰러져 있었다. 더욱이 그 하얀 목에는 목걸이를 거칠게 빼앗아간 탓으로 빨간 상처 자국이 남아 있었다. 우리가 부인의 몸 위로 허리를 굽히고 들여다보자 순간 죽었는지 살았는지도 알 수 없었던 부인이 눈을 떴다. 그녀는 끊어질 듯 가느다란 목소리로 중얼거렸다. "중국인이에요, 중국인……. 옆문으로."

야들리 경이 욕지거리를 퍼부으면서 뛰쳐나갔다. 나도 그 뒤를 따랐다. 가슴이 두근거리는 소리가 커다랗게 들렸다. 또다시 중국인이다! 문제의 옆문은 벽 한쪽 구석에 있는 작은 문으로, 범행현장으로부터 약 3미터도 떨어져 있지 않았다. 그곳에 이르자 나는 환성을 질렀다. 문턱에서 멀지 않은 곳에 반짝반짝 빛나는 목걸이가 떨어져 있었다. 도둑이 허둥지둥 달아나다 떨어뜨린 것임에 틀림없었다. 나는 기뻐하며 얼른 집어 들었다. 야들리 경과 내 입에서 똑같은 외침 소리가 튀어나왔다. 목걸이 한복판이 휑하니 비어 있었던 것이다. '동양의 별'은 사라지고 없었다!

나는 작은 목소리로 우물거렸다. "이제 알겠군. 그들은 여느 도둑이 아닙니다! 그들은 '동양의 별'만 노렸던 겁니다."

"그러나 어떻게 들어왔을까요?"

"이 문으로 들어왔겠지요."

"이 문은 언제나 잠겨 있습니다."

나는 고개를 가로저었다. "지금은 잠겨 있지 않습니다. 보십시오."

나는 문을 열어보았다. 그때 무엇인가 바닥에 또 떨어졌다. 집어들어보니 수를 놓은 비단조각이었다. 중국옷에서 찢어진 게 분명했다.

"서둘러 달아나는 바람에 문에 옷이 걸린 모양이군요. 뒤쫓읍시다,
빨리. 아직 그리 멀리 가지는 못했을 겁니다."

그러나 추적과 수색은 헛수고로 끝났다. 먹칠을 한 듯 캄캄한 어둠
을 이용하여 도둑은 솜씨 좋게 달아나버린 것이다. 우리는 하는 수
없이 되돌아왔다. 야들리 경은 하인을 시켜 빨리 경찰관을 불러오게
했다. 이런 경우 여자와 같은 재능을 발휘하는 포아로의 적절한 간호
덕분에 야들리 부인은 일의 자초지종을 충분히 이야기할 수 있을 만
큼 회복되었다.

"내가 불을 켜려 했을 때 어떤 남자가 등뒤에서 덮쳐왔어요. 그 사
나이가 무지무지한 힘으로 내 목에서 목걸이를 잡아챘기 때문에 나
는 바닥으로 벌렁 넘어졌어요. 넘어지면서도 그 사나이가 옆문으로
달아나는 모습이 보였지요. 변발(辮髮)과 수놓아진 옷으로 중국
사람이라는 것을 알았어요."

부인은 부르르 몸을 떨면서 말을 끊었다. 그때 집사가 나타났다.
그는 나직한 목소리로 야들리 경에게 손님이 온 것을 알렸다. "홉베
르그 씨 댁에서 손님이 오셨습니다. 미리 알려드렸을 거라고 말씀합
니다만……."

야들리 경은 완전히 이성을 잃고 큰소리로 고함쳤다.

"이게 무슨 꼴이람! 만나지 않겠다고 할 수도 없잖아. 아니, 머링
스, 여기가 아니라 서재로 안내하게."

나는 포아로를 한옆으로 끌고 갔다. "포아로, 이제 우리들은 런던
으로 돌아가는 게 좋지 않을까?"

"그렇게 생각하나, 헤이스팅스? 그 까닭이 뭐지?"

나는 의미 있는 듯한 헛기침을 두어 번 했다. "왜냐하면 모든 것이
엉망진창이 되었기 때문이지. 자네는 자기에게 모든 것을 다 맡겨주

면 다 잘될 거라고 야들리 경에게 말했잖나? 그런데 다이아몬드는 자네 눈앞에서 감쪽같이 잃어버렸네!"

포아로는 조금 낙담하여 풀죽은 목소리로 말했다. "물론 나의 압도적인 승리로 돌아간 사건의 하나라고 말할 수는 없겠지."

이 말을 듣고 나는 쓴웃음을 짓지 않을 수 없었다. 그리하여 더욱 깊숙이 찔러주었다. "그러니까——이런 식으로 말하는 것을 마음에 두지 말게——실수한 이상 재빨리 달아나는 것이 조심성 있는 행동이라고 생각지 않나?"

"그럼, 만찬은 어떻게 하나? 야들리 집안의 요리장이 만든 기막힌 만찬 말일세!"

"만찬 같은 거야 아무려면 어떤가!" 나는 속이 바짝바짝 타서 고함쳤다.

포아로는 나의 험악한 기세에 뒷걸음질치며 두 손을 들어올렸다. "어이없군! 이 나라에서는 혀의 향연을 이처럼 죄악과도 같이 무관심하게 대하나?"

"될 수 있는 대로 빨리 런던으로 돌아가야 할 이유가 또 있네."

"그것이 뭐지?"

나는 목소리를 낮추어 말했다. "또 하나의 다이아몬드…… 메리 마벨 양의 다이아몬드야."

"하긴 그렇군. 그런데 그게 어떻다는 건가?"

"모르겠단 말인가?"

여느 때와 달리 멍청하게 구는 포아로를 보자 나는 맥이 빠졌다. 날카로운 경구로 사람의 마음을 찌르는 평소의 위트는 어디로 갔단 말인가?

"놈들은 하나를 손에 넣었으니까, 이번에는 그 다음 것을 노리지 않겠나."

　포아로는 한 걸음 뒤로 물러서서 칭찬하는 눈길로 나를 뚫어지게 쳐다보았다. "어찌되었든 자네의 머리는 놀랍도록 회전하는구먼, 헤이스팅스! 나는 바로 조금 전까지도 자네의 두뇌가 그 정도라고는 생각지 못했네. 그러나 시간은 충분하네. 아직 보름달이 뜨려면 금요일까지 기다려야 하니까."

　나는 의심스러운 듯이 머리를 내둘렀다. '보름달이 뜨는 밤'이라는 말은 나에게 있어서는 전혀 헛되이 울리는 말이었다. 나는 포아로를 설득하여 야들리 경 앞으로 해명과 사과의 편지를 남기고 곧 출발하기로 했다. 내 생각으로는 곧장 매그니피센트 호텔로 가서 메리 마벨에게 오늘 밤 일어난 사건을 이야기하고 싶었으나 포아로는 그 제안에 반대하여 이튿날 아침이라도 늦지 않다고 고집을 부렸다. 나는 내키지 않았지만 하는 수 없이 그의 말을 따랐다.

　다음날 아침이 되어서도 포아로는 외출하는 것이 마음내키지 않는 모양이었다. 아마 출발점에서부터 장애를 만나 여느 때와 달리 더 이상 파고드는 것이 싫어진 게 아닐까 하고 나는 생각했다. 그래서 내가 그 이유를 캐묻자 그는 야들리 경의 사냥터에서 일어난 사건의 자세한 보도가 이미 아침신문에 실렸으므로, 롤프 부부는 우리의 보고를 들을 필요도 없이 그 사건에 대해 잘 알고 있을 거라는 뻔한 상식적인 대답을 하는 것이었다. 나는 마음이 내키지 않았으나 양보했다. 그런데 사건의 추이는 나의 예언이 옳다는 것을 입증해 주었다. 2시쯤 전화가 걸려왔다. 포아로가 전화를 받았다. 그는 한참 귀를 기울이고 있더니 짤막하게 말했다.

　"알겠습니다. 곧 찾아뵙겠습니다."

　그는 전화를 끊었다. 이윽고 그는 내 쪽으로 돌아앉으며 열없는 표정으로 흥분한 듯이 말했다. "어떻게 생각하나, 헤이스팅스? 메리 마벨의 다이아몬드를 도둑맞았다고 하네."

"뭐라고?" 나는 깜짝 놀랐다. "그럼, '보름달이 뜨는 밤'은 어떻게 된 거지?"

포아로는 힘없이 고개를 떨어뜨렸다.

"언제 도둑맞았다고 하던가?"

"오늘 아침이라네."

나는 견딜 수 없는 기분으로 고개를 저었다. "내 말을 들었더라면 좋았을 텐데. 역시 내 말이 맞았어!"

포아로는 신중하게 말했다. "그런 것 같구먼. 참으로 믿을 수 없는 일이지만, 아무래도 사실은 그런 모양일세."

택시를 타고 호텔로 급히 달려가는 동안 나는 사건의 속임수를 알아내려고 머리를 쥐어짰다. "'보름달이 뜨는 밤'이라니, 아주 기막힌 생각이야. 요컨대 우리의 주의를 '금요일'에 집중시키려는 것이었네. 그렇게 하여 그 이전의 날에는 관계자들이 마음 놓도록 만들려는 속셈이었지. 그것을 자네가 알아차리지 못했다니, 정말 유감스럽네, 포아로."

"정말 그렇군." 포아로는 조금 전의 언짢은 기분은 어디로 갔는지, 여느 때의 무관심한 상태로 되돌아가 있었다.

"누구나 모든 것을 빠짐없이 생각할 수는 없지." 나는 포아로에게 동정심을 느꼈다. 그는 실패를 아주 싫어하는 사나이였다. "기운을 내게, 또 운이 좋을 때도 있는 법이니까." 나는 그를 위로했다.

매그니피센트 호텔에 도착하자, 우리는 곧장 지배인실로 안내되었다. 그레고리 롤프가 경시청에서 나온 두 형사와 자리를 같이하고, 그 맞은편에 창백한 얼굴의 종업원이 앉아 있었다.

롤프는 우리가 들어가자 고개를 숙여보였다. 그리고 나서 그는 말했다. "지금 사건을 수사하고 있는 중입니다, 포아로 씨. 그러나 도무지 믿어지지 않습니다. 어떻게 그런 엉뚱한 일이 벌어졌는지, 도저히 정말이라고 믿어지지 않습니다.”

그 사건을 납득하는 데는 몇 분으로 충분했다. 롤프는 11시 15분쯤 호텔을 나왔다. 11시 30분이 되자 아무리 보아도 그라고 생각할 수밖에 없는 신사가 호텔로 들어와 안전금고에서 보석 상자를 꺼내라고 말했다. 그는 느릿느릿 서명하며 아무렇지도 않게 말했다.

“여느 때와 서명이 조금 다를지도 모르겠네. 택시에서 내릴 때 손가락을 다쳤거든.”

종업원은 비위를 맞추는 미소를 띠면서 그다지 다르지 않다고 대답했다. 그러자 그 사나이는 다시 말했다.

“어찌되었든 나를 악당이라고 생각하고 쫓아오지는 말게. 중국인에게서 협박장을 받긴 했지만, 나 자신이 중국인으로 보이기 쉬워서 말일세…… 눈 때문이겠지.”

종업원이 말했다. “나는 그때 그 사나이의 얼굴을 보았습니다. 그리고 그 까닭을 알았습니다. 동양 사람처럼 눈꼬리가 위로 치켜올라 갔더군요. 그때까지는 전혀 깨닫지 못했습니다만.”

그레고리 롤프가 앞으로 몸을 내밀고 고함쳤다. “못된 녀석! 지금은 어떤가, 알아보겠나?”

종업원은 얼굴을 들어 찬찬히 살펴보았다. “아닙니다, 그 사나이가 아니라고 말씀드릴 수 있습니다.”

사실 우리의 눈을 빤히 들여다보는 롤프의 갈색 눈에서 동양인의 피를 받은 듯한 기색은 전혀 볼 수 없었다.

경시청 사나이가 말했다. “뻔뻔스런 놈! 눈초리를 알아차릴지도 모른다고 생각하고 선수를 쳐서 의혹을 딴 데로 돌리게 했군. 그는 당신이 호텔에서 나가는 것을 확인한 다음 곧 뛰어 들어온 겁니다.”

“보석 상자는 어떻게 되었습니까?” 하고 내가 물었다.

“호텔 복도에서 발견되었습니다. 도둑맞은 것은 꼭 한 가지……

'서양의 별'뿐이었습니다.”

우리는 서로 얼굴을 마주 보았다. 모든 것이 너무도 당돌하여 도저히 현실의 일로 생각되지 않았다. 포아로가 위세 있게 벌떡 일어났다. 그는 매우 분한 듯이 말했다. “아무 도움이 되어드리지 못했군요. 부인을 만나뵐 수 있을까요?”

롤프가 설명했다. “아내는 충격을 받아 기운을 못 차리고 있습니다.”

“그럼, 당신과 둘이서만 이야기할 수 있겠습니까?”

“좋습니다.”

5분쯤 지나자 포아로가 돌아왔다.

“그럼, 헤이스팅스, 나는 지금 우체국에 가서 전보를 쳐야겠네.”

포아로는 기분이 좋아보였다.

“누구에게 말인가?”

“야들리 경에게.”

포아로는 내 팔에 자기의 팔을 끼어 그 이상의 질문을 막아버렸다.

“자, 일이 이처럼 비참하게 되어가는 것을 자네가 어떻게 생각하는지는 나도 아네. 내가 실수한 데 대해 대신 자네 이름이 함께 들먹여질지도 모르니까. 뭐, 아무래도 괜찮네! 그건 그렇고, 자꾸 이것저것 생각할 것 없이 점심 식사라도 하러 가세.”

포아로의 방으로 돌아왔을 때는 4시쯤 되어 있었다. 창가 의자에서 누군가가 일어섰다. 야들리 경이었다. 그는 초췌한 얼굴로 마음도 차분하지 못한 듯했다.

“전보를 받고 곧 달려왔습니다. 도중에 홉베르그에게 들러보았는데, 그는 어젯밤 심부름 보낸 사나이에 대해서도, 그 전보에 대해서도 전혀 모르고 있더군요. 대체 이게…….”

포아로가 손을 들어 그의 말을 가로막았다. “미안합니다, 야들리 경. 내가 그 전보를 쳤고 그 사나이를 고용했던 겁니다.”

“당신이?······ 아니, 무슨 까닭으로?” 귀족은 얼빠진 듯 중얼거렸다.

“나는 사태를 몰고 갈 수 있는 데까지 몰고 가려고 생각했습니다.” 포아로가 뻔뻔스럽게 설명했다.

“아니, 그게 무슨 짓이오!” 야들리 경이 절규하듯 소리쳤다.

“그리고 그 계략은 성공했습니다.” 포아로는 기쁜 듯이 설명을 계속했다. “그렇기 때문에 이것을 당신에게 돌려드리는 것은 나로서도 기쁘기 이를 데 없습니다!”

그럴듯한 몸짓을 하며 포아로는 번쩍거리는 보석을 꺼냈다. 큼직한 다이아몬드였다.

“‘동양의 별’! 이것이 어떻게?” 야들리 경이 숨을 헐떡이며 소리쳤다.

“모르시겠습니까? 다이아몬드는 아무래도 도둑맞을 필요가 있었던 겁니다. 나는 다이아몬드를 당신 손에서 지켜드리겠다고 약속했습니다. 그래서 나는 그 약속을 지켰습니다. 그러니 나로서도 조그마한 비밀을 갖는 것을 너그럽게 봐주십시오. 부인께는 나의 깊은 경의와 함께 다이아몬드를 되찾을 수 있어 정말 기쁘다는 뜻을 전해주십시오. 날씨가 굉장히 좋군요. 그럼, 이만······.”

이 놀라운 작은 사나이는 미소 띤 얼굴로 여우에게 홀린 듯 멍해 있는 귀족을 문까지 안내했다. 그는 손을 비비면서 되돌아왔다.

“이보게 포아로, 지금 내가 정신이 돌아버린 걸까?”

“그렇지 않네. 그러나 여느 때와 다름없이 자네는 정신이 혼돈된 거네.”

“어떻게 그 다이아몬드를 손에 넣었지?”

“롤프 씨에게서 받았다네.”

"롤프 씨?"

"그렇다네! 협박장, 중국인, 소사이어티 가십 지의 기사…… 이 모두 다 롤프 씨의 교묘한 두뇌에서 나온 산물이라네. 기적처럼 닮은 다이아몬드…… 그런 것이 있을 리가 없지. 본디 야들리 집안의 수집품이었던 그 다이아몬드는 3년 전부터 롤프 씨의 수중에 들어가 있었네. 그는 양쪽 눈 끝에 그리스 페인트를 칠하고 그것을 훔친 거라네! 정말이지 그가 출연하는 영화를 보아야겠네! 그는 진짜 배우야."

"그런데 어째서 자기 다이아몬드를 훔칠 필요가 있었지?" 나로서는 도무지 까닭을 알 수 없었다.

"이유는 많지. 우선 첫째, 야들리 부인으로선 도무지 감당하기 어려웠던 거야."

"야들리 부인?"

"부인이 캘리포니아에 있을 때, 대부분 언제나 혼자 있었다는 건 자네도 알고 있겠지? 남편 야들리 경은 여기저기에서 재미를 보았네. 롤프는 한량이어서 돈 잘 쓰고 놀기 잘하며 잘생긴데다 로맨틱한 분위기를 가지고 있네. 그러나 근본은 아주 강직한 사람이지. 그는 부인으로부터 사랑을 유도하고, 그런 다음 슬슬 위협하여 돈을 앗아내기 시작했네. 나는 어젯밤 그녀에게 모든 것을 털어놓게 하여 그 사실을 인정하게 했네. 그녀는 어떻게 하다 보니 그렇게 되었을 뿐 그 이상의 일은 없었다고 맹세했는데, 그것은 나도 믿고 있네. 그러나 롤프가 부인에게서 온 편지를 몇 통 쥐고 있다는 것은 확실한 사실이었으며, 그 편지는 해석하기에 따라서 어떻게든지 받아들여질 수 있는 문장이었네. 부인은 잘못하다가는 이혼당하거나 아이들과 떨어져 살아야 될 거라는 생각에 겁을 먹고 롤프가 하라는 대로 했지. 자기에게 돈이 없으니까 롤프가 진짜 다이아몬드와 가짜 다이아몬드를 슬쩍 바꾸는 것을 눈감아주지 않을 수 없게 된 거야. 나는 이 점을 '서양의 별'이 나타난 날짜와 우연히 일치되는 데서 곧 알아차렸거든. 일은 잘 되어갔네. 그런데 야들리 경이 자기 주변을 정리하며 생활을 다시 고쳐볼 준비를 시작했네. 그리하여 부인은 혹시 다이아몬드를 팔려고 내놓기라도 하면 어쩌나 걱정한 것이지. 그렇게 되면 바꿔치기한 사실이 탄로나고 말지 않겠나. 부인은 당황해서 허둥지둥 그때 막 영국에 도착한 롤프에게 편지를 썼다네.

롤프는 모든 것을 잘할 테니 염려말라고 약속하여 부인을 안심시키고 이중의 도난사건을 계획했던 거라네. 그렇게 하면 남편에게 모든 사실을 털어놓을지도 모르는 부인의 입을 막을 수가 있으니까. '털어놓는다'는 것은 협박자에게 있어 달가운 일이 아니지. 5만 파운드의 보험금——자네는 이것을 잊고 있었네! ——과 다이아몬드를 손에 넣을 수 있으니까. 그래서 내가 조금 참견을 한 거야.

다이아몬드를 감정할 사람이 도착했다는 말을 듣자, 내가 예상한 대로 틀림없이 야들리 부인은 곧 도난사건을 연출할 준비를 갖추어 아주 훌륭하게 해치웠네!

그러나 에르큘 포아로의 눈에는 있는 그대로의 사실밖에 비치지 않는다네. 그렇다면 실제로 일어난 일은 무엇인가? 부인은 자신이 직접 스위치를 눌러 불을 끄고 문을 거칠게 소리 내어 닫은 다음 복도에 목걸이를 내던지고서 쇳소리로 비명을 지른 거지. 그 다이아몬드는 2층에 있을 때 미리 떼어놓고 말이야……."

"그러나 목걸이가 목에 걸려 있는 것을 보지 않았나!" 내가 이의를 내놓았다.

"미안하군, 헤이스팅스. 부인은 다이아몬드가 있어야 할 빈 자리에다 손을 대어 감추고 있었네. 문틈에 미리 비단 옷조각을 끼워놓는

등의 일은 어린아이 속임수 같은 것이지! 롤프는 도난사건 기사를
읽자 곧 자신의 희극을 연출해 보여주었네. 이 또한 기막힌 연기였
지!"

나는 매우 호기심이 일어나 물어보았다. "롤프에게 무슨 말을 했
지, 포아로?"

"야들리 부인이 남편에게 모든 사실을 털어놓았다, 그 결과 내가
보석을 되찾는 일에 대한 모든 권리를 위임받았으니 그리 알라고
말해주었지. 보석이 당장 돌아오지 않으면 소송을 제기하는 수속을
밟겠다고 말이야. 그리고 생각난 거짓말을 두서너 가지 덧붙여두었
지. 그러니 그로서는 내가 시키는 대로 할 수밖에!"

나는 사태를 다시 한 번 생각해 보았다. "마벨 양에게는 조금 불공
평하군. 마벨은 아무 죄도 없는데 다이아몬드만 잃었으니 말이야."

"그녀로서는 더없이 좋은 광고효과가 되겠지. 이것이야말로 그들이
바라는 바가 아니겠나. 그러나 야들리 부인은 그렇지 않지. 현모양
처니까!"

"그럴지도 모르겠네." 포아로의 여성관에는 찬성할 수 없었으므로
나는 반신반의하며 말했다.

"그렇다면 마벨 양에게 보낸 것과 똑같은 협박장을 부인에게 보낸
건 롤프였군."

"천만에!" 포아로는 무뚝뚝하게 말했다. "부인은 메리 캐번디시
의 권유로 궁지에서 빠져나오기 위해 내게 도움을 청하러 온 것이었
네. 그런데 자기 적이라고 인정하고 있는 메리 마벨도 여기 왔었다는
말을 듣자 결심을 바꾸어 자네가 제공한 구실에 달려든 것이지. 협박
장에 대한 말을 꺼낸 것은 자네지 그녀가 아니라는 것쯤 조금만 물어
도 금방 알 수 있었네. 부인은 자네가 제공한 기회를 이용한 거야."

"그런 어이없는 일이!" 나는 화가 치밀어올라 소리 질렀다.

"그럴 테지. 자네가 심리학을 연구하지 않은 것이 몹시 딱하군. 부인은 그 협박장을 찢어버렸다고 했네. 바로 그 점이라네. 여자란 어쩔 수 없는 부득이한 경우 말고는 편지를 찢지 않는다네. 찢어버리는 것이 자신을 위해 좋은 경우에도 말이야!"

나는 울화가 치밀었다. "흠, 용케도 나를 웃음거리로 삼았군! 처음부터 끝까지! 나중에 일이 다 끝난 뒤에 설명해 봐야 무슨 소용 있겠나? 무슨 일이든 정도가 있는 법일세!"

"하지만 헤이스팅스, 자네도 무척 기뻐서 우쭐하지 않았나? 나로서는 차마 자네의 그 환영을 깨뜨릴 수가 없었다네."

"그런 것은 이유가 되지 않네. 이번만은 자네가 좀 지나쳤네, 포아로."

"아니, 이런 하찮은 일로 지나치게 정색을 하는구먼!"

"이제 되었네! 그만두세."

나는 거칠게 문을 닫고 밖으로 나갔다. 포아로는 나를 철저하게 웃음거리로 삼았다. 나는 포아로를 호되게 단단히 골탕 먹이리라고 결심했다. 얼마 동안 절대로 용서하지 않으리라. 하필이면 나를 부추겨 허수아비 노릇을 하게 하다니!

납치된 총리

　세계대전과 거기에 얽힌 모든 문제가 이미 과거의 것이 되어버린 지금 나는 나의 벗 포아로가 나라가 위급한 때에 중요한 역할을 한 사실을 세상에 공표해도 좋으리라고 생각한다. 그 비밀은 실로 잘 지켜져왔다. 그 비밀의 아주 작은 한 부분조차 신문은 눈치채지 못했다. 그러나 비밀을 지킬 필요가 없어진 지금에 와서는 좀 색다른 생김새의 내 작은 친구에게 지고 있는 은혜로운 빚을 영국은 틀림없이 인식할 것이라고 나는 생각한다. 그의 놀라운 두뇌가 아주 교묘하게 중대한 파국을 피할 수 있도록 해주었던 것이다.

　어느 날 저녁 식사를 마친 뒤——날짜는 일부러 밝히지 않겠으나, 영국과 전쟁 중인 나라 사이에서 '평화교섭'이라는 말이 자주 입에 오르내리게 된 시기였다고 하면 충분할 것이다. 나는 포아로의 방에 앉아 있었다. 명예로운 부상을 입고 제대한 뒤 나는 신병을 징집하는 일을 맡아보고 있었으므로, 매일 저녁 식사를 마친 다음 포아로의 방에 찾아가서 그가 처리하고 있는 사건 가운데 흥미로운 것이 있으면 서로 이야기를 나누는 것이 습관처럼 되어 있었다.

나는 바로 그날 일어난 센세이셔널한 뉴스——즉 대영제국의 총리 데이비드 매커덤 씨에 대한 암살미수사건을 이야기할 생각이다. 신문 보도는 신중하게 검열된 듯 사건의 자세한 내용은 싣지 않았으며 다만 총알이 뺨을 스치고 지나가, 총리는 구사일생으로 목숨을 건졌다는 사실밖에 씌어 있지 않았다. 그러한 폭행이 일어날 수 있었다는 것 자체가 경찰의 면목 없는 추태를 뜻하는 것임에 틀림없다고 나는 생각한다. 영국에 있는 독일 스파이들이 이러한 큰일을 해치우기 위해서라면 기꺼이 어떤 위험한 일이라도 무릅쓰고 덤벼들 것이라는 것쯤은 쉽게 생각해 볼 수 있는 일이다. 여당으로부터 '투사 매크'라는 별명으로 불리는 총리는 최근 갑자기 머리를 쳐든 평화주의 세력에 대해 단호한 태도로 맞서 싸우고 있었다.

그의 존재는 영국 총리 이상의 것——어쩌면 영국 그 자체와도 같았다. 그러므로 그가 그 세력권에서 제거된다는 것은 영국으로서 심각한 타격일 수밖에 없다.

포아로는 작은 스펀지로 잿빛 양복을 부지런히 닦고 털고 있는 참이었다. 에르퀼 포아로만큼 멋 부리는 사람도 그리 흔치 않을 것이다. 그는 청결과 정돈에 온 정열을 기울인다. 그러므로 벤진 냄새가 온 방 안에 가득 차 있는 지금 그가 나에게 주의를 돌린다는 것은 전혀 불가능한 일이라고 해도 좋을 것이다.

"이제 조금만 기다리면 되네. 곧 끝날 거야. 기름얼룩——이건 쓸모없는 것이지——은 이걸로 빼버려야 한다네." 그는 스펀지를 흔들어 보였다.

나는 또 하나의 담배에 불을 붙이며 빙그레 웃었다. 1, 2분 뒤 내가 물었다. "무슨 재미있는 이야기라도 있나?"

"으음, 그, 저…… 뭐라고 했지? 그렇군. '잡역부'의 남편을 찾아 달라는 부탁을 받았다고 했지. 이건 꽤 요령이 필요한 어려운 사건

이야. 왜냐하면 그로서는 찾아주는 것을 조금도 기뻐하지 않을 것 같은 생각이 들기 때문이거든. 나는 그 남편에게 동정이 간단 말야. 그는 자신이 어떻게 처신해야 하는지 잘 알고 있는 사나이니까.”

나는 웃음을 터뜨렸다.

“후유, 힘들군. 이제 겨우 얼룩이 빠졌어! 오래 기다리게 해서 미안하네.”

“매커덤 총리의 암살미수사건에 대해 자네는 어떻게 생각하는지 듣고 싶네.”

“Enfantillage (어린아이 같은 행동)지!” 포아로는 그 자리에서 대답했다. “곧이곧대로 받아들일 수는 없는 일이야. 라이플로 저격하다니, 성공할 리가 있겠나? 낡은 수법이지.”

“그러나 이번 경우는 하마터면 성공할 뻔하지 않았잖나?” 나는 지적했다.

포아로는 답답한 듯이 머리를 저었다. 그가 막 입을 열려고 하는데 하숙집 여주인이 문으로 얼굴을 들이밀고 두 신사가 포아로를 만나려고 아래층에 와 있다고 알려주었다. “이름을 말하지 않는군요. 하지만 아주 중대한 용건인 것 같아요.”

포아로는 차근차근 잿빛 양복바지를 개면서 말했다. “이리로 안내해 주십시오.”

곧 두 방문객이 안내되어 왔다.

놀랍게도 먼저 하원의 원내총무 에스테어 경이 모습을 나타내어 나는 가슴이 몹시 두근거렸다. 뒤따라 들어온 사람은 그 또한 전시 내각 각료로서 총리의 심복인 버너드 도지 씨였다.

“포아로 씨입니까?” 에스테어 경의 말투는 어쩐지 자신이 없어보였다. 포아로가 가볍게 머리를 숙여 대답을 대신했다. 경은 나를 보고 얼마쯤 망설이는 표정을 지었다.

"나의 용건은 아주 은밀한 것입니다만."

"헤이스팅스 대위에 대해서는 전혀 마음 쓰지 않아도 됩니다."

포아로는 나를 보고 그냥 있어도 좋다는 듯이 고개를 끄덕여보였다. "이 사람은 모든 능력을 다 갖추고 있지는 않습니다! 하지만 입이 무거운 점은 내가 보증합니다."

에스테어 경이 그래도 머뭇거리자 도지 씨가 성급하게 끼어들었다.

"자, 말씀하십시오. 넌지시 에둘러서 말하고 있을 필요가 없지 않습니까! 아무래도 이러다가는 머잖아 우리의 어려운 입장이 온 나라 안에 알려지게 될 것 같습니다. 무엇보다도 시간이 중요합니다."

"부디 앉으시지요." 포아로가 정중하게 말했다. "이쪽의 큰 의자에 앉으십시오, 각하."

에스테어 경의 얼굴에 몹시 놀란 듯한 표정이 떠올랐다.

"그렇다면 나를 아시오?"

포아로는 빙그레 미소 지었다. "물론입니다. 저는 사진이 나와 있는 신문을 늘 읽고 있으므로 각하를 모를 리가 없지요."

"포아로 씨, 사실 나는 지금 몹시 급한 일로 의논하러 온 거요. 이것은 극비를 요하는 사건이오."

나의 친구는 호언장담했다. "에르퀼 포아로가 약속드립니다. 더 이상은 말씀드리지 않겠습니다!"

"총리에 관한 일이오. 우리는 지금 중대한 국면에 처해 있소."

"진퇴유곡이오." 도지 씨가 맞장구쳤다.

"그렇다면 다치시기라도 했습니까?" 내가 물었다.

"다치다니!"

"총알에 맞은 상처 말입니다."

"아, 그거 말이오! 그건 이미 끝난 이야기지요." 도지 씨가 얼마쯤 빈정거리는 투로 말했다.

"나의 동료가 말한 바와 같이……." 에스테어 경이 말을 이었다. "그 사건은 별일 없이 끝났소. 다행스럽게도 미수였지요. 이번 일도 지난번과 같은 것이라면 그래도 낫겠지만……."

"그럼, 또 습격당했습니까?"

"그렇소, 물론 지난번과는 조금 성질이 다르지만, 포아로 씨, 총리께서 실종되었소."

"뭐라고요!"

"납치된 것 같소."

"어떻게 그런 일이!" 나는 어이없어하며 소리쳤다.

포아로는 날카롭게 쏘아보는 듯한 눈길을 나에게로 돌리며 아무 말도 하지 말라고 주의시켰다.

에스테어 경이 다짐하듯 말했다. "유감스럽게도 언뜻 보아 불가능한 일처럼 여겨지지만 엄연한 사실입니다."

포아로는 도지 씨에게로 얼굴을 돌렸다. "당신은 조금 전에 무엇보다도 시간이 중요하다고 말씀하셨는데, 그건 대체 무슨 뜻이지요?"

두 신사는 서로 눈길을 주고받았다. 이윽고 에스테어 경이 말했다.

"포아로 씨, 당신은 머잖아 열릴 연합국회의에 대해서 들으셨을 것입니다."

나의 친구는 고개를 끄덕였다.

"말할 나위도 없이 회의가 개최되는 시간과 장소는 자세히 공표되어 있지 않소. 신문에는 발표되지 않았지만, 외교계에서는 이미 다 알고 있는 사실이지요. 회의는 내일——목요일——저녁부터 파리의 베르사유 궁전에서 열린답니다. 그러니 사태가 얼마나 심각한지 아시겠지요? 숨김없이 말하면 총리께서 그 회의에 참석해야 하는 것은 절대적인 것이지요. 국내의 독일 스파이들이 공작하고 있는 평화주의적 선전은 아주 활발하게 행해져왔지요. 따라서 회의가 성공하느냐 못하느냐 하는 건 오로지 총리의 강렬한 개성에 달려 있다는 것이 여러 사람들의 견해였던 것입니다. 그러므로 총리가 참석하지 못할 경우 중대한 결과를——시기상조이며 또한 파멸적인 정전(停戰)을——가져올 우려가 있거든요. 더욱이 총리의 역할을 대신 해낼 수 있는 인물이 없소. 총리만이 영국을 대표할 수 있지요."

포아로의 표정이 아주 엄숙해졌다. "그렇다면 총리를 납치한 까닭은 회의에 참석하지 못하도록 하는 것이 그 목적이라고 생각하십니까?"

"그렇소. 실제로 총리는 그때 프랑스를 향해 가고 있는 중이었지요."

"회의가 시작되는 시간은 언제입니까?"

"내일 밤 9시요."

포아로는 주머니에서 엄청나게 큰 시계를 꺼냈다. "지금 9시 15분 전입니다."

"앞으로 24시간 남았소." 도지 씨가 생각에 잠기며 말했다.

"그리고 15분이 더 있습니다." 포아로가 고쳐 말했다. "15분을 잊지 마십시오. 그것이 결정적인 일이 될지도 모르니까요. 그럼, 사건의 자세한 이야기를 듣기로 하지요. 납치된 곳은 영국이었습니까, 아니면 프랑스였습니까?"

"프랑스요. 매커덤 수상은 오늘 아침 프랑스로 건너가셨소. 오늘 밤은 총사령관의 빈객으로 불로뉴에서 하룻밤 머무르시고 내일 파리로 향할 예정이었지요. 구축함으로 영불해협을 건넜소. 그리고 불로뉴 부두에서 총사령부에서 마련한 자동차와 총사령관 부관의 마중을 받았지요. ”

“그래서요 ? ”

“일행은 부두에서 출발했는데, 총사령부에는 도착하지 않았소. ”

“뭐라고요 ? ”

“포아로 씨, 마중 나온 자동차도 부관도 모두 가짜였소. 진짜 자동
차는 길가에서 발견되었는데 운전기사와 부관은 단단히 재갈이 물
리고 꽁꽁 묶여 있었지요. ”

“그렇다면 가짜 자동차는 ? ”

“아직도 잡히지 않았소. ”

포아로가 답답한 듯한 몸짓을 했다. “믿어지지 않습니다 ! 설마 가
짜가 그토록 오랜 시간 경계의 눈을 피할 수는 없지 않겠습니까 ? ”

“우리도 동감이오. 철저하게 수사하면 처리될 문제인 것처럼 생각
했지요. 프랑스의 그 일대에는 계엄령이 내려져 있소. 우리는 가짜
자동차가 그토록 오래 모습을 감출 수는 없으리라고 호언장담했소.
프랑스 경찰과 스코틀랜드야드, 그리고 육군당국도 온 힘을 기울이
고 있소. 당신의 말처럼 실로 믿어지지 않지만, 아직 아무것도 발
견되지 않고 있소. ”

그때 문을 두드리고 젊은 장교가 들어왔다. 그는 단단히 봉인된 봉
투를 에스테어 경에게 건네주었다. “프랑스에서 지금 막 도착했습니
다. 명령대로 이리로 가져왔습니다. ”

에스테어 경은 떨리는 손으로 봉투를 뜯으며 감탄의 소리를 질렀
다. 장교는 물러갔다. “겨우 소식이 왔소 ! 이 전보는 지금 막 암호
를 해독한 것이오. 가짜 자동차가 발견된 모양이오. 마취되어 꽁꽁
묶인데다 재갈을 물린 비서 다니엘스를 태운 채 C 부근의 황폐한 농
원에 버려져 있었다고 하오. 다니엘스는 아무런 기억도 없고 다만 등
뒤에서 입과 코를 뭔가로 막았고 빠져나오려 몸부림쳤을 뿐이라고 하

오, 경찰은 그의 진술에 의심스러운 점은 없다……. 대강 이런 내용이오."

"그 밖에는 아무것도 찾아내지 못했습니까?"

"그렇소."

"총리의 시체도 발견되지 않았군요? 그렇다면 희망을 가질 수 있습니다. 하지만 좀 묘하군요. 오늘 아침에는 총리를 저격했으면서 무엇 때문에 이번에는 수고스럽게 사로잡았을까요?"

도지 씨는 머리를 저었다. "한 가지만은 분명하오. 그것은 녀석들이 어떠한 희생을 치르고서라도 총리가 회의에 참석하는 것을 막을 생각이라는 점이오."

"사람의 힘으로 할 수 있는 일이라면 총리께서 회의에 참석하시도록 하겠습니다. 부디 바라건대 때를 놓쳐 늦어지지 않도록 비는 마음입니다. 그럼, 여러분, 나에게 크든 작든 빼놓지 마시고 발단부터 설명해 주십시오. 물론 오늘 아침의 저격사건에 대해서도 알 필요가 있습니다."

"어젯밤 일이었소. 총리는 비서관 가운데 한 사람인 다니엘스 대위를 데리고……."

"프랑스에 수행한 사람과 같은 사람이군요?"

"그렇소. 두 사람은 자동차로 윈저 궁전을 방문하여 총리 혼자 폐하를 배알했소. 그리고 오늘 아침 일찍 런던으로 돌아오는 길에 암살미수사건이 일어났던 것이오."

"잠깐만, 그 다니엘스 대위란 어떤 인물입니까? 그에 관한 서류를 가지고 계십니까?"

에스테어 경이 빙그레 웃었다.

"그렇게 물어볼 거라고 생각했소. 그에 대해서 그다지 자세한 것은 모르오. 특별한 집안 출신은 아니오. 육군에 있었는데, 지금은 아

주 유능한 비서관으로 뛰어난 어학력을 가지고 있지요. 듣건대 일
곱 나라 말을 한다고 하오. 그런 이유로 총리는 프랑스에 가는 수
행원으로 그를 택했던 것이오."

"영국에 그의 친척이 있습니까?"

"백모가 둘 있지요. 햄스테드에 있는 에벌래드 부인, 그리고 애스
코트 근처에 살고 있는 미스 다니엘스가 그들이지요."

"애스코트? 그곳은 윈저 궁전 근처가 아닙니까?"

"그 점은 우리도 알아차렸소. 그러나 결국 얻은 바가 없었소."

"그렇다면 다니엘스 대위는 혐의가 없다고 생각하십니까?"

에스테어 경이 굉장한 울림을 띤 말투로 대답했다.

"아니오, 포아로 씨. 이런 상황이니만큼 그가 누구든 간에 혐의가
없다고 단언할 수 없지요."

"물론입니다. 그런데 당연한 일이지만 총리께서는 엄중한 경비를
받았으리라고 생각됩니다. 그렇다면 어떤 습격도 일어날 수 없었지
않았겠습니까?"

에스테어 경이 고개를 힘없이 떨어뜨렸다. "그렇소, 총리의 자동차
바로 뒤를 사복형사 여러 명이 탄 자동차가 따라갔지요. 매커덤 총리
는 이런 경비에 대해서는 몰랐소. 총리는 개인적으로는 두려움을 모
르는 사람이므로 형사들을 독단적으로 쫓아버릴 염려가 있었기 때문
이오. 그러나 경찰에서는 물론 독자적인 수배를 한 것이오. 사실 총
리가 탄 자동차 운전기사 오머피는 CID (경시청 범죄수사부) 사람이오."

"오머피? 아일랜드 계 사람이 아닙니까?"

"그렇소, 그는 아일랜드 사람이오."

"아일랜드 어디입니까?"

"클레어 주 (아일랜드 독립 운동의 중심지) 입니다."

"네…… 어서 이야기를 계속해 주십시오."

"총리께서는 윈저 궁전으로부터 런던으로 향했지요. 자동차는 박스형이며 총리와 다니엘스는 안에 앉아 있었소. 경호차는 언제나 그렇듯이 바로 뒤를 바싹 따르고 있었지요. 그런데 어찌된 일인지 운 나쁘게도 총리의 자동차가 국도에서 벗어나고 말았소."

포아로가 맞장구쳤다.

"국도가 구부러드는 지점에서였을 테지요?"

"그렇소. 그런데 어떻게 그것을 아시오?"

"뻔한 일 아닙니까? 다음을 계속하십시오!"

"아무튼 어찌된 셈인지 총리의 자동차는 왼쪽으로 꺾이고 말았소. 경찰차는 그런 줄도 모르고 계속 국도를 달려갔지요. 사람 왕래가 적은 작은 길을 조금 간 곳에서 총리의 자동차는 별안간 복면한 한 무리의 사나이들에 의해서 정차명령을 받았소. 운전기사는……."

"용감한 오머피!" 포아로가 의미 있는 목소리로 중얼거렸다.

"한순간 갑작스러운 일로 뜻하지 않게 허를 찔린 운전기사는 브레이크를 밟았소. 총리는 창 밖으로 머리를 내밀었소. 그와 동시에 한 방, 계속해서 또 한 방 총소리가 울렸소. 첫 번째 총알은 다행히도 빗나갔소. 그리하여 몹시 놀란 운전기사는 곧장 자동차를 돌진시켜 흉한들을 쫓아버렸지요."

"위험했겠군요!" 나는 공포를 느끼며 외쳤다.

"매커덤 총리는 가벼운 상처쯤으로 크게 소란피우지 말라고 주위사람들을 꾸짖었소. 대수롭지 않은 상처라는 것이었소. 그분은 간이진료소에 들러 상처를 치료받았는데…… 물론 신분은 밝히지 않았소. 그런 다음 예정대로 체링 크로스 역으로 자동차를 몰게 했지요. 그곳에 도버 행 특별열차가 대기하고 있었습니다. 거기서 총리는 경찰당국에 짤막하게 사건 경위에 대해서 설명한 뒤 대기하고 있던 구축함을 타고 그대로 곧 프랑스를 향해 떠난 것이오. 그리고

불로뉴에서는 알다시피 영국기를 단 어디로 보나 수상한 점이라고
는 조금도 없는 가짜 자동차가 마중 나와 있었던 것이오."
"사건의 개요는 그것이 모두입니까?"
"그렇소."
"미처 말씀하지 못한 사실은 없습니까?"
"아 참, 한 가지 묘한 일이 있었소."
"그게 무엇입니까?"
"총리의 자동차가 체링 크로스 역에서 총리를 내려드린 뒤 돌아오
지 않았소. 경찰은 오머피로부터 사정을 듣고 싶어했으므로 곧 수
사에 착수했지요. 그리하여 소호 거리의 수상쩍어 보이는 조그마한
레스토랑 앞에 멈춰서 있는 자동차를 발견했소. 그곳은 독일 스파
이들의 연락장소로서 유명한 곳이지요."
"그럼, 운전기사는?"
"운전기사는 아무데서도 발견되지 않았소. 그도 사라져버리고 만
것입니다."
포아로는 깊이 생각에 잠기며 말했다. "그렇다면 실종된 사람은 둘
인 셈이군요. 프랑스에선 총리, 런던에선 오머피……."
포아로는 에스테어 경을 날카롭게 쏘아보았다. 경은 어찌할 도리가
없다는 듯한 몸짓을 했다.
"포아로 씨, 나로서는 만일 어제 오머피에 대해 배반자라고 하는
사람이 있었다면 큰소리로 웃어주었을 거라는 말밖에 할 수 없습니
다."
"그렇다면 오늘은 어떻습니까?"
"오늘은 도무지 어떻게 생각해야 할지 모르겠소."
포아로는 무겁게 고개를 끄덕이며 큰 은제 손목시계를 보았다.
"나는 전면적인 백지위임(Carte blanche)을 받은 것으로 해석하고

있습니다만, 괜찮겠지요? 나는 어디에 가서 무엇을 하든 자유로울
필요가 있습니다."

"마음대로 하오. 지금부터 1시간 안에 스코틀랜드야드의 지원대를
태운 도버 행 특별열차가 떠납니다. 육군장교와 CID 사람이 당신
을 모실 터이니 부디 자유로이 쓰도록 하오. 어떻소, 만족하시
오?"

"아주 만족합니다. 그러나 돌아가시기 전에 한 가지만 더 묻겠습니
다. 어째서 두 분은 나를 찾아오신 겁니까? 나는 이 대도시 런던
에서는 한낱 시정인의 하나에 지나지 않는데 말입니다."

"당신 나라의 아주 지위 높은 분의 간절한 권고와 희망으로 당신을
찾아온 것이오."

"그렇습니까? 그렇다면 나의 친구인 주지사가?"

에스테어 경은 머리를 저었다.

"주지사보다도 지위가 높은 분이오. 그분 말씀은 전에는 벨기에의
법률이었고, 머지않아 또 그렇게 될 것이오! 그것은 영국이 보증
하고 있소!"

포아로의 손이 재빨리 움직여 과장된 몸짓으로 경례를 했다. "황송
하기 이를 데 없습니다! 아, 폐하께선 나를 잊지 않으셨습니다……
이 에르큘 포아로는 성심성의껏 몸바쳐 일할 생각입니다. 바라건대
일이 늦어지지 않기를. 그러나 아직도 속속들이 꿰뚫어볼 수가 없습
니다. 나로서는 아직 짐작이 가지 않습니다."

두 사람의 등뒤에서 문이 닫히자 나는 기다렸다는 듯이 소리쳤다.
"자네는 어떻게 생각하나, 포아로?"

나의 친구는 민첩하고 재치 있는 손놀림으로 작은 여행가방에 부지
런히 짐을 챙겨 넣고 있었다. 나는 깊이 생각에 잠긴 듯한 표정으로
머리를 저었다.

포아로가 대답했다. "어떻게 생각해야 할지 알 수가 없군. 뇌세포가 나를 단념한 모양일세."

"자네 말대로 총리의 머리를 한 대 먹이면 끝나는 일인데, 어째서 납치 같은 것을 했을까?"

"아, 헤이스팅스, 미안하지만 나는 그런 말은 하지 않았네. 그들의 목적이 총리를 유괴하는 데 있다는 것은 의심할 여지가 없지 않나."

"하지만 어째서?"

"불안정된 상태는 공황을 빚어내기 때문이지. 그것이 한 가지 이유일세. 만일 총리가 죽으면 끔찍스러운 불상사임에는 틀림없지만 억지로라도 그 사태에 대처하지 않을 수 없게 되지 않겠나. 하지만 지금 상태로서는 모두 마비되어 있지 않은가? 총리는 다시 나타날 것인지 나타나지 않을 것인지? 죽어 있는지 살아 있는지? 아무도 그것을 알지 못하며 알 때까지는 아무것도 결정적인 조치를 취할 수가 없거든. 그러므로 방금 말했듯이 불안정한 상태가 공황의 온상이 되는 셈인데, 그것이야말로 독일놈들(les Boches)이 바라는 일이 아니겠는가. 둘째로 만일 납치범들이 총리를 아무도 모르게 감금하고 있다면 그들은 양쪽에 대해서 흥정할 수 있는 이점을 가지게 되지. 독일정부는 대체로 주머니 끈이 단단한 편이지만 이번 같은 경우라면 틀림없이 상당한 금액의 돈을 싫든 좋든 토해내지 않을 수 없을 걸세. 셋째로 그들은 교수형이 될 위험을 범하고 있지는 않잖은가. 아무리 보아도 납치가 그들의 목적임에 틀림없어."

"그렇다면 어째서 녀석들은 맨 처음에 총리를 저격한 걸까?"

포아로는 울화가 치미는 듯한 몸짓을 했다. "아, 그 점을 모르겠어! 설명할 수가 없어…… 어이가 없군! 그들은 납치하기 위한 모든 준비를, 그것도 매우 교묘한 준비를 갖추었는데. 그런데도 마치

영화를 능가하는 그야말로 비현실적인 멜로드라마 식의 저격사건을
저질러 계획 전체를 위험에 빠뜨리게 했단 말이야. 런던에서 약 30킬
로미터도 떨어지지 않은 곳에서 복면한 사나이들이 강도 같은 짓을
하다니 아무리 생각해도 믿어지지가 않아."

나는 내 생각을 말해 보았다. "그렇다면 두 가지 따로따로의 계획
이 서로 독립해서 일어난 것은 아니었을까?"

"아니, 그렇지 않아. 그렇다고 하기에는 너무 우연의 일치가 많
아! 그럼, 처음에 누가 배신한 것일까? 틀림없이 배신자가 있었
을 거야, 어찌되었든 첫 번째 사건에는 말이지. 그러나 대체 누구
일까…… 다니엘스인가, 오머피인가? 둘 중 하나일 것이 틀림없
어. 그렇지 않으면 어째서 자동차가 국도에서 벗어났겠나? 총리가
자신을 암살하려는 사람을 보고도 못 본 체한다는 건 생각할 수 없
는 일이 아닌가! 오머피가 자발적으로 차를 돌렸을까, 아니면 다
니엘스가 그렇게 하라고 오머피에게 명령한 것일까?"

"오머피의 짓임에 틀림없네."

"그럴까? 만일 다니엘스가 한 짓이라면 총리는 그가 명령하는 말
을 듣고 그 까닭을 물었을 테니까. 그러나 이 사건 전체에는 실로
'어째서?'라는 말이 많군. 더욱이 그것들이 모두 서로 모순되는 것
이거든. 만일 오머피가 아무 죄도 없다면 '어째서' 국도를 벗어났을
까? 그러나 그에게 죄가 없지 않다면 '어째서' 겨우 두 방을 쏘았
을 뿐인데 차를 다시 출발시켜…… 그러니까 틀림없이 총리의 목
숨을 구하게 되는 짓을 저질렀을까? 게다가 또 만일 그에게 죄가
없다면 '어째서' 체링 크로스 역에서 곧장 독일 스파이들의 유명한
연락장소로 차를 몰았을까?"

"도무지 영문을 모르겠군."

"여기서 다시 한 번 순서를 쫓아 이 사건을 살펴보기로 하세. 이

두 사나이의 유리한 점과 불리한 점은 무엇일까? 먼저 오머피를 살펴보도록 하세! 불리한 점…… 국도를 벗어난 행동이 수상함, 클레어 주 출신인 아일랜드 사람이라는 점, 매우 암시적인 방법으로 모습이 사라졌음. 유리한 점——재빨리 자동차를 몰아 총리의 목숨을 구했음, 스코틀랜드야드 사람으로 특별히 임명된 믿을 수 있는 경찰관임. 그럼, 다니엘스는 어떤가. 이 사람에게는 그다지 불리한 점이 없네. 그 본성을 잘 알 수 없으며, 여느 영국인 치고는 너무 많은 외국어를 할 수 있다는 점을 빼놓는다면. 미안하게도 어학능력이라면 우리들은 정말 비참할 정도니까 말이야. 그리고 그에 대해서는 재갈이 물리고 꽁꽁 묶여서 클로로포름을 맡게 했다는 사실을 알고 있는데, 이 점으로 보면 그가 사건에 관계되어 있었다고는 생각할 수 없잖은가. ”

“혐의를 다른 곳으로 돌리게 하려고 그 자신이 연극한 것은 아닐까? ”

포아로는 고개를 가로저었다. “프랑스 경찰은 이런 종류의 일에는 빈틈이 없다네. 더욱이 계획한 목적을 이루어 보기 좋게 속여서 총리를 납치한 다음에 그가 남아 있을 필요는 없지 않겠나? 물론 공모자가 그에게 재갈을 물리고 마취시켜 둘 수도 있었겠지만, 그렇게 되면 그들이 대체 무슨 일을 계획한 것인지 나로서는 알 수 없게 되거든. 이제 와서는 그의 이용가치가 전혀 없을 테니까. 총리에 관한 상황이 똑똑히 알려지게 될 때까지는 그는 엄중히 감시받을 테니까 말야. ”

“경찰의 수사방침을 휘저어놓고 싶었던 게 아닐까? ”

“그렇다면 어째서 그렇게 하지 않았을까? 그는 다만 코와 입에 뭔가가 세게 눌려졌을 뿐 그 뒤의 일은 아무것도 모른다고 말하고 있을 뿐이네. 허위단서는 아무것도 없지. 아무리 보아도 그것이 진상이라고밖에 생각되지 않네. ”

“그런데,” 하고 나는 시계를 보았다. “이제 슬슬 떠나는 편이 좋을 것 같네. 프랑스에 가면 좀더 어떤 실마리가 잡힐지도 모르지.”

“하지만 나로서는 좀 의문이네. 나는 총리가 어떤 한정된 구역 안에서 발견되지 않는다는 사실이 아직도 믿어지지 않거든. 총리를 감추기란 아마도 어려운 일일 테니까. 만일 영국과 프랑스 두 나라의 군대와 경찰이 나선다 하더라도 발견할 수 없다면 내가 어떻게 해내겠나?”

체링 크로스 역에서 우리는 도지 씨의 마중을 받았다. “스코틀랜드 야드의 번스 형사와 노먼 소령이오. 두 분은 있는 힘껏 당신의 일을 거들게 되어 있소. 성공을 빌겠소. 귀찮은 일이지만 나는 희망을 버리지 않소. 그럼 이만.”

도지 씨는 말을 마치자 재빠른 걸음으로 사라져갔다. 우리는 노먼 소령과 별 의미 없는 이야기를 주고받았다. 플랫폼에 있는 사람들의 무리 한복판에 흰 족제비 같은 얼굴을 한 작은 사나이가 키가 후리후리하고 당당한 신사와 이야기를 하고 있는 것이 눈에 띄었다. 포아로가 전부터 잘 알고 있는 재프 경감——스코틀랜드야드에 전속된 실력파로 알려져 있는 경찰관——은 가까이 다가와 내 친구에게 기쁜 듯이 인사했다.

“당신이 이 사건을 맡았다는 이야기를 들었지요. 꽤 흥미 있는 일입니다. 지금까지는 감쪽같이 사람을 훔쳐갔지만, 그렇게 언제까지 총리를 숨겨둘 수는 없을 겁니다. 스코틀랜드야드의 경찰관들이 프랑스 안을 구석구석 수사하고 있습니다. 프랑스 경찰도 마찬가지지요. 이제 사건 해결은 시간문제입니다.”

“총리께서 살아 계신다면…….”

키 큰 형사가 침울한 표정으로 말했다.

재프 경감의 얼굴이 흐려졌다.

"그렇겠지요. 나로서는 총리께서 무사히 계시리라고 생각합니다."
포아로가 고개를 끄덕였다.

"그렇습니다, 총리는 살아 계십니다. 그러나 시간에 늦지 않도록 찾아낼 수 있을는지 모르겠습니다. 나도 당신과 마찬가지로 그렇게 언제까지 총리를 감추어둘 수는 없으리라고 생각합니다만."

기적이 울리자 모두들 일등 침대차에 올라탔다. 이윽고 열차는 '덜컹' 흔들린 다음 정거장을 떠났다.

기묘한 여행이었다. 스코틀랜드야드 사람들은 이마를 마주대고 한 덩어리가 되어 앉아 있었다. 북부 프랑스의 지도가 여러 장 펼쳐져 있고 손가락 끝이 열심히 도로의 선이며 마을을 더듬고 있었다. 여러 가지 이야기가 오고갔다.

한편 포아로는 여느 때의 수다스러움이 어디로 갔는지 똑바로 앞쪽을 바라보고 앉아 있었다. 그 표정은 어찌할 바를 몰라 하는 암담한 어린아이의 얼굴을 연상케 했다. 나는 노먼과 이야기를 해보았는데, 그는 꽤 유쾌한 사람이었다. 그런데 도버에 닿은 뒤 포아로의 거동은 크게 나를 흥미롭게 해주었다.

"아차(Mon Dieu)! 이거 참, 못 견디겠는걸!" 포아로가 중얼거렸다.

"기운을 내게, 포아로, 잘될 거야. 총리는 발견될 거야. 내가 그것을 보증하지."

"아니야, 자네는 내 마음을 오해하고 있네, 헤이스팅스. 내가 고민하는 것은 이 지긋지긋한 바다일세. 뱃멀미란 정말 끔찍스러운 고통이거든!"

"허어!" 나는 어지간히 어이가 없었다.

맨 처음 엔진의 진동이 전해지자 포아로는 신음 소리를 내며 두 눈을 감았다. "노먼 소령이 북부 프랑스의 지도를 가지고 있네. 자네가 검토할 필요가 있으면……. ”

포아로는 화가 치미는 듯 고개를 세게 저었다. “필요 없네. 내버려 둬주게. 생각하는 데는 위와 머리가 조화되어야만 한다네. 라벨기에가 뱃멀미를 이겨내는 기막힌 방법을 발명했지. 깊숙이 숨을 들이마셨다가 천천히 내쉬는 걸세. 그렇게 하면서 왼쪽으로부터 오른쪽으로 고개를 돌려 한 번 숨을 쉴 때마다 여섯까지 숫자를 세는 것이지. ”

체조까지 해가며 노력하고 있는 포아로를 그냥 내버려둔 채 나는 갑판으로 나왔다. 배가 불로뉴 항구에 조용히 들어가자 포아로는 몸맵시를 바로 하고 미소를 띠면서 모습을 나타내더니 모기 소리만한 소리로 라벨기에의 방법은 '놀라우리만큼' 효과가 있었다고 나에게 말했다. 재프 경감의 집게손가락은 여전히 지도상에서 상상되는 길을 쫓고 있었다. “원, 정말 어이가 없군! 자동차는 불로뉴에서 출발하여, 여기쯤에서 녀석들은 갈라진 걸세. 나로서는 녀석들이 총리를 다른 자동차에 옮겼으리라고 생각되는데, 어떤가? ”

“과연 그럴듯하군요. ” 키 큰 형사가 말했다. “나는 항구를 조사하겠습니다. 십중팔구 녀석들이 총리를 배에 몰래 납치한 것이 틀림없습니다. ”

재프는 머리를 저었다. “그건 너무 뻔한 수법일세. 모든 항만을 봉쇄하는 명령이 곧 내려졌으니 말이야. ”

프랑스에 상륙하니 바야흐로 날이 밝으려 하고 있었다. 소령은 포아로의 팔에 손을 얹으며 말했다.

“군용차가 준비되어 있습니다. ”

“고맙소. 그러나 나는 지금 불로뉴를 떠날 생각이 없소. ”

“뭐라고요? ”

“우리는 부둣가에 있는 호텔에 들겠소. ”

포아로는 그 말대로 실행했다. 요구하는 대로 빈방이 하나 주어졌다. 우리 세 사람은 영문을 모르는 채 여우에게 흘린 듯한 심정으로 그 뒤를 따랐다.

포아로는 재빠른 눈길을 우리에게로 던지며 말했다. "적어도 탐정은 행동적이어야 한다 그 말이오? 나로서는 당신들의 뱃속이 환히 들여다보이오. 탐정은 정력적이어야 한다, 동분서주 먼지투성이의 길을 걸어 다니면서 작은 확대경으로 타이어 자국을 찾아야만 한다, 담배꽁초며 타다 남은 성냥개비를 주워 모아 조사해야만 한다는 것이 탐정에 대한 일반적인 생각이겠지요. 어떻소?"

포아로의 눈이 우리에게 도전하고 있었다.

"그러나 여기에 있는 나 에르큘 포아로는 그런 존재가 아니라는 점을 말해 두겠소. 참다운 실마리는 이 속에 있소…… 바로 여기에!"

그는 자기 이마를 톡톡 두드렸다.

"나는 런던을 떠날 필요가 없었소. 내 방에 조용히 앉아 있으면 충분합니다. 문제는 이 머릿속에 있는 뇌세포입니다. 뇌세포는 남모르게 말없이 맡은 바 임무를 다하고 있습니다. 머지않아 나는 별안간 지도를 가져와 달라고 부탁하여 어떤 지점을 손가락으로 가리켜 보일 것이오. 그리고 말할 것이오, '총리는 여기 계시오' 라고. 결과는 과연 그 말대로일 거요! 방법과 논리를 가지고 하면 어떤 일이라도 해낼 수 있소! 허둥지둥 프랑스로 달려온 것은 잘못이었소. 이건 마치 어린아이들의 술래잡기 같군요. 그러나 이제부터는 얼마쯤 늦어지기는 했지만 올바른 방법으로 뇌세포의 활동에 전념하겠소. 여러분, 조용히 해주시오."

그로부터 5시간 동안이나 작은 사나이는 돌처럼 앉은 채 고양이 같은 눈만 깜박거리고 있었다. 이글이글 타오르는 초록색 눈은 점점 그 빛이 짙어져갔다. 경시청 사람들은 경멸하는 빛을 노골적으로 드러내 보이고 있었다. 노먼 소령은 지긋지긋한 듯한 표정을 띠며 지루해 했고, 나로서도 시간이 견딜 수 없을 만큼 느릿느릿 지나가는 것 같았다. 마침내 나는 벌떡 일어나 될 수 있는 대로 소리나지 않게 창가로 걸어갔다. 아무래도 사태는 뻔히 알고 있는 연극처럼 생각되었다. 나는 진심으로 포아로의 일이 걱정스러웠다. 실수를 한다고 해도 이렇게 웃음거리가 될 만한 방법으로 실패하지 않기를 바라는 마음뿐이었다. 창문 너머로 배다리에 대어 있는 날마다 출항하는 정기선에서 검은 연기가 피어오르는 광경을 나는 아무 생각 없이 바라보고 있었다.

갑자기 바로 가까운 곳에서 들린 포아로의 목소리에 나는 퍼뜩 정신을 차렸다.

"여러분, 떠납시다!"

나는 뒤돌아보았다. 놀라운 변화가 포아로에게 일어나고 있었다. 그의 두 눈은 흥분으로 반짝이고 가슴은 더 이상 내밀 수 없을 만큼 앞으로 쑥 튀어나와 있었다. "나는 정말 생각이 모자랐소. 그러나 여러분! 마침내 광명이 보이기 시작합니다."

노먼 소령은 문 쪽으로 급히 갔다. "자동차를 준비시킬까요?"

"그럴 필요 없소. 자동차는 쓰지 않겠소. 다행히 바람도 자니까요."

"걸어가시겠다는 말씀인가요?"

"아니, 그렇지 않소. 나는 성 베드로^(바다를 걸어서 갔다고 함)는 아닙니다. 바다를 건너려면 배를 부탁해야겠지요."

"바다를 건넌다고요?"

"그렇소, 논리적으로 일을 진행시키려면 맨 처음부터 손을 대야만 하오. 이 사건이 시작된 것은 영국이었소. 따라서 우리는 영국으로 되돌아가는 것이오."

오후 3시 모두는 또다시 체링 크로스 역의 플랫폼에 서 있었다. 포아로는 우리의 충고에는 전혀 귀를 기울이려 하지 않고 맨 처음부터 다시 출발하는 것이 시간을 낭비하지 않을 뿐 아니라 오직 하나의 방법이라고 누누이 되풀이 말하는 것이었다. 도중에 그는 노먼 소령과 나직한 목소리로 뭔가 의논하고 있었는데, 소령은 도버에서 여러 통의 전보를 쳤다.

소령의 특별통행증 덕분에 기록적인 짧은 시간 안에 모든 장소를 지나칠 수 있었다. 런던에서는 여러 명의 사복형사를 태운 커다란 경찰차가 우리를 기다리고 있었다. 형사 가운데 한 사람이 타이프친 종이 한 장을 포아로에게 건네주었다. 나의 궁금해 하는 듯한 시선에 대답하며 포아로가 말했다. "런던 서쪽의 일정한 거리 안에 있는 간이진료소의 리스트일세. 도버에서 전보로 조회했었지."

런던 시내를 우리는 쏜살같이 빠져나갔다. 해머스미드를 지나고 치스윅에서 글렌포드로 빠졌다. 나는 포아로의 의도하는 바가 무엇인지 알아차리기 시작했다. 윈저 궁전을 지나 애스코트로 향하고 있었던 것이다. 가슴이 몹시 뛰었다. 애스코트는 비서 다니엘스 대위의 백모가 살고 있는 곳이다. 우리는 다니엘스를 쫓고 있는 것이며 운전기사 오머피가 목적은 아닌 것이다. 아니나 다를까, 자동차는 아담한 별장문 앞에 멈춰 섰다. 포아로는 차에서 뛰어나가 초인종을 울렸다. 나는 당혹한 듯이 이맛살을 찌푸린 그의 얼굴에서 생기가 사라져가는 것을 알아차렸다. 분명히 그는 불만스러운 듯했다. 초인종 소리에 응해서 포아로는 별장 안으로 안내를 받아 들어가더니 곧 다시 나타나 세게 머리를 가로저으며 차에 올라탔다.

나의 희망은 다시 오므라들었다. 시각은 4시가 지나 있었다. 만약 다니엘스의 유죄를 입증하는 증거를 발견했다 하더라도 일당 중 누군가로부터 총리를 가두고 있는 프랑스의 장소를 털어놓게 하지 못하는 한 어떻게도 할 수 없지 않겠는가?

런던을 향해서 돌아오는 길은 무척 더웠다. 자동차는 한 번만이 아니라 여러 번 국도를 벗어나 작은 건물 앞에서 몇 차례나 멈춰 섰다. 얼른 보아도 알 수 있는 간이진료소뿐이었다. 포아로는 그때마다 몇 분씩 허비하며 무엇인가를 조사하곤 했는데, 차가 멈출 때마다 확신에 찬 반짝임이 그 얼굴 위에 떠오르기 시작했다.

포아로가 노먼 소령에게 뭐라고 귀엣말로 속삭이자 소령이 대답했다. "네, 오른쪽으로 돌아 다리 앞에서 대기하고 있습니다."

옆길로 빠져나가자 제2의 자동차가 길가에 대기하고 있는 것이 희뿌연 어스름 속에 비쳤다. 사복형사 둘이 타고 있었다. 포아로는 차에서 내려 그들과 이야기를 나눈 다음 북쪽을 향해 출발했다. 제2의 자동차가 바싹 뒤를 따랐다.

한참 차를 달리게 했다. 아무래도 목표는 런던 북쪽 교외인 듯했다. 드디어 차는 길가에서 조금 깊숙이 떨어진 곳에 세워져 있는 높다란 저택의 정면 문 앞에 섰다. 노먼과 나는 자동차 안에 남았다. 포아로와 형사 한 사람이 문으로 가서 초인종을 울렸다. 자그마하고 얌전한 하녀가 문을 열었다. 형사가 입을 열었다.

"경찰에서 왔소, 가택수색 영장이 있습니다."

하녀가 나직이 비명을 질렀다. 그러자 중년의 아름다운 부인이 그 뒤쪽의 홀에서 나타났다. "어서 문을 닫아라, 에디스, 틀림없이 강도일 거야."

그러나 포아로는 재빨리 한쪽 발을 문 안으로 집어넣으며 호각을 불었다. 전혀 틈을 주지 않고 다른 형사들이 달려 올라가 집 안으로 우르르 밀고 들어가서 문을 닫아버렸다. 노먼과 나는 자동차에 남아 있게 된 불운을 투덜거리면서 5분쯤 기다렸다. 이윽고 문이 열리고 형사들이 세 포로――한 여자와 두 남자――와 함께 나왔다. 여자와 한 남자는 제2의 자동차에 태웠다. 또 한 사나이는 포아로 자신이 데리고 와서 우리의 차에 태웠다.

"나는 저쪽 자동차에 타야겠으니 이분에게 충분히 조심해 주게, 헤이스팅스. 이분을 모르겠나? 그럼, 좋아, 소개하지. 바로 오머피 씨라네."

오머피! 자동차가 다시 움직이기 시작했을 때에도 나는 멍하니 입을 벌린 채 그 사나이를 지켜보고 있었다. 수갑이 채워져 있지 않았으나 도주할 염려는 없어 보였다. 오머피는 정신이 나간 듯 앞쪽을 바라본 채 잘 움직이지도 않았다. 어떻든 노먼 소령과 나를 상대로 해서는 그에게 승산이 있을 리 없다. 놀랍게도 자동차는 여전히 북쪽을 향해 달리고 있었다. 그렇다면 런던으로 돌아가는 것이 아니란 말인가! 내 머릿속은 매우 혼란스러웠다. 갑자기 자동차가 속력을 줄여 천천히 달리게 되었을 때 헨든 비행장 바로 옆에 있음을 깨달았다. 포아로의 생각이 곧 납득되는 듯했다. 비행기로 프랑스에 가려는 것이다. 꽤 과감한 아이디어지만 분명히 유효한 조치라고 할 수는 없을 것이다. 전보 쪽이 훨씬 빨리 도착하지 않겠는가. 그야말로 1초를 다투는 때다. 총리를 구출하는 명예를 포아로는 제3자에게 양보해야만 옳을 것이다.

자동차가 멈추자 노먼 소령이 차에서 뛰어내리고 그 대신 사복형사 한 사람이 올라탔다. 소령은 포아로와 몇 마디 선 채로 이야기를 주고받고 나서 재빠른 걸음으로 모습을 감추었다. 나는 자동차에서 내려와 포아로의 팔을 잡았다. "축하하네, 포아로. 녀석들이 총리를 숨긴 곳을 털어놓은 모양이구먼. 그러나 곧 프랑스로 전보를 치는 것이 옳지 않겠나? 자네가 직접 가면 틀림없이 시간에 대어갈 수 없을 걸세."

포아로는 한참 동안 이상하다는 듯이 내 얼굴을 지켜보았다.

"유감스럽지만 전보로는 보낼 수 없는 것도 있다네, 헤이스팅스."

그때 노먼 소령이 항공복을 입은 젊은 장교를 데리고 돌아왔다.

"당신을 프랑스로 모실 라이얼 대위입니다. 지금 당장이라도 떠날 수 있습니다."

"두터운 옷을 입으십시오. 괜찮으시다면 코트를 빌려드리겠습니다" 하고 젊은 파일럿이 말했다.

포아로는 터무니없이 큰 시계를 꺼내보면서 혼자 중얼거렸다. "흠, 시간이 있군. 꼭 대어가겠어."

그는 얼굴을 들고 파일럿에게 정중한 태도로 인사했다.

"고맙소. 그러나 태워주셔야 할 사람은 내가 아니오. 이분이시오."

포아로가 옆으로 몸을 비키자 어둠 속에서 한 사람의 모습이 나왔다. 제2의 자동차에 태웠던 포로인 남자였다. 그 포로의 얼굴이 불빛에 비쳐졌을 때 나는 숨이 딱 멎어버릴 정도로 놀랐다.

바로 총리 그분이 아닌가!

"제발 모든 걸 다 이야기해 주게." 포아로와 노먼 소령과 셋이서 런던을 향해 자동차로 달려가며 나는 더 이상 참지 못하고 소리쳤다. "대체 어떻게 녀석들은 총리를 영국으로 몰래 밀입국시켰지?"

"총리를 밀입국시킬 필요는 없었다네." 포아로는 선뜻 대답했다. "총리는 영국을 떠나지 않았다네. 윈저 궁전에서 런던으로 돌아가는 길에 납치되었으니까."

"뭐라고?"

"일의 자초지종을 설명하겠네. 총리는 자동차에 타고 있었네. 옆에는 비서가 있었지. 별안간 총리의 얼굴에 클로로포름을 적신 헝겊이 씌워졌다네."

"대체 누가 그런 짓을?"

"저 현명하고 어학에 능통한 다니엘스 대위지. 총리가 의식을 잃은 것을 보자 다니엘스는 송화관을 집어 들어 (이 무렵의 자동차는 뒷좌석과 운전 기사석 사이에 칸이 막혀 있었다) 오머피에게 자동차를 오른쪽으로 꺾으라고 명령했네. 운전기사는 조금도 의심하지 않고 하라는 대로 했지. 인기척 없는 도로를 몇백 미터쯤 간 곳에 큰 자동차가 고장 난 것처럼 서 있었네. 그 차의 운전기사가 오머피에게 차를 세우라고 손짓을 했네. 오머피는 속력을 떨어뜨려 천천히 다가갔지. 운전기사가 가까이 왔네. 다니엘스는 창문 밖으로 몸을 내밀고 아마도 염화 에테르 같은 곧 마취의 효력을 일으키는 클로로포름의 트릭을 또다시 되풀이했을 거라고 짐작되네. 눈 깜짝할 사이에 의식을 잃은 총리와 오머피를 자동차에 끌어내려 다른 차로 옮기고 두 사람 대신 다른 사람을 태운 것이지."

"그런 어이없는 일이!"

"어이없을 것도 없네(Pas du tout). 자네는 뮤직홀에서 명사의 흉내를 진짜처럼 내는 것을 본 일이 있겠지? 국가적인 명사의 흉내를 내는 것만큼 쉬운 일은 없거든. 이를 테면 아무데서나 볼 수 있는 평범한 한 시민으로 둔갑을 하는 것보다도 대영제국의 총리가 되는 것이 훨씬 쉬운 일이지. 오머피를 대신하는 사람은 총리가 떠난 뒤에는 아무도 주목할 염려가 없지. 그래서 살짝 아무도 모르게 체링 크로스 역에서 일당의 연락장소로 차를 직행시킨 것이라네. 오머피가 되어 그 가게에 들어갔다가 전혀 다른 사람이 되어 가게에서 나갔네. 오머피는 바라던 대로 의심스러운 흔적을 남기고 깨끗이 사라지고 만 셈이지."

"그러나 총리로 둔갑을 한 녀석은 많은 사람들이 보았을 게 아니었겠나!"

"개인적으로 또는 친하게 사귀던 사람들에게는 보이지 않았지. 더욱이 다니엘스가 온 힘을 다해 곁의 사람들로부터 총리를 차단했으며, 게다가 총리의 얼굴은 온통 붕대로 감겨져 있었거든. 여느 때와 다른 행동이 있더라도 총리의 생명을 노린 미수사건에 의한 충격 때문이라고 설명될 수 있지. 매커덤 수상은 목이 약하기 때문에 언제나 큰 연설을 하기 전에는 되도록 목소리를 쓰지 않도록 하고 있었네. 대역을 하는 사람은 프랑스에 도착할 때까지 감쪽같이 잘 해치웠지. 그 다음은 비현실적이고 실행될 수 없는 일로 총리는 실종된 셈이었어. 본국의 경찰은 깜짝 놀라 곧 허둥지둥 프랑스로 건너갔지만 어느 한 사람 처음 습격 때의 자세한 조사를 하려들지는 않았네. 납치사건이 프랑스에서 일어났다는 착각을 확고하게 보증하기 위해서 다니엘스는 의심할 여지가 없도록 꽁꽁 결박된 채 클로로포름을 맡고 쓰러져 있는 것처럼 꾸민 것이라네. ”

“그럼, 총리의 대역을 한 사람은? ”

“변장했던 것을 벗어버리기만 하면 되지. 이 사나이와 가짜 운전기사는 용의자로 붙잡힐지도 모르지만, 그들이 이 드라마에서 연기한 참다운 역할은 아무도 전혀 생각해 내지 못할 테니까 결국은 증거 불충분으로 석방될 것이 틀림없지 않겠나. ”

“그럼, 진짜 총리는? ”

“총리와 오머피는 다니엘스의 ‘백모’라고 불리는 햄스테드의 에벌래드 부인의 저택으로 실려 갔네. 그녀는 경찰이 오래전부터 수배 중인 독일 스파이 베르타 에벤타르 부인이었네. 다니엘스는 별것 아니지만, 이 부인은 내가 경찰에게 준 작지만 귀중한 선물이라고 할 수 있겠지! 교묘한 계획이었지만 다니엘스는 이 에르큘 포아로의 머리가 얼마나 날카로운가 하는 것을 계산에 넣지 않았던 거야! ”

포아로가 자랑스러워하는 것도 무리가 아니었다.

“자네는 언제부터 사건의 진상을 짐작하고 있었지 ? ”
“올바른 방법으로 다시 시작했을 때였네…… 머릿속으로 ! 그 저격사건이 아무래도 납득되지 않았어. 그러나 저격의 결과 총리가 얼굴에 붕대를 감고 프랑스에 갔다는 점을 깨닫자 그 순간 내 눈을 가렸던 비늘이 떨어졌지 ! 그리고 윈저 궁전과 런던 사이에 있는 간이진료소를 이 잡듯이 찾아다니며 내가 말하는 인상에 맞는 사람으로, 그날 아침 얼굴에 치료를 받고 붕대를 감은 사람이 없다는 것을 알게 되었으므로 나는 확신을 얻은 것이야 ! 나처럼 기막힌 머리를 가진 사람에게 그 다음은 이미 어린아이의 장난이나 다름없는 일이지 ! ”
이튿날 아침 포아로는 막 받아든 전보를 나에게 건네주었다.

　시간에 늦지 않았음.

그날 저녁신문에는 연합국회의에 관한 기사가 실려 있었다. 각 신문은 데이비드 매커덤 총리가 받은 열광적인 박수에 대해 특히 역설하고 있었다. 총리의 격려 연설은 그 회의에 참석한 모든 사람들에게 깊은 감명을 주었던 것이다.

DEATH IN THE CLOUDS
구름 속 살인

등장인물

마리 모리소 고리대금업자. '마담 지젤'

앤 마담 지젤의 딸

알렉상드르 티보 마담 지젤의 변호사

제인 그레이 미용사

시설리 호밸리 백작부인

베니시어 앤 카 귀족의 딸

로저 제임스 브라이언트 이비인후과의사

노먼 게일 치과의사

아르망 뒤퐁 고고학자

장 아르망의 아들. 고고학자

다니엘 마이클 클랜시 미스터리 작가

제임스 벨 라이더 시멘트 회사 지배인

헨리 마이클 플로미슈즈 호 객실 사무장

앨버트 데이비드 승무원

푸르니에 프랑스 경찰국 경감

재프 런던 경찰국 경감

에르퀼 포아로 사립탐정

구름 속 살인

파리발 크로이든행

9월 햇빛이 파리의 르 부르제 비행장에 뜨겁게 내리쬐고 있었다. 승객들은 런던의 크로이든 공항을 향해 곧 이륙하려는 정기여객기 플로미슈즈 호를 타려고 비행장을 가로질렀다.

제인 그레이는 맨 마지막으로 비행기에 올라 16번 자리에 앉았다. 승객들 중에는 벌써 가운뎃문으로 들어가 작은 식기실과 2개의 세면실을 지나 앞객실로 들어가 앉은 사람도 있었다. 대부분의 손님들이 이미 자리를 잡고 앉아 있었다. 통로 건너편에서 시끄러운 이야기 소리——날카롭고 재빠른 여자 목소리가 가장 높았다——가 들려왔다. 제인은 입술을 조금 일그러뜨렸다. 그런 목소리를 내는 사람들을 잘 알고 있었기 때문이다.

"어머나, 당신이군요! 놀랐어요. 모르겠는데요…… 어디라고요? ……주앙 레 팡 (남프랑스의 휴양지. 리비에라의 일부) 이라고요? 아, 그래요. ……아니, 나는 르 피네 (북프랑스의 휴양지) 에서 오는 길이에요.

……네, 그곳도 여전히 혼잡했어요. 물론 우리 함께 앉아요……

어머나, 안 된다고요? ……어느 분일까? ……아, 그렇군요. ”

그때 남자 목소리가 들렸다. 외국인 말투의 정중한 목소리였다.

“아, 앉으십시오, 부인. 좋고말고요. ”

제인은 흘끗 곁눈질해 보았다.

계란형의 얼굴에 보기 좋은 콧수염을 기른 몸집이 작은 중년 사나이가 제인과 같은 줄의 통로 건너편 좌석에서 가까이 있는 짐을 들고 조심스럽게 자리를 옮기는 참이었다.

제인이 힐끗 보니 두 여자가 눈에 들어왔다. 이 두 사람이 우연히 만나는 바람에 친절한 낯선 승객이 자리를 옮기게 된 것이다. 제인은 지금까지 르 피네에 머물러 있었으므로 르 피네라는 말에 문득 호기심이 동했다.

그녀는 두 여자 가운데 한 사람을 잘 기억하고 있었다. 배커라 (카드로 하는 도박의 한 종류) 테이블에서 마지막으로 보았을 때, 그녀는 작은 손을 쥐었다 폈다 하며 아름답게 화장한 드레스덴의 도자기 같은 얼굴을 붉혔다 찌푸렸다 하고 있었다. ‘조금만 더 생각하면 그녀의 이름이 떠오를 텐데’ 하고 제인은 생각했다. 친구들이 그 이름을 입에 담으며 말했던 것이다.

“그녀는 귀부인이야. 하지만 어엿한 귀부인은 아니지. 전에 어딘가에서 여배우를 했었다던가? ”

그때 친구의 말투에는 경멸이 담겨 있었다. 그 친구란 군살을 빼는 맛사지 미용사로 일하는 메이지였다. 또 한 여자는 아마도 진짜 귀부인이리라고 제인은 생각했다. 말(馬)을 좋아하는 지방의 이름난 집안 출신인 듯 여겨졌다. 그뿐 제인은 두 여자에 대한 일을 잊어버리고 창문으로 내려다보이는 르 부르제 비행장의 경치를 즐겼다. 그곳에는 여러 가지 비행기가 내려앉아 있었다. 금속으로 만든 커다란 지네처럼 보이는 비행기도 있었다.

　제인이 결코 보지 않으려고 마음먹은 곳이 한 군데 있었다. 바로 맞은편 좌석으로, 거기에는 한 젊은이가 앉아 있었다. 젊은이는 좀 밝은 느낌이 드는 파란 스웨터를 입고 있었다. 그녀는 그 스웨터 위쪽을 보지 않으리라 마음먹고 있었다. 만일 보면 그의 눈과 마주치게 될 것이다. 얼마나 난처한 일인가!

　정비원이 프랑스어로 소리쳤다. 엔진이 요란한 소리를 내다가 약해지더니 다시 부릉거렸다. 드디어 바퀴 고리가 벗겨지고 비행기는 움직이기 시작했다. 제인은 숨을 삼켰다. 겨우 두 번째 비행기 여행이었으므로 그녀로서는 스릴 만점이었다. 저만큼 보이는 울타리를 금방이라도 들이받을 것만 같았다. 아니, 걱정할 건 없다. 비행기는 땅을 떠나 하늘로 올라가고 있었다. 이윽고 비행기 몸체가 빙그르르 돌았다. 이제 르 부르제 비행장은 발 아래 있었다. 크로이든행 낮 비행기가 출발한 것이다. 승객은 21명——앞객실에 10명, 뒷객실에 11명. 비행사 2명과 승무원 2명.

　엔진 소리가 차츰 약해져 귀를 솜으로 막을 필요가 없게 되었다. 그러나 소음 때문에 이야기를 주고받을 수 없으므로 저마다 생각에 잠겼다.

　비행기가 도버 해협을 향해 프랑스 하늘 위를 날아가는 동안 뒷객실 승객들은 모두 생각에 잠겨 있었다. 제인 그레이는 생각했다. '저 사람을 보지 말자. 결코 보지 말자. 그 편이 좋아. 창문으로 밖을 바라보며 생각하기로 하자. 뭔가 생각할 일을 정해야겠군. 그게 좋겠어. 마음을 확고하게 잡아 줄 테니까. 처음부터 끝까지 다 생각해 보자.'

　그녀는 눈을 감고 이 여행을 하게 해준 아일리시 경마의 마권을 샀던 때 일로 기억을 되돌렸다. 그것은 쓸데없는 낭비임에 틀림없었지만 아주 재미있었다.

제인은 다섯 아가씨와 함께 일하고 있는 미용실에서 굉장한 웃음거리가 되었었다.

"만일 당첨되면 어떻게 할 거지, 제인?"

"다 생각해 두었어."

여러 가지 계획. 공중누각. 친구들의 놀림.

그러나 많은 액수는 아니지만, 100파운드의 상금을 타게 되었다. 100파운드!

"반만 쓰고 나머지 반은 급할 때 쓰도록 저금해 둬. 어떻게 될지 모르니까."

"나라면 털가죽 코트를 사겠어, 아주 고급품으로……."

"유람선 여행은 어때, 제인?"

제인은 '유람선 여행'이라는 말에 좀 솔깃해졌지만, 결국 처음 생각대로 르 피네에서 1주일을 지내기로 했다. 미용실 단골손님들 가운데 르 피네로 떠나거나 그곳에서 돌아온 부인들이 많았기 때문이다. 제인은 재치있는 손가락으로 웨이브를 매만지며 기계적으로 말하곤 했었다.

"네, 그래요. 퍼머를 하신 지 얼마나 되셨지요? ……부인의 머리 빛깔은 굉장히 곱군요. ……틀림없이 멋진 여름을 보내셨겠지요, 부인?"

하지만 마음속으로는 이렇게 생각했었다.

'나도 르 피네에 갈 수 있을 거야.'

그런데 드디어 그 꿈이 실현된 것이었다!

옷 문제는 간단했다. 제인은 멋쟁이 가게에서 일하는 대부분의 런던 아가씨들처럼 돈을 아주 적게 들이고도 놀랄 만한 유행의 효과를 낼 수 있었다. 손톱과 화장과 머리는 더 말할 나위도 없었다.

제인은 르 피네로 떠났다.

그런데 르 피네에서의 열흘 동안이 단 한 가지 사건으로 축소되어
버리다니, 믿을 수 없는 일이라고 그녀는 생각했다.

룰렛 테이블에서의 일이다. 제인은 매일 밤 도박을 즐기기 위해 얼
마쯤의 돈을 떼어 두고 그 정한 액수를 넘지 않도록 조심하고 있었
다. 처음 손대는 사람은 끝판에 운이 좋다는 미신이 있지만, 제인은
전혀 그렇지 못했다.

나흘 째 되던 날 밤 마지막 판을 벌였을 때였다. 그때까지 그녀는
확률이 안전한 수에만 조심스레 돈을 걸고 있었다. 그래서 조금은 이
겼지만 훨씬 더 많이 졌다.

그때 그녀는 패를 손에 들고 잠깐 궁리했다.

아무도 걸지 않은 수가 2개 있었다. 5와 이 마지막 패를 이 두 수
가운데 어디에 걸까? 어느 쪽에 거는 게 좋을까? 5일까, 6일까?
어느 수가 맞을까?

5, 5가 나올 것 같았다. 볼이 돌아가기 시작했다. 제인은 손을 내
밀었다. 6, 6 쪽에 걸자!

바로 그때였다. 그녀의 맞은편에 앉은 또 한 사람의 손이 동시에
내밀어졌다. 그녀는 6에, 사나이는 5에 걸었다. 딜러가 말했다.

"자, 그만!"

볼이 딸깍 소리를 내며 멈췄다.

"5번, 빨강, 홀수 전반!"

제인은 울컥 화가 치밀어 울고 싶었다. 딜러는 패를 그러모으고 나
서 돈을 치렀다.

맞은편 사나이가 말을 걸어왔다.

"왜 돈을 거두지 않습니까?"

"내 것이라고요?"

"네."

"나는 6에 걸었는데요."

"아닙니다, 내가 6에 걸고 당신은 5에 걸었습니다."

그는 방긋 웃음을, 굉장히 매력적인 웃음을 지었다. 햇빛에 그을린 얼굴에 하얀 이, 파란 눈, 곱슬거리는 짧은 머리.

믿을 수 없는 얼떨떨한 기분으로 제인은 돈을 거두었다. 정말일까? 그녀는 좀 망설여졌다. 어쩌면 정말로 5에 걸었는지도 모른다. 그녀는 의심스러운 듯 낯선 사나이를 마주 보았다.

사나이는 소탈한 웃음을 빙그레 지어 보였다.

"그대로 내버려 두면 누군가 맞지도 않은 녀석이 가져갑니다. 흔히 있는 일이지요."

그는 매너 있게 목례를 한 다음 자리를 떠났다.

제인은 그를 정말 멋진 사나이라고 생각했다. 만일 그가 가버리지 않았다면 그녀는 자기와 가까워지려는 수단으로 자신이 딴 돈을 일부러 양보한 거라고 의심했을 것이다.

그러나 그는 그런 사람이 아니었다. 좋은 사람이었다. 그런데 지금 그 사나이가 이 안에 있다. 그녀의 맞은편에 앉아 있는 것이다.

이제 모두 끝나 버린 일이다. 돈도 다 써버렸다. 파리에서의 마지막 이틀 동안은 좀 실망스러웠지만, 그것도 이제 다 끝나고 지금 돌아가는 비행기 안에 앉아 있다.

이번에는 무슨 일이 일어날까? 제인은 생각했다. '안 돼! 이번에는 무슨 일이 일어날까라니, 그런 생각을 해서는 안 돼. 마음만 초조해질 뿐이니까.'

두 부인은 입을 다물고 있었다. 그녀는 통로 건너편을 보았다. 드레스덴의 도자기 같아 보이는 부인이 갈라진 손톱을 물끄러미 내려다보며 신경질적으로 벨을 눌렀다. 그러자 바로 흰 제복을 입은 승무원이 나타났다.

“내 하녀를 보내 줘요. 저쪽에 있으니까요.”

“네, 알았습니다.”

승무원은 정중하고 민첩한 동작으로 사라졌다. 곧 검은 옷을 입은 검은 머리의 프랑스 아가씨가 나타났다. 그녀는 작은 보석 상자를 들고 있었다. 부인은 그녀에게 프랑스어로 말했다.

“마들렌, 빨간 모로코 가죽 상자를 가져와요.”

하녀는 통로를 지나갔다. 좌석 맨 뒤편에는 무릎덮개며 여행가방들이 쌓여 있었다. 하녀는 작고 빨간 화장품 상자를 가져왔다.

시설리 호밸리 부인은 그 상자를 받아 들며 하녀에게 말했다.

“됐어요, 마들렌. 여기다 둬요.”

하녀는 다시 자기 자리로 돌아갔다.

호밸리 부인은 화장품 상자를 열고 깨끗이 정돈된 속에서 손톱줄을 꺼냈다. 그녀는 손거울에 비친 자신의 모습을 오랫동안 빤히 응시한 뒤 여기저기 얼굴을 매만졌다. 분을 바르고, 립스틱도 더 진한 색깔로 칠했다.

제인은 경멸하듯 입술을 일그러뜨리며 그 뒷좌석으로 눈길을 돌렸다. 두 여자 뒤에는 명사 부인에게 자리를 양보한 체구가 작은 외국인이 앉아 있었다. 거추장스러워 보이는 목도리를 둘둘 감고 깊이 잠들어 있는 것 같았다.

제인이 계속 바라보자 그는 불쾌하게 느끼는 것 같았다. 눈을 뜨고 잠시 그녀를 마주보더니 곧 다시 감아 버렸다. 그 사나이 옆에는 키가 크고 머리가 희끗희끗한, 거만해 보이는 사나이가 앉아 있었다. 그는 무릎 위에 플루트 케이스를 열어 놓고 아주 조심스럽게 그것을 닦고 있었다. 제인은 그것이 이상해 보였다.

‘음악가 같지 않은데…… 음악가라기보다는 변호사나 의사 같아.’

그들 뒤에는 프랑스인 두 사람――한 사람은 수염을 길렀고 또 한 사람은 그보다 훨씬 젊어 아들처럼 보였다──이 정신없이 몸짓을 섞어 가며 이야기하고 있었다.

그녀가 앉은 쪽 비행기 안은 파란 스웨터 입은 사나이──그녀가 보지 않기로 결심한 사나이──로 인해 시야가 가려져 있었다.

'이렇듯 가슴이 두근거리다니, 정말 어이없군. 마치 17살 여자아이 같잖아.' 제인은 스스로도 한심한 생각이 들었다.

그녀의 맞은편에서는 노먼 게일이 생각하고 있었다. '이 여자는 아름답군, 정말 아름다워. 나를 기억하고 있는 것 같은데. 자기 패가 안 맞았을 때 몹시 실망하는 표정이더니 자기가 이긴 것을 알고 기뻐하는 표정은 정말 예뻤어. 그만한 돈으로 그런 얼굴을 볼 수 있었다니 오히려 내가 황송할 정도였지. 나는 예상외로 멋지게 해냈어. 웃으니까 정말 매력 있더군. 치조농루(齒槽膿漏) 증상은 없고 잇몸이 건강하며 이도 아름다워…… 제기랄, 왜 이렇게 가슴이 두근거리지. 정신차려, 노먼 게일!'

승무원이 메뉴를 들고 옆을 지나가자 그는 말했다.

"나는 차가운 소혓바닥 고기."

호밸리 백작부인은 생각했다. '어쩌면 좋지. 모든 게 엉망이 되었으니…… 정말 엉망이 돼버렸어. 빠져 나갈 방법이 꼭 한 가지 있긴 하지만, 그건 용기가 있어야 해. 내가 그 일을 해낼 수 있을까? 속일 수 있을까? 나는 이제 신경이 산산조각 나 버렸어. 코카인 때문에. 왜 코카인 같은 것을 하게 되었을까? 이렇게 얼굴이 추해지다니 …… 정말 추한 얼굴이야. 저 고양이 같은 베니시어 카가 여기 있기 때문에 더욱 그렇게 보여. 그녀는 언제나 나를 굉장히 더러운 존재로 여긴다니까. 그 주제에 스티븐을 좋아했었지. 그래, 하지만 뜻대로 안 됐어. 저 긴 얼굴이 신경쓰여. 정말이지 꼭 말상이야. 저런 시골 여자는 질색이야. 어쩌면 좋지. 결심해야 할 텐데. 그 닳아빠진 할멈

은 진심으로 말했던 거야.'

그녀는 화장품 상자 속에서 담배 케이스를 꺼내 긴 물부리에 궐련을 끼웠다. 그녀의 손이 조금 떨렸다. 베니시어 카는 생각했다.

'이 매춘부. 정말이지 이 여자는 매춘부야! 가엾게도 스티븐은…
… 그이가 이 여자로부터 달아날 수만 있다면!'

이번에는 베니시어 카가 담배 케이스를 더듬었다. 그녀는 시설리 호밸리가 내미는 성냥으로 담배에 불을 붙였다.

승무원이 말했다. "죄송합니다만, 부인, 여기는 금연구역입니다."

시설리 호밸리는 혀를 찼다. "쳇!"

에르큘 포아로는 생각했다. '아름답군, 저쪽에 앉은 여자는. 턱 언저리가 결단력 있어 보여. 그런데 무엇 때문에 저 고운 얼굴에 수심이 가득할까? 왜 맞은편에 앉은 잘생긴 젊은이를 쳐다보지 않을까? 젊은이를 몹시 의식하고, 그쪽에서도 그녀를 느끼고 있는 것 같은데.'

그때 비행기가 고도를 조금 낮추었다.

'아, 기분이 좋지 않군.' 포아로는 눈을 꼭 감았다.

로저 제임스 브라이언트는 신경질적인 손놀림으로 플루트를 쓰다듬으며 생각했다.

'결심이 안 서……. 도저히 결심할 수 없어. 지금이 내 일생일대의 전환점인데.'

그는 신경질적으로 케이스에서 플루트를 꺼냈다. 그리고 그것을 아주 소중하게 감싸 안았다.

음악, 음악 속에는 모든 고통에서 벗어날 수 있는 길이 있다.

희미한 웃음을 빙긋 떠올리며 그는 플루트를 입술에 갖다댔다. 그러나 곧 그것을 내려놓았다. 옆에 앉은 콧수염을 기른 왜소한 사나이는 정신없이 자고 있었다. 비행기가 기우뚱하고 약간 흔들리자 그 사나이는 몹시 겁먹은 것 같았다. 브라이언트는 기차에서나 배에서나 비행기에서나 멀미를 하지 않는 것이 다행이었다.

아버지 아르망 뒤퐁은 흥분한 듯 옆에 앉은 아들 장 뒤퐁에게 큰소리로 말했다. "독일인도 미국인도 영국인도 모두 큰 잘못이야. 그들은 유사 이전의 도자기 감정을 완전히 잘못하고 있어. 사마라^(러시아를 흐르는 큰 강)에서 구운 것도……."

금발의 키 큰 젊은이 장 뒤퐁이 근심스러운 표정을 지으며 말했다. "여러 가지 자료로 증거를 내세워야지요. 하라프^(근동의 고대 도자기 출토 지점)도 있고, 기제도 있으니까요."

두 사람은 오랫동안 토론을 계속했다. 아르망 뒤퐁은 찌그러진 손가방을 비틀어 열었다.

"이 쿠르드^(터키, 이란, 이라크에 걸친 고원 지대)산 파이프를 봐라. 이것은 지금도 만들고 있지. 장식 같은 것이 기원전 5000년의 도자기와 똑같지 않으냐?"

너무나 세게 손을 휘둘렀으므로 하마터면 승무원이 그 앞에 놓으려던 접시를 칠 뻔했다.

미스터리 작가인 다니엘 마이클 클랜시는 노먼 게일의 뒷자리에서 일어나더니 객실 끝까지 천천히 걸어가 레인코트 주머니에서 유럽 대륙 철도 안내서를 꺼냈다. 그는 그것을 들고 자리로 돌아와 앉아 작품 속에 쓸 복잡한 알리바이를 궁리하기 시작했다.

그 뒷자리에서 제임스 벨 라이더가 생각하고 있었다. '어떻게든 끝까지 견뎌내야만 해. 이것은 그리 쉬운 일이 아닐 듯 싶군. 다음 배당금을 어떻게 마련할까…… 우선 급한 불은 껐다 하더라도 그 뒷일이 불에 기름을 붓는 꼴이니, 제기랄!'

노먼 게일은 일어나 세면실로 갔다. 그가 자리를 뜨자 제인은 곧 거울을 꺼내 걱정스러운 듯이 얼굴을 들여다보며 분을 바르고 립스틱을 다시 칠했다. 승무원이 그녀 앞에 커피를 놓았다. 제인은 창 밖으로 눈길을 돌렸다. 도버 해협이 눈 아래에서 파랗게 빛나고 있었다.

크랜시가 마침 기차 안내서에서 찰리브로드^(유고슬라비아
동부의 도시) 역 19시 55분발 기차를 살펴보고 있는데 노랑 벌이 붕붕 머리 둘레를 날아다녔다. 그가 무의식적으로 쫓아 버리자 노랑 벌은 날아가 뒤퐁 부자(父子)의 커피잔 위에서 맴돌기 시작했다. 장 뒤퐁이 용케도 그것을 낚아채 죽였다.

비행기 안은 다시 조용해졌다. 대화가 끝나고 모두들 저마다 생각에 잠겨 있었다.

끄트머리의 2번 자리에 앉은 마담 지젤의 머리가 앞으로 힘없이 툭 떨어졌다. 사람들은 자고 있다고 생각했을지도 모른다. 그러나 자고 있는 것이 아니었다. 그녀는 이야기하고 있는 것도, 생각에 잠겨 있는 것도 아니었다.

마담 지젤은 죽어 있었다.

발견

두 사람의 승무원 가운데 나이 많은 헨리 마이클이 이 테이블에서 저 테이블로 계산서를 가지고 바쁘게 돌아다니고 있었다. 30분 뒤면 크로이든에 도착한다.

"고맙습니다…… 고맙습니다, 부인."

그는 기계적으로 되뇌면서 지폐와 은화를 거두며 다녔다. 프랑스인 2명이 앉아 있는 테이블에서는 잠깐 기다려야만 했다. 두 사람이 정신없이 몸짓을 섞으며 이야기에 열중해 있었기 때문이다. 아무래도 이 사람들에게서는 팁을 받기 힘들겠다고 여기고 그는 우울해졌다. 승객 가운데 두 사람이 자고 있었다.

콧수염을 기른 왜소한 사나이와 끄트머리에 앉은 부인…… 그 부인은 벌써 여러 차례 이 비행기를 탔으므로 헨리는 기억하고 있었다.
늘 팁을 많이 주던 사람이므로 깨우기가 망설여졌다.

콧수염을 기른 왜소한 사나이가 눈을 뜨고 미네랄워터와 얇은 캡틴
비스킷 값을 치렀다. 그 사람이 먹은 것은 그것뿐이었다.

마이클은 되도록 또 한 손님을 깨우지 않으려고 조심스럽게 기다리
다가 크로이든에 이르기 5분 전에야 그 옆에 서서 몸을 굽혔다.

"죄송합니다만 부인, 계산서입니다."

그는 정중하게 부인의 어깨에 손을 얹었다. 그러나 눈을 뜨지 않았
다. 그는 좀더 힘주어 조용히 흔들었다.

그러자 뜻밖에도 그 몸이 좌석에서 바닥으로 힘없이 무너져 내렸
다. 헨리 마이클은 몸을 굽혀 들여다보고 얼굴이 새파랗게 질려서 일
어났다.

"뭐라고? 그럴 리가!" 또 다른 승무원인 앨버트 데이비드가 말
했다.

"정말이라니까." 마이클은 하얗게 질려 떨고 있었다.

"정말인가, 헨리?"

"물론이야. 아니, 어쩌면 발작을 일으킨 것일지도 모르지만."

"조금만 가면 크로이든인데."

"기분이 좀 언짢은 정도라면 좋으련만……."

두 사람은 한동안 어떻게 해야 할지 몰라 망설이고 있었다. 이윽고
그들은 처리 방법을 결정했다. 마이클은 뒷 객실로 돌아가 머리를 숙
이고 이 자리에서 저 자리로 조용히 물어보며 다녔다.

"죄송합니다만, 의사 선생님 안 계십니까?"

"나는 치과의사인데, 나라도 할 수 있는 일이 있다면……."

노먼 게일이 자리에서 반쯤 일어나며 말했다.

"나도 의사요. 왜 그러시오?" 브라이언트가 말했다.

“저 끄트머리 자리에 계신 부인이 아무래도 이상합니다. ”

브라이언트는 자리에서 일어나 승무원 뒤를 따라갔다. 콧수염을 기른 왜소한 사나이가 슬그머니 일어나 두 사람을 따라왔다. 브라이언트는 그 부인이 축 늘어져 있는 자리를 들여다 보았다. 그곳에는 답답해 보이는 검은 옷을 입은 통통한 중년 부인이 머리를 떨구고 있었다. 의사의 소견은 간단했다.

“죽었소. ”

“무엇이 원인이라고 생각하십니까 ? 발작인가요 ? ”

마이클이 물었다.

“그것은 자세히 조사해 본 다음에야 말할 수 있소. 마지막으로, 그러니까 이 부인이 살아 있는 모습을 마지막으로 본 게 언제요 ? ”

마이클은 생각해 보았다.

“내가 커피를 갖다 드렸을 때는 아무렇지도 않았습니다. ”

“그게 언제요 ? ”

“45분 전쯤이었을까요 ? 아마 그쯤 되었을 겁니다. 그리고 계산서를 가져왔을 때는 주무시는 줄 알았지요. ”

“적어도 죽은 지 30분은 지났소. ” 브라이언트가 말했다.

그 부인을 살펴보는 두 사람에게 모두의 흥미가 쏠렸다. 두 사람을 보려고 사방에서 머리가 쑥쑥 올라오고, 귀를 기울이고, 목을 길게 뺐다.

“발작이 아닌가 했는데요…… . ”

마이클은 그랬으면 좋겠다는 말투였다. 마이클은 발작설을 고집했다. 그의 처제가 발작을 일으킨 적이 있었는데, 발작이라면 누구나 다 알 수 있는 흔한 원인이라는 생각이 들었기 때문이다.

브라이언트는 단정적인 말을 하고 싶지 않았다. 그는 다만 당혹한 표정으로 고개를 저을 뿐이었다.

그의 팔꿈치께에서 누군가의 목소리가 들렸다. 목도리를 두르고 콧수염을 기른 사나이의 목소리였다. 그는 자기보다 학식 있는 경험자에게 이야기하듯 아주 조심스러운 태도로 말했다.

"거기 보십시오, 목 둘레에 자국이 있습니다."

"그렇군요." 브라이언트가 말했다.

부인의 머리가 힘없이 옆으로 기울자 그 목에 무엇에 물린 듯 벌겋게 부은 자국이 보였다.

"실례합니다……." 뒤퐁 부자가 사람들을 헤치고 다가왔다. 2, 3분 전부터 귀를 기울이고 있었던 것이다. "이 부인이 죽어 있고, 목에 무슨 자국이 나 있단 말입니까?"

"잠깐 생각난 일을 말씀드려도 될까요? 노랑 벌 한 마리가 날아다니기에 내가 죽였습니다." 아들 장 뒤퐁이 커피잔 받침접시 위에 있는 죽은 벌을 가리켰다. "혹시 이 노랑 벌에 쐬어 돌아가신 게 아닐까요? 실제로 그런 일이 있다는 말을 들은 적 있습니다만."

브라이언트가 그 말에 동의했다.

"있을 수 있는 일입니다. 그런 예를 나도 알고 있습니다. 심장병 증세가 있는 경우에는 특히 그런 가능성을 생각해 볼 수 있지요."

이때 승무원이 물었다.

"어떻게 하면 좋겠습니까? 이제 곧 크로이든에 도착할 텐데요."

브라이언트는 몸을 조금 뒤로 젖히며 말했다.

"흠, 어떻게 한담. 어쩔 도리가 없군. 저, 그 시체를 움직이지 않도록 하오."

"네, 알았습니다."

브라이언트는 자기 자리로 돌아가려다가 아직도 그곳에 서 있는 목도리를 두른 왜소한 외국인을 보고 흠칫 놀랐다.

"아무튼 우선 자리로 돌아가야겠습니다. 곧 크로이든에 닿을 테니까요.”

승무원이 그 말을 받아 목청을 돋구어 소리쳤다.

“그렇습니다. 여러분, 자리로 돌아가 주십시오.”

왜소한 사나이가 말했다. “실례합니다만, 저기 뭔가…….”

“네?”

“미처 보지 못한 게 있군요.”

그는 끝이 뾰족한 구두 끝으로 미처 보지 못한 것을 가리켰다. 승무원과 브라이언트는 그 구두 끝으로 눈길을 모았다. 자세히 보니 바닥에 검은 스커트로 반쯤 가려진 노란빛과 검은빛이 도는 무언가가 있었다. 의사가 놀라며 외쳤다.

“또 노랑 벌인가!”

에르큘 포아로는 무릎꿇고 주머니에서 작은 핀셋을 꺼내더니 그 벌을 솜씨 있게 집어 들고 일어섰다.

“그렇습니다. 노랑 벌과 비슷하지만, 노랑 벌은 아닙니다.”

그는 그것을 의사와 승무원에게 잘 보이도록 이리저리 돌렸다. 그것은 끝이 빛바랜 긴 바늘에 노란빛과 검은빛 털이 있는 작은 비단 조각을 매놓은 것이었다. 미스터리 작가 클랜시의 입에서 외침이 터져 나왔다.

“아니, 이거 놀라운걸!” 그는 자기 자리를 떠나 승무원의 어깨너머로 열심히 지켜 보고 있었던 것이다. “놀라워, 정말 놀라운 일이야. 지금까지 이처럼 이상한 일은 본 적이 없어. 정말 믿을 수 없는 일이야!”

그러자 승무원이 물었다. “좀더 자세히 말씀해 주실 수 없겠습니까, 손님? 이것을 보신 일이 있습니까?”

클랜시는 아주 만족한 듯 자랑스러운 표정으로 말했다.

“본 일이 있느냐고? 있고말고요! 이것은 말입니다, 여러분, 어떤

야만족이 입으로 불어서 쏘는 독화살입니다. 남아메리카의 어느 종족인지 보르네오의 토인인지 기억이 분명하지 않지만, 야만인들이 쓰는 독화살임에 틀림없습니다. 분명히 그 끝에는……."

에르퀼 포아로가 그 말을 받았다. "남아메리카 인디언의 유명한 화살독이 묻어 있습니다. 그러나 이런 일이 있을 수 있을까요?"

클랜시는 몹시 흥분한 얼굴이었다.

"분명히 이상한 일이군요. 정말 놀라운 일입니다. 나는 미스터리 작가지만, 현실 속에서 이런 일을 경험하다니……."

그는 어처구니 없는 듯한 표정을 지었다.

비행기가 천천히 기울어지기 시작해 서 있던 사람들은 조금 비틀거렸다. 비행기는 빙빙 돌며 크로이든 공항으로 내려갔다.

크로이든 공항

승무원과 의사는 이미 그 자리의 주도권을 잡고 있지 못했다. 두 사람 대신 목도리를 두른 좀 이상한 모습의 왜소한 사나이가 모두를 제압하는 권위와 확신에 찬 말투로 이야기하고 있었다. 그가 뭐라고 귓속말을 하자 마이클은 고개를 끄덕였다. 그는 승객들을 헤치고 나가 세면실 앞에서 앞 객실로 통하는 통로를 막아 섰다. 비행기는 착륙해 활주로를 달리고 있었다.

이윽고 비행기가 멈추자 마이클이 큰소리로 말했다.

"여러분, 모두 자리에 앉아 경찰이 올 때까지 기다려 주시기 바랍니다. 시간이 그리 많이 걸리지는 않을 겁니다."

이 당연한 요구를 대부분의 승객들은 납득하고 받아들였으나, 꼭 하나 날카로운 목소리로 항의하는 사람이 있었다.

호밸리 백작부인이 소리쳤다. "정말 어이없군! 내가 누구인지 모르겠어요? 나는 어떻게든 지금 곧 나가야겠어요!"

"대단히 죄송합니다만, 부인, 예외가 있을 수 없습니다."

그녀는 화나서 못 견디겠다는 듯 발을 동동 굴렀다. "이런 어이없는 일이 어디 있어요! 정말이지 어리석은 짓이에요! 회사에 당신에 대한 일을 제보하겠어요! 날 저 시체와 함께 이런 곳에 가둬 두다니, 사람을 우습게 보는 것도 유분수지!."

베니시어 카가 짐짓 교양 있는 말투로 거들었다.

"정말이에요! 좀 지나친 일이라고 여겨지지만 참을 수밖에 없어요. 저, 이제 담배를 피워도 되겠지요?"

그녀는 자리에 앉아 담배 케이스를 꺼냈다. 마이클은 난처한 얼굴로 대답했다.

"네, 이제 괜찮습니다……."

그는 어깨 너머로 흘끗 돌아보았다. 조금 전 데이비드가 비상구로 앞 객실의 손님을 내리게 한 다음 명령을 받으러 갔기 때문이다. 그리 오래 걸리지 않았으나 기다리는 사람으로서는 적어도 30분쯤 지났으리라고 여겨질 무렵 사복 차림의 형사 같아 보이는 당당한 사나이가 제복 입은 경관을 데리고 서둘러 비행장을 가로질러와 마이클이 열어 주는 문을 통해 비행기에 올랐다. 그는 거침없이 사무적인 말투로 물었다.

"대체 무슨 일이오?"

그리고는 우선 마이클로부터, 이어서 브라이언트 박사로부터 사정 이야기를 들은 다음 축 늘어져 있는 부인의 시체를 훑어보았다. 그는 경관에게 무언가 지시내린 다음 승객들을 향해 말했다.

"여러분, 잠깐만 나를 따라와 주십시오."

그는 모두를 비행기에서 내리게 한 다음 여느 때와 달리 세관으로 가지 않고 비행장을 가로질러 어느 작은 사무실로 안내했다.

"여러분, 될 수 있으면 오래 걸리지 않도록 하겠습니다."

제임스 라이더가 말했다.

"경감님, 나는 런던에 사업상 중대한 약속이 있습니다."

"죄송합니다."

"나는 호밸리 백작부인이에요. 이렇게 잡혀 있어야 하다니, 정말 너무해요."

"매우 죄송하게 생각합니다, 호밸리 백작부인. 그러나 보시다시피 참으로 중대한 사건이어서요…… 아무래도 살인 사건인 것 같습니다."

클랜시가 즐거운 듯한 웃음을 빙긋 띠며 중얼거렸다.

"남아메리카 인디언의 독화살!"

경감은 수상쩍은 눈길로 그를 보았다.

프랑스의 고고학자가 흥분해서 프랑스어로 마구 지껄이기 시작했다. 경감은 프랑스어로 천천히 조심스럽게 대답했다. 베니시어 카가 말했다.

"정말 지겨운 일이지만, 경감님. 이것은 당연히 경찰이 해야 할 일이겠지요."

그 말에 대해 경감은 진심에서 우러나오는 목소리로 고맙다고 인사한 뒤 말을 이었다.

"그럼, 여러분, 여러분이 여기서 기다려 주신다면 나는 잠깐, 저, 성함이……."

"브라이언트라고 합니다, 내 이름은."

"고맙습니다, 브라이언트 씨, 이리로 좀 와주시겠습니까?" 콧수염을 기른 왜소한 사나이가 말했다. "그 회견을 좀 거들어 드려도 될까요?"

경감은 입가에 불쾌한 기색을 떠올리며 그쪽을 돌아보았다. 순간 그의 표정이 바뀌었다. "아니, 이거 참, 죄송합니다, 포아로 씨. 목도리를 너무 칭칭 감고 있어서 몰라봤습니다. 부디 그렇게 해주십시오."

경감이 문을 열자 의사와 포아로는 모두의 의아한 눈길을 받으며 방에서 나갔다.

호밸리 백작부인이 소리쳤다. "저 사람은 나가는데 왜 우린 계속 여기에 남아 있어야 하지요?"

베니시어 카는 단념하고 긴 의자에 앉아 담배에 불을 붙이며 말했다.

"아마 프랑스 경찰이나 세관의 스파이일 거예요."

노먼 게일이 조심스레 제인에게 말을 걸었다.

"저…… 르 피네에서 뵌 것 같은데요."

"네, 르 피네에 갔었어요."

"르 피네는 아주 매력적인 곳이지요. 나는 그곳의 소나무가 무척 마음에 들었습니다."

"네, 굉장히 좋은 냄새가 나더군요."

그 다음 두 사람은 무슨 말을 해야 좋을지 몰라 한동안 잠자코 있었다. 이윽고 노먼 게일이 다시 입을 열었다.

"나는…… 나는 비행기 안에서 당신을 금방 알아보았습니다."

"어머나, 그러셨어요?" 제인이 놀란 듯 말했다.

"그 부인은 정말로 살해됐을까요?"

"그런 것 같아요. 좀 스릴 있지만 기분이 나쁘군요."

제인은 조금 몸을 떨었다.

노먼 게일은 그녀를 감싸 주려는 듯 좀더 다가섰다.

뒤퐁 부자는 프랑스어로 이야기를 하고 있었다. 라이더는 작은 노트를 꺼내 무언가 계산하며 가끔 시계를 들여다 보았다. 호밸리 백작부인은 초조한 듯 한쪽 발끝으로 바닥을 툭툭 차며 앉아 있었다. 그녀는 떨리는 손으로 다시 담배에 불을 붙였다.

문 앞쪽에 파란 제복을 입은 덩치가 큰 경관이 무표정한 얼굴로 서 있었다. 그 가까운 방에서는 재프 경감이 브라이언트와 포아로를 상대로 이야기하고 있었다.

"당신은 뜻밖의 장소에 불쑥 나타나는 기술을 지니고 있군요, 포아로 씨."

"크로이든 공항은 당신의 담당 구역에서 좀 벗어난 곳이 아닙니까, 경감님?" 포아로가 물었다.

"실은 지금 밀수업계의 거물로 꼽히는 사나이를 뒤쫓고 있는 중입니다. 그래서 우연히 이곳에 있게 되었지요. 요 몇 년 동안 이처럼 간담이 서늘해지는 사건은 처음입니다. 그럼, 시작해 볼까요……우선 의사 선생의 이름과 주소를 말씀해 주겠습니까?"

"로저 제임스 브라이언트. 나는 이비인후과 전문의로, 주소는 할리 거리 329번지입니다."

책상 앞에 앉은 둔해 보이는 경관이 그것을 자세히 기록했다.

"물론 경찰의가 검시할 터이지만, 심문할 때 입회해 주셔야 할 것 같습니다, 브라이언트 씨." 재프 경감이 말했다.

"알겠습니다."

"사망 시각에 관한 의견을 좀 들려주시겠습니까?"

"내가 보았을 때는 적어도 30분이 지난 뒤였습니다. 크로이든에 이르기 몇 분 전이었지요. 그보다 더 정확한 것은 모르겠습니다만, 승무원이 한 시간쯤 전에 그 부인과 이야기를 했다고 하더군요."

"그렇습니까? 그렇다면 시간이 꽤 좁혀지는 셈이군요. 이런 걸 묻는 건 좀 뭣합니다만, 그 뒤 뭔가 수상쩍게 여겨진 일은 없었습니까?"

박사는 고개를 가로저었다.

포아로가 몹시 유감스러운 듯 말했다.

"나는 자고 있었습니다. 나는 뱃멀미를 하는데, 비행기 멀미는 더욱 심하지요. 그래서 언제나 목도리를 칭칭 감고 잠을 청한답니다."

"죽은 원인에 대해 무언가 하실 말씀이 없습니까, 브라이언트 씨?"

"지금으로서는 단정적인 말을 하고 싶지 않습니다. 이 이상은 부검으로 조사해 봐야 하니까요."

재프 경감은 납득이 가는 듯 고개를 끄덕였다.

"좋습니다. 더 이상 여기 붙잡아 둘 필요는 없다고 여기지만, 그러나 일단 형식만은 밟아 주셔야겠습니다. 다른 승객들과 마찬가지로 말입니다. 예외를 인정할 수는 없으니까요."

브라이언트 박사는 빙그레 웃으며 진지하게 말했다. "그 독화살을 불어 쏘는 화살통 같은 흉기를 감춰 두지 않았다는 것을 확인해 주시는 편이 나로서도 좋을 듯싶군요."

재프 경감은 부하에게 눈짓하며 말했다. "그것은 로저스가 할 일입니다. 그런데 저것을 보시고 뭔가 짐작가는 게 없습니까?"

경감은 책상 위의 작은 상자 속에 든 빛바랜 바늘을 가리켰다.

의사는 머리를 가로저었다. "분석해 보지도 않고 단정적인 말을 하기는 어렵습니다. 남아메리카 인디언들이 흔히 마전(馬錢 : 동인도산 상록교목. 씨에 알칼로이드가 함유되어 흥분제 등의 약재로 쓰임) 독을 쓰고 있는 것은 사실입니다만……."

"그 독이 이런 식으로 나타납니까?"

"네, 효력이 굉장히 빨리 나타나는 독입니다."

"쉽게 구할 수 없겠지요?"

"보통 사람으로서는 쉽게 구할 수 없지요."

농담을 좋아하는 경감은 유쾌하게 말했다.

"그렇다면 당신을 좀더 자세히 조사해야겠군요. 여보게, 로저스,
알겠나?"

브라이언트 박사는 경관과 함께 방에서 나갔다. 재프 경감은 의자
를 뒤로 밀며 포아로를 보았다.

"참으로 기묘한 사건입니다. 이것은 마치 미스터리 소설 같군요.
비행기 안에서의 독화살 사건이라…… 사람의 두뇌를 놀리는 일이
아니고 뭡니까?"

포아로가 말했다.

"아주 함축성 있는 표현이군요."

"부하 둘이 비행기 안을 조사하고 있고 감식반과 사진반도 곧 올
겁니다. 이번에는 승무원들을 조사해야겠군요."

경감은 문 쪽으로 가서 명령했다.

승무원 둘이 들어왔다. 젊은 사람은 좀 침착을 되찾은 듯했으나 몹
시 초조해 보였다. 또 한 사람은 아직도 파랗게 겁에 질려 있었다.

"괜찮네, 거기 앉게. 여권은 가져왔겠지? 좋아." 경감은 재빨리
승객들의 여권을 훑어보았다. "흠, 이거로군. 마리 모리소라…… 프
랑스 여권이군. 이 여자에 대해 뭔가 알고 있는 게 없나?"

"전에 뵌 적이 있습니다. 영국과 프랑스 사이를 꽤 자주 오갔으니
까요." 마이클이 대답했다.

"그럼, 뭔가 하는 일이 있었던가 보군. 무슨 일을 하고 있었는지
아나?"

마이클은 고개를 가로저었다. 젊은 승무원이 말했다.

"나도 기억하고 있습니다. 아침 8시발 파리행 비행기 안에서 본 적
있습니다."

"이 부인이 살아 있는 모습을 마지막으로 본 것은 누구지?"

젊은 승무원이 동료를 가리켰다. "이 사람입니다."

"그렇습니다, 커피를 가져갔을 때 보았지요." 마이클이 대답했다.

"그때 모습이 어떻던가?"

"글쎄요, 그리 눈여겨보지 않았거든요…… 설탕과 우유를 가져갔었는데 필요 없다고 말했습니다."

"그게 몇 시였지?"

"확실한 시각은 모르겠습니다만, 이미 도버해협을 건넌 뒤였으니 2시쯤 되지 않았을까 생각됩니다."

"아마 그쯤 되었을 겁니다." 또 한 승무원인 데이비드가 거들었다.

"그 다음에 본 것은 언제였지?"

"계산서를 가져갔을 때였습니다."

"그때가 몇 시였나?"

"그로부터 15분쯤 지났을 때라고 생각합니다. 잠들어 있는 줄 알았는데 그때 이미 죽었던 것 같습니다."

그의 목소리에는 두려움이 담겨 있었다.

"자네는 이것이 떨어져 있는 걸 전혀 알아차리지 못했나?"

경감은 노랑 벌 같이 생긴 독침을 들어 보였다.

"네, 몰랐습니다."

재프 경감은 젊은 승무원에게 물었다.

"자네는?"

"내가 마지막으로 본 것은 비스킷과 치즈를 가져갔을 때였습니다. 그때는 아무렇지도 않았습니다."

포아로가 물었다. "식사는 어떤 식으로 내놓고 있소? 당신들 둘이 저마다 앞뒤 객실을 따로 맡고 있소?"

"아닙니다, 같이 하고 있습니다. 수프와 고기와 야채와 샐러드, 그 뒤 디저트가 나갑니다. 흔히 뒷객실부터 먼저 돌린 다음 새로운 접시를 가지고 앞객실 쪽으로 갑니다."

포아로는 고개를 끄덕였다. 경감이 물었다. "이 마리 모리소라는 여자가 비행기 안에서 누구와 이야기하거나 아는 척하는 것을 보지 못했나?"

"네, 보지 못했습니다."

"데이비드, 자네는?"

"나도 보지 못했습니다."

"여행하는 동안 자리를 뜬 적은 없었나?"

"없었던 것 같습니다."

"이 사건에서 그 밖에 뭔가 짚이는 점이 없나, 두 사람 다?"

두 사람은 잠시 생각해 본 다음 머리를 저었다.

"그럼, 지금은 이쯤 해두지. 나중에 또 만나세."

마이클이 진지한 얼굴로 말했다. "정말 난처한 일입니다. 내게 책임이 있는 것 같아 몹시 걱정스럽습니다."

"음. 뭐, 자네가 잘못해서 일어난 일은 아니지. 그러나 아무튼 골치 아픈 사건인 것만은 틀림없네"

재프 경감은 두 사람에게 가도 좋다고 눈짓했다. 포아로가 몸을 앞으로 내밀었다.

"한 가지만 물어 보게 해주십시오."

"그러시지요, 포아로 씨."

"당신 두 사람 가운데 누가 비행기 안에서 노랑 벌이 날아다니는 것을 보지 못했소?"

두 사람은 동시에 고개를 저었다. 마이클이 대답했다.

"노랑 벌 같은 건 본 기억이 없습니다."

포아로가 말했다.

"그러나 있었소. 어떤 손님의 커피잔 받침접시에 죽은 노랑 벌이 있었소."

“그럼, 내가 미처 못 본 모양이군요.” 마이클이 다시 말했다.

“나도 몰랐습니다.” 데이비드가 말했다.

“뭐, 대단한 일은 아니오.”

두 사람은 방에서 나갔다. 경감은 재빨리 여러 사람의 여권을 훑어보기 시작했다.

“백작부인이 한 사람 타고 있군요. 이 부인이 바로 거드름을 피운 손님인가 보지요? 공연히 의회에서 경찰의 횡포가 어떠니 하며 떠들어대면 난처하니 이 부인을 먼저 조사하기로 합시다.”

“뒷 객실에 탔던 승객의 짐——수하물——을 모두 엄중히 조사하겠지요.”

경감은 유쾌한 듯 눈을 깜박거렸다.

“포아로 씨, 당신은 어떻게 생각하십니까? 우리는 그 독화살을 불어 쏜 화살통을 찾아내야만 합니다. 물론 실제로 그런 화살통이 있다고 가정하고 하는 말입니다만. 그러나 아무래도 탐정놀이 같아서 아직 실감 있게 느껴지지 않는군요. 뜻밖에도 그 미스터리 작가가 갑자기 가면을 벗고 종이 위에 쓰는 대신 진짜로 범죄를 저질렀을지 모릅니다. 독화살 사건이란 그런 사람과 어울리는 사건이지요.”

포아로는 내키지 않는 듯 고개를 저었다. 경감은 말을 이었다. “물론 누구나 다 조사해야 합니다. 날뛰든 큰소리로 고함치든 혹시 무슨 증거를 가지고 있지 않는지 샅샅이 조사할 겁니다. 그것은 문제없습니다.”

“아주 정확하고 자세한 목록을 만들어 주실 수 있겠지요? 승객이 지닌 소지품 목록 말입니다만…….”

재프 경감은 이상하다는 듯 포아로를 보았다.

“당신이 바라신다면 만들 수 있습니다. 그러나 포아로 씨, 나로서는 당신이 무엇을 하려는 건지 잘 모르겠군요. 우리가 무엇을 찾아야 하는가는 알고 있습니다만……. ”

“당신은 그렇겠지요, 그러나 나는 아직 잘 모릅니다. 나는 무엇을 찾고 있긴 합니다만, 그것이 무엇인지 아직 모릅니다. ”

“또 그러시는군요, 포아로 씨! 당신은 아무래도 모든 일을 어렵게 생각하는 것 같습니다. 그건 그렇고, 그 부인이 내 눈알을 빼내려고 덤비기 전에 서둘러야겠습니다. ”

그러나 호밸리 백작부인은 아주 냉정해져 있었다. 그녀는 경감이 권하는 의자에 앉아 조금도 망설이지 않고 대답했다.

그녀는 자신을 호밸리 백작부인이라고 소개한 뒤 주소는 서섹스의 호밸리 수렵장과 런던 글로브너 스퀘어라고 말했다. 르 피네와 파리를 거쳐 런던으로 돌아가는 길이며, 죽은 부인은 한 번도 본 적 없고, 비행기 안에서도 미심쩍은 기색을 알아차리지 못했다. 어쨌든 그녀는 비행기 앞쪽을 보고 앉아 있었으므로 등뒤에서 일어난 일은 전혀 볼 수 없었다. 여행 도중 자리를 뜨지 않았으며, 알고 있는 한 승무원 말고는 앞 객실에서 뒷 객실로 온 사람은 없었다. 뚜렷이 기억나지 않지만 건너편 좌석에 앉았던 승객 가운데 한두 사람이 세면실에 간 것 같으나 확실하지 않다. 화살통 같은 것을 가지고 있는 사람도 전혀 못 보았다.

그리고 그녀는 포아로의 물음에 대해 비행기 안에 노랑 벌이 있는 줄 몰랐다고 대답했다. 호밸리 백작부인이 돌아갔다. 그리고 뒤이어 베니시어 카가 들어왔다. 그녀의 증언도 친구의 말과 거의 비슷했다. 이름은 베니시어 앤 카, 주소는 서섹스 호밸리의 리틀 패독스, 남프랑스에서 돌아오는 길이며, 피해자를 만난 적은 없고, 여행 도중 그리 수상하게 느껴진 점도 없었다. 그러고 보니 끄트머리 좌석에서 노랑 벌을 쫓는 사람이 있었던 것 같으며, 그 가운데 한 사람이 그 벌을 죽인 듯했다. 그것은 점심 식사가 나온 뒤의 일이었다. 베니시어 카가 방에서 나갔다.

"당신은 그 노랑 벌에 굉장히 흥미를 가지고 있는 것 같군요, 포아로 씨?"

"노랑 벌은 흥미라기보다 어떤 암시가 아닐까요?"

그러자 재프 경감은 화제를 바꾸어 말했다.

"어떻습니까, 포아로 씨, 여기 프랑스인 2명이 있습니다. 이 두 사람은 마리 모리소 부인의 좌석 건너편에 앉아 있었으며, 수상쩍은 느낌이 듭니다.

두 사람의 낡고 찌그러진 슈트케이스에는 낯선 외국 호텔의 꼬리표가 더덕더덕 붙어 있었지요. 하긴 보르네오나 남아메리카 같은 곳을 다녀왔다고 해서 이상할 건 없습니다. 그리고 동기에 대해서도 아무 단서가 없지만, 그것은 아마 파리에서 알아볼 수 있을 겁니다. 이 점은 프랑스 경찰의 협력을 얻어야겠지요. 이것은 우리 일이라기보다 그쪽 일이니까요. 아무튼 나로서는 이 두 무뢰한이 의심스럽습니다."

포아로의 눈이 즐거운 듯 반짝 빛났다.

"당신 말씀이 옳을지도 모릅니다. 그러나 지금 당신이 하신 말씀에는 문제가 있습니다. 그 두 사람은 무뢰한도 살인자도 아닙니다. 무뢰한은커녕 둘 다 박식하기로 이름난 고고학자들입니다."

"또 시작하시는군요. 그렇게 놀리지 마십시오!"

"아닙니다, 나는 그 사람들을 잘 알고 있습니다. 그들은 아르망 뒤퐁 씨와 아들 장 뒤퐁 씨입니다. 두 사람은 페르시아의 스자(이란 남서부에 있는 고대 도시의 폐허)로부터 그리 멀지않은 곳에서 아주 흥미 있는 발굴을 하고 돌아오는 길이었습니다."

"아, 그렇습니까!" 경감은 여권을 집어 들었다. "정말 그렇군요, 포아로 씨. 별로 대단한 인물로 보이지 않는데요, 안 그렇습니까?"

"세계적으로 유명한 사람들은 좀처럼 그럴듯한 인물로 보이는 법이 없답니다. 나도 언젠가 이발사로 오인받은 일이 있지요."

경감은 이를 드러내 보이며 웃었다.

"설마…… 그럼, 그 이름난 고고학자들을 만나 볼까요?"

아르망 뒤퐁은 죽은 사람에 대해 전혀 몰랐다. 그는 이 여행도중 아주 흥미로운 어떤 문제로 아들과 토론하고 있었으므로 사건에 대해 아무것도 몰랐으며, 자리를 뜬 일도 없었다. 점심 식사가 끝날 무렵 노랑 벌이 날아왔는데, 아들이 무심코 그것을 죽였다.

장 뒤퐁이 아버지의 증언을 확인했다. 그는 주위에서 일어난 일에 대해서는 아무것도 몰랐으나 노랑 벌이 귀찮게 날아다니기에 죽였다고 말했다.

"화제가 무엇이었느냐고요? 근동 지방의 유사 시대 이전의 도자기에 대한 것이었습니다."

그 뒤에 들어온 클랜시는 좀 심한 대접을 받았다. 경감이 생각하기에 그는 화살통이며 독화살에 대해 지나치게 자세히 아는 것 같았기 때문이다.

"당신은 화살통을 가진 적 있습니까?"

"네, 저…… 가지고 있습니다만."

"그래요?"

경감은 그 대답을 물고 늘어졌다. 체구가 작은 미스터리 작가는 놀라서 흥분된 목소리로 말했다.

"그렇다고 오해하지는 마십시오. 내가 가지고 있었던 동기는 아무 뜻없이…… 설명……."

"그렇습니까? 그럼, 설명해 보십시오."

"사실 나는 요즘 그런 살인이 이루어지는 내용의 책을 쓰고 있답니다."

경감은 또 추궁하듯 말했다.

"그래요?"

클랜시는 더욱 당황하여 설명을 이었다. "이건 지문에 대한 문제 때문에 생긴 일인데…… 이해해 주실지 모르겠군요, 내 의도를. 즉 지문, 지문의 위치로, 화살통에 묻은 지문의 위치를 나타내는 그림이 필요했던 겁니다. 아시겠습니까? 마침 알맞은 것을 체링 크로스 거리에서 발견해서——2년 전쯤의 일입니다만——그 화살통을 샀습니다. 그리고 내 친구인 화가가 지문이 묻어 있는 화살통 그림을 그려 주었지요. 나의 문제점을 나타내도록 지문을 넣어서요. 그 책을 보여 드릴 수도 있습니다. 《빨간 꽃잎 단서》라는 것입니다. 친구인 화가도 만나게 해드릴 수 있습니다."

"그 화살통을 가지고 있습니까?"

"물론이지요. 아마 보관해 두었으리라고 생각합니다…… 네, 보관해 두었습니다."

"지금 어디에 있습니까?"

"글쎄요…… 분명히 어딘가에 있을 텐데……."

"어딘가에라니, 정확히 말해서 어디에 있다는 겁니까, 클랜시 씨?"

"내가 말씀드리려 하는 것은——그러니까 어디 있는지 정확히 모른다는 겁니다. 나는, 난 그다지 꼼꼼한 성격이 아니어서요."

"지금은 가지고 있지 않겠지요?"

"물론입니다. 벌써 반년쯤 본 적이 없으니까요."

재프 경감은 그에게 차가운 눈길을 보내며 질문을 계속했다.

"당신은 비행기 안에서 자리를 뜬 적 있습니까?"

"천만에요. 적어도…… 아, 그렇군요, 꼭 한 번 일어났던 적이 있습니다."

"그래, 어디에 갔었습니까?"

"레인코트 주머니 속에 든 유럽 대륙 철도 안내서를 가지러 갔었습니다. 레인코트는 뒷문 옆에 무릎덮개며 여행 가방과 함께 두었지요."

"그럼, 당신은 피해자의 옆을 지나갔겠군요?"

"아니오…… 아니…… 그렇지, 지나갔겠지요. 그러나 그것은 사건이 일어나기 훨씬 전이었습니다. 마침 수프를 먹은 뒤였으니까요."

클랜시로부터는 신통한 대답을 얻지 못했다. 그는 수상해 보이는 점이 없었고, 자기의 새 작품에 쓸 유럽 횡단 알리바이의 완전한 플롯을 구성하느라 여념이 없었다. 재프 경감이 음험하게 말했다.

"알리바이라고요?"

포아로가 노랑 벌에 대해 물었다. 클랜시는 노랑 벌이 날아온 것을 알았고 벌이 그를 공격했으므로 무서웠다고 말했다. 그것은 마침 승무원이 커피를 가져온 바로 뒤였는데 그가 쫓자 벌은 바로 날아가 버렸다고 했다.

경감은 클랜시의 정확한 이름과 주소를 묻고 가도 좋다는 허락을 내렸다. 그는 안도의 숨을 내쉬며 나갔다.

"아무래도 수상하군요. 화살통을 가지고 있었다고 하고, 게다가 그 태도를 보십시오. 도무지 종잡을 수가 없잖습니까?"

"재프 경감, 그것은 당신이 너무 사무적으로 엄숙하게 대했기 때문입니다."

런던 경찰국의 사나이가 근엄한 표정을 지으며 말했다.

"하지만 진실을 말하면서 무서워할 필요가 있습니까?"

포아로는 딱한 듯이 그를 보았다.

"당신은 진심으로 그렇게 믿고 있나 보군요."

"물론입니다. 그것이 사실이니까요. 그럼, 이번에는 노먼 게일 씨를 부를까요?”

노먼 게일은 자신의 주소를 매스월 힐의 셰퍼드 거리라고 말했다. 직업은 치과의사. 프랑스 바닷가인 르 피네에서 휴가를 보내고 돌아오는 길이었다. 그는 파리에서 하루를 지내며 여러 가지 새로운 치과 의료 기구를 둘러보았다고 했다. 죽은 사람은 만난 적 없으며, 또 여행 중에 수상해 보이는 점도 없었다. 처음부터 끝까지 반대편인 비행기 앞쪽을 보고 있었는데, 비행 중 꼭 한 번 세면실에 가느라고 자리를 떴으나 곧 돌아왔다. 객실 뒤쪽으로는 결코 가까이 가지 않았을 뿐 아니라 노랑 벌에 대해서도 전혀 아는 게 없다고 말했다. 그가 나간 뒤 제임스 라이더가 들어왔다. 그는 좀 화가 난 듯 무뚝뚝했다. 사업상 파리에 갔다 돌아오는 길로 죽은 사람은 알지 못하며, 분명히 그 앞자리에 앉아 있기는 했으나 일어서든가 좌석 위로 고개를 들어 보지 않는 한 그 부인을 볼 수 없었다. 외침이나 비명 같은 것은 전혀 듣지 못했으며 승무원 말고는 아무도 온 일이 없었다.

통로 건너편 좌석에 앉은 프랑스인 2명은 줄곧 이야기를 하고 있었는데, 식사가 끝날 무렵 그 두 사람 가운데 한 젊은이가 노랑 벌을 죽였다. 그 자신은 그때까지 벌이 있는 줄도 몰랐다. 독화살을 불어 쏘는 화살통은 어떻게 생겼는지도 모르고 본 일도 없으며, 따라서 비행기 안에서 그것을 보았다 하더라도 알아볼 수 없었을 것이다. 그때 문 두드리는 소리가 들렸다. 한 경관이 의기양양하게 들어왔다.

“경사님이 이것을 찾아냈습니다. 경감님이 곧 보셔야 할 것 같아서…….”

그는 발견한 물건을 책상 위에 올려놓고 조심스럽게 손수건을 풀었다.

“경사님이 보시기에 지문은 없다고 했습니다만, 그래도 조심하라고 하셨습니다.”

꺼낸 것은 토인이 만든 입으로 불어 쏘는 화살통이었다. 재프 경감은 저도 모르게 숨을 삼켰다.

"아니! 그럼 사실이었군! 설마했는데……."

제임스 라이더가 흥미 있는 듯 몸을 내밀며 말했다.

"이것이 남아메리카 인디언들이 쓰는 화살통인가요? 이런 것이 있다는 말을 책에서 읽은 적 있었지만 실제로 보는 것은 처음입니다. 그럼, 이제 나도 대답할 수 있습니다. 이런 화살통을 가진 사람은 아무도 없었다고 말입니다."

경감이 날카롭게 물었다. "이걸 어디서 발견했나?"

"어떤 좌석 뒤에 보이지 않도록 쑤셔 넣어져 있었습니다."

"어느 자리지?"

"9번 좌석입니다."

"꽤 재미있어졌군요." 포아로가 말했다.

경감이 그를 돌아보았다.

"무엇이 재미있어졌단 말입니까?"

"9번은 내 좌석입니다." 라이더가 말했다.

"아니, 그렇다면 당신은 꽤 난처한 입장이 됐군요." 재프 경감은 얼굴을 찌푸렸다. "고맙습니다, 라이더 씨. 이제 됐습니다."

제임스 라이더가 나가자 경감은 씽긋 웃으며 포아로 쪽으로 돌아앉았다. "당신이 했습니까?"

"살인할 생각이 있었다면 나는 남아메리카 인디언의 독화살로는 하지 않습니다." 포아로는 정중하게 말했다.

경감은 고개를 끄덕였다.

"수법이 좀 저질이군요. 그러나 목적은 훌륭하게 달성한 셈이잖습니까?."

"그래서 더 지독하다는 생각이 드는군요."

“누군지는 모르지만 큰 위험을 무릅썼을 겁니다. 그렇습니다, 이것
은 틀림없이 미치광이의 짓입니다! 이제 누가 남아 있지요? 아가
씨가 하나 남았군요. 불러오라고 하지요. 제인 그레이, 어쩐지 역
사책에 나오는 이름 같군요.”

“아름다운 아가씨입니다.” 포아로가 말했다.

“그래요? 그럼, 당신은 줄곧 자고 있었던 것만은 아니군요?”

“그녀는 굉장히 아름다웠으나 어딘지 모르게 불안해 보였습니다.”

“불안해 보였다고요?” 경감이 놀란 듯 되물었다.

“젊은이가 앞에 있으면 아가씨는 언제나 안절부절못하게 마련이지
요. 그때문이지 범죄와 관련된 건 아닙니다.”

“네, 네, 그렇겠지요. 아, 왔군요.”

제인은 질문에 대해 정확하게 대답했다.

이름은 제인 그레이. 블턴 거리 앙투안 미용실에서 일하며, 주소는
런던 북서 5구 헬로게이트 거리 10번지. 르 피네에서 영국으로 돌아
오는 길이었다.

“르 피네라…… 흠!”

그로부터 이런저런 질문을 하다가 마권 이야기가 나왔다.

경감은 신음하며 말했다. “그 아일리시 경마는 위법으로 봐야 하는
데요…….”

“나는 멋있다고 생각해요. 경감님은 경마에 반 크라운 걸어본 일
없으세요?”

재프 경감은 얼굴이 빨개지며 당황하는 듯했다.

질문이 계속되었다. 화살통을 내보이자 제인은 본 적 없다고 말했
다. 그녀는 죽은 사람을 모르지만, 르 부르제 공항에서 보았다고 대
답했다.

“어째서 특별히 그녀에게 눈길이 갔지요?”

제인은 솔직히 대답했다.

"굉장히 보기 흉하게 생겼기 때문이었어요."

그녀로부터 달리 중요한 이야기는 들을 수 없었다. 그녀는 방에서 나갔다.

재프 경감은 다시 화살통을 자세히 들여다 보았다.

"당했군. 마치 엉터리 미스터리 소설에 나오는 잔재주가 멋지게 성공한 것 같군요. 우리는 이제 무엇을 찾아야 할까요, 포아로 씨? 범인은 이 화살통을 만든 지방을 여행한 적이 있을까요? 그런데 대체 이것은 어디서 만들어진 걸까요? 이 방면의 전문가가 필요하겠지요? 말레이 사람이나 남아메리카 사람, 아니면 아프리카 사람이나……."

포아로가 그의 말을 가로막았다.

"본고장은 그 언저리겠지요. 그러나 잘 주의해서 보십시오. 이 통에는 아주 작은 종이 쪽지가 붙어 있습니다. 이것은 분명 가격표 조각이라고 생각합니다. 따라서 이것은 어딘가 미개지에서 골동품 가게를 통해 들어왔으리라고 여겨집니다. 그렇다면 수사가 훨씬 쉬워지겠지요. 또 한 가지 좀 물어 볼 일이 있는데요."

"얼마든지 물어 보십시오, 포아로 씨."

"목록, 승객들의 소지품 목록을 만들 수가 있겠지요?"

"글쎄요. 이젠 그것이 그리 중요하게 여겨지지 않지만 만들게 할 수는 있지요. 당신은 그 일에 굉장히 열심인 것 같군요."

"그렇습니다. 나는 어떻게 해야 좋을지 잘 모르겠습니다. 도무지. 뭔가 조금이라도 도움되는 것이 있다면……."

재프 경감은 그의 말을 듣고 있지 않았다. 그는 벗겨진 가격표의 나머지 부분을 살펴보고 있었다.

"클랜시 씨가 화살통을 산 적이 있다고 말했지요. 미스터리 작가들은 언제나 경찰을 우습게 보고, 또 사건을 멋대로 구성하지요. 만일 내가 그들의 소설에서처럼 경감이 총경에게 하는 식으로 윗사람에게 말한다면 당장 쫓겨날 겁니다, 바보 같은 엉터리 작가들! 이건 틀림없이 엉터리 작가가 생각해 낼 만한 어리석은 살인입니다!”

검시 심문

마리 모리소 사건의 검시 심문은 나흘 뒤에 있었다. 충격적인 그녀의 죽음은 세간의 흥미를 불러일으켜 검시 심문 법정은 사람들로 북새통을 이루었다.

첫 증인은 훤칠한 중년 신사로 잿빛 턱수염을 기른 프랑스인 알렉상드르 티보 변호사였다. 그는 말투가 좀 이상하긴 했으나 영어가 자기 나라 말인 듯 천천히 또박또박 이야기했다.

예비 심문 뒤에 검시관이 물었다.

“당신은 피해자의 시체를 보셨지요? 인정하십니까?”

“네, 인정합니다. 그것은 나의 의뢰인인 마리 안젤리카 모리소였습니다.”

“고인의 여권에는 분명 그렇게 씌어 있습니다만, 일반적으로는 다른 이름으로 알려져 있었지요?”

“네, 흔히 ‘마담 지젤’로 알려져 있었습니다.”

작은 소요가 일었다. 기자들은 펜을 준비했다. 검시관은 질문을 계속했다.

“모리소 부인, ‘마담 지젤’이 어떤 인물인지 정확하게 설명해 주십시오.”

“마담 지젤은 직업상의 이름으로, 파리에서 가장 널리 알려진 고리대금업자 가운데 한 사람이었습니다.”

“어디서 일하고 있었습니까?”

“졸리에트 거리 3번지입니다. 집도 그곳이었지요.”

“그녀는 자주 영국으로 여행했다고 하는데, 거래가 다른 나라에까지 미쳤습니까?”

“그렇습니다. 고객은 대부분 영국인이었습니다. 몇 명은 영국 사교계에 잘 알려져 있는 사람이었지요.”

“그 점에 대해 좀더 자세히 설명해 주십시오.”

“그녀의 고객은 대부분 상류 계급의 전문 직업을 가진 사람들이었습니다. 이런 사람들과의 거래였으므로 더욱 신중을 기해야 했지요.”

“신중하다는 평판이 있었군요?”

“굉장히 신중한 사람이었습니다.”

“당신은 그녀의 여러 사업상 거래를 자세히 알고 있습니까?”

“아닙니다. 나는 다만 법률상의 일밖에 모릅니다. 마담 지젤은 일류 사업가로서 자기 일을 적절히 처리할 줄 아는 사람이었습니다. 자기 일을 스스로 관리하고 있었지요. 그 부인은 아주 개성이 강한 성격이었으며, 사회적으로도 잘 알려진 인물이었습니다.”

“당신이 아는 한, 그녀가 죽음을 당했을 즈음에도 그녀는 부자였습니까?”

“굉장한 부자였습니다.”

“누군가 적이 있다는 말을 들은 적 있습니까?”

“없습니다.”

티보 변호사가 층계를 내려가자 헨리 마이클이 불려 나왔다.

검시관이 물었다.

“당신 이름은 헨리 찰스 마이클입니까? 원즈워스의 슈블랙 골목 11번지에 살고 있지요?”

"네, 그렇습니다."
"당신은 유니버설 항공회사 직원입니까?"
"네, 그렇습니다."
"여객기 플로미슈즈 호의 객실 사무장입니까?"
"그렇습니다."
"지난주 화요일 18일에 당신은 파리발 크로이든행 정오 비행기를 탔습니다. 피해자도 그 비행기를 탔는데, 당신은 그 전에 피해자를 본 적이 있습니까?"
"네. 반년 전 나는 아침 8시 45분 비행길 탔었는데, 그때 그 부인이 같은 비행기 편으로 여행하는 것을 한두 번 본 적 있습니다."
"부인의 이름을 알고 있었습니까?"
"승객 명단에 실려 있었겠지만 특별히 신경 쓰지는 않았습니다."
"마담 지젤이라는 이름을 들은 적 있습니까?"
"없습니다."
"지난주 화요일에 일어난 사건을 당신이 본 대로 설명해 주십시오."
"나는 점심 식사 계산서를 가지고 돌아다녔습니다. 그때 그 부인은 자고 있는 것 같았으므로 도착하기 5분 전까지 깨우지 말아야겠다고 생각했습니다. 이윽고 깨우려고 가까이 갔을 때 혹 죽은 게 아닌가, 아니면 몸이 몹시 불편한 게 아닌가 하는 생각이 들었습니다. 그 비행기 안에 의사선생님이 타셨다는 것을 알고 있었으므로 곧 모시고 갔더니 그분 말씀이……."
"브라이언트 박사의 증언은 조금 뒤에 듣기로 하겠습니다. 자, 이것을 보십시오."
검시관은 화살통을 마이클의 손에 건네 주었다. 그는 조심스럽게 그것을 받았다.

“전에 본 적 있습니까？”

“아니오, 없습니다.”

“승객 가운데 누군가가 가지고 있는 것을 본 적 있습니까？”

“없습니다.”

“앨버트 데이비드 씨.”

젊은 승무원이 앞으로 나왔다.

“크로이든 배컴 거리 23번지의 앨버트 데이비드 씨입니까？ 당신은 유니버설 항공회사 직원이지요？”

“네, 그렇습니다.”

“당신은 지난주 화요일 승무원으로 플로미슈즈 호에 타셨지요？”

“네, 그렇습니다.”

“당신이 처음으로 그 비보를 들은 것은 언제입니까？”

“마이클 씨가 손님 한 분이 아무래도 이상하다고 말해 주었습니다.”

“이것을 본 적 있습니까？”

검시관은 화살통을 데이비드에게 건네 주었다.

“아니오, 없습니다.”

“승객 가운데 누가 가지고 있는 것을 본 적도 없습니까？”

“없습니다.”

“비행기 안에서 이 사건에 참고가 될 만한 일을 뭔가 보지 못했습니까？”

“보지 못했습니다.”

“됐습니다. 그럼, 로저 브라이언트 씨！”

의사는 주소와 이름을 대고 이비인후과 전문의라고 말했다.

“브라이언트 씨, 지난주 화요일 18일에 일어난 일을 정확하게 생각나시는 대로 말씀해 주십시오.”

"크로이든에 도착하기 바로 전 객실 사무장이 와서 의사선생님이 계시냐고 묻기에 내가 나서자 승객 한 사람이 좀 이상하다고 말했습니다. 그와 함께 그곳으로 가보니 한 부인이 자리에 힘없이 쓰러져 있었는데, 이미 숨이 끊어진 뒤였습니다."

"당신이 보기에 죽은 지 얼마쯤 지난 것 같았습니까, 브라이언트 씨?"

"적어도 30분은 지났으리라고 여겨졌습니다. 30분에서 1시간 사이로 본 것이 내 소견입니다."

"죽은 원인을 찾았습니까?"

"자세히 검사해 보지 않고는 그 점을 말씀드릴 수 없습니다."

"그러나 목 옆에 작은 상처가 나 있는 것은 아셨겠지요?"

"그렇습니다."

"고맙습니다. 그럼, 제임스 휘슬러 박사!"

휘슬러는 몸집이 작은 사나이였다.

"당신은 이 지방의 경찰의지요?"

"그렇습니다."

"당신이 생각하는 대로 증언해 주십시오."

"지난주 화요일 18일 오후 3시가 조금 지났을 때 나는 크로이든 비행장으로 불려갔습니다. 거기서 플로미슈즈 호의 한 좌석에 쓰러져 있는 중년 부인의 시체를 보았습니다. 그녀는 이미 죽어 있었으며, 사망 시각은 약 1시간 전으로 추정됩니다. 나는 목 옆의 경정맥(頸靜脈) 위에 찔린 상처가 동그랗게 나 있는 것을 알았습니다. 그 상처는 노랑 벌에 쏘인 것이거나 또는 나에게 제시된 바늘로 찔린 자국이라고도 볼 수 있었습니다. 시체는 시체안치소로 옮겨지고, 그곳에서 나는 정밀 검사를 했습니다."

"어떤 결론을 얻었습니까?"

"사인은 혈액 속에 강력한 독소가 주입되었기 때문이라고 결론내렸습니다. 그녀는 급성 심장마비로 죽었으며, 그것은 체내에 독소가 주입됨과 동시에 일어난 것입니다."

"그 독물이 무엇인지 아십니까?"

"지금까지 한 번도 본 적이 없는 것이었습니다."

열심히 귀기울이고 있던 기자들은 '미지의 독물'이라고 썼다.

"고맙습니다. 그럼, 헨리 윈터스푼 씨!"

헨리 윈터스푼은 몸집이 크고 멍한 표정의 조용한 사람이었다. 그는 착해 보였으나 좀 모자라는 것 같았다. 이 사람이 정부의 주임 분석학자며 진기한 독물 분야의 권위자라니 정말 뜻밖이었다.

검시관은 그 독화살을 집어 들고 윈터스푼에게 본 적 있느냐고 물었다.

"네. 분석해 달라고 의뢰가 왔던 것입니다."

"그 분석 결과를 말해 주겠습니까?"

"그러지요. 그 바늘은 본디 토인의 마전독 속에 담가 두었던 것으로 여겨집니다. 마전독이란 어떤 토인 종족이 쓰고 있는 화살에 바르는 독입니다."

기자들은 서둘러 그 말을 받아적었다.

"그러니까 당신은 이 죽음이 마전독에 의한 거라고 생각하신다는 말씀입니까?"

윈터스푼이 곧 대답했다.

"아닙니다. 다만 시체에서 약물 흔적이 조금 검출되었을 뿐입니다. 내 분석에 따르면 그 바늘은 최근 디스포리더스 타이푸스, 그러니까 붐스랑 또는 목사(木蛇)라는 이름으로 알려진 독물 속에 담가 두었던 것입니다."

"붐스랑? 붐스랑이 뭡니까?"

"그것은 남아프리카산 뱀으로 살아 있는 뱀 가운데 가장 무서운 독을 지녔지요. 사람에게 어떤 효력을 나타내는지는 아직 알려져 있지 않으나, 하이에나에게 주사할 경우 그 바늘을 미처 빼기도 전에 죽어 버린다고 말씀드리면 그 독물이 얼마나 치명적인지 짐작되시리라 생각합니다. 마치 총알을 맞은 것처럼 죽어버리지요. 독이 순식간에 피하에 퍼져 급성출혈을 일으키고 심장에도 작용해 그 움직임을 마비시킵니다."

신문 기자들은 '놀라운 이야기. 공중 살인 사건에 뱀 독. 코브라보다 더 무서운 독'이라고 썼다.

"그 독물을 독화살에 사용한 일이 전에도 있었습니까?"

"아직 보지 못했습니다. 아주 진기한 일입니다."

"고맙습니다, 윈터스푼 씨."

윌슨 경사가 어떤 좌석 쿠션 뒤에서 화살통을 발견했으나 거기에 지문은 없었다고 증언했다. 그리고 그 화살통과 독화살로 실험해 본 결과 대체로 1킬로미터 거리 안에서는 정확하게 목표물을 맞힐 수 있었다고 말했다.

"에르퀼 포아로 씨!"

포아로의 증언은 아주 보기드문 일이었으므로 사람들이 웅성거리기 시작했다.

그의 증언은 평범했으며 그리 이렇다 할 것이 없었다. 객실 바닥에 떨어져 있는 작은 바늘을 발견한 것은 자신이며, 그것은 죽은 부인의 목에서 빠졌으리라 여겨지는 장소에 떨어져 있었다고 말했다.

"호밸리 백작부인."

기자들은 '귀부인, 공중 살인 사건 수수께끼 증언'이라고 썼고, 또 어떤 사람은 '……뱀 독 살인 사건의 수수께끼'라고 써넣었다.

중년 여성층 독자들을 많이 확보하고 있는 잡지사의 기자들은 이렇게 덧붙였다.——'호밸리 백작부인은 새로 유행하는 학생모 같은 모자를 쓰고 여우 목도리를 두르고 있었다', '호밸리 백작부인은 런던에서 가장 세련된 패션리더의 한 사람으로, 최신 유행의 학생모 같은 모자에 검은 옷을 입고 있었다', 또 '결혼하기 전까지 시설리 블랜드 양으로 불리던 호밸리 백작부인은 검은 옷을 멋지게 차려 입고 새로운 모양의 모자를 쓰고 있었다'

그녀의 증언은 아주 간단했으나 방청객들은 이 멋지고 아름다운 젊은 부인을 흥미 있는 눈길로 바라보았다. 그녀는 아무것도 몰랐으며, 또 죽은 이와 전혀 모르는 사이라고 증언했다. 그 다음 베니시어 카가 불려 나왔으나, 백작부인만큼 눈길을 끌지 못했다.

부인들에게 뉴스를 제공하기에 여념이 없는 기자들은 이렇게 썼다——'커티즈모어 경의 따님 베니시어 카 양은 새로 맞춘 웃옷과 스커트, 최신 유행하는 목도리를 두르고 있었다' 그리고 '귀부인들, 검시 심문 법정에 출두'라고 표제를 덧붙였다.

"제임스 라이더입니다. "

"제임스 벨 라이더 씨입니까? 주소는 북서구 블레인버리 거리 17번지지요? "

"그렇습니다. "

"당신이 하시는 일, 그러니까 직업이 무엇입니까? "

"엘리스 베일 시멘트 회사의 지배인입니다. "

"이 화살통을 잘 살펴보십시오. "

검시관은 잠시 입을 다물었다. 이윽고 그는 다시 말했다.

"이것을 본 적 있습니까? "

"아니오. "

"플로미슈즈 호 안에서 누군가가 가지고 있는 것을 본 적 있습니까? "

“없습니다.”

“당신은 죽은 부인의 앞 좌석인 4번 자리에 앉아 있었지요?”

“그렇습니다만, 그게 어떻다는 겁니까?”

“부디 이런 경우에는 그런 식으로 말하지 말아 주십시오. 당신은 4번 자리에 앉아 있었습니다. 그 자리에서는 비행기 안의 모든 좌석을 거의 볼 수 있었을 겁니다.”

“아닙니다, 그렇지 않습니다. 내가 앉은 쪽에서는 아무도 보이지 않았습니다. 좌석 등받이가 무척 높았으니까요.”

“그러나 그 가운데 한 사람이 죽은 부인에게 독화살을 쏘려고 통로로 나왔다면 볼 수 있었겠지요?”

“물론이지요.”

“그런 사람을 보지 못했습니까?”

“보지 못했습니다.”

“누군가 당신 앞쪽에 앉은 사람이 자리에서 일어나지는 않았습니까?”

“내 앞쪽으로 두 번째 자리에 앉은 사람이 일어나 세면실에 갔습니다.”

“그것은 당신과 죽은 부인이 앉은 자리의 반대쪽이었지요?”

“그렇습니다.”

“그 사람은 당신이 있는 쪽으로 오지 않았습니까?”

“오지 않았습니다. 그 사람은 곧장 자기 자리로 돌아갔습니다.”

“손에 뭔가 들고 있지 않았습니까?”

“아무것도 들고 있지 않았습니다.”

“확실한가요?”

“틀림없습니다.”

“그 밖에 자리에서 움직인 사람은 없었습니까?”

"내 바로 앞 좌석에 앉은 사람이 일어나 내 옆을 지나 비행기 뒤쪽으로 갔습니다."

클랜시가 법정의 자기 자리에서 벌떡 일어나 날카로운 목소리로 말했다.

"이의 있습니다! 그것은 훨씬…… 훨씬 그 전의 일이었습니다. 아마 1시쯤이었을 겁니다."

검시관이 말했다.

"착석해 주십시오, 곧 당신 말씀도 듣겠습니다. 라이더 씨, 계속하십시오. 이분은 손에 뭔가 들고 있었습니까?"

"만년필을 가지고 있었던 것 같습니다. 돌아올 때는 오렌지색 책을 들고 있었습니다."

"당신 쪽으로 온 사람은 그뿐이었습니까? 당신은 자리를 뜨지 않았습니까?"

"나는 세면실에 갔다 왔습니다만, 손에 화살통을 들고 있지 않았습니다."

"당신은 굉장히 무례하군요, 그만 됐습니다."

치과의 노먼 게일은 아무것도 모른다고 증언했다. 그 다음에 화난 클랜시가 증언대에 섰다. 클랜시는 백작부인과 비교가 되지 않았지만 그래도 상당한 뉴스거리가 되었다.

'미스터리 작가의 증언. 유명 작가. 흉기 구입을 인정함. 법정에 센세이션.'

그러나 아무래도 그 센세이션은 좀 이른 감이 없지 않았다.

클랜시는 날카로운 목소리로 말했다.

"맞습니다. 나는 화살통을 샀습니다. 뿐만 아니라 오늘 여기에 그것을 가져왔습니다. 나는 이 화살통이 내 것이라는 점을 강력히 주장합니다. 이것이 내 화살통입니다."

그는 보란 듯이 화살통을 꺼냈다. 기자들은 '법정에 두 번째 화살통 나타나다'라고 썼다.

검시관은 클랜시에 대해 단호한 태도를 취했다. 그는 클랜시에게 말했다.

"당신은 이곳에 법의 심판을 도우러 나온 것이지, 아직 있지도 않은 고발을 상상하고 그것을 반박하기 위해 온 게 아닙니다."

그런 다음 검시관은 플로미슈즈 호 안에서 일어난 여러 가지 일을 물었으나 아무 소득도 얻을 수 없었다. 클랜시는 불필요할 만큼 길게 설명했다. 그 자신은 외국 열차 서비스의 특성과 24시간 알리바이 처리에 몰두해 있었으므로 주위에서 무슨 일이 일어났는지 전혀 알지 못했다는 것이었다. 비행기 탑승객들이 모두 화살통으로 뱀 독 묻은 독화살을 불어냈다 하더라도 전혀 몰랐을 거라고 말했다. 미용사인 제인 그레이도 기자들의 펜을 다시 달리게 하지 못했다.

그 뒤를 이어 프랑스인 2명이 나왔다.

아르망 뒤퐁은 런던으로 가는 중이었다. 그는 런던 왕립 아시아 협회에서 강연하기로 예정돼 있었던 것이다. 그와 그의 아들은 고고학에 관한 전문적인 토론에 열중해 있었으므로 주위에서 일어난 일을 전혀 모르고 있었다. 피해자의 죽음이 발견돼 소동이 일어나기 전까지 그녀에 대해 몰랐다고 말했다.

"당신은 모리소 부인, 즉 마담 지젤을 본 적 있습니까?"

"아니오, 한 번도 본 적 없는 사람입니다."

"이 부인은 파리에서 꽤 유명했다고 하던데요?"

뒤퐁은 어깨를 으쓱했다.

"나와 인연이 없었습니다. 게다가 나는 요즘 파리에 있지 않았으니까요."

"당신은 얼마 전 동양에 다녀 오셨다지요?"

"네, 페르시아에서 돌아온 지 얼마 안 되었습니다."

"당신은 아드님과 함께 세계 변두리 구석구석을 여행하신 걸로 알고 있습니다만……."

"무슨 뜻입니까?"

"미개 지역을 여기저기 두루 여행하셨다지요?"

"아, 그 말씀이시군요. 그렇습니다."

"뱀 독을 화살에 발라 쓰는 종족을 만난 적이 있습니까?"

이것은 프랑스어로 설명해야만 했다. 아르망 뒤퐁은 그 질문의 뜻을 알아듣자 힘주어 머리를 저었다.

"절대…… 절대로 그런 곳에 간 적 없습니다."

뒤이어 그의 아들이 나왔다. 그의 증언은 아버지의 말을 뒷받침하는 데 지나지 않았다. 그는 아무것도 알아차리지 못했으며, 처음에는 피해자가 노랑 벌에 쏜 줄만 알았다고 말했다. 왜냐하면 노랑 벌이 귀찮게 날아다니기에 그 자신이 죽여 버렸기 때문이다. 뒤퐁 부자의 증언이 마지막이었다.

검시관은 헛기침을 하고 나서 배심원들을 향해 입을 열었다.

"이것은 지금까지 이 법정에서 다룬 사건 가운데 가장 기묘하고 믿어지지 않는 사건입니다. 한 부인이 공중의 완전히 격리된 작은 공간에서 살해되었습니다. 자살인가 사고인가 하는 것은 지금 문제가 되지 않습니다. 또 외부 사람이 저지른 짓이라고 생각할 수도 없습니다. 따라서 범인은 오늘 아침 이 법정에서 진술한 사람들 가운데 있을 것입니다. 이 사실, 참으로 무서운 이 사실에서 눈을 돌릴 수 없습니다. 여기 앉아 있는 사람들 가운데 있을 겁니다. 이 범행의 수법은 그 예를 찾아볼 수 없을 정도로 대담합니다. 열 사람…… 아니, 승무원을 포함한 열두 사람의 증인이 보는 앞에서 범인은 화살통을 입에 대고 독화살을 목표물로 날려 보냈습니다. 그런데 아무도 그 범행을 본 사람이 없습니다. 참으로 믿기 어려운 일이지만 화살통이 그 자리에 증거로 남아 있고, 바닥에 독화살이 떨어져 있었으며, 피해자의 목에 찔린 자국이 나 있습니다. 그리고 법의학적 증거도——비록 믿기 어려운 일이기는 하지만——범죄가 있었음을 뚜렷이 증명하고 있습니다. 어떤 특정한 사람을 범인으로 단정지을 증거를 더 이상 얻을 수 없는 지금 나는 배심원 여러분에게 미지의 한 사람 또는 몇 사람에 의한 살인죄로 평결내려 주기를 부탁할 수밖에 없습니다. 여기 출석한 사람들은 모두 피해자를 모른다고 부인했으나, 피해자와 증인 하나하나의 관계가 어떠하며 또한 동기가 어디에 있는지를 경찰이 알아낼 것입니다. 범죄의 동기가 뚜렷이 밝혀지지 않은 이상 현재로서는 다만 지금 말씀드린 대로 평결을 내리도록 권고할 뿐입니다. 그럼, 배심원 여러분, 깊이 생각하셔서 결정해 주시기 바랍니다. ”

얼굴이 네모진 배심원 한 사람이 의심스러운 눈길로 답답한 듯 숨쉬더니 몸을 앞으로 내밀었다.

“한 가지 질문을 해도 괜찮겠습니까 ? ”

“물어 보십시오. ”

“어떤 좌석 밑에서 화살통이 발견되었다고 했는데, 어느 분의 좌석이었습니까 ? ”

검시관은 기록 서류를 뒤적였다.

윌슨 경사가 옆으로 다가가서 속삭였다.

“그것은 9번 좌석으로, 에르퀼 포아로 씨가 앉아 있었습니다. 그러나 포아로 씨는 아주 유명한 사립탐정으로 존경할 만한 분입니다. 지금까지도 몇 차례나 경찰국에 협력해 주셨지요. ”

얼굴이 네모진 배심원은 포아로를 물끄러미 쳐다보았다. 그는 왜소한 벨기에인의 긴 콧수염을 보고 아무래도 납득되지 않는다는 표정을 짓고 있었다. 그 네모진 얼굴의 두 눈은 이렇게 말하고 있었다.

'외국인이로군. 경찰에 좀 협력해 주었다고 해서 외국인을 믿을 수는 없지.'

그는 다시 물었다. "독화살을 주운 사람도 포아로 씨였지요?"

"그렇습니다."

배심원들은 물러갔다. 그들은 5분 뒤 제자리로 돌아왔다. 배심원장이 손에 들고 있던 종이를 검시관에게 건네 주었다. 검시관은 눈살을 찌푸렸다.

"이게 대체 뭡니까? 당치도 않은 평결입니다. 이 평결을 받아들일 수 없습니다."

몇 분 뒤 다시 평결문이 제출되었다.

피해자는 독살되었지만, 그 용의자가 누구인지에 대해서는 증거가 불충분함.

검시 심문 뒤

평결이 내려진 뒤 법정에서 나온 제인 그레이는 옆에 노먼 게일이 있는 것을 알았다. 그는 말했다.

"검시관이 받아들이지 않은 그 종이에 뭐라고 씌어 있었을까요?"

그의 등 뒤에서 목소리가 들렸다.

"나는 그것을 알 것 같습니다."

두 사람이 돌아보니 거기에는 에르큘 포아로의 장난기 어린 눈이 있었다. 왜소한 사나이는 말했다. "그것은 나를 살인죄로 고소한 평결이었습니다."

"어머나, 설마……." 제인이 소리쳤다.

포아로는 유쾌한 듯이 고개를 끄덕였다.

“사실입니다. 내가 나올 때 한 사나이가 다른 한 사나이에게 ‘그 왜 소한 외국인…… 알고 있지? ……그 사나이 짓이야’라고 말하는 것을 들었습니다. 배심원들도 아마 같은 생각이었을 겁니다.”

제인은 위로해야 할지 웃어야 할지 알 수 없었으나, 웃기로 했다. 그러자 포아로도 함께 웃었다.

“그러니까 곧 일을 시작해 나의 결백을 입증해야 합니다.”

말을 마치자 벨기에인 탐정은 빙그레 웃으며 사라졌다.

제인과 노먼은 그의 뒷모습을 바라보고 있었다.

“정말 색다른 사람이군요. 저런 사람이 탐정이라니…… 어떤 일을 하는지 모르지만, 저런 모습이라면 어떤 악한이든 1킬로미터 앞에서도 알아차릴 겁니다. 저런 모습으로 어떻게 변장할 수 있겠습니까.”

노먼이 말했다.

“당신은 탐정에 대한 생각이 아주 구식인 것 같군요. 가짜 수염을 다는 그런 일은 이미 구시대적 발상이에요. 요즘 탐정은 의자에 앉아 심리적으로 그 사건을 추리하지요.” 제인이 말했다.

“하긴 그게 더 편하겠군요.”

“육체적으로는 그럴지도 모르지요. 아무튼 냉정하고 명철한 두뇌가 필요해요.”

“그러니까 뜨겁고 복잡한 머리로는 안 된단 말이지요?

두 사람은 함께 소리내어 웃었다. 그리고 노먼 게일이 붉게 상기된 얼굴로 빠르게 이야기했다.

“저, 어떻습니까? ……만일 괜찮다면——그렇게 해주시면 정말 고맙겠습니다만——좀 늦었지만 함께 차라도 들면 어떨까요? 우리는 동변상련의 느낌이 드는군요.”

그는 침묵하며 속으로 중얼거렸다.

'이게 무슨 꼴이람, 바보같이! 차 한 잔 마시는 게 뭐 그리 대단한 일이라고 말을 더듬고 얼굴을 붉혀 부끄러움을 드러낸담! 이 여자의 의도가 뭘까?'

노먼 게일의 허둥거림은 반대로 제인에게 침착과 자신감을 주었다. 그녀는 말했다. "고마워요, 나도 차를 마시고 싶던 참이에요."

두 사람은 찻집을 찾아냈다. 무뚝뚝해 보이는 여종업원이 우울한 얼굴로 두 사람의 주문을 받았다. 마치 이렇게 말하는 것처럼.

'실망해도 내 탓이 아니예요. 여기서 차를 마시게 해주겠지만."

찻집은 텅 비어 있었다. 사람이 거의 없다는 게 오붓한 친근감을 더해 주었다.

제인은 장갑을 벗으며 테이블 너머로 노먼 게일을 바라보았다. 굉장히 매력 있는 사나이였다. 파란 눈도, 그 미소도. 게다가 그는 아주 상냥했다. 노먼이 허둥거리며 말을 꺼냈다.

"이 살인 사건은 정말 이상합니다."

그는 아직도 아까의 그 당황함에서 벗어나지 못하고 있었다.

"네, 그래요. 나도 조금 걱정이에요. 내가 있는 일자리 말예요. 모두들 나를 어떻게 생각할지……."

"아, 그렇군요. 나는 아직 거기까지는 생각해 보지 않았습니다만……."

"앙투안에서는 살인 사건에 관련된 증인을 더 이상 고용하지 않을 거예요."

노먼이 자못 심각하게 말했다. "세상 사람들은 참 이상합니다." 그는 화나는 듯 얼굴을 찡그리며 덧붙였다. "세상 일이란 정말 불공평합니다. 이 일은 당신 잘못도 아닌데! 너무 어이없는 일입니다!."

"하지만 아직 그렇게 된 건 아니예요. 그렇게 되기도 전에 화내거나 걱정해 봐야 소용없지요. 그리고 그렇게 된다 하더라도 심한 처사라고 생각할 수는 없어요. 아무튼 내가 범인이 아니라고 단정할 수는 없으니까요. 한 사람을 죽이면 대개 더 죽이게 된다잖아요? 그런 가능성이 있는 사람이 머리를 매만져 준다는 건 그리 기분 좋은 일이 아니겠지요." 제인은 타이르듯 말했다.

노먼은 멍하니 그녀를 바라보았다.

"누구든 당신을 보면 살인을 저지를 사람이 아니라는 것을 알 겁니다."

"그렇다고 잘라 말할 수는 없어요. 가끔 손님을 죽이고 싶어질 때가 있거든요…… 감쪽같이 해치울 수만 있다면 말예요. 특히 죽이고 싶은 사람이 꼭 하나 있어요. 그 사람은 마치 타조 같은 목소리로 언제나 짜증을 부리거든요. 나는 정말 때때로 그런 사람은 죽여버리는 편이 세상을 위해 좋을 것 같은 기분이 들어요. 봐요, 나도 범죄를 저지를 수 있는 사람이라고 생각되지 않아요?"

"하지만 아무튼 이 살인은 당신이 저지른 게 아닙니다. 장담할 수 있습니다."

"나도 당신이 한 게 아니라고 확실히 말할 수 있어요. 그렇긴 하지만, 당신 환자들이 당신을 의심한다면 아무 소용 없잖아요?"

노먼은 조금 생각해 보는 듯한 표정을 지으며 말했다.

"내 환자들…… 그렇군요. 당신 말이 옳을지 모릅니다. 나는 한 번도 생각해 본 적 없습니다만. 내가 살인 혐의가 걸린 치과의사라고 생각하니 아무래도 기분 좋은 소리는 아니군요."

조금 뒤 그가 불쑥 물었다.

"당신은 내가 치과의사라는 사실이 싫지 않습니까?"

제인은 눈썹을 치켜 올렸다. "내가요? 싫지 않느냐고요?"

"아니, 내 말뜻은…… 치과의사라면 어쩐지 우스꽝스럽게 들리고, 아무튼 낭만적인 직업은 아니니까요. 사람들은 그냥 의사라 하면 진지하게 생각해 주지만……"

"기운을 내세요. 미용사보다는 치과의사가 훨씬 훌륭하니까요."

두 사람은 웃었다. 노먼이 말했다.

"우리는 친구가 될 수 있을 것 같은데, 어떻게 생각합니까?"

"나도 그렇게 생각해요."

"언제든 함께 식사하고 영화 보러 가지 않겠습니까?"

"네, 그래요."

잠시 침묵이 흘렀다. 다시 노먼이 입을 열었다.

"르 피네는 어땠습니까?"

"아주 멋진 곳이었어요."

"전에도 간 적 있었나요?"

"아니오. 저……"

제인은 갑자기 친숙함을 보이며 경마에서 돈을 딴 이야기를 들려주었다. 두 사람은 경마가 보통 사람들에게 가져다 주는 꿈과 필요악에 대해 공감하고, 이 일에 호의를 보이지 않는 영국 정부의 태도를 비난했다. 두 사람의 이야기는 갈색의 양복 입은 젊은이에 의해 끊어졌다. 그가 조금 전부터 그 주변을 서성거리고 있었는데도 두 사람은 알아차리지 못했던 것이다. 이윽고 그 젊은이는 모자를 벗더니 스스럼없는 태도로 제인에게 말을 걸었다.

"제인 그레이 양이지요?"

"그런데요……"

"나는 해울 주간지에 있는 사람인데, 어떻습니까, 이번 공중 살인 사건에 대해 짧은 글을 써주지 않겠습니까? 한 승객으로서 의견을 말해 주시면 됩니다."

"모처럼의 청탁이지만 거절하겠어요."

"부탁합니다, 그레이 양. 사례금은 충분히 드리지요."

"얼마나?."

"50파운드. 아니, 좀더 드릴 수도 있습니다. 60파운드쯤이면……."

"안 되겠어요, 할 수 없을 것 같아요. 어떻게 써야 하는지도 모르고……."

젊은이는 자신 있게 말했다. "그런 건 상관없습니다. 당신이 직접 기사를 작성하실 필요는 없습니다. 우리 기자가 당신에게 몇 마디 물어 보고 대신 써드립니다. 당신에게 조금도 수고를 끼치지 않습니다."

"그래도 싫어요."

"100파운드면 어떨까요? 100파운드 드리지요. 그리고 사진을 주십시오."

"아니, 싫어요!"

"돌아가는 게 좋겠소. 그레이 양은 그렇게 물고 늘어지는 것을 아주 싫어하니까요." 노먼 게일이 끼여들었다.

그러자 젊은이가 노먼 쪽으로 돌아섰다.

"노먼 게일 씨지요? 어떻습니까, 게일 씨, 그레이 양은 마음내키지 않는 듯하니 당신이 해주시지 않겠습니까? 500단어면 됩니다. 그레이 양에게 말씀드린 액수를 드리지요. 좋은 거래 아닙니까? 여자가 살해된 이야기는 여자가 쓰는 편이 보도 가치가 있습니다만. 이건 좋은 기회입니다."

"싫소. 한마디도 쓰지 않겠소."

"돈에 대한 것은 제쳐 두고, 이것은 좋은 홍보가 될 겁니다. 성공할 직업인…… 앞날이 기대되는 젊은이, 당신 환자들도 모두 그 기사를 읽을 겁니다."

"그건 내가 가장 두려워하고 있는 일이오!"

"그러나 요즘은 선전 없이 아무 일도 할 수 없습니다."

"선전이라고요? 선전도 선전 나름이지요. 나는 내 환자 가운데 단 한 사람도 신문을 읽지 않아 내가 이런 살인 사건에 연루된 일을 몰라줬으면 하고 바랄 뿐이오. 이제 우리의 대답을 다 들었으니 조용히 가보시오. 그렇지 않으면 쫓아 버리겠소."

젊은이는 위협적인 말에도 끄덕하지 않았다.

"뭐, 화낼 것까지는 없잖습니까. 그럼, 실례합니다. 만일 마음이 바뀌면 사무실로 전화해 주십시오. 이것이 내 명함입니다."

젊은이는 유쾌하게 찻집에서 나가며 생각했다. '나쁘지만은 않다. 이것으로 어쨌든 만나 보았다는 기사는 쓸 수 있으니까.'

다음주 해울 주간지에는 공중 살인 사건의 두 증인으로부터 들었다는 중요 기사가 실렸다.

'제인 그레이와 노먼 게일은 그 사건을 입에 올리기조차 싫어할 만큼 괴로워하고 있다. 그 사실을 생각하는 것만도 견딜 수 없을 만큼 큰 충격을 받았다.'

노먼 게일은 자신이 결백하다 하더라도 살인 사건에 관련된 일 그 자체가 직업인으로서의 이력에 큰 영향을 미친다고 길게 늘어놓았다. 그리고 유머를 섞어 가며 그의 환자 가운데 유행란만 읽는 사람이 있어 치료 의자의 고문을 받으러 왔을 때 자기를 두려운 눈으로 보지 말았으면 좋겠다고 말했다고 씌어 있었다.

"왜 좀더 중요한 사람들을 찾아가지 않을까요?" 그 젊은이가 가 버리자 제인이 물었다.

"그것은 아마 윗사람에게 맡겼겠지요. 아니면 저 사람이 그들을 찾아갔다가 실패했는지도 모릅니다." 노먼이 차갑게 대꾸했다.

그는 잠시 얼굴을 찌푸리고 있었다.

"제인, 당신을 제인이라고 불러도 되겠지요? 대체 누가 그 지젤이라는 여자를 죽였으리라고 생각합니까?”

“전혀 짐작할 수조차 없어요.”

“생각해 보기는 했습니까? 정말 그 점을 생각해 보았습니까?”

“글쎄요, 생각해 보지 않은 것 같아요. 내 입장만 생각하고 있었지요. 그리고 좀 난처해 하던 참이었어요. 난 정말 다른 사람 가운데 누가 했을까 하는 생각은 해본 적 없거든요. 그래요, 지금까지 진지하게 생각해 본 적 없지만, 그 비행기에 탔던 사람 가운데 누군가의 짓임에는 틀림없어요.”

“그렇습니다, 그 점은 검시관도 분명히 밝혔지요. 나는 나 자신이 하지 않았다는 것과 당신이 하지 않았다는 것만은 확실히 알고 있습니다. 왜냐하면 나는 줄곧 당신을 바라보고 있었으니까요.”

“그래요, 나도 당신이 하지 않은 걸 알아요. 같은 이유로. 그리고 물론 나도 아니예요. 그러니 우리를 뺀 다른 사람 가운데 누가 했을 거예요. 그런데 누군지는 모르겠어요. 전혀 알 수 없어요. 당신은 아시겠어요?”

“아니, 모릅니다.” 노먼 게일은 깊은 생각에 잠겨 있었다. 그 모습은 어떤 생각의 실마리라도 풀어내고 있는 것 같았다.

제인이 다시 말했다. “짐작갈 리 없지요. 뭐가 보였어야지요. 적어도 나는 아무것도 보지 못했어요. 당신은?”

“아무것도…….” 노먼은 다시 고개를 가로저었다.

“그래서 더 이상한 생각이 들어요. 당신은 아무것도 보지 못했을지 몰라요. 그쪽을 보고 있지 않았으니까요. 하지만 나는 줄곧 그쪽을 보고 있었기 때문에 볼 수 있었을 텐데…….”

제인은 얼굴을 붉혔다. 그때 문득 자기 눈이 거의 파란 스웨터에 못박혀 있었다는 것, 주위에서 일어난 일에 대해 아무 관심도 없었으며 오로지 그 파란 스웨터에 감싸인 사람에게만 쏠려 있었다는 것이 생각났기 때문이다.

노먼은 생각했다. '어째서 얼굴이 붉어졌을까? 정말 멋진 여자야.
나는 이 여자와 결혼해야겠다. 그렇다, 결혼하자. 그러나 그렇게 먼
앞날의 일을 생각해 봐야 소용없지. 어떻게든 자주 만날 수 있는 구
실을 만들자. 이 살인 사건은 그 점에서 도움이 되겠어. 뭔가 그럴듯
하게 꾸며대는 것도 좋으리라. 그 건방지고 아니꼬운 기자와 그 녀석
의 선전도 제법 쓸 만하겠군.'

"그럼, 한 번 생각해 봅시다, 누가 그녀를 죽였는지. 승객을 한 사
람씩 떠올려 봅시다. 우선 승무원부터……." 그는 소리내어 말했다.

"승무원은 아니예요."

"나도 그렇게 생각합니다. 그럼, 통로 건너편에 있던 여자들은?"

"호밸리 백작부인 같은 사람이 살인하리라고는 생각할 수 없어요.
그 앞에 앉았던 베니시어 카도…… 아주 소박한 시골 사람인걸요.
그녀가 프랑스인 노부인을 죽였으리라고는 도저히 생각할 수 없어
요."

"이름없는 시골 지주에 지나지 않으니까요. 아마 맞을 겁니다, 제
인. 그럼, 그 콧수염을 기른 사나이가 있는데, 배심원들의 의견에
따르면 가장 수상한 인물인 듯하지만 일단 혐의는 벗은 셈이지요.
그 의사는 어떻습니까? 그 사람도 그런 짓을 할 것 같지 않습니다
만……."

"만일 그 사람이 마담 지젤을 죽이려 했다면 좀더 확실한 방법을
써서 상처를 남기지 않았을 거예요. 아무도 모르는 약 같은 것을
썼을 게 틀림없어요."

"그럴까요? 아무 흔적도 남기지 않고 맛도 냄새도 없는 독이란 아
주 편리하겠지만, 그런 독은 없을 겁니다. 입으로 부는 화살통을
가지고 있다고 스스로 털어놓은 그 소설가는 어떻습니까?"

노먼은 의심스러운 듯 말했다.

"그 사람은 좀 수상해요. 하지만 그는 아주 정직한 사람 같아 보였어요. 화살통을 가지고 있다고 구태여 말하지 않아도 되었을 게 아니예요? 그리고 보면 그 사람도 아닌 것 같아요."

"그럼, 그 제임스 뭐였지요? 아, 그렇지, 라이더 씨는?"

"글쎄요……."

"그리고 2명의 프랑스인은?"

"그래요, 그 두 사람이 가장 수상해요. 그들은 미개지를 두루 다녀 본 일이 있다면서요? 그리고 그들에게는 우리가 모르는 동기가 있었을지도 몰라요. 그 젊은 사람은 몹시 우울해 보이고 걱정이 있는 것 같았어요."

노먼 게일이 언짢은 듯 말했다.

"누구나 사람을 죽이고 나면 걱정되겠지요."

"하지만 좋은 사람 같았어요. 그 나이든 분은 아주 호감이 가더군요. 그들이 아니었으면 좋겠는데……."

노먼이 중얼거렸다.

"우리의 추리는 전혀 진전이 없군요."

"살해된 여자에 대해 아무것도 모르니 당연해요. 적이라든가, 재산을 물려받을 사람이 누구인가 하는 걸 다 알아야 할 텐데……."

노먼은 깊이 생각에 잠기며 물었다.

"그럼, 당신은 지금 우리가 터무니없는 추측을 하고 있다고 생각합니까?"

"그렇지 않나요?" 제인이 쌀쌀맞게 대꾸했다.

"그렇다고 할 수는 없습니다."

노먼은 잠시 망설이더니 천천히 덧붙였다.

"나는 이것이 조금이나마 도움이 되리라고 생각합니다."

제인은 믿어지지 않는 듯이 그를 보았다.

"살인이란 피해자와 가해자에게만 관계되는 일이 아니라 아무 혐의가 없는 사람에게도 영향을 미치는 법입니다. 당신과 나는 아무 죄가 없지만 살인의 그림자는 우리에게도 미치고 있지요. 그 그림자가 우리의 일생에 어떤 영향을 미칠지도 모릅니다."

냉정하고 상식적인 제인이 문득 몸서리를 쳤다.

"그만 하세요! 무서워요."

"나도 좀 무서운 생각이 듭니다." 노먼이 중얼거렸다.

마담 지젤

에르큘 포아로는 재프 경감을 다시 만났다. 경감이 씽긋 웃으며 말을 거들었다.

"여, 포아로 씨, 하마터면 감옥에 들어갈 뻔하지 않았습니까?"

"그렇게 됐으면 내 직업상 큰 손해를 입었겠지요."

포아로는 진지하게 말했다.

"소설에서도 탐정이 범인인 경우가 흔히 있지요."

경감은 다시 씽긋 웃었다.

그때 우울한 얼굴을 한 인텔리 같아 보이는 훤칠하고 마른 사나이가 들어왔다. 재프 경감이 소개했다.

"이분은 프랑스 경찰 푸르니에 씨입니다. 이 일을 도와주시러 일부러 오셨지요."

푸르니에는 간단히 목례를 한 뒤 포아로에게 손을 내밀었다.

"몇 년 전에 한 번 뵌 적 있었지요, 포아로 씨. 지로 씨에게서도 당신 이야기를 많이 들었습니다."

희미한 미소가 푸르니에의 입술에 떠올랐다. 포아로는 지로를 일컬어 늘 인간 사냥개라고 경멸했었다. 그가 자신에 대해 어떻게 말했을

지 충분히 짐작할 수 있었으므로 포아로도 조심스럽게 빙긋 웃었다.

포아로는 말했다.

"두 분과 함께 내 방에서 식사를 했으면 합니다. 변호사 티보 씨도 초대했지요. 왜냐하면 당신은 물론 재프 경감도 내가 협력하는 데 이의가 없으리라고 생각했기 때문입니다."

"이의없습니다. 당신은 이 사건의 중심 인물이니까요."

재프 경감이 포아로의 등을 두드리며 말했다.

"기꺼이 초대를 받아들이겠습니다." 프랑스인은 정중하게 말했다.

"조금 전 젊고 아름다운 아가씨에게도 말했습니다만, 나는 어떻게든 내 결백을 밝혀야겠습니다."

"그 배심원은 당신의 태도가 못마땅했던 겁니다. 아, 오랜만에 그처럼 멋진 농담을 들었군!" 재프 경감이 또 미소를 지었다.

왜소한 벨기에인이 친구들을 위해 마련한 훌륭한 식사를 하는 동안 아무도 그 사건에 대해 말하지 않았다. 주인이 신경 써서 내놓은 이쑤시개를 점잖게 집어 들며 푸르니에가 말했다.

"영국에서도 이처럼 훌륭한 식사를 할 수 있을 줄은 몰랐습니다."

티보 변호사도 말했다.

"정말 훌륭한 식사였습니다, 포아로 씨."

그러자 재프 경감이 끼여들었다.

"조금 프랑스식이었지만, 굉장히 맛있었습니다."

"식사란 언제나 위에 부담을 주지 말아야 합니다. 위에 부담을 줘서 사고력을 둔화시키는 무거운 음식은 좋지 않지요."

포아로가 말했다.

재프 경감이 그 말을 받았다. "나는 위장 때문에 괴로워한 적은 없습니다. 그러나 그런 건 아무래도 좋습니다. 어서 일을 시작합시다. 티보 씨는 오늘 밤 약속이 있는 듯합니다. 그러니 먼저 이분으로부터 도움될 만한 말을 듣기로 합시다. ”

“여러분에게 도움될 수 있다면 무슨 말이든 다 하겠습니다. 여기서
는 검시 법정보다 마음 편히 이야기할 수 있으니까요. 그리고 증언
하기 전에 재프 경감님과 잠깐 이야기를 했었는데, 그때 되도록 입
다물고 있어 달라는 부탁을 받았으므로 꼭 필요한 말만 했던 겁니
다. ”

변호사가 말했다.

“그렇습니다. 너무 빨리 내용을 밝히고 싶지 않았기 때문이지요.
하지만 여기서는 그 마담 지젤이라는 여자에 대해 알고 있는 사실
을 모두 들려주십시오. ”

“실은 나도 조금밖에 모릅니다. 그저 세상 사람들이 알고 있는 정
도, 즉 다른 사람이 알고 있는 정도밖에 모르지요. 그녀의 사생활
에 대해서는 거의 모릅니다. 아마 그 일이라면 나보다 푸르니에 씨
가 더 잘 아실 겁니다. 그러나 이 말만은 할 수 있습니다. 그러니
까 마담 지젤은 당신 나라에서 말하는 이른바 ‘인물’이지요. 아주
특이한 인물이었습니다. 그녀의 조상에 대해서는 아무것도 알려져
있지 않습니다. 젊었을 적엔 굉장히 아름다웠던 모양이지만 천연두
로 미모를 잃었습니다. 그래서 그녀는——이것은 내 느낌이지만
——권력을 즐기게 되었고, 또 사실 권력을 가지고 있었습니다.
그녀는 빈틈없는 사업가였습니다. 감정 문제로 사업에 영향을 미치
는 일이 결코 없는 전형적인 완벽주의자 프랑스 여인이었지요. 신
중하고 성실하게 일을 처리해 나간다는 평판을 듣고 있었습니다. ”

변호사는 잠시 말을 끊고 동의를 구하듯 푸르니에 쪽을 보았다.

푸르니에는 고개를 끄덕이며 말했다. “그렇습니다. 그녀는 성실했
습니다. 그러나 증거만 갖추어졌다면 경찰은 그녀에게 책임을 물을
수 있었을 겁니다. 하지만 그처럼 성격이 야무진 사람에게는 바랄 수

없는 일이지요. ”

푸르니에는 절망적인 모습으로 어깨를 으쓱했다.

“말하자면 ? ”

“협박입니다. ”

“협박이라고요 ? ” 재프 경감이 물었다.

“그렇습니다. 특수한 성격의 색다른 협박이었습니다. 마담 지젤은 이 나라의 유명인을 상대로 고리대금업을 하고 있었는데, 빌려 주는 금액과 지불 방법에 대해 굉장히 신중했습니다. 그리고 돈을 받아 내는 데 그녀 나름의 방법을 쓰고 있었지요. ”

포아로가 흥미 있는 듯 몸을 앞으로 내밀었다. 푸르니에가 말을 이었다.

“티보 씨도 말했듯 마담 지젤의 손님은 상류 계급 사람이나 전문 직업인이었습니다. 이런 사람들은 세상 평판에 특히 큰 영향을 받지요. 마담 지젤은 전속 정보망을 가지고 있었으므로 돈을 빌려 주기 전에——큰 금액의 경우입니다만——의뢰자에 대해 되도록 많은 정보를 확보했습니다. 이 정보망은 굉장히 우수했지요. 아까 티보 씨가 말씀하신 것을 되풀이하지만, 마담 지젤은 그녀 나름대로 일에 관해 굉장히 신중하고 성실했습니다. 그녀는 자신에게 충실한 사람에게는 자기도 충실하게 대했습니다. 그녀는 빌려 준 돈을 받아낼 때 말고는 결코 상대방의 비밀을 이용하는 일이 없었습니다. 이 점은 확신합니다. ”

“즉 그 사람의 비밀이 담보 형태로 사용된 셈이군요 ? ”

포아로가 물었다.

“그렇습니다. 그리고 그 담보인 정보를 쓸 경우에는 인정사정없이 해치웠지요. 그 수단을 써서 빌려 준 돈을 받아냈던 듯합니다. 하지만 채무자에게 빚을 받아내는 데 말고 정보를 이용한 일은 거의 없습니다.

　유명인들은 스캔들을 일으키지 않기 위해 어떻게든 돈을 마련합니다. 방금 말했듯 그녀의 활동에 대해 잘 알고 있지만, 실제로 그런 정보를 얼마나 사용했느냐 하는 문제는 알아내기가 매우 어렵습니다. 사람의 성질이란 묘한 것이어서요.”

푸르니에는 어깨를 으쓱했다.

“만일 말씀하신 대로 그녀가 지불 능력이 없는 채무자의 정보를 폭로한 경우에는 어떻게 됐습니까?” 포아로가 물었다.

“그럴 경우에는 그녀가 가지고 있는 정보가 세상에 알려지든지, 아니면 그 문제에 관계된 사람의 손으로 넘어가게 됩니다.”

푸르니에가 대답했다.

모두 한동안 침묵했다.

이윽고 포아로가 다시 입을 열었다.

“그렇게 되면 금전적으로 그녀에게 이롭진 않겠군요?”

“그렇습니다, 직접적으로는.”

“그럼, 간접적으로는?” 재프 경감이 물었다.

“간접적으로는 다른 사람들이 겁에 질려 빚진 돈을 잘 지불하게 된다는 말입니까?”

“그렇습니다. 말하자면 도덕적 효과라는 점에서 가치가 있었던 셈입니다.”

재프 경감은 깊은 생각에 잠기며 콧등을 문질렀다.

“부도덕적 효과라고 하는 편이 좋겠군요. 이것으로 살인 동기는 비교적 뚜렷해졌습니다. 그런데 아직 확실치 않은 문제가 있습니다. 누가 그녀의 유산을 물려받느냐는 것입니다. 그 점에 대해 말씀해 주시겠습니까?”

경감은 대답을 재촉하듯 티보 변호사를 보았다.

"딸이 하나 있습니다. 어머니와 함께 살지는 않았지만요. 마담 지젤은 그 딸과 아주 어렸을 때 헤어진 뒤 한 번도 만나지 못했을 겁니다. 그녀는 몇 년 전 하녀에게 줄 얼마 안 되는 액수 말고는 유산을 그 딸 앤 모리소에게 물려준다는 내용의 유언장을 만들었습니다. 내가 아는 한 유언장은 다시 만들지 않았습니다."
"그 유산은 막대하겠지요?" 포아로가 물었다.
"8, 900만 프랑쯤 될 겁니다." 변호사는 어깨를 으쓱했다.
포아로는 휘파람을 불듯 입술을 오므렸다. 재프 경감이 말했다.
"굉장한 액수로군요! 그렇게 많으리라고는 생각지 못했습니다. 우리 나라 돈으로 계산하면 대체 얼마나 되지요? 음……10만 파운드가 넘는군!"
"앤 모리소 양은 큰 부자가 되는군요." 포아로가 말했다.
"그녀가 그 비행기를 타지 않아서 다행입니다. 돈이 탐나 어머니를 죽였다는 혐의를 받을 뻔했으니까요. 그녀는 몇 살쯤 됩니까?" 재프 경감이 물었다.
"자세히는 모르지만 24, 5살쯤 되었을 겁니다."
"그녀를 이 범죄와 연결지을 수 있는 건 아무것도 없습니다. 역시 협박 쪽을 조사해야겠습니다.
　비행기를 탔던 사람들은 모두 마담 지젤을 모른다고 했지만, 그 가운데 한 사람은 거짓말한 것입니다. 그 사람을 찾아내야 합니다. 그녀의 개인적인 서류를 조사해 보면 뭔가 실마리가 잡히지 않을까요? 어떻습니까, 푸르니에 씨?"
푸르니에가 곧 대답했다.
"나는 런던 경찰에서 걸려 온 전화를 받고 곧 그녀의 집으로 달려갔습니다. 서류 금고는 안전했으나 속에 든 서류는 모두 불타버리고 없었습니다."

"불타 버렸다고요? 누가 태웠지요? 무슨 이유로?"

"마담 지젤에게는 엘리스라는 충실한 하녀가 있었습니다. 그 하녀는 마담 지젤에게 무슨 일이 일어날 경우 금고를 열고——다이얼 번호를 알고 있었지요——속에 든 것을 모두 태워 버리라는 지시를 받았습니다."

"뭐라구요? 정말 놀라운 일이군!"

재프 경감이 눈을 크게 뜨며 소리쳤다.

푸르니에가 말을 이었다.

"그렇습니다. 마담 지젤에게는 자신의 신조가 있었던 겁니다. 그녀는 자신에게 충실한 사람에게는 충실하게 대해 주었습니다. 손님에게도 거래는 정직하게 한다고 약속했지요. 그녀는 필요한 경우 인정사정없이 일을 처리했지만, 동시에 약속도 굳게 지키는 사람이었습니다."

재프 경감은 묵묵히 고개를 끄덕였다. 네 사람은 죽은 여인의 특이한 성격에 대해 생각하며 말없이 앉아 있었다.

티보 변호사가 일어섰다.

"그럼, 나는 약속이 있어서 이만 가봐야겠습니다. 또 물어보실 게 있거든 언제라도 좋으니 문의해 주십시오. 주소는 아시겠죠?"

변호사는 모두와 정중히 악수를 나눈 뒤 방에서 나갔다.

가능성 검토

티보 변호사가 나가자 세 사람은 테이블 앞으로 의자를 바싹 끌어당겼다. 재프 경감이 만년필 뚜껑을 열며 말했다.

"자, 그럼, 문제로 들어갈까요? 비행기에는 11명이 타고 있었습니다——이것은 뒷객실을 이야기하는 것으로 앞객실의 승객은 제외시켰습니다——그러니까 11명의 승객과 승무원 2명, 모두 13명이 있었던 셈이지요. 이 23명 가운데 하나가 노부인을 살해한 겁니다. 승객 가운데에는 영국인도 프랑스인도 있습니다. 프랑스인은 푸르니에 씨에게 맡기고 영국인은 내가 맡겠습니다. 파리에서도 여러 가지 조사가 이뤄진 듯한데, 그 문제를 설명해 주십시오, 푸르니에 씨."

"파리에서뿐만이 아닙니다. 마담 지젤은 여름이면 해수욕장에서도 여러 가지 일을 했지요. 도빌(프랑스 북서부 해안의 피서지), 르 피네, 위무르 같은 데서 말입니다. 그리고 남서쪽으로 내려가 앙티브며 니스(두 곳 다 프랑스 남부의 휴양지) 같은 데서도 일했습니다."

"그거 참, 예리한 지적이군요. 플로미슈즈 호 승객 가운데 르 피네 이야기를 하는 사람이 한둘 있었습니다. 그러니까 이것도 하나의 가능성이지요. 이제 살인 사건 그 자체를 다뤄야겠는데. 우선 누가 그 화살통으로 독화살을 쏠 수 있는 곳에 있었는가 하는 점부터 생각해 봅시다."

경감은 여객기 내부의 큰 약도를 꺼내 테이블 한가운데에 펼쳐 놓았다. "자, 우리는 이 사람들에 대해 얼마쯤 예비 지식을 가지고 있습니다. 그러니 먼저 한 사람씩 검토하며 살인을 저지를 만한 인물을 고른 다음 다시 그 가능성이 많은 인물로 좁혀 가기로 합시다."

푸르니에가 말했다. "우선 용의선상에서 포아로 씨는 제외할 수 있으니 인원은 열 사람으로 줄게 됩니다."

포아로는 한심스러운 듯 고개를 저었다. "당신은 사람을 지나치게 믿는군요, 푸르니에 씨. 이런 상황에서는 아무도 믿어선 안 됩니다. 누구든 결코."

재프 경감이 유쾌하게 말했다.

"그러기를 바라신다면 당신도 넣어 드리지요. 그리고 승무원이 2명 있습니다. 살인을 했느냐, 안 했느냐는 관점에서 본다면 그들은 거의 그럴 것 같지 않지요. 그런 고급 고리대금업자로부터 돈을 빌릴 것 같지도 않거니와 둘 다 근무 성적이 좋습니다. 착실하고 술도 마시지 않지요. 따라서 그들 가운데 누가 이 사건에 연루돼 있으리라고는 생각할 수 없습니다. 그러나 가능성 면에서 본다면 그들도 역시 포함시켜서 조사해야 합니다. 그들은 객실 통로를 여기저기 돌아다녔습니다. 그 독화살을 쏠 수 있는 위치에 있었을지도 모릅니다…… 알맞은 각도에서 말이지요. 그러나 승객들로 가득 찬 객실 안에서 과연 감쪽같이 화살통으로 독화살을 불어 낼 수 있었을는지 의문스럽습니다. 내 경험으로 보아 대부분의 사람이 박쥐처럼 눈뜬 장님이나 다름없다는 것은 알고 있지만, 그것도 한도가 있지요. 이런 방법으로 범행을 저지르다니, 미친 짓입니다! 제정신을 가진 사람의 짓이 아닙니다. 이런 범행을 아무에게도 들키지 않고 해치운다는 건 백에 하나 있을까말까 하니까요. 이것을 해치운 자는 틀림없이 악마의 운을 타고난 녀석일 겁니다. 살인하는 데 이런 어처구니없는 방법을 쓰다니…….”

포아로는 눈길을 떨어뜨리고 조용히 담배를 피우고 있더니 불쑥 물었다.

“당신은 이것을 어처구니없는 살인 방법이라고 생각하십니까?”

“그렇고말고요. 미친 짓입니다.”

“그러나 성공했습니다. 우리 세 사람이 이렇게 모여 앉아 그 일에 대해 의논하고 있지만 누가 저질렀는지 모릅니다. 이것은 훌륭한 성공입니다!”

“아니, 다만 운이 좋았을 뿐입니다. 그렇지 않았다면 범인은 적어도 벌써 대여섯 번은 체포되었을 겁니다.” 재프 경감이 반박했다.

포아로는 납득할 수 없다는 듯 고개를 가로저었다. 푸르니에가 의심스러운 눈길로 그를 보았다.

"포아로 씨, 당신은 어떻게 생각하십니까?"

"내 생각은 이렇습니다. 사건은 그 결과로써 판단해야 합니다. 이 사건은 성공했습니다. 이것이 내가 말하고 싶은 점입니다."

푸르니에가 심각하게 말했다.

"하지만 정말 기적 같은 일입니다."

재프 경감이 다시 입을 열었다.

"기적이든 뭐든 사건은 일어났습니다. 의사의 증언이 있었고 흉기도 압수했습니다. 그러나 만일 1주일 전에 누가 나에게 뱀 독이 묻은 독화살을 맞고 죽은 여인 살해 사건을 조사하게 될 거라는 말을 했다면 나는 그 사람 앞에서 크게 웃었을 겁니다. 이런 살인은 모욕입니다. 정말입니다. 사람을 우습게 보는 것도 정도가 있지."

경감이 크게 한숨을 내쉬었다. 포아로는 빙긋 웃었다. 푸르니에가 심각하게 말했다.

"이것은 틀림없이 정상적인 궤도를 벗어난 유머 감각이 있는 사람의 짓입니다. 범죄를 조사하는 데는 살인범의 심리를 파악하는 것이 가장 중요하지요."

자기가 싫어하는 '심리'라는 낱말이 나오자 경감이 가볍게 콧방귀를 뀌며 끼어들었다. "그것은 포아로 씨가 좋아할 듯한 말이군요."

"나는 두 분이 말씀하신 것에 많은 흥미를 가지고 있습니다."

포아로가 말했다.

경감은 의심스러운 듯 포아로를 보며 말했다.

"당신은 마담 지젤이 그런 방법으로 살해되었다는 점에 대해 아무 의문도 없겠지요? 당신은 무엇이든 번거롭게 생각하고 싶어하는 성격이니까요."

"아닙니다. 그 점에 대해서는 의심할 여지가 없습니다. 내가 주운 독화살이 죽게 한 원인입니다. 그것은 틀림없습니다. 그러나 이 사건

에는…….” 포아로는 말을 끊고 난처한 듯 고개를 저었다. 재프 경감
이 말을 받았다.

“이야기를 제자리로 돌리지요. 두 승무원을 완전히 뺄 수는 없지
만, 나로서는 두 사람 다 이 사건과 아무 관계도 없으리라고 여깁
니다. 포아로 씨는 이 점을 어떻게 생각하십니까?”

“내가 한 말을 기억하시겠지요? 뭐라면 좋을까, 그러니까 이 단계
에서는 아무도 제외하고 싶지 않습니다.”

“좋을 대로 하십시오. 이번에는 승객인데, 승무원이 있는 식기실과
세면실 쪽에서부터 시작합시다. 우선 16번 좌석입니다.”

경감은 약도를 손가락으로 가리켰다.

“이것은 미용사 제인 그레이 양의 자리입니다. 마권이 당첨되어 르
피네에서 그 돈을 쓰고 오는 길이었지요. 그러니 이 아가씨는 도박
을 좋아하는 셈입니다. 어쩌면 돈이 궁해 마담 지젤로부터 빌렸을
지도 모르지요. 그러나 큰돈을 빌렸다든가, 마담 지젤에게 약점이
잡혀 있는 것처럼 보이지는 않습니다. 아무래도 우리가 찾는 사람
으로서는 너무 빈약합니다. 또 미용사로서는 뱀 독을 구할 기회가
없었을 겁니다. 머리를 물들이거나 맛사지하는 데 쓰이지 않을 테
니까요.”

“어떤 의미에서는 사람을 죽이는 데 뱀 독을 썼다는 것 자체가 잘
못입니다. 범위가 굉장히 축소되니까요. 그런 지식을 갖춘 사람은
100명에 2명 정도밖에 안 될 것이고, 재료를 구하는 일도…….”

“그러나 적어도 한 가지 사실만은 분명해집니다.” 포아로가 말했다.

푸르니에가 의혹에 찬 날카로운 눈길을 던졌다. 재프 경감은 자기
생각에 몰두해 있었다. 그가 다시 말했다.

“나는 이렇게 생각합니다, 범인은 두 부류 가운데 어느 한쪽에 속
하리라고. 하나는 진기한 세상을 돌아다니다가 온 사람, 그러니까

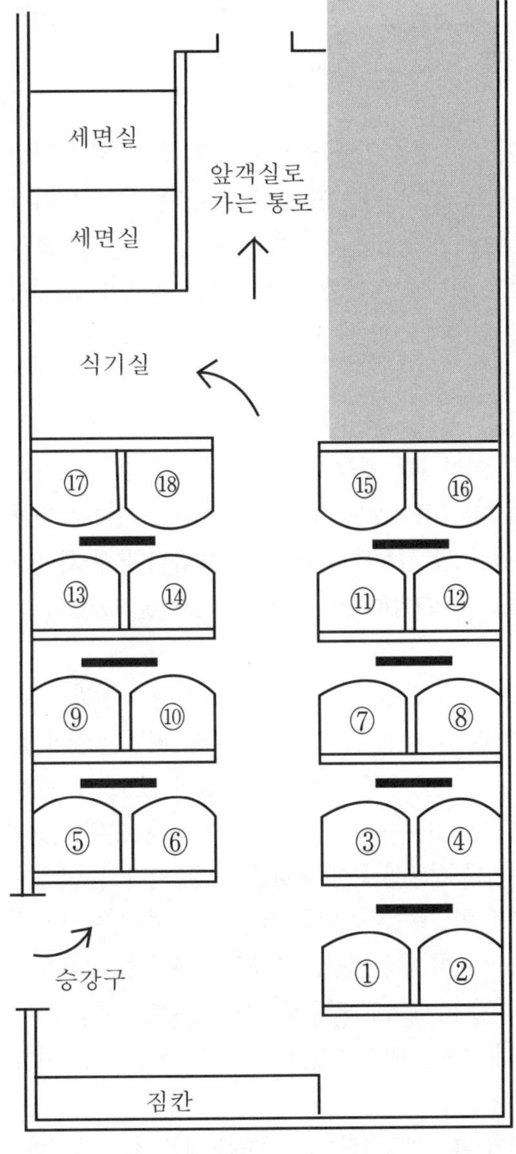

플로미슈즈 호
뒷객실 평면도
세면실
세면실
앞객실로
가는 통로
식기실
⑰ ⑱
⑮ ⑯
⑬ ⑭
⑪ ⑫
⑨ ⑩
⑦ ⑧
⑤ ⑥
③ ④
① ②
승강구
짐칸
[승객]
② 마담 지젤
④ 제임스 라이더
⑤ 아르망 뒤퐁
⑥ 장 뒤퐁
⑧ 대니얼 클랜시
⑨ 에르큘 포아로
⑩ 브라이언트 박사
⑫ 노먼 게일
⑬ 호밸리 백작부인
⑯ 제인 그레이
⑰ 베니시어 카

뱀이나 적을 죽이는 데 독을 쓰는 토인의 습관 등 여러 가지 지식을 잘 알고 있는 사람, 이것이 한 부류지요."

"또 한 부류는?"

"과학적인 선입니다. 연구원을 말하는 거지요. 이 뱀 독 같은 것은 연구소에서 실험용으로 쓰입니다. 윈터스푼 씨로부터 들은 이야기인데 분명 독사, 정확히 말해 코브라의 독은 흔히 의약용으로 쓰인다고 합니다. 간질병 치료에 상당한 효과를 얻고 있으며, 뱀에게 물렸을 때의 과학적 연구에도 사용된다더군요."

푸르니에가 말했다.

"그거 참, 재미있군요. 참고도 되고……."

"그렇습니다. 그럼, 이야기를 계속하겠습니다. 제인 그레이 양은 이 두 부류 가운데 어느 하나에도 속하지 않습니다. 그녀에 관한 한 살인 동기도 독을 구할 기회도 있음직하지 않습니다. 독화살을 쏠 수 있는 가능성도 퍽 희박하고…… 아니, 거의 불가능합니다. 이것 보십시오."

세 사람은 몸을 굽혀 약도를 들여다 보았다. 재프 경감이 말을 이었다. "여기가 16번 자리입니다. 그리고 여기가 마담 지젤이 앉아 있던 2번 자리지요. 그 사이에는 많은 사람과 좌석들이 있으므로 만일 그녀가 자리를 뜨지 않았다면——모두들 그녀는 자리를 뜨지 않았다고 증언했습니다——마담 지젤의 목에 독화살을 명중시킬 수 없습니다. 따라서 그녀는 제외해도 좋을 것 같습니다. 그럼, 다음은 맞은편 12번 자리로 옮깁시다. 이 자리에 앉았던 사람은 치과의사 노먼 게일 씨입니다. 같은 이야기를 그에게도 적용시킬 수 있지요. 아무튼 이 사나이도 피라미입니다. 다만 제인 그레이 양보다는 독을 구할 기회가 좀 많겠지만."

이때 포아로가 중얼거렸다. "치과의사는 주사를 잘 놓지 않습니다.

신경을 죽일 때에만 주사를 사용할 뿐 치료하는 데는 그리 쓰지 않으니까요.”

재프 경감은 씽긋 웃었다.

“치과의사는 환자를 상대로 놀고 있는 거나 다름없지요. 그러나 약품을 다루는 일에 접근할 수 있으며, 또 과학계에 친구가 있을지도 모릅니다. 그러나 가능성 면에서는 별로…… 자리를 뜨기는 했으나 손을 씻으러 갔을 뿐입니다. 그것도 피해자가 있는 곳과는 정반대 방향이었지요. 자리로 돌아오는 길도 가운데 통로밖에 없습니다. 그 마담 지젤의 목에 명중하도록 독화살을 쏘려면 직각으로 구부러진 특별한 화살통을 가졌어야 할 겁니다. 그러므로 이 치과의사 역시 제외해도 되지 않을까요?”

“동감입니다, 다음으로 넘어갑시다.” 푸르니에가 말했다.

“다음에는 통로 건너편에 있는 17번 좌석입니다.”

“거기는 본디 내 자리였습니다. 한 부인이 친구와 함께 앉고 싶어 하기에 내가 바꿔 주었지요.” 포아로가 말했다.

경감이 설명했다.

“그녀는 베니시어 카 양입니다. 그녀는 어떨까요? 그녀는 상류 계급입니다. 마담 지젤로부터 돈을 빌렸을지도 모릅니다. 떳떳지 못한 비밀이 있는 듯 보이지는 않지만 어쩌면 ‘속임수 경마’ 같은 묘한 일을 하고 있는지도 모르니까요. 카 양을 좀더 주의해서 보기로 합시다. 좌석 위치도 가능성이 있습니다. 만일 마담 지젤이 창문 밖을 보려고 목을 조금 돌렸다면 베니시어 카 양은 한 방…… 아니, 한 번 쏠 수 있었을 겁니다. 객석을 사선으로 가로질러서 말입니다.

이것은 너무 요행을 바란 일일까요? 정확하게 하려면 그녀는 아마 일어서야 했겠지요. 그녀는 가을이 되면 총을 메고 나설 것 같은 부인이더군요. 총 쏘는 솜씨가 토인의 독화살을 쏘는 데 도움될지 어떨지 모르지만. 총도 독화살도 눈을 쓴다는 점에서는 마찬가지겠지요. 눈과 숙련도의 문제일 겁니다. 그리고 그녀에게는 아는 사람이 있을지도 모릅니다. 남자친구 말입니다. 세계의 이색 지역으로 사냥하러 갔다온 적이 있는 사람들. 그런 인연으로 그 묘한 토인 물건을 손에 넣었을지도 모르지요. 그러나 이것은 아무래도 잠꼬대 같은 이야기로군요. 앞뒤가 맞지 않습니다. ”

푸르니에가 거들었다.

“정말 그렇습니다. 오늘 검시 심문 법정에서 베니시어 카 양을 만났는데, 이번 살인 사건을 결부시켜 생각할 수 없었습니다. ”

재프 경감이 말을 이었다. “다음은 13번 좌석, 호밸리 백작부인이군요. 이 부인은 다크호스입니다. 이 부인에 대해 좀 알고 있지만 차차 이야기하기로 하지요. 그녀가 떳떳치 못한 비밀을 한두 가지 가지고 있다는 말을 들어도 나는 별로 놀라지 않을 겁니다. ”

푸르니에가 말했다. “그 부인이 르 피네의 배커라 도박장에서 판돈을 많이 잃었다는 말을 우연한 기회에 들었습니다. ”

“아주 정보가 빠르군요. 그렇습니다, 이 부인이야말로 마담 지젤과 복잡한 문제를 일으킬 만한 사람입니다. ”

“동감입니다. ” 푸르니에가 맞장구쳤다.

“좋습니다. 동기로 보면 충분히 생각할 수 있는 문제입니다. 그러나 어떻게 했을까요? 이 부인도 자리를 뜨지 않았습니다. 그렇다면 그녀는 자리에 무릎을 꿇고 좌석 등받이 뒤로 독화살을 쏘아야 했을 겁니다. 더욱이 11명의 증인이 보고 있는 가운데. 이건 무리입니다. 다음으로 넘어갑시다. ”

약도 위로 손가락을 움직이며 푸르니에가 말했다.

“9번과 10번 좌석입니다. ”

"포아로 씨와 브라이언트 박사인데…… 포아로 씨, 자신에 대해 한마디 해보시지요."

포아로는 슬픈 듯 고개를 저었다.

"나의 위장…… 아, 이 두뇌가 한심스럽게도 위장의 종이 될 줄이야……."

푸르니에가 동정하듯 말했다.

"나도 그렇습니다. 나도 비행기를 타면 아무래도 짜증이 나서……."

그는 눈을 감고 괴로운 표정을 지으며 고개를 저었다. 재프 경감이 말을 이었다.

"그럼, 브라이언트 박사로 넘어갑시다. 그는 어떻습니까? 할리 거리에서 잘 알려진 인물입니다. 고리대금업자인 프랑스 여인을 찾아갈 것 같지는 않지만, 사람의 일이란 알 수 없으니까요. 뭔가 이상한 소문이 퍼지면 의사로서 끝장이지요. 여기에 과학적 추리가 등장하게 됩니다. 브라이언트처럼 나무 꼭대기에 앉아 있는 것 같은 사람은 많은 의학계 연구자들과 가까울 겁니다. 어떤 실험실에서 뱀 독이 든 시험관을 잠깐 슬쩍하는 일쯤은 아주 간단할 테지요."

"그런 물건은 다 체크해 둡니다. 목장에서 미나리아재비꽃을 따오듯 간단하지 않습니다." 포아로가 반박했다.

"체크해 두었다 하더라도 머리 좋은 사람이라면 뭔가 다른 것과 바꿔치기 하는 일쯤 손쉽게 할 수 있습니다. 브라이언트 씨 같은 사람은 의심하지 않을 테니 간단히 할 수 있지요." 경감이 말했다.

푸르니에가 동의했다. "그 말씀도 일리는 있습니다. 그러나 한 가지 이상한 것은 그가 왜 사망 원인을 독살로 내세웠을까, 어째서 심장마비로 죽은 자연사라고 말하지 않았을까 하는 점입니다."

포아로가 헛기침을 했다. 그러자 두 사람이 묻는 듯한 눈길로 그쪽을 바라보았다. 그가 말했다.

"내 생각으로는 그것이 그가 받은 최초의 느낌——뭐랄까, 첫인상이라고 할까요?——으로 아무튼 완전히 자연사라는 기분이 들었던 것 같습니다. 마치 노랑 벌에 쐬어 죽은 것처럼 말입니다. 그곳에 노랑 벌이 있었다는 사실을 잊지 마십시오."

"잊으려 해도 잊을 수 없습니다. 당신이 줄곧 그 말만 되풀이하니까요." 재프 경감이 대꾸했다.

포아로가 말을 이었다. "객실 바닥에서 그 결정적인 독화살이 발견되었는데, 그것을 주운 것은 나였습니다. 그것을 발견했으므로 이 일을 살인으로 보게 된 겁니다."

"그 독화살은 어차피 발견되었을 게 아닙니까?"

경감이 얼른 말했다.

포아로는 고개를 저었다. "아닙니다, 살인범이 아무도 몰래 그것을 주울 기회가 없었던 건 아닙니다."

"브라이언트 박사 말입니까?"

"그게 누구든"

"흠, 하지만 그것은 어려운 일이 아닐까요?"

푸르니에가 재프 경감의 의견에 반대했다.

"그것은 지금 당신이 살인 사건이라는 걸 알고 있기 때문입니다. 그러나 한 부인이 갑자기 심장마비로 죽었는데, 마침 누군가가 손수건을 떨어뜨려 그것을 줍기 위해 몸을 굽혔다고 합시다. 이것을 알아차리거나 나중에 생각해 낼 사람이 과연 있을까요?"

재프 경감이 동의했다. "그렇군요. 아무튼 브라이언트 박사는 분명히 혐의자 명단에 들어갑니다. 그는 좌석 모서리에 머리를 기대고 독화살을 쏠 수가 있습니다. 대각선으로. 그러나 아무에게도 들키지 않았다는 것은 …… 아니, 이 문제는 더 이상 되풀이하지 않겠습니다.

누가 했든 아무에게도 들키지 않았으니까요. ”

푸르니에가 미소지으며 말했다. “그 점에 대해 나는 틀림없이 무언가 까닭이 있으리라고 생각합니다. 지금까지 내가 들은 바로 미루어 그 까닭은 틀림없이 포아로 씨의 흥미를 끌 것 같군요. 나는 지금 심리적인 이유를 말하는 겁니다. ”

“이야기를 계속하십시오. 아주 재미있군요. ” 포아로가 말했다.

푸르니에가 설명을 이었다. “기차 여행을 하고 있을 때 불타는 집 옆을 지나가고 있다고 합시다. 모두의 눈은 곧 그쪽 창문으로 쏠립니다. 모두들 어떤 한 곳에 정신을 쏟을 테지요. 그 순간 한 사나이가 단검을 뽑아들고 사람을 찌르더라도 아무도 그를 보지 못할 겁니다. ”

“그건 사실입니다. 나도 한 사건을 기억하고 있습니다. 내가 관계한 독살 사건이었는데, 꼭 그와 같은 일이 일어났었습니다. 만일 플로미슈즈 호 안에서도 그런 순간이 있었음을 발견할 수 있다면……. ”

“승무원과 승객을 심문해서 그것을 알아내야겠지요. ”

재프 경감이 얼른 말했다.

“그렇습니다. 만일 그런 심리적 순간이 있었다면 그것은 범인에 의해 만들어졌어야 합니다. 그게 논리적인 사고방식이겠지요. 즉 범인은 뭔가 특별한 방법으로 그 심리적 순간을 만들어 내야 합니다. ”

포아로가 말했다.

“정말 그렇습니다. ” 푸르니에가 동의했다.

“그럼, 그것을 하나의 문제점으로 기록해 두지요. 이번에는 8번 좌석으로 옮겨 갑시다. 다니엘 마이클 클랜시 씨로군요! ”

재프 경감은 그 이름을 꽤 즐거운 듯 입에 올렸다.

“나로서는 이 사나이가 가장 의심스럽습니다. 미스터리 소설가가

뱀 독에 흥미를 가지고 사람좋은 과학자를 속여 그 독을 손에 넣기
는 아주 쉬울 테니까요. 그가 마담 지젤 옆을 지나갔다는 것을 잊
어서는 안 됩니다. 그 옆을 지나간 사람은 그 사나이뿐이지요.”
포아로가 힘주어 말했다.
“나도 그 점을 잊지 않고 있습니다.”
경감은 말을 이었다.
“그는 당신이 말하는 심리적 순간이 없었더라도 바로 가까운 곳에
서 독화살을 쏠 수 있었을 겁니다. 그리고 또 그것을 교묘하게 해
치울 만한 기회도 있었습니다. 그는 화살통에 대해서도 잘 알고 있
습니다. 아무튼 그 자신이 직접 그렇게 말했으니까요.”
“그것으로 그의 혐의가 좀 가벼워지는 게 아닐까요?”
경감이 말했다.
“아닙니다, 그게 바로 교활한 점입니다. 오늘 내놓은 그 화살통도
2년 전에 산 것이라고 어떻게 확인할 수 있겠습니까? 아무래도 모
든 것이 수상합니다. 늘 여러 가지 사건에 대해 읽고, 범죄 이야기
며 미스터리 소설에 열중해 있다는 것 자체가 건전치 못한 일입니
다. 그러다 보면 머릿속에 여러 가지 범죄유형이 떠오르게 되겠지
요.”
포아로가 그 말을 받았다.
“작가가 머릿속에 여러 가지 아이디어를 갖는다는 것은 분명히 필
요한 일입니다.”
경감은 다시 비행기 안의 약도를 들여다보았다.
“4번 좌석은 제임스 라이더 씨, 죽은 여자의 바로 앞자리입니다.
그가 했다고 볼 수는 없지만, 제외할 수도 없습니다. 그는 세면실
에 갔었으니 돌아오는 길에 바로 옆에서 독화살을 쏠 수 있었을지
도 모릅니다. 그러나 이것은 고고학자들의 증언과 맞지 않습니다.

그렇다면 그들도 알아차렸을 테니까요. 알아차리지 못했을 리 없습니다."

포아로는 심각하게 고개를 가로저었다.

"당신은 고고학자에 대해 잘 모르는군요. 만일 그 두 사람이 정말 어떤 일에 열중해서 의논하고 있었다면, 그 밖의 일은 전혀 보이지도 들리지도 않았을 겁니다. 그들은 기원전 5000년쯤의 세계에 머리를 디밀고 있었을 테니까요. 1934년의 일은 존재하지 않는 거나 다름없었겠지요."

재프 경감은 좀 의아한 표정을 지었다.

"그럼, 그 두 사람으로 옮겨가 볼까요. 푸르니에 씨, 뒤퐁 씨 부자에 대해 뭔가 아는 게 있습니까?"

"아르망 뒤퐁 씨는 프랑스에서 가장 이름있는 고고학자입니다."

"그 점은 그리 이렇다 할 게 못 됩니다. 내가 보기에 비행기 안에서의 그들 위치는 아주 좋습니다…… 통로 건너편, 마담 지젤로부터 얼마 안 떨어진 앞자리니까요. 게다가 두 사람은 온 세계를 두루 돌아다니며 이상한 것들을 많이 발굴했을 터이므로 토인의 뱀독도 쉽게 구할 수 있었을 겁니다."

푸르니에가 말했다.

"그것은 있을 수 있는 일이지요."

"그러나 그들이 범인이라고는 생각지 않는 겁니까?"

푸르니에는 의심스러운 듯 고개를 저었다.

"뒤퐁 씨는 고고학을 위해 살고 있습니다. 아주 열성적인 사람이지요. 원래 골동품상이었는데, 발굴을 위해 번창하던 장사도 집어치워 버렸습니다. 그는 물론 그의 아들도 고고학에 온 힘을 기울이고 있지요. 내가 보기에, 범죄를 저질렀을 가능성은 아무래도 없는 것 같습니다. 스타비스키(프랑스의 큰 사기꾼으로 두 개의 내각을 망하게 했음) 사건을 맡은 뒤로는 전혀 생각지 못한 기괴한 일도 일어날 수 있다고 믿긴 하지만, 그들이 이 사건에 관련되었다고는 생각할 수 없습니다.”

재프 경감은 메모하던 종이를 집어 들고 헛기침을 했다.

“지금까지 살펴본 결과는 이렇습니다. 제인 그레이——확률, 거의 없음. 가능성, 전혀 없음. 게일——확률, 거의 없음. 가능성, 전혀 없음. 베니시어 앤 카——확률, 거의 없음. 가능성, 의문. 호밸리 백작부인——확률, 많음. 가능성, 거의 없음. 포아로 씨——범인 임에 거의 틀림없음. 비행기 안에서 심리적 순간을 만들어 낼 수 있는 유일한 인물.”

경감은 자신의 농담에 만족하며 큰소리로 웃었다. 포아로는 너그럽게 미소지었으며 푸르니에는 좀 어색한 웃음을 지었다. 경감은 다시 말을 이었다.

“브라이언트——확률, 가능성 모두 큼. 클랜시——확률, 가능성 모두 큼. 동기 의문. 라이더——확률, 모르겠음. 가능성, 꽤 있음. 뒤퐁 부자——확률, 동기상으로는 거의 없으나 독물 입수 수단으로 볼 때는 있음. 가능성, 충분함. 이만하면 꽤 잘 요약했다고 여깁니다. 이제부터는 정해진 방식대로 심문을 철저히 해야 되겠지요. 나는 먼저 클랜시 씨와 브라이언트 박사를 부르겠습니다. 그래서 최근까지 어떤 생활을 했으며 요 몇 년 동안 돈에 곤란 받은 일은 없는지, 요즘 무슨 걱정을 했거나 당황하는 기색이 없었는가 하는 것을 알아보겠습니다. 라이더 씨도 마찬가지입니다. 그렇다고 다른 사람을 가볍게 넘기겠다는 건 아닙니다. 그들에 대해서는 윌슨에게 살펴보도록 시키겠습니다. 푸르니에 씨는 뒤퐁 부자를 맡아 주십시오.”

푸르니에는 고개를 끄덕였다.

“마음 놓으십시오. 정신차려서 잘해 보겠습니다. 나는 오늘 밤 파리로 돌아갑니다. 마담 지젤의 하녀 엘리스에게서 무언가 알아낼 수 있을지도 모르니까요. 그리고 마담 지젤의 행적도 자세히 조사해 보겠습니다. 올여름 동안 어디에 있었는지 알아보는 것도 필요하겠지요. 그녀는 르 피네에도 한두 번 간 적 있습니다. 영국 사람들과 관계있는 채무 정보를 얻을 수 있을지 모릅니다. 아, 할 일이 산더미 같군."

두 사람은 정신없이 생각에 잠겨 있는 포아로를 보았다.

재프 경감이 물었다.

"포아로 씨, 당신은 아무 일도 하지 않을 겁니까?"

"나는 푸르니에 씨와 함께 파리로 갔으면 합니다."

포아로는 그제야 제정신으로 돌아왔다.

"그거 참, 좋은 생각입니다." 프르니에가 찬성했다.

재프 경감이 이상하다는 듯이 포아로를 보았다.

"대체 무슨 속셈입니까? 당신은 이제까지 잠자코 있었는데, 뭔가 멋진 생각이라도 떠올랐습니까?"

"한두 가지…… 한두 가지 떠올랐습니다. 그러나 굉장히 어렵습니다."

"우리에게도 말해 주십시오."

"한 가지 내가 골치 앓고 있는 점은 화살통이 발견된 장소입니다."

"그렇겠지요! 그것 때문에 하마터면 체포될 뻔했으니까요."

포아로는 세게 고개를 저으며 그 말을 가로막았다.

"내 말뜻은 그런 게 아닙니다. 내가 골머리 썩이는 건 그것이 내 좌석 밑에 있었기 때문이 아니라, 범인이 그것을 좌석 밑에, 누구의 좌석이든 쑤셔 넣었다는 사실입니다."

"그게 무슨 문제가 됩니까? 누가 했든 그것을 어딘가에 감춰야 했을 테고, 자기가 가지고 있는 것을 남의 눈에 띄게 하고 싶지 않았기 때문이겠지요."

"그렇습니다, 경감님. 그러나 당신도 비행기 안을 조사했을 때 알아차렸겠지만, 창문을 열 수는 없지만 창문마다 통풍 구멍이 있습니다. 조그만 구멍으로, 부채꼴 유리를 돌리면 그 구멍이 열렸다 닫혔다 합니다. 이것은 화살통을 내보내기에 충분한 크기니 그곳으로 버리는 편이 훨씬 간단하지 않겠습니까? 화살통은 까마득히 내려다 보이는 땅 위로 떨어져 영원히 들킬 염려가 없었을 겁니다."

"범인이 남의 눈에 띌까 두려워했기 때문이 아닐까요? 화살통을 통풍 구멍으로 버리다가 누구에게 들킬 염려가 있을지도 모르니까요."

"범인이 화살통을 입술에 대고 무서운 독화살을 불어 내는 일은 겁 없이 해냈으면서 화살통을 창문 밖으로 밀어내는 건 들킬까봐 무서워했다는 말입니까?" 포아로가 곧 반박했다.

"좀 이상하긴 하지만 그것이 사실이니까요. 범인은 좌석쿠션 뒤에 화살통을 감췄습니다. 그것은 부정할 수 없는 사실입니다."

경감이 중얼거렸다.

"그것으로 무언가 생각이 떠올랐군요, 포아로 씨?"

푸르니에가 물었다.

포아로는 머리를 끄덕였다.

"그 사실이 내 머릿속에 어떤 영감을 떠오르게 했습니다."

그는 무의식적으로 손을 뻗어 경감이 초조한 나머지 비뚤어지게 놓고 쓴 잉크스탠드를 바로잡았다. 그리고 갑자기 얼굴을 번쩍 들고 물었다.

"그건 그렇고, 내가 부탁드린 승객의 소지품 목록은 가져왔습니까?"

소지품 목록

"나는 약속을 지키는 사람입니다."

재프 경감은 웃으며 주머니에 손을 넣어 빽빽이 타이핑된 종이를 꺼냈다.

"이겁니다. 모두 씌어 있지요. 아주 세밀하게. 그 속에 좀 이상한 게 있습니다. 아니, 그것은 당신이 한 번 훑어본 다음에 밝히기로 하지요."

포아로는 여러 장으로 된 서류를 테이블 위에 펼쳐 놓고 읽기 시작했다. 푸르니에도 다가와서 포아로의 어깨너머로 들여다 보았다.

제임스 라이더

주머니——머리글자 J가 새겨진 마직 손수건. 돼지가죽 지갑. 1파운드 지폐 7장, 명함 3장, 공동경영자 조지 엘버맨으로부터 온 편지. 내용은 '돈문제 해결하기 바람…… 안 되면 궁지에 몰림'. '모디'라고 서명된 또 한 통의 편지에는 다음날 밤 트로카데로 _(파리 센 강 오른편 언덕)에서 만날 약속이 씌어 있음. 싸구려 편지지에 아주 서투른 여자 글씨체. 은담배 케이스. 종이 성냥. 만년필. 열쇠 다발. 예일 자물쇠 _(예일이 발명한 원통형 자물쇠)의 열쇠. 프랑스와 영국 동전.

여행 가방——시멘트 판매에 관한 서류. 《쓸모없는 경험 _(영국에서 판매가 금지된 책임)》. 감기약 1통.

브라이언트 박사

주머니——마직 손수건 2장. 20파운드와 500프랑이 든 지갑. 영국과 프랑스 동전. 약속 메모장. 담배 케이스. 라이터. 만년필. 예일 자물쇠의 열쇠. 열쇠 다발.

플루트 케이스——플루트. 《벤베누토 첼리니 _(이탈리아의 조각가, 금세공가. 1500~1571)》 자서전》과 《귀의 질병》.

노먼 게일

주머니——비단 손수건. 1파운드와 600프랑이 든 지갑. 동전. 프랑스 치과 의료기구 제조회사의 명함 2장. 브라이언트 앤드 메이의 빈 성냥갑. 은 라이터. 블라이어 파이프. 고무 담배쌈지. 예일 자물쇠의 열쇠.

여행 가방——흰 가운. 치과용 작은 거울 2개. 치과용 솜. 〈파리의 생활〉 잡지. 〈스트랜드〉 잡지. 자동차 잡지.

아르망 뒤퐁

주머니——10파운드와 1000프랑이 든 지갑. 케이스에 든 안경. 프랑스 동전. 목면 손수건. 종이갑에 든 담배. 종이성냥. 케이스에 든 명함. 이쑤시개.

여행 가방——왕실 아시아 협회에서 할 강연 원고. 독일 고고학 간행물 2권. 도자기 스케치 2장. 장식용 파이프(카르도산 파이프라고 불리는 것). 작은 대나무 쟁반. 대지(臺地)가 없는 사진 9장(모두 도자기).

장 뒤퐁

주머니——5파운드와 300프랑이 든 지갑. 담배 케이스. 상아 물부리. 라이터. 만년필. 연필 2자루. 메모가 가득 적힌 수첩. 토테넘 코트 로드 가까운 레스토랑에서의 점심 식사에 초대한다는 'L 맬리너'로부터 온 영문 편지. 프랑스 동전.

다니엘 클랜시

주머니——잉크 묻은 손수건. 만년필(잉크가 샘). 4파운드와

100프랑이 든 지갑. 최근의 범죄를 보도한 신문기사(비소 독살 1건과 횡령죄 2건). 시골 소유지에 관한 부동산업자로부터의 편지 2통. 약속 메모장. 연필 4자루. 휴대용 칼. 계산서, 영수증 3장과 지불청구서 4통. SS 미너트라는 머리글자가 있는 용지에 쓴 고든이라는 사람이 보낸 편지. 〈타임스〉지에서 오려 낸 크로스워드 퍼즐(반쯤 써넣었음). 소설 줄거리를 메모한 노트. 이탈리아, 프랑스, 스위스, 영국 동전. 나폴리의 호텔 영수증. 큰 열쇠 다발.

외투 주머니——《베수비오 산 살인 사건》의 메모 원고. 유럽 대륙 철도 안내서. 골프공. 양말 1켤레. 칫솔. 파리의 호텔 계산서.

베니시어 앤 카

핸드백——콤팩트. 립스틱. 물부리 2개^(상아 물부리 하나와 경옥 물부리 하나). 담배 케이스. 종이 성냥. 손수건. 2파운드. 동전. 신용장 반 조각. 열쇠.

화장 가방(악어가죽)——화장품 병. 브러시. 빗. 매니큐어 세트. 칫솔, 스펀지, 치약, 비누가 든 세면 주머니. 가위 2개. 영국의 가족과 친구들로부터 온 편지 5통. 문고판 소설 2권. 스파니엘 개 사진 2장. 〈보그〉와 〈굿 하우스 키핑〉 잡지.

제인 그레이

핸드백——립스틱. 볼연지. 콤팩트. 예일 자물쇠의 열쇠. 트렁크 열쇠 1개. 연필. 담배 케이스. 물부리. 종이 성냥. 손수건 2장. 르 피네의 호텔 영수증. 프랑스 어구가 실린 작은 책. 10실링과 100프랑이 든 지갑. 프랑스와 영국 동전. 카지노의 5프랑짜리 도박패.

여행용 외투 주머니——파리의 우편엽서 6장. 손수건 2장과 비단 스카프. '글래디스'라는 서명이 든 편지. 튜브에 든 아스피린.

호밸리 백작부인

핸드백——립스틱 2개. 볼연지. 콤팩트. 손수건. 5파운드와 1000프랑짜리 3장. 프랑스 동전. 다이아몬드 반지. 프랑스 우표 5장. 물부리 2개. 케이스에 든 라이터.

화장 가방——화장품 한 세트. 금으로 된 호화스러운 매니큐어 세트. 잉크로 '붕산 가루'라고 쓴 종이가 붙은 작은병.

포아로가 목록 끝부분까지 훑어 내려오자 경감이 마지막 항목을 가리켰다.

"우리 경찰은 보는 눈이 있으므로 이것이 아무래도 다른 물건과 어울리지 않는다는 생각이 들었습니다. 붕산 가루라니! 그 흰 가루는 코카인이었습니다."

포아로의 눈이 조금 휘둥그레지더니 이윽고 천천히 고개를 끄덕였다. 재프 경감이 다시 말을 이었다.

"뭐, 이 사건과는 그리 관계없는 일이겠지요. 그러나 코카인을 상용하는 여자라면 도덕적 관념이 있다고 볼 수 없습니다. 아무튼 이 백작부인은 나긋나긋 여자답게 굴고 있지만 필요한 것을 손에 넣기 위해서라면 체면이고 뭐고 가리지 않는가 봅니다. 하기야 그녀가 이런 일을 할 만한 기력이 있을까 하는 게 의문스럽습니다만. 솔직히 말해서 그녀가 했을 가능성은 거의 없습니다. 이것은 그녀에게 너무 벅찬 일입니다."

포아로는 타이프된 서류를 간추려서 다시 한 번 읽었다. 잠시 뒤 그는 한숨을 쉬며 그 목록을 내려 놓았다.

"이것을 보니 한 인물이 뚜렷이 살인범으로 떠오르는군요. 그러나 그 동기와 방법에 대해서는 전혀 알 수 없습니다."

재프 경감은 포아로를 쳐다보았다.

"당신은 이것을 보고 누가 범인인지 알았단 말씀입니까?"

"알 것 같습니다."

경감은 서류를 부리나케 집어 들어 한 장씩 읽고는 푸르니에에게 넘겨주었다. 이윽고 그는 그 서류를 테이블 위에 내던지고 뚫어지게 포아로를 쳐다보았다.

"놀리는 겁니까, 포아로 씨?"

"아니, 천만에요!"

푸르니에가 서류를 내려놓았다.

"당신은 어떻습니까, 푸르니에 씨?"

푸르니에는 고개를 저었다.

"나는 바보인지 모르지만, 아무래도 이것만으로는 그렇게 진전을 볼 수 있으리라고 여겨지지 않습니다."

"그것만으로는 그럴지도 모르지요. 그러나 이 사건의 어떤 특징과 관련지어 생각해 보십시오…… 어떻습니까? 아니, 어쩌면 내가 잘못 생각한 것인지도 모릅니다. 근본적으로 잘못된 것인지도 모르지요."

재프 경감이 얼른 말했다.

"아무튼 당신의 그 추리를 들려주십시오. 꼭 듣고 싶습니다."

포아로는 고개를 저었다.

"아니, 말씀하신 대로 이것은 추리, 그저 추리에 지나지 않습니다. 나는 이 목록에서 무언가 찾아볼 수 있으리라 기대하고 있었습니다. 그런데 바로 그것을 찾아냈습니다. 그것은 이 목록에 있습니다. 그러나 그것은 아무래도 잘못된 방향을 가리키고 있는 듯합니다. 필요한 단서가 뜻밖의 사람에게서 나온 겁니다. 이것은 그러니까 앞으로도 여러 가지로 조사할 일이 많다는 뜻이지요. 사실 나로서도 아직 모르는 일이 산더미처럼 많습니다. 나는 내가 갈 길을 잡지 못했습니다. 다만 어떤 사실이 두드러지게 암시적인 무늬를 이루고 있는 느낌입니다. 당신은 그런 것을 찾아내지 못했습니까? 아, 찾지 못하신 것 같군요. 자, 그럼, 저마다 자기 생각대로 움직여 보기로 할까요? 나도 이렇다 할 확실성을 가지고 있는 것은 아닙니다. 다만 어떤 의문을 가지고 있을 뿐입니다."

"그럼, 당신은 입으로만 큰소리치는 거로군요!"

경감은 자리에서 벌떡 일어섰다.

"오늘은 이쯤 해두지요. 나는 런던에서 움직여 보겠습니다. 푸르니에 씨는 파리로 돌아가시겠지요? 그리고 당신은 어떻게 하실 겁니까, 포아로 씨?"

"나도 푸르니에 씨와 함께 파리로 가겠습니다. 아까보다 그 필요성이 더해졌습니다."

경감이 외쳤다.

"아까보다 더해졌다고요? 그거 참, 재미있는 말이군요."

푸르니에는 예의바르게 악수했다.

"그럼, 안녕히 주무십시오. 정말 훌륭한 저녁 식사였습니다. 그럼, 내일 아침 크로이든 공항에서 뵙지요."

"그럼, 내일 아침에……"

푸르니에는 장난스럽게 덧붙였다.

"이번에는 비행기 안에서 우리가 살해되는 일이 없도록 기도드립시다, 포아로 씨."

두 사람은 돌아갔다. 포아로는 한동안 꿈꾸듯 멍하니 앉아 있더니 이윽고 일어나 어질러진 접시를 치우고 재떨이를 비우고 의자를 똑바로 놓았다.

그는 사이드테이블 옆으로 가서 잡지를 한 권 집어 들어 자기가 찾고 있는 페이지를 펼쳤다. 거기에는 다음과 같은 제목이 붙어 있었다.

　　두 일광욕 예찬자. 르 피네에서의 호밸리 백작부인과 레이먼드 배러클랩 씨.

포아로는 수영복 차림으로 팔짱을 끼고 활짝 웃고 있는 두 사람을 보았다.

"자, 여기서 무엇인가가 나올지도 모르겠군…… 그렇지, 그럴지도 몰라…… "

엘리스 글랑디에

다음날은 날씨가 아주 좋았으므로 포아로도 그날만은 자신의 위장 상태가 더없이 편하다는 것을 인정하지 않을 수 없었다. 이번에는 파리행 8시 45분발 비행기로 떠났다. 객실에는 포아로와 푸르니에, 그리고 7, 8명의 승객이 있었다. 푸르니에는 이 여행을 어떤 실험을 하는데 이용했다. 그는 여행하는 동안 주머니에서 작은 화살통을 꺼내 세 번쯤 자기 입술에 대고 여러 방향으로 돌렸다. 한 번은 좌석 모퉁이에서 몸을 구부린 자세로, 한 번은 세면실에서 돌아오면서였다. 두 번 다 승객들이 좀 놀란 듯한 눈으로 그를 바라보았다. 세 번째에는 객실 안의 모든 눈길이 그에게 쏠린 듯했다.

푸르니에는 창피스러워 좌석 깊숙이 몸을 웅크렸다. 포아로가 재미있어 하는 것을 보고 그는 점점 더 의기소침해졌다.

"당신은 재밌었나 보군요. 하지만 이 실험은 한 번 해볼만하다고 여기지 않습니까?"

"물론 그렇습니다. 당신의 철저함에 절로 머리가 숙여집니다. 실제

검증보다 더 나은 것은 없으니까요. 당신은 화살통을 들고 살인범 역할을 해보였습니다. 그 결과는 너무도 확실합니다. 모든 사람이 당신을 보았습니다.”

“모든 사람이 본 것은 아닙니다.”

“어떤 뜻으로는 그렇게 말할 수도 있겠지요. 한 번도 당신을 보지 않은 사람이 있었으니까요. 그러나 이 범죄를 성공시키려면 그것만으로는 안 됩니다. 아무도 당신을 보지 않는다는 확신이 있어야 합니다.”

“그런데 그것이 보통 상태에서는 불가능하다는 게 입증된 셈입니다. 따라서 나는 이 사건에는 특이한 상황이 필요하다는 내 추리를 계속 지지하겠습니다. 즉 심리적 순간이 필요한 겁니다! 모든 사람의 주의를 완전히 다른 곳으로 쏠리게 하는 그런 심리적 순간이 있어야 합니다.”

“그 점에 대해서는 우리의 친구 재프 경감이 자세히 조사해 주기로 되어 있습니다.”

“포아로 씨, 당신은 나와 같은 의견이 아닙니까?”

포아로는 잠깐 망설이더니 천천히 입을 열었다.

“나도 분명 심리적 순간이 있었다는 데에는 동감입니다. 아무도 범행을 보지 못한 심리적 순간이 분명히 있었을 겁니다. 그러나 내 생각은 당신과 조금 다른 방향으로 달리고 있습니다. 나는 이런 경우 단순히 시각적인 사실만으로도 혼란을 야기시킬 수 있다고 생각합니다. 자, 눈을 크게 뜨는 대신 감아 보십시오. 육안이 아니라 마음의 눈을 뜨는 겁니다. 정신 기능 속의 작은 회색 뇌세포를 움직여 보십시오. 그리고 실제로 어떤 일이 일어났는지 보십시오.”

푸르니에는 이상하다는 듯이 그를 보았다.

“무슨 말인지 잘 모르겠는데요, 포아로 씨.”

"당신은 자신이 본 것에서 추론을 끌어내고 있기 때문입니다. 관찰
만큼 사람을 잘못된 방향으로 이끄는 것은 없습니다."
푸르니에는 고개를 저으며 두 손을 펼쳤다.
"두 손 들겠습니다. 당신이 말씀하시는 뜻을 전혀 알 수 없군요."
"우리 친구 지로 씨라면 틀림없이 나의 엉뚱함에 신경 쓰지 말라고
충고했을 겁니다. '일어서라, 그리고 행동하라, 안락의자에 앉아
생각하는 것은 늙고 병든 노인이나 할 일이다'라고 말입니다. 그러
나 내가 생각하기에 그 젊은 사냥개는 너무 열심히 냄새를 맡고 다
니기 때문에 오히려 중요한 것을 지나쳐 버리는 것 같습니다. 훈제
청어를 뒤쫓고 있는 겁니다. 내가 아까 말씀드린 것은 굉장히 좋은
힌트입니다."
말을 마치자 포아로는 좌석 등받이에 기대 눈을 감았다. 생각하기
위해서였는지 모르지만 5분도 못 되어 깊이 잠들어 버렸다. 파리에
닿자 두 사람은 곧 졸리에트 거리 3번지로 갔다. 졸리에트 거리는 센
강 남쪽에 있었다. 그 집은 보통 집과 다른 점이 없었다. 나이든 문
지기가 문을 열고 푸르니에를 보더니 얼굴을 찌푸렸다.
"아니, 또 경찰이야! 귀찮게 구는군. 이러다가 이 집 소문이 나빠
지겠는걸." 그는 투덜거리며 자기 방으로 들어갔다. 푸르니에가 말했
다.
"마담 지젤의 사무실로 갑시다. 2층이지요."
그는 주머니에서 열쇠를 꺼내며 영국에서의 심문 결과를 기다리는
동안 그녀의 사무실 문을 잠그고 봉인해 두었다고 설명했다. 그리고
덧붙여 말했다.
"여기에 우리가 참고로 할 만한 단서가 있을 것 같지도 않지만요."
봉인을 떼고 문을 열자 두 사람은 안으로 들어갔다. 마담 지젤의
사무실은 작고 숨막힐 듯했다. 구석에 구식 금고가 있고, 제법 사무

실다워 보이게 하는 책상과 낡은 천을 씌운 의자가 몇 개 놓여 있었
다. 하나뿐인 창문은 몹시 지저분했으며 아직 한번도 열어 본 적이
없는 듯했다. 푸르니에는 사방을 둘러보며 어깨를 으쓱했다.
 "보시다시피 아무것도 없습니다. 전혀 없습니다."
 포아로는 책상 앞으로 가서 의자에 앉아 책상 너머로 푸르니에를
바라보았다. 그리고 살며시 책상 위를 쓰다듬고 나서 손을 아래로 내
렸다.
 "여기 벨이 있군요."
 "그렇습니다, 경비실로 이어져 있지요."
 "준비성이 대단했던가 보군요. 그녀의 고객들이 때로 난동을 부리
는 일이 있었던 거겠지요."
 그는 서랍을 한두 개 열어 보았다. 편지지, 달력, 펜, 연필 등이
들어 있으나 서류나 개인적인 것은 아무것도 없었다. 포아로는 서랍
속을 슬쩍 들여다 보았을 뿐이었다.
 "너무 자세히 조사해서 당신을 난처하게 하면 곤란하겠지요. 뭔가
발견할 만한 것이 있다면 이미 당신이 찾아냈을 테니까요."
 포아로는 금고 쪽을 보았다.
 "그리 도움될 만한 물건은 아니로군요." 푸르니에가 맞장구쳤다.
 "시대에 뒤떨어진 물건입니다."
 "비어 있습니까?"
 "그렇습니다, 그 어리석은 하녀가 다 태워 버렸지요."
 "아 참, 그랬었지요. 하녀——마담 지젤의 충실한 하녀——를 만
나야겠습니다. 이 방에는 말씀하신 대로 아무 단서도 없는 것 같습
니다. 이것은 암시적이로군요. 그렇게 생각되지 않습니까?"
 "그게 무슨 뜻입니까?"
 "그러니까 이 방에는 마담 지젤의 개인적인 흔적이 하나도 없단 말

입니다. 그 점이 아주 재미있게 느껴지는군요. ”

푸르니에는 당연한 듯 말했다.

“그녀는 정서가 불안한 여자였으니까요. ”

포아로는 일어섰다.

“자, 그 하녀를 만납시다, 그 충실한 심복 하녀를…….”

엘리스는 키가 작고 통통한 중년 여자로 붉은 얼굴에서 날카롭고 작은 눈이 반짝이고 있었다. 그 눈이 푸르니에의 얼굴에서 포아로의 얼굴로 살그머니 옮겨지더니 다시 재빨리 푸르니에의 얼굴로 되돌아 갔다.

“앉으시지요, 엘리스 부인. ” 푸르니에가 말했다.

“고맙습니다, 나리. ” 그녀는 침착하게 앉았다.

“포아로 씨와 나는 오늘 런던에서 돌아왔소. 마담 지젤의 검시 심문이 어제 있었는데, 의심할 나위 없이 그녀는 독살된 것이었소”

하녀는 슬픈 듯이 머리를 흔들었다.

“아, 끔찍해요! 마님이 독살되었다니, 어떻게 그런 일이! ”

“그래서 당신이 협력해 줘야 할 일이 있소”

“그러시겠지요. 경찰을 돕는 일이라면 최선을 다하겠어요. 그러나 나는 아무것도 몰라요, 아무것도……. ”

푸르니에가 날카롭게 물었다.

“마담 지젤에게 적이 있었던 건 알고 있지요? ”

“적은 없었어요. 마님에게 적이 있을 리 있나요? ”

푸르니에는 퉁명스럽게 반박했다.

“돈놀이엔 반드시 재미없는 일이 따르게 마련이오. ”

“물론 가끔 마님의 손님 가운데 정체모를 사람이 있긴 했지만…
…. ” 엘리스는 동의했다.

“그들이 소동을 부렸겠지요? 마담을 위협하지는 않았소? ”

"그렇지 않았어요. 위협한 것은 그 사람들이 아니예요. 그들은 비명을 지르고, 불평하고, 갚을 수 없다고 투덜거리기도 하며, 가지각색이었어요." 하녀는 고개를 저었다.

그녀의 목소리에는 분명 경멸의 울림이 담겨 있었다. 포아로가 불쑥 물었다.

"때로는 갚지 못하는 경우도 있었겠지요?"

엘리스는 어깨를 으쓱했다. "그럴지도 모르지요. 그것은 그 사람들이 나쁜 거예요. 하지만 대개 나중에는 갚았어요."

그 말투에는 큰 만족감이 깃들여 있었다. 푸르니에가 말했다.

"마담 지젤은 인정없는 여자였소."

"마님에게는 그럴 만한 이유가 있었어요."

"당신은 희생된 사람들이 가엾다고 여기지 않소?"

하녀는 조급하게 말했다.

"희생…… 희생이라고요? 그건 모르는 말씀이에요. 첫째, 돈을 빌려 쓸 필요가 있을까요? 자기 분수에 맞지 않는 생활을 하는 것이 나쁜 게 아닐까요? 허둥지둥 돈을 빌려간 뒤 나중에 마치 공돈이나 되는 것처럼 갚으려 들지 않다니! 그런 경우에 어긋나는 일이 어디 있어요? 마님은 언제나 공평하고 정직했어요. 돈을 빌려 주고 때가 되면 갚으라는 것이 뭐가 나쁘지요? 그건 당연한 일이에요. 마님 자신은 결코 빚지는 일이 없었어요. 언제나 지불할 것을 어김없이 치렀지요. 지불하지 못한 어음은 한 장도 없었어요. 그리고 마님이 인정없는 사람이라고 하셨는데, 그건 당치도 않은 말이에요. 마님은 아주 친절했어요. '가난한 자매회' 사람들이 오면 기부금을 내시고 자선 사업에도 기부하셨어요. 경비원 조르주의 아내가 병이 났을 때도 시골 병원에 입원하도록 비용을 대주셨을 정도였지요."

하녀는 입을 다물었다. 화가 나서 얼굴이 빨개져 있었다. 그녀는 같은 말을 되풀이했다.

"당신은 모르실 거예요. 마님에 대해 조금도 모르실 거예요."

푸르니에는 그녀의 화가 가라앉을 때까지 잠시 기다렸다.

"당신은 마담의 손님들이 대개 결국은 돈을 갚는다고 했는데, 마담이 그것을 갚게 하기 위해 어떤 방법을 썼는지 알고 있소?"

그녀는 어깨를 으쓱했다.

"나는 아무것도 몰라요, 아무것도!"

"당신은 마담 지젤의 서류를 태워 버렸을 만큼 잘 알고 있었잖소?"

"나는 마님이 시키는 대로 했을 뿐이에요. 마님은 무슨 사고가 나거나, 집을 떠난 어떤 곳에서 병들어 죽는 일이 있거든 사업상 서류를 모두 태워 버리라고 말씀하셨어요."

포아로가 물었다.

"아래층 금고의 서류도?"

"네, 사업상 서류는……."

"그것이 아래층 금고 속에 있었다고요?"

포아로가 집요하게 물었으므로 하녀는 얼굴을 붉혔다.

"나는 마님의 명령대로 했을 뿐이에요."

포아로는 빙긋 웃었다.

"그건 알고 있습니다. 하지만 서류는 금고 속에 없었지요? 그렇잖습니까? 그 금고는 굉장히 구식이어서 아주 서투른 사람이라도 열 수 있을 것 같더군요. 서류는 다른 곳에 보관해 두었을 겁니다. 아마 마담의 침실이지요?"

하녀는 잠시 머뭇거렸다. "네, 그래요. 마님은 언제나 손님들에게 서류가 금고 속에 들어 있는 것처럼 행동하셨어요. 그러나 그 금고는 속임수였고, 모든 것은 마님의 침실에 있었어요. ”

“그곳을 보여 주겠습니까 ? ”

하녀가 일어섰다. 두 사람은 그녀 뒤를 따라갔다. 침실은 굉장히 넓었으나 장식 달린 무거운 가구들이 가득 차 있어 마음대로 걸어 다닐 수도 없을 정도였다.

방 한구석에 커다란 구식 트렁크가 놓여 있었다. 하녀는 그것을 열고 비단 페티코트가 달린 유행 지난 알파카 드레스를 꺼냈다. 그 드레스 안쪽에 깊숙한 주머니가 달려 있었다.

“서류는 이 속에 있었어요. 큰 봉투 속에 넣어 뒀지요. ”

하녀가 말했다.

“사흘 전 내가 물었을 때는 그런 말 하지 않았잖소 ! ”

푸르니에가 화를 터뜨렸다.

“죄송해요, 나리. 금고 속에 있던 서류를 어떻게 했느냐고 물으시기에 태워 버렸다고 말씀드린 거에요. 그것은 사실이었으니까요. 서류가 어디에 있는가는 그리 중요한 일이 아닌 줄 알았지요. ”

“그렇긴 하지만, 당신도 알다시피 그 서류는 태우지 말았어야 했소 ! ”

“나는 마님의 명령에 따랐을 뿐이에요. ”

하녀는 뽀로통한 얼굴로 말했다.

그러자 푸르니에가 다시 달래듯 말했다.

“그렇게 하는 게 가장 좋으리라 여기고 했다는 건 나도 알고 있소. 자, 내 말을 잘 들어 보오. 마담 지젤은 살해되었소. 마담은 어떤 사람의 약점과 해로운 정보를 알고 있었으므로 그 사람에게 살해되었을지도 모르오. 바로 그 정보가 당신이 태워 버린 서류 속에 있었던 거요. 그래서 한 가지 묻겠는데, 잘 생각해 보지 않고 아무렇게나 대답해서는 안 되오. 혹시 그 서류를 태우기 전에 내용을 슬쩍 보지 않았소? 이것은 내 상상이지만 있을 수 있는 일이오. 그랬다 해도 아무 상관없소. 그 일로 당신을 나무랄 생각은 없소. 나무라기는커녕 당신이 본 서류의 내용이 경찰에 큰 도움이 될지 모르며, 또 살인범에게 올바른 판결을 내리는 자료가 될 수도 있소. 따라서 당신은 진실을 말하는 걸 두려워할 필요가 없소. 어떻소, 태우기 전에 서류 내용을 좀 보지 않았소?"

하녀는 크게 숨을 쉬었다. 그리고 몸을 앞으로 내밀며 힘주어 말했다.

"네, 나리. 나는 아무것도 보지 않았어요. 봉투를 뜯지도 않고 모두 태워 버렸어요."

검은 수첩

푸르니에는 한동안 물끄러미 하녀를 지켜 보았으나 그녀가 진실을 말하고 있음을 확인하자 실망한 얼굴을 옆으로 돌렸다.

"흠, 좋은 기회를 놓쳤군. 당신은 옳은 일을 했지만, 한심스럽군."

"어쩔 수 없었어요. 나리, 정말 죄송해요."

푸르니에는 의자에 앉아 주머니에서 수첩을 꺼냈다.

"지난번에 내가 물었을 때 당신은 마담 지젤을 찾아오던 손님의 이름을 모른다고 했지요? 그런데 아까는 그들이 울고불고 사정하며 매달렸다고 했소. 그렇다면 당신은 마담 지젤의 손님 이름도 몇 명쯤은 알고 있었던 게 아니오?"

"아니오, 마님은 결코 이름을 말씀하지 않았어요. 또 하시는 일에 대해서도 아무 말씀 없었지요. 하지만 마님도 역시 사람이므로 자신도 모르게 소리를 지르거나 의견을 말할 때가 있었어요. 가끔 혼자 말하듯 나에게 이야기하는 때도 있었지요."

포아로가 몸을 내밀었다. "예를 들면?"

"글쎄요…… 아, 그래요, 편지가 왔을 때였어요. 마님은 그 편지를 펼쳐 보고 짧게 차가운 웃음소리를 내며 말하셨어요. '당신이 그렇게 우는 소리로 말해 봐야 소용없어요, 부인. 무슨 일이 있어도 지불해야 해요.' 또 나에게 이런 말도 했어요. '정말 어리석기 짝이 없군. 바보 같은 사람들이라니까. 내가 그렇게 큰돈을 아무 보증도 없이 빌려 줄 줄 알았던가 보지. 엘리스, 상대방의 비밀을 안다는 것은 큰 담보야. 아는 것은 곧 힘이지'라고요."

"집으로 찾아온 마담 지젤의 손님 가운데 얼굴을 본 사람이 있소?"

"아니오, 거의 없어요. 손님들은 2층에만 있었고, 대부분 어두워진 뒤에 왔으니까요."

"마담 지젤은 영국으로 여행하기 전 파리에 있었소?"

"그 전날 오후에 파리로 돌아오셨지요."

"어디에 가 있었지요?"

"2주일쯤 도빌, 르 피네, 프라하, 위무르 등 9월이면 언제나 가시는 곳에 가 계셨지요."

"잘 생각해 보오. 마담 지젤은 무엇인가——무엇이라도 좋소—— 사건에 도움될 만한 말을 하지 않았소?"

하녀는 잠시 생각에 잠겨 있더니 고개를 저었다.

"아니오, 생각나는 일이 아무것도 없어요. 마님은 아주 유쾌하신 것 같았어요. 하는 일도 잘된다고 하셨지요. 여행도 순조로웠고요. 그리고 나에게 유니버설 항공회사에 전화를 걸어 다음날 영국행 표를 예약해 두라고 하셨어요. 그런데 아침 비행기가 좌석이 다 찼으므로 12시 비행기로 예약할 수 있었지요."

"무슨 일로 영국에 가는지 말하지 않았소? 급한 일이라도 생겼나요?"

“아니요, 나리. 마님은 자주 영국에 가셨어요. 대개 그 전날 내게
말하셨지요. ”

“그날 밤 누군가 마담 지젤을 만나러 온 손님이 없었소? ”

“한 사람 왔던 것 같아요. 그러나 확실치는 않아요. 아마 조르주가
알고 있을 거예요. 아무튼 마님은 나에게 아무 말씀도 하지 않았어
요. ”

푸르니에는 주머니에서 사진을 여러 장 꺼냈다. 그것은 검시법정에
서 나가는 여러 증인들의 스냅 사진으로, 신문 기자들이 찍은 것이었
다.

“여기 찍힌 사람들 가운데 낯익은 이가 있소? ”

하녀는 사진을 하나하나 집어 들고 살펴보더니 고개를 내저었다.

“아니오, 없어요. ”

“경비원에게도 보여 봐야겠군. ”

“그게 좋을 거예요. 그러나 유감스럽게도 조르주는 눈이 나쁘답니
다. ”

푸르니에는 의자에서 일어섰다.

“그럼, 이만 가보겠소. 더 이상 할 말이 없소? 잊어버리고 못한
말이라도? ”

“나에게요? 아무것도…… 아무것도 있을 리 없지요. ”

하녀는 화가 나 있는 것 같았다.

“알았소. 그럼, 포아로 씨…… 아니, 당신은 뭘 찾고 있습니까? ”

포아로는 탐색하는 듯 방안을 이리저리 서성거리며 대답했다.

“네, 나는 아무리 봐도 눈에 띄지 않는 것을 찾고 있습니다. ”

“그게 무엇입니까? ”

“사진…… 마담 지젤의 친척 사진, 그녀의 가족 사진입니다. ”

하녀가 고개를 저었다. “마님에게는 가족이 없어요. 아무도 없이

혼자였어요."

포아로는 날카롭게 말했다.

"그녀에게는 따님이 하나 있잖습니까?"

"네, 따님이 한 분 있었지만……." 하녀는 한숨지었다.

포아로가 다시 물었다. "그 따님의 사진이 없습니까?"

"그건 나리가 모르고 하시는 말씀이에요. 마님에게 따님이 있었던 것은 사실이지만, 그것은 오래전 이야기지요. 마님은 그 따님이 아주 어렸을 때 헤어진 뒤로 한 번도 만난 적이 없었어요."

푸르니에가 날카롭게 물었다. "어째서요?"

하녀의 손이 과정되게 움직였다.

"그것은 나도 몰라요. 마님의 젊은 시절 일이니까요. 그때는 마님은 굉장히 아름다웠다고 하더군요. 그러나 무척 가난했기 때문에 결혼을 했을지도 모르고 안 했을지도 모르겠어요. 나로서는 하지 않았다고 여기지만요. 그 따님 일로, 뭔가 양육 문제에 대해 준비해 둔 것만은 틀림없어요. 마님은 그 뒤 천연두에 걸려 몹시 앓다가 하마터면 돌아가실 뻔했지요. 회복되었을 때는 이미 아름다움을 잃어버리셨어요. 이제 들뜬 마음도 로맨스도 다 사라져 버린 거지요. 그래서 마님은 오로지 일밖에 모르는 사람이 되고 말았어요."

"마담 지젤은 당신에게도 유산을 남겼는데, 알고 있소?"

"네, 알고 있어요. 통지가 왔더군요. 마님은 마음이 너그러워 해마다 월급 말고도 많은 돈을 주셨어요. 나는 마님에 대해 정말 고맙게 여기고 있어요."

"자, 그럼, 돌아갑시다. 가는 길에 조르주 노인과 이야기해보도록 하지요." 푸르니에가 포아로에게 말했다.

"곧 뒤따라 가겠습니다." 포아로가 말했다.

"그러십시오." 푸르니에는 방에서 나갔다.

포아로는 다시 한 번 방안을 둘러본 뒤 자리에 앉아 하녀를 보았다. 그가 바라보자 프랑스 부인은 좀 당황했다.

"저, 아직 하실 말씀이 있으세요?"

"누가 당신의 주인을 죽였는지 알고 있습니까?"

"아니오, 하느님께 맹세코 나는 몰라요."

하녀는 아주 진지하게 말했다.

포아로는 살피듯 그녀를 바라보며 고개를 끄덕였다.

"좋습니다, 인정하지요. 그러나 알고 있는 것과 의심하는 건 다릅니다. 누가 그런 짓을 했을까 하는 의심…… 그저 짐작이라도 좋습니다. 짚이는 사람이 없습니까?"

"없어요. 그것은 경찰분에게도 말씀드렸어요."

"그 사람에게 말하는 것과 내게 말하는 것은 다를지도 모릅니다."

"왜 그런 말씀을 하시지요? 내가 어떻게 그런……."

"경찰에 증언하는 것과 보통 사람에게 말하는 것은 다르니까요."

"네, 그건 사실이에요." 하녀는 동의했다.

그녀의 얼굴에 망설이는 빛이 역력했다. 그녀는 깊은 생각에 잠겨 있는 것 같았다. 포아로는 물끄러미 그녀를 지켜 보다가 몸을 앞으로 내밀고 말했다.

"한 가지 말해 두겠습니다. 나는 직업상 남의 말을 믿지 않습니다. 증명되지 않은 일은 전혀 믿지 않기로 유명하지요. 나는 모든 사람을 의심합니다. 범죄에 관련된 사람이면 누구든 그 사람의 무죄가 증명되기 전까지 범인으로 봅니다."

하녀는 화난 눈길로 포아로를 노려보았다.

"그럼, 나도 의심하고 있단 말인가요? 내가 마님을 죽였다고요? 그런 끔찍한 일을! 헛소리라도 어떻게 그런 말을 할 수 있지요?"

그녀의 큰 가슴이 분노로 무섭게 물결쳤다.

"아니, 그런 말이 아닙니다. 나는 당신이 마담을 죽였다고 의심하지는 않습니다. 마담을 죽인 사람은 비행기에 함께 탔던 승객이니까요. 그러므로 당신이 죽인 건 아닙니다. 그러나 공범자일 가능성은 있습니다. 당신이 마담 지젤의 여행 계획을 누군가에게 알렸을지도 모르니까요."

"그런 짓은 하지 않아요! 결코 하지 않았다고 맹세할 수 있어요!"

포아로는 다시 말없이 그녀를 바라보더니 고개를 끄덕였다.

"당신을 믿습니다. 그러나 당신은 뭔가 숨기는 게 있습니다…… 틀림없습니다! 내 말을 들어 보십시오. 여러 범죄 사건에서 증인을 심문해 보면 늘 부딪히는 일입니다만, 누구나 다 뭔가를 숨기고 완전히 털어놓지 않습니다. 때로는…… 아니, 흔히 실제로 그리 해가 미치는 일도 아닌데…… 또 알고 보면 때로 범죄와는 아무 관계없는 일도 있지요. 그러나 되풀이해 말하지만, 역시 뭔가를 숨기기 마련입니다. 당신 경우도 그렇습니다. 그렇지 않다고 부정해도 소용없습니다. 나는 에르퀼 포아로입니다. 모든 것을 꿰뚫어 볼 수 있습니다. 내 친구 푸르니에 씨가 당신에게 더 할 말이 없느냐고 다짐했을 때 당신은 아주 난처한 표정을 지었지요. 그러다가 당신은 자기도 모르게 발뺌하는 답변을 했습니다. 그리고 지금 또 내가 경찰에게는 하고 싶지 않았던 말을 해보라고 하자 당신은 또 어떻게 할까 망설였습니다. 그것이 무엇인지 나는 알고 싶습니다."

"그리 중요한 일은 아니지만……."

"그럴 테지요. 자, 그것을 말해 주겠습니까?" 포아로는 그녀가 망설이고 있는 것을 보자 덧붙여 말했다. "아까도 말했듯 나는 경찰이 아닙니다."

"그렇지요." 그러나 하녀는 여전히 망설이더니 마침내 입을 열었

다. "저, 나리, 나는 몹시 난처하답니다. 마님이 살아 계시다면 내가
어떻게 하길 바랄까 하고요."

"두 사람의 머리를 합하면 아무리 지혜 있는 자라도 못 당한다는
말이 있습니다. 나와 의논하십시오. 어떻습니까? 우리 함께 문제
를 검토해 봅시다."

그녀는 의심스러운 듯이 그를 쳐다보았다. 포아로는 빙그레 웃으며
말했다.

"당신은 참으로 충직하군요, 엘리스 부인. 당신은 지금 이 말을 해
버리면 돌아가신 주인을 배신하는 일이 되지 않을까 걱정스러운 거
지요?"

"네, 그래요, 나리. 마님은 나를 믿고 있었지요. 마님을 모시게 된
뒤 나는 줄곧 그분의 말씀을 충실히 따랐으니까요."

"당신은 마담 지젤이 무엇인가를 해줬기 때문에 그것을 고맙게 여
기고 있는 거지요?"

"나리는 눈치가 빠르신 분이군요. 네, 그래요. 그렇게 말씀하셔도
상관없어요. 솔직히 말하면 나는 어떤 사람에게 속아 넘어가 저축
한 돈을 모조리 빼앗긴데다 아이까지 있었지요. 그런데 부인이 친
절을 베풀어 농사짓고 사는 훌륭한 시골집에서 아이를 키우도록 도
와주셨어요. 아주 훌륭한 집인데다 사람들도 정직했지요. 그때 부
인은 자신도 아이 엄마라는 말을 해주셨어요."

"그 아이의 나이며 살고 있는 곳이며 그 밖의 자세한 일도 말했습
니까?"

"아니오, 나리. 마님은 그것을 완전히 지나간 과거의 한 부분으로
이야기하셨어요. 그것이 가장 좋은 방법이라고 하시면서요. 그 어
린 딸은 잘 키워서 무언가 직업을 갖도록 교육시킬 것이며, 마님이
돌아가시면 재산을 물려받게 될 거라고 말씀하셨어요."

“그 딸과 아버지에 대해 더 이상 아무 말도 하지 않았습니까?”

“네, 그러나 내 생각으로는…….”

“말해 보십시오.”

“하지만 이것은 다만 제 개인적인 생각이어서…….”

“상관없습니다, 어서 말해 보십시오.”

“내 생각으로는 그 따님의 아버지가 영국인인 것 같아요.”

“어째서 그렇게 생각했지요?”

“이렇다 할 까닭은 없지만, 영국인에 대해 이야기하실 때면 마님은 언제나 무척 미워하는 말투였고, 또 영국인에게 돈을 빌려 주고 골려 줄 때 아주 고소해하시는 것 같았어요. 하지만 이것은 어디까지나 내 느낌일 뿐이고…….”

“아닙니다, 광장히 중요한 일일지도 모릅니다. 해결의 실마리가 될지도 모르지요. 그래, 당신의 아이는 남자 아이였습니까, 여자 아이였습니까?”

“여자 아이였어요, 그러나 죽었지요…… 죽은 지 5년이 지났어요.”

“저런, 가엾게 됐군요…….”

잠시 침묵이 흘렀다.

“그런데 당신이 지금까지 말하지 않은 이야기는 무엇입니까?”

하녀는 일어나 방에서 나갔다. 잠시 뒤 그녀는 낡아빠진 검은 수첩을 들고 되돌아왔다.

“이 수첩은 마님 것이에요. 마님은 늘 이것을 가지고 다니셨지요. 그런데 영국으로 떠나실 때 어디에 뒀는지 찾지를 못했어요. 떠나신 뒤 내가 찾아냈지요. 침대머리 너머에 떨어져 있더군요. 마님이 돌아오실 때까지 보관해 두려고 내 방에 갖다 두었었어요. 서류는 마님이 돌아가셨다는 말을 듣자 곧 태워 버렸지만, 이것은 태우지 않았지요. 이 수첩에 대해서는 아무 말씀도 하지 않으셨으니까요."

"당신은 마담 지젤이 죽었다는 소식을 언제 들었습니까?"

하녀는 한순간 망설였다. 그러자 포아로가 말했다.

"당신은 그 말을 경찰로부터 들었지요? 경찰이 와서 마담의 서류를 찾았으나 금고가 텅 비어 있는 것을 발견했을 겁니다. 그러자 당신은 그들에게 서류를 태워 버렸다고 말했지요. 그러나 사실은 그때까지 아직 태우지 않았습니다. 그렇지요?"

"네, 나리. 그분들이 금고 속을 조사하고 있는 동안 나는 트렁크에서 서류를 꺼냈지요. 그리고 그 사람들에게는 태워 버렸다고 말했어요. 그러나 결국 거짓말은 아니예요. 나는 그 뒤 적당한 기회에 서류를 곧 태워 버렸으니까요. 나는 마님의 명령을 실행했을 뿐이에요. 내 난처한 입장을 이해하시겠지요? 경찰에 말하지 않겠지요? 그러면 나는 정말로 난처해져요."

"그렇게 하는 게 옳다고 여기고서 했다는 것은 압니다만, 정말 딱한 일을 했습니다. 아시겠습니까? 정말 아깝게 되었습니다. 그러나 이미 끝난 일을 후회해 봐야 소용없는 일이고 따라서 푸르니에 씨에게 서류를 태운 정확한 시간을 보고할 필요도 없겠지요. 그럼, 이 수첩에 뭔가 도움될 만한 일이 적혀 있는지 보기로 합시다."

하녀는 고개를 저었다.

"도움되지 않을 거예요, 나리. 그것은 마님의 개인적인 메모장으로 숫자가 씌어 있을 뿐이에요. 그러니 서류와 파일이 없으면 여기 적혀 있는 것을 알아볼 수 없어요."

그녀는 마지못한 듯이 검은 수첩을 포아로에게 건네 주었다. 포아로는 그 수첩을 받아 들고 페이지를 넘겼다. 거기에는 연필로 비뚤름하게 특이한 글씨체로 숫자가 적혀 있었다. 모두 같은 형식으로 써넣은 듯 숫자에 이어 다음과 같은 간단한 설명이 적혀 있었다.

CX 265————————대령 부인. 시리아 주둔. 연대(聯隊)의 자금.
GF 342————프랑스 대의원(代議員). 스타비스키 관계.

모두 20건쯤 기록되어 있었다. 수첩 끝부분에 연필로 다음과 같이
날짜와 장소가 적혀 있었다.

르 피네, 월요일. 카지노, 10시 30분. 사보이 호텔, 5시. ABC
프리트 거리, 11시.

이것만으로는 어느 것도 완전하지 않았다. 실제적인 약속을 위해서
라기보다 마담 지젤이 마음속에 새겨 두기 위해 써둔 것 같았다. 하
녀는 불안한 듯이 포아로를 지켜 보고 있었다.
"아무 쓸모도 없는 것이지요, 나리? 나로서는 그렇게 생각되는데
요. 마님이야 알아보시겠지만, 다른 사람에게는 아무 쓸모없는 것
이에요."
포아로는 수첩을 덮어 주머니에 넣었다.
"이 수첩은 중요한 것일지도 모릅니다. 이것을 내게 준 것은 아주
잘한 일입니다. 당신도 양심의 가책을 받지 않겠지요. 마담 지젤이
이것을 태우라고 명령하지는 않았으니까요."
"그래요." 하녀의 얼굴에 살짝 밝은 빛이 돌았다.
"지시가 없었으니 이것을 경찰에 내놓는 게 당신 의무입니다. 내가
푸르니에 씨에게 잘 설명할 테니 늦게 내놓은 데 대한 꾸중을 듣지
는 않을 겁니다."
"나리는 정말 친절하신 분이군요."
포아로는 일어섰다.

"자, 그럼, 푸르니에 씨를 따라가 봐야겠군요. 마지막으로 묻겠는데, 마담 지젤의 비행기 좌석을 예약할 때 당신은 르 부르제 비행장으로 전화했습니까, 아니면 회사 사무실로 했습니까?"

"유니버설 항공 사무실로 전화했었어요."

"사무실은 카퓌신 큰 거리에 있지요?"

"네, 나리. 카퓌신 큰 거리 254번지예요."

포아로는 그 주소를 자기 수첩에 적어 넣고 상냥하게 고개를 끄덕여 보인 다음 방에서 나갔다.

미국인

푸르니에는 조르주 노인과 이야기하고 있었다. 그의 얼굴에 흥분되고 당혹한 표정이 떠올라 있었다. 노인은 쉰 목소리로 불평을 늘어놓았다.

"정말 경찰답구려! 같은 말을 몇 번이나 묻다니! 무엇을 알아내려는 거지요? 결국 할 말이 없어 거짓말을 꾸며대고 있는 줄 아십니까? 경찰이 바라는 대로 나리의 수첩에 꼭 들어맞는 거짓말을요."

"내가 바라는 것은 거짓말이 아니라 진실이오."

"글쎄, 지금까지 말한 것이 다 진실이라니까요. 정말입니다. 마님이 영국으로 떠나기 전날 밤 여자 손님이 한 분 찾아왔습니다. 그러자 나리가 이 사진을 보이며 그 여자가 이 가운데 있느냐고 물으셨지요. 그래서 나는 계속 '나는 눈이 나쁩니다. 게다가 어두워서 잘 보이지도 않았지요. 나는 그 부인을 정확하게 알아볼 수가 없었습니다. 서로 마주쳐도 알아볼 수 없을 겁니다'라고 벌써 네댓 번은 말했을 겁니다."

푸르니에가 화가 나서 비꼬듯 말했다.

"그 여자의 키가 컸는지 작았는지, 검은 머리였는지 금발이었는지, 젊었는지 늙었는지조차 전혀 생각나지 않는다니, 도저히 믿을 수 없는 일이잖소!"

"그렇다면 믿지 마십시오. 나야 아무래도 상관없는 일이니까요. 경찰과 관련되는 것만도 질색입니다.

정말 어이없는 일이지. 마님이 만일 공중에서 살해되지 않았다면 이 늙은이가 독살했다는 말이 나왔을 겁니다. 경찰이란 늘 그런 식이니까요."

포아로는 푸르니에의 팔에 슬쩍 자기 팔을 집어 넣으며 그가 노인에게 퍼부으려는 분노의 말을 가로막았다.

"자, 나는 지금 배가 고픕니다. 간단하고 맛있는 식사를 합시다. 버섯 오믈렛, 노르만풍의 가자미 혀 요리, 폴 사뤼의 치즈는 어떻습니까? 붉은 포도주를 곁들여서. 참, 포도주는 무엇으로 할까요?"

푸르니에는 시계를 힐끗 보고 조르주를 쏘아보았다.

"정말 벌써 1시군요. 이 노인과 이야기하느라 그만……."

포아로는 노인에게 친근한 눈길을 던지며 말했다.

"그 이름 모르는 부인은 키가 크지도 작지도 않고, 검은 머리도 금발도 아니며, 야위지도 뚱뚱하지도 않지요. 그러나 이것만은 말할 수 있을 겁니다. 그녀는 무척 세련돼 보였다고……."

"세련돼 보였다고요?" 조르주가 좀 놀란 듯 되풀이했다.

"이제 알았습니다. 그녀는 세련돼 보였군요. 게다가 어떻습니까, 그녀는 수영복이라도 입으면 멋있을 것 같지 않던가요?"

조르주는 포아로를 보았다. "수영복이요? 수영복이라니, 대체 그게 무슨 말입니까?"

"지금 생각난 일인데, 매력적인 부인은 수영복을 입으면 한층 더

돋보이게 마련이지요. 그렇게 생각하지 않습니까? 이것을 보십시
오.”

그는 잡지에서 찢어낸 종이를 노인에게 건네 주었다. 노인은 말없
이 바라보았으나 좀 놀라는 것 같았다.

“어떻습니까? 그렇지요?”

“이 두 사람은 분명히 돋보이는군요. 아무것도 입지 않은 거나 다
름없으니까요.” 노인은 사진을 돌려주며 말했다.

“아, 그건 요즘 태양 광선이 피부에 좋다는 사실이 알려졌기 때문
입니다. 굉장히 중요한 일이지요.” 포아로가 설명했다.

조르주는 ‘흥’ 하고 경멸하는 듯한 웃음소리를 내며 가버렸다.

포아로와 푸르니에는 햇빛이 내리쬐는 거리로 나왔다. 포아로는 식
사를 주문한 다음 그 검은 수첩을 꺼냈다. 푸르니에는 그 수첩을 보
고 크게 흥분하며 하녀에 대해 화를 냈다. 포아로는 그 점을 변명했
다.

“그것은 당연한 일입니다. 정말 어쩔 수 없는 일이지요. 경찰이란
그런 부류의 사람들이 무서워하는 낱말입니다. 자기도 모르는 일에
휩쓸려들게 되니까요. 이것은 어느 나라나 마찬가지입니다.”

“그런 점에서 당신은 득을 보는 셈이군요. 경찰 앞에서는 입을 열
지 않는 증인도 사립탐정 앞에서는 다 털어놓으니까요. 그러나 그
반면 우리에게는 충실한 기록이 있습니다. 거대한 기구의 모든 조
직이 우리 부탁대로 기록을 제공해 주지요.”

포아로는 빙긋 웃었다.

“그러니까 우리 함께 사이좋게 일합시다. 이 오믈렛은 아주 훌륭한
데요.”

푸르니에는 오믈렛과 가자미 혀 요리를 먹으며 틈틈이 검은 수첩을
넘겨 내용을 자기 수첩에 연필로 옮겨 적었다. 이윽고 그는 테이블

너머로 포아로를 보며 물었다.

"당신은 물론 이것을 다 보셨겠지요?"

"아니, 잠깐 보았을 뿐입니다."

포아로는 푸르니에로부터 수첩을 받았다. 치즈가 나오자 포아로는 수첩을 테이블 위에 올려놓았다. 두 사람의 눈길이 마주쳤다.

푸르니에가 먼저 입을 열었다.

"몇 가지 수상한 항목이 있군요."

"다섯 가지입니다." 포아로가 말했다.

"네, 분명 다섯 항목입니다."

푸르니에는 수첩을 보며 그 다섯 항목을 읽었다.

    CL 52——영국 귀족 부인. 남편.

    RT 362——의사. 할리 거리.

    MR 24——가짜 골동품.

    XVB 724——영국인. 횡령죄.

    GF 45——살인미수. 영국인.

포아로가 말했다. "훌륭한 안목이군요."

"나와 당신의 추리는 꼭 들어맞습니다. 이 수첩에 기록되어 있는 사항 가운데 이 다섯 항목만이 그 비행기의 승객과 관계되는 것 같습니다. 그럼, 하나하나 조사해 봅시다."

푸르니에가 말했다.

"'영국 귀족 부인. 남편' 이것은 호밸리 백작부인에게 꼭 들어맞는군요. 그녀는 상습 도박꾼입니다. 마담 지젤로부터 돈을 빌렸다 하더라도 전혀 이상할 게 없습니다. 마담 지젤의 손님은 대개 이런 타입의 사람들이지요. '남편'이라는 말에는 대체로 두 가지 뜻이 있을 겁니다. 하나는 마담 지젤이 그녀의 남편에게 아내의 빚을 갚아 달라고 말해야겠다고 생각한 것일지 모릅니다. 또 하나는 마담 지젤이 호밸리 백작부인의 약점을 쥐고 그 비밀을 남편에게 폭로하겠다고 협박하려는 것이었는지도 모릅니다.”

포아로가 동의했다. “옳은 말씀입니다. 둘 다 들어맞습니다. 나로서는 두 번째 것이 옳다고 생각합니다만. 왜냐하면 나는 여행 떠나기 전날 밤 마담 지젤을 찾아온 손님이 호밸리 백작부인이라고 확신하고 있으니까요.”

“아, 당신은 그렇게 생각합니까?”

“네. 그리고 당신도 그렇게 생각하시리라고 믿습니다. 그 경비원 노인은 좀 기사도적인 정신을 가지고 있더군요. 그 여자 손님에 대해 전혀 기억이 없다고 우겨대는 점이 바로 그것을 증명해 주고 있습니다. 왜냐하면 호밸리 백작부인은 아주 아름다운 여자니까요. 그리고 내가 잡지에서 오려 낸 사진을 보았을 때 그 노인은 흠칫 놀랐습니다. 아주 조금 반응을 보이긴 했지만. 분명합니다. 그날 밤 마담 지젤을 찾아온 사람은 호밸리 백작부인입니다.”

푸르니에가 천천히 말했다.

“부인은 르 피네에서 파리까지 마담 지젤의 뒤를 쫓아온 셈이군요. 굉장히 애가 탔던 모양이지요.”

“네, 아무래도 그런 것 같습니다.”

푸르니에는 호기심 어린 눈길로 포아로를 보았다.

“그러나 그렇다면 당신의 생각과 일치하지 않는군요. 그렇지요?”

“그렇습니다. 전에도 말했듯 나는 제대로 된 단서를 잡긴 했으나 그 단서가 가리키는 사람이 잘못된 것 같습니다. 아무래도 분명치 않습니다. 이 단서가 잘못될 리는 없는데요.”

푸르니에가 다그치듯 물었다. “그 단서가 무엇인지 당신은 이야기하고 싶지 않겠지요 ? ”

"아닙니다, 나는 다만 잘못 생각하고 있을지도 모르기 때문에 말하지 않는 겁니다. 완전히 잘못 생각한 것일지도 모릅니다. 그런데 이야기하게 되면 당신까지도 잘못 생각하게 만드는 결과가 되지요. 그러니 역시 자신의 생각대로 해보기로 합시다. 자, 그 수첩에서 골라낸 항목을 계속 검토해 보기로 하지요. ”

푸르니에가 소리내어 읽었다. "RT 362——의사. 할리 거리”

"브라이언트 박사를 가리키는 것이겠지요. 대단한 일은 없겠지만, 그러나 조사를 소홀히 할 수는 없습니다. ”

"물론입니다. 이것은 재프 경감의 일이지요. ”

"그리고 나의 일이기도 합니다. 나도 그 사건에 손대고 있으니까요. ”

"MR 24——가짜 골동품——좀 무리한 일이지만, 어쩌면 뒤퐁 부자에게 맞는 항목일지도 모릅니다. 믿을 수 없는 일이지만요. 뒤퐁 씨는 세계적인 고고학자며 아주 고매한 인격을 가진 사람입니다. ”

"그것이 오히려 이런 협박 사건과 결부된다고 볼 수도 있습니다. 아시겠습니까, 푸르니에 씨 ? 더없이 고상한 인격과 정신을 지니고 존경 받을 만한 생활을 하는 사람이 알고 보니 굉장한 사기꾼인 경우가 있는 것을 당신도 아실 겁니다. ”

푸르니에는 한숨지으며 말했다.

"그렇습니다. 그건 사실입니다. ”

"완전한 신뢰를 얻는 것이야말로 사기꾼에게 있어 가장 중요한 필수 조건입니다. 아주 흥미 있는 일이지요. 그럼, 다시 리스트로 돌아갑니다. ”

"XVB 724——영국인, 횡령죄 이것은 굉장히 애매합니다. ”

포아로가 동의했다.

"이렇다 할 힌트를 얻을 수 없을 것 같군요. 누가 횡령했느냐? 변호사? 은행원? 회사에서 신용 있는 자리에 있는 사람이라면 누구에게나 해당됩니다. 작가나 치과의사나 이비인후과의사는 아니겠지요. 제임스 라이더 씨가 사업계를 대표하는 인물이군요. 그는 돈을 횡령했을지도 모릅니다. 그 사실이 드러나지 않도록 하기 위해 마담 지젤에게 돈을 빌렸는지도 모르지요. 그리고 마지막 항목인 GF 45——살인미수. 영국인. 이것도 굉장히 범위가 넓습니다. 작가, 치과의사, 이비인후과의사, 실업가, 승무원, 미용사, 좋은 환경에서 자란 부인들——모두 이 GF 45에 해당되는 셈입니다. 뒤퐁 부자만이 그 국적 때문에 제외될 뿐입니다."

말을 마치자 포아로는 종업원에게 눈짓해서 계산서를 가져오도록 했다. 그리고 그는 푸르니에에게 물었다.

"그럼, 이제 어디로 갈까요?"

"경찰서로 갑시다. 무슨 정보가 들어왔을지도 모르니까요."

"좋습니다. 함께 가지요. 나중에 내가 조사할 일이 있는데, 힘을 빌려 주시겠지요?"

경찰서에서 포아로는 수사주임인 질 씨와 오랫만에 정담을 나누었다. 두 사람은 몇 년 전 어떤 사건을 통해 만난 적이 있었던 것이다. 질 씨는 아주 친절하고 겸손했다.

"포아로 씨, 당신이 이 사건에 흥미를 가지고 계시다니 무척 기쁩니다."

"그 사건이 바로 내 눈앞에서 일어났으니까요. 사람을 우습게 본 거지요. 그렇지 않습니까. 이 에르큘 포아로가 자고 있는 동안에 살인이 일어난 것입니다."

"비행기란 날씨가 나쁠 때는 안전하지 못하니까요…… 정말입니다. 나도 몇 번이나 혼난 적이 있습니다." 질 씨는 기다렸다는 듯이 맞장구쳤다.

"군대의 전진 속도도 병사들의 위장 상태에 달려 있다고 하지만, 섬세한 두뇌 회전이 소화 기관의 영향을 얼마나 많이 받는지 모를 겁니다. 뱃멀미라도 하게 되면 이 에르큘 포아로는 그야말로 뇌세포도 질서도 이론도 전혀 없는 사람으로 전락해 버리지요. 평균기 능도 못 되는 보잘것없는 사람이 되고 맙니다. 정말 한심하지요. 그러나 어쩔 수 없는 일입니다. 그런데 이런 일에 있어 나의 뛰어난 친구 질 씨는 어떠신지요?"

'이런 일'이라는 의미심장한 말을 못 들은 척 흘려 버리고 질 씨는 출세가도를 예정대로 잘 걷고 있다고 대답했다. "그 사람은 참으로 열심입니다. 지칠 줄 모르는 정력이 솟구치는가 봅니다."

"언제나 그랬지요. 여기저기 뛰어다니고, 때로는 배를 깔고 기어다니기도 하고, 여기 있는가 하면 벌써 저쪽에 가 있는 정말 신출귀몰한 사람으로…… 단 한순간도 멈춰 서서 생각하는 일이 없었지요."

포아로가 말했다.

"아, 포아로 씨, 당신은 아무래도 그런 타입이 마음에 들지 않겠지요? 차라리 푸르니에 같은 사람이 마음에 드실 겁니다. 그는 새로운 타입의 형사입니다. 하나에서 열까지 다 심리, 심리로 일관하니까요. 그 편이 마음에 드시지요?"

"그렇습니다."

"그는 영어가 능숙합니다. 그래서 이번 사건을 돕도록 크로이든으로 보냈지요. 정말 아주 재미있는 사건이군요, 포아로 씨. 마담 지젤이라면 파리에서 아주 잘 알려진 인물이거든요. 게다가 그녀의 죽음이 이상합니다. 비행기 안에서 독화살을 맞다니, 어떻습니까? 그런 일이 비행기 안에서 일어날 수 있을까요?"

"옳은 말씀입니다. 정말 잘 보셨습니다. 아, 푸르니에 씨가 오는군요. 정보가 있나 보지요?" 포아로가 크게 소리쳤다.

늘 우울해 보이는 푸르니에가 약간 흥분해 있는 것 같았다.

"네, 그리스인 골동품 가게에서 제로플로스라는 사람이 사건이 있기 사흘 전에 화살통과 독화살을 팔았다고 합니다. 그래서……."

푸르니에는 수사주임에게 머리숙여 인사하고 다시 말을 이었다.

"그 사람을 만나 보았으면 합니다."

"그렇게 하게. 포아로 씨도 함께 가시겠습니까?" 질 씨가 말했다.

"괜찮다면…… 이거 아주 재미있는 일이로군요."

제로플로스의 가게는 생 트노레 거리에 있는 고급 골동품점이었다. 레이지스 도자기며 페르시아 항아리 같은 것이 많이 있었다. 루리스탄에서 나온 청동상이 한두 개 있고, 질 나쁜 인도 보석류와 여러 나라에서 들여온 견직물이며 자수품, 산더미처럼 쌓인 아무 값어치도 없는 구슬과 싸구려 이집트 제품 등이 있었다.

말하자면 이곳은 50만 프랑의 값어치가 있는 물건에 100만 프랑을 써버리거나, 50상팀 하는 물건을 10프랑에 사게 되는 종류의 가게였다. 주로 미국인 관광객이나 아는 척하는 호사가들을 상대로 하는 곳이었다. 제로플로스는 키 작고 통통한 사나이로, 검고 조그만 눈을 하고 있었다. 그는 수다를 늘어놓았다.

"경찰서에서 오셨지요? 잘 오셨습니다. 사무실로 가시겠습니까? 네, 분명 화살통과 독화살을 팔았습니다. 남아메리카 골동품이었지요. 네, 우리 가게에서는 무엇이든 팔고 있습니다. 물론 내가 전문적으로 파는 물건도 있지요. 페르시아 물건을 주로 다루고 있습니다. 뒤퐁 씨, 그 훌륭한 뒤퐁 씨에게 물어 보면 잘 알 수 있습니다. 그분도 내가 모은 물건을 자주 보러 오신답니다. 새로 사들인 물건을 보시기도 하고 수상한 물건을 감정해 주시기도 하지요. 정말 훌륭한 분입니다. 학식 있고 안목 있고 감각도 뛰어납니다.

　이런, 요점이 빗나갔군요. 우리 가게에 모인 물건은 가지각색입니다. 그 방면에 전문가들이 다 아는 진귀한 물건뿐이지요. 그리고 나는 솔직히 말씀드리지만 정말 잡동사니 같은 물건들도 모으고 있습니다. 두 분도 아실 테지만 외국 잡동사니로 그것들은 조금씩 다릅니다. 남양, 인도, 일본, 보르네오 등의…… 이런 물건은 대개 값이 정해져 있지 않지요. 손님이 흥미를 느끼면 내가 값을 매깁니다. 그러면 역시 그 값을 깎게 마련이니 결국 반값을 받게 되는 셈입니다. 그래도 솔직히 말해서 상당한 벌이가 됩니다. 이런 물건은 대개 뱃사람들로부터 아주 싼값에 사들이니까요."

제로플로스는 잠시 한숨 돌렸다. 그는 자신의 자신만만함과 유창한 말솜씨에 완전히 도취되어 즐거운 듯 다시 말을 이었다.

"그 화살통과 독화살은 내가 오랫동안…… 그렇지, 한 2년 동안 가지고 있던 물건입니다. 거기 있는 그 접시에 자패(紫貝)목걸이, 빨간 인디언 빗, 목각 우상(偶像), 싸구려 경옥(硬玉)과 함께 넣어두었었지요. 아무도 들여다보는 사람이 없었습니다. 그런데 그 미국인이 와서 무엇이냐고 묻더군요."

"미국인이라고요?" 푸르니에가 날카롭게 되물었다.

"네, 그렇습니다. 미국인이었지요. 틀림없이 미국인이었습니다. 그것도 그리 점잖지 못한 미국인이었습니다. 아무것도 모르는 주제에 골동품이라면 무조건 가지고 돌아가고 싶어하는 그런 사람입니다. 이집트의 구슬을 잔뜩 사서 돈을 벌게 해주거나, 체코슬로바키아에서 만든 가짜 갑충석(甲蟲石) 같은 것을 사는 그런 사람입니다. 그래서 나는 곧 그를 붙잡고 토인의 습관이며, 그들이 쓰는 맹독약(猛毒藥)에 대한 이야기를 해주었지요. 그리고 이런 물건은 팔려고 내놓는 일이 좀처럼 없다는 이야기도 했습니다.

그러자 얼마냐고 묻더군요. 그래서 내가 미국인에게 대개 부르는 값을 말했지요. 그 전처럼 비싸게 부르지는 않았습니다. 정말입니다. 그쪽도 요즘은 불경기니까요. 나는 그가 값을 깎을 줄 알았습니다. 그런데 두말없이 부르는 값을 내지 뭡니까! 나는 깜짝 놀랐습니다. '아차, 실수했구나, 좀더 비싼 값을 부를걸……' 생각하며 화살통과 독화살을 종이에 싸서 주자 그는 받아들고 곧장 사라져 버렸습니다. 이게 모두입니다. 그러나 나중에 이 무서운 살인 사건을 신문에서 읽었을 때 깜짝 놀랐습니다. 정말 깜짝 놀랐지요. 그래서 경찰에 신고한 겁니다.”

푸르니에가 공손히 말했다. “고맙습니다, 제로플로스 씨. 그 화살통과 독화살을 보면 알 수 있겠지요? 지금 런던에 있지만, 언젠가는 당신에게 검증을 의뢰할 겁니다.”

“그 화살통은 길이가 이만했습니다.” 제로플로스는 책상 위에서 길이를 나타내 보였다. “그리고 굵기는 이 펜만했습니다. 엷은 빛깔로 독화살이 4개 들어 있었지요. 끝이 뾰족한 바늘입니다. 끝부분이 좀 빛바랬고, 빨간 비단 헝겊이 달려 있었습니다.”

포아로가 되물었다. “빨간 비단 헝겊?”

“네, 불그스름한 색인데 조금 바랬지요.”

“그렇다면 좀 이상한데요. 그 네 개의 바늘 가운데 검정과 노란색 비단 헝겊이 달려 있는 것은 없었습니까?” 푸르니에가 중얼거렸다.

제로플로스는 고개를 저었다.

“검정과 노란색이라고요? 아니, 그런 건 없었습니다.”

푸르니에는 힐끗 포아로 쪽을 쳐다보았다. 왜소한 포아로의 얼굴에 만족에 찬 웃음이 빙긋 떠올랐다.

푸르니에는 의아해했다. 제로플로스가 거짓말하고 있는 것일까? 아니면 그 밖에 다른 이유가 있는 것일까?

푸르니에는 의심스러운 듯이 말했다.

"그 화살통과 독화살은 이 사건과 아무 관계가 없을지도 모릅니다. 사실 백에 하나 있을까 말까 한 일이지요. 그러나 아무튼 그 미국인의 인상을 되도록 자세히 말해 주십시오."

제로플로스는 동양인처럼 두 손을 펴보였다.

"흔히 볼 수 있는 미국인입니다. 콧소리를 냈으며, 프랑스 말은 할 줄 몰랐지요. 껌을 씹고 있었으며, 뿔테 안경을 쓰고, 키가 컸습니다. 글쎄요, 나이는 그리 많아 보이지 않았습니다."

"머리 빛깔은?"

"글쎄요, 모자를 쓰고 있어서요."

"다시 만나면 알아볼 수 있겠습니까?"

제로플로스는 자신이 없는 듯했다.

"잘 모르겠는데요, 미국인이 너무 많이 드나드니까요. 아무튼 그리 눈에 띄는 사람은 아니었습니다."

푸르니에가 그 스냅 사진을 꺼내 보였으나 헛일이었다. 제로플로스가 보기에 그 사진 속에는 그 사람이 없다는 것이었다. 가게에서 나오며 푸르니에가 말했다.

"공연한 헛수고였는가 봅니다."

"그럴지도 모르지요. 그러나 나는 그렇게 생각하지 않습니다. 거기에 붙어 있던 가격표도 똑같고, 제로플로스 씨의 말에도 한두 가지 재미있는 점이 있습니다. 이왕 헛수고를 했으니 한 가지만 더 부탁 드릴까요?"

"어디로 가시려는 겁니까?"

"카퓌신 큰 거리"

"그곳의 어디를 찾아가시지요?"

"유니버설 항공회사 사무실입니다."

“물론 가긴 하겠지만, 그곳은 이미 조사했습니다. 이렇다 할 흥미로운 이야기는 없었지요.”

포아로는 그의 어깨를 부드럽게 두드렸다.

“대답은 질문하는 데 달려 있습니다. 어떤 질문을 해야 하는지 몰랐던가 보군요.”

“그럼, 당신은 알고 있습니까?”

“네, 생각한 바가 있습니다.”

포아로는 더 이상 아무 말도 하지 않았다. 이윽고 두 사람은 카퓌신 큰 거리에 닿았다. 유니버설 항공회사 사무실은 아주 작았다. 검은 머리를 하고 키가 큰 사나이가 잘 닦여진 카운터 앞에 앉아 있고, 15살쯤 된 소년이 타자기 앞에 앉아 있었다. 푸르니에가 신분증명서를 꺼내 보이자 쥘 페로라는 그 사나이는 자기가 도움줄 수 있는 일이면 좋겠다고 말했다. 포아로의 요구에 따라 타이피스트 소년은 방 한구석으로 자리를 옮겨갔다.

“이제부터 할 이야기는 비밀을 요하는 것이어서요.”

포아로가 설명했다.

“아, 그렇습니까?” 쥘 페로는 흥미를 느끼는 듯했다.

“마담 지젤 살해 사건에 관한 이야기입니다.”

“아, 그러십니까? 그 일이라면 이미 많은 질문에 대답한 줄로 아는데요.”

“그렇습니다. 그러나 사실을 좀더 정확하게 알 필요가 있습니다. 그건 그렇고, 마담 지젤이 좌석을 예약한 것은 언제였지요?”

“그 점도 이미 이야기했습니다. 17일에 전화로 좌석을 예약하셨지요.”

“다음날 12시 비행기였지요?”

“그렇습니다.”

"그런데 하녀의 말에 따르면 마담 지젤은 아침 8시 45분 비행기를 부탁했다고 하던데요?"

"네. 실은 마담 지젤의 하녀가 8시 45분 비행기 편을 신청했지만, 그 비행기 좌석은 이미 다 차 버려서 대신 12시 표를 드리게 되었지요."

"아, 그랬었군요, 알았습니다."

"네."

"흠…… 그렇다면 좀 이상하군. 아니, 분명 이상해……."

사무원은 의아스러운 표정으로 포아로를 보았다.

"실은 내 친구가 갑자기 영국에 갈 일이 있어 그날 아침 8시 45분 비행기를 탔는데, 좌석이 반이나 비어 있었다던데요?"

쥘 페로는 서류를 뒤적거리며 코를 킁킁거렸다.

"아마 당신 친구분이 날짜를 잘못 알았을 겁니다. 그 전날이든가 다음날……."

"그렇지 않습니다. 그것은 살인 사건이 일어난 그날입니다. 왜냐하면 친구는 가까스로 비행기 시간에 대어 갔으니까요. 만일 그 비행기를 놓쳤다면 플로미슈즈 호를 탈 뻔했다고 말했거든요."

"그래요? 그거 참, 이상한 일이군요. 물론 출발 시간이 되었는데도 오지 않는 분이 있으면 당연히 빈자리가 생기지요. 그리고 때로 실수도 있으므로 르 부르제 비행장에 연락해 보지 않고는…… 늘 정확하다고 할 수는 없는 일이라……."

포아로의 탐색하는 듯한 날카로운 눈길이 사나이를 당황하게 한 것 같았다. 그는 입을 다물고 눈길을 돌렸다. 이마에 땀방울이 맺혔다. 이윽고 포아로가 말했다.

"두 가지로 설명할 수 있습니다. 그러나 두 가지 다 진짜 설명이 될 수는 없겠지요. 어떻습니까, 당신도 솔직히 털어놓는 게 좋겠다고 생각하지 않습니까?"

"털어놓다니, 무엇을 말입니까? 나는 아무것도 털어놓을 게 없습니다."

"자, 당신은 내가 지금 무슨 말을 하는지 잘 알고 있습니다. 이것은 살인 사건입니다, 페로 씨, 살인 사건이란 말입니다. 그 사실을 머릿속에 새겨 두십시오. 당신이 지금 털어놓지 않는다면 큰일이, 정말 큰일이 일어날 겁니다. 경찰도 더 이상 잠자코 있지 않을 테고, 당신은 공안(公安) 방해죄에 해당될 겁니다."

페로는 멍하니 입을 벌리고 그를 보았다. 손이 떨렸다. 포아로가 다시 다그치듯 고압적인 목소리로 말했다.

"자, 우리는 정확한 자료가 필요합니다. 돈을 얼마나 받았습니까? 누가 주었지요?"

"나쁜 생각은 없었습니다…… 아무 생각도 없이…… 설마 이런 일이…… ."

"얼마입니까? 누가 주었지요?"

"5…… 5000프랑입니다. 처음 보는 사람입니다…… 나는…… 아, 나는 이것으로 끝장입니다."

"솔직히 말하면 당신을 구해 줄 수 있습니다. 자, 여기까지 말했으니 그 일에 대해서 정확히 들려주시오."

사나이의 이마에서 땀방울이 떨어졌다. 그는 좀 더듬거리며 재빨리 설명했다.

"나쁜 짓을 하려던 것은 아닙니다. 정말 나쁜 짓 할 마음은 조금도 없었습니다. 어떤 사나이가 사무실에 와서 영국으로 가겠다고 말했습니다. 그리고 마담 지젤로부터 돈을 빌려야 할 텐데, 미리 알리지 않고 만나고 싶다면서 그 편이 돈을 빌리기 쉽다고 말했지요. 그는 마담 지젤이 다음날 영국에 간다는 것을 알고 있었습니다. 그녀가 좌석 예약을 해오거든 아침 비행기는 만원이라고 하고 플로미슈즈 호 2번 좌석을 주라고 했지요. 잘 생각해 보니 그리 나쁜 일이 아닌 것 같았습니다. 그렇게 해줘도 그리 대단한 일은 없을 거라고 생각했습니다. 미국인들은 늘 그런 면이 있으니까요. 언제나 상식을 벗어난 일을 하니까……."
푸르니에가 날카롭게 되물었다. "미국인이라고요?"
"그렇습니다, 그 사람은 미국인이었습니다."
"어떤 사람이었소?"
"키가 크고 등이 조금 굽은데다 잿빛 머리에 뿔테 안경을 끼고 있었습니다. 그리고 염소수염을 조금 기르고 있었습니다."
"그 사나이도 자리를 예약했소?"
"네. 1번 좌석으로, 마담 지젤 바로 옆자리였습니다."
"어떤 이름으로 예약했지요?"
"사일러스…… 사일러스 허퍼입니다."
"그런 이름의 승객은 없었습니다. 그리고 1번 좌석에는 아무도 앉지 않았지요." 포아로는 조용히 고개를 가로저었다.
"나도 신문을 보고 그 사람 이름이 없는 것을 알았지만, 그런 사실을 알릴 필요는 없다고 생각했습니다. 본인이 그 비행기로 가지 않았다면……."
푸르니에가 차가운 눈길로 그를 쳐다보았다.
"당신은 중요한 정보를 경찰에 숨겼소. 이 사실은 참으로 중대한 일이오."
포아로와 푸르니에는 함께 사무실을 나왔다. 뒤에 남은 페로는 겁먹은 얼굴로 두 사람을 물끄러미 바라보았다. 바깥으로 나오자 푸르니에는 모자를 벗고 고개 숙여 보였다.
"존경스럽습니다, 포아로 씨! 어떻게 그런 생각을 하셨습니까?"

“두 개의 다른 정보에서 생각난 일입니다. 오늘 아침 우리와 같은 비행기를 타고 온 사람이 그 살인 사건이 있던 날 아침 거의 텅 빈 비행기로 영국에 갔다고 말하는 것을 들었지요. 그런데 마담 지젤의 하녀 엘리스 부인이 유니버설 항공회사 사무실로 전화했더니 아침 비행기에 자리가 없다고 말했다는 겁니다. 이 두 이야기는 서로 일치하지 않습니다. 플로미슈즈 호의 승무원이 전에도 아침 비행기에서 마담 지젤을 몇 번 보았다던 말이 문득 생각났습니다. 그녀는 아마 아침 8시 45분 비행기를 타는 것이 습관이었던 것 같습니다. 그런데 누군가가 그녀를 12시 비행기에 태우고 싶어했습니다. 그 사람은 이미 플로미슈즈 호를 타고 가기로 되어 있었습니다. 그렇다면 어째서 사무원은 아침 비행기에 좌석이 없다고 말했을까요? 잘못 알고 그랬을까요, 아니면 일부러 거짓말한 것일까요? 나는 두 번째라고 생각했는데, 역시 옳았습니다.”

푸르니에가 소리쳤다. “이 사건은 갈수록 모르겠군요. 처음에는 한 귀부인을 뒤쫓고 있는 줄 알았더니, 지금은 사나이의 뒤를 쫓게 되었습니다. 그 미국인이…….”

푸르니에는 입을 다물고 포아로를 보았다. 포아로는 조용히 고개를 끄덕였다.

“그렇습니다. 이곳 파리에서 미국인이 되기는 아주 쉬운 일입니다. 콧소리에 껌, 얌체 같은 염소수염, 뿔테 안경…… 이런 것은 모두 미국인으로 변장할 때 으레 등장하는 소도구지요.”

포아로는 주머니에 손을 넣어 잡지에서 찢어낸 종이 쪽지를 꺼냈다.

“무엇을 보고 있습니까?”

“수영복 차림의 백작부인입니다.”

“당신은 설마 그 여자가…… 몸집 작고 매력적이며 아름다운 그 여자가 키가 크고 등이 굽은 미국인으로 변장하지는 못할 겁니다. 그녀는 분명 여배우였었지만, 그런 분장을 한다는 것은 생각할 수 없는 일입니다. 도저히 불가능합니다."

"나는 꼭 그렇다고 말하는 건 아닙니다."

에르퀼 포아로는 여전히 그 사진을 열심히 들여다보고 있었다.

호밸리에서

호밸리 백작은 싱크대 옆에 멍하니 서서 강낭콩을 접시에 담고 있었다. 스티븐 호밸리는 27살로, 머리가 좁고 턱이 긴 사나이였다. 그는 생김새가 말해 주듯 두뇌가 뛰어난 사람이라기보다 밖에서 운동하기를 좋아하는 타입이었다. 친절하고 꼼꼼하고 매우 성실하며 말할 수 없이 고지식했다.

그는 콩을 수북이 담은 접시를 식탁으로 가져가 먹기 시작했다. 그는 신문을 펼쳤으나 이내 얼굴을 찡그리며 옆으로 내던졌다. 먹다 만 접시를 밀쳐 놓고 커피를 조금 마시더니 이내 자리에서 일어섰다. 한순간 그는 망설이는 듯하더니 고개를 가볍게 끄덕이며 식당에서 나와 넓은 홀을 지나 2층으로 올라갔다. 문을 두드리고 잠깐 기다리자 방 안에서 맑고 높은 목소리가 들려 왔다.

"들어오세요."

호밸리 백작이 들어갔다. 그것은 남향의 넓고 아름다운 침실이었다. 시설리 호밸리는 떡갈나무로 만든 엘리자베스 왕조풍의 큰 침대에 누워 있었다. 금발이 부드럽게 물결치고 풍성한 장밋빛 실크 드레스를 입은 모습이 아주 아름다웠다. 아침 식사를 담아 온 쟁반은 옆 테이블 위에 놓여 있었으며, 거기에는 마시다 만 오렌지 주스와 커피도 있었다. 그녀는 편지를 뜯었다. 하녀가 방 안을 돌아다니고 있었다. 누구든 이처럼 아름답고 사랑스러운 여자를 보면 어쩔 수 없이 숨소리가 가빠질 것이다. 그러나 이렇게 그림처럼 아름다운 아내의 모습도 호밸리 백작에게는 아무 효과가 없었다. 세월이 흐른 것이다. 3년 전만 해도 숨 막힐 듯한 시설리의 아름다움이 이 젊은이의 마음을 취하게 했었다. 그는 미친 듯 열렬하게 사랑했다. 그러나 이제 모든 것은 끝났다. 그는 잠시 미쳤던 것이며, 지금은 제정신으로 돌아왔다. 호밸리 백작부인은 조금 놀랐다.

“어머나, 스티븐.”

“당신과 둘이서 이야기하고 싶소.” 그는 무뚝뚝하게 말했다.

“마들렌, 그냥 놓아두고 나가 봐.”

호밸리 백작부인이 하녀에게 말했다.

“알았습니다, 마님.” 프랑스인 하녀는 나직한 목소리로 말하고 호밸리 백작에게 호기심 어린 눈길을 던지며 방에서 나갔다.

백작은 하녀가 문을 닫을 때까지 기다렸다가 물었다.

“시설리, 당신은 무슨 생각으로 이곳에 돌아왔소?”

호밸리 부인은 가냘프고 아름다운 어깨를 으쓱했다.

“왜 안 되나요?”

“나로서는 물을 만한 까닭이 있다고 생각되오.”

시설리는 못마땅한 듯 중얼거렸다.

“지금 그 까닭을 물으시는 건가요?”

“그렇소. 우리가 함께 사는 희극을 그만두자고 한 일은 당신도 잊지 않았겠지? 당신은 런던에 집을 가지고 충분한…… 지나칠 만큼 충분한 생활비를 받기로 되어 있소. 얼마쯤의 제약을 인정하고 그 한도 안에서 당신은 자기 마음대로 살겠다고 했소. 그런데 왜 이렇게 갑자기 돌아온 거요?”

시설리는 다시 어깨를 으쓱했다.

“돌아오는 편이 좋겠다고 생각했기 때문이에요.”

“돈이 필요하다는 뜻이오?”

“어머나, 정말 정떨어지는 분이군요. 당신은 아주 천박한 사람이에요.”

“천박하다고? 당신의 그 분별없는 낭비벽 때문에 호밸리 영지를 저당잡혔는데도 그런 말을 할 수 있소?”

“호밸리, 호밸리, 당신은 그 일만 걱정하는군요! 승마와 사냥과 총과 수확, 그리고 하찮은 늙은 농부들…… 여자가 그런 생활을 견딜 수 있다고 생각하세요?”

“그런 생활을 즐겁게 하는 여자도 있소.”

“그렇겠지요, 베니시어 카같이 말처럼 생긴 여자는. 당신은 그런 여자와 결혼했어야 했어요.”

호밸리 경은 창문 쪽으로 걸어갔다.

“그 말은 이미 늦었소. 당신과 결혼해 버렸으니까.”

“그리고 이젠 거기서 벗어날 수 없어요.”

그녀는 심술궂고 거만한 웃음소리를 냈다.

“당신은 나를 쫓아내고 싶겠지요? 하지만 안 돼요!”

“또 그런 말을 주고받을 필요가 있다는 거요?”

“당신은 정말 구식이군요. 당신이 한 말을 내 친구들에게 들려주면 모두 배를 잡고 웃을 거예요.”

“실컷 웃으라지! 원점으로 돌아갑시다. 이곳으로 돌아온 까닭이 뭐요?”

그러나 시설리는 아무 대답도 하지 않고 물었다.

“당신은 내 빚에 대해 책임지지 않겠다고 신문에 광고를 냈던데, 그런 행동이 신사적이라고 생각하나요?”

“그런 수단을 취할 수밖에 없었던 것을 유감스럽게 여기오. 그러나 나는 경고했소, 알고 있겠지? 나는 두 번이나 당신 빚을 갚아 주었소. 하지만 무슨 일에나 한도가 있는 법이오. 당신의 비상식적인 도박벽이…… 그러나 이제는 나와 상관없는 일이오. 새삼스럽게 이런 말을 해봐야 소용없지. 그건 그렇고, 무엇 때문에 이런 호밸리 구석까지 찾아왔는지 그 까닭을 알고 싶소. 당신은 이곳을 싫어했고 이곳에서는 지루해서 못 살겠다고 말했었소. ”
시설리 호밸리의 작은 얼굴이 뽀로통해졌다.
“지금은 이곳에 있는 게 좋을 것 같아요. ”
“지금은 좋다고? ”
그는 생각에 잠기며 그 말을 되뇌더니 날카롭게 물었다.
“시설리, 당신 그 돈놀이하는 프랑스 노파에게 돈을 빌려 썼소? ”
“누구 말이에요? 무슨 말씀을 하시는 건지 모르겠군요. ”
“당신도 잘 알고 있을 텐데. 파리로부터 오는 비행기 안에서 살해된, 당신이 탔던 비행기 안에서 살해된 여자 말이오. 그 여자로부터 돈을 빌려 썼소? ”
“아니오, 빌리지 않았어요. 당신은 무슨 생각을 하시는 거지요? ”
“시설리, 그렇게 슬쩍 넘기지 마오. 만일 그녀로부터 빌려 쓴 돈이 있다면 내게 말하는 게 좋을 거요. 그 사건은 아직 끝나지 않았다는 걸 알아야 하오. 검시 평결은 ‘알 수 없는 한 사람, 또는 몇 사람에 의한 살인’이라고 나왔소. 그래서 지금 영국과 프랑스 두 나라 경찰이 활동하고 있소. 진상이 밝혀지는 것은 시간문제요. 그녀는 틀림없이 거래 관계 기록을 남겨 놓았을 거요. 당신이 그녀와 무슨 관계가 있었다면 미리 준비해 둬야 하오. 그 문제에 대해 폴크스의 의견도 들어 둬야 하니까……. ”
윌브레이엄 앤드 폴크스 사무실은 몇 대에 걸쳐 호밸리 백작 집안의 재산을 관리해 왔다.
“나는 그 지겨운 법정에서 그녀에 대해서는 들어 본 일도 없다고 증언했는걸요."

"그런 건 상관없소. 만일 당신이 그녀와 거래가 있었다면 경찰은 반드시 알아내고 말 거요." 백작이 냉담하게 대답했다.

시설리는 화나는 듯 침대 위에 벌떡 일어나 앉았다.

"당신은 내가 죽인 거라고 생각하는군요! 비행기 안에서 일어나 그녀를 향해 화살통으로 독화살을 불어 쏘았다고. 설마 내가 그런 미친 짓을 했겠어요!"

백작은 심각한 어조로 말했다.

"정말이지 모든 일이 미친 짓 같소. 그러나 나는 당신이 자신의 입장을 깨달아 주기 바라오."

"내 입장이라고요? 당신이 내 말을 한마디도 믿어 주지 않는데 입장은 무슨 입장이에요! 너무해요! 그런데 어째서 갑자기 나를 그토록 걱정하지요? 내가 무슨 일을 저지를까봐 걱정되나요? 당신은 나를 싫어하잖아요! 미워하잖아요! 당신은 내일이라도 내가 죽어 버리면 좋겠지요. 그런데 어째서 나에 대해 걱정해 주는 척하지요?"

"과장이 심하군. 당신은 나를 구식이라고 생각하지만, 나는 집안의 명예를 걱정하고 있는 거요. 그런 것은 시대에 뒤떨어진 감상이라고 당신은 경멸하겠지만, 내게는 중대한 일이오."

말을 마치자 백작은 갑자기 휙 돌아서서 방을 나갔다. 그의 관자놀이가 세게 뛰고 있었다. 갖가지 생각이 어지럽게 머릿속을 맴돌았다.

'싫어한다고? 미워한다고? 그래, 정말 미워한다. 내일이라도 죽기를 바랄 거라고? 그래, 마치 감옥에서 해방된 사람 같은 기분이 들겠지……. 인생이란 얼마나 묘하고 짓궂은 것일까! 〈뜻대로 하세요〉라는 연극에서 그녀를 처음 보았을 때 얼마나 귀여운 소녀처럼 여겨졌던가! 아름답고 사랑스러우며…… 어리석은 젊은이였던

난 그녀에게 미칠 듯 사로잡혔었지. 그러나 그때도 그녀는 지금과 같은 여자였어. 천하고 행실이 나쁘며 고집스러울 뿐 아니라 머리가 텅 빈…… 지금은 그녀의 아름다움에도 전혀 끌리지 않아.'

그가 휘파람을 불자 스파니엘 개가 달려와 부드럽고 다정한 눈으로 그를 올려다 보았다. "베티!"

그는 베티의 길게 늘어진 귀를 쓰다듬으며 생각했다.

'여자를 욕하는 데 '암캐'라는 말을 쓰는 것은 이상한 일이야. 베티, 너는 훌륭한 암캐다. 지금까지 만난 여자를 모두 합친 것만큼 값어치가 있어.'

그는 낡은 낚시 모자를 쓰고는 개를 데리고 집을 나섰다. 목적도 없이 집 둘레를 배회하고 나니 그의 초조해진 신경도 가라앉기 시작했다. 그는 귀여워하는 사냥개의 목을 토닥거려 주고, 마부와 이야기하고, 영지 안의 농장을 찾아가 농부의 아내와 이야기를 주고받았다. 그런 다음 베티를 데리고 오솔길을 걸어가다 밤색 말을 탄 베니시어카를 만났다. 그녀는 말탄 모습이 아주 잘 어울렸다. 호밸리 백작은 그녀를 감탄과 애정어린 눈빛으로 고향에 돌아온 듯 친근한 기분으로 올려다보았다.

"베니시어!"

"어머나, 스티븐."

"어딜 다녀오는 길이오? 들에 갔었소?"

"네. 이 말, 아주 좋아졌지요?"

"아, 훌륭해졌구려. 내가 채티슬리의 말시장에서 사온 2살짜리 망아지를 보았소, 베니시어?"

얼마 동안 두 사람은 말 이야기를 나누다가 이윽고 스티븐이 말했다.

"그건 그렇고, 시설리가 와 있소."

"이곳 호밸리에요?"

베니시어 카는 무슨 일이든 놀라움을 나타내지 않기로 하고 있었으나 역시 놀란 목소리가 나오는 것을 어찌할 수 없었다.

"그렇소, 어젯밤에 돌아왔소."

두 사람은 한동안 잠자코 있었다. 스티븐이 다시 입을 열었다.

"당신은 그 심문에 나갔었지요? 그래, 어땠소?"

그녀는 잠시 생각에 잠겨 있더니 대답했다.

"글쎄요, 이렇다 할 것은 없었어요. 내 말뜻을 아시겠지요?"

"경찰이 무슨 말을 비추지 않았소?"

"아니오."

"기분좋은 일은 아니었겠지요?"

"네, 분명히 재미있는 일은 아니었지만 그리 심하지는 않았어요. 검시관이 아주 공손했으니까요."

스티븐은 저도 모르게 산울타리를 마구 꺾고 있었다.

"저, 베니시어, 어떻게 생각하오? 다시 말해서…… 누가 한 짓일까?"

베니시어 카는 천천히 머리를 저었다. "모르겠어요."

그녀는 한순간 입을 다물고 어떻게 해야 자기가 하고 싶은 이야기를 가장 잘 전달할 수 있을까 생각하는 듯했다. 마침내 그녀는 조금 웃으며 말했다.

"아무튼 시설리도 나도 아니에요. 그것만은 알고 있어요. 시설리는 나를 보고 있었고, 나는 시설리를 보고 있었으니까요."

"그럼, 됐소." 스티븐도 웃었다. 그는 명랑하게 말했다.

호밸리 백작은 그 말을 마치 농담처럼 내뱉았지만, 베니시어 카는 그 목소리에서 한시름 놓은 듯한 그의 기분을 읽을 수 있었다.

'그럼, 이 사람은 마음속으로 역시…….'

그녀는 허둥지둥 그 생각을 몰아내 버렸다. 스티븐이 말했다.

"베니시어, 우리가 안 지도 꽤 오래 되었잖소?"

"네, 그래요. 우리가 어렸을 때 자주 갔던 그 무서운 댄스파티를 기억하세요?"

"물론 기억하고 있소. 어쩐지 나는 당신에게 무슨 말이든지 할 수 있을 것 같소."

"그래요? 좋아요."

그녀는 잠시 망설이더니 아무 감정도 섞이지 않은 조용한 목소리로 말을 이었다.

"시설리 이야기지요?"

"그렇소, 베니시어. 시설리는 마담 지젤이라는 여자와 무슨 관계가 있었을까요?"

베니시어는 천천히 대답했다.

"잘 모르겠어요. 나는 남프랑스에 가 있었기 때문에 르 피네의 소문은 듣지 못했거든요."

"당신은 어떻게 생각하오?"

"솔직히 말해 그렇다 해도 나는 놀라지 않을 거예요."

스티븐은 심각한 표정으로 고개를 끄덕였다. 그녀는 상냥하게 말했다.

"그토록 걱정할 필요가 있을까요? 당신은 사교계와 거의 관계없는 생활을 하고 있잖아요. 그리고 그것은 그녀의 일이지 당신 문제가 아니에요."

"그러나 그녀가 내 아내인 이상 내 일이기도 하오."

"저…… 이혼하실 생각은 없으세요?"

"합의이혼이라는 것 말이오? 그녀가 동의하지 않을 거요."

"기회가 있다면 이혼하시겠어요?"

"정당한 이유만 있다면 지금이라도 하고 싶소." 스티븐은 분한 듯이 말했다.

베니시어 카가 자못 심각하게 중얼거렸다.

"제 생각에는 시설리도 그 사실을 알고 있는 것 같아요."

"그렇겠지요."

두 사람 모두 입을 다물었다. 베니시어 카는 생각했다.

'그녀는 고양이처럼 행실이 좋지 않아. 나는 그것을 잘 알고 있지. 하지만 아주 조심스럽고 교활해서 결코 꼬리를 잡히지 않거든.'

"손쓸 방법이 없나요?" 그녀는 불쑥 소리내어 말했다.

그는 고개를 끄덕였다. "베니시어, 만일 내가 자유로운 몸이 된다면 나와 결혼해 주겠소?"

타고 있는 말의 두 귀 사이로 앞을 똑바로 바라보며 그녀는 조심스럽게 감정을 억누른 목소리로 대답했다. "네."

스티븐! 그녀는 언제나 스티븐을 사랑하고 있었다. 댄스파티, 새끼 여우 사냥, 새둥지 사냥을 하던 옛날부터. 스티븐도 그녀를 좋아했으나 이기적이고 계산에 밝은 여배우에게 반해 미친 사람처럼 사랑에 빠져 버렸던 것이다. 스티븐이 말했다.

"우리가 함께 살면 훌륭한 생활을 할 수 있을 거요."

그의 눈앞에 그 광경이 떠올랐다. 사냥, 차와 머핀, 촉촉히 젖은 대지와 낙엽 향기, 그리고 아이들. 시설리가 결코 그와 함께 하지 않은 일과 그에게 주지 않았던 모든 것. 그의 눈이 멍하니 허공을 바라보았다. 베니시어 카가 감정이 실리지 않은 담담한 목소리로 말했다.

"스티븐, 이렇게 하면 어떨까요? 만일 우리가 도피를 하면 시설리는 당신과 이혼할지도 몰라요."

"내가 당신에게 그런 짓을 시킬 것 같소?"

스티븐은 그 말을 한마디로 거절했다.

"나는 상관없어요."

"나에게는 상관있소!" 그는 단호한 목소리로 말했다.

베니시어 카는 생각했다.

'정말 한심하군. 이 사람은 어이없을 만큼 고지식하다니까. 그래서 더 좋지만. 만일 그렇지 않다면 좋아할 수 없었을 거야.'

"그럼, 스티븐, 그만 가보겠어요."

그녀는 조용히 발뒤꿈치로 말을 건드렸다. 잘 가라는 인사를 하기 위해 돌아보았을 때 두 사람의 눈이 마주쳤다. 그들은 그 눈 속에서 서로 조심스레 말하지 않았던 모든 생각을 읽을 수 있었다. 오솔길을 돌아갈 때 그녀는 채찍을 떨어뜨렸다. 한 사나이가 다가와서 그 채찍을 주워 공손히 머리 숙이며 그녀에게 건네 주었다. 고맙다고 인사하며 그녀는 생각했다.

'외국인이군. 어디서 본 듯한 얼굴인데……'

그녀는 주앙 레 팡에서 지냈던 여름날의 일들을 떠올리며 누구였던가 생각해 보았다. 그러면서도 마음 한편으로는 스티븐의 일을 생각하고 있었다. 집에 도착했을 때 꿈꾸는 듯한 그녀의 머릿속에 갑자기 기억이 되살아났다.

'그래, 비행기 안에서 자리를 양보해 준 왜소한 사람…… 검시 심문 때 사립탐정이라고 했었지!'

그러자 곧이어 또 다른 생각이 떠올랐다.

'그런데 이런 곳에서 무엇을 하고 있는 것일까?'

앙투안 미용실에서

제인은 검시 심문이 열린 다음날 아침 마음속으로 겁먹으며 앙투안 미용실에 출근했다. 미용실 주인은 어머니가 유대인이라는 사실을 감추기 위해 앙투안이라는 프랑스식 이름을 언제나 내세우고 있었으나,

본래 이름은 앤드류 리치였다. 그는 아주 험악한 얼굴로 그녀를 맞았다. 일단 블턴 거리 어귀에 들어서면 서투른 영어를 쓰는 것이 그의 습관이었다.

그는 제인을 바보라고 나무랐다. 왜 비행기 여행을 했지? 공연히 잘난 체하다니! 그 변덕스러운 마음 때문에 하마터면 가게가 큰 손해를 입을 뻔했다고 마구 울분을 터뜨렸다. 가까스로 풀려난 제인에게 친구 글래디스가 눈을 크게 찡긋했다.

글래디스는 일할 때면 새침을 떨며 콧소리로 이야기하는 금발 아가씨였다. 그러나 친구와 이야기할 때는 시원스럽고 명랑한 목소리로 말했다.

"걱정할 것 없어, 제인. 저 골치 아픈 영감은 울타리에 걸터앉아 고양이가 어느 쪽으로 뛰어내리는지 지켜 보고 있는 거야. 하지만 고양이가 자기 뜻대로 뛰어내려야지. 그래서 화가 난 거야. 어머나, 저 심술궂은 할멈이 또 왔군. 저 눈길 좀 봐. 얼마나 사나운가. 오늘도 또 어린아이처럼 뿌루퉁할 테지. 제발 오늘은 그 강아지 좀 데려오지 않았으면……."

곧이어 글래디스의 그 개성 있는 목소리가 들려 왔다.

"안녕하세요, 부인! 오늘은 그 귀여운 강아지를 데려오지 않았나 보지요? 샴푸로 감아 드릴까요? 그럼, 무슈 앙리가 준비할 테니 이리로……."

제인은 머리를 빨갛게 물들인 부인이 앉아 있는 옆 칸막이방으로 들어갔다. 그 부인은 거울에 얼굴을 비춰 보며 친구에게 말했다.

"내 얼굴 좀 봐. 오늘 아침의 내 얼굴은 정말 너무하군……."

지루한 표정으로 3주일 전의 〈스케치〉 잡지를 뒤적이고 있던 친구는 아무 흥미도 없다는 듯 대답했다.

"그래? 보통 때와 다름없는 것 같은데."

제인이 들어가자 지루해 하던 친구가 할 일 없이 뒤적이던 잡지에 눈을 고정시키다가 물끄러미 제인을 보았다. 이윽고 그녀가 입을 열었다.

"그래, 틀림없어."

제인은 자신의 의무인 쾌활한 태도로 힘들이지 않고 기계적으로 말했다.

"안녕하세요, 부인! 굉장히 오랜만에 오셨군요. 외국에 가 계셨던가 보지요?"

머리를 빨갛게 물들인 부인이 대답했다.

"앙티브에 갔었어요."

이번에는 이 빨강 머리 부인이 노골적으로 호기심을 드러내며 제인을 멍하니 바라보았다.

제인은 자못 감격한 듯 말했다.

"정말 멋지군요. 샴푸와 세트를 할까요? 아니면 오늘은 염색을 하시겠어요?"

빨강 머리 부인은 얼른 제인으로부터 눈길을 돌려 몸을 앞으로 숙이더니 머리칼을 조심스럽게 살폈다.

"1주일은 더 갈 것 같아요. 어머나, 내 얼굴이 왜 이렇지?"

그녀의 친구가 말했다.

"이렇게 이른 아침이니 어쩔 수 없지, 뭐."

제인이 얼른 말했다.

"하지만 우리 집 무슈 조르주가 손질하면 몰라보게 될 거예요."

그 부인은 다시 제인을 보며 물었다.

"어제 검시 심문에서 증언한 아가씨가 당신인가요? 당신이 그 비행기를 탔었나요?"

"그렇습니다, 부인."

"어머나, 무서워라! 그 이야기 좀 해줘요."

제인은 그녀들의 마음에 들도록 하려고 애썼다.

"부인, 정말 무서웠어요."

그녀는 손님들이 퍼붓는 질문에 하나하나 대답했다. 그 살해된 부인은 어떤 사람이었나? 비행기에는 프랑스인 탐정이 두 사람이나 타고 있어서 이번 사건으로 프랑스 정부와 옥신각신했다는데 사실인가? 호밸리 백작부인도 타고 있었나? 사람들이 말하듯 백작부인은 정말로 아름다운가? 당신은 누가 했다고 생각하는가? 사건의 전모를 정치적 이유로 밝히지 않고 있다는데 사실인가? 이런 식으로 질문이 계속되었다. 이 첫 번째 시련은 뒤에 잇따른 질문 공세의 시작에 지나지 않았다. 누구나 다 그 비행기를 탔던 아가씨에게 머리 손질을 받고 싶어했다. 그리고 너나없이 자기 친구를 붙잡고 말했다.

"정말 놀라운 일이야. 내가 가는 미용실에 바로 그 아가씨가 있어. 그래, 너도 가봐. 머리 손질도 잘해. 그 아가씨 이름이 잔이라던가…… 몸집이 자그마하고 눈이 큰 아가씨야. 잘 물으면 얼마든지 이야기해 줘……."

주말이 되자 제인은 완전히 지쳐 버렸다. 만일 더 이상 그 이야기를 되풀이해야 한다면 물어 오는 손님을 소리지르며 드라이어로 내리쳤을 것이다. 가끔 그러고 싶은 생각이 들 만큼 신경이 지쳐 있었다. 그러나 그런 일이 있은 뒤 제인은 자신의 마음을 달래는데 그런 거친 짓보다 더 좋은 방법을 생각해 냈다. 그녀는 주인을 찾아가 대담하게 급료를 올려 달라고 요구했다.

"아니, 어떻게 그런 말을 하지? 뻔뻔스럽다고 생각되지 않소? 그런 살인 사건에 휘말려든 주제에 여기 있게 해준 것만도 고맙게 여기지 않고…… 어림도 없소! 다른 사람이라면 벌써 내쫓았을 거요!"

“그렇지 않아요. 내가 이곳에 손님을 끌어들이고 있는 거예요. 그건 당신도 아시겠지요? 나가라면 나가겠어요. 헨리나 메종 리쉬 미용실에 가면 내가 요구하는 액수를 쉽게 받을 수 있을 거예요.” 그러나 제인은 태연하게 말했다.

“하지만 당신이 그리로 옮긴 걸 누가 알겠소? 뭐, 그리 대단한 인물이라고.”

“검시 심문 때 신문 기자를 몇 사람 만났는데, 그 가운데 한 사람이 내가 가게를 바꾸게 되면 필요한 선전을 해주겠다고 했어요.”

이 말이 어쩌면 사실일지도 모른다는 생각이 들었는지 무슈 앙투안은 마지못해 제인의 요구를 받아들였다. 글래디스가 그녀를 크게 칭찬했다.

“제인, 아주 잘했어! 앤드류도 이번에는 꼼짝 못하던데. 여자도 자기를 지킬 수 있어야 해. 우리는 어떻게 될지 모르니까. 넌 배짱이 있어. 아주 대단하던걸.”

제인은 작은 턱을 용감하게 쑥 내밀었다.

“나는 내 힘으로 싸워 가는 거야. 지금까지도 줄곧 그렇게 살아왔어.”

글래디스가 다시 말했다.

“쉬운 일이 아니지. 어쨌든 앤드류에게 지면 안 돼. 이쪽에서 세게 나가면 상대편에서는 그만큼 마음에 들어하는 법이니까. 세상이란 그저 착하기만 해서는 안 돼. 우리 둘은 본래 그리 착한 편은 아니지만.”

그 뒤 제인은 날마다 똑같은 이야기를 되풀이했으므로 마치 무대 위에서 연기하는 배우가 된 것 같았다. 노먼 게일과 약속한 식사와 연극도 예정대로 실현되었다.

그것은 아주 멋진 하룻밤이었다. 서로 나눈 대화가 개인적인 이야기였던 걸로 미루어 두 사람은 모든 일에 마음이 맞고 취향이 일치되는 것을 느꼈다. 둘 다 개를 좋아했으나 고양이는 싫어했다. 둘 다 굴을 싫어했으나 훈제 연어는 좋아했다. 그레타 가르보를 좋아했고 캐서린 헵번은 좋아하지 않았다. 뚱뚱한 여자를 싫어했고 검은 머리를 좋아했다. 빨간 손톱을 싫어했고 큰소리로 떠드는 시끄러운 음식점도 싫어했다. 두 사람 모두 지하철보다 버스를 좋아했다. 두 사람이 이처럼 여러모로 일치되다니 정말 이상한 기분이 들었다.

어느 날 앙투안 미용실에서 핸드백을 열었을 때 제인은 노먼이 보낸 편지를 떨어뜨렸다. 얼굴을 살짝 붉히며 그 편지를 주워 들자 글래디스가 곧 알아차리고 말했다.

"누가 네 보이프렌드지?"

"무슨 말이야! 몰라."

그러나 제인은 얼굴이 더욱 빨개졌다.

"그래도 난 안 속아. 그 편지가 외증조할머니로부터 온 건 아니잖아. 내가 뭐 어린아이인줄 아니? 제인, 누구야?"

"르 피네에서 만난 사람…… 치과의사야."

글래디스는 질색이라는 듯이 말했다.

"치과의사? 그 사람은 언제나 크고 하얀 이를 드러내 보이며 웃겠지?"

제인은 정말 그렇다고 인정하지 않을 수 없었다.

"햇볕에 그을려 얼굴이 가무잡잡하고 눈은 아주 파란 빛이야."

"하지만 바닷가에서 휴양해서인지 약을 썼기 때문인지 알 게 뭐람! 약방에 가면 가무잡잡하게 그을린 사나이가 매력적이라면서 한 병에 2실링 11펜스인 약을 팔고 있단다. 눈빛은 근사하구나. 하지만 치과의사라면…… 왜냐고? 키스할 때 '입을 좀더 크게 벌려요…… '라고 말할 것 같은 기분이 들지 않니?"

“바보 같은 소리 하지 마, 글래디스”

“어머나, 제인, 화났니? 지금 굉장히 열중하고 있구나…… 네, 헨리 씨, 지금 곧 가요! 정말 귀찮아 죽겠어! 자기가 무슨 전능한 신이라도 되는 것처럼 군다니까. 저 말하는 것 좀 봐!”

그 편지는 토요일 저녁에 함께 식사하자는 내용이었다. 제인은 토요일 점심 시간에 오른 액수의 급료를 받았으므로 기분이 아주 좋았다. 제인은 스스로에게 말했다.

‘그날 비행기에서 그런 일이 일어나 걱정했더니 모든 것이 더 잘 되었는걸. 인생이란 참으로 묘한 거야.’

제인은 몹시 기뻐 점심은 ‘코너 하우스’에서 음악을 즐기며 먹어야겠다고 생각했다.

그녀는 네 사람이 앉는 테이블에 앉았다. 그곳에는 이미 중년 부인과 젊은 남자가 앉아 있었는데, 중년 부인은 막 식사를 끝낸 참이었다. 그녀는 곧 계산을 치르더니 큰 짐을 들고 나갔다. 제인은 여느 때처럼 식사하며 책을 읽었다. 페이지를 넘기려고 얼굴을 들었을 때 맞은편에 앉은 젊은 사나이가 자기를 유심히 쳐다보고 있는 것을 알아차렸다. 그리고 그 사나이가 왠지 낯익은 것처럼 느껴졌다. 그녀가 그런 기분을 느꼈을 때 사나이가 그녀의 눈길을 잡고 인사했다.

“실례입니다만, 마드모아젤, 나를 알아보겠습니까?”

제인은 그의 얼굴을 자세히 보았다. 희고 소년 같은 얼굴, 미남이라기보다 그 표정 움직임이 사람 눈길을 끄는 젊은이였다. 사나이는 말을 이었다.

“아직 소개 받은 일은 없습니다만…… 이를테면 살인 사건과 검시 심문이 소개를 대신해 주었다고 말할 수 있겠지요.”

“어머나, 그렇군요. 내가 왜 이렇게 바보 같을까! 어디선가 본 적이 있는 것 같다고 생각했어요……”

“장 뒤퐁입니다.”

그는 유쾌하고 부드러운 태도로 가볍게 고개를 숙였다.

이때 문득 제인의 마음에 어쩐지 의미 있게 들렸던 글래디스의 말이 떠올랐다.

“누군가 너를 뒤쫓는 사람이 생기면 반드시 또 한 사람 생기기 마련이야. 그것이 자연의 법칙인가 봐. 때에 따라 셋이 되고 넷이 되는 수도 있어”

지금까지 제인은 언제나 조심성 있는 성실한 생활을 해왔다. 흔히 실종된 딸에 대해 쓸 때 ‘그 아이는 남자 친구도 없는 밝고 쾌활한 아이였다’라고 하는데, 제인이야말로 남자 친구 하나 없는 밝고 쾌활한 아가씨였다. 그런데 지금은 남자 친구들이 발에 걸릴 만큼 모여드는 듯했다. 정말 그런 것 같았다. 지금 테이블 맞은편에서 몸을 앞으로 내밀고 있는 장 뒤퐁의 얼굴에서도 단순히 낯익은 사람에 대한 예의라고만 보아 넘길수 없는 무언가를 느낄 수 있었다. 그는 제인의 맞은편에 앉은 것을 매우 기뻐하는 정도가 아니라 기뻐서 어쩔 줄 모르는 것 같았다. 제인은 은근히 걱정하며 생각했다.

‘그러나 이 젊은이는 프랑스 사람이야. 흔히 프랑스 사람은 조심하라고 하던데……’

“그럼, 아직도 영국에 계셨나요?”

제인은 묻고 나서 너무 속들여다 보이는 말을 한 것 같아 신경이 쓰였다.

“그렇습니다. 아버지가 에든버러에서 강연하시기로 되어 거기에 가셨으므로 친구 집에 묵고 있습니다. 내일 프랑스로 돌아갑니다.”

“그러세요.”

“경찰에서는 아직 범인을 잡지 못했지요?”

“네, 아직. 요즘은 신문에도 나지 않아요. 아마 수사를 단념했는지도 모르지요."

장 뒤퐁은 고개를 저었다.

"아닙니다, 단념한 건 아닙니다. 뒤에 살짝 숨어서 조사하고 있을 겁니다. 어둠 속에서 움직이듯 말입니다."

그는 흉내내는 듯한 몸짓을 해보였다. 제인은 불안한 듯이 말했다.

"어머나, 그런 말 하지 마세요! 그렇게 말하니까 소름이 끼쳐요."

"그럴 겁니다. 바로 옆에서 살인이 일어나다니, 그리 기분 좋은 일은 아니지요. 나는 당신보다 더 가까운 곳에 있었습니다. 바로 옆이었으니까요. 가끔 그 일을 생각하면 나도 소름이 끼칩니다."

"누가 한 것 같아요? 나도 많이 생각해 봤지만……."

장 뒤퐁은 어깨를 으쓱했다.

"나는 아닙니다. 그 부인은 너무 못생겼거든요."

"하지만 아름다운 사람보다 못생긴 사람이 죽이기 쉽지 않을까요?"

"아닙니다, 그렇지 않습니다. 만일 여기 아름다운 사람이 있어서 그 사람을 좋아했다고 합시다. 그런데 그 사람이 당신에게 못할 짓을 했다면 질투가 일어날 겁니다. 질투로 미칠 것 같겠지요. 그러면 '죽여 버리자. 그럼, 내 마음이 좀 풀리겠지' 하는 생각이 들지 않을까요?"

"과연 마음이 풀릴까요?"

그는 웃는 얼굴로 머리를 저었다. "그것은 나도 모릅니다. 아직 해 본 적 없으니까요…… 하지만 그 마담 지젤처럼 못생긴 노파를 누가 죽이고 싶겠습니까!"

제인은 얼굴을 찡그렸다. "그렇지요, 그렇게 볼 수도 있겠지요. 하지만 그 여자도 옛날에는 젊고 아름다웠을 거라고 생각하니 어쩐지 무서워져요."

장 뒤퐁은 갑자기 진지해졌다. "사실 그렇습니다. 여자가 나이를 먹는다는 것은 인생의 큰 비극이지요."

"당신은 여자와 여자의 용모에 대해 관심이 많으신 것 같군요."

"물론이지요. 그것은 아주 흥미 있는 문제니까요. 당신들 영국인에게는 이상하게 들릴지도 모릅니다. 영국인은 먼저 직업을 생각합니다. 자기가 하는 일 말입니다. 그리고 다음이 스포츠, 마지막으로 겨우 마지막으로, 아내를 생각하지요. 틀림없이 그렇습니다.

예를 들어 시리아의 작은 호텔에 영국인이 묵고 있는데 그의 부인이 병이 났다고 합시다. 그런데 남편은 어느 날까지 이라크의 어느 곳에 가기로 약속되어 있었습니다. 그는 어떻게 했을까요? 그는 약속을 지키기 위해 아내를 남겨 두고 그곳으로 갔습니다! 그리고 그도, 그의 아내도 그것이 당연하다고 생각하는 겁니다.

영국인들은 그 사나이를 훌륭하며 이기적이지 않다고 생각합니다. 그러나 영국인이 아닌 의사는 그를 야만인이라고 여기지요. 아내란, 사람이므로 가장 먼저 생각해야 합니다. 사람이 자기 일을 한다는 것도 물론 좋지만, 일은 한 사람의 목숨을 희생할 만큼 중요하지 않습니다."

"글쎄요…… 나 역시 무엇보다도 일을 먼저 생각해야 할 것 같은데요."

"어째서지요? 당신도 같은 사고방식을 갖고 있군요. 들어 보십시오. 사람은 일해서 돈을 얻습니다. 그리고 부인을 사랑하고 돌봐 주는 데 그 돈을 쓰지요. 따라서 일보다 여자가 귀하고 이상적이라고 할 수 있지 않겠습니까?"

제인은 웃었다.

"그렇다면 나는 제1의 의무로만 인정받는 존재보다 사치스럽고 돈이 드는 존재로 인정받는 편이 좋을 것 같군요. 그래요, 하나의 의

무로 돌봐 주는 것보다 즐거움으로 돌봐 주는 게 훨씬 나을 테니까
요."

"아닙니다, 마드모아젤. 누가 당신을 보고 의무 따위를 생각하겠습
니까."

그가 너무 진지하게 말했으므로 제인은 얼굴을 살짝 붉혔다. 그는
빠른 어조로 말을 이었다.

"나는 전에 꼭 한 번 영국에 와본 적이 있었습니다만, 그날 검시
심문이라고 하던가요, 법정에서 젊고 매력 있는 세 여자, 저마다
다른 타입의 세 여자를 연구해 보고 정말 재미있게 여겼습니다."

제인도 흥미를 느끼며 물었다.

"우리 세 사람에 대해 어떻게 생각하셨지요?"

"먼저 호밸리 백작부인인데, 그런 타입의 여자는 잘 알고 있습니
다. 아주 매혹적이지만 돈이 많이 듭니다. 당신도 보셨겠지요. 그
런 여자가 배커라 도박 테이블 앞에 앉습니다, 아름다운 얼굴에 딱
딱한 표정을 떠올리고, 그 얼굴이 15년쯤 지나면 어떻게 달라질지
잘 아시겠지요? 그녀는 순간적인 흥분으로 살아가는 사람입니다.
그런 여자는 언제나 사치스러운 놀이를 찾아 다니지요. 아마 마약
도 쓰겠지요. 결국 하찮은 여자입니다."

"그럼, 베니시어 카 양은?"

"아, 그녀는 아주 영국적인 사람입니다. 그녀는 리비에라의 가게
주인들이 외상 거래를 해줄 그런 타입의 여자입니다. 프랑스 상인
들은 아주 소심성이 많으니까요. 그녀의 옷은 아수 고급이더군요.
그러나 좀 남자 옷 같았습니다. 지구는 내 것이라고 말하는 듯한
얼굴로 걸어 다니지만, 자부심이 강한 것은 아닙니다. 그것이 바로
영국 부인들의 특징이지요. 그녀는 누가 보나 영국 어느 주에서 왔
는지 알 수 있을 겁니다. 정말입니다. 나는 이집트에서 그녀와 같

은 부인이 하는 말을 들은 적 있습니다. '뭐라고요? 어느 집안 사람이 이곳에 와 계시다고요? 요크셔의 어느 집안이지요? 아, 시럽셔의 어느 집안이라고요……' 이런 식이었지요."

그는 흉내를 아주 잘 냈다. 제인은 모음을 길게 늘여서 천천히 말하는 점잖은 영국식 발음에 그만 웃음을 터뜨렸다.

"그럼, 나는요?"

"이번에는 당신 차례군요. 나는 혼잣말을 했습니다. '언젠가 저 여자를 다시 만나게 된다면 얼마나 좋을까' 하고요. 그리고 지금 여기서 당신 맞은편 자리에 앉아 있는 겁니다. 하느님도 때로는 사람의 바람을 잘 들어 주시는가 봅니다."

"당신은 고고학자지요? 여러 가지 물건을 발굴해내는……."

그리하여 그녀는 장 뒤퐁이 자기 연구 분야에 대해 이야기하는 동안 열심히 듣고 있었다. 이윽고 그녀는 나직이 한숨을 내쉬며 말했다.

"무척 여러 나라에 가보셨군요. 보신 것도 많고요. 정말 부러워요. 나는 갈 기회도 없고, 아무것도 볼 수 없어요."

"외국에 가고 싶나요? 지구 위에 있는 미개지에 가보고 싶습니까? 하지만 그런 곳에서는 미용실에서 머리 손질을 할 수가 없습니다."

제인은 웃으며 말했다. "머리야 내 손으로 손질하지요."

그리고 시계를 올려다 보더니 서둘러 종업원을 불러 계산서를 가져오도록 했다.

장 뒤퐁이 약간 실망한 듯 말했다.

"마드모아젤, 만일 가능하다면…… 아까도 말했듯 내일은 프랑스에 돌아가야 하니까 오늘 저녁에 함께 식사했으면 합니다만……."

"모처럼의 말씀이지만, 안 되겠어요. 저녁 식사를 예약한 사람이 있어요."

"아, 그렇습니까! 그거 참, 유감스럽습니다. 가까운 시일 안에 파리로 오실 일이 있을까요?"

"지금으로서는 갈 일이 없을 것 같아요."

"나도 언제 또 런던에 오게 될지 모르겠습니다. 정말 유감입니다."

그는 제인의 손을 잡은 채 한참 동안 서 있더니 이윽고 말했다.

"꼭 다시 뵙고 싶습니다." 그는 진심으로 그것을 바라는 듯했다.

매시월 힐에서

제인이 앙투안 미용실을 나설 무렵, 노먼 게일은 직업적인 말투로 친절하게 이야기하고 있었다.

"조금 아플지도 모릅니다. 아프면 말씀하십시오."

그의 익숙한 손이 전기 드릴을 움직이고 있었다. 그는 간호사에게 말했다.

"자, 이제 끝났소, 로스 양."

간호사는 곧 두꺼운 널빤지 위에서 흰 물질을 저어 섞으며 그의 옆으로 다가왔다.

아말감 충전(充塡)을 마치자 노먼이 말했다.

"이번 화요일에 다른 이를 치료하러 오실 수 있겠습니까?"

환자는 열심히 양치질을 하더니 빠른 말투로 설명하기 시작했다. 여행을 떠나기로 되어 있어 미안하지만 이번 약속은 취소해야겠으며 돌아오면 알려 주겠다고 말했다. 그리고 그는 재빨리 방에서 나가 버렸다.

"자, 오늘은 이만 하기로 하지." 노먼이 말했다.

"히긴슨 부인으로부터 전화가 왔는데, 다음주 예약을 취소하시겠대요. 그 다음 약속은 하실 수 없다는군요. 그리고 브랜트 대령도 목요일에 오시지 못한대요." 간호사가 말했다.

노먼 게일은 고개를 끄덕였다. 표정이 굳어졌다.

날마다 똑같은 일이었다. 환자들이 전화를 걸어와 갖가지 구실로 약속을 취소하는 것이다. 여행을 떠난다느니, 외국에 간다느니, 감기에 걸렸다느니 하고. 그러나 그들이 무슨 구실을 내세우든 노먼 게일은 그 진짜 이유를 아까 그가 치료해 준 마지막 환자의 눈에서도 읽어 낼 수 있었다. 갑자기 섬찟 놀라는 얼굴. 그는 그 환자가 생각하는 것을 종이에 옮겨 쓸 수도 있었다.

'그래, 이 사람은 그 부인이 살해되었을 때 그 비행기에 타고 있었어…… 사람이란 가끔 갑자기 마음이 이상해져서 엉뚱한 범죄를 저지르는 일이 있다던데. 아, 무서워! 이 사람은 살인광일지도 몰라. 그런 사람도 겉보기에는 다른 사람과 똑같다니까…… 그러고 보니 이 사람 눈에서는 언제나 살기 같은 차가운 빛이 뿜어 나오고 있었어……'

"로스 양, 이런 형편이니 다음주는 쉬어야겠군." 노먼이 말했다.

"네, 많은 환자들이 약속을 취소했어요. 초여름에 굉장히 바빴으니 좀 쉬는 것도 좋을지 몰라요."

"이런 상태로 나가다가는 가을이 되어도 일거리가 없을지 몰라요. 안 그렇소?"

간호사는 대답하지 않았다. 전화벨이 울렸으므로 그녀는 그 자리를 벗어날 수 있었다. 그녀는 전화를 받으러 방에서 나갔다. 노먼은 기구를 소독기에 넣으며 진지하게 생각했다.

'현실을 직시하자. 무리한 희망을 가져 봐야 헛일이다. 이 사건으로 내 일을 망쳤다. 그러나 재미있게도 제인은 오히려 잘 되어간다. 모두들 이야기를 들으려고 일부러 제인을 찾아가 입을 멍하니 벌린다. 그런데 생각해 보면 이곳을 찾아오는 사람들은 미리 입을 딱

벌려야 하는 것이다. 그것이 잘못된 점이다. 본래 치과 의자에 앉기를 좋아하는 사람은 없으니까. 더욱이 '그 치과의가 피에 주린 살인자……' 이렇게 되고 보면……. 살인이란 얼마나 묘한 것인가! 한 사람이 살해된다. 그리고 그것으로 끝나는가 하면 그렇지 않다. 생각지도 못했던 여러 가지 영향이 밀어닥친다. 그런 철학적인 생각보다 현실을 보라. 이제 나는 치과의로서는 끝장인 것 같다. 호뱅리 백작부인이 체포된다면 환자들이 다시 돌아올까? 아무래도 어려운 일이다. 한 번 악운이 찾아들면…….

아니, 그게 어떻단 말인가? 상관없는 일이다. 아니, 그렇지 않아, 제인을 위해서. 제인은 훌륭해. 탐나는 여자야. 그러나 아직 내 마음대로 되지 않는다…… 에잇, 제기랄!'

그는 미소지었다. '그러나 잘될 것 같은 예감이 들어…… 그녀도 나를 마음에 들어하니까 기다려 줄 거야…… 캐나다에나 갈까. 그렇지, 거기 가서 돈이라도 벌자.' 그는 다시 혼자 웃었다.

간호사 로스 양이 방으로 돌아왔다.

"롤리 부인으로부터 전화가 왔는데 유감스럽게도……."

"틴박토 (프랑스령 서아프 리카에 있는 도시)로 여행가기 때문에 못 온다는 거겠지? 쥐들은 다 도망가라고 해! 당신도 다른 일자리를 찾는 게 좋겠군. 여기는 침몰한 배니까."

"어머나, 선생님을 남겨 두고 가다니 생각할 수도 없는 일이에요."

"착한 아가씨로군. 적어도 당신만은 쥐가 아니오. 하지만 나는 진지하게 말하고 있는 거요. 만일 무슨 일이 일어나 모든 것이 깨끗이 밝혀지지 않는 한 나는 이제 끝장이니까."

간호사는 힘주어 말했다.

"어떻게든 빨리 해결되어야 할 텐데요. 경찰이 느려터져서 그래요. 아무 일도 안 하고 있잖아요!"

노먼은 웃었다.

"그 사람들도 열심히 조사하고 있을 거요."

"누군가가 무슨 수를 써야 할 텐데……."

"정말 그렇소. 나라도 어떻게 해볼까 생각하지만, 어떻게 해야 좋을지 전혀……."

"어머나, 선생님은 굉장히 현명하시잖아요."

노먼은 마음속으로 생각했다.

'이 아가씨에게는 내가 영웅이군. 나의 탐정일을 도와줄 생각도 있는 것 같아. 그러나 지금 나에게는 다른 상대가 있어.'

그날 밤 그는 제인과 함께 식사했다. 그는 거의 무의식적으로 명랑한 척했으나 제인은 굉장히 민감해서 속지 않았다. 그녀는 그가 갑자기 넋나간 듯이 되는가 하면 이마를 살짝 찌푸리기도 하고 별안간 입을 다물기도 하는 것을 알아차렸다. 이윽고 그녀가 입을 열었다.

"노먼, 일이 잘 안 되나요?"

그는 흘끗 그녀를 보았으나 곧 눈길을 돌렸다.

"그리 잘된다고는 할 수 없소. 아무튼 지금은 1년 중 가장 한산한 때니까."

"그건 말도 안 되는 소리예요……." 제인이 날카롭게 말했다.

"제인!"

"정말이에요. 당신이 몹시 곤란하다는 걸 내가 모를 줄 아세요?"

"그리 곤란하지 않소. 그저 조금 맥이 빠졌을 뿐이오."

"환자들이 겁먹고……."

"살인자일지 모르는 사람에게 이를 치료받는다는 건 기분 나쁘겠지. 그렇잖소?"

"그건 너무하신 말씀이에요."

"솔직히 말해서 나는 꽤 쓸 만한 의사로 살인범은 아닌데 말이오."

"정말 너무해요! 무슨 수를 써야지 이대로는 정말……."
"내 간호사 로스 양도 오늘 아침에 그런 말을 하더군요."
"어떤 사람인데요?"
"로스 양 말인가요?"
"네."
"글쎄, 뭐랄까. 몸집이 크고 뼈마디가 튀어나온데다 코는 목마의 코 비슷하며…… 굉장히 유능한 사람이오."
"아주 좋은 분인 것 같군요." 제인은 기쁜 듯 말했다.

노먼은 자신이 꾸며댄 말이 멋지게 성공했다고 생각했다. 로스 양은 그가 말한 것처럼 뼈마디가 튀어나오지도 않았고, 빨강 머리가 아주 매력적인 아가씨지만 제인에게는 그런 점을 자세히 말하지 않는 편이 좋을 것 같았다. 또 사실 그러했다.

"나도 어떻게 하고 싶소. 만일 내가 소설에 나오는 인물이라면 뭔가 단서를 잡아 누군가를 미행할 수도 있을 텐데."

제인은 갑자기 그의 소매를 잡아당겼다.

"봐요, 저기 클랜시 씨가…… 알고 있지요? 미스터리 작가말예요. 혼자 벽 옆자리에 앉아 있어요. 우리 저 사람 뒤를 쫓아가 봐요."

"우리는 영화를 보기로 했잖소?"

"영화야 아무려면 어때요. 어쩐지 무슨 일을 알아낼 수 있을 것만 같아요. 당신은 누구인가를 미행하고 싶다고 하셨지요? 바로 그 미행할 사람이 여기 나타난 거예요. 무엇인가 알아낼 수 있을지도 몰라요."

제인이 너무 열심히 말했으므로 그도 그만 끌려 들어갔다. 노먼은 곧 계획에 찬성했다.

"당신 말대로 무엇인가 알아낼 수 있을지도 모르지요. 그는 식사를 얼마쯤이나 했소? 나는 돌아봐야 하니 알아차릴지도 모르오…

….”

“우리와 비슷한 것 같아요. 우리가 얼른 먼저 끝내기로 해요. 계산까지 끝내고 저 사람이 나갈 때 우리도 나갈 수 있도록 준비하는 게 좋겠어요.”

두 사람은 그 계획대로 움직였다. 이윽고 체구가 작은 클랜시가 일어나 딴 거리로 나가자 노먼과 제인 두 사람은 곧 그 뒤를 따랐다.

“그가 택시를 잡을 경우를 생각해서……” 제인이 설명했다.

그러나 클랜시는 택시를 타지 않았다. 팔에 걸친 외투를 가끔 길바닥에 질질 끌며 천천히 런던 거리를 걸어갔다. 그의 걸음은 이상하게도 갑자기 빨라졌다가 또 금방 멈춰 설 것처럼 느려졌다. 한 번은 큰 길을 건너려는 듯 길가 돌 위에 한쪽 발을 올려놓은 채 멈춰 서 있었는데 그 모습이 마치 슬로 모션 영화의 한 장면 같았다. 걷는 방향도 이상했다. 한 번은 너무 오른쪽으로만 돌아갔기 때문에 같은 거리를 두 번이나 걷기도 했다. 제인은 점점 힘이 솟아나는 것 같았다. 그녀는 흥분해서 말했다.

“아시겠지요? 저 사람은 미행당할까봐 두려워하고 있는 거예요. 그래서 우리를 따돌리려고 하는 거예요.”

“그럴까요?”

“물론이지요. 그렇잖으면 왜 이렇게 빙빙 돌겠어요?”

“그렇군요.”

두 사람은 좀 빠른 걸음으로 모퉁이를 돌았으므로 하마터면 클랜시와 부딪칠 뻔했다. 그는 정육점 앞에 멈춰 서서 물끄러미 그곳을 올려다 보고 있었다. 가게는 물론 문이 닫혀 있었으나 클랜시의 관심을 끌고 있는 것은 2층 어느 곳인 듯했다. 클랜시는 소리내어 말했다.

“틀림없어, 바로 저거야! 정말 운이 좋군.”

그는 수첩을 꺼내 조심스럽게 뭔가 적어 넣었다. 그리고 나직이 콧

노래를 부르며 힘찬 걸음으로 다시 걷기 시작했다. 이번에는 분명 블룸즈버리를 향해 걸어갔다. 가끔 그가 머리를 옆으로 돌리면 뒤밟아 가는 두 사람에게 움직이고 있는 그의 입술이 보였다.

"무슨 사정이 있어요. 저 사람은 지금 제정신이 아니예요. 자기가 지껄이고 있으면서도 전혀 모르는 거예요." 제인이 말했다.

그가 길을 건너려다 교통신호에 걸려 기다리고 있을 때 노먼과 제인 두 사람은 그와 어깨를 나란히 할 만큼 가까이 다가섰다. 그것은 사실이었다. 클랜시는 혼자 중얼거리고 있었다. 그의 얼굴은 핼쑥하고 긴장되어 있었다. 노먼과 제인은 그가 중얼거리는 소리를 몇 마디 들었다.

"왜 그녀는 입을 열지 않을까? 왜? 거기에는 까닭이 있을 거야."

신호등이 파랑으로 바뀌었다. 그들이 맞은편 보도에 닿았을 때 클랜시가 말했다.

"알았어. 그것은 그녀가 침묵을 지키라는 명령을 받았기 때문이야!"

제인은 노먼을 힘껏 꼬집었다.

클랜시는 바야흐로 걸음을 서둘렀다. 외투가 길바닥에 질질 끌리고 있었다. 이 체구가 작은 사나이는 성큼성큼 걸어갔다. 뒤쫓는 두 사람의 존재를 전혀 알아차리지 못하고 마침내 그는 사람을 놀려 주려는 듯 느닷없이 어떤 집 앞에 멈춰 서더니 열쇠로 문을 열고 안으로 들어갔다. 노먼과 제인은 얼굴을 마주보았다. 노먼이 말했다.

"자기 집이오. 커딩턴 광장 47번지. 이것은 검시 심문 때 그가 말한 주소요."

"그래요. 하지만 곧 다시 나올지도 몰라요. 아까 조금 들었잖아요. 어떤 여자의 입을 다물게 하려는 거예요. 그리고 또 다른 여자가 입을 열지 않으려 하고요. 어때요, 미스터리 소설 같지 않아요?"

“안녕하십니까 ? ” 어둠 속에서 목소리가 들렸다.

그 목소리의 주인이 앞으로 불쑥 나왔다. 훌륭한 콧수염이 가로등 불빛을 받으며 떠올랐다. 에르큘 포아로가 말했다.

“정말 추적하기 안성맞춤인 밤입니다. 그렇잖습니까 ? ”

블룸즈버리에서

두 사람은 깜짝 놀랐으나 노먼 게일이 먼저 정신을 차렸다.

“네, 그렇습니다 당신은 저, 에르큘…… 에르큘 포아로 씨지요 ? 지금도 결백을 밝히려 하고 계시는 건가요, 포아로 씨 ? ”

“아, 당신은 그 말을 아직 기억하고 있군요. 그런데 당신들은 저 가엾은 작가를 의심하는 겁니까 ? ”

“당신도 그렇지 않은가요 ? 아니면 이런 곳에 있을 까닭이 없잖아요. ” 제인이 날카롭게 말했다.

포아로는 심각한 표정으로 흘끗 제인을 보았다.

“당신은 살인에 대해 지금까지 생각해 본 적 있습니까 ? ‘생각한다’고 말하는 것은 ‘추상적’이라는 뜻입니다. 아주 냉정하게 감정을 섞지 않고…… ”

“얼마 전까지만 해도 전혀 생각해 본 적 없어요. ”

포아로는 고개를 끄덕였다. “그렇겠지요. 그런데 지금 살인이라는 것이 자신과 관계되자 그 일을 생각하게 된 겁니다. 그러나 나는 오늘날까지 오랜 세월 동안 범죄를 다뤄 왔습니다. 그러므로 나에게는 내 나름의 생각이 있지요. 당신들은 살인 사건을 해결할 때 무엇보다도 주의해야 할 중요한 일이 무엇이라고 생각합니까 ? ”

“살인범을 찾아내는 일. ” 제인이 대답했다.

“정의 ! ” 노먼이 대답했다.

포아로는 고개를 저었다.

"범인을 찾아내는 것보다 더 중요한 일이 있습니다. 그리고 '정의'
란 훌륭한 말이지만, 가끔 어떤 뜻으로 말한 것인지 확실히 규정짓
기 어려울 때가 있지요. 내가 보기에 가장 중요한 일은 죄없는 사
람을 분명히 가려서 볼 줄 알아야 한다는 것입니다."
제인이 얼른 말했다.
"말할 나위도 없는 당연한 이야기지요. 만일 죄없는 사람 누군가가
잘못 고소당한다면……."
"그렇게까지 되지 않아도 그렇습니다. 고소당하지 않는다 하더라도
누군가가 분명 유죄라고 결정될 때까지는 범죄에 관계된 사람 모두
가 얼마쯤 피해를 입게 마련입니다."
"정말 그렇습니다." 노먼 게일이 힘주어 말했다.
"지나칠 만큼 잘 알고 있어요." 제인이 말했다.
포아로는 두 사람을 번갈아 보았다. "아무래도 두 분 모두 스스로
그것을 경험한 것 같군요." 그는 갑자기 생기를 띠며 말을 계속했다.
"그래서 말인데, 나는 하고 싶은 일이 있습니다. 우리의 목적이 같으
니 셋이서 서로 도우면 어떻겠습니까? 나는 저 순진한 친구 클랜시
씨를 방문하고 싶습니다. 아가씨는 내 비서가 되어 함께 가졌으면 합
니다. 자, 아가씨 여기 속기용 노트와 연필이 있습니다."
"나는 속기를 할 줄 몰라요." 제인이 깜짝 놀라며 말했다.
"그렇겠지요. 그러나 당신은 아주 머리가 잘 도는 재치 있는 분입
니다. 그러니까 노트에 그럴듯하게 쓰고 있으면 됩니다. 할 수 있
겠지요? 그리고 노먼 게일 씨, 당신은 한 시간쯤 있다가 우리와
만나기로 합시다. 몽세뉼 2층이 어떨까요? 좋습니다. 거기서 정보
를 주고받기로 하지요."
포아로는 곧 문 앞으로 다가가 벨을 눌렀다. 제인이 좀 멍한 표정
으로 노트를 들고 그 뒤를 따랐다. 노먼 게일은 항의하듯 입을 열었

으나 생각을 달리한 것 같았다.

"좋습니다. 그럼, 한 시간 뒤 몽세뇰에서…… "

검은 옷을 입은 무뚝뚝해 보이는 중년 부인이 문을 열었다. 포아로가 물었다.

"클랜시 씨 계십니까 ? "

그녀가 뒤로 물러섰으므로 포아로와 제인은 안으로 들어갔다.

"성함은 ? "

"에르퀼 포아로입니다. "

검은 옷을 입은 무뚝뚝한 부인은 두 사람을 2층의 어떤 방으로 안내했다. 그녀는 말했다.

"에르퀼 포아로 씨가 오셨습니다. "

포아로는 방으로 들어서자 곧 클랜시가 크로이든에서 재프 경감에게 자기는 정돈을 잘하지 않는 편이라고 한 말이 생각났다. 그 기다란 방은 한쪽에 창문이 3개 나 있고 책장과 책꽂이가 다른 한쪽 벽에 있었는데, 정말 뒤죽박죽이었다. 서류며 두꺼운 표지로 된 파일, 바나나, 맥주병, 펼쳐진 책, 긴 의자, 쿠션, 트롬본, 여러 가지 도자기 에칭 동판에 그림을 새겨 산으로 부식시켜 만든 요철판, 여러 종류의 만년필들이 여기저기 뒹굴고 있었다. 이 혼란 속에서 클랜시는 카메라와 1통의 필름을 만지작거리고 있었다.

클랜시는 방문자의 이름을 듣자 얼른 얼굴을 들었다. 카메라를 내려놓은 순간 필름이 바닥에 떨어져 스르르 풀려버렸다. 그는 손을 펼쳐 보이며 다가왔다.

"정말 잘 오셨습니다. "

"나를 기억하시겠지요 ? 이쪽은 내 비서 그레이 양입니다. "

포아로가 말했다.

"처음 뵙겠습니다, 그레이 양. "

그는 제인과 악수하고 나서 포아로 쪽을 보았다.

"물론 당신을 기억하고 있습니다…… 그런데 어디서 뵈었더라? 해골클럽이었던가요?"

"우리는 어느 운명적인 날 파리발 비행기에 함께 타고 있었습니다."

"아, 그렇군요! 그레이 양도 거기에 탔었지요! 그런데 당신 비서인 줄은 몰랐습니다. 미용실인가 어디에 계시는 줄 알았는데요."

제인이 걱정스러운 눈길로 포아로를 보았다. 그러나 포아로는 아주 태연했다.

"분명 그렇긴 합니다만, 나는 유능한 비서로서 가끔 그레이 양에게 일을 부탁하곤 하지요. 아시겠습니까?"

"알고말고요. 그러고 보니 생각나는데, 당신은 탐정이었지요. 진짜 탐정. 경찰국에 계신 분이 아니라 사립탐정……. 어서 앉으십시오, 그레이 양. 아니, 아닙니다. 그 의자에는 오렌지주스가…… 이 파일을 치우면…… 아, 다 뒤집히고 말았군. 뭐, 상관없습니다. 여기 앉으십시오. 포아로 씨, 맞지요? 포아로 씨였지요…… 그 의자 등받이는 부서지지는 않았지만 기대면 삐걱거립니다. 너무 힘주어 기대지 않는 게 좋을 겁니다. 당신은 내 소설에 나오는 윌브레이엄 라이스와 같은 사립탐정이지요. 네, 독자들은 윌브레이엄 라이스를 굉장히 좋아한답니다. 그는 손톱을 깨무는 버릇이 있고 바나나를 아주 좋아하지요. 나는 왜 그에게 손톱을 깨물게 했는지 지금도 모르겠습니다. 정말 나도 좋아하지 않는 버릇인데요. 하는 수 없지요. 그는 맨 첫 작품에서 손톱을 깨물며 일했기 때문에 그 뒤로는 어느 작품에서나 그렇게 하지 않으면 이상하답니다. 단조로운 버릇이지요. 바나나는 좀 나은 편입니다. 얼마쯤 재미있는 면도 보여줄 수 있으니까요. 범인이 그 껍질을 밟고 미끄러지기도 하지요. 나

자신이 바나나를 좋아하기 때문에 생각난 아이디어입니다. 그러나 나는 손톱 같은 것은 깨물지 않습니다…… 맥주라도 한잔 드시겠습니까?”

“아닙니다.”

클랜시는 한숨지으며 자기도 자리에 앉아 포아로를 물끄러미 바라보았다.

“당신이 무슨 일로 오셨는지 나는 압니다. 마담 지젤 일로 오셨지요? 나도 그 사건에 대해 많이 생각해 봤습니다. 아무튼 그 사건은 놀랍습니다. 비행기 안에서 화살통과 독화살이라니…… 나는 전에도 말했지만 장편과 단편에서 그 아이디어를 썼습니다. 물론 피해자에게는 정말 안된 일이지만요. 아니, 나는 솔직히 말해서 굉장히 흥미를 느꼈습니다. 포아로 씨, 이것은 참으로 재미있는 사건입니다.”

“그 범죄가 미스터리 작가로서의 당신에게 흥미를 끌었다는 것은 이해합니다, 클랜시 씨.”

클랜시는 싱글거리며 웃었다.

“그렇지요. 사실은 누구나——경찰관이라도——그 점은 이해할 수 있잖겠습니까? 그런데 그렇지 않거든요. 혐의, 그뿐이 아닙니다, 경감도 검시관도 모두 나를 의심했지요. 나는 정의를 도우려고 애썼는데 그 노력의 대가가 어이없게도 혐의뿐입니다.”

포아로는 빙그레 웃었다.

“그러나 당신은 그리 피해를 입은 것 같지 않던데요?”

“아, 물론 내 나름의 방법이 있으니까요. 왓슨 (코난 도일의 소설 《셜록 홈즈의 모험》에 나오는 홈즈의 친구로 사건 기록자임), 당신을 왓슨이라고 불러도 괜찮겠지요, 그레이 양? 나쁜 뜻에서 하는 말은 아닙니다. 그러고 보니 그 얼빠진 친구를 부리는 기법이 실로 적절하게 사용된 것은 재미있는 일입니다. 이것은 개인적인 의견입니다만, 셜록 홈즈 이야기는 좀 과대평가되었다고 생각합니다. 그 이야기 속에는 오류, 참으로 놀라운 오류가 있거든요. …… 그런데 내가 지금 대체 무슨 말을 하려고 했더라?”

“당신에게는 당신 나름의 방법이 있다는 이야기를 했습니다.”

클랜시는 몸을 앞으로 내밀었다.

“아, 그렇지요! 나는 그 경감, 이름이 뭐였지요? 재프? 그렇지, 그 재프 경감을 나의 다음 소설에 등장시킬까 합니다. 윌브레이엄 라이스가 이 인물을 어떻게 다룰지 좋은 구경거리가 될 겁니다.”

“바나나 사이에 끼워서 요리하겠단 말이로군요.”

“바나나 사이에 끼워서…… 그거 참, 재미있군요.”

클랜시가 소리내어 웃었다. 포아로는 다시 말을 이었다.

“당신은 작가라는 아주 유리한 특전을 끼고 있습니다. 당신은 인쇄한 말들을 늘어놓아 자신을 위로할 수 있으니까요. 당신은 적을 굴복시킬 수 있는 펜의 힘을 가지고 있습니다.”

클랜시는 의자 속에서 천천히 몸을 흔들었다.

“그렇습니다. 나는 이번 살인 사건이 내게 행운을 가져다 줄 것 같은 생각이 듭니다. 나는 사건 전체를 일어난 그대로 쓰고 있답니다. 물론 소설로 쓰는 거지요. 그 제목을 《항공 편의 비밀》이라고 붙일까 합니다. 모든 승객을 펜으로 아주 생생하게 그려내는 거지요. 아마 잘 팔릴 겁니다. 세상의 소문이 사라지기 전에 출판할 수 있다면 말입니다.”

“명예훼손이니 뭐니 하는 문제가 나오지 않을까요?”

제인이 물었다.

클랜시는 그녀를 보고 빙긋 웃었다.

“그런 일은 없습니다. 물론 내가 그 승객 가운데 어느 한 사람을 범인으로 지목한다면 명예훼손으로 고소당할지도 모르지만요. 그러나 그 점이 이 책의 중요한 핵심입니다. 마지막 장에서 참으로 뜻하지 않은 결론을 끌어내는 거지요."

포아로가 몸을 앞으로 내밀며 열심히 물었다.

"그 결론이 무엇입니까?"

클랜시는 다시 소리내어 웃었다. "참으로 독창적인 깜짝 놀랄 만한 것입니다. 한 아가씨가 비행사로 변장해서 르 부르제에서 비행기를 탑니다. 그녀는 아무도 알아차리지 못하게 마담 지젤의 좌석 밑으로 들어갑니다. 그녀는 최신 가스관을 가지고 있습니다. 그것을 뿜어냅니다…… 그래서 승객들은 모두 3분쯤 의식불명이 되는데 그동안 그녀는 독화살을 불어 쏘고 뒷문으로 낙하산을 타고 뛰어내리는 겁니다."

제인과 포아로는 눈을 둥그렇게 떴다. 제인이 말했다.

"그녀는 어떻게 가스에 의식불명이 되지 않았지요?"

"가스 마스크가 있었으니까요."

"그래서 그녀는 도버해협의 바다에 내려앉았나요?"

"꼭 해협이 아니라도 됩니다. 나는 무대를 프랑스 해안으로 할까 합니다."

"좌석 밑에 숨을 수는 없어요. 비행기에는 그럴 만한 공간이 없거든요."

"내 소설 속 비행기에는 있습니다!" 클랜시는 단호하게 말했다.

"참으로 멋지군요. 그래, 그녀의 범행 동기는 무엇입니까?"

포아로가 물었다.

클랜시는 생각에 잠긴 얼굴로 중얼거렸다. "그것은 아직 결정하지 않았습니다. 마담 지젤이 그녀의 애인을 파멸시켜 그 애인이 자살했다고 하면 안 될까요?"

"그런데 그녀는 어떻게 독을 구했습니까?"

"바로 그 점이 그럴듯합니다. 그녀는 땅꾼입니다. 그래서 자기가 귀여워하는 뱀으로부터 그 독을 뽑아낸 겁니다."

"흠, 과연! 그러나 그건 아무래도 좀 너무 야단스럽지 않습니까?" 에르큘 포아로가 말했다.

클랜시는 힘주어 반박했다. "소설을 쓰는 데, 야단스러운 게 어디 있습니까? 특히 남아메리카 인디언의 독화살 같은 것을 다루는 경우에는요. 소설에서 나는 그것을 뱀 독으로 했지만, 근본 원리는 마찬가지지요. 당신도 미스터리 소설이 현실 생활과 같기를 기대하지는 않겠지요? 신문기사를 보십시오. 고인 웅덩이물처럼 지루할 테니"

"그럼, 당신은 이 사건도 웅덩이물처럼 지루하단 말입니까?"

포아로는 삐걱거리는 의자를 클랜시 쪽으로 조금 끌어당기고 비밀 이야기라도 하듯 목소리를 낮추어 말했다.

"클랜시 씨, 당신은 명쾌한 두뇌와 풍부한 상상력을 지닌 분입니다. 당신도 말씀하셨듯 경찰은 당신에게 혐의를 두고 있지요. 그러므로 당신의 도움을 구하려 하지는 않을 겁니다. 그러나 나 에르큘 포아로는 당신과 의논하고 싶습니다."

클랜시는 몹시 기뻐하며 얼굴을 붉혔다. "물론 기꺼이……."

그는 허둥거리며 얼굴에 기쁨의 웃음을 떠올렸다.

"범죄학을 연구하고 있는 만큼 당신 의견은 많은 참고가 되리라고 생각합니다. 누가 그 범죄를 저지른 것 같습니까? 나는 그것을 꼭 알고 싶습니다."

"글쎄요……." 클랜시는 잠시 망설이더니 무의식적으로 바나나를 집어 먹기 시작했다. 이윽고 그 얼굴에서 생기 있는 표정이 사라지며 머리를 저었다.

"포아로 씨, 이것은 전혀 다른 이야기입니다만, 미스터리 소설을 쓸 때는 누구나 마음에 드는 사람을 범인으로 내세울 수 있습니다.

그러나 실제 사건에서는 물론 현실적인 사람을 상대로 해야 하므로 마음대로 만들어 낼 수 없지요. 나는 현실의 탐정으로서는 아무 힘도 없는 사람입니다."

그는 슬픈 듯 머리를 저으며 바나나 껍질을 난로 쇠망 안으로 던져 넣었다. 포아로가 제안했다.

"그러나 이 사건을 함께 생각해 보는 것은 재미있지 않겠습니까?"

"물론 그렇지요."

"먼저 마음대로 추리한다면 당신은 누구를 고르겠습니까?"

"글쎄요, 내가 생각하기에는 두 프랑스인 중 한 사람일 것 같습니다만……."

"어째서지요?"

"마담 지젤이 프랑스인이었으니까요. 이것은 꽤 가능성 있는 추리가 아닐까요? 게다가 그들은 그녀로부터 그리 멀지 않은 통로 건너편에 앉아 있었습니다. 그러나 사실은 나도 모릅니다."

포아로가 심각하게 말했다.

"무엇보다도 동기가 중요하겠지요."

"물론입니다. 당신은 아주 과학적으로 모든 동기를 조사하셨겠지요?"

"내 방법은 구식입니다. 나는 '범죄에 의해 이득을 얻는 사람을 찾아라' 하는 원칙에 따라 조사하니까요."

"그것은 좋은 방법입니다. 그러나 이번 사건 같은 경우에는 좀 곤란하지 않을까요? 재산을 물려받을 딸이 있다는 말은 들었지만. 그러나 들은 바에 의하면 비행기에 탔던 많은 사람 역시 이득을 볼지도 모르겠더군요. 만일 그녀로부터 돈을 빌려 쓰고 갚지 않았다면 말입니다."

포아로가 그 말에 대답했다.

"그렇습니다. 그런데 나는 그 해석을 달리 해보겠습니다. 이를테면 마담 지젤이 어떤 사실을 알고 있었다고 합시다. 비행기 안에 있는 누군가가 살인미수를 저지른 사실을……."

"살인미수라고요? 하필이면 왜 살인미수라는 말을 꺼내십니까? 정말 묘한 말을 하는군요." 클랜시가 큰소리로 외쳤다.

"이런 경우에는 무슨 일이든 생각해 봐야 합니다."

"그러나 아무리 생각해 봐도 소용없습니다. 확실히 아는 게 중요하지요."

"물론이지요, 옳은 생각입니다. 실례지만 당신이 사신 그 화살통 말인데요……." 포아로가 동의했다.

"아, 그 화살통 말입니까? 그런 말은 하지 말걸 그랬습니다."

"체링 크로스 거리의 가게에서 샀다고 하셨지요?"

"그렇습니다. 앱설럼이라는 가게였던가…… 그곳에는 마이클 앤드 스미스라는 가게도 있었는데 잘 모르겠습니다. 그러나 그 이야기는 그 성가신 경감에게 모두 했습니다. 지금쯤 완전히 조사가 끝났겠지요."

"아닙니다. 나는 그것과는 전혀 다른 이유에서 묻고 있는 겁니다. 나는 그것과 똑같은 것을 사서 간단한 실험을 해보고 싶습니다."

"아, 그렇습니까! 그러나 똑같은 게 없을지도 모릅니다. 그런 것을 여러 개 놓아 두었던 건 아니니까요."

"그렇겠지요, 하지만 어쨌든 가보겠습니다. 그레이 양, 지금 그 두 가게 이름을 적어 두시오."

제인은 노트를 펼쳐 전문적인 속기사 같은 손놀림으로 아무렇게나 휘갈겨 썼다. 그런 다음 포아로가 진심으로 말한 것인지도 모른다는 생각이 들어 그 종이 뒤에 보통 글씨로 그것을 적어 두었다. 이윽고 포아로가 말했다.

"오랫동안 폐를 끼쳤습니다. 여러 가지로 친절하게 해주셔서 고맙습니다. 그럼, 이만 실례하겠습니다."

"천만에요! 바나나라도 좀 드실걸 그랬군요."

"정말 친절하게 해주셔서……."

"아닙니다. 솔직히 말해 나는 오늘 밤 숨통이 좀 트인 것 같습니다. 지금 쓰는 단편이 꽉 막혀 있었거든요. 줄거리가 제대로 풀리지 않는데다 알맞은 범인 이름도 떠오르지 않아서요. 그럴듯한 이름이 필요한데요. 그런데 다행히도 마침 내가 바라던 이름을 정육점 간판에서 발견했답니다. '퍼지터'라는 이름이었지요. 그 이름이야말로 내가 찾고 있었던 것입니다. 정말 진짜 같은 느낌이 들더군요. 하지만 5분도 채 안 되어 또 다른 문제에 부딪혔습니다. 언제나 소설에는 그런 암초가 있기 마련이지요. 왜 그녀는 아무 말도 하지 않는가? 어떤 젊은이가 그녀에게 이야기를 시키려고 하지만 그녀는 입을 다물고 있어야 한다고 말합니다. 여기에 뭔가 좀더 그럴듯한 이유가 있어야 하거든요. 물론 그녀가 곧 모든 것을 지껄이면 안 된다는 원칙이 있는 건 아니지만 그렇다고 너무 어이없는 이유를 내세울 수도 없고, 이것이 또 곤란하게도 작품마다 달라야 하거든요."

클랜시는 제인을 보고 자상하게 미소를 지었다.

"이것이 작가의 시련이랍니다."

그는 제인 옆을 지나 책꽂이 쪽으로 갔다.

"한 가지 드릴 것이 있습니다, 포아로 씨."

그는 책 한 권을 들고 되돌아왔다.

"《빨간 꽃잎 단서》입니다. 크로이든에서 이 책이 토인의 화살독과 독화살을 다룬 거라고 이야기했었지요."

"정말 고맙습니다." 포아로가 말했다.

"천만에요!"

클랜시는 불쑥 제인을 보고 말했다.

"당신은 피트먼 $^{(1813\sim1897}_{영국인})$식 속기법을 쓰지 않는군요."

제인은 얼굴이 빨개졌다. 포아로가 그녀를 구해 주었다.

"그레이 양은 시대의 첨단을 걷는 비서입니다. 얼마 전 체코슬로바키아인이 발명한 새 속기법을 쓰지요."

"아, 그렇습니까! 체코슬로바키아는 정말 놀라운 곳이지요. 모든 것이 그곳에서 들어오는 것 같지 않습니까. 구두도, 유리도, 장갑도, 그리고 이번에는 새로운 속기법까지. 정말 놀라운 일이로군요."

클랜시는 두 사람과 악수했다.

"좀더 도움이 되었으면 좋았을 텐데."

아쉬워하는 듯한 웃음을 짓고 있는 클랜시를 어질러진 방에 남겨 두고 두 사람은 그 집에서 나왔다.

어떤 계획

클랜시의 집에서 나오자 두 사람은 택시를 타고 몽세뉼로 갔다. 노먼 게일이 두 사람을 기다리고 있었다. 포아로는 콩소메와 닭고기 요리를 주문했다. 노먼이 물었다.

"어땠습니까?"

"그레이 양은 정말 우수한 비서임이 증명되었습니다."

포아로가 대답했다.

"아니, 그리 우수하지 못했어요. 그 사람이 내 뒤로 지나갈 때 내가 쓴 것을 보고 말았지요. 관찰력이 뛰어난 사람이에요."

"아, 당신도 그것을 알아차렸습니까? 그 착한 클랜시는 다른 사람들이 생각하는 것만큼 아둔하지 않습니다."

"그 가게 이름은 정말로 필요했었나요, 포아로 씨?"
제인이 물었다.

"네, 혹시 도움될지 모릅니다."

"하지만 만일 경찰이……."

"아, 경찰! 나는 경찰이 한 것과 같은 질문은 하지 않습니다. 그러나 사실 경찰에서 무엇을 물었느냐는 것도 의문입니다. 경찰에서는 비행기 안에 있던 화살통을 미국인이 파리에서 산 것으로 알고 있으니까요."

"파리에서요? 미국인이? 비행기 안에 미국인은 없었는데요."

포아로는 제인을 보며 인자하게 빙긋 웃었다.

"그렇습니다, 갑자기 미국인이 등장해서 일이 더욱 성가시게 되었습니다. 그뿐입니다."

"그것을 산 사람은 남자였겠지요?" 노먼이 물었다.

포아로는 묘한 표정으로 그를 보았다.

"그렇습니다, 남자가 그것을 샀습니다."

노먼은 영문 모를 표정을 지었다. 제인이 말했다.

"아무튼 클랜시 씨는 아니예요. 그는 이미 하나 가지고 있으니까 또 다른 것을 살 필요는 없었을 거예요."

포아로가 고개를 끄덕였다.

"그런 식으로 추리해 나가야 합니다. 모든 사람을 의심해 보고 한 사람씩 제외해 나가는 겁니다."

"지금까지 몇 사람이나 제외되었나요?" 제인이 물었다.

포아로는 장난스러운 눈길로 그녀를 보았다.

"당신이 상상하는 것만큼 많지 않습니다, 그레이 양. 동기가 있느냐 없느냐에 달려 있으니까요."

"그럼, 지금까지……."

노먼 게일은 말을 끊었다가 얼른 변명하듯 덧붙였다.

"수사상 비밀에 끼여들고 싶지는 않습니다만, 그 부인이 돈을 빌려준 사람들의 기록이 없었습니까?"

포아로는 고개를 저었다.

"기록은 모두 태워 버리고 없었습니다."

"그거 참, 유감이군요!"

"그렇습니다. 그러나 마담 지젤은 돈놀이와 함께 협박도 조금 하고 있었던 것 같습니다. 그래서 또 수사 범위가 넓어졌지요. 이를테면 마담 지젤이 어떤 사실을 알고 있었다고 합시다. 누가 살인미수를 했다든가 하는……."

"굳이 그런 것을 상상해야 할 까닭이 있습니까?"

포아로는 천천히 설명했다.

"있습니다, 이 사건에 대한 증거 서류를 조금 손에 넣었으니까요."

그는 흥미 있어 하는 두 사람의 얼굴을 번갈아 보며 나직이 한숨을 내쉬었다.

"그건 그렇고, 다른 이야기를 합시다. 이를테면 이 비극이 당신들 두 젊은이에게 어떤 영향을 미쳤는지 들려주겠습니까?"

"이런 말 하면 굉장한 여자라고 여기시겠지만, 나는 이 사건을 잘 이용했어요."

제인은 급료가 오른 이야기를 했다.

"당신 말대로 잘 이용했군요, 그레이 양. 그러나 그건 일시적인 일입니다. 9일간의 불가사의도 9일 이상 계속되지는 않았으니까요. 사람의 소문이란 75일이라는 말이 있잖습니까?"

"그것은 사실이에요." 제인이 웃었다.

"하지만 난처하게도 내 경우는 9일 이상 계속될 것 같습니다."

노먼은 자기 입장을 설명했다. 포아로는 동정하는 얼굴로 듣고 있었다. 이윽고 그는 심각하게 자신의 의견을 말했다.

"당신 말대로 그것은 9일 이상 계속되겠군요. 아니, 어쩌면 9주일, 아니 9개월 동안 계속될지도 모릅니다. 사건의 흥분은 곧 가라앉았지만 공포란 오래 남으니까요."

"나는 지금 하는 일에 그대로 매달려 있어야 할까요?"

"무슨 다른 계획이라도 있습니까?"

"네, 모든 것을 집어치우고 캐나다나 어디 다른 곳에 가서 다시 시작할까 합니다."

"정말 너무해요." 제인이 놀라 말했다.

노먼이 그녀를 보았다. 포아로는 닭고기를 먹느라 열중하는 척했다. 노먼이 말했다.

"나는 사실 가고 싶지 않습니다."

이때 포아로가 힘차게 끼여들었다.

"만일 내가 마담 지젤을 죽인 사람을 찾아낸다면 당신은 떠나지 않아도 되겠지요?"

"정말 찾아낼 수 있을까요?" 제인이 물었다.

포아로는 그녀를 위로하듯 바라보며 엄격하게 말했다.

"만일 사람이 올바른 방법과 이론을 가지고 한 가지 문제를 해결하려고 달려든다면 해결되지 않을 리 없습니다, 결코"

"아, 알겠어요." 제인은 말했으나 실은 아무것도 몰랐다.

"만일 도움이 있으면 이 문제를 좀더 빨리 해결할 수 있을 겁니다."

"어떤 도움인데요?"

포아로는 잠시 입다물고 있다가 이윽고 말했다.

"게일 씨의 도움입니다. 그리고 아마 나중에는 당신의 도움도 필요하게 될 겁니다, 그레이 양."

“무슨 일을 하면 되지요 ? ” 노먼이 물었다.

포아로는 곁눈으로 노먼을 보았다. 그리고 경고하듯 말했다.

“아마 썩 내키지 않을 겁니다. ”

“무슨 일입니까 ? ” 노먼은 초조해 하며 다시 물었다.

포아로는 섬세한 영국인적 감정을 다치지 않도록 아주 교묘하게 이 쑤시개를 사용하며 말했다.

“솔직히 말하면 협박을 해달라는 겁니다. ”

“협박이라고요 ? ” 노먼은 큰소리로 외치며 자기 귀를 의심하듯 포아로를 물끄러미 보았다.

“그렇습니다, 협박입니다. ” 포아로는 고개를 끄덕였다.

“무엇 때문이지요 ? ”

“물론 협박하기 위해서지요. ”

“그건 그렇지만, 누구를 왜 협박하라는 것인지 알고 싶습니다. ”

“왜냐하는 것은 내 일이니 말씀드릴 수 없고, 누구를 협박하는 것인가는…… . ”

포아로는 잠시 망설였다. 그는 사무적인 목소리로 조용히 말을 이었다.

“계획을 대충 말해 드리지요. 당신은 짤막한 편지를 씁니다. 그것은 내가 만들어 줄 테니 당신은 그대로 베낀 다음 ‘호밸리 백작부인 앞’이라고만 쓰면 됩니다. 그 편지에서 당신은 부인을 만나자고 합니다. 언젠가 영국으로 오는 비행기를 그녀와 함께 탔던 일이 생각난다고 쓰는 겁니다. 그리고 마담 지젤이 가지고 있던 어떤 거래 상의 서류가 당신 손에 있는 듯이 비추는 겁니다. ”

“그리고요 ? ”

“그러면 저쪽에서 당신을 만나려고 할 겁니다. 당신은 그녀를 만나 어떤 사실을 이야기하면 됩니다. 그것은 내가 그때 일러드리지요.

당신은 이 일로 1만 파운드쯤 요구하는 겁니다.”

“포아로 씨, 돌았군요?”

“아니, 천만에요. 나는 좀 별나기는 하지만 돌지는 않았습니다.”

“호밸리 백작부인은 경찰을 부를 겁니다. 그럼, 나는 감옥에 들어가게 되고…….”

“그녀는 경찰을 부르지 않습니다.”

“그걸 어떻게 장담할 수 있지요?”

“사실 나는 모든 사실을 다 알고 있습니다.”

“그렇다고 해도 난 싫습니다.”

포아로는 놀리듯 말했다.

“당신에게 1만 파운드를 받으라는 말이 아닙니다. 이렇게 말해서 당신 마음이 조금이라도 가벼워진다면…….”

“하지만 생각해 보십시오, 포아로 씨. 이런 분별없는 계획이 내 일생을 파멸시켜 버릴지도 모릅니다.”

“아닙니다, 그 부인은 경찰에 신고하지 않습니다…… 그것은 내가 보증하지요.”

“하지만 남편에게 말할 겁니다.”

“남편에게도 말하지 않습니다.”

“그래도 나는 싫습니다.”

“당신은 환자를 잃고 당신의 남은 일생을 망쳐 버려도 좋다는 겁니까?”

“그건 물론 싫지만, 아무리 그렇다고 해도…….”

포아로는 여유 있게 미소지었다.

“물론 싫겠지요. 협박하는 것은 당신의 양심이 허락하지 않는단 말이지요? 너무나 당연한 말입니다. 당신은 또한 부인을 보호하려는 기사도 정신을 가지고 있을 테니까요. 그러나 이 점만은 보증하겠습니다. 호밸리 백작부인은 당신의 그런 훌륭한 배려를 받을 만한 사람이 못 된다는 것. 속된 말로 아주 골치 아픈 여자입니다. ”

“그러나 그녀가 사람을 죽이지는 않았을 겁니다. ”

“어째서요 ? ”

“어째서라니요 ! 그렇다면 우리가 그것을 보았을 게 아닙니까 ? 그레이 양과 나는 그녀의 자리 건너편에 앉아 있었으니까요. ”

“아무래도 당신은 너무 선입관에 사로잡혀 있군요. 내가 하는 일은 사건을 정리하고 분명히 하기 위해서입니다. 그리고 그렇게 하려면 어떤 사실을 알아야 합니다. ”

“나는 여자를 협박한다는 일 자체가 싫습니다. ”

“이 협박은 말에 지나지 않습니다. 정말로 협박하는 게 아닙니다. 당신은 어떤 효과를 끌어내 주기만 하면 됩니다. 그런 준비가 갖춰진 뒤 내가 나서는 겁니다. ”

“만일 내가 교도소에 들어가게 되면. ”

“나는 런던 경찰국에 잘 알려진 사람입니다. 만일 무슨 일이 일어나더라도 전적으로 책임지겠습니다. 그리고 내가 지금 말한 일 말고는 아무것도 일어나지 않습니다. ”

노먼은 한숨을 쉬며 승낙했다.

“좋습니다, 해보지요. 그러나 아무래도 마음내키지 않는군요. ”

“됐습니다, 당신은 이렇게 쓰면 됩니다. 연필을 잡으십시오. ”

포아로는 천천히 불렀다. 한참 뒤 그는 말했다.

“그것으로 됐습니다. 당신이 해야 할 말은 나중에 알려 드리지요. 그리고 그레이 양, 당신은 극장에 가본 일 있습니까 ? ”

“네, 자주 가요. ”

“좋습니다. 그럼 〈다운 언더〉라는 연극을 보셨습니까 ? ”

“네, 한 달 전에 보았어요. 아주 잘되었던데요. ”

"미국 연극이었지요?"

"네"

"레이먼드 배러클랩 씨가 연기한 해리 역을 기억하고 있습니까?"

"네, 그 사람 아주 멋있었어요."

"매력적이라고 생각했습니까?"

"네, 굉장히 매력적이었어요."

"반했나보군요."

"물론이에요."

제인은 웃었다.

"그리고 연기도 훌륭했겠지요?"

"네, 아주 훌륭했어요."

"그렇다면 나도 꼭 가봐야겠습니다."

제인은 어리둥절해하며 그를 보았다.

'정말 이상한 사람이야. 이 문제에서 저 문제로, 마치 새가 이 가지에서 저 가지로 날아다니듯 옮겨 가니……'

포아로는 그녀가 생각하고 있는 것을 알아차린 듯 빙그레 웃었다.

"내가 하는 일이 미덥지 않습니까, 그레이 양? 내 방법이 말입니다."

"당신은 굉장히 비약이 심하군요."

"그렇지 않습니다. 나는 순서와 방법에 따라 내 코스를 논리적으로 걷고 있는 겁니다. 결코 무턱대고 결론으로 비약해서는 안 됩니다. 한 사람씩 제거해 가야 합니다."

"제거한다고요? 당신은 정말 그렇게 하시는 건가요?" 제인은 말을 끊고 잠시 생각에 잠겼다. "아, 알았어요. 당신은 클랜시 씨를 제거하셨지요?"

"그럴지도 모릅니다."

"그리고 당신은 우리도 제거하셨어요. 이번에는 호밸리 백작부인을
제거하려는 거지요?"
그녀는 문득 뭔가 생각난 듯 갑자기 입을 다물었다.
"왜 그러지요, 그레이 양?"
"그 살인미수에 대한 것은 테스트였지요?"
"당신은 육감이 굉장하군요. 그렇습니다, 그것도 내 방법 가운데
하나지요. 나는 살인미수에 대한 것을 화제로 하며 클랜시 씨를 관
찰하고 당신과 게일 씨를 관찰했지만, 당신들 세 사람으로부터 아
무런 기색도 엿볼 수 없었습니다. 나는 물론 조심하고 있습니다.
살인자란 자기가 야기한 어떤 공격에든 태연히 응할 만한 마음의
준비를 갖추고 있지요. 그러나 이번 경우 그 작은 수첩에 기록된
일만큼은 당신들도 모르고 있었습니다. 그래서 나는 만족했습니
다."
"포아로 씨, 당신은 정말 용의주도한 사람이군요. 당신이 하시는
말씀 이면에 어떤 것이 있는지 나로서는 도무지 모르겠어요."
"단순한 것입니다. 나는 다만 모든 일을 명백히 해두고 싶을 뿐입
니다."
"당신은 그것을 명백히 하는 데 아주 현명한 방법을 가지고 있는
것 같아요."
"그 방법이란 단 한 가지, 아주 간단한 것입니다."
"그게 뭐지요?"
"사람들로 하여금 이야기하게 하는 것!"
제인이 웃으며 물었다.
"만일 사람들이 이야기하려 하지 않는다면?"
"누구나 자신의 일을 이야기하고 싶어하는 법입니다."
"그건 그래요." 제인이 동의했다.

"그것으로 얼마나 많은 엉터리 정신과의사가 큰 재산을 만드는지 모릅니다. 그는 찾아오는 환자를 앉혀 놓고 여러 가지 일을 이야기하게 합니다. 2살 때 유모차에서 떨어졌던 일, 어머니가 과일을 먹다가 오렌지 빛 드레스에 과즙을 떨어뜨렸던 일, 그리고 또 1살 반 때 아버지의 수염을 잡아당겼던 일 등등…… 그럼, 의사는 환자에게 '자, 이것으로 당신의 정신불안 요인은 제거되었으니 이제 곧 깊이 잠들 수 있을 겁니다'라고 말하고는 2기니나 빼앗지요. 환자들은 이야기한 것으로 만족하고 돌아갑니다. 그러고 나면 잠을 이룰 수 있는 경우도 있습니다."

"어머나, 정말 어이없는 이야기로군요."

"아닙니다, 당신이 생각하는 것만큼 어이없는 일은 아닙니다. 그것은 인간이 본래부터 타고난 욕구, 이야기하고 싶어하는 욕구와 자기를 표현하고 싶은 욕구에 그 바탕을 두고 있습니다. 그레이 양, 당신도 어렸을 때의 일이며 어머니와 아버지에 대한 일을 이것저것 이야기하고 싶은 적이 있겠지요?"

"그것은 내 경우에 해당되지 않아요. 나는 고아원에서 자랐으니까요."

"아, 그렇다면 물론 그렇지 않겠지요. 정말 외로웠겠습니다."

"하지만 빨간 모자와 빨간 웃옷을 입고 외출하는 자선 고아원과는 달랐어요. 아주 재미있었지요. 정말이에요."

"잉글랜드에 있었습니까?"

"아니오, 아일랜드였어요. 더블린 가까운 곳이었지요."

"그럼, 당신은 아일랜드인이군요. 그래서 검은 머리, 푸른빛 도는 잿빛 눈……." 노먼 게일이 재미있는 듯 덧붙였다. "검은 손가락으로 박은 것처럼……."

"네? 뭐라고 하셨지요."

"아일랜드인의 눈을 묘사할 때 그렇게들 말하지요, 검은 손가락으로 박은 것 같다고"

"정말입니까? 아무래도 그 표현은 품위가 없군요. 그러나 잘 표현한 말입니다. 그 효과는 실로 훌륭합니다, 그레이 양."

포아로는 제인을 향해 머리숙여 경의를 표했다. 제인은 웃으면서 일어섰다.

"당신은 나를 아주 기분 좋게 해주시는군요, 포아로 씨. 그럼, 안녕히 가세요. 잘 먹었어요. 만일 게일 씨가 협박죄로 교도소에 들어가게 되면 또 한턱 내서야 해요."

노먼은 얼굴을 찡그렸다. 포아로는 두 사람에게 작별 인사를 했다.

그는 집으로 돌아가 잠긴 서랍을 열고 11명의 이름이 적힌 명단을 꺼냈다. 그 가운데 네 사람의 이름에 조그맣게 표시를 하고 심각하게 고개를 끄덕였다. 그는 혼자 중얼거렸다.

"그런대로 윤곽이 잡힌 것 같긴 한데…… 그러나 확인해 봐야만 해. 그는 여전히 계속하겠지……."

원즈워스에서

플로미슈즈 호의 객실 사무장인 헨리 마이클이 마침 소시지와 감자 요리로 저녁 식사를 하려는데 손님이 찾아왔다.

찾아온 손님은 놀랍게도 그 운명의 비행기에 탔던 콧수염을 탐스럽게 기른 신사였다. 포아로는 아주 상냥하고 공손했다. 그는 헨리에게 식사하도록 권하고, 멍하니 입을 벌린 채 서서 그를 바라보는 부인에게도 깍듯이 인사했다. 포아로는 의자에 앉아 계절 치고는 날씨가 따뜻하다고 말한 뒤 천천히 찾아온 용건을 꺼냈다.

"이번 사건에서는 경찰국도 그리 진전을 보지 못하는 것 같더군요."

헨리는 머리를 흔들었다.

"그것은 아주 놀라운 사건이었습니다. 정말 놀랐지요. 경찰국에서도 어떻게 해야 할지 모르는가 봅니다. 비행기에 타고 있던 사람들이 아무것도 보지 못했다면 앞으로 일은 점점 더 어려워지겠지요."

"맞는 말씀입니다."

"이이는 그 일로 걱정이 굉장하답니다, 밤에 잠도 못 이룰 만큼……." 그의 아내가 참견했다.

"어쩐지 몹시 걱정됩니다. 회사도 이번 일에는 아주 공정했습니다. 나는 곧 직장을 잃을 줄 알았지요." 헨리가 설명했다.

"헨리, 회사도 그렇게 하지는 못할 거예요. 그렇게 한다면 너무한 일이지요!"

부인은 몹시 화내고 있는 듯했다. 그녀는 검고 동그란 눈에 통통하고 혈색좋은 여자였다.

"일이란 언제나 공평하게 처리되지 않는 법이오, 루스. 그러나 이번 일은 내가 걱정했던 것보다 잘되었소. 모두들 내 책임을 묻지는 않았으니까. 그러나 나 스스로 책임을 느끼는 거지요, 포아로 씨, 아시다시피 그 비행기는 내 담당이었으니까요."

포아로는 동정하듯 말했다.

"당신 기분을 이해합니다만, 그것은 너무 양심적인 생각입니다. 당신 실수로 일어난 일은 아니니까요."

"나도 그렇게 말해 주었답니다." 부인은 다시 말참견했다.

헨리는 머리를 저었다. "그 부인이 이미 돌아가셨다는 걸 나는 좀더 빨리 알아차렸어야 했습니다. 내가 계산서를 들고 돌아다닐 때 맨먼저 그 부인을 깨웠더라면……."

"그렇게 했어도 별 차이는 없었을 겁니다. 거의 곧바로 숨을 거두었으니까요."

"그토록 걱정하지 말라고 하는데도 걱정이 굉장하답니다. 외국인이 서로 죽이는데 어떤 이유가 있는지 그걸 어떻게 알겠어요? 그런데 그런 짓을 영국 비행기 안에서 하다니, 정말 너무했어요!"

부인은 화가 치민 듯 애국심에 불타는 콧소리로 말을 맺었다. 헨리는 지친 듯 머리를 저었다.

"한마디로 말해 그것이 짐이 되어 머리에서 떠나지 않은 채 지금도 가득 차 있습니다. 게다가 경찰국분들이 벌써 몇 번이나 와서 비행 도중 무슨 이상한 일이 없었느냐고 물었지요. 그러자 나도 무엇을 목격하고도 잊어버린 게 아닌가 하는 느낌이 드는 겁니다. 그러나 아무래도 그런 일은 없었습니다. 그날은 전혀 아무일도 없는 평온한 비행이었으니까요. 그 사건이 일어나기까지는."

"화살통이나 독화살이나…… 정말 야만적이에요."

부인이 다시 끼여들었다.

포아로는 그녀의 비평을 칭찬하듯 말했다.

"그렇습니다, 영국에서는 이제까지 그런 살인이 없었는데요."

"그렇고말고요!"

"부인, 나는 당신이 영국 어디 태생인지 알아맞출 수 있을 것 같군요."

"도싯이랍니다. 브릿포트에서 그리 멀지 않지요. 그곳이 내 고향이에요."

"아주 좋은 곳입니다."

"그래요, 런던 같은 곳은 도싯과 비교할 수도 없어요. 우리 집안은 도싯에서 200년 넘도록 살고 있었답니다. 내 핏속에는 도싯이 스며들어 있지요."

포아로는 적당히 맞장구치며 헨리 쪽을 보았다.

"한 가지 물어 볼 게 있는데요……."

헨리는 눈살을 찌푸렸다.

"알고 있는 일은 다 이야기했습니다…… 정말입니다……."

"그렇습니다. 그러나 이것은 아주 하찮은 질문입니다. 테이블…… 마담 지젤의 테이블 말입니다. 위에 아무것도 없었습니까? 그러니까 난잡하게 흩어져 있거나 하지 않았습니까?"

"그것은…… 저, 내가 알아차렸을 때 말입니까?"

"그렇습니다. 스푼이나 포크, 소금그릇 같은 것이……."

헨리는 머리를 저었다.

"아니, 그렇지 않았습니다. 커피잔 말고는 모두 치워 버렸었지요. 나는 아무것도 알아차리지 못했습니다. 내가 깜박 잊어버렸을지도 모르지만요…… 어쨌든 몹시 흥분했었으니까요. 그러나 경찰은 알고 있지 않을까요? 그들이 비행기 안을 몇 번이나 샅샅이 뒤졌으니까요."

"그렇다면 아무래도 상관없습니다. 그보다 언제든 당신 동료 데이비드 씨와 이야기를 나누었으면 하는데요."

"그는 요즘 아침 8시 45분 비행기를 타고 있습니다."

"이 사건으로 그도 많은 영향을 받았겠지요?"

"글쎄요…… 그는 아직 젊으니까요. 내가 생각하기에 그는 오히려 기뻐하는 것 같았습니다. 모두들 법석 떨며 그에게 술을 먹이고 그 이야기를 들으려 했으니까요."

"그에게는 젊은 여자 친구가 없습니까? 그녀는 틀림없이 그가 살인 사건에 휩쓸려 들어 스릴을 느꼈겠지요."

부인이 말했다.

"그는 '왕관과 깃털'의 존슨 노인 딸에게 구혼하고 있답니다. 분별 있는 여자로 아주 착실해요. 그녀는 그런 살인 사건에 관계된 일을 싫어하고 있어요."

"그거 아주 건전한 생각이로군요."

포아로는 자리에서 일어났다.

"두 분이 친절하게 답해주셔서 정말 고맙습니다. 너무 걱정하지 마십시오."

포아로가 나가자 헨리가 말했다.

"바보 같은 배심원들은 검시 심문 때 저 사람이 범인인 줄 알았었지. 그러나 틀림없이 저 사람은 비밀 탐정일 거요."

"하지만 헨리, 비밀 탐정이란 대개 위험 인물이라는 것을 아셔야 해요."

포아로는 언제든 다른 승무원인 데이비드와 이야기하고 싶다고 했는데, 실은 그로부터 몇 시간 안 되어 '왕관과 깃털' 술집에서 그를 만나고 있었다. 그는 데이비드에게도 헨리에게 한 것과 똑같은 질문을 했다.

"그다지 흩어져 있지 않았습니다. 뒤집혀져 있다든가 뭐 그런 뜻으로 물으시는 거지요?"

"그렇습니다. 그리고 테이블 위에서 뭔가 없어진 물건이 있었다든가 보통 때 없었던 것이 있었다든가……."

데이비드는 천천히 대답했다.

"그러고 보니 좀 이상한 점이 있었습니다. 경찰의 조사가 끝난 뒤 청소하려고 할 때 알게 된 일입니다. 그러나 이런 것을 물으시는 건지는 잘 모르겠군요. 그 죽은 부인의 커피잔 받침접시에 스푼이 2개 놓여 있었습니다. 물론 바쁠 때면 가끔 그런 일이 있긴 합니다만. 거기에는 미신 같은 이야기가 있으므로 나는 잊지 않고 기억하는 겁니다. 받침접시에 놓인 2개의 스푼은 결혼을 뜻한다더군요."

"다른 사람 받침접시의 스푼이 없어지지는 않았습니까?"

"내가 아는 바로는 없었습니다. 헨리나 내가 한 일인지도 모릅니

다. 바쁘게 서두르다 보면 가끔 그런 일이 있지요. 1주일 전에도
생선요리용 나이프와 포크를 두 개씩 놓은 일이 있었습니다. 하지
만 모자라는 것보다는 낫지요. 그러면 일하다 말고 잊어버리고 놓
지 않은 것을 놓으러 가야 하니까요."
"프랑스 아가씨들을 어떻게 생각합니까, 데이비드?"
포아로는 또 한 가지 농담섞인 질문을 했다.
"나는 영국 아가씨로 만족합니다."
그는 그렇게 말하며 카운터에 있는 통통한 금발 아가씨를 보고 싱
긋 웃었다.

퀸 빅토리아 거리에서

제임스 라이더는 에르퀼 포아로라는 명함을 손에 들고 좀 놀라는
것 같았다. 그 이름은 기억났으나 어디서 보았는지 생각나지 않았다.
그러나 곧 "아, 그 사람" 하고 중얼거리며 사무실로 안내하라고 말했
다.
포아로는 아주 훌륭한 차림을 하고 있었다. 한손에 스틱을 들고,
웃옷 단춧구멍에는 꽃이 꽂혀 있었다. 포아로가 말했다.
"실례합니다. 마담 지젤 사건으로 찾아왔습니다."
"그러십니까. 그래, 용건이 무엇이지요? 앉으십시오. 담배 피우시
겠습니까?"
"네, 고맙습니다만, 나는 언제나 내 담배를 피운답니다. 내 것을
한 대 피워 보시겠습니까?"
라이더는 망설이는 듯한 눈길로 아주 가느다란 포아로의 궐련을 바
라보았다.
"나도 내 담배를 피우기로 하지요. 잘못해서 그것을 삼켜 버리면
큰일이니까요."

라이더는 큰소리로 웃고 나서 라이터로 불을 붙이며 말했다.

"며칠 전 재프 경감도 찾아왔었습니다. 쓸데없는 간섭이지요. 자기 할 일만 하면 될 텐데요."

"정보를 구해야 하니까요." 포아로가 조용히 말했다.

"그처럼 사람 기분을 상하게 하지 않아도 되지 않을까요? 사람은 감정의 동물이며, 또한 일에 대한 평판도 생각해야 합니다."

라이더는 못마땅한 듯이 말했다.

"당신은 좀 신경과민인 것 같군요."

"나는 아주 묘한 입장에 놓여 있습니다. 내 자리가 마침 그 여자 앞이었으니까요. 그래서 의심받고 있습니다. 그러나 나로서는 자리를 어떻게 할 수도 없는 일이고, 그 여자가 살해될 줄 알았다면 그 비행기를 타지도 않았을 겁니다. 아니, 어쩌면 탔을지도 모르겠군요."

그는 잠시 생각에 잠겼다.

"전화위복이라도 되었단 말입니까?"

포아로는 빙그레 웃으며 물었다.

"당신이 그런 말씀을 하다니 이상하군요. 사실 그렇다고 할 수도 또 그렇지 않다고도 할 수 있습니다. 물론 나는 몹시 걱정했고 괴로워했습니다. 여러 가지로 떠보고 의심해서 말입니다. 그러나 왜 나를 의심하느냐고 묻고 싶습니다. 왜 그 허버드——아니, 브라이언트 씨였던가요? ——를 찾아가 그를 괴롭히지 않느냐고요! 그런 희귀한 독을 구할 수 있는 사람은 의사밖에 더 있겠습니까? 내가 어떻게 뱀 독을 구하겠습니까? 오히려 내가 물어 보고 싶습니다!"

포아로가 재촉했다.

"당신은 성가신 일도 많았지만, 좋은 일도 있었다는 듯이 말씀하셨는데…….”

“네, 그 반면 좋은 일도 있었습니다. 솔직히 말해서 신문사로부터 상당한 돈을 받았지요, 목격자의 이야기라는 것으로. 하긴 실제로 내가 본 것보다는 기자의 상상이 더 많았지만요.”

“하나의 범죄가 그 일과 아무 관계없는 사람들의 생활에까지 얼마나 큰 영향을 미치는가 하는 점에서 지금의 이야기는 흥미 있는 일입니다. 당신 일을 예로 들어 보더라도 갑자기 뜻하지 않은 돈이 생겼으니까요. 그건 이런 경우에는 특히 고마운 일이지요.”

“돈은 언제든지 대환영입니다.”

라이더는 날카롭게 포아로를 쏘아보았다. 포아로는 손을 흔들며 말했다.

“가끔 그 필요성이 압도적일 적도 있지요. 그 때문에 사람들은 횡령을 하고 옳지 못하게 기재해서 성가신 일이 일어나는 겁니다.”

“글쎄요…… 하지만 그런 음울한 일만 있는 건 아니지요.”

“네, 그렇습니다. 구태여 음울한 이야기를 할 필요는 없겠지요. 사실 그 돈은 당신에게 고마운 것이었을 테니까요. 당신이 파리에서 돈을 빌리는 데 실패한 이상…….”

라이더가 화난 목소리로 물었다.

“그것을 어떻게 아셨습니까?”

“아무튼 그것은 사실입니다.”

“사실이긴 하지만, 그 일만은 알리고 싶지 않았습니다.”

“나는 다행히 분별력이 있으니 걱정하지 마십시오.”

라이더는 생각에 잠긴 듯한 표정으로 말했다.

“묘한 일입니다. 조그만 돈이 이따금 사람을 아주 곤란한 처지로 몰아넣는다는 것은. 몇 푼 안 되는 현금이 있느냐 없느냐로 그 사람의 위기를 좌우합니다. 만일 그것을 얻을 수 없으면 그 사람의 신용은 땅에 떨어지고 맙니다. 돈도 이상한 것이지만 신용이라는 것도 이상한 겁니다. 그렇게 보면 인생이라는 것 자체도 또한 이상한 거지요."

"정말 그렇습니다."

"그건 그렇고, 내게 무슨 볼일이 있으시지요?"

"좀 미묘한 일입니다만, 내 귀에——나의 직업상이라고 말하면 아시겠지요——당신은 부정하시지만 마담 지젤과 거래가 있었다는 정보가 들어와서요."

"누가 그런 말을 했지요? 그건 거짓말입니다! 정말 터무니없는 거짓말입니다. 그 여자는 알지도 못합니다!"

"그거 참, 이상한 일이군요."

"이상하다고요? 지독한 중상모략입니다!"

포아로는 심각한 얼굴로 그를 바라보았다. "나는 사건을 분명히 해야 하기 때문에……."

"무슨 뜻입니까? 대체 무슨 말을 하려는 겁니까?"

포아로는 머리를 저었다.

"화내시면 안 됩니다. 잘못 알 경우도 있으니까요."

"그렇군, 나를 그 사교계의 거만한 돈놀이꾼과 관련시켜 체포하려는 겁니까? 노름빚을 잔뜩 진 사교계의 여자나 그런 종류의 사람으로 보고……."

포아로는 의자에서 일어섰다. "잘못된 말을 물어 정말 실례했습니다." 그러나 그는 문앞에 멈춰 서서 물었다. "그런데 좀 마음에 걸리는 것을 물어 보겠는데, 왜 아까 브라이언트 씨를 허버드라고 하셨지요?"

"글쎄요, 모르겠는데요. 아, 그렇군, 그 플루트 때문이겠지요. 동요에 있잖습니까. 허버드 엄마의 개, '엄마가 돌아왔을 때 멍멍, 피리를 불고 있었네'라는 것 말입니다. 이름이라는 것은 묘하게 혼란을 가져오는군요."

"플루트 때문이었군요. 나는 이런 일에 흥미가 많아서요. 아시겠지요? 심리적으로 말입니다."

라이더는 '심리적으로'라는 말을 듣자 쿵 콧소리를 냈다. 그로서는 정신분석 같은 것이 아주 하찮은 일로 여겨졌기 때문이다. 그는 포아로를 수상쩍은 듯 바라보았다.

로빈슨 씨의 등장과 퇴장

호밸리 백작부인은 런던 글로브너 스퀘어 315번지의 집, 침실 화장대 앞에 앉아 있었다. 금브러시와 자그마한 상자들, 크림통과 파우더 갑들이 그 위에 놓여 있었다. 볼 여기저기에 묘하게 빨간 반점이 있는 시설리 호밸리는 사치품 한가운데 바싹 마른 입술로 앉아 있었다. 그녀는 그 편지를 벌써 네 번이나 되풀이하여 읽고 있었다.

호밸리 백작부인

마담 지젤이 죽었다는 신문 기사를 읽었습니다. 나는 죽은 마담 지젤의 어떤 서류를 갖고 있는 사람입니다.

만일 당신이나 레이먼드 배러클랩 씨가 이 사실에 흥미를 느끼신다면 찾아뵙고 그 일에 대해 의논드릴 수 있는 영광을 얻고 싶습니다.

당신은 이 일에 대해 당신의 남편 호밸리 백작과 내가 직접 만나길 바라시지는 않으시겠지요?

존 로빈슨

바보 같은 짓이다! 똑같은 편지 내용을 몇 번이나 되풀이해 읽다니. 마치 그렇게 하면 거기 씌어진 글자의 뜻이 바뀌기라도 할 것처럼…….

그녀는 봉투를 집어 들었다. 이중으로 된 봉투 첫 장에 '호밸리 부인께'라고 씌어지고 두 번째 봉투에는 '극비'라고 씌어 있었다.

제기랄! 재수없어! 그 프랑스 노파는 거짓말쟁이였군. 자기에게 만일 무슨 일이 일어나더라도 '의뢰인을 보호할 수 있도록 모든 준비가 다 되어 있다'고 하더니. 쳇, 재수없어. 이 세상은 지옥이야. 지옥!

"오, 하느님, 나는 도저히 참을 수가 없어요! 너무해요." 그녀는 혼잣말을 중얼거리며 금뚜껑이 달린 병 쪽으로 떨리는 손을 뻗었다. "이것만 있으면 침착해질 수 있어. 기운을 낼 수 있어."

그녀는 그것을 코에 대고 냄새 맡았다.

'아, 이제 정신이 드는군! 어떻게 하지? 물론 그 사람을 만나야겠지. 그러나 어떻게 돈을 마련한담…… 카를로스 거리 클럽에 가서 한판 벌여 볼까? 그러나 그런 건 나중에 천천히 생각해도 돼. 아무튼 그 사람을 만나서 무엇을 알고 있는지 확인해야 해.'

그녀는 책상으로 가서 크고 서투른 글씨로 휘갈겨 썼다.

　　호밸리 백작부인은 기꺼이 존 로빈슨 씨에게 경의를 표합니다. 내일 아침 11시에 찾아오시면 뵙고자 합니다.

"이 정도면 어떻습니까?" 노먼 게일이 물었다. 그는 포아로의 놀란 듯한 눈길에 얼굴을 조금 붉혔다.

"아니, 당신은 무슨 희극에라도 출연하려는 겁니까?"

포아로가 물었다.

"당신이 조금 변장하는 게 좋다고 하시기에……."

노먼은 더욱 얼굴을 붉히며 입 속으로 중얼거렸다.

포아로는 한숨지으며 노먼의 팔을 잡아 거울 앞으로 데려갔다.

"잘 보십시오. 자신의 모습이 어떤지 잘 봐 주십시오. 물론 변장을 부탁했지만, 산타클로스로 꾸며서 아이들을 기쁘게 해주라는 말은 하지 않았습니다. 당신의 그 수염은 희지 않고 검지만——아니, 검은 것은 악당의 수염빛이니 색깔은 상관없다 하더라도——그 모양이 뭡니까? 하늘을 향해 곤두서 있으니! 그리고 싸구려 수염을 어쩌면 그토록 서투르고 어색하게 붙였는지! 또 이 눈썹은…….

당신은 털을 붙이는 취미를 가졌나 보군요. 그 털을 붙인 풀냄새가 몇백미터 밖에서도 코를 찌릅니다. 그리고 당신 이에 반창고를 붙였다는 것은 누가 보아도 금방 알아볼 수 있습니다. 아무래도 이 역할은 당신에게 어울리지 않는 것 같군요."

"나도 한때는 아마추어 연극에서 꽤 활약했었는데요."

노먼이 무뚝뚝하게 중얼거렸다.

"도저히 믿을 수 없군요. 아무튼 이것은 그 극단 사람들이 가르쳐 준 것이니 당신 탓은 아니겠지만, 스포트라이트 아래에 있어도 그 모습이 진짜로 보이지는 않을 겁니다. 하물며 한낮에 글로브너 스퀘어에서……."

포아로는 말을 채 끝맺지도 못하고 어깨를 으쓱했다.

"게일 씨, 당신은 협박범이지 희극배우가 아닙니다. 나는 당신이 그 백작부인을 무섭게 혼내 주길 바라고 있는 겁니다. 결코 당신을 보고 웃게 만들려는 게 아닙니다. 아무래도 내가 한 말이 마음에 들지 않는가 본데, 유감스럽게도 지금은 진실만이 도움이 될 수 있습니다. 자, 이것들을 가지고……."

그는 여러 가지 병을 노먼 게일에게 쥐어 주었다.

"세면실로 가십시오. 그리고 이 나라에서 모든 사람이 어릿광대로 부르는 이런 흉내는 그만두기로 합시다.”

풀이 죽은 표정으로 노먼은 포아로의 말에 따랐다. 15분쯤 뒤 그가 성성한 벽돌색 얼굴로 나타나자 포아로는 이제 되었다는 듯이 고개를 끄덕였다.

“됐습니다, 이제 희극은 끝났습니다. 지금부터 진지한 일이 시작됩니다. 작은 수염을 달기로 합시다. 내가 그것을 달아 드리지요. 그리고 머리 가르마를 바꾸고, 그렇지요, 그만하면 됐습니다. 그럼, 앞으로 어떻게 할 것인지 말해 보십시오.”

포아로는 노만의 이야기를 주의깊게 듣고 있더니 고개를 끄덕였다.

“됐습니다. 이제 가보십시오. 행운을 빕니다.”

“나도 진심으로 그렇게 되기를 바랍니다. 어쩌면 화가 머리끝까지 난 남편과 몇 명의 경찰이 기다리고 있을지도 모르지만요.”

“걱정할 것 없습니다. 모든 일이 놀랄 만큼 잘될 겁니다.” 포아로는 그를 안심시켜 주려는 듯이 말했다.

“그렇게 말씀하시지만…….”

노먼은 반항하듯 중얼거리며 의기소침한 채 마음내키지 않는 일을 하러 나갔다.

글로브너 스퀘어에 닿자 그는 2층 작은 방으로 안내되었다. 거기서 잠시 기다리자 호밸리 백작부인이 나타났다. 노먼 게일은 긴장했다. 이런 역을 처음 맡는다는 기색을 보여서는 안 된다. 결코 눈치채게 해서는 안 된다. 부인이 말을 걸었다.

“로빈슨 씨지요?”

“그렇습니다.” 노먼은 머리를 숙였다.

‘이게 어찌 된 일이람! 마치 백화점 점원 같지 않은가. 눈 뜨고 볼 수가 없군.’

그는 지겨운 생각이 들었다. 호밸리 백작부인이 말했다.

"편지는 받아 보았어요."

'그 영감쟁이, 나보고 연극을 못한다고 했지?' 노먼은 바짝 정신을 차렸다. 그는 속으로 싱긋 웃었다. 이윽고 그는 소리내어 조금 거만하게 대꾸했다.

"그 편지에 씌어진 그대로입니다. 그래, 어떻게 생각하십니까, 호밸리 백작부인?"

"나는 당신이 무슨 말씀을 하시는 건지 잘 모르겠어요."

"아니, 그럼, 여기서 자세히 설명해 보라는 말씀이십니까? 누구나 다 그렇지요. 바닷가의 주말, 그것이 얼마나 즐거운 것인지 잘 알고 있습니다. 당신 주인은 찬성하지 않겠지만요. 호밸리 백작부인, 내가 가지고 있는 증거가 얼마나 확실한 것인지는 당신도 아시리라고 생각합니다. 마담 지젤은 아주 멋진 여자입니다. 언제나 현장 증거물을 가지고 있었으니까요. 호텔 증거라든가 뭐 그런 것들 말입니다. 정말 그녀는 일급이었습니다. 그것을 가장 필요로 하는 사람이 누구인가? 당신인가, 아니면 호밸리 백작인가, 바로 그것이 문제입니다."

그녀는 몸을 떨면서 서 있었다. 노먼 게일의 목소리는 로빈슨으로 바뀌어 감에 따라 굉장히 천박해졌다.

"나는 파는 사람이고 당신은 사는 사람이 되는 건가요? 그 점이 문제가 되겠군요."

"당신은 어떻게 그 증거를 손에 넣었지요?"

"호밸리 백작부인, 그런 이야기는 지금 꺼내지 맙시다. 아무튼 그것을 내가 가지고 있다는 사실이 중요하니까요."

"나는 당신을 믿을 수가 없어요. 그것을 내게 보여 주세요."

노먼 게일은 고개를 젓고 교활하게 곁눈질하며 말했다.

"그럴 수 없습니다! 아무것도 가져오지 않았습니다. 나는 그런 풋

내기가 아닙니다. 우리의 협상이 이뤄진다면 문제가 다르지만요. 당신이 돈을 치르기 바로 전에 증거를 보여 드리지요. 속임수는 전혀 없습니다.”

“얼마…… 얼마지요?”

“1만 파운드, 1만 달러가 아닙니다.”

“안 돼요, 그렇게 큰돈은 마련할 수가 없어요.”

“마음만 먹으면 쉽게 마련할 수 있을 겁니다. 보석은 그리 돈이 되지 않지만, 진주는 그만한 값어치가 있으니까요. 좋습니다, 당신을 너무 괴롭히는 것 같으니 8000파운드로 깎아 드리지요. 이것이 내 마지막 조건입니다. 생각할 여유를 이틀 드리겠습니다.”

그는 잠시 입을 다물었다.

“마담 지젤이 했던 것처럼 나도 그렇게 할 생각입니다.”

노먼은 가엾은 백작부인이 뭐라고 대답하기 전에 재빨리 방에서 나왔다. 그는 거리로 나오자 이마의 땀을 닦으며 중얼거렸다.

“후유…… 아, 무사히 끝나서 다행이야.”

그로부터 채 한 시간도 안 되어 명함 한 장이 호밸리 백작부인 앞에 놓여 있었다.

‘에르큘 포아로.’

“누구지? 만나지 않겠어.” 그녀는 명함을 옆으로 밀어 놓았다.

“레이먼드 배러클랩 씨의 부탁으로 오셨다던데요, 마님.”

“그럼, 만나기로 하지.”

집사는 방에서 나갔다가 곧 되돌아왔다.

“에르큘 포아로 씨입니다.”

아주 훌륭하고 멋쟁이다운 차림을 한 포아로가 들어와서 머리를 숙였다. 집사는 문을 닫았다. 호밸리 백작부인은 한 발자국 앞으로 다가셨다.

"배러클랩 씨가 당신을 보냈단 말인가요?"

"앉으십시오, 부인." 포아로의 말투는 부드러웠으나 위압적이었다.

그녀는 기계적으로 앉았다. 포아로는 그녀 가까이에 자리잡았다. 그 태도는 아버지처럼 상대방을 편하게 만들어 주는 배려가 있었다.

"부인, 나를 친한 친구로 대해 주시기 바랍니다. 나는 부인에게 충고해 드리려고 온 겁니다. 당신이 지금 아주 난처한 처지에 있다는 것도 잘 알고 있습니다."

그녀는 나직이 중얼거렸다. "나는 그런……."

"내 말을 들어 보십시오, 부인. 나는 당신에게 비밀을 말해달라고 하지는 않습니다. 그럴 필요는 없습니다. 그런 것이라면 이미 오래 전부터 알고 있습니다. 안다는 것은 유능한 탐정으로서 중요한 조건이니까요."

그녀는 눈을 크게 떴다.

"탐정이라고요? ……아, 생각났어요. 당신은 그 비행기에 탔던 사람이지요? 분명히 당신이……."

"그렇습니다, 바로 나였습니다. 자, 본론으로 들어갈까요. 지금도 말했듯 억지로 이야기를 털어 놓으라는 건 아닙니다. 당신이 내게 이야기해 주시지 않더라도 내가 말씀드리지요. 오늘 아침 한 시간 쯤 전에 당신을 찾아온 사람이 있었습니다. 그 사람의 이름은 브라운이었을 겁니다, 아마."

"로빈슨이에요." 부인은 나직이 말했다.

"아무래도 상관없습니다. 브라운, 스미스, 로빈슨——그는 그런 이름을 번갈아 쓰고 있으니까요. 그는 당신을 협박하러 왔었습니다. 그렇지요, 부인? 그는 뭐랄까요, 어떤 불명예스러운 증거를 가지고 있습니다. 그 증거는 본래 마담 지젤이 보관하고 있었던 것을 당신에게 팔려고 하는 거지요. 7000파운드쯤 달라고 했을 겁니다."

"8000이에요."

"아, 8000파운드. 그러나 당신으로서도 그렇게 큰돈을 준비할 수 없겠지요?"

"네, 할 수 없어요…… 도저히…… 나는 지금도 빚에 쫓기고 있어요. 정말 어떻게 해야 할지 모르겠어요."

"마음 놓으십시오, 부인. 나는 당신을 도우러 온 사람이니까요."

그녀는 포아로를 쳐다보았다.

"어떻게 이런 일을 모두 아시지요?"

"그것은 내가 에르퀼 포아로이기 때문입니다. 문제없습니다, 걱정하지 마십시오. 내게 맡겨 주십시오. 내가 그 로빈슨이라는 사나이와 거래해 드리지요."

호밸리 백작부인은 분명히 말했다.

"좋아요, 그래, 얼마나 필요하시지요?"

포아로는 고개를 숙이며 공손히 말했다.

"나는 다만 서명이 든 아름다운 당신의 사진을 한 장 얻고 싶을 뿐입니다."

"아, 어쩌면! 나는 미칠 것 같군요!"

그녀는 몹시 기뻐하며 소리쳤다.

"걱정 마십시오. 모든 일이 잘될 겁니다. 이 에르퀼 포아로를 믿으십시오. 그런데 부인, 나는 진실을 알아야만 합니다. 모든 진실을 한 가지라도 숨기는 일이 있어서는 안 됩니다. 그렇지 않으면 내 두 손이 묶여 버립니다."

"진실을 말하면 이 골치 아픈 상태에서 나를 구해 주실 수 있단 말쓺이지요?”
“다시는 로빈슨이라는 이름을 듣지 않도록 해드리겠다고 맹세합니다!”
“좋아요, 모든 것을 이야기해 드리겠어요.”
“됐습니다. 그럼, 당신은 마담 지젤로부터 돈을 빌렸었군요?”
그녀는 고개를 끄덕였다.
“언제입니까? 언제부터 빌리기 시작했습니까?”
“2년 반쯤 되었어요. 아주 곤란해져서…….”
“도박 때문이지요?”
“네, 모조리 잃었기 때문에…….”
“그녀는 요구하는 대로 빌려 주었습니까?”
“처음에는 그렇지 않았어요. 아주 조금밖에 빌려 주지 않았지요.”
“누가 당신에게 그녀를 소개해 주었습니까?”
“레이먼드…… 배러클랩 씨예요. 마담 지젤이 사교계 부인들에게 돈을 빌려 준다고 그가 일러주기에…….”
“그래, 나중에는 더 많은 돈을 빌려 주었습니까?”
“네, 내가 요구하는 대로 빌려 주었어요. 그때는 기적처럼 여겨져…….”
“마담 지젤의 기적은 언제나 까닭이 있지요. 그건 그렇고, 당신과 배러클랩 씨는…… 그러니까…… 친구 사이였습니까?”
포아로는 쌀쌀하게 말했다.
“네.”
“그러나 그 사실을 호밸리 백작에게 알리지 않으려고 무척 신경쓰셨겠지요?”
갑자기 호밸리 백작부인은 버럭 화를 내며 소리쳤다.
“스티븐은 잔소리쟁이예요! 그이는 내게 싫증이 났어요! 누군가 다른 여자와 결혼하기를 바라지요. 나와 이혼할수 있다면 무슨 일이든 서슴치 않을 거예요. ”

“그러나 당신은 헤어지고 싶지 않단 말이지요. ”

“네, 나…… 나는……. ”

“당신은 지금의 지위를 그대로 가지고 충분히 돈을 쓰며 즐기고 싶은 거지요? 그렇지요? 여자들이란 으레 자기 자신을 가장 아끼니까요. 그런데 이때 빌려 쓴 돈을 갚아야 할 문제가 생긴 셈이군요? ”

“네, 그래요. 그리고 나는 돈을 갚을 수가 없게 되었어요. 그러자 그녀는 갑자기 심술궂어져서……. 그녀는 나와 레이먼드의 일을 알고 있었어요. 장소며 만난 시간이며 모든 것을 다 알고 있었지요. 어떻게 알았는지 모르겠어요. ”

포아로는 차갑게 말했다.

“그녀에게는 그녀 특유의 방법이 있었지요. 그래서 그 증거를 모두 호밸리 경에게 보내겠다고 위협했군요? ”

“네, 내가 갚지 않으면. ”

“그래, 당신은 빚을 갚지 못했습니까? ”

“네. ”

“그럼, 마담 지젤의 죽음은 다행스러운 일이겠군요? ”

“정말이지 너무 잘되어 가는 것 같아서……. ”

호밸리 백작부인은 진심을 말했다.

“그렇겠지요, 지나치게 잘되었습니다. 그러나 조금은 걱정스럽겠지요? ”

“걱정이라고요? ”

“그 비행기에 탔던 사람 가운데 당신이 누구보다도 그녀의 죽음을 바라는 동기를 가지고 있었으니까요. ”

그녀는 흠칫 놀라며 숨을 삼켰다. "알고 있어요. 아, 무서워요!
나는 그때의 일을 생각하면 소름이 끼쳐요."

"특히 그 전날 밤 파리에서 그녀를 만나 좀 옥신각신한 일이 있었
기 때문이겠지요?"

"그 악마 같은 할멈은 조금도 양보하지 않았어요. 오히려 즐기고
있는 것 같았지요. 그녀는 짐승이에요, 철저한 짐승이에요! 나는
아주 비참해져서 돌아왔어요."

"그런데 당신은 검시 심문 법정에서 그녀를 본 일도 없다고 하셨지
요?"

"그렇게 대답할 수밖에 없잖아요? 달리 어떻게 하겠어요?"

포아로는 심각하게 그녀를 지켜 보았다.

"그렇군요, 달리 할 말이 없었겠지요."

"그 뒤 지겨운 하루하루…… 거짓말, 거짓말투성이의 하루하루가
이어질 뿐이었어요. 그 무서운 경감이 몇 번이나 찾아와서 여러 가
지 질문을 퍼붓고…… 하지만 나는 문제없다고 생각했어요. 그가
다만 나를 시험해 보고 있다는 것을 알고 있었으니까요. 그는 아무
것도 모르고 있었어요."

"누구나 추리를 할 때는 확신을 가지고 해야 합니다."

시설리 호밸리는 자신의 생각에 빠져 말했다.

"그리고 나는 만일 새어 나갈 일이 있었다면 벌써 새어 나갔으리라
고 생각했어요. 그러다가 아직 아무것도 알려지지 않았다는 자신이
생긴 거지요. 어제 그 무서운 편지를 받기 전까지는 문제없다고 여
겼었어요."

"그 전까지는 조금도 무섭지 않았단 말입니까?"

"아니오, 물론 무섭긴 했어요."

"무엇이 무서웠지요? 당신 비밀이 폭로될까봐? 아니면 살인죄로

체포당할까봐 ? ”

순간 그녀의 볼에서 핏기가 싹 가셨다.

“살인이라고요 ! 나는 그런 짓을 하지 않았어요 ! 믿지 않으시는군
요. 나는 그녀를 죽이지 않았어요. 결코 죽이지 않았어요 ! ”

“당신은 그녀가 죽었으면 좋겠다고 생각했지요 ? ”

“네, 하지만 죽이지는 않았어요…… 믿어 주세요 ! 나는 내 자리에
서 떠난 일이 없어요. 나는…….”

그녀의 목소리가 끊어졌다. 그녀의 아름답고 푸른 눈이 애원하듯
포아로를 바라보았다.

포아로는 달래듯 고개를 끄덕였다.

“당신을 믿습니다, 부인, 두 가지 이유에서. 첫째는 당신이 여자이
기 때문에, 둘째는 노랑 벌 때문입니다.”

그녀는 포아로를 뚫어지게 바라보았다. “노랑 벌이라고요 ? ”

“그렇습니다. 당신은 아무것도 모르는가 보군요. 그럼, 손쉬운 일
부터 정리하기로 합시다. 우선 로빈슨 씨의 일은 내가 처리하겠습
니다. 당신이 두 번 다시 그 사나이에 대해 듣거나 보지 않도록 내
가 처리하겠습니다. 분명히 약속드릴 수 있습니다. 그의…… 뭐라
더라…… 베이컨이라든가 산양 (장난기라는\n뜻이 있음) 이라든가, 그것을 처리하겠
습니다. 내가 그 일을 해주는 대신 2가지만 더 대답해 주십시오.
배러클랩 씨는 살인 전날 파리에 있었습니까 ? ”

“네, 우리는 함께 식사했어요. 그런데 그는 내가 혼자 가서 그녀를
만나는 게 좋겠다고 하기에…….”

“아, 그가 그렇게 말했습니까 ? 그리고 또 한 가지만 더 묻겠습니
다. 당신이 결혼하기 전 무대에 섰을 때는 시설리 블랜드라는 이름
이었는데, 그게 본래 이름입니까 ? ”

“아니오, 내 본래 이름은 마서 제브였어요. 하지만 그 다른 이름

쪽이……. ”
“예명으로서 더 낫지요. 어디서 태어났습니까 ? ”
“던캐스터 (영국 중부). 그런데 그건 왜 물으시지요 ? ”
“아니, 다만 호기심에서입니다. 용서해 주십시오. 그런데 호밸리 백작부인, 조금 충고드리고 싶은 일이 있는데 들어 주시겠습니까 ? 저, 남편과 합의이혼을 하는 게 어떻겠습니까 ? ”
“그래서 그 여자와 결혼하도록 해주라는 말씀인가요 ? ”
“그렇습니다, 그 여자와 결혼하게 해주십시오. 당신은 마음이 너그러운 분입니다. 그렇게 함으로써 당신은 위기를 벗어나게 될 것입니다…… 그렇습니다, 위기에서 벗어날 수 있습니다. 그리고 또 백작은 당신에게 위자료를 지불할 겁니다. ”
“그리 많은 액수가 아닐 거예요. ”
“바로 그 점입니다. 당신은 일단 자유로운 몸이 되면 다시 백만장자와 결혼할 수 있을 테니까요. ”
“요즘은 그런 사람이 없어요. ”
“아, 부인, 그런 생각은 하지 마십시오. 300만을 가지고 있던 사람이 지금은 200만으로 줄었을지 모르지만 그것만으로도 충분하지 않겠습니까 ? ”
그녀는 웃었다.
“당신은 설득력이 대단하시군요, 포아로 씨. 아무튼 그 무서운 사람이 다시는 나를 괴롭히지 않도록 단단히 막아 주시겠지요 ? ”
멋쟁이 신사는 엄숙한 목소리로 말했다.
“그것은 에르퀼 포아로의 이름을 걸고 맹세하겠습니다. ”

할리 거리에서

재프 경감은 할리 거리를 활기 있게 걸어가다가 어느 문 앞에 서서 브라이언트 박사가 있느냐고 물었다.

"약속을 하셨습니까?"

"아니오, 지금 몇 자 써드리지요."

경감은 직함이 든 명함을 꺼냈다.

'잠시 시간을 내 주시면 고맙겠습니다. 잠깐이면 됩니다.'

그는 명함을 봉투에 넣어 집사에게 주었다.

그는 응접실로 안내되었다. 거기에는 두 여자와 한 남자가 있었다. 경감은 낡은 〈펀치〉 한 권을 집어 들고 의자에 앉았다. 집사가 다시 나타나 옆으로 다가와서 조심스러운 목소리로 말했다.

"잠깐만 기다리시면 만나시겠답니다. 오늘 아침은 굉장히 바쁘십니다."

재프 경감은 고개를 끄덕였다. 그는 기다리는 것은 조금도 개의치 않았다. 실은 오히려 환영할 정도였다. 두 여자가 이야기를 나누기 시작했다. 그녀들은 분명 브라이언트 박사의 솜씨를 아주 높이 평가하고 있는 듯했다. 또 환자가 몇 사람 들어왔다. 브라이언트 박사의 병원은 아주 잘되는 듯했다. 아마도 돈을 꽤 많이 벌겠다고 그는 마음속으로 생각했다.

'그렇다면 빚을 쓸 필요는 없을 것 같군. 그러나 오래전에 빌렸던 돈이 있을지도 모르지. 아무튼 좋은 장사긴 하지만 한 번 나쁜 평판이 나면 엉망이 되고 마니까. 의사는 그게 약점이지.'

"박사님께서 뵙겠답니다." 15분쯤 지나자 집사가 와서 말했다.

재프 경감은 브라이언트 박사의 진찰실로 안내되었다. 큰 창문이 있는 그 방은 집 안쪽에 있었다. 박사는 책상 앞에 앉아 있었는데, 경감이 들어가자 자리에서 일어나 손을 내밀었다. 그의 잘생긴 얼굴에 피로한 빛이 엿보였으나, 경감이 나타나므로써 당황하는 듯한 표정은 조금도 없었다.

"무슨 일이십니까, 경감님?"

그는 의자에 앉으며 재프 경감에게 맞은편 의자를 권했다.

"진찰 중에 방해해서 죄송합니다만, 오래 있지 않겠습니다."

"아니, 괜찮습니다. 그 비행기 사건 때문이겠지요?"

"네, 그렇습니다. 아직 수사중이지요."

"좀 진전이 있었습니까?"

"아무래도 뜻대로 잘 안 되는군요. 실은 그 살인 방법에 대해 좀 물어 볼 일이 있어서 찾아왔습니다. 아무래도 그 뱀 독에 대한 것을 전혀 알 수가 없어서요."

브라이언트 박사는 빙긋 웃으며 말했다.

"나는 독물학자가 아닙니다. 그런 것은 내 분야가 아닙니다. 윈터스푼 씨가 그 방면의 전문가지요."

"실은 곤란한 점이 있기 때문입니다. 물론 윈터스푼 씨가 전문가이긴 하지요. 그러나 당신도 전문가들의 생리를 아시겠지만, 그들은 보통 사람이 알아들을 수 없는 말로만 이야기합니다. 내가 보기에 그 독에는 의학적인 면도 있는 것 같아서요. 그 독은 간질병 치료 주사액으로 쓰인다는 말이 있던데요."

"나는 간질병 전문가가 아닙니다. 그러나 코브라의 독을 간질 환자에게 주사하여 효과를 거두었다는 말은 들었습니다. 그러나 말씀드렸듯 분야가 완전히 달라서요."

"그것은 알고 있습니다. 그러나 당신 자신도 그 비행기에 탔으니 관심을 갖고 계시리라 믿고, 수사에 도움될 만한 조언을 해줄 수 있지 않을까 여겨 물은 겁니다. 대체 무엇을 물어야 할지 잘 모르니까 전문가를 찾아가 봐야 아무 소용없지요."

브라이언트 박사는 빙그레 웃었다.

"그렇게 말씀하시는 데도 일리가 있습니다, 경감님. 바로 자기 가까이에서 일어난 살인 사건을 겪은 사람이 아무것도 느끼지 않았다고는 할 수 없겠지요. 나도 관심있다는 것은 인정합니다. 그리고 내 나름의 조심스러운 방법으로 그 사건에 대해 많이 생각해 보았습니다."

"그래, 어떻게 생각하셨습니까?"

의사는 천천히 머리를 저었다.

"정말 놀라운 사건입니다. 말하자면 모든 것이 현실과 동떨어진 듯한 느낌이 듭니다. 아주 특이한 범행 수법입니다. 그런 경우 살인자가 아무도 보지 않게 감쪽같이 해치울 수 있는 기회란 백에 하나 있을까 말까지요. 범인은 위험을 무릅쓰고 덤비는 사람일 겁니다."

"그렇습니다."

"독물의 선택도 역시 놀라운 솜씨입니다. 어떻게 그런 것을 구할 수 있었을까요?"

"맞습니다. 도무지 믿을 수 없는 일입니다. '붐스랑'이라는 말은 1000명에 한 사람이나 들어 보았을까요. 더욱이 그 독을 실제로 다룬 사람은 그보다 더 적을 게 아닙니까? 의사인 당신도 만져 본 일이 없겠지요?"

"네, 그런 기회는 좀처럼 없습니다. 열대에 대해 연구하는 친구가 있는데, 그의 실험실에 말린 뱀 독 표본이 여러 가지 있습니다. 예를 들면 코브라 독 같은 것이지요. 그러나 붐스랑 표본은 없었던 것 같습니다."

"좀 가르쳐 주셔야 할 일이 있는데요……."

재프 경감은 종이쪽지를 꺼내 의사에게 건네 주었다.

"윈터스푼 씨가 이 세 사람의 이름을 적어 주었습니다. 이곳에 가면 무슨 말을 들을 수 있을 거라더군요. 당신은 이들 가운데 아는 사람이 있습니까?"

"케네디 교수는 조금 압니다. 하이들러는 잘 알고 있지요. 내 이름을 대면 아마 최선을 다해 주리라고 생각합니다. 카마이클은 에든버러 사람으로 개인적으로는 모르지만 아주 훌륭한 일을 하고 있는 것 같더군요."

"고맙습니다, 많은 참고가 되었습니다. 그럼, 실례하겠습니다."

할리 거리로 나온 그는 흐뭇한 웃음을 빙긋 띠고 있었다. 그는 혼자 중얼거렸다.

"모든 건 요령이야! 요령 하나로 잘될 수 있어. 내가 무엇을 조사했는지 그는 몰랐겠지. 정말 잘됐어."

세 가지 단서

경찰국으로 돌아오자 재프 경감은 포아로가 기다리고 있다는 말을 들었다. 경감은 벨기에인 친구를 진심으로 반갑게 맞이했다.

"포아로 씨, 어떻게 이곳까지 오셨습니까? 무슨 뉴스라도 있습니까?"

"나는 뉴스를 들으러 온 겁니다, 경감님."

"당신답지 않은 말씀이시군요. 솔직히 말해서 이쪽에도 이렇다 할 소식이 없습니다. 파리의 골동품 가게 주인이 그 화살통은 바로 자신이 판 거라고 인정했습니다. 푸르니에 경감이 파리에서 '심리적 순간'에 대해 귀가 따갑게 말했기 때문에 나는 승무원들을 붙잡고 진저리나도록 캐물었으나, 그런 심리적 순간은 없었다고 합니다. 그 비행기 안에서는 아무 이상한 일도 일어나지 않았다더군요."

"그 두 사람이 앞객실 쪽에 가 있는 동안 일어났는지도 모르지요."

"승객들에게도 물어 보았습니다. 그들이 모두 거짓말하고 있다고 생각할 수는 없습니다."

"나는 어떤 사건에서 모든 사람이 거짓말하는 것을 본 적 있습니다.”

“또 당신이 다룬 사건 이야기입니까! 사실 나는 굉장히 우울합니다. 단서는 도무지 잡히지 않고, 부장은 차가운 눈길로 바라보고 있습니다. 그러니 대체 어떻게 하면 좋겠습니까? 다행히도 이 사건에는 외국 사람들이 관련되어 있어 이쪽에서는 프랑스인이 했다고 미룰 수 있고, 파리에서는 영국인이 했으니 그쪽 일이라고 말할 겁니다.”

“당신은 정말로 프랑스인이 했다고 생각합니까?”

“솔직히 말해서 그렇게 생각하지는 않습니다. 고고학자는 범인으로서 석연치 않은 점이 많으니까요. 그들은 늘 땅만 파며 몇천 년 전 일을 놓고 이러니저러니 큰소리치고 있거든요. 그런데 그 사람들이 어떻게 옛날 일을 알 수 있는지 그 점이 알고 싶습니다. 반대하려고 해도 할 수가 없잖습니까! 썩은 구슬 목걸이가 5322년 전 물건이라고 말하지만, 누가 그렇지 않다고 반박할 수 있겠습니까?

그들은 악의는 없겠지만. 모두 떠버리들입니다. 자기들은 진실이라고 믿겠지만요. 얼마 전 이곳에서도 페르시아 갑충석을 도둑맞고 법석 떤 사람이 있었지요. 아주 착한 노인이었는데, 울며불며 마치 갓난아기 같았습니다. 이것은 우리 둘만의 이야기입니다만, 그 두 프랑스인 고고학자가 했다고는 도저히 생각할 수 없습니다.”

“그럼, 누가 했다고 여기십니까?”

“글쎄요, 클랜시 씨가 있습니다. 아무래도 그 사람이 수상합니다. 혼자 중얼거리며 돌아다니더군요. 뭔가 고민거리가 있나 봅니다.”

“새로 쓸 소설의 줄거리라도 생각하는 거겠지요.”

“그럴지도 모르지만 그렇지 않을지도 모릅니다. 그러나 동기를 알 수 없으니. 검은 수첩에 기록된 ‘CL 52’는 호밸리 백작부인이라 생각되는데, 그녀로부터 아무 단서도 알아내지 못했습니다. 그녀는 아주 강경하더군요. "

포아로는 슬며시 웃음 지었다. 재프 경감은 말을 이었다.

"그리고 승무원 2명과 마담 지젤을 연관짓기도 역시 어렵습니다. "

"브라이언트 박사는? "

"그에게는 무언가가 있을 듯해서 노리고 있습니다. 그와 어떤 환자 사이에 소문이 있거든요. 남편을 미워하는 아름다운 여자. 마약을 쓰고 있다더군요. 그도 조심하지 않으면 의료심의회에서 제명될 겁니다. 그 점에 있어 'RT 362'에 들어맞습니다. 그리고 그가 어디서 뱀 독을 구했는지, 그 출처를 알아냈다고 여길 수도 있습니다. 그를 만나러 갔었는데, 그때 그가 정신없이 말해 버린 겁니다. 그러나 이런 것은 모두 추측이지 사실은 아닙니다. 이 사건에서는 사실을 간단히 잡을 수가 없군요.

라이더 씨는 솔직하게 다 털어놓는 성질입니다. 파리로 돈을 마련하러 갔었는데 헛일이었다고 하더군요. 그 이름과 주소를 가르쳐 주었는데, 그것도 이미 조사가 끝났습니다. 그의 회사는 1, 2주일 전에는 거의 파산 상태였는데, 지금은 그럭저럭 회복된 듯합니다. 그 점이 아무래도 수상쩍습니다. 모든 것이 갈피를 잡을 수 없습니다. "

"아니, 꼭 그렇게 말할 수는 없습니다, 확실치 않은 점이 좀 있긴 하지만. 갈피를 잡을 수 없다는 것은 정리되지 않은 두뇌에나 존재하는 겁니다. "

"좋을 대로 말하십시오, 결과는 마찬가지니까요. 푸르니에 씨도 벽에 부딪친 것 같더군요. 당신은 아무래도 완전히 해결하신 것 같은데, 말해 주지 않겠지요? "

"나를 놀리고 있군요. 나는 아직 해결하지 못했습니다. 나는 한 번에 한 발자국씩 나아가는 순서와 방법을 쫓고 있습니다. 앞길은 아직 멉니다.”

“그 말을 들으니 기쁘군요. 그 질서 있는 전진에 대해 듣고 싶은데
요.”

포아로는 빙긋 웃으며 주머니에서 종이 한 장을 꺼냈다.

“나는 작은 표를 만들었습니다. 내 생각은 이렇습니다. 즉 살인이
란 반드시 어떤 결과를 얻기 위해 저지른 행위라고요.”

“다시 한 번 천천히 말씀해 주십시오.”

“어려운 말은 아닙니다.”

“그럴지도 모르지만, 당신은 언제나 어렵게만 말씀하시니까요.”

“아니, 아주 간단합니다. 당신이 만일 돈이 필요하다고 합시다. 그
런데 아주머니가 죽으면 그걸 얻을 수 있게 됩니다. 그때 에라, 모
르겠다, 한번 해보자 하고 하나의 행위로 옮겨 갑니다. 아주머니를
죽이는 거지요. 그리고 그 결과 재산을 물려받습니다.”

재프 경감은 한숨을 쉬었다. “그런 아주머니가 있다면 좋겠는데요.
어서 계속하십시오. 당신이 말씀하시는 뜻을 알겠습니다. 동기가 없
으면 안 된다는 거지요?”

“나는 내가 말한 표현이 더 마음에 듭니다. 다시 말해 ‘어떤 행위를
한다. 그 행위는 살인이다. 그럼, 그 행위의 결과는 무엇인가?’ 여
러 가지 결과를 연구함으로써 우리는 그 수수께끼의 해답을 얻을
수 있습니다. 한 가지 행위의 결과는 또 여러 가지로 변화합니다.
특정한 하나의 행위는 여러 사람들에게 영향을 미치지요. 그래서
나는 어제——범행 후 3주일 지난 뒤——그 결과인 열하나의 다
른 경우에 대해 연구했습니다.”

포아로는 종이를 펼쳤다. 재프 경감은 흥미를 가지고 몸을 내밀어
포아로의 어깨너머로 읽었다.

제인 그레이. 결과——일시적으로 향상. 보수가 올랐음.

노먼 게일. 결과——나쁨. 환자가 줄었음.

호밸리 백작부인. 결과——좋음. 만일 그녀가 'CL 52'라면.

베니시어 카. 결과——나쁨. 마담 지젤의 죽음으로 호밸리 경이 아내와 이혼하기 위한 증거를 얻기가 더욱 어려워졌기 때문.

재프 경감은 읽다 말고 신음 소리를 냈다.

"흠, 그럼, 베니시어 카 양이 백작을 좋아하고 있단 말입니까? 당신은 연애 사건을 잘 들춰내는군요."

포아로는 빙긋 웃었다. 경감은 다시 그 표를 들여다보았다.

클랜시. 결과——좋음. 이번 살인 사건을 소재로 작품을 써서 돈벌이를 하려 하고 있음.

브라이언트. 결과——좋음. 만일 그가 'RT 362'라면.

라이더. 결과——좋음. 살인에 관한 기사를 써서 받은 돈으로 회사의 어려운 상황을 극복했음. 또 그가 'XVB 724'라면 더욱 좋음.

뒤퐁. 결과——변화없음.

장 뒤퐁. 결과——변화없음.

헨리 마이클. 결과——변화없음.

앨버트 데이비드. 결과——변화없음.

재프 경감은 의심스러운 듯이 말했다.

"이게 무슨 도움이 된다는 겁니까? ……라면, ……라면, 변화없음이라고 쓴 것이 무슨 도움이 된다는 말씀인지 전혀 모르겠군요."

"이것으로 분명히 분류가 되었습니다. 네 사람의 경우——클랜시

씨, 그레이 양, 라이더 씨, 그리고 호밸리 백작부인——는 결과적
으로 이득을 보았습니다. 그리고 게일 씨와 베니시어 카 양의 경우
는 손해를 본 것으로 나타났습니다. 또 다른 네 사람의 경우는 전
혀 아무 변화가 없었습니다. 우리가 아는 범위에서는요. 그리고 또
하나, 즉 브라이언트 박사의 경우는 결과도 없고, 이렇다 할 뚜렷
한 이익도 없습니다."

"그래서요?"

"그러니까 우리는 조사를 계속해야 합니다."

"이렇다 할 단서도 없이 말입니까? 솔직히 말해 지금 파리에서 우
리가 바라는 자료가 오기 전에는 아무 일도 할 수 없습니다. 정작
파고들어야 할 사람은 마담 지젤이니까요. 나라면 그 하녀로부터
푸르니에 경감보다 많은 것을 알아낼 수 있을 텐데요."

재프 경감은 음울한 목소리로 말했다.

"그것은 의문입니다. 이번 사건에서 무엇보다 재미있는 것은 죽은
여자의 성격입니다. 친구도, 친척도 없고 자기 생활마저 없었다고
할 수 있는 여자. 전에는 젊고 누군가를 사랑했으며 또 괴로워했던
여자, 그리고 운명의 손이 휘장을 벗겨내 순식간에 모든 것이 끝나
버린 여자. 한 장의 사진도, 추억될 만한 물건이며 장신구도 하나
없습니다. 마리 모리소는 돈놀이하는 '마담 지젤'로 바뀐 것입니
다."

"그녀의 과거에 단서가 있으리라고 여기십니까?"

"그럴지도 모르지요."

"그럼, 뭔가 조금은 알아낼 수 있겠군요? 아무튼 이 사건에는 전
혀 단서가 없으니까요."

"아니, 있습니다."

"화살통 말입니까?"

"아니, 아니, 화살통은 아닙니다."

"그렇다면 사건의 단서에 대해 당신의 이야기를 들어봐야겠군요." 포아로는 빙그레 웃었다.

"나는 거기에 클랜시 씨의 소설같이 제목을 붙여 보겠습니다. 《노랑 벌 단서》《승객 소지품 단서》《또 하나의 커피 스푼 단서》라고."

"참 어이없는 분이군요, 당신은." 경감은 상냥하게 말하고 나서 덧붙였다. "커피 스푼이 어떻다는 겁니까?"

"마담 지젤의 커피잔 받침접시에 스푼이 2개 있었습니다."

"그것은 결혼을 뜻한다고 하더군요."

"이 사건에서는 장례식을 뜻한 것입니다."

제인의 새 일자리

그 협박 사건이 있었던 날 밤 노먼 게일과 제인과 포아로 세 사람은 함께 저녁 식사를 했다. 이제 로빈슨 역할을 하지 않아도 된다는 말을 듣자 노먼은 안도의 숨을 내쉬었다. 포아로는 잔을 들어올리며 말했다.

"선량한 로빈슨 씨는 이제 죽었습니다! 그의 추억을 위해 건배합시다."

"그대여, 고이 잠들라." 노먼이 빙긋 웃으며 말했다.

"어떻게 된 거지요, 포아로 씨?" 제인이 물었다.

포아로는 그녀를 보며 조용히 웃었다.

"알고 싶었던 것을 알아냈습니다."

"마담 지젤과 관계가 있었군요?"

"그렇습니다."

"그것은 내가 만났을 때도 분명히 밝혀진 일입니다."

노먼이 말했다.

"그렇습니다. 그러나 좀더 자세한 걸 알고 싶었지요."

"그래, 뭘 알아냈습니까?"

"네."

두 젊은이는 그 이야기를 듣고 싶은 듯 포아로를 보았다. 포아로는 기대를 걸게 하는 듯한 태도로 직업과 인생의 관계에 대해 말하기 시작했다.

"흔히 '깨진 냄비에도 맞는 뚜껑이 있다'고들 말하는데, 뜻밖에도 그런 겁니다. 대부분의 사람들은 입으로는 이러니저러니 해도 마음 속으로 은근히 바라던 직업을 갖게 마련입니다. 당신들은 사무실에서 일하는 사람이 이런 말 하는 것을 들어본 적 있겠지요? '나는 탐험을 하고 싶다. 먼 나라에 가서 모험을 하고 싶다'라고. 그러나 아시겠지만 그 사람은 그런 내용의 소설을 즐겨 읽으며 실제로는 사무실 의자에 앉아 안전하고 편안한 인생을 보내기 바라고 있는 겁니다."

제인이 말했다.

"당신은 내가 외국으로 여행하고 싶다고 하지만 그것은 헛말이고, 여자들 머리를 매만지는 게 나에게 어울린다고 말씀하시고 싶은 거지요? 하지만 그렇지 않아요."

포아로는 그녀에게 빙긋 웃어 보였다.

"당신은 아직 젊습니다. 그러므로 당연히 이것저것 해보겠지요. 그러나 결국 마지막으로 자리잡는 것은 당신이 바라던 생활입니다."

"만일 내가 부자가 되고 싶다고 한다면?"

"아, 그것은 굉장히 어려운 일입니다."

노먼 게일이 끼여들었다.

"나는 그 말에 찬성할 수 없습니다. 나는 우연히 치과의사가 되었으며, 내가 택한 게 아닙니다. 숙부가 치과의사였는데, 그는 나와 함께 일하고 싶어했지요. 그러나 나는 모험을 하며 세계를 두루 돌아보고 싶었습니다. 그래서 치의학 공부를 중도에 그만두고 남아프리카 농장으로 갔었지요. 그러나 모험 생활은 순조롭지 못했습니다. 충분한 경험이 없었기 때문이지요. 그래서 숙부님 말대로 함께 일하게 된 겁니다."

"그래서 이번에 또 치과의사를 그만두고 캐나다로 가겠다고 생각했군요. 아무래도 당신은 영국을 떠나고 싶어하는 병에 걸렸나 봅니다."

"이번에는 그렇게 하지 않을 수 없습니다."

"사람이란 싫은 일도 어쩔 수 없이 해야 할 경우가 많지요."

"나는 여행이라면 결코 싫지 않아요. 강제로라도 나를 데려가 줄 사람이 없을까요?" 제인이 눈을 반짝이며 말했다.

그러자 포아로가 말했다. "좋습니다. 그럼, 지금 당장 여기서 당신에게 신청하지요. 그레이 양, 나는 다음주에 파리로 갑니다. 만일 괜찮다면 내 비서로 함께 가지 않겠습니까? 보수를 후하게 드리지요."

"앙투안를 그만둘 수 없어요. 좋은 일자리거든요."

제인은 머리를 저었다.

"내 비서도 좋은 일자리입니다."

"그래요. 하지만 그것은 일시적인 거잖아요?"

"그 뒤에도 비슷한 종류의 일을 구해 드리지요."

"고맙지만, 나는 그런 위험은 무릅쓰고 싶지 않아요."

포아로는 그녀를 보고 수수께끼 같은 웃음을 떠올렸다. 사흘 뒤 포아로에게서 전화가 걸려 왔다. 제인이 물었다.

"포아로 씨, 아직도 그 일자리가 있나요?"

"네, 있습니다. 나는 월요일에 파리로 갈 겁니다."

“정말 나도 함께 갈 수 있을까요 ? ”

“물론이지요. 그런데 마음이 달라진 걸 보니 무슨 일이 있었군요. ”

“앙투안 주인과 다퉜어요. 내가 손님을 화나게 했거든요. 그 사람은 글쎄…… 이런 이야기는 전화로 할 수 없어요. 나는 마음이 초조한 나머지 겉치레로나마 손님에게 부드럽게 한다는 것이 그만 솔직한 말을 털어놓아 버린 거예요. ”

“아, 넓은 세계를 생각하면……. ”

“뭐라고 하셨지요 ? ”

“당신 마음이 다른 일에 사로잡혀 있었을 거라고 말했습니다. ”

“내 마음이 아니라 혀가 잘못 돌아간 거예요. 하지만 재미있었어요. 그 손님의 눈이 마치 주워온 강아지처럼 휘둥그레져 튀어 나올 것 같았거든요. 덕분에 이렇게 쫓겨났어요. 아무래도 다른 일을 찾아야겠지만, 먼저 파리에 가보고 싶어요. ”

“좋습니다, 결정되었습니다. 파리로 가는 길에 일에 대한 지시를 하지요. ”

포아로와 그의 새로운 비서는 비행기로 가지 않았다. 제인은 마음속으로 그 일을 고맙게 생각했다. 지난번 여행의 불쾌한 경험으로 그녀는 신경과민이 되어 있었던 것이다. 그녀는 그 검은 옷차림의 축 늘어진 모습을 떠올리고 싶지 않았다. 칼레에서 파리로 가는 열차의 2인용 객실에 올라타자 포아로는 제인에게 자신의 계획을 이야기했다.

“파리에서 만날 사람이 몇 있습니다. 티보 변호사, 파리 경찰국의 푸르니에 경감——이 사나이는 우울해 보이지만 영리한 사람입니다——그리고 뒤퐁 씨 부자. 그런데 그레이 양, 내가 뒤퐁 씨와 이야기하는 동안 그 아들을 당신에게 부탁하겠습니다. 당신은 아주 아름답고 매력적입니다. 장 뒤퐁 씨도 검시 심문 뒤 당신을 기억하고 있으리라 생각합니다. ”

“그 뒤에도 만난 일이 있어요. ”

제인은 얼굴을 살짝 붉히며 대답했다.

“호, 그렇습니까? 어떻던가요? ”

제인은 더욱 얼굴을 붉히며 코너 하우스에서 만났던 이야기를 했다.

“잘됐습니다. 당신을 파리로 데려가기로 한 내 착상은 크게 성공할 것입니다. 자, 그레이 양, 내 말을 잘 들으십시오. 그와 만나는 동안 되도록 사건 이야기는 하지 마십시오. 하지만 만일 장 뒤퐁이 그 이야기를 꺼내거든 구태여 화제를 피할 건 없습니다. 그리고 가능하면 호밸리 백작부인에게 혐의가 걸려 있다고 자연스럽게 언질을 주어도 괜찮습니다. 내가 파리에 가는 것은 푸르니에 씨와 만나 죽은 부인과 호밸리 백작부인의 관계를 알아내기 위해서입니다. ”

“가엾은 호밸리 백작부인, 그녀를 미끼로 삼다니. ”

“그녀는 내가 존중할 수 있는 타입이 아닙니다. 한 번쯤 이용해 보기로 하지요. ”

“설마 그 젊은 뒤퐁 씨를 의심하고 계신 것은 아니겠지요, 포아로 씨? ” 제인은 잠시 망설이다가 입을 열었다.

“아니, 나는 다만 정보를 얻고 싶을 뿐입니다. 굉장히 매력적이지요, 그 젊은이는? 반했나요? ”

포아로는 날카롭게 그녀를 보았다. 제인은 그 말에 소리내어 웃었다.

“아니오, 그렇게 말할 수는 없어요. 아주 단순한 것 같지만 좋은 사람이에요. ”

“그 사람을 단순하다고 생각합니까? ”

“네, 단순한 사람이에요. 세상과 동떨어진 생활을 하고 있기 때문이 아닐까 해요."

"그렇겠지요. 그는 이를테면 이 같은 건 다루지 않으니까요. 치과 의사처럼 유명인이 치료 의자에 앉아 와들와들 떠는 것을 보고 환멸을 느끼는 일은 없을 테니까요."

제인이 웃었다.

"노먼은 아직 유명인을 환자로 다룬 일이 없을 거예요."

"캐나다로 가면 헛일이 되겠지만"

"이번에는 뉴질랜드 이야기를 하던데요. 그곳 기후가 자기에게 맞을 거라고요."

"아무튼 그는 애국자입니다. 가겠다는 곳이 모두 영국 자치령이니까요."

"나는 그가 다른 곳으로 갈 필요가 없을 거라고 생각해요."

제인은 묻는 듯한 눈길로 포아로를 지켜 보았다.

"이 포아로 아저씨를 믿고 있다는 말이로군요? 좋습니다, 최선을 다하겠다고 약속하지요. 그러나 그레이 양, 나는 분명히 느낍니다. 아직 스포트라이트를 받지 않은 인물이 있다는 것을. 아직 연기를 하지 않은 역할이 하나 있다는 것을 말입니다."

포아로는 얼굴을 찌푸리며 머리를 저었다.

"그레이 양, 이 사건에서는 아직 밝혀지지 않은 요소가 있습니다. 모든 것이 그것을 가리키고 있지만……."

파리에 도착한 이틀 뒤 포아로와 그의 비서는 작은 레스토랑에서 식사하고 있었다. 뒤퐁 부자가 포아로의 손님으로 초대되었다. 제인은 아버지 아르망 뒤퐁도 아들 못지않게 상당히 매력적인 사나이임을 알아차렸으나 그와 이야기할 기회는 그리 없었다. 포아로가 처음부터 완전히 독점하고 있었기 때문이었다. 제인은 장이 런던에서 만났을 때와 마찬가지로 소탈한 사람임을 알았다. 그의 젊은이답고 매력적인 성품이 전보다 더 그녀를 즐겁게 해주었다. 장은 아주 단순하고 친해지기 쉬운 성격의 소유자였다.

제인은 그와 웃으며 이야기하는 동안 드문드문 들려오는 두 신사의 대화를 놓치지 않고 들었다. '포아로는 대체 무엇을 알고 싶어하는 것일까' 그녀는 의아하게 생각했다. 그때까지 나눈 이야기에 살인에 대한 말은 한마디도 없었다.

포아로는 능숙한 솜씨로 그의 경력을 끌어내고 있었다. 그는 정말로 페르시아 고고학에 깊은 흥미를 가지고 있는 듯했다. 아르망 뒤퐁은 그날 밤 아주 즐거워했다. 포아로처럼 머리좋고 이야기를 들을 줄 아는 상대를 만나기란 좀처럼 드문 일이었기 때문이다.

누가 말을 꺼냈는지 모르지만, 젊은 두 사람은 영화를 보러 가게 되었다. 두 사람이 나가자 포아로는 좀더 의자를 끌어당겨 고고학에 대해 구체적인 흥미를 보였다.

포아로가 말했다.

"요즘처럼 불경기일 때에는 충분한 연구비를 마련하기가 무척 힘드시겠군요, 개인적인 기부금도 받으십니까?"

아르망 뒤퐁은 빙긋 웃었다.

"그때문에 우리는 실제로 무릎꿇고 애원하고 있답니다! 그러나 우리가 하는 발굴 작업은 특수한 것이어서 세상 사람들의 호응을 얻지 못합니다. 세상 사람들은 화려한 성과를 요구하니까요. 특히 황금을 좋아하지요——더욱 많은 황금을! 보통 사람들은 도자기 같은 것에는 놀라울 만큼 전혀 무관심합니다. 도자기, 도자기라는 말 속에 인류의 모든 꿈이 표현되어 있는데도, 그 디자인, 재료……."

아르망 뒤퐁은 완전히 열중해 있었다. 그는 포아로에게 B씨의 간행물은 빛좋은 개살구요, L씨는 죄악이라고 볼 수 있는 연대상의 착오를 범하고 있으며, G씨는 구제할 수 없을 만큼 비과학적인 성층 (成層)상의 오류를 저지르고 있다고 말했다. 포아로는 그러한 연구 발표에 결코 현혹되지 않도록 조심하겠다고 엄숙하게 약속했다. 그리 고 나서 그는 말했다.

"저 500파운드쯤이라도 받으시겠다면……."

아르망 뒤퐁은 흥분한 나머지 하마터면 테이블 너머로 몸이 넘어갈 뻔했다.

"당신이…… 당신이 그것을 주시겠단 말입니까? 우리의 연구를 도와주시는 겁니까? 정말 훌륭한 일입니다! 믿을 수 없군요. 지 금까지 개인의 기부로 그렇게 큰돈은 받아 본 적이 없습니다."

포아로는 헛기침을 했다.

"그 돈을 드리겠습니다만…… 한 가지 부탁이……."

"아, 압니다, 선물 말씀이지요? 발굴한 도자기를……."

"아닙니다, 그렇지 않습니다."

포아로는 고고학자가 다시 입을 열기 전에 말하려고 허둥거렸다.

"내 비서를…… 오늘 밤에 만나신 그 매력적인 아가씨를 이번 발굴 여행에 데려가 주시겠습니까?"

아르망 뒤퐁은 한순간 놀란 듯한 표정을 지었다. 그는 수염을 잡아 당기며 말했다.

"글쎄요, 안 될 것도 없겠지요. 그러나 아들과 의논해 봐야 합니 다. 조카 부부도 함께 가기로 되어 있거든요. 가족끼리 가기로 했 습니다만, 아무튼 장에게 이야기해 보겠습니다."

"그레이 양은 도자기에 굉장한 흥미를 가지고 있습니다. 그녀는 아 득한 과거에 매혹되어 있지요. 발굴 작업에 참여하는 것은 그녀 생 애의 꿈입니다. 그리고 또 양말을 깁거나 단추를 다는 일도 아주 잘합니다."

"그건 아주 도움되는 능력이군요."

"그렇지요? 그런데 당신은 아까 스자의 도자기에 대해 말씀하셨는데요……."

아르망 뒤퐁은 다시 스자 1세와 스자 2세에 대한 자신의 견해를 즐거운 듯 말하기 시작했다.

포아로가 호텔로 돌아가자 제인이 홀에서 장과 작별 인사를 하고 있는 참이었다. 엘리베이터 안에서 포아로가 말했다.

"당신을 위해 아주 재미있는 일거리를 마련해 두었습니다. 그레이 양. 당신은 다음해 봄 뒤퐁 씨 일행과 함께 페르시아에 가게 되었습니다."

제인은 멍하니 포아로를 지켜 보았다.

"정신이 이상해진 것 아니예요, 포아로 씨?"

"그러니 그 일을 제의해 오거든 기꺼이 받아들여야 합니다."

"나는 결코 페르시아에 가지 않겠어요. 그때쯤이면 노먼과 함께 매스월 힐이나 뉴질랜드에 가 있을 거예요."

포아로는 장난스러운 눈길로 그녀를 부드럽게 보았다.

"그레이 양, 다음해 3월까지는 아직 여러 달 남아 있습니다. 기뻐하는 기색을 보였다고 해서 곧 차표를 끊는 건 아닙니다. 나도 기부금을 내겠다고 말했지만 당장 수표에 서명하지는 않았지요. 내일 아침 당신에게 근동 지방의 유사 이전 도자기에 대한 책을 사주겠습니다. 당신이 그것에 굉장한 관심을 가지고 있다고 말했으니까요."

"당신의 비서가 된다는 건 이름만의 일이 아니었군요. 그 밖에 또 무슨 일이 있지요?" 제인은 한숨을 쉬었다.

"당신은 단추를 달고 양말을 깁는 일을 아주 잘한다고 말했습니다."

"그럼, 내일 그 솜씨도 보여 줘야 하나요?"

"뒤퐁 씨가 내 말을 그대로 받아들였다면 그렇게 해야 될지도 모르지요."

앤 모리소

다음날 아침 10시 30분. 우울한 얼굴을 한 푸르니에가 포아로의 거실로 들어와 왜소한 벨기에인의 손을 따뜻하게 잡았다. 그 태도가 전에 없이 흥분되어 있었다.

"이야기하고 싶은 게 있습니다. 당신이 런던에서 화살통의 발견에 대해 말씀하신 뜻을 이제야 안 것 같습니다."

"아, 그렇습니까." 포아로의 얼굴이 밝아졌다.

푸르니에는 의자에 앉으며 말했다. "그렇습니다. 나는 당신이 하신 말을 곰곰이 생각해 보았습니다. 몇 번이나 스스로에게 말해 보았지요. '우리가 생각한 대로 그 범죄가 이루어졌다고 볼 수는 없다'라고. 그리고 마침내 내가 되풀이한 말과 화살통의 발견에 대한 당신 말 사이의 관계를 깨닫게 된 겁니다."

포아로는 주의깊게 귀기울이고 있었으나 아무 말도 하지 않았다.

"그날 런던에서 당신은 말씀하셨지요. 통풍 구멍으로 쉽게 밀어내 버릴 수 있을 텐데, 왜 화살통이 비행기 안에서 발견되었는가? 지금 그 해답을 얻은 것 같습니다. 화살통이 발견된 것은 범인이 화살통을 발견해 주기를 바랐기 때문입니다."

"훌륭합니다."

"당신이 말씀하신 것은 역시 그런 뜻이었지요? 나도 그렇게 생각합니다. 그리고 나는 다시 한걸음 더 나아가 스스로에게 물어 보았습니다. '살인범은 어째서 화살통을 발견해 주기를 바랐을까?' 나는 지금 그 해답을 얻은 것 같습니다. 그것은 화살통을 쓰지 않았기 때문입니다.”

“훌륭합니다, 푸르니에 씨, 정말 훌륭합니다! 나도 그렇게 추리했습니다.”

“나는 또 스스로에게 말했습니다. ‘독화살은 썼다. 그러나 화살통은 쓰지 않았다. 그렇다면 독화살을 공중으로 날리는 데 뭔가 다른 것을 썼다는 말이 된다. 그것은 남자나 여자가 쉽게 입으로 가져갈 수 있는 것으로 남의 눈에 잘 띄지 않는 무언가였을 것이다.

이때 비로소 나는 당신이 승객의 짐과 소지품 목록을 자세히 만들어야 한다고 말씀하신 일이 생각났습니다. 그래서 목록을 조사해 보니 내 주의를 끄는 것이 두 가지 있었습니다. 호밸리 백작부인은 물부리 2개를 가지고 있었습니다. 그리고 뒤퐁 부자 앞 테이블에는 쿠르드족의 파이프가 몇 개 놓여 있었습니다.”

푸르니에는 말을 끊고 포아로를 바라보았다. 포아로는 아무 말도 하지 않았다.

“이 두 가지 물건은 남의 눈을 끌지 않고 자연스럽게 입으로 가져갈 수 있습니다. 내 생각이 어떻습니까?”

포아로는 잠시 망설이다가 입을 열었다. “당신은 올바른 발자국을 쫓고 있습니다. 그러나 조금만 더 앞으로 나아가 보십시오. 그리고 노랑 벌에 대한 것도 잊지 마시도록.”

푸르니에는 눈을 크게 떴다. “노랑 벌이라고요? 아니, 그 점에서는 아무래도 당신 생각을 따를 수가 없습니다. 노랑 벌이 이 사건과 어떤 관계가 있는지 나로서는 모르겠습니다.”

“모르시겠습니까? 그러나 그 점은 내가…….”

이때 전화벨이 울려 포아로의 말이 끊어졌다. 그는 수화기를 들었다. “여보시오, 아, 안녕하십니까? 그렇습니다, 에르퀼 포아로입니다.” 포아로는 송화구를 손으로 덮고 푸르니에에게 말했다. “티보 씨입니다. 네, 그렇지요…… 건강합니다. 당신은? 푸르니에 씨 말입니까? 네, 그렇습니다. 벌써 와 계십니다. 지금 여기 계십니다.”

포아로는 수화기를 귀에서 떼고 푸르니에에게 말했다. “그는 경찰국에서 당신을 만날 생각이었던가 봅니다. 거기서 나를 찾아갔다고 일러주었답니다. 전화를 받아 보시지요. 흥분하고 있는 것 같습니다.”

푸르니에는 수화기를 넘겨받았다.

“여보시오. 푸르니에입니다…… 뭐라고요? 네? 정말입니까? 네, 그렇군요…… 네, 물론이지요. 우리도 곧 그리로 가겠습니다.”

그는 수화기를 내려놓고 포아로를 바라보았다.

“딸입니다, 마담 지젤의 딸입니다.”

“뭐라고요?”

“유산을 청구하기 위해 그녀가 찾아왔답니다.”

“어디서 왔습니까?”

“미국입니다. 티보 씨는 그녀에게 11시 30분에 다시 한 번 오라고 했답니다. 우리도 와서 그 딸을 만나 보라는군요.”

“갑시다, 지금 곧. 나는 잠깐 그레이 양에게 몇 자 적어 둬야겠습니다.”

그는 다음과 같이 썼다.

사건이 좀 진전되었으므로 외출합니다. 만일 장 뒤퐁 씨로부터 전화가 걸려 오든지 찾아오면 친절히 대해 주시오.

단추나 양말 이야기는 해도 좋지만, 유사 이전의 도자기 이야기는 하면 안 됩니다. 그는 당신에게 호감을 갖고 있지만, 꽤 머리가 좋으니까요. 그럼.

에르퀼 포아로

포아로는 일어나며 말했다. "자, 갑시다 ! 바로 내가 기다리던 일입니다. 처음부터 줄곧 존재를 의식하고 있던 그림자가 마침내 모습을 드러냈군요. 머지않아 모든 일이 밝혀질 것입니다. "

티보 변호사는 두 사람을 상냥하게 맞이했다. 예의 바르게 인사를 나눈 뒤 변호사는 마담 지젤의 상속인에 대한 이야기를 꺼냈다.

"어제 편지를 받았는데, 오늘 아침 그 젊은 부인이 직접 나를 찾아왔습니다. "

"모리소 양은 몇 살입니까 ? "

"모리소 양이라기보다 리처드 부인입니다. 결혼했으니까요. 꼭 24살입니다. "

푸르니에가 물었다.

"마담 지젤의 딸임을 증명하는 서류를 가져왔습니까 ? "

"그렇습니다, 분명히……. "

변호사는 옆에 있는 서류철을 펼쳤다. "우선 이겁니다. "

그것은 조르주 레망과 마리 모리소의 결혼증명서 사본이었다. 둘다 퀘벡 태생으로 날짜는 1910년. 그 밖에 앤 모리소 레망의 출생증명서와 여러 가지 서류가 있었다.

푸르니에가 말했다.

"이제 마담 지젤의 젊은 시절 생활이 얼마쯤 분명해지겠군요. "

티보 변호사가 고개를 끄덕였다.

"여러모로 생각해 본 결과 마리 모리소는 이 레망이라는 사나이와 만났을 때 보모거나 잔심부름하는 하녀였던 것 같습니다. 그 사나이는 아주 나쁜 사람으로 결혼한 지 얼마 안 되어 그녀를 버렸습니다. 그래서 그녀는 다시 처녀 시절의 성을 쓰게 된 것 같습니다. 아이는 퀘벡의 마리 고아원에서 맡아 길렀지요. 마리 모리소는 그 뒤 곧 퀘벡을 떠나——남자와 함께였으리라고 생각합니다만——

프랑스로 왔습니다. 그 뒤 가끔 딸에게 돈을 보냈는데, 마침내 아이가 12살이 되면 주라고 상당한 액수의 돈을 보낸 듯합니다. 그 무렵의 마리 모리소는 아마 불규칙한 생활을 했겠지요. 그래서 딸과도 인연을 끊어 버리는 편이 좋겠다고 마음먹은 것 같습니다.”

“그 딸은 어떻게 자신이 유산 상속인이라는 것을 알았을까요?”

“우리는 여러 신문에 자세한 내용의 광고를 냈습니다. 그것이 마리 고아원 원장 눈에 띄어 리처드 부인에게 편지나 전보로 알려 준 것 같습니다. 부인은 유럽에 있었는데, 마침 미국으로 돌아가려던 참이었다고 합니다.”

“리처드란 어떤 사람입니까?”

“디트로이트 태생인데 미국 국적을 가졌는지 캐나다 국적을 가졌는지는 모르겠습니다. 외과용 의료기구 만드는 일을 하고 있답니다.”

“부인과 함께 오지 않았습니까?”

“네, 그는 미국에 있습니다.”

“리처드 부인은 어머니가 왜 살해되었는지 힌트가 될 만한 말을 하지 않았습니까?”

변호사는 고개를 저었다.

“어머니에 대해 아무것도 모르더군요. 고아원 원장으로부터 한 번 이야기를 들은 적이 있는 듯하지만, 지금은 어머니의 옛 성도 기억하지 못할 정도입니다.”

푸르니에가 말했다.

“그렇다면 딸이 나타나도 살인 사건은 해결될 것 같지 않군요. 전부터도 그런 생각은 해본 적 없습니다만, 지금 나는 전혀 다른 방향을 쫓고 있습니다. 내 수사는 세 인물 가운데 누구인가 하는 데까지 좁혀졌습니다.”

“네 사람입니다.” 포아로가 말했다.

"네 사람이라고 생각하십니까 ?"

"내가 네 사람이라고 말하는 게 아닙니다. 당신이 나에게 이야기한 그 추리에 의하면 세 사람으로 한정할 수 없을 겁니다." 포아로는 재빨리 두 손을 움직이며 이어서 설명했다. "물부리가 2개, 쿠르드족 파이프와 플루트, 플루트를 잊어서는 안 됩니다."

푸르니에가 외마디 소리를 질렀다. 마침 그때 문이 열리고 나이 지긋한 사무장이 낮은 목소리로 말했다.

"부인이 찾아오셨습니다."

티보 변호사가 말했다.

"자, 직접 상속인을 만나 보십시오. 부인, 어서 들어오십시오. 소개하겠습니다. 이분은 경찰국의 푸르니에 경감님입니다. 어머니가 돌아가신 데 대해 프랑스 쪽 조사를 맡고 계시지요. 이분은 에르퀼 포아로 씨입니다. 이름은 잘 알고 계시겠지요 ? 친절하게도 이번 일을 도와주고 계십니다. 이분이 리처드 부인입니다."

마담 지젤의 딸은 검은 머리의 세련된 젊은 여자였다. 아주 늘씬하고 간소하지만 산뜻한 차림새였다. 그녀는 차례차례 악수하며 작은 목소리로 고맙다고 말했다.

"하지만 나는 아무래도 그 부인의 딸이라는 생각이 들지 않아요. 사실 나는 지금까지 고아였으니까요."

푸르니에의 질문에 대답하며 그녀는 마리 고아원 원장 안젤리카 수녀에 대해 따뜻한 감사의 마음을 나타내며 말했다.

"나에게는 정말 친절하신 분이었지요."

"그 고아원을 나온 게 언제였습니까, 부인 ?"

"18살 때였어요. 스스로의 힘으로 생활을 시작했지요. 한때는 매니큐어사로 일한 적도 있지만 얼마 전까지 의상실에 있었어요. 그이는 니스에서 만났어요. 그는 마침 미국으로 돌아가는 길이었지요.

그런 다음 다시 장삿일로 네덜란드에 갔다가 우리는 한 달쯤 전 로테르담에서 결혼했어요. 공교롭게도 그이는 캐나다로 돌아가야 했기 때문에 나만 이곳에 남게 되었지요. 다시 그이가 있는 곳으로 돌아갈 생각이에요."

앤 리처드의 프랑스어는 유창하여 듣기 쉬웠다. 분명 영국인이라기보다는 프랑스인이었다.

"이 비극을 어떻게 아셨습니까?"

"신문에서 읽었어요. 그러나 이 사건의 피해자가 설마 어머니인 줄은 몰랐지요. 그런데 안젤리카 수녀님이 전보로 티보 씨의 주소를 알려 주셨어요. 그리고 어머니의 옛 성도 알려주셨지요."

푸르니에는 생각깊게 고개를 끄덕였다. 그들은 한동안 이야기를 했으나 그녀는 살인 사건 수사에 아무 도움도 되지 않는다는 것을 알았다. 그녀는 어머니의 생활이며 일에 대해 아무것도 몰랐다. 푸르니에와 포아로는 그녀가 머무르고 있는 호텔 이름을 묻고 그녀와 헤어졌다.

한참 뒤 푸르니에가 말했다.

"실망하셨지요? 당신은 그 여자에 대해 전부터 무언가 생각하고 있지 않았습니까? 그녀를 사기꾼으로 의심하셨지요? 아니면 지금도 그렇게 생각하고 있습니까?"

포아로는 힘없이 머리를 저었다.

"아닙니다. 그녀가 사기꾼이라고는 생각지 않습니다. 그녀가 가져온 증명서는 분명히 진짜입니다. 그보다도 어쩐지 나는 그녀를 전에 어디선가 만난 것 같은 느낌이 듭니다. 아니면 누구와 닮은 것인지……."

푸르니에가 의아해하며 말했다.

"죽은 어머니를 닮았단 말입니까? 설마 그렇지는 않겠지요."

"네, 그렇지 않습니다. 그것이 무엇인지 생각났으면 좋겠는데요. 그 얼굴은 분명 누군가를 생각나게 합니다."

푸르니에는 호기심어린 표정으로 포아로를 보았다.

"당신은 줄곧 그 상속인인 딸에 대해서만 마음쓰고 계시는군요."

포아로는 눈썹을 조금 치켜 올렸다.

"그렇습니다. 마담 지젤의 죽음으로 누가 어떤 이익을 얻느냐는 관점에서 본다면, 누구보다도 그 젊은 부인이 가장 많은 이익을 얻게 되니까요."

"그것은 사실입니다만, 그러나 그것이 어떻다는 겁니까?"

포아로는 그 말에 아무 대답도 하지 않고 잠시 자기 생각을 쫓고 있었다. 이윽고 그는 입을 열었다.

"그 딸에게는 막대한 유산이 넘어갑니다. 따라서 내가 처음부터 그 딸이 이 사건에 관계되어 있다고 생각했다 하더라도 그리 이상한 일은 아니지요. 그 비행기에는 세 여자가 타고 있었습니다. 베니시어 카 양은 잘 알려진 이름있는 사람입니다. 그러나 다른 두 사람은 어떻습니까? 마담 지젤의 하녀 엘리스로부터 그 딸의 아버지가 영국인 같다는 말을 들은 뒤 나는 늘 이 두 여자 가운데 누군가가 마담 지젤의 딸일지도 모른다고 생각했었습니다. 둘 다 거의 비슷한 또래지요. 호밸리 백작부인은 어느 집안 사람인지 모르는 여배우 출신이고, 예명으로 불려왔습니다. 그레이 양은 전에도 말했듯 고아원에서 자랐습니다."

"아, 당신은 그렇게 생각하셨군요! 우리 친구 재프 경감이 들으면 지나친 억측이라고 하겠는데요."

"그렇습니다. 그는 늘 내게 모든 일을 너무 어렵게 생각한다고 하니까요."

"그것 보십시오!"

"그러나 사실은 그렇지도 않습니다. 나는 늘 상상할 수 있는 가장 단순한 방법으로 일해 나갑니다. 사실을 받아들이는 데 인색하지 않지요."

"그러나 오늘은 실망하셨겠지요? 당신은 앤 모리소에게 더 많은 것을 기대하지 않았습니까?"

두 사람은 포아로의 호텔로 돌아갔다. 프런트 책상 위에 놓여 있는 물건이 눈에 띄자 푸르니에는 그날 아침 포아로가 한 말이 생각났다.

"내 실수를 지적해 주셨는데도 아직 고맙다는 인사를 드리지 않았군요. 나는 호밸리 백작부인의 물부리 2개와 뒤퐁 씨 부자의 쿠르드족 파이프는 알아차렸으나 브라이언트 박사의 플루트는 까맣게 잊어버리고 있었습니다. 정말 부끄럽습니다. 그 의사를 진심으로 의심하고 있는 것은 아닙니다만."

"의심하지 않습니까?"

"네, 그는 그런 일을 할……." 푸르니에는 갑자기 입을 다물었다.

한 사나이가 프런트 앞에 서서 사무원과 이야기하고 있었다. 그는 플루트 케이스에 손을 얹은 채 뒤돌아보았다. 그 눈길이 포아로와 마주치자 그의 얼굴이 곧 환해졌다. 포아로는 사나이 쪽으로 걸어갔다. 푸르니에는 브라이언트가 알아차리지 못하도록 살짝 뒤로 물러났다.

"아니, 브라이언트 씨 아닙니까." 포아로가 인사했다.

"포아로 씨."

두 사람은 악수했다. 의사 옆에 서 있던 부인이 엘리베이터 쪽으로 걸어갔다. 포아로는 재빨리 그 뒷모습을 눈으로 쫓으며 브라이언트 박사에게 물었다.

"환자들은 당신이 없어도 괜찮습니까?"

브라이언트 박사는 조용히 빙긋 웃었다. 포아로가 아직 기억하고 있는 사람, 마음을 끄는 쓸쓸한 웃음이었다. 그는 지친 모습이었지만 이상할 만큼 침착했다. 그는 작은 테이블 쪽으로 다가갔다.

"지금은 환자가 없답니다. 셸리 술을 한 잔 드시겠습니까, 포아로 씨? 아니면 다른 아페리티프(식사 전에 마시는 술)라도 드시겠습니까?"

"고맙습니다."

두 사람은 의자에 앉았다. 주문이 끝나자 브라이언트 박사는 조용히 말했다. "이제 환자가 없답니다. 은퇴했으니까요."

"갑자기 결심하신 겁니까?"

"아니요."

술이 앞에 놓일 때까지 브라이언트 박사는 아무 말도 없었다. 이윽고 그는 잔을 집어 들며 부드럽고 조용한 목소리로 말했다.

"이렇게 할 수밖에 없다고 생각하여 등록을 취소당하기 전에 자진해서 병원을 그만두었습니다. 누구나 인생에 전환기가 오기 마련입니다, 포아로 씨. 그때는 갈림길에 서서 결심을 해야 하지요.

나는 직업에 많은 흥미를 가졌기 때문에 그만둔다는 것은 슬픈 일입니다. 아주 슬픈 일입니다. 그러나 그 밖에도 인생에는 필요한 것이 있습니다. 인간으로서의 행복이라는 것이지요, 포아로 씨."

포아로는 잠자코 있었다. 그는 브라이언트 박사가 계속 말을 하기를 기다렸다.

"그 부인이 있기 때문입니다. 내 환자입니다만, 나는 깊이 사랑하고 있습니다. 그녀의 남편은 그녀를 몹시 괴롭혔습니다. 그는 마약 상용자입니다. 당신이 의사라면 그것이 어떤 일인지 잘 아실 겁니다. 그녀는 자기 몫의 재산이 없으므로 남편과 헤어질 수도 없었습니다. 한동안은 나도 결심하지 못했었지요. 그러나 지금은 각오가 섰습니다. 그녀와 나는 오늘 밤 케냐로 가서 새로운 생활을 시작하기로 했습니다. 이번에는 그녀도 행복이라는 것을 조금은 맛보게 될 겁니다. 오랫동안 괴로움에 시달려 왔으니까요."

그는 잠시 입을 다물었다. 그리고 좀더 생기 있는 말투로 다시 말을 이었다.

"이런 이야기를 당신에게 털어놓는 것은 , 이 사실이 머지않아 세상에 알려질 테니 당신에게 조금이라도 빨리 알려 드리는 게 좋으리라고 여겨졌기 때문입니다. "

"잘 알았습니다. "

포아로는 잠시 생각에 잠겼다.

"그 플루트를 가지고 계시는군요. "

브라이언트 박사는 빙긋 웃었다.

"이 플루트는 나의 가장 오랜 친구입니다, 포아로 씨. 모든 일에 실패해도 음악만은 남으니까요. "

그는 플루트 케이스를 쓰다듬더니 일어나서 머리숙여 인사했다.

포아로도 일어섰다. 그는 말했다.

"당신의 행복을 빕니다. 그리고 부인에게도……. "

푸르니에가 돌아왔을 때 포아로는 퀘벡 시에 장거리 전화를 신청하고 있었다.

갈라진 손톱

푸르니에가 소리쳤다.

"이번에는 뭡니까? 아직도 상속인인 그 여자의 일이 머리에서 떠나지 않습니까? 아무래도 당신은 그 집념을 버리지 못했나 보군요. "

"그렇지 않습니다. 그런 일은 없습니다. 모든 일에는 순서와 방법이 있지요. 다음 단계로 넘어가기 전에 한 가지 일을 다 마무리지어야 합니다. "

포아로는 둘레를 살펴보았다.

"아, 그레이 양이 왔군요. 먼저 식사를 시작하시지요. 나도 되도록 빨리 갈 테니까요."

푸르니에는 제인과 둘이 식당으로 들어갔다. 제인이 호기심어린 표정으로 물었다.

"그 여자는 어떤 사람이던가요?"

"키는 보통보다 좀 크고 머리는 검은 색, 얼굴에는 윤기가 없고 턱이 뾰족하며……."

"마치 여권의 인상서를 읽고 있는 것 같군요. 내 여권 특징사항에도 아주 실례되는 말로 씌어 있어요. '보통'이라는 말을 많이 썼지요. 코는 보통, 입은 보통——입의 크기는 어떻게 정하는 걸까요? ——이마는 보통, 턱도 보통."

"그러나 눈은 보통이 아니군요."

"잿빛이지만 그다지 사람의 눈길을 끄는 빛깔은 아니예요."

푸르니에는 테이블 위로 몸을 내밀었다.

"누가 그러던가요? 그 눈이 사람 눈길을 끌지 않는다고……."

제인은 웃었다.

"당신의 영어 실력은 대단하군요. 앤 모리소에 대해 좀 이야기해 주세요. 그녀는 아름답던가요?"

푸르니에는 조심스럽게 말했다.

"네, 얼마쯤…… 그녀는 앤 모리소가 아니라 앤 리처드 부인이었습니다. 결혼했으니까요."

"남편도 함께 왔나요?"

"아니오."

"어째서 함께 오지 않았을까요?"

"캐나다인가 미국에 있기 때문이랍니다."

그는 앤의 생활 사정을 설명해 주었다. 그의 이야기가 끝날 무렵

포아로가 돌아왔다. 그는 좀 침울한 표정을 짓고 있었다. 푸르니에가
물었다.

"어떻습니까, 포아로 씨?"

"나는 안젤리카 원장 수녀와 직접 이야기했습니다. 대서양 횡단 전
화, 굉장히 로맨틱하지요! 지구 반대쪽에 있는 사람과 이처럼 쉽
게 이야기할 수 있다니……."

"전송 사진, 그것도 역시 로맨틱한 일입니다. 과학은 실로 최대의
로맨스지요. 자, 어서 말씀을 계속하십시오."

"안젤리카 원장 수녀는 리처드 부인이 마리 고아원에서 자란 게 사
실이라고 말했습니다. 포도주 상인인 프랑스인과 함께 퀘벡 시를
떠난 어머니에 대한 이야기도 숨김없이 다 말해 주었습니다. 그즈
음 아이가 어머니의 영향에서 벗어났을 때 한시름 놓았답니다. 그
녀가 보기에 마담 지젤은 그 뒤 계속 타락해갔다는군요. 돈은 규칙
적으로 보내 주었지만 한 번도 딸을 만나러 가지 않았답니다."

"그럼, 당신이 나눈 대화는 오늘 아침에 우리가 들은 이야기를 되
풀이한 데 지나지 않군요."

"그렇습니다. 그보다 좀더 자세했을 뿐입니다. 앤 모리소는 6년 전
에 매니큐어사가 되기 위해 고아원을 나왔습니다. 그 뒤 어떤 귀부
인의 하녀가 되어 퀘벡 시를 떠나 유럽으로 갔답니다. 앤은 편지를
자주 하지 않았지만 1년에 두 번쯤은 보냈지요. 신문에서 기사를
읽었을 때 그녀는 마리 모리소가 퀘벡에서 살았던 마리 모리소임을
알았다더군요."

"마담 지젤의 남편에 대한 것은 어떻습니까? 그녀가 결혼했다는
게 이제 분명해졌으니 그 남편이 이번 사건과 관련있을지도 모르잖
습니까?"

"나도 그런 생각을 했습니다. 그것이 전화를 건 이유 가운데 하나

였습니다. 마담 지젤의·악당 남편 조르주 레망은 전쟁이 시작될 무렵에 전사했답니다."

포아로는 입을 다물었다. 그리고 다시 불쑥 말했다.

"내가 지금 무슨 말을 했습니까?…… 맨 나중에 한 말 말고 그 바로 조금 전에 한 말 말입니다. 무의식중에 뭔가 중대한 말을 해버린 것 같은 기분이 드는군요."

푸르니에가 되도록 정확하게 포아로의 이야기 내용을 되풀이해 보았으나, 포아로는 만족스럽지 못한 듯 머리를 가로저을 뿐이었다.

"아니, 그게 아닙니다. 됐습니다. 아무래도 좋습니다."

그러고 나서 포아로는 제인을 바라보고 그녀를 이야기 속으로 끌어넣었다. 식사가 끝나자 포아로는 휴게실에 가서 커피를 마시자고 했다. 제인은 좋다고 하며 테이블 위의 핸드백과 장갑을 집으려고 손을 내밀었다. 그녀는 그것을 집어 든 순간 얼굴을 조금 찡그렸다.

"왜 그러지요, 그레이 양?"

"아니, 아무것도 아니예요. 손톱 끝이 조금 걸렸을 뿐이에요. 줄로 갈아야겠어요." 제인이 웃으며 말했다.

포아로는 갑자기 다시 자리에 앉았다.

"잠깐만!"

푸르니에와 제인은 놀라서 그를 쳐다보았다. 제인이 소리쳤다.

"포아로씨, 왜 그러시지요?"

"앤 모리소의 얼굴을 어디서 본 듯했는데 이제야 알았습니다. 전에 그녀를 본 적 있습니다. 그 살인이 일어난 날 비행기 안에서. 호밸리 백작부인이 그녀에게 손톱 줄을 가져오도록 시켰었지요. 앤 모리소는 호밸리 백작부인의 하녀였습니다!"

걱정

점심 식사 테이블 앞에 앉아 있던 세 사람에게 이 뜻밖의 새로운 사실은 말할 수 없이 큰 충격을 주었다. 이로 말미암아 사건은 새로운 양상을 띠기 시작한 것이다. 앤 모리소는 그 사건에서 멀리 떨어진 존재가 아니라 실제로 범죄 현장에 있었던 것이다. 세 사람 모두 이 사실에 자신의 생각을 조정하느라 얼마쯤 시간이 걸렸다. 포아로는 미친 듯이 두 손을 휘두르며 눈을 감은 채 괴로운 듯 얼굴을 일그러뜨렸다.

그는 두 사람에게 부탁했다.

"잠깐만…… 이 사실이 사건에 대한 나의 생각에 어떤 영향을 미치는지 생각해 봐야 합니다. 지난 일을 돌이켜 생각해 봐야 합니다. 그 운 나쁜 위장! 그때 나는 속이 메슥거리는 데에만 정신을 빼앗기고 있었기 때문에 그만……."

푸르니에가 말했다.

"그럼, 그녀는 실제로 그 비행기에 타고 있었군요. 알았습니다. 이제야 알았습니다."

"나도 생각이 나요, 검은 머리의 늘씬한 여자였어요."

제인은 눈을 반쯤 감고 그때 일을 생각해 내려고 애썼다.

"호밸리 백작부인은 '마들렌'이라고 그녀를 불렀어요."

포아로도 말했다. "그렇지…… 마들렌이었습니다! 호밸리 백작부인은 비행기 끝까지 상자를 가지러 가게 했습니다. 새빨간 화장품 상자였지요."

푸르니에가 외쳤다.

"그럼, 그녀가 자기 어머니가 앉아 있는 자리 옆을 지나갔다는 말입니까?"

"그렇습니다."

"동기도 기회도 있었군요. 그렇습니다, 모든 것이 거기에 있습니다."

푸르니에는 크게 한숨을 쉬었다. 그리고 보통 때의 우울한 태도와 달리 갑자기 테이블을 힘껏 내리치며 소리쳤다.

"그런데 대체 어째서 아무도 이 사실을 몰랐을까! 왜 용의자 속에 그녀가 들어 있지 않았을까?"

포아로가 지친 듯이 대꾸했다.

"아까도 말했듯 나의 운 나쁜 위장 때문입니다."

"네, 그건 알고 있습니다. 그러나 다른 사람의 위장은 아무렇지도 않았습니다. 승무원도, 다른 승객들도……."

제인이 끼여들었다.

"그건 그래요. 하지만 그녀가 심부름한 것은 비행기가 뜨고 얼마 안 되어서였기 때문이에요. 비행기가 르 부르제를 막 떠났을 때였지요. 게다가 마담 지젤은 그 뒤로 한 시간 이상이나 무사했으니까요. 그녀가 살해된 것은 훨씬 나중이었다고 생각해요."

푸르니에가 생각에 잠겨 말했다.

"그건 이상하군요. 독이 늦게 작용하는 일도 있습니까? 그런 일이 일어나다니……."

포아로는 신음 소리를 내며 두 손으로 머리를 감싸 안았다.

"생각해야 해, 생각해야 해…… 내가 생각한 것은 완전히 잘못된 것이었을까?"

푸르니에가 거들었다.

"그럴 수도 있지요. 나에게도 그런 적이 있답니다. 따라서 당신에게도 그런 일이 일어날 수 있지요. 누구나 자존심을 주머니에 집어넣고 자기 생각을 바꾸어야 할 경우가 많습니다."

포아로는 동의했다.

"그건 그렇습니다. 나는 지금까지 너무 한 가지 일에만 사로잡혀 있었는지도 모릅니다. 나는 어떤 단서가 발견되리라고 예상했었습니다. 그리고 그것을 발견했습니다. 나는 거기에 바탕을 두고 이 사건을 구성한 겁니다. 그러나 내가 처음부터 잘못했었다면, 그 특별한 물건이 다만 우연히 존재했던 것이라면, 그때야말로 나는 내가 잘못 생각했었다는 것을, 완전히 잘못 생각하고 있었다는 것을 인정하겠습니다."

"당신도 이 사건 전환의 중대성에는 눈감을 수 없을 겁니다. 동기와 기회, 달리 또 무엇을 바랍니까?"

"아무것도 바라지 않습니다. 옳은 말씀입니다. 그러나 독의 작용이 뒤늦게 나타난 것은 정말 이상합니다. 불가능하다고 볼 수 있는 일이지요. 그러나 독물에 관한 한 불가능한 일이 일어날 수도 있습니다. 특이체질이라는 것도 계산에 넣어야 하니까요."

그의 목소리는 힘없이 끊어졌다. 푸르니에가 다시 말했다.

"작전 계획을 세워야겠군요. 지금 당장 앤 모리소에게 의혹을 사게 하는 일은 현명한 방법이 아니라고 생각합니다. 당신이 그녀의 정체를 알아차린 사실을 그녀는 전혀 모르고 있을 겁니다. 그녀가 상속인이라는 것은 완전히 인정되었고, 그녀가 묵고 있는 호텔도 알고 있으니 티보 씨를 통해 연락을 취할 수도 있습니다. 법률상의 수속도 늦출 수 있습니다. 우리는 두 가지 점을 파악했습니다. 동기와 기회를. 이제부터는 앤 모리소가 뱀 독을 가지고 있었다는 것을 증명해야 합니다. 그리고 화살통을 사고, 쥘 페로를 매수하고, 미국인을 끌어들인 문제도 있습니다. 그 미국인은 바로 그녀의 남편 리처드가 아닐까요? 그가 캐나다에 있다는 것도 그녀가 그렇게 말했을 뿐이니까요."

"그렇습니다. 그녀의 남편, 바로 그 남편입니다. 아, 잠깐, 잠깐만!"

포아로는 관자놀이를 손으로 누르며 중얼거렸다.

"모든 것이 잘못되었어. 나는 나의 회색 뇌세포를 질서 있게 내 방법대로 쓰지 않은 거야. 결과로 비약한 나는 내가 생각하려고 한 것을 생각했던 거지. 그것이 잘못되었어. 만일 내가 처음에 생각한 일이 옳았다면 그런 생각을 하려 하지 않았을 텐데."

그는 입을 다물었다. 그러자 제인이 물었다. "왜 그러시지요?"

포아로는 한동안 아무 대답도 하지 않았다. 이윽고 그는 관자놀이에서 손을 떼고 자세를 바로한 다음 그의 조화 감각을 해친 2개의 포크와 소금통을 똑바로 놓았다.

"생각해 봅시다. 앤 모리소는 이 범죄에서 유죄든 무죄든 둘중 하나겠지요. 만일 무죄라면 그녀는 왜 거짓말을 했을까요? 왜 그녀는 호밸리 백작부인의 하녀라는 사실을 숨겼을까요?"

푸르니에가 맞장구쳤다.

"그렇습니다. 만일 무죄라면……."

"그럼, 우선 앤 모리소가 거짓말을 했으니 유죄라고 봅시다. 그러나 잠깐만…… 나의 첫 번째 가정이 옳다면 그것은 그녀의 유죄와 일치할까, 아니면 그녀의 거짓말과 일치할까? 그렇지, 한 가지 전제만 주어지면 그럴지도 모릅니다. 그 경우 만일 그 전제가 옳다면 앤 모리소는 결코 비행기를 탔을 리 없는 셈이 됩니다."

다른 두 사람은 예의 바르게 포아로를 지켜 보고는 있었지만 사실은 그의 이야기에 흥미가 없었다고 하는 편이 옳을 것이다. 푸르니에는 마음속으로 생각하고 있었다.

'그 영국인 재프 경감이 한 말을 이제야 알겠군. 그 노인은 모든 일을 어렵게 생각하려고 합니다. 단순한 사건도 복잡하게 만들려고 하지요. 자신이 맨 먼저 생각한 것과 일치되지 않을 때는 이미 알

려진 해답도 받아들이려 하지 않는 겁니다.'

제인도 생각하고 있었다.

'대체 무슨 말을 하고 있는 건지 도무지 모르겠군. 왜 그녀가 비행기 안에 탔을 리 없다는 것일까? 그녀는 호밸리 백작부인이 명령하는 곳이면 어디든 따라가야 할 텐데, 정말이지 이 사람은 어딘지 속임수가 있는 것 같아.'

포아로가 갑자기 숨을 들이마셨다.

"물론 그것은 있을 수 있는 일이다. 그것을 확인하는 것은 아주 간단해!"

그는 벌떡 일어섰다. 푸르니에가 물었다.

"이번에는 또 무슨 일입니까, 포아로 씨?"

"다시 한 번 전화를 걸어야겠습니다."

"대서양 횡단 전화로 퀘벡에 말입니까?"

"이번에는 런던에 걸려고 합니다."

"경찰국입니까?"

"아니오, 글로브너 스퀘어의 호밸리 백작부인 댁입니다. 호밸리 백작부인이 마침 집에 있으면 좋으련만."

"조심하십시오. 우리 손이 뻗쳤다는 것을 앤 모리소가 알게 되면 일에 지장이 올 테니까요. 특히 그녀에게 경계심을 갖게 해서는 안 됩니다."

포아로는 빙긋 웃었다.

"걱정 마십시오. 조심할 테니까. 한 가지 사소한 일을 물어볼 생각입니다. 아무 말썽없는 질문입니다. 상관없다면 함께 가시지요."

"아닙니다."

"함께 가십시다, 꼭."

두 사나이는 제인을 휴게실에 남겨 두고 나갔다. 전화가 이어지기까지 시간이 좀 걸렸으나, 다행히 호밸리 백작부인은 집에서 점심 식사를 하고 있는 중이었다.

"에르큘 포아로가 파리에서 전화를 걸었다고 전해 주시오."

한동안 침묵이 흘렀다.

"호밸리 백작부인이십니까? 아닙니다, 걱정없습니다. 절대로 문제없습니다. 이것은 그 일과 관계없는 것입니다만, 잠깐 물어볼 게 있습니다…… 그렇습니다. 당신은 비행기로 파리에서 영국으로 여행하실 때 대개 하녀도 함께 데리고 타십니까?……아니면 하녀는 기차를 탑니까?…… 그렇습니다…… 그게 사실입니까? 아, 이제 됐습니다…… 네? 갑자기 나갔다고요?……저런! 미리 말하지도 않고 그냥 나갔단 말입니까? 정말 은혜를 모르는 사람이군요. 네, 정말입니다. 은혜를 모르는 사람이지요! ……네, 그렇습니다…… 아닙니다, 걱정하지 마십시오. 그럼, 안녕히 계십시오. 고맙습니다."

포아로는 수화기를 내려놓고 푸르니에를 돌아보았다. 그 눈이 녹색으로 반짝였다.

"호밸리 백작부인의 하녀는 보통은 기차나 배로 여행한답니다. 그런데 마담 지젤 사건 때는 출발 시각이 다 되어서 하녀도 비행기로 여행하는 편이 좋겠다고 생각했다는군요."

그는 푸르니에의 팔을 잡았다.

"빨리 호텔로 가봐야 합니다! 만일 내 생각이 옳다면——옳으리라고 생각합니다만——잠시도 꾸물거리고 있을 수 없습니다."

푸르니에는 어이가 없어서 멍하니 그를 지켜 보았다. 그러나 그에게 질문할 틈도 주지 않고 포아로는 돌아서서 호텔 밖으로 통하는 회전문을 향해 걸어갔다.

푸르니에는 서둘러 그 뒤를 쫓았다.

“도무지 까닭을 모르겠는데, 어떻게 된 겁니까?”

수위가 택시 문을 열어 주었다. 포아로는 성큼 차에 올라타 앤 모리소의 호텔 위치를 말했다.

“서둘러 주시오, 빨리!”

푸르니에도 뒤이어 올라탔다.

“아니, 왜 이렇게 서두르십니까? 무슨 생각으로 미친 듯이 서두르십니까?”

“왜냐고요? 그것은 아까도 말했듯 만일 내 생각이 맞는다면 앤 모리소가 지금 대단한 위험에 놓여 있기 때문입니다.”

“그래요?”

푸르니에의 목소리에는 의혹이 어려 있었다. 포아로가 말했다.

“나는 걱정입니다. 정말 걱정입니다. 아, 이 택시는 왜 이렇게 느릴까?”

택시는 그때 시속 60킬로미터가 넘는 속력으로 주위의 자동차를 이리저리 피하며 달리고 있었다. 푸르니에가 무뚝뚝하게 말했다.

“이 택시는 금방 충돌할 것 같은 속도로 달리고 있습니다. 그리고 그레이 양도 우리가 전화 걸고 돌아오기를 기다리고 있을 텐데, 호텔에서 나올 때 한마디도 하지 않았으니 정말 실례되는 일입니다.”

“사람이 죽느냐 사느냐는 마당에 그런 것이 문제되겠습니까?”

“죽느냐 사느냐라고요?”

푸르니에는 어깨를 으쓱하며 마음속으로 생각했다.

‘모든 일이 잘되어 가는데, 이 완고한 미친 노인이 망쳐 버릴지도 모르겠군. 우리가 뒤쫓고 있다는 것을 그녀가 알게 된다면……’

이윽고 그는 설득하는 듯한 목소리로 말했다.

“포아로 씨, 부디 냉정하게 생각해 주십시오. 조심해야 하니까요.”

“당신은 모릅니다. 나는 걱정스럽습니다, 걱정스럽습니다.”

　택시는 앤 모리소가 묵고 있는 호텔 앞에서 멈춰 섰다. 포아로가 택시에서 뛰어내리는 순간 하마터면 호텔에서 나오던 젊은이와 부딪칠 뻔했다. 그는 가까스로 멈춰 서며 그 젊은이의 뒷모습을 지켜 보았다.

　"또 하나의 낯익은 얼굴. 어디서 보았을까? 아, 그렇군! 저 사나이는 배우 레이먼드 배러클랩입니다."

　푸르니에는 호텔로 들어가려는 포아로의 팔을 잡았다.

　"포아로 씨, 당신의 수사 방법에 대해 나는 더없는 존경과 칭찬을 보내고 있습니다. 그러나 나는 지금 너무 성급히 행동해선 안 된다는 걸 절실히 느끼고 있습니다. 나는 사건에 관한 프랑스측 일을 책임지고 있습니다."

　포아로가 곧 그 말을 가로막았다.

　"당신의 걱정은 잘 압니다. 하지만 내가 경솔한 행동을 취하지 않을까 염려할 건 없습니다. 프런트에서 물어 봅시다. 만일 리처드 부인이 이곳에 있고 아무 일도 없다면 전혀 위해를 받지 않은 것이니 앞으로의 행동에 대해 함께 의논하기로 합시다. 그러면 이의없겠지요?"

　"네, 물론입니다."

　"됐습니다."

　포아로는 회전문을 밀어 열고 프런트로 갔다. 푸르니에도 뒤따랐다. 포아로가 물었다.

　"이곳에 리처드 부인이 묵고 계시지요?"

　"아닙니다, 이곳에 묵고 계셨지만 오늘 떠나셨습니다."

　"떠났다고요?" 푸르니에가 외쳤다.

　"네."

　"언제 떠났습니까?"

"30분쯤 되었습니다."

"갑자기 떠났습니까? 어디로 갔을까요?"

사무원은 그 질문을 듣자 굳어진 표정으로 대답하려 하지 않았다. 푸르니에가 신분증명서를 꺼내 보이자 그는 태도를 바꾸어 최선을 다해 협조하겠다고 말했다.

"아닙니다, 그 부인은 행선지를 말하지 않았습니다. 아마 갑자기 계획을 바꾼 것 같습니다. 처음에는 1주일쯤 묵겠다고 했었지요."

그 뒤 심문이 계속되었다. 수위가 불려오고, 이어서 짐꾼과 엘리베이터 소년도 불려왔다. 수위의 이야기에 따르면 한 신사가 그녀를 만나러 왔었다고 한다. 그 사람은 부인이 없을 때 찾아왔는데, 그녀가 돌아올 때까지 기다렸다가 함께 식사했다는 것이었다.

"어떤 신사냐고요? 미국인, 전형적인 미국인이었습니다. 부인은 그 신사를 보자 놀라는 것 같았습니다. 점심 식사 뒤 부인은 짐을 아래로 가져 가게 하여 택시에 실었습니다. 어디로 갔느냐고요? 북부역으로 갔습니다. 분명 택시운전사에게 그렇게 말했지요. 그 미국인도 함께 갔냐고요? 아니, 부인 혼자 갔습니다."

이윽고 푸르니에가 말했다.

"그럼, 영국으로 갔다는 말이로군. 2시 기차입니다. 그러나 그런 말을 하여 연막을 친 건지도 모릅니다. 블로뉴^(프랑스 북부 도버해협에 면해 있는 항구)에 전화 걸고, 그 택시를 수배해야 합니다."

포아로의 걱정이 어느새 푸르니에게로 옮은 듯했다. 그의 얼굴에 불안이 어려 있었다. 신속히 그리고 효과적으로 그는 경찰의 기능을 활동시키기 시작했다. 호텔 휴게실에서 책을 읽고 있던 제인이 그녀 쪽으로 걸어오는 포아로를 본 것은 5시가 되어서였다. 그녀는 화가 나서 입을 열었으나 말이 나오지 않았다. 포아로의 얼굴에 떠오른 무엇인가가 그녀의 입을 다물게 했던 것이다.

"왜 그러시지요? 무슨 일이 일어났나요?" 제인이 물었다.

포아로는 그녀의 두 손을 잡고 조용히 말했다.

"세상이란 정말 무서운 것입니다, 그레이 양."

포아로의 말투가 제인을 겁먹게 했다. 그녀는 다시 물었다.

"왜 그러시지요?"

포아로가 천천히 말했다.

"배편으로 연결되는 기차가 블로뉴에 닿았을 때 일등칸에 타고 있던 부인이 시체로 발견되었습니다."

제인의 얼굴이 새파래졌다.

"앤 모리소인가요?"

"앤 모리소였습니다. 청산가리가 든 파란 유리병을 손에 들고 있었지요."

"어머나, 자살이었나요?"

포아로는 한동안 잠자코 있더니 마침내 주의깊게 낱말을 고르는 듯한 태도로 말했다.

"네, 경찰은 자살로 여기고 있습니다."

"그럼, 당신은?"

포아로는 의미심장한 몸짓으로 두 손을 펼쳐 보였다.

"달리 생각되는 바가 있습니까, 그레이 양?"

"그녀가 자살하다니, 어째서일까요? 뉘우침 때문일까요, 아니면 일이 탄로날까봐 두려워서였을까요?"

포아로는 머리를 저었다.

"인생에는 정말 무서운 일도 있을 수 있습니다. 그러므로 사람은 용기를 가져야 합니다."

"자살하기 위해서요? 네, 나도 그렇게 생각해요."

"살아가기 위해서도 사람은 용기가 필요합니다."

테이블 스피치

다음날 포아로는 파리를 떠났다.

제인은 나머지 정리할 일들과 함께 그곳에 남았다. 그 일은 대부분 그녀에게 아주 단조롭고 무의미한 것이었으나 최선을 다했다. 장 뒤퐁과 두 번 만났다. 그는 그녀와 함께 가기로 되어 있는 발굴 여행에 대한 이야기를 꺼냈으나, 제인은 포아로의 지시가 없는 한 구태여 부정할 수도 없었으므로 되도록 말을 애매하게 해서 화제를 다른 곳으로 돌렸다. 닷새 뒤 그녀는 영국으로 돌아오라는 전보를 받았다.

노먼 게일이 빅토리아 역으로 그녀를 마중나왔으므로 두 사람은 최근의 일을 이야기했다. 앤 모리소의 자살 사건은 일반 사람에게 거의 알려지지 않았다. 신문에는 다만 캐나다인 리처드 부인이 파리와 블로뉴 사이의 급행열차 안에서 자살했다고 보도되었을 뿐이었다. 그것과 비행기 살인 사건 사이의 관련에 대해서는 아무 말도 없었다. 노먼 게일도 환성을 지를 듯한 기분이었다. 그들은 이제 걱정이 끝난 듯한 기분이 들었던 것이다. 그러나 노먼은 제인만큼 낙관적이지 않았다.

"경찰은 그녀가 어머니를 살해했다고 의심하고 있겠지만, 그녀가 이렇게 되어 버렸으니 아마 더 이상 이 사건을 캐려들지 않을 겁니다. 또 그 진상이 발표되지 않는 한 우리같이 가엾은 사람들로서는 조금도 좋을 게 없습니다. 사람들 눈에 비친 우리는 이제까지와 다름없이 여전히 의심스러운 존재일 테니까요."

노먼은 며칠 뒤 피카딜리에서 포아로를 만났을 때도 똑같은 말을 했다.

포아로는 빙그레 웃었다.

"당신도 다른 사람들과 마찬가지로 생각하는군요. 내가 아무 일도 하지 않고 손뗐다고? 그러나 내 말 좀 들어 보십시오. 오늘 밤 함

게 식사하러 오십시오. 재프 경감도 오고, 우리 친구 클랜시 씨도
올 겁니다. 재미있는 이야기를 해드리지요."

그날 저녁 식사는 즐겁게 끝났다. 재프 경감은 거드름 부리는 듯했
으며, 기분이 굉장히 좋아 보였다. 노먼은 재미있어 했고, 클랜시는
치명적인 독화살을 발견했을 때와 다름없이 흥분해 있었다. 포아로는
분명 그 몸집 작은 작가에게 감명받은 듯 열중해 있었다.

식사 뒤 커피를 마시고 나서 포아로는 좀 멋쩍은 듯 점잖게 헛기침
을 했다.

"여러분, 여기 계신 클랜시 씨는 이른바 '나의 추리 방법은 말일세,
왓슨'이라고 말하는 추리 방법에 관심을 보이고 있습니다. 그렇지
요? 그래서 말인데. 만일 여러분이 지루해하지 않는다면……"

그는 뜻 있는 듯 문득 말을 끊었다. 노먼과 재프 경감이 곧 그 말
을 받아 끼여들었다.

"천만에요, 아주 재미있겠는데요."

"이 사건을 다룬 나의 방법을 대충 이야기할까 합니다."

포아로는 말을 끊고 잠시 수첩을 들여다보았다. 재프 경감이 노먼
에게 귀엣말을 했다.

"혼자서 좋아하고 있군요. '우쭐대는 사나이', 이것이 저 사람의 별
명이랍니다."

포아로는 나무라듯 경감을 보며 큰 기침을 했다. 예의상 흥미 있는
척하는 세 얼굴이 포아로 쪽을 바라보자 그는 이야기하기 시작했다.

"처음부터 이야기하기로 하지요. 이야기는 불운한 플로미슈즈 호가
파리에서 크로이든으로 향했을 때로 거슬러 올라갑니다. 그때의 내
생각과 인상을 자세히 말씀드리겠습니다. 내가 그 인상을 그 뒤 사
건에 의해 어떻게 확인하고 수정했는지는 나중에 이야기하지요. 마
침 우리가 크로이든에 도착하기 바로 전 승무원이 브라이언트 박사

를 찾아오고, 박사가 그 부인을 살펴보러 갈 때 나도 함께 따라갔었지요. 혹시 이것은 내 직업에 관계되는 일일지도 모른다고 여겨졌기 때문입니다. 누가 그렇지 않다고 잘라 말할 수 있겠습니까?

나는 어쩌면 죽음이라는 것을 너무 직업적으로 의식하는지도 모릅니다. 아무튼 나는 죽음을 두 가지로 나누어 생각합니다. 나에게 관계되는 죽음과 그렇지 않은 죽음으로. 물론 나중 경우가 훨씬 많지만, 그래도 나는 언제나 죽음이라면 머리를 들고 냄새 맡는 개처럼 되고 맙니다.

브라이언트 박사는 승무원이 두려워한 대로 부인이 죽어 있음을 확인했습니다. 물론 죽은 원인에 대해서는 좀더 면밀한 조사를 하기 전에는 말할 수 없다고 했지요. 그때 한 가지 의견이 있었습니다. 장 뒤퐁 씨가 내놓은 것인데 그 죽음은 노랑 벌에 쏘인 충격 때문일지도 모른다는 것이었습니다. 이 의견을 입증하기 위해, 그는 조금 전에 자기가 죽인 노랑 벌을 우리에게 보여 주었지요. 그것은 정말 있을 수 있는 추리로 누구나 받아들일 수 있을 것 같은 의견이었습니다. 죽은 부인의 목에는 벌에 쏘인 자국 같은 상처가 있었고, 사실 또 비행기 안에 노랑 벌이 있었으니까요.

그러나 그 순간 나는 다행히도 문득 눈길을 아래로 떨어뜨렸다가 그곳에서 또 한 마리 노랑 벌처럼 보이는 것을 발견했습니다.

그것은 잔털이 부스스한 노랑과 검정 비단 조각이 달린 토인의 독화살이었습니다. 그때 클랜시 씨가 나서며 그것은 어느 토인 종족이 입으로 불어서 쏘는 화살통의 독화살이라고 설명했습니다. 그런 다음 아시다시피 화살통이 발견되었습니다. 크로이든에 닿기까지 몇 가지 생각이 내 머릿속에서 움직이고 있었습니다. 일단 내가 흔들리지 않는 땅 위에 서자 나의 두뇌는 다시 여느 때처럼 눈부시게 활동하기 시작했습니다."

재프 경감이 싱긋 웃으며 말했다.

"포아로 씨, 마음에도 없는 겸손은 그만두시지요."

포아로는 그를 흘끗 보며 말을 이었다.

"한 가지 생각이 내 머리에 뚜렷이 떠올랐습니다. 다른 분들도 모두 그러셨겠지요. 그것은 범죄가 그런 식으로 이루어진 대담성과, 아무도 그것을 알아차리지 못했다는 놀라운 사실이었습니다. 그 밖에 내 흥미를 끈 것이 두 가지 있었습니다. 한 가지는 마침 좋은 때에 노랑 벌이 있었다는 점입니다. 그리고 또 하나는 화살통의 발견입니다. 내가 검시 심문 뒤 재프 경감에게 말했듯 범인은 왜 그것을 창문의 통풍 구멍으로 버리지 않았을까요? 독화살은 구한 곳을 찾아간다든가 감정하는 일이 어렵지만 가격표 쪽지가 붙은 화살통은 다르지요. 그 해답은 무엇일까요? 말할 것도 없이 그것은 살인범이 화살통을 발견해 주기를 바랐기 때문입니다. 그렇다면 어째서? 여기에 대한 납득할 수 있는 해답은 하나밖에 없습니다. 그러니까 화살통이 발견되면 자연히 독화살은 화살통에서 쏜 것으로 여겨집니다. 범인은 모두들 그렇게 여겨 주기를 바랐던 겁니다. 따라서 살인은 결코 그런 방법으로 이루어진 게 아닙니다.

한편 의학적 증명은 분명 독화살에 의한 살인으로 밝혀졌습니다. 나는 눈을 감고 스스로에게 물어 보았습니다. '독화살을 경동맥에 꽂는 데 가장 확실하고 믿을 수 있는 방법은 무엇일까'하고.

답은 곧 떠올랐습니다. '손으로 찌르는 것이다'라고. 그러자 곧 왜 화살통이 일부러 발견되도록 했는지 그 까닭을 알게 되었습니다. 화살통은 분명 어떤 거리를 암시합니다. 그래서 살인은 얼마쯤 떨어진 곳에서 이루어졌다고 생각하게 되지요. 그래서 나는 반대로 추리했습니다. 마담 지젤을 살해한 것은 그녀의 테이블 옆으로 다가가 바로 앞에서 허리를 굽힌 인물이라고. 그런 인물이 있었는가? 분명 두 사람 있었습니다. 2명의 승무원입니다. 승무원이라면 마담 지젤 옆으로 가까이 다가가도 아무도 이상하게 생각하지 않습니다. 그 밖에 또 누가 있었을까요? 그렇습니다, 클랜시 씨가 있었습니다. 클랜시 씨는 비행기 안에서 마담 지젤 옆을 지나간 단 한 사람의 승객입니다. 또 그는 화살통과 독화살의 추리에 우리의 주의가 끌리도록 한 최초의 인물이었다는 생각이 떠올랐습니다.”

클랜시가 벌떡 일어섰다.

“아니, 그렇지 않습니다. 이건 굉장한 모욕입니다.”

포아로가 조용히 말했다.

“앉으십시오, 이야기가 아직 끝나지 않았습니다. 나는 결론에 이르기까지 순서대로 이야기해 가는 겁니다. 그래서 나는 가능성 있는 세 사람을 얻었습니다. 마이클, 데이비드, 클랜시 씨. 이 세 사람은 모두 겉보기에는 범인 같지 않았지만, 그러나 누구보다도 우선 많은 조사를 해야 했습니다. 다음 나는 노랑 벌의 가능성에 대해 생각해 보았습니다. 그 노랑 벌은 꽤 뜻 있는 것이었습니다. 우선 커피가 나오기 전까지는 아무도 노랑 벌을 보지 못했습니다. 그 일 자체가 어딘지 이상했습니다. 나는 이 범죄에 대해 한 가지 이론을 구성해 보았습니다. 범인은 이 참극에 대해 두 가지 해결 방법을 제공한 것입니다. 첫째는 가장 간단한 것으로서 마담 지젤이 노랑 벌에 쏘여 심장마비를 일으켰다는 것. 이 해결 방법이 잘 이뤄지려면 범인이 독화살을 거둬들일 수 있는 위치에 있느냐 없느냐에 달려 있습니다.

재프 경감과 나는 쉽게 거둬들일 수 있었을 거라고 의견이 일치되었습니다. 단, 타살이라는 의심이 일지 않았을 경우에 말입니다. 그러므로 타살의 증거가 되는 독화살을 노랑 벌로 보이게 할 필요가 있었습니다. 따라서 빛바랜 빨간 헝겊을 노랑과 검은 비단으로 바뀌었으리라고 나는 생각했습니다.

범인은 피해자의 테이블 앞으로 다가가 독화살을 꽂고 노랑 벌을 날린 겁니다! 독이 굉장히 강해서 부인은 금방 죽었습니다. 마담 지젤이 신음 소리를 냈었다 하더라도 아마 비행기의 폭음 때문에 잘 들리지 않았을 겁니다. 만일 누군가가 들었더라도 노랑 벌 때문이라고 쉽게 설명할 수 있었겠지요. 그리하여 가엾은 부인은 노랑 벌에 쏘인 것으로 처리되었을지도 모릅니다.

지금까지 말한 것이 범인의 첫 번째 계획이었습니다.

그러나 범인이 독화살을 거두기 전에——실제로 그랬습니다만——시체가 발견된다면 어떻겠습니까? 그것은 아무튼 큰 실수입니다. 이미 자연사라는 추정이 불가능하게 되니까요. 그래서 비행기 안을 샅샅이 뒤지면 발견될 곳에 화살통을 놓아둔 것입니다. 그러면 그 범죄에 쓰인 도구는 화살통이라는 추리를 하게 될 테니까요. 그 결과 살인은 얼마쯤 떨어진 거리에서 이루어졌다는 느낌이 들고 화살통의 경로를 더듬으면 혐의는 범인이 미리 준비해 둔 확고한 방향으로 쏠리게 될 겁니다.

그리하여 나는 이 사건의 범행 방법에 대해 내 나름대로 추론을 세워 이 세 용의자를 얻고, 또 가능성은 아주 희박하지만 네 사람째로 장 뒤퐁 씨를 더했습니다. 그는 벌에 의한 죽음이라는 의견을 말했고, 또 통로를 사이에 두고 마담 지젤 바로 옆에 앉아 있었으므로 어쩌면 아무도 모르게 감쪽같이 자리에서 움직일 수 있었을지도 모릅니다. 그러나 나는 장 뒤퐁 씨가 정말로 이런 범행을 했으리라고는 생각지 않았습니다.

나는 노랑 벌 문제에 머리를 집중시켰습니다. 만일 비행기 안으로 노랑 벌을 가지고 들어와 이른바 '심리적 순간'에 그것을 날려 보냈다면, 그는 그것을 넣은 작은 갑 같은 것을 가지고 있었을 겁니다. 이리하여 나는 승객의 주머니와 소지품을 살펴보려고 했던 것입니다.

그런데 참으로 뜻밖의 결과에 부닥쳤습니다. 나는 바라던 것을 찾아냈습니다. 그러나 아무리 생각해도 그것은 사람을 잘못 짚은 것 같았습니다. 브라이언트 앤드 메이사 제품의 빈 성냥갑이 있긴 했습니다만, 그것은 노먼 게일 씨의 주머니 속에서 나왔던 겁니다. 그러나 모든 승객의 증언에 따르면 게일 씨는 마담 지젤이 있는 쪽으로 가지 않았습니다. 그는 그 반대쪽에 있는 세면실에 갔다가 자기 자리로 돌아왔지요. 분명 그는 이 범죄를 저지를 수 없다고 여겨졌지만, 그럼에도 그가 그것을 해낼 수 있는 방법이 한 가지 있었습니다. 그것은 그의 여행 가방 속에 든 물건이 말해 주었습니다."

노먼 게일은 재미있기는 하지만 까닭을 모르겠다는 듯한 표정을 지었다.

"내 여행 가방이라고요? 그 속에 무엇이 들어 있었는지 지금은 생각도 나지 않습니다."

포아로는 상냥하게 그를 쳐다보며 빙긋 웃었다.

"잠깐만 기다려 주십시오. 이제 그 점에 대해 말하겠습니다. 나는 맨 처음으로 떠오른 생각을 이야기하고 있는 것이니까요. 지금까지 나는 용의자 네 사람을 마음속에 그렸다고 말씀드렸습니다. 가능성이라는 관점에서 말입니다. 그들은 2명의 승무원과 클랜시 씨와 노먼 게일 씨입니다. 나는 여기서 사건 전체를 반대 방향에서 바라보았습니다. 동기라는 점에서 말입니다. 만일 동기와 가능성을 두 가지 다 가지고 있다면 그 사람이야말로 범인이겠지요!

그러나 유감스럽게도 그런 것은 전혀 발견할 수 없었습니다. 여기 있는 나의 친구 재프 경감은 곧잘 내가 간단한 일을 일부러 골치 아프게 만든다고 비난합니다. 그러나 그것은 당치도 않은 말이지요. 나는 이 동기라는 문제를 참으로 간단한 견지에서 검토해 보려고 했습니다. 즉 '마담 지젤이 죽으면 누가 이익을 얻는가?'라는 식으로. 그것은 분명 알려지지 않은 그녀의 딸입니다. 그 딸이 유산상속자인 이상 그것은 당연합니다.

또 몇 사람 마담 지젤에게 약점을 잡힌 사람이 있었습니다. 아니, '어떤 일로 약점이 잡힌 것으로 여겨지는 사람들'이라고 고쳐 말할 수도 있겠지요.

이것은 한 사람씩 지워 나가 소거법으로 정리했습니다. 그 비행기 승객 가운데 마담 지젤과 관계있었다고 자신 있게 말할 수 있는 사람이 하나 있었습니다. 그것은 호밸리 백작부인이었습니다.

호밸리 백작부인의 경우 동기는 아주 뚜렷합니다. 그는 그 전날 밤 파리의 마담 지젤 집을 찾아갔었습니다. 그녀는 절망상태에 빠져 있었고, 또 젊은 배우 친구가 있으므로 그 사람이라면 문제없이 화살통을 산 미국인으로 변장할 수 있었을 뿐 아니라 또 마담 지젤이 12시 비행기를 타도록 항공회사 사무원을 매수할 수도 있었으리라고 여겨졌습니다. 나는 말하자면 둘로 쪼갠 하나의 문제를 두 손에 반반씩 들고 있는 상태였습니다. 나로선 호밸리 백작부인이 어떻게 그 범죄를 저질렀는지 알 수 없었습니다. 그리고 범행을 할 수 있었으리라고 여겨지는 두 승무원과 클랜시 씨와 게일 씨에게는 동기가 전혀 없었습니다.

그동안 줄곧 내 머릿속에는 마담 지젤의 딸, 그 유산 상속자가 걸려 있었습니다. 이 4명의 용의자가 결혼한 사람이라면 그 부인 가운데 한 사람이 앤 모리소가 아닐까? 그녀의 아버지가 영국인이라고 하니, 그녀도 영국에서 자랐을지 모릅니다. 승무원 헨리 마이클의 부인은 곧 제외되었습니다. 그녀는 도싯 주 출신임에 틀림없었으니까요. 데이비드는 어떤 아가씨와 연애중이었는데 그녀의 부모는 분명 살아 있었습니다. 클랜시 씨는 독신입니다. 게일 씨는 그레이 양과 연애에 열중해 있었습니다.

분명 나는 그레이 양의 출신에 대해 자세히 조사했다고 말씀드릴 수 있습니다. 왜냐하면 이야기 도중에 그녀가 더블린 가까운 어느 고아원에서 자랐다는 말을 들었기 때문입니다. 그러나 얼마 안 되어 그녀는 마담 지젤의 딸이 아니라는 게 거의 확실하게 밝혀졌습니다. 여기서 나는 지금까지의 결과를 표로 만들어 보았습니다. 2명의 승무원은 마담 지젤의 죽음으로 이득도 손해도 없었습니다. 더욱이 헨리 마이클은 훨씬 뒷날까지 충격을 받고 있었던 듯합니다. 클랜시 씨는 이 사건을 소설로 써서 돈을 벌려고 계획하고 있었습니다. 게일 씨는 환자가 급속히 줄어들었습니다. 이점에서도 단서는 하나도 없었습니다. 그럼에도 나는 그때 게일 씨를 살인범으로 확신했습니다. 빈 성냥갑과 여행 가방 속의 물건을 보고 말입니다. 겉으로 보기에 그는 마담 지젤의 죽음으로 이득을 얻기는커녕 오히려 손해를 입었습니다. 그러나 이것은 다만 그렇게 보이도록 하고 있는 것일지도 모른다고 여겨졌습니다.

나는 게일 씨와 가까워지려고 마음먹었습니다. 내 경험으로 미루어 누구든 가까이에서 이야기하다 보면 언젠가는 자신의 정체를 드러내기 마련입니다. 누구나 자신에 대한 이야기를 하고 싶어하는 억누르기 힘든 욕망을 가지고 있으니까요.

우선 나는 게일 씨의 신뢰를 얻으려고 했습니다. 나는 그에게 비밀을 털어놓는 척하며 그의 도움을 구했습니다. 나는 그에게 호밸리 백작부인을 협박해 달라고 부탁하여 허락을 받았습니다. 그런데 그때 그는 첫 번째 실수를 저질렀습니다.

나는 조금만 변장해 달라고 말했습니다. 그러자 그는 참으로 이상야릇하고 어이없는 변장을 하고 나타났던 것입니다! 마치 희극 배우 같았습니다. 그런 모습으로 그가 하려는 역할을 해낼 수 있으리라고 여기는 사람은 아마 아무도 없었을 겁니다.

그렇다면 대체 그는 어째서 그런 변장을 했을까요? 그 자신 훌륭한 배우의 재능을 가지고 있었으므로 그것을 감추기 위해서였습니다. 그러나 내가 그 변장을 조금 고쳐 주자 곧 그는 배우 기질을 드러냈습니다. 그는 참으로 훌륭하게 자기 역할을 해내어 호밸리 백작부인은 그가 게일 씨인 줄 전혀 알아차리지 못했습니다. 그리하여 나는 그가 파리에서 미국인 역할도 할 수 있었을 것이고, 플로미슈즈 호 안에서도 필요한 역할을 해낼 수 있었을 거라고 확신했습니다.

이렇게 되자 나는 그레이 양의 일이 걱정스러웠습니다. 그녀는 그와 공범이든가 아니면 무죄든가 둘 중 하나일 겁니다. 만일 무죄로 아무것도 모른다면 그녀는 그의 덫에 걸리고 맙니다. 어느 날 알고 보니 살인범과 결혼해 있었다. 그렇게 되지 않으리라는 법은 없으니까요.

경솔한 결혼을 막기 위해 나는 그녀를 비서로서 파리에 데려갔습니다. 우리가 파리에 있는 동안 행방을 알 수 없던 여자 상속인이 유산을 받으러 나타났습니다. 나는 그 얼굴을 어디서 본 듯하여 몹시 안타까웠으나 도저히 생각해 낼 수가 없었지요. 그러나 가까스로 생각해 냈을 때는 이미 늦어 버렸습니다.

그녀가 실제로 플로미슈즈 호에 타고 있었으며 더욱이 그 사실을 숨겼다는 것을 알았을 때는 내 추리가 완전히 뒤집힌 듯했습니다. 그녀야말로 가장 큰 혐의를 받을 만한 사람이니까요.

그러나 만일 그렇다면 틀림없이 공범이 있을 것이다. 화살통을 사고, 쥘 페로를 매수한 사나이가.

그 사나이는 누구일까? 그것은 그녀의 남편이라는 사람일까?

그때 갑자기 진짜 해결을 알게 되었습니다. 한 가지 점만 증명되면 틀림없는 해결을…… .

내 해석이 올바르다면 앤 모리소는 그 비행기에 타지 않았을 겁니다. 나는 호밸리 백작부인에게 전화를 걸었습니다. 그러자 부인은 마지막에 갑자기 예정을 바꾸어 하녀 마들렌을 비행기에 태웠다고 말했습니다.”

포아로는 입을 다물었다. 클랜시가 말했다.

“흠, 아무래도 나는 잘 모르겠군요.”

“당신은 나를 살인자로 취급한 일을 언제 그만뒀습니까?”

노먼 게일이 물었다.

포아로는 노먼 쪽으로 몸을 홱 돌렸다.

“그만두지 않았습니다. 당신이 살인자입니다! 기다리십시오, 이제 곧 이야기할 테니. 지난 1주일 동안 나와 재프 경감은 바쁘게 돌아다녔습니다. 당신이 숙부인 존 게일 씨를 기쁘게 해주기 위해 치과 의사가 된 것은 사실입니다. 당신은 숙부와 공동으로 치과병원을 경영하게 되자 숙부의 성을 이어받았습니다. 그러나 당신은 그의 여동생의 아들이지 남자 형제의 아들이 아닙니다. 숙부가 아니라 외숙부이지요.

당신의 본래 성은 리처드입니다. 그 리처드라는 성으로 당신은 지난 겨울 호밸리 백작부인의 하녀 앤 모리소와 니스에서 만났습니다. 그녀가 우리에게 한 이야기도 앞부분은 사실이었지만, 뒷부분은 당신의 지시로 감쪽같이 바뀌어 있었습니다. 그녀는 분명 어머니의 옛 성을 알고 있었습니다. 마담 지젤이 몬테카를로에 있을 때 저 여자가 자기 어머니라고 하며 진짜 이름도 말해 주었지요.

그때 당신은 이미 막대한 재산이 들어온다는 것을 알고 있었습니다. 이것은 당신의 도박꾼 기질로 보아 솔깃해지는 일이었습니다. 게다가 당신은 앤 모리소로부터 호밸리 백작부인과 마담 지젤의 관계도 들어서 알고 있었습니다.

범죄 계획이 곧 당신의 머릿속에 떠올랐습니다. 마담 지젤을 호밸리 백작부인에게 혐의가 가는 방법으로 죽이자! 당신 계획은 차츰 무르익어 가 결국 열매를 맺게 되었습니다.

우선 유니버설 항공회사 사무원을 매수해 마담 지젤이 호밸리 백작부인과 같은 비행기로 여행할 수 있도록 했습니다. 왜냐하면 앤 모리소가 그 전에 자기는 기차로 영국에 간다고 말했기 때문입니다. 그녀가 호밸리 백작부인과 같은 비행기를 타리라고 생각지 않았는데 함께 탔으므로 당신의 계획은 위태롭게 되었습니다. 마담 지젤의 유산 상속자인 딸이 같은 비행기를 타고 있었다는 사실이 알려지면 살인 혐의는 당연히 그녀에게로 쏠리겠지요. 당신의 처음 계획에 따르면 앤 모리소가 기차로 영국에 가는 이상 범죄 현장에 없었다는 완전한 알리바이를 가지고 유산을 청구할 수 있으니 유산을 받은 다음 그녀와 결혼해야겠다는 속셈이었습니다.

그녀는 그 무렵 완전히 당신에게 열중해 있었습니다. 그러나 당신이 노리고 있었던 것은 여자가 아니라 돈이었지요.

당신의 계획에 또 한 가지 다른 요소가 덧붙여져 복잡해졌습니다. 르 피네에서 그레이 양을 만나 당신은 그녀를 좋아하게 되었습니다. 그 사랑의 정열 때문에 전보다 더 위험한 줄타기도 서슴지 않고 해냈습니다.

당신은 큰돈과 좋아하는 여자를 둘 다 손에 넣으려고 했습니다. 처음부터 돈 때문에 살인을 계획한 것이었으므로 당신으로서는 새로운 여성을 위해 돈을 단념해야겠다는 생각은 추호도 없었습니다.

당신은 앤 모리소에게 살인이 일어난 뒤 곧 딸이라고 나서면 의심받게 된다고 위협했습니다. 그리고 그녀에게 며칠 동안 휴가를 얻게 하여 두 사람은 네덜란드의 로테르담에 가서 결혼했습니다.

그런 다음 당신은 그녀에게 유산을 어떻게 청구할 것인지 가르쳐 주었습니다. 백작부인의 하녀라는 것을 밝혀서는 안 되며, 범죄가 일어났을 때 자기와 남편은 외국에 가 있었다는 사실을 분명히 말해야 한다고…… 유감스럽게도 앤 모리소가 파리에 와서 유산을 청구할 때 마침 나와 그레이 양이 그곳에 있었습니다. 그것은 당신 계획에 아주 불리한 일이었습니다. 그녀가 호밸리 백작부인의 하녀 마들렌임을 그레이 양이나 내가 곧 알아차릴지도 모르기 때문입니다.

당신은 그녀에게 연락하려 했으나 시간이 맞지 않았습니다. 그리하여 당신 자신이 파리로 달려갔지만 이미 그녀는 변호사를 찾아간 뒤였습니다. 그녀는 돌아와서 당신에게 나와 만났다는 이야기를 했습니다. 위험이 눈앞에 닥쳤음을 느낀 당신은 곧 행동하기로 마음을 굳혔습니다. 처음부터 당신은 재산을 상속받은 뒤 그 아내를 오래 살려둘 생각이 아니었습니다. 결혼한 뒤 바로 당신들은 서로의 재산을 모두 상대방에게 남긴다는 유언장을 만들었으니까요! 참으로 악랄한 수법입니다.

당신은 아마 아주 여유 있는 태도로 일해 나갈 생각이었던 것 같습니다. 우선 캐나다로 떠납니다. 환자가 줄어 일할 수 없는 것처럼 꾸미고 거기서 당신은 리처드라는 성으로 돌아가 아내와 만날 작정이었습니다. 머지않아 리처드 부인도 슬픔으로 몸부림치는 남편에게 재산을 남기고 죽게 되겠지요.

그런 다음 당신은 노먼 게일이라는 이름으로 영국에 돌아올 생각이었습니다. 캐나다에서 주식에 손대 많은 돈을 벌었다고 하며…… 그러나 이제 그런 태평스러운 계획으로 꾸물거릴 수는 없으니

빨리 손을 써야겠다고 결심한 겁니다. ”

포아로가 입을 다물자 노먼 게일이 머리를 뒤로 젖히고 큰소리로 웃었다.

“당신은 남이 하려고 하는 일을 잘 알아맞추는군요 ! 클랜시 씨와 같은 직업으로 바꾸는 게 어떻습니까 ? ”

노여움으로 그의 말투가 달라졌다.

“이런 터무니없는 말은 지금까지 들어 본 적이 없습니다. 당신이 상상한 것은 정말 어이없는 일입니다. 포아로 씨, 그 증거가 어디 있습니까 ? ”

“그럴지도 모르지요. 그러나 나는 증거를 조금 가지고 있습니다. ” 포아로는 태연하게 말했다.

노먼은 비웃듯 빈정거렸다.

“그렇습니까 ? 그럼, 그 비행기 안에서 내가 어떻게 마담 지젤을 죽였는지 설명할 수 있습니까 ? 모두들 내가 그녀 옆에 다가가지 않았다는 것을 증언하고 있는데요. ”

“설명하지요, 당신이 그 범죄를 어떻게 저질렀는지 설명하겠습니다. 당신의 여행 가방 속에 무엇이 들어 있었지요 ? 당신은 휴가 여행을 떠났었지요 ? 그런데 왜 진찰용 흰 가운을 가지고 있었습니까 ? 나는 스스로에게 물어 보았습니다. 그리고 이런 해답을 얻었습니다. 이 치과의사의 흰 가운은 승무원의 흰 가운과 비슷했기 때문입니다. 당신의 범행 방법은 이렇습니다. 커피를 날라 주고 두 승무원이 앞객실로 가자 당신은 세면실로 가서 당신의 흰 가운을 입고 솜뭉치를 입에 물어 볼을 불룩하게 한 뒤 나왔습니다. 그리고 그 앞에 있는 그릇 선반에서 커피 스푼을 꺼내 들고 승무원 같이 바쁜 걸음으로 마담 지젤의 테이블로 갔습니다. 당신은 그녀 목에 독화살을 꽂고 성냥갑을 열어 노랑 벌을 날려 보낸 다음 재빨리 세면실로 되돌아갔습니다. 그리고 가운을 벗고는 천천히 자기 자리로 돌아온 겁니다. 범행을 저지르는 데 2, 3분도 걸리지 않았습니다.

　승무원을 눈여겨보는 사람은 아무도 없지요. 당신임을 알아차릴 사람은 그레이 양밖에 없는데, 아시다시피 여자들이란 혼자 있게 되면 더욱이 매력적인 젊은이와 함께 여행할 때는 곧 콤팩트를 꺼내 콧등을 두드리고 머리를 매만지느라 열중하지요. ”

노먼이 비웃었다.

“과연 참으로 재미있는 추리로군요. 그러나 그런 일은 없었습니다. 뭔가 좀 더 유력한 증거가 없습니까 ? ”

“많이 있습니다. 아까도 말했듯 사람은 이야기 도중에 반드시 자신을 폭로하는 법입니다. 당신은 저도 모르게 언젠가 한동안 남아프리카의 농장에 있었다는 말을 한 적이 있지요. 당신은 그 이상의 말을 하지 않았지만 내가 조사한 바에 의하면 그곳은 뱀을 키우는 곳이었습니다. ”

그제야 노먼 게일의 얼굴에 공포의 표정이 떠올랐다. 그는 뭔가 말하려 했으나 말이 나오지 않았다.

포아로가 말을 이었다.

“당신은 그곳에서 본래 성인 리처드로 머물러 있었지요. 그곳으로 전송한 당신 사진이 그쪽에서 확인되었습니다. 또한 같은 사진이 로테르담에서 앤 모리소와 결혼한 리처드라는 인물로 확인되었습니다. ”

노먼 게일은 다시 입을 열려고 했으나 아무 말도 하지 못했다. 그의 모습은 완전히 달라져 있었다. 균형잡힌 얼굴의 늠름한 젊은이는 달아날 구멍을 잃은 쥐 같은 눈길을 한 가엾은 사나이로 바뀌었다.

포아로가 말을 이었다.

“당신의 계획을 파멸시킨 것은 성급한 성격이었습니다. 캐나다 고아원의 원장이 앤 모리소에게 보낸 전보도 당신이 서두른 하나의 원인이었습니다. 그 전보를 무시하면 오히려 의심받지 않을까 생각했기 때문이지요. 그래서 당신은 아내에게 어떤 사실은 꼭 숨겨야 한다. 그렇지 않으면 자기나 아내가 의심받게 된다고 강조한 것입니다. 난처하게도 둘 다 마담 지젤이 살해된 비행기에 타고 있었으니까요. 그 뒤 당신은 파리에서 아내를 만나 변호사와 만나는 자리에 나도 있었다는 말을 듣자 일을 서둘렀습니다. 내가 그녀로부터 진상을 알아낼지도 모른다고 두려워한 겁니다. 아마 그녀가 당신을 의심하기 시작한 것도 이유 가운데 하나였겠지요. 당신은 서둘러 그녀를 호텔에서 데리고 나와 기차에 태웠습니다. 그리고 강제로 청산가리를 먹이고 그 병을 그녀 손에 쥐어주었습니다. ”

“거짓말이오 ! ”

“당신은 병에 지문을 남겼소. ”

“거짓말이오 ! 나는 장갑……. ”

“아, 당신은 장갑을 끼고 있었군요 ? 이제 이 조그마한 시인으로 당신의 꼬리가 드러났습니다 ! ”

“이 잘난 체하는 엉터리 꼬마영감. ”

격정으로 새파래진 얼굴을 무섭게 일그러뜨리며 노먼 게일은 포아로에게 덤벼들었다. 그러나 재프 경감의 움직임이 더 빨랐다. 무쇠같이 힘센 팔이 그를 잡아 눌렀다.

“제임스 리처드, 다른 이름 노먼 게일, 당신을 계획적 살인혐의로 체포한다. 지금부터 당신이 하는 말은 모두 기록했다가 증거로 삼을 테니 그리 아시오. ” 재프 경감이 말했다.

노먼 게일은 몸을 부들부들 떨며 금방이라도 자리에 주저앉을 것만 같았다. 사복경관 두 사람이 문 밖에서 기다리고 있었다. 노먼 게일은 연행되어 갔다. 포아로와 단둘이 남자, 클랜시는 도취한 듯한 한

숨을 크게 내쉬었다.

"포아로 씨, 이처럼 흥분해 보기는 처음입니다. 당신은 참으로 훌륭하군요."

포아로는 겸손한 웃음을 지었다.

"아닙니다. 재프 경감도 나 못지않게 애썼습니다. 그는 게일이 바로 리처드라는 사실을 발견했으니까요. 캐나다 경찰이 리처드를 찾고 있었습니다. 그가 그곳에서 알고 지냈던 여자가 자살을 했답니다. 그러나 여러 가지 사실로 미루어 그것도 타살임이 밝혀진 모양입니다."

"끔찍한 일이군요." 클랜시가 비명을 질렀다.

"살인자는 거의 그렇듯 여자들에게 인기가 있나 봅니다."

클랜시가 헛기침을 했다.

"그레이 양도 가엾게 되었군요."

포아로는 슬픈 듯이 머리를 저었다.

"그렇습니다. 그녀에게도 말했듯 인생이란 때로 굉장히 무섭게 달라질 수가 있습니다. 그러나 그녀에게는 용기가 있으니 틀림없이 이겨낼 수 있을 겁니다."

포아로는 골똘히 생각에 잠기며 노먼 게일이 덤벼들 때 흩어진 사진들을 바로 놓았다. 그때 문득 그의 주의를 끄는 것이 있었다. 그것은 경마장에서 호벨리 백작과 그의 친구에게 이야기하고 있는 베니시어 카의 사진이었다. 포아로는 그 사진을 클랜시에게 건네 주었다.

"이것 좀 보십시오. 1년 안에 이런 발표가 있을 겁니다. '호벨리 백작과 베니시어 카 양 사이에 약혼이 이루어져 가까운 시일 안에 결혼하게 될 것 같다.' 그런데 누가 이 결혼을 중매했는지 아십니까? 이 에르큘 포아로입니다! 그리고 나는 또 하나의 결혼을 맺어 주었지요."

"호밸리 백작부인과 배러클랩 씨 말입니까?"

포아로는 몸을 앞으로 내밀었다.

"아닙니다. 나는 그 일에 대해서는 아무 흥미도 없었습니다. 내가 말하는 것은 장 뒤퐁 씨와 그레이 양입니다. 두고 보십시오."

제인이 포아로를 찾아온 것은 그로부터 한달이 지나서였다.

"나는 당신을 미워해야겠어요, 포아로 씨."

그녀의 얼굴은 핼쑥하게 여위고 눈 밑에 검은 그늘이 져 있었다.

포아로는 상냥하게 말했다.

"그렇다면 좀 미워해도 좋습니다. 그러나 당신은 진실을 외면한 채 행복하게 살아가기보다 오히려 진실을 똑바로 바라보며 그것을 이겨 나갈 사람이지요. 게다가 당신은 그런 기만에 찬 생활을 오래 계속해 나갈 사람이 아닙니다. 여자다움을 버린다는 것은 악덕의 시초니까요."

"그는 참으로 매력적인 사람이었어요." 제인은 중얼거렸다. 그리고 덧붙여 말했다. "나는 다시는 사랑 따윈 하지 않겠어요."

"그렇겠지요. 인생의 그런 면은 이제 졸업했을 테니까요."

포아로는 동의했다.

제인은 고개를 끄덕였다. "그보다도 뭔가 일을 해야겠어요. 자신을 잊고 몰두할 수 있는 흥미있는 일을……."

포아로는 의자를 뒤로 젖히고 천장을 올려다 보았다.

"뒤퐁 씨 집안 사람들과 함께 페르시아에 가도록 권하고 싶습니다. 그것은 굉장히 흥미있는 일입니다."

"그것은…… 그것은 다만 수사를 위한 임시변통이 아니었나요?"

포아로는 고개를 저었다. "천만에요, 나는 고고학과 유사 이전의 도자기에 많은 흥미를 갖게 되었습니다. 약속한 기부금도 보내 주었지요. 오늘 아침에 온 편지를 보니 그들은 당신이 발굴 여행에 참가해 주기를 바라고 있더군요. 그림을 그릴 줄 압니까, 그레이 양?"

"네, 학창 시절에 잘 그리는 편이었어요."

"그거 잘됐군요. 틀림없이 당신은 이 여행을 즐길 수 있을 겁니다."

"그분들도 정말 내가 가기를 바라실까요?"

"그럼요, 바라고말고요."

"이렇게 곧 이 나라에서 떠날 수 있다니 정말 멋진 일이에요."

제인의 얼굴이 조금 붉어졌다. 그녀는 살피듯 그를 보았다.

"포아로 씨, 설마 당신은…… 당신은 동정심에서 그러시는 건 아니겠지요?"

그녀의 생각에 놀란 듯 포아로는 소리쳤다.

"동정심이라고요? 그레이 양, 돈에 관한 한 나는 분명히 실리주의자라는 걸 알아야 합니다."

그가 몹시 기분 상한 듯한 표정을 지었으므로 제인은 곧 사과했다.

"그럼, 나는 박물관에 가서 유사 이전의 도자기를 좀 봐둬야겠어요."

"아주 좋은 생각이군요."

문 앞까지 가더니 제인은 걸음을 멈추고 되돌아왔다.

"당신은 이상한 동정심 같은 것을 갖고 있는지는 모르지만, 아무튼 제겐 정말 친절하셨어요."

제인은 포아로의 머리 위에 살짝 키스하고 나갔다.

"정말 상냥한 아가씨로군!"

에르퀼 포아로는 말했다.

희대의 멋쟁이 벨기에인 명탐정의 명성

문학작품에 등장하는 인물의 인상이 선명하게 살아나 우리 주위에 늘 살아 움직이는 듯한 느낌을 갖게 하는 것은 좀처럼 쉬운 일이 아니다. 미스터리소설의 경우 작가가 만들어낸 탐정을 여러 다른 작품에 등장시키기 때문에 익숙해질 기회가 많지만, 이름과 함께 곧 그 모습이 떠오르는 인물은 그다지 많지 않다.

애거서 크리스티의 '에르퀼 포아로'는 그 몇 안 되는 예 가운데 하나이다. 크리스티는 이러한 인물 형상체를 단편에서도 성공적으로 표현하고 있다. 그녀 이전에도 포의 '뒤팽', 프리먼의 '손다이크 박사', 오르치의 '구석의 노인', 체스터튼의 '브라운 신부', 블라머의 '캘러도스', 포스트의 '엉클 애브너' 등 단편에서 주인공의 인물 형상화에 성공한 작가들이 있었다.

크리스티의 처녀작 《스타일즈 저택 괴사건》이 발표된 1920년은, 이 작품과 크로프츠의 《통》 등을 경계로 하여 장편시대로 옮아가는 시기였다. 그러한 풍조에도 그녀는 선배들이 더듬은 길을 피하는 일 없이 1921년부터 1924년에 걸쳐 포아로 탐정을 등장시킨 단편을 잡지에 발표했다. 이 단편들이 《에르큘 포아로의 모험》으로 한 권에 모아진 것은 1924년이었다. 크리스티로서도 선배를 능가하려는 각오로 썼을 터이므로 탐정의 외모와 사건 추리방법에 개선을 부여하는 노력이 두드러져 보인다.

"적어도 탐정은 행동적이어야 한다, 그 말이오? 나로서는 당신들의 뱃속이 훤히 들여다 보이오. 탐정은 정력적이어야만 한다, 동분서주 먼지투성이 길을 걸어 다니면서 작은 확대경으로 타이어 자국을 찾아야만 하며, 담배꽁초며 타다 남은 성냥개비를 주워모아 조사해야만 한다는 것이 탐정에 대한 일반적인 생각이겠지요? 그렇지 않습니까? 그러나 여기 있는 나 에르큘 포아로는 그런 존재가 아니라는 점을 말해 두겠소. 난, 내 방에 조용히 앉아 있으면 충분합니다. 문제는 이 머릿속에 있는 뇌세포입니다. 뇌세포는 남모르게 말없이 맡은 바 임무를 다하고 있습니다"라고 그 특유의 남다른 탐정적 면모를 주장한다.

포아로의 협력자인 헤이스팅스 대위는 전쟁 중 명예로운 부상을 입고 제대한 뒤 신병징집 일을 맡게 되었는데, 런던에서 포아로와 함께 생활하며 사건에 대해 이야기를 나누는 것이 습관이었다. 대위는 그 전부터 포아로가 자신의 능력을 너무 낮게 평가한다고 불평하곤 했는데, 다행인지 불행인지 마침 포아로가 없는 동안 찾아온 의뢰인을 맞아 우쭐대며 탐정 흉내를 내 보지만 결국 또 포아로의 비웃음만 사며 한방 먹는다. 그러나 포아로는 의뢰인을 직접 만나지 않고도 여러 가지 상황 추리로 그 의뢰인의 진실을 읽어내 사건을 명쾌하게 해결해 보인다.

그야말로 심리탐정의 본질적인 특징을 잘 보여주고 있는데, 그렇다고 해서 꼼꼼한 수사를 게을리하는 것은 결코 아니다. 손님의 식사하는 모습 같은 대수롭지 않은 상황에서 진상을 발견하는 것 등은 빈틈없는 관찰에 따른 결과로써, 그의 순진한 자만심이 가져온 일종의 과시라고 생각해도 좋으리라.

그러므로 머릿속으로 범인을 추리해 내긴 하지만, 간혹 그것을 입증할 증거를 다시 찾아야만 할 때가 있다. 그런 때면 자신의 지성으로는 사건이 명백하지만, 타고난 천부적 재능이나 지혜가 뛰어나지 못한 사람에게는 범행을 확인하기 위한 증거가 필요하다는 따위의 입빠른 소리를 곧잘 한다.

과연 여류작가의 작품인 만큼 인간의 잔혹성이 직접적으로 적나라하게 드러나는 사건이 많지 않은 것도 특색이다. 애거서 크리스티가 작품의 주요 소재로 보석 및 기밀서류 도난, 유명인이나 특정인의 실종사건 등을 즐겨 다루고 있는 것도 이와 무관하지 않다.

포아로를 희대의 멋쟁이로 만들어낸 것도 여류작가의 뛰어난 아이디어의 하나로 들 수 있을 것이다. 작은 스펀지로 부지런히 옷을 닦고 있는 그는 수사를 위해 이집트에 갔을 때에는 사막에서 구두 먼지에 마음을 빼앗겨 사건을 조사할 것 같지도 않았다. 그러나 작가는 유명한 미라의 저주로 발굴자가 차례차례 죽어가는 이야기에 정확히 메스를 들이댄다. 1930년 크리스티는 고고학자인 맬로원과 결혼하여 그녀 자신도 발굴을 도왔던 것이다.

왜소한 벨기에인 명탐정의 말과 행동은 유머러스하고 잔재주가 많아 교활해 보이기도 하지만, 그 명성은 그가 태어난 나라의 황제 귀에도 들어갔을 정도이다.

이 단편들은 눈에 띄는 트릭을 만들어 담은 것은 아니지만, 단편의 묘미를 잘 살려 인물을 생생하게 부각시킴으로써 크게 성공한 작품들이라 할 수 있다.